WOLFGANG HOHLBEIN

Magog

Roman

GOLDMANN

Umwelthinweis:
Alle bedruckten Materialien dieses Taschenbuches
sind chlorfrei und umweltschonend.
Das Papier enthält Recycling-Anteile.

Der Goldmann Verlag
ist ein Unternehmen der Verlagsgruppe Bertelsmann

Genehmigte Taschenbuchausgabe

Umschlaggestaltung: Design Team München
Druck: Elsnerdruck, Berlin
Verlagsnummer: 9724
Ge · Herstellung: Sc
ISBN 3-442-09724-X

1 3 5 7 9 10 8 6 4 2

Inhalt

I.

Ankunft

1

Auf den allerersten Blick sah es aus wie eine mittelalterliche Trutzburg. Einen Moment später und aus einem nur leicht veränderten Blickwinkel wie ein Kastell aus einem Bild von Boris Vallejo: dunkel und erhaben, nur ein Schatten gegen das verblassende Rot des Sonnenuntergangs. Und voller Erker und Türmchen, Dächer und Zinnen – ein Anblick, der zugleich etwas Vertrautes wie Drohendes hatte.

Ronald blieb stehen und betrachtete das Gebäude erneut, aufmerksamer. Ja, es *war* eine Burg, ganz ohne Zweifel: die Fenster klein und vergittert, und der einzige Eingang, den er von hier aus erkennen konnte, ein gotischer Spitzbogen. Und alles wirkte... seltsam: Wer immer dieses Gebäude entworfen und gebaut hatte, schien sich einen Spaß daraus gemacht zu haben, alle Linien unerwartet enden zu lassen, alle Kleinigkeiten zu verändern, wobei absolut kein Detail dieses exzentrischen Bauwerks irgendeinem besonderen Zweck diente, zumindest keinem erkennbaren. Wo das Auge einen rechten Winkel erwartete, war ein Bogen; wo eine gerade Kante sein sollte, eine gezackte Linie; wo ein Kreisausschnitt fehlte, ein Oval.

Ihm gefiel es trotzdem.

Der Busfahrer hatte Ronald angeboten, ihn bis ganz nach oben zu bringen, denn er war der einzige Passagier gewesen. Vielleicht hatte ihm aber die ausgezehrte Gestalt mit den beiden Koffern einfach nur leid getan. Doch Ronald war trotzdem an der Haltestelle am Fuß des Hügels – die Einheimischen nannten ihn *den Berg,* das wußte er schon – ausgestiegen und den halben Kilometer gegangen, trotz Regen und Kälte und der Tatsache, daß der Weg ziemlich steil bergauf führte.

Er bereute seinen Entschluß nicht, denn obwohl das Gebäude auch aus der Nähe düster wirkte, erfüllte ihn der Anblick nicht mit Unbehagen. Es *war* unheimlich – seine Phantasie brauchte nur einen kleinen Anstoß, um diesen Steinquader in einen verwunschenen Ort zu verwandeln, seine Bewohner in totenköpfige Dämonen und das Tor in das aufgerissene Maul eines Schattendrachens, der auf arglose Narren wie ihn wartete, um sie zu verschlingen. Und trotzdem hatte er keine Angst. Alles hier kam ihm vertraut vor. An der sonderbaren Architektur war nichts Furchteinflößendes; es schien, als sei dieses Haus nur gebaut worden, um den Rest der Stadt unten am Hügel mit seinen exakt ausgerichteten Gebäuden zu verhöhnen.

Verrückt.

Er lächelte über seine Gedanken, strich sich mit der linken Hand eine Strähne seines klatschnassen Haars aus der Stirn und schloß die rechte fester um den Griff des abgewetzten Koffers, der die Hälfte seiner Habe enthielt. Die andere Hälfte, verstaut in einem ähnlich schäbigen Koffer aus billigem Lederimitat, hatte er unten an der Haltestelle zurückgelassen, in einem Gebüsch versteckt und mit einem Aufkleber versehen, auf dem zu lesen war, daß der Koffer nichts enthalte, was sich zu stehlen lohnte. Vor acht Jahren, als er das Schildchen angebracht hatte, hatte er das witzig gefunden. Aber das war lange her...

Er ging weiter, ohne den Gedanken zu Ende zu führen. Er war hergekommen, um zu vergessen, nicht, um sich zu erinnern.

Er trat unter der Krone einer verkrüppelten Eiche hervor, die ihm für einen Moment Schutz vor dem Wind geboten hatte, zurück in die Kälte eines düsteren Oktobertages. Aus der finsteren Burg wurde ein schwarzer Schatten, und die Windgeister hörten auf, ihm zuzuflüstern, er solle sich umdrehen und laufen, so schnell er konnte.

Der Wind war nur noch kalt.

Als er näher kam, öffnete sich in der rechten Hälfte des Tors ein winziges Guckloch, und ein Auge blinzelte mißtrauisch auf ihn herab. Er hob die freie Hand und winkte, senkte aber den Arm hastig wieder, als eiskaltes Regenwasser in seinen Ärmel lief. Ein wenig schneller und schräg gegen den Wind gelehnt, ging er weiter und schlüpfte durch das Tor, das sich einen Spalt weit öffnete. Es bewegte sich völlig geräuschlos.

Er blinzelte, als ihm das Wasser nun in die Augen lief, wischte sich mit dem Handrücken über das Gesicht und blinzelte noch einmal. Er befand sich in einem Tordurchgang, aber er war weit größer als erwartet. In zwanzig Metern Entfernung versickerte ein Rest grauen Tageslichts auf einem gepflasterten Hof von erstaunlichen Ausmaßen mit Säulengängen hinter gotischen Spitzbögen. In den Fugen des Kopfsteinpflasters hatte sich Wasser gesammelt: ein stummer Protest der Natur gegen die verschrobene Geometrie dieses Ortes. Ein einziges Licht brannte über einer Tür auf der gegenüberliegenden Seite des Hofs. Wehende Regenschleier ließen es blinzeln wie ein müdes Auge.

Erst jetzt drehte er sich zu der Gestalt um, die ihm geöffnet hatte. Das Gewölbe des Torbogens war so dunkel, daß er sie fast nur als Umriß erkannte: Sie trug eine gelbe Öljacke – wie er selbst –, und irgendwie verwirrte ihn die Tatsache, daß es eine *junge* Frau war. Intuitiv hatte er einen alten Mann oder eine alte Frau erwartet, allenfalls einen Schüler. Aber dafür war sie wiederum *zu* alt.

Außerdem war sie recht hübsch, das konnte er trotz des schlechten Lichts erkennen: Dunkles, kurzgeschnittenes Haar umrahmte ein Gesicht, dem das blaßgraue Licht einen verwirrenden Ausdruck von Verwundbarkeit verlieh. Die Figur unter der unförmigen Regenjacke war schwer auszumachen, aber er erahnte zumindest, daß sie sehr schlank war und nicht besonders groß. Selbst ihm reichte sie allerhöchstens bis ans Kinn, und er war gewiß kein Riese.

In den dunklen Augen unter dem nassen Pony blitzte es ärgerlich auf, und er wurde sich der Tatsache bewußt, daß er das Mädchen anstarrte. Verlegen hob er die Hände und rettete sich in ein Lächeln. »Hallo.«

»Hallo«, antwortete das Mädchen. Sie legte den Kopf schief und musterte ihn mit unverhohlener Neugier. *Und Distanz,* dachte er verwirrt. *Warum?*

»Ich... es tut mir leid, wenn ich Sie angestarrt habe«, begann er umständlich und verfluchte sich insgeheim für seine Ungeschicklichkeit. »Das... das ist normalerweise nicht meine Art, guten Tag zu sagen. Vielen Dank, daß Sie mir das Leben gerettet haben«, fügte er hinzu.

Ein fragender Blick, den er mit einer Kopfbewegung in Richtung Tor beantwortete. »Noch zwei Minuten, und die Sintflut hätte mich weggespült.«

Er wartete auf ein erlösendes Lächeln als Antwort, aber es fiel so distanziert aus wie der Blick, mit dem sie ihn gemustert hatte. Schließlich wurde das Schweigen peinlich. Er räusperte sich gekünstelt, nahm seinen Koffer wieder auf und machte eine erklärende Geste. »Ich bin gerade erst –«

»Ich gehöre nicht hierher«, unterbrach ihn das Mädchen. Sie sprach hastig. Die vier Worte waren nicht einfach nur eine Feststellung, sondern eine, auf die sie Wert legte. »Ich habe nur etwas abgegeben und mußte sowieso raus, also habe ich Sie gleich reingelassen.«

»Vielleicht könnten Sie mir trotzdem den Weg zeigen?« fragte er, nun schon leicht gereizt. »Ich war noch nie hier, und –«

»Sehen Sie das Licht dort drüben?« Das Mädchen deutete über den Hof. »Gehen Sie ihm einfach nach. Ist nicht zu verfehlen.« Und damit öffnete sie das Tor und schlüpfte hinaus, noch ehe er Gelegenheit fand, sich auch nur zu bedanken.

Verblüfft blieb er noch einen Moment stehen und sah ihr nach. Der Regen verschluckte die gelbe Gestalt wie der Wind das Geräusch ihrer Schritte, und nach einigen Sekunden stellte er seinen Koffer abermals ab und schloß das Tor.

Er war sich nicht ganz schlüssig, was er von diesem Benehmen halten sollte. Vielleicht hatte es nichts zu bedeuten. Schließlich war es nur eine Zufallsbegegnung gewesen. Vielleicht hatte er sie einfach nur im falschen Moment getroffen, und wahrscheinlich maß er dieser kurzen Episode schlicht zuviel Bedeutung zu. Möglicherweise lebten einfach in merkwürdigen Gebäuden auch merkwürdige Menschen.

Aus einem absurden Ordnungsbedürfnis heraus überzeugte er sich davon, daß das Tor auch wirklich verschlossen war, nahm seinen Koffer wieder auf und trat in den Hof hinaus.

Der Regen schlug ihm ins Gesicht. Er schien ihm kälter zu sein als draußen und der Wind durchdringender. Trotzdem verzichtete er darauf, die Kapuze wieder hochzuschlagen – der Regen, der ihm ins Gesicht peitschte, war wahrscheinlich nicht so schlimm wie der eisige Wasserschwall, der dann wieder in den Kragen laufen würde –, und lief statt dessen schnell die letzten zwanzig Meter über den Hof. Erst unter der Tür, aus der ein Lichtschein fiel, blieb er wieder stehen und sah sich noch einmal um.

Der Hof war sehr groß: siebzig, vielleicht sogar achtzig Meter im Quadrat und von wuchtigen Mauern umschlossen, die am Tage weiß gekalkt sein mochten, jetzt aber die Farbe toter Haut hatten. Der Himmel hing wie eine graue Haube über dem Platz, und obwohl es immer stärker regnete, war ein leichter Nebel aufgekommen, der der alptraumhaften Surrealität der Szenerie gewissermaßen den letzten Schliff gab. Das Gebäude hielt in seinem Inneren, was sein Äußeres versprochen hatte: Nichts war so, wie man es erwartete. In der Mitte des Hofs wuchs ein verunstalteter schwarzer Schatten empor – der obligatorische Brunnen, vielleicht auch eine Skulptur, aber in der Dämmerung erkannte man lediglich ein kauerndes Etwas. Die den Hof säumenden Arkaden wirkten wie eine Wunde, und es gab buchstäblich Hunderte von Fenstern. In keinem einzigen brannte Licht.

Er öffnete die Tür und trat in einen Gang von ernüchternder Normalität.

Die Wände hätten seit mindestens fünf Jahren gestrichen werden müssen und wirkten schäbig, und in regelmäßigen Abständen zweigten schwere niedrige Türen zu beiden Seiten ab. Er sah daumendicke schwarze Stromkabel und Schalter, die noch aus dem vergangenen Jahrhundert stammen mußten, und unter der Decke ein wahres Monstrum von Kronleuchter.

Nicht nur dieses Gebäude hätte einem Gemälde von Boris Vallejo oder den Hildebrandts entstammen können, dachte er spöttisch. *Auch seine Elektroinstallationen.*

Automatisch streckte er die Hand nach dem altmodischen Drehschalter neben der Tür aus und wurde mit einem schweren *Klack* belohnt – aber sonst geschah nichts. Das Leuchtungeheuer unter der Decke blieb dunkel. Der gelbe Lichtschein kam von einer Petroleumlampe, die an einem Nagel an der Wand hing. Pedantisch drehte er den Schalter wieder in seine Ausgangsstellung zurück und ging weiter. Über Langeweile würde er sich garantiert nicht beklagen können.

Wie das Mädchen gesagt hatte, konnte er sein Ziel gar nicht verfehlen – nur eine der zahlreichen Türen war offen, und dahinter wies ihm ein weiteres Petroleumlicht den Weg durch eine weitläufige holzgetäfelte Halle mit gefliestem Boden, eine Treppe hinauf und dann nach links.

Er hörte Stimmen und blieb stehen. Erst jetzt, durch diesen akustischen Beweis menschlichen Lebens in seiner Nähe, fiel ihm die tiefe Stille auf, die über dem großen Gebäude lastete. Sicher, es war spät, aber es sollten Hunderte von Menschen hier sein. Trotzdem war alles, was er hörte, das seidige Geräusch des Regens und seine eigenen Atemzüge. Und die Stimmen, die ihm den Weg zu einer weiteren, nur halb geschlossenen Tür am Ende des Ganges wiesen.

Es war jedoch nur die Stimme eines einzelnen Mannes, und sie führte auch nur die Hälfte eines Gesprächs – eines offensichtlich sehr erregten Gesprächs, denn als Ronald die Tür aufschob und mit einem nachträglichen Klopfen eintrat, hielt der Mann den Telefonhörer so fest, daß seine Knöchel weiß durch die Haut schimmerten. Sein Gesicht war bleich vor Zorn, und das gelbe Petroleumlicht ließ seine Augen fast schwarz erscheinen. Es war absurd, aber für einen Moment kam ihm Zombeck – es mußte Zombeck sein, denn er entsprach so hundertprozentig Ronalds Vorstellungen, daß einfach niemand anderer in Frage kam –, für einen winzigen Moment kam ihm Zombeck wie ein perfektes Beispiel für den Begriff *Mimikri* vor: Mit seinem gelben Gesicht, den Augen, deren Pupillen sich wie die einer Katze geweitet hatten, um in der flackernden Dämmerung sehen zu können, und der dürren Hand, die nur aus Sehnen und langen Nägeln und papierdünn gespannter Haut bestand, schien er sich dem Gebäude anzupassen, in dem er lebte; ein Mann zwar, aber auch ein Wesen, das begonnen hatte, sich zu etwas anderem weiterzuentwickeln. Zu etwas Obszönem und Bösem, das auf dem schmalen Grat zwischen Wirklichkeit und Alptraum balancierte. Für den Bruchteil einer Sekunde sah er Zombeck nicht als lebenden Menschen, sondern als grinsende Karikatur; als Totenschädel, hinter dessen leeren Augenhöhlen sich Maden tummelten; in die Fetzen des Anzuges gehüllt, in dem er vor hundert

Jahren beerdigt worden war; der Telefonhörer in der Hand ein abgenagter Menschenknochen.

»Kommen Sie rein, Herr Bender.«

Der Telefonhörer landete krachend auf der Gabel, ohne daß Zombeck sich die Mühe machte, sich von seinem Gesprächspartner zu verabschieden, und seine Hand machte eine ungeduldige Bewegung. »Sie sind doch Bender, oder?«

Ronald nickte, und Zombeck wiederholte seine Geste und deutete danach auf eine zweite Gestalt, die in einem Stuhl vor dem Schreibtisch saß, aber nur als blasse Silhouette in der Dämmerung sichtbar war.

»Setzen Sie sich, Bender«, fuhr Zombeck fort, noch immer in dem gleichen ungeduldigen, gereizten Tonfall, in dem er telefoniert hatte. »Und ziehen Sie, um Himmels willen, die nasse Jacke aus. Sie holen sich den Tod.«

»Was war mit dem Bus los?«

Ronald schlüpfte aus seiner Jacke und setzte sich, ehe er sich zu der Stimme im Schreibtischstuhl herumdrehte. Seine Augen gewöhnten sich allmählich an das schwache Licht, und er erkannte, daß es eine Frau war – ein schmales Gesicht unter einer strengen Hochfrisur, eine dünne Brille mit Goldrand, Haut, die noch nie im Leben mit Make-up in Berührung gekommen war, und ein schwarzes Kleid mit einem weißen Priesterkragen. Er blickte fragend.

»Frau Steller«, erklärte Zombeck. »Meine Stellvertreterin – und Ihre unmittelbare Vorgesetzte.« Zombeck deutete zum Fenster und knüpfte an Frau Stellers Frage an. »Wir haben gesehen, wie Sie ausgestiegen sind. Normalerweise bringt der Fahrer unsere Gäste bis zum Tor herauf.«

»Ich wollte zu Fuß gehen«, sagte Ronald.

»Bei diesem Wetter?« Frau Stellers dünne Augenbrauen verwandelten sich in schwarze Würmer, die tadelnd unter ihre Brille krochen und die Köpfe zusammensteckten.

»Mir war nicht klar, wie schlimm der Regen ist«, antwortete er mit einem verlegenen Lächeln. »Meine Schuld. Der Fahrer kann nichts dafür.«

Zombeck und Frau Steller blickten sich an. Er kam sich albern vor; es konnte ihm gleich sein, ob die beiden verärgert waren oder nicht. Schließlich galt ihr Zorn dem Busfahrer, und nicht ihm. Und trotzdem hatte er plötzlich das absurde Bedürfnis, den Mann zu verteidigen. Ohne daß Zombeck oder seine Stellvertreterin auch nur ein Wort gesagt hätten, stand plötzlich das düstere Versprechen im Raum, den Busfahrer für diese Verfehlung aufs Schrecklichste zu bestrafen.

»Ich habe sogar darauf bestanden, zu Fuß zu gehen«, betonte er – was eine glatte Lüge war. Der Busfahrer war sichtlich erleichtert gewesen, sein riesiges Fahrzeug nicht den schmalen Weg den Hügel hinaufchauffieren zu müssen.

»Warum?« fragte die Steller.

Ronald zögerte. *Das ist keine Begrüßung, sondern ein Verhör,* dachte er. »Ich . . . halte das immer so«, meinte er ausweichend. »Ich finde den ersten Eindruck wichtig, den man von einem Ort bekommt.«

»Dann wollen wir hoffen, daß er nicht *zu schlecht* war«, sagte Zombeck. Frau Steller wollte etwas hinzufügen, aber Zombeck warf ihr einen raschen Blick zu, und sie ließ sich wieder in ihren Stuhl zurücksinken. Ihr Gesicht verschwand aus dem Lichtkreis der Petroleumlampe und wurde zu einem Schatten.

Ronald begann unbehaglich auf seinem Stuhl hin und her zu rutschen. Das wackelige Möbelstück hatte sich in eine Anklagebank verwandelt, und Zombecks Schreibtisch in eine Richterloge. Ein Teil von ihm bereute bereits, jemals hierhergekommen zu sein.

»Sie sind also Ronald Bender«, begann Zombeck erneut. Er öffnete eine Schreibtischschublade, zog einen schmalen Kunststoffhefter hervor und schlug ihn auf. Ronald fragte sich, wie er in diesem Licht lesen konnte. Er selbst erkannte nur eine weiße Fläche mit dunklen Linien – seine Bewerbungsunterlagen. Es gab ein paar neue rote Krakel am Rand, wo Zombeck etwas angestrichen oder notiert hatte. »Ich hatte Sie mir . . . älter vorgestellt«, sagte Zombeck nach einer Weile.

Und besser in Form, fügte Ronald in Gedanken hinzu. *Und da hast du sogar verdammt recht.* Der Mann auf dem Bild war siebenundzwanzig, gesund und durchtrainiert, und in seinen Augen standen sowohl Neugier als Fröhlichkeit, die selbst auf einem schlechten Schwarzweißfoto spürbar waren. Der Mann, der Zombeck jetzt gegenübersaß, war fünf Jahre älter, sah zehn Jahre älter aus und hatte dunkle Ringe unter den Augen. Seine Wangen waren eingefallen und trugen einen Dreitagebart, und aus der jugendlichen Fröhlichkeit in seinem Blick war etwas anderes geworden, wobei er selbst nicht genau wußte, was es war. Aber es machte ihm angst.

»Ich bin zweiunddreißig«, antwortete er. *Und das steht alles in meiner Bewerbung, die da vor dir liegt.* Das sprach er vorsichtshalber nicht laut aus.

Zombeck nickte, blickte wieder auf das Blatt hinab und schien für einen Moment aufmerksam zu lesen. »Können Sie mit Kindern umgehen?«

»Wenn Sie wissen wollen, ob ich über eine pädagogische Ausbildung verfüge – nein«, antwortete Ronald. »Aber ich verstehe mich gut mit jungen Leuten.« *Und das steht auch in dem Brief, den du da in Händen hältst. Was soll das?*

Frau Steller bewegte sich in ihrem Stuhl. »Auch mit jungen Mädchen?« fragte sie.

Ronald mußte sich beherrschen, um nicht gereizt aufzufahren und damit alles noch schlimmer zu machen. »So gut oder schlecht wie jeder andere«, erwiderte er. »Wieso?«

»Weil wir Ihren Vorgänger aus genau diesem Grund entlassen mußten«, erwiderte die Steller. Etwas Verächtliches war plötzlich in ihrer Stimme. »Er verstand sich ein bißchen *zu* gut mit einigen unserer Schülerinnen – wenn Sie verstehen, was ich meine.«

Ein schmales Gesicht tauchte plötzlich vor Ronalds innerem Auge auf. Blondes Haar, das voller Blut war, und Augen, deren vorwurfsvollen Blick er nie wieder vergessen würde.

Er schüttelte das Bild ab und wollte antworten, aber Zombeck kam ihm zuvor.

»Bitte verstehen Sie Frau Stellers Mißtrauen nicht falsch, Ronald«, sagte er. »Einige unserer Schülerinnen sind durchaus in einem Alter, wo...« Er zögerte. Jeder andere hätte jetzt vielleicht verlegen gelächelt, aber Zombecks Gesicht blieb so ausdruckslos wie bisher. »Sie verstehen?«

»Natürlich. Sie brauchen sich keine Sorgen zu machen.«

Zombeck blickte wieder in den Hefter, blätterte, überflog auch die zweite Seite und schlug ihn wieder zu. »Sie sind viel herumgekommen.« *Ein Herumtreiber, wie?* »Australien, Südafrika, Indien.«

»Ich bin zur See gefahren.«

»Ich weiß.« Zum ersten Mal lächelte Zombeck. »Das war übrigens der Grund, aus dem wir letzten Endes Sie ausgewählt haben. Es gab eine Menge Bewerber, müssen Sie wissen.«

Und du bist ein miserabler Lügner, dachte Ronald. Die Wahrheit war wohl eher, daß er der einzige Verrückte gewesen war, der auf die Annonce geantwortet hatte.

»Man kann unser Haus durchaus mit einem Schiff vergleichen«, fuhr Zombeck nach einer Weile fort. »Wir leben hier ziemlich isoliert, müssen Sie wissen. Man könnte auch sagen, auf uns allein gestellt. Da muß jeder sich hundertprozentig auf den anderen verlassen können. Und Sie werden eine Menge zu tun haben.«

»Wie sind Sie auf uns gekommen?« fragte Frau Steller. »Ein junger Mann, der die halbe Welt gesehen hat...?«

Was sollte er darauf antworten? Vielleicht die Wahrheit: daß er die

Zeitung aufgeschlagen und nach einem Mauseloch gesucht hatte, um sich zu verkriechen, und daß dieses Kaff am Ende der Welt ihm gerade recht gekommen war.

»Vielleicht *deshalb*«, erwiderte er vorsichtig. »Ich habe genug von der Welt gesehen.«

»Und jetzt wollen Sie etwas anderes ausprobieren.« Seine Antwort war nicht das gewesen, was sie hatte hören wollen. »Wir brauchen jemanden, der *lange* bleibt, Herr Bender. Mit einer Aushilfskraft für drei Monate ist uns nicht gedient.«

»Und mir nicht mit einem Job für drei Monate«, parierte er, die mahnende Stimme in seinem Innern ignorierend, die ihm zuflüsterte, jetzt besser die Klappe zu halten.

»Sie meinen eine *Anstellung*«, korrigierte Zombeck. »Wir sind hier ein wenig konservativ, was die Sprache angeht, müssen Sie wissen. Keine *Jobs* und *Beziehungskisten,* sondern *Arbeit* und *Freundschaft.* Sie verstehen?«

Heiliger Himmel, wo war er da hineingeraten?

Frau Steller seufzte tief und stand auf. »Dann bis später. Sie rufen mich an, wenn Sie hier fertig sind, ja?«

Zombeck nickte, und die dunkelhaarige Frau verließ ohne ein weiteres Wort den Raum. Das Rascheln ihres Kleides mischte sich mit dem Plätschern des Regens. Ronald bemerkte, daß sie altmodische, flache Schuhe trug.

Zombeck seufzte hörbar, um die Aufmerksamkeit wieder auf sich zu lenken. »Sie müssen die Umstände entschuldigen«, sagte er. »Sie kommen in einem ungünstigen Augenblick, wissen Sie? Normalerweise empfangen wir Gäste nicht so kühl. Einen Sherry?« Er wartete Ronalds Antwort nicht ab, sondern schob den Stuhl zurück und stand auf. Seine Gestalt wurde zu einem Schatten, als er aus dem kleinen Lichtkreis der Petroleumlampe heraustrat und mit irgend etwas zu hantieren begann. Glas klirrte.

Bender fragte sich, ob er träumte. Natürlich war Zombeck kein lebender Leichnam, und seine Kleider auch keine Fetzen, aber er trug tatsächlich einen Anzug, der vor fünfzig Jahren modern gewesen war, und auch seine Art zu sprechen und sich zu bewegen war irgendwie altmodisch. Für ihn schien die Zeit stehengeblieben zu sein.

Aber nach allem, was er bisher vom Sänger-Internat gesehen hatte, dachte Ronald, auf eine fast hysterische Art belustigt, *war* die Zeit hier stehengeblieben. Irgendwann zwischen dem Zweiten Weltkrieg und der letzten Eiszeit.

Zombeck trat zurück ins Licht, ein Glas Sherry in der rechten und ein halb gefülltes Whiskyglas in der linken Hand. Er reichte ihm den Sherry. Bender verkniff sich das Kopfschütteln, mit dem er ganz automatisch auf dieses Angebot reagieren wollte, griff nach dem Glas und tat so, als würde er trinken, setzte es aber wieder ab, ehe der Alkohol seine Lippen berührte.

Im ersten Moment dachte er fast, er käme damit durch. Aber dann setzte Zombeck sich wieder, nippte an seinem eigenen Glas und sah ihn neugierig an. »Sie trinken keinen Alkohol?«

»Selten«, erwiderte Bender. Das mißtrauische Funkeln in Zombecks Blick wurde intensiver, und er gestand: »Eigentlich nie.«

»Hatten Sie Probleme damit?« fragte Zombeck.

»Nein«, log Bender und stellte das Glas auf den Schreibtisch zurück. »Ich bin allergisch dagegen.«

Zombeck sah ihn fragend an, und Ronald erzählte ihm die Geschichte, die er immer erzählte, wenn ihm jemand diese Frage stellte: »Es ist wirklich so. Ein Schluck Alkohol, und ich mache drei Nächte lang vor Kopfschmerzen kein Auge zu.«

Was natürlich gelogen war, aber er hatte in einer Zeitschrift gelesen, daß es diese seltene Form von Allergie wirklich gab, und die Geschichte wirkte weitaus überzeugender als die schlichte Behauptung, er mache sich nichts aus Alkohol.

»Das trifft sich gut.« Zombeck leerte seinen Whisky mit einem einzigen gewaltigen Schluck und stellte das Glas ab. »Nicht daß ich vorschreiben will, was Sie in Ihrer Freizeit zu tun haben – aber wir haben hier ziemlich strenge Regeln, müssen Sie wissen.« Er deutete auf das Glas. »Nichts gegen einen guten Schluck, wenn es einen Anlaß dafür gibt. Wie Sie sehen, weiß ich ihn selbst dann und wann zu schätzen. Aber ansonsten: keinen Alkohol, keine Frauen, keine Pornographie, keine Drogen und keine Politik.« Er hob die Handfläche vom Tisch und spreizte die Finger. »Wenn Sie sich diese fünf Punkte merken, werden wir wahrscheinlich niemals Ärger miteinander bekommen.«

Obwohl er lächelte, hatten seine Worte einen unangenehmen Unterton in das Gespräch gebracht, der Benders Unbehagen noch vertiefte.

Eigentlich nur, um überhaupt etwas zu sagen, deutete er auf die Petroleumlampe. »Was ist mit dem Licht? Ein Stromausfall?«

»Der dritte. In einem Monat.« Zombeck machte eine ärgerliche Handbewegung zum Telefon. »Das war vorhin der Elektriker. Der Kerl wollte nicht einmal kommen, stellen Sie sich das vor. Meinte, es wäre schon *zu spät.*«

»Ich kann vielleicht etwas tun«, sagte Bender. »Wenn Sie mir zeigen, wo das Werkzeug und die Sicherungskästen –«

»Kommt überhaupt nicht in Frage«, unterbrach ihn Zombeck. »Wozu bezahlen wir diesen impertinenten Burschen? Für gutes Geld verlange ich gute Arbeit – Sie etwa nicht?«

Ronald beeilte sich zu nicken. Die Situation kam ihm immer absurder vor, ohne daß er genau sagen konnte, warum. Er fragte sich, ob es nicht besser wäre, wenn er aufstand, seinen Koffer nahm und einfach wieder ging. Aber vielleicht war das einzige, was ihn wirklich davon abhielt, das Prasseln des Regens gegen die Fensterscheiben und der Gedanke an die beißende Kälte, die draußen auf ihn wartete.

Zombeck stand auf. »Ich halte nichts von *Hallo-da-sind-Sie-ja-endlich*-Gesprächen«, sagte er. »Schon gar nicht im Dunkeln und mit einem Mann, der drauf und dran ist, sich eine Lungenentzündung zu holen. Ich zeige Ihnen jetzt Ihr Zimmer, und Sie richten sich erst einmal ein. Alles andere besprechen wir dann morgen. Bei Licht und einer Tasse heißem Kaffee. Falls wir bis dahin wieder Strom haben«, fügte er mit einem bösen Blick auf das Telefon hinzu.

Er ging um den Schreibtisch herum und sah fragend auf Ronalds Koffer. »Ist das Ihr ganzes Gepäck?«

»Die Hälfte«, antwortete Ronald verlegen. »Den Rest habe ich unten an der Bushaltestelle gelassen. In einem Gebüsch.«

»Wie leichtsinnig von Ihnen«, tadelte Zombeck. »Na ja, wollen wir hoffen, daß das schlechte Wetter auch die Spitzbuben und Langfinger in ihren Häusern hält.«

»Ich hole ihn gleich morgen früh.«

»Das kann einer von den Jungen machen«, sagte Zombeck, in einem Tonfall, der keinen Widerspruch duldete. »Sie schlafen sich erst einmal richtig aus. Und danach werden Sie genug damit zu tun haben, sich hier umzusehen. Dieses Haus ist sehr groß. Kommen Sie.«

Ronalds Zimmer war eine Überraschung. Er hatte eine Dachkammer erwartet: ein muffiges Loch mit schrägen Wänden und grauen Tapeten, auf denen die verblassenden Muster von Palmwedeln oder Rosenbüschen zu sehen waren, einen Tisch, einen Stuhl, ein knarrendes Bett und vielleicht einen Schrank, um die wenigen Habseligkeiten zu verstauen, die einem Hausmeister zustanden.

Aber das Zimmer, in das Zombeck ihn brachte, war sehr ansprechend: ein geräumiges Appartement, einfach, aber sehr geschmackvoll möbliert, mit großen Fenstern, die den Raum bei Tageslicht freundlich und hell machen würden, und einem eigenen Bad; und alles war gerade frisch renoviert: man roch noch die Farbe und den Tapetenkleister. Um Klassen besser als so manches Loch, in dem er in den letzten Jahren gehaust hatte.

Im flackernden Licht einer Kerze, von denen Zombeck ihm gleich einen ganzen Karton ausgehändigt hatte, zog er sich aus und ging zu Bett. Was sollte er auch sonst tun, ohne Licht, ohne elektrischen Strom und ohne heißes Wasser, um ein Bad zu nehmen. Zombecks Sorge war vielleicht nicht ganz so unbegründet gewesen, wie er im ersten Moment gedacht hatte: Er war durchgefroren bis auf die Knochen, und seine Stirn fühlte sich ein bißchen heiß an. Nach ein paar Minuten stand er wieder auf und schaltete das Licht ein. Natürlich blieb die Neonröhre unter der Decke dunkel, aber wenn der Strom wiederkam, würde ihn das Licht vielleicht wecken, und er konnte ein heißes Bad nehmen.

Er war sehr müde. Die Kälte wich allmählich aus seinen Gliedern und machte einer wohltuenden Schwere Platz, aber der Schlaf, auf den er wartete, kam nicht.

Hausmeister.

Das Wort geisterte durch seinen Kopf, und es kam ihm jedesmal absurder vor. Ein Hausmeister war jemand mit einem grauen Kittel, der graues Haar hatte und Hosenträger über einem beginnenden Bierbauch trug. *Nicht er. Nicht hier.*

Plötzlich überkam ihn heiße Gier auf eine Zigarette. Er hatte seit drei Monaten nicht mehr geraucht, aber trotzdem war immer eine Packung in Reichweite. Er stand erneut auf, öffnete seinen Koffer und klappte ihn sofort wieder zu. Das Zimmer roch nach frischer Tapete und Farbe; es wäre ihm wie ein Sakrileg vorgekommen, es mit dem Gestank von kaltem Zigarettenrauch zu entweihen.

Aber er spürte, daß er keinen Schlaf finden würde. Er war zu nervös. Alles war anders, als er erwartet hatte, und in seinem Kopf spukten zu viele Gedanken und Fragen herum. Also nahm er trockene Sachen aus seinem Koffer, zog sich wieder an und trat ans Fenster.

Der Innenhof lag dunkel unter ihm, ein bodenloses Loch, aus dem die Verlockung der Tiefe flüsterte, und wieder war es wie ein Blick in eine andere, verwunschene Welt. Die Umrisse des gewaltigen Gebäudekomplexes waren nur zu ahnen, nicht wirklich zu erkennen, und hinter den Schatten schien etwas zu lauern.

Er verscheuchte die Gedanken und versuchte, eine logische Erklärung für die Purzelbäume zu finden, die seine Phantasie schlug – was nicht besonders schwer war. Es gab eine Menge guter Gründe: der ganz normale Katzenjammer, der jeden Umzug begleitete. Annas Tod. Die Grippe, die er in den Knochen fühlte. Sein Entzug vor sechs Monaten; aber was waren sechs Monate nach fünf Jahren Suff? Zombeck und die Steller, die direkt aus einem Gruselfilm entsprungen sein könnten, und – und – und ...

Nein: wenn hier irgend etwas nicht stimmte, dann war *er* es. Ronald Bender, Herumtreiber, Weltenbummler, Ex-Alkoholiker, vielleicht nicht *de jure,* ganz bestimmt aber *de facto* Mörder von mindestens zwei Menschen (einen davon hatte er geliebt), zweiunddreißig Jahre alt und Versager auf der ganzen Linie. O ja, und nicht zu vergessen: ungekrönter Weltmeister im Selbstmitleid.

Er ging zu seinem Koffer, nahm sich jetzt doch eine Zigarette und öffnete das Fenster, ehe er sie anzündete. Die Kälte sprang ihn an wie ein Raubtier, und der Rauch schmeckte genauso, wie es nach drei Monaten zu erwarten war: faulig und schwer. Er mußte fast sofort husten. Ein leichtes, durchaus angenehmes Schwindelgefühl machte sich hinter seiner Stirn breit. Er hustete, rauchte weiter, ohne zu inhalieren, und achtete pedantisch darauf, den Rauch aus dem Fenster zu blasen.

Unten auf dem Hof erschien ein Licht. Neugierig beugte er sich vor, obwohl ihm der Regen dabei schon wieder ins Gesicht schlug, und folgte dem taumelnden Leuchtkäfer mit seinen Blicken, bis dieser in der Toreinfahrt auf der gegenüberliegenden Seite verschwand. Wenig später hörte er ein Poltern, und dann durchdrangen die Lichtfinger eines Autoscheinwerfers die kryptische Dunkelheit auf dem Hof. Der Elektriker. *Zombeck wird toben,* dachte er belustigt. Er hatte nicht auf die Uhr gesehen, aber alles in allem mußte mindestens eine Stunde vergangen sein, seit er hier heraufgekommen war.

Er schnippte seine Zigarette in den Regen hinaus, schloß das Fenster und verließ das Zimmer.

2

Die Schritte kamen wieder näher; Ricky unterdrückte einen angstvollen Laut und preßte sich gleichzeitig fester gegen die Fliesen. »Verdammt, ich *weiß,* daß er hier irgendwo ist! Die blöde Sau ist mir direkt zwischen den Fingern durchgeschlüpft!«

Das Geräusch schwerer Schritte begleitete diese Worte. Sekunden später huschte ein blaßgelber Lichtreflex über den gefliesten Boden, näherte sich Rickys Versteck und wich im allerletzten Moment in rechtem Winkel von seinem Weg ab – ungefähr eine halbe Sekunde, ehe er ihn erreichen und sein schreckensbleiches Gesicht aus der Dunkelheit der Toilette reißen konnte.

Rickys Herz machte sich selbständig, kroch bis in seinen Kehlkopf empor und blieb zuckend in seinem Hals stecken. Er hatte Angst. Er war fast wahnsinnig vor Angst, aber er wagte nicht, auch nur einen Muskel zu rühren. Mit angehaltenem Atem verfolgte er das Lichtoval der Taschenlampe, das wie ein Bluthund über den Boden huschte, manchmal verschwand, um über die Wände und in Ecken zu kriechen, und mit erschreckender Penetranz immer wieder in seine Richtung glitt, als hätte es ihn längst gewittert.

»Verdammt, was treibst du da eigentlich?«

»Ich weiß, daß er hier ist! Ich hab *gesehen,* wie er durch die Tür ist! Kommt her, und helft mir suchen, statt blöd rumzuquatschen!«

Weitere Schritte. Ein zweiter Lichtkreis, der sich zu dem ersten gesellte, kleiner und blasser und sehr viel hektischer, was die Gefahr vergrößerte, daß er ihn ganz zufällig traf. Ricky preßte sich noch enger gegen die Fliesen. Sein Gesicht und seine rechte Hand lagen in einer Pfütze, die verdächtig nach Pisse roch, aber er traute sich nicht, auch nur einen Finger zu rühren. Wenn sie ihn erwischten, würden sie ihn fertigmachen. Nicht absichtlich, versteht sich, aber Werner war ein Kerl, der so stark wie blöd war – und er war ziemlich blöd.

Dummerweise war er eben nicht nur dämlich und beschränkt, sondern hatte auch Fäuste wie Vorschlaghämmer, und die Springerstiefel, die er nur im Bett auszog, hatten ihre Abdrücke schon in mehr als einem Gesicht hinterlassen. Es war durchaus möglich, daß er ihn umbrachte oder zum Krüppel schlug, ohne es zu wollen.

Für einen Moment meldete sich die Stimme seiner Vernunft und erklärte ihm, daß es das Klügste wäre, jetzt aufzustehen und sein Versteck zu verlassen, denn je länger sie nach ihm suchten, desto wütender würden sie werden. Und das war zweifellos der Fall.

Aber hätte er auf seine Vernunft gehört, wäre er nicht hier, sondern in seinem Bett, mit wundgeschriebenen Fingern zwar, aber ohne die Aussicht auf ein paar gebrochene Rippen oder eingeschlagene Zähne. Verdammt, welcher Teufel hatte ihn geritten, Werner – *ausgerechnet Werner!* – bei Zombie zu verpetzen? Er mußte komplett wahnsinnig gewesen sein in diesem Moment.

Und alles nur wegen einer vollgeschmierten Tafel. Aber er hatte der Verlockung nicht widerstehen können. Vielleicht war es der Blick gewesen, den Werner ihm zugeworfen hatte, das hämische Grinsen, mit dem er erst Zombeck und dann die ganze Klasse gemustert hatte; das Lächeln eines Siegers, des Tyrannen, der sich seiner absoluten Macht bewußt war. Der wußte, daß es keiner wagen würde, ihn zu verraten.

Und in diesem Moment hatte sich etwas in Ricky gerührt, und er hatte die Hand gehoben und auf Werner gedeutet. Er hätte es nicht getan, wäre irgendein anderer der Schuldige gewesen, aber für einen winzigen wahnwitzigen Moment hatte er der Versuchung einfach nicht widerstehen können und hatte nichts als heißen Triumph verspürt; das Gefühl, ein einziges Mal nur Sieger zu sein und Werner alles zurückzuzahlen.

In der Klasse war es plötzlich sehr still und Werner sehr blaß geworden, und selbst in Zombecks Augen war so etwas wie Erschrecken erschienen; und spätestens in diesem Moment hatte Ricky begriffen, was er gerade getan hatte. Zombeck hatte ganz genau gewußt, *wer* das Hakenkreuz an die Tafel gemalt hatte. Er hatte gar keine Antwort auf seine Frage erwartet.

Eine Sekunde nur! dachte er verzweifelt. Eine einzige Sekunde lang hatte er sich nicht beherrscht. Der Rächer hatte endlich die Maske abgenommen und sein wahres Gesicht gezeigt.

Ein dumpfer Knall störte seine Gedanken und riß ihn in die Wirklichkeit zurück. Eine der drei Stimmen sagte etwas; ein weiterer Knall, ein dritter – und dann begriff Ricky mit jähem Schrecken, was der Lärm bedeutete. Werner oder einer seiner drei Prügelknaben hatten endlich ihr Gehirn eingeschaltet und stießen die Türen der Toilettenkabinen auf, um sie eine nach der anderen zu durchsuchen.

Ricky hob vorsichtig den Kopf und sah den Lichtschein der Taschenlampe nur drei oder vier Kabinen neben sich über den Boden huschen. *Krach!* Eine weitere Tür. Noch ein paar Sekunden, und sie hatten ihn.

Wumm! Noch zwei Türen. Er hörte Werners Ausführung, was er mit Rickys Gesicht machen würde, wenn er es zwischen die Finger bekam. Die drei anderen lachten pflichtschuldig und stießen die vorletzte Tür neben seinem Versteck auf.

Krach!

Die letzte Tür sprang auf, unmittelbar neben seiner Kabine. Ricky hatte noch reichlich Zeit, Angst zu haben. Die Vorstellung, sich zu wehren, war nicht schlecht, aber es gab zweierlei, was dagegen sprach: erstens waren sie zu *viert*. Und zweitens war Werner ein Bulle, trotz seiner dreizehn Jahre schon gut einen Meter siebzig groß und an die hundertfünfzig Pfund schwer.

WUMM!

Die Toilettentür flog mit einem Knall auf. Ricky zog den Kopf zwischen die Schultern und schloß die Augen, und eine kurze Sekunde lang wurde er wieder zu einem Kind, das ganz sicher ist, nicht gesehen zu werden, wenn es nur die Augen schließt und selbst nichts sieht.

Der Lichtstrahl der Taschenlampe wanderte über Rickys Gesicht, glitt weiter, kam wieder zurück. Ricky öffnete zitternd die Augen und sah hoch.

Im ersten Moment blendeten ihn zwei grelle Kreise. Dann glitt der Lichtstrahl der einen Taschenlampe zur Seite, und der andere richtete sich auf Werners Gesicht. »Hallo«, sagte der beinahe freundlich.

Ricky wurde übel vor Angst. In Werners Augen flackerte ein düsteres Versprechen, und sein Grinsen war ganz und gar ohne Humor.

»Hal. . .lo«, antwortete er stockend. Seine Stimme verweigerte ihm den Gehorsam. Die beiden Silben waren alles, was er herausbrachte. Er versuchte sich aufzusetzen. Doch da versetzte ihm Tobias einen Stoß vor die Brust, der ihn das Gleichgewicht verlieren ließ. Die Kante des Wasserkastens krachte gegen seine Nieren, und der Schmerz trieb ihm die Tränen in die Augen. Er wollte sich wieder hochstemmen, ließ es aber bleiben, als Tobias drohend die Hand hob.

»So sieht man sich wieder, Arschloch«, grinste Werner.

Ricky schwieg. Er hatte Angst.

»Was tust du hier, Arschloch?« fragte Werner. Er schwenkte seine Taschenlampe und ließ den Strahl dann an Rickys Körper hinunterwandern.

»He! Schaut euch das an!« rief er mit schriller Stimme. »Der Kleine ist ins Klo gefallen.«

»Wie gut, daß wir gerade vorbeigekommen sind, nicht wahr?« kicherte Tobias. »Stellt euch vor, er hätte aus Versehen abgezogen und sich selbst runtergespült!«

»Ungefähr so?« Martin beugte sich vor und drückte mit dem Zeigefinger den Spülknopf. Ein Schwall von eiskaltem Wasser schoß aus dem Kasten und durchnäßte Rickys Unterleib bis über die Nieren hinauf. Er wimmerte vor Angst und Scham, während die vier Jungen wieder zu lachen begannen.

Kommt, Jungs, ziehen wir ihn raus«, sagte Werner. »Bevor wirklich noch ein Unglück geschieht.« Er gab Tobias seine Taschenlampe, griff nach Rickys Arm und zog ihn mit einem Ruck halb in die Höhe, zögerte aber dann plötzlich.

»Andererseits«, meinte er versonnen, »gehört Scheiße ins Klo, oder?«

Diesmal konnte Ricky den Sturz wenigstens soweit abfangen, daß er sich nicht wieder die Nieren prellte.

»Laßt mich in Ruhe!« wimmerte er. »Bitte! Ich . . . es tut mir leid, Werner, wirklich. Ich tue, was du willst, aber laß mich in Ruhe!«

Ein überraschter Ausdruck erschien auf Werners Gesicht. »He!« rief er. »Hört euch das an, Jungs! Er kann sprechen! Was sagt man denn dazu? Ein Haufen Scheiße, der reden kann!«

Seine Worte entfachten einen winzigen Hoffnungsschimmer in Ricky. Zitternd hob er den Kopf, wischte sich die Tränen aus den Augen – und sah Werners Schlag eine Sekunde zu spät, um ihm noch ausweichen zu können.

Er hatte es sich schlimm vorgestellt, aber nicht *so* schlimm. Werners Faust traf sein Gesicht dicht unter dem linken Jochbein und schmetterte seinen Kopf mit solcher Gewalt gegen den Wasserkasten, daß er fast das Bewußtsein verlor. Blut schoß aus seiner Nase, und sein linkes Auge schwoll sofort an und schloß sich.

»Siehst du, Arschloch«, grinste Werner. »Ich hab dir doch gesagt, daß es nicht viel Zweck hat, vor uns wegzulaufen. Aber du hörst ja nicht zu, wenn man es gut mit dir meint.«

Ricky hob stöhnend die linke Hand ans Gesicht und fühlte Blut unter den Fingern. Die Schmerzen ebbten allmählich ab und machten einem tauben Gefühl Platz, das fast noch schlimmer war. Werner packte wieder seinen Arm, und er wartete auf einen zweiten Schlag, aber der kam nicht. Statt dessen ließ Werner seinen Arm plötzlich wieder los und trat zurück.

»Jetzt schaut euch nur mal an, wie der Kleine wieder aussieht«, sagte er tadelnd. »Richtig schlimm. Eine Schande für die ganze Schule. Macht ihn ein bißchen sauber, Jungs.«

Er ahnte, was nun kommen würde, aber er hatte nicht die Kraft und den Mut, sich zu wehren.

Tobias, Martin und Rolf packten ihn, zerrten ihn herum und zwangen ihn auf die Knie. Ricky bäumte sich auf, aber gegen die brutale Kraft der drei Jungen hatte er keine Chance. Sein Kopf wurde in das Toilettenbecken gedrückt, und einer der drei betätigte die Spülung.

Er hatte Glück: Der Kasten war noch nicht wieder ganz voll, so daß es nur ein kurzer, sprudelnder Schwall war, der über ihn hereinbrach. Aber sie hatten Zeit. Sie wiederholten das Spielchen drei- oder viermal, und in der Zeit, die der Kasten brauchte, um sich wieder zu füllen, preßten sie sein Gesicht so fest in das Becken, daß er nahe daran war zu ersticken. Erst als er aufhörte, sich zu wehren, und aus seinen ohnehin kläglichen Schreien ein qualvolles Würgen geworden war, ließen sie ihn los.

Ricky brach neben dem Toilettenbecken zusammen. Er war nur noch halb bei Bewußtseien, aber er ahnte, daß er sterben würde, wenn sie nur noch fünf Minuten weitermachten.

»Seht ihr, Freunde«, tönte Werner, »jetzt gefällt er mir schon besser.

Fast sauber, unser Kleiner. Wenn er nicht so ein Stück Scheiße wäre, könnte man ihn glatt für einen Menschen halten.«

»Mach langsam Schluß, Werner«, sagte Martin. »Die Steller schleicht durch die Gegend. Wenn sie uns sieht...«

»Er hat recht«, stimmte Tobias zu. »Die Alte ist sowieso geladen, und Zombie ist immer noch auf hundertachtzig wegen heute mittag. Verpaß ihm noch eine, und dann laß uns abhauen.«

Werner seufzte. »Tz, tz, tz«, machte er. »Wer spricht denn von Schlägen? Schaut euch den Kleinen doch mal an – wir wollen ihn doch nicht umbringen, oder?« Er lachte leise. »Aber wenn er schon mal auf dem Scheißhaus liegt, dann sollten wir es ihm auch gemütlich machen, oder?«

Ricky hob stöhnend den Kopf und blinzelte. Tränen und Blut verschleierten seinen Blick. Werner trat wieder auf ihn zu, spreizte die Beine und zog den Reißverschluß seiner Hose auf. Grinsend entleerte er seine Blase in Rickys Gesicht. Ricky drehte verzweifelt den Kopf, aber er reagierte nicht schnell genug, um dem dicken, stinkenden Strahl auszuweichen. Der Urin brannte wie Feuer in der Wunde unter seinem linken Auge.

Er krümmte sich, stöhnte und verbarg den Kopf zwischen den Armen. Aber er konnte nichts tun, um die drei anderen davon abzuhalten, es Werner nachzumachen und ihm auf den Rücken zu pinkeln. Er hatte das Gefühl zu sterben. Er hatte Angst vor Schmerzen gehabt, aber die Demütigung war schlimmer als alles, was ihm Werners Fäuste hätten antun können. Er ekelte sich wie nie zuvor im Leben, vor der stinkenden Lache, in der er lag, und vor sich selbst.

Aber es war noch nicht vorbei. Er hatte geglaubt, den Höhepunkt des Unvorstellbaren erreicht und überschritten zu haben, doch nun packte ihn Werner und zerrte ihn aus der Kabine. Er hielt ihn mit nur einer Hand, und seine zur Faust geballte Linke schwebte drohend vor Rickys Gesicht.

Doch er schlug nicht zu, sondern warf ihn nur gegen die Tür der gegenüberliegenden Kabine und fing ihn auf, als er zusammenzubrechen drohte.

»So, und jetzt hör mir mal genau zu, Arschloch«, sagte er, plötzlich gar nicht mehr hämisch, sondern in einem leisen, drohenden Tonfall, der Rickys Angst erneut weckte. »Ich sollte dich eigentlich zusammenschlagen, nur stinkst du mir im Augenblick einfach zu sehr. Ich hab keine Lust, mir die Hände an einem Haufen Scheiße wie dir dreckig zu machen, verstehst du?«

Ricky antwortete nicht, und Werner ohrfeigte ihn.

»Ob du mich verstehst!«

»Ja«, stöhnte Ricky.

»Dann ist es gut. Und jetzt hör mir zu, Arschloch. Ich hab was gegen Verräter, verstehst du? Ich geb dir einen Tag Zeit, um dich zu erholen, und dann komm ich wieder, und wir unterhalten uns richtig. Zombie hat mir zwanzig Seiten aufgebrummt, und Hofdienst für zwei Wochenenden. Das wirst du übernehmen, ist das klar?«

»Natürlich«, stöhnte Ricky. »Ich... ich mach alles, was... du willst.«

Das schien nicht das zu sein, was Werner hören wollte, denn er ohrfeigte ihn wieder.

»Außerdem wirst du meinen Stubendienst übernehmen, und zwar für die nächsten vier Wochen.«

Ricky nickte und wurde mit einer dritten Ohrfeige belohnt.

»Und wenn wir schon mal dabei sind: Ich könnte ein bißchen Hilfe bei den Mathematikaufgaben gebrauchen, Arschloch. Du bist doch gut in Mathe, oder?«

Ricky antwortete nicht, aber er begriff plötzlich, daß die Sache auch damit noch nicht ausgestanden sein würde. Werner wollte nicht nur Rache. Er war ein Erpresser, und ein verrückter noch dazu. Ganz egal, was er bekam: Er würde weitermachen, bis es kein *weiter* mehr gab.

Und dann tat er etwas, was er noch weniger begriff als seinen Wahnsinn vom Vormittag. Er wollte es nicht. Er spürte es, eine Sekunde, bevor es passierte, und er versuchte mit aller Kraft, es zu verhindern, aber er konnte es nicht. Und auch Werner schien es zu fühlen, denn aus dem bösen Glühen in seinem Blick wurde Überraschung – und dann Schmerz, als Ricky sich aufbäumte und ihm mit aller Kraft das Knie in die Hoden rammte.

Da war er wieder, dieser heiße, lodernde Triumph. Als wäre er nur noch Zuschauer in seinem eigenen Körper, sah er sich selbst die Arme ausstrecken und Werner an den Schultern packen, als er sich krümmte. Sah sich ihn mit aller Kraft herunterreißen und gleichzeitig das Knie ein zweites Mal in die Höhe stoßen, so daß es mit aller Wut in Werners Gesicht landete.

Die Zeit blieb stehen.

Entsetzt starrte er auf Werner hinunter, hörte seine kreischenden, fast überschnappenden Schreie – und begriff mit noch größerem Entsetzen, daß er gerade sein eigenes Todesurteil ausgesprochen hatte.

Auch die drei anderen starrten wie gelähmt auf Werner hinab, ohne sich zu rühren.

Endlich erwachte Ricky aus seiner Erstarrung. Mit der rettenden

Kraft, die ihm die Todesangst verlieh, brach er einfach durch den Kreis der anderen, spürte, wie sich eine Hand in sein Hemd krallte, und rannte weiter. Stoff riß, und scharfe Fingernägel hinterließen drei dünne, parallele Kratzer auf seinem Arm. Und dann war er frei und hetzte auf den Ausgang zu, so schnell er konnte.

Hinter ihm polterten Schritte auf den Fliesen. »Bleib stehen, du Sau!« kreischte Martin.

Er rannte schneller, prallte im Dunkeln gegen ein Hindernis und stürmte blindlings weiter. Der Lichtstrahl einer Taschenlampe stieß nach ihm. Die Tür war nur noch ein paar Schritte entfernt, und dahinter lagen die rettende Dunkelheit des Korridors und ein Labyrinth von Gängen, in denen er sich verstecken konnte.

»Schnappt ihn euch!« blubberte Werner. Seine Stimme klang verzerrt, als hätte er den Mund voller Blut und ein paar Zähne weniger. »Bringt mir das Schwein! Ich will ihn haben!«

Es waren genau diese Worte, die Ricky das Leben retteten. Sie gaben ihm die Kraft, noch schneller zu laufen, denn er begriff, daß Werner ihn töten würde, wenn er ihm jetzt in die Hände fiel.

Er rannte, stürmte auf den Korridor hinaus, wandte sich blindlings nach rechts und entkam endlich dem tastenden Lichtfinger der Taschenlampe. Die Dunkelheit sog ihn auf, aber er fand mit traumwandlerischer Sicherheit seinen Weg, fegte an der nächsten Kreuzung nach links und dann wieder nach rechts, plötzlich auch in absoluter Finsternis seinen Weg findend.

Die Treppe lag vor ihm. Er hetzte hinauf, mit gewaltigen Sprüngen, immer vier, fünf Stufen auf einmal nehmend und mit einer Sicherheit und Kraft, die er eigentlich gar nicht hatte, wandte sich wieder nach rechts und an der nächsten Abzweigung nach links. Für einen Moment glaubte er ein gelbes Flackern zu sehen, wie ein blinzelndes Katzenauge, aber er war viel zu aufgeregt, um es zu beachten. Er mußte weg. Raus. Am besten in den Heizungskeller, der mit seinen Kesseln, Rohren, Nischen und Verschlägen genügend Verstecke bot, um ein paar Minuten zu verschnaufen. Und der vor allem einen Ausgang *nach draußen* hatte. Wenn er erst einmal unten in der Stadt war, konnte er vielleicht –

Das gelbe Flackern war plötzlich ganz dicht vor ihm. Fast im gleichen Moment rannte er gegen etwas Weiches, das unter seinem Anprall zurücktaumelte, einen Fluch ausstieß und eine Kerze fallen ließ.

Eine Hand schloß sich um seinen Oberarm und hielt ihn mit erbarmungsloser Kraft fest.

Ricky schrie auf, warf sich herum und schlug in blinder Panik zu.

Seine beiden ersten Hiebe gingen ins Leere, aber der dritte traf. Er hörte einen weiteren Fluch.

»Verdammt noch mal, bist du wahnsinnig geworden?« brüllte eine Stimme. »Was soll denn das?«

Ricky bäumte sich mit der Kraft der Verzweiflung auf und schlug noch einmal in die Dunkelheit.

Und im gleichen Moment ging das Licht an.

3

Das gleichmäßige Schlagen der Standuhr hinter ihm sagte, es sei gerade neun geworden. Das mochte stimmen, zumindest für den Rest der Welt. Für Pfarrer Vanderbilt jedoch war es beinahe Mitternacht. Für den Rest der Welt hatte der Abend gerade erst begonnen, aber Vanderbilt wußte, daß es fünf vor zwölf war, für ihn – und wenn das, was da auf dem Blatt vor ihm allmählich Gestalt anzunehmen begann, auch nur zur Hälfte stimmte, vielleicht für ganz Krailsfelden.

Seufzend ließ er sich in den hochlehnigen, geschnitzten Stuhl hinter seinem Schreibtisch zurücksinken, trank einen winzigen Schluck Wein und massierte mit Daumen und Zeigefinger der linken Hand seine schmerzenden Augen, ehe er das Glas zurückstellte und versuchte, sich wieder auf seine Arbeit zu konzentrieren. Er hatte leichte Kopfschmerzen, und wenn er richtig gezählt hatte, war es bereits das vierte Mal, daß er das Weinglas wieder aufgefüllt hatte – viel für einen Mann, der sonst in der ganzen Woche nur einen Schluck Meßwein zu sich nahm, und selbst das nur, weil er es mußte. Trotzdem war er nicht betrunken, nicht einmal angeheitert, und er war sogar ziemlich sicher, daß er auch weitere vier Gläser trinken konnte, ohne etwas zu spüren. Das Entsetzen, das von ihm Besitz ergriffen hatte, war zu groß. Es lähmte selbst die Wirkung des Alkohols.

Seine Augen flimmerten, als er sich wieder vorbeugte und das Blatt betrachtete, das er in die Schreibmaschine eingespannt hatte. Es war leer, bis auf den aufgedruckten Briefkopf, die Adresse des Empfängers und die erste Zeile mit der Anrede.

Großer Gott, er wußte nicht einmal, wie er beginnen sollte! *Euer Eminenz, es gilt von einer beunruhigenden Entwicklung zu berichten, die –*

Blödsinn.

Es war keine *beunruhigende Entwicklung,* es war Wahnsinn in Reinkultur, Chaos, vielleicht das Wirken des Teufels selbst. Und Vanderbilt meinte das bitterernst. Er hatte lange gewartet, fast ein Jahr, ehe er bereit gewesen war, auch nur sich selbst die Wahrheit einzugestehen, und dann hatte es noch einmal ein Jahr gedauert, bis er sich dazu durchgerungen hatte, diesen Brief zu schreiben. Aber in diesen zwei Jahren war der Stapel mit Fotokopien, herausgerissenen Seiten aus Büchern, Zeitungsausschnitten und privaten Aufzeichnungen in seiner Schreibtischschublade unbarmherzig gewachsen, und im gleichen Maße hatte er ein Argument nach dem anderen verloren, mit denen er sich zuvor hatte einreden können, es sei irgend etwas anderes als das Wirken des Antichristen, dessen Zeuge er wurde.

Pfarrer Vanderbilt war fast achtzig, aber er war alles andere als konservativ oder gar verknöchert, wie Gloria manchmal scherzhaft behauptete, wenn sie sich kabbelten und sie ihn ärgern wollte. Ganz im Gegenteil: Er war in den dreiundzwanzig Jahren in Krailsfelden mehr als einmal wegen seiner zu progressiven Einstellung angeeckt. Krailsfelden lag nicht nur am Ende der Welt, sondern es hinkte auch der Zeit nach. Er war Mitte der fünfziger Jahre hierhergekommen, und seither hatte sich in Krailsfelden nicht viel verändert, weder äußerlich noch hinter den Fassaden. Es gab eine neue Schnellstraße, die so gut wie nie befahren wurde, und das nie zu Ende gebaute Industriegebiet im Norden der Stadt.

Abgesehen von diesen Äußerlichkeiten war Krailsfelden noch immer die gleiche Stadt, die er damals vorgefunden hatte und die sie vermutlich auch weitere dreiunddreißig Jahre zuvor gewesen war. Selbst die drei Bombenkrater aus dem Krieg waren noch da, von der Zeit geglättet und fast zugewachsen, aber für das aufmerksame Auge noch immer zu erkennen. Niemand hatte sich je die Mühe gemacht, sie aufzufüllen oder die Grundstücke gar neu zu bebauen. Selbst das Wegräumen der Trümmer hatte man der Zeit überlasssen, die diese Aufgabe zwar langsam, aber sehr gründlich erledigt hatte. In Krailsfelden war die Zeit egal. Es hatte sich irgendwann von der Zukunft abgenabelt. In den Häusern standen jetzt zwar Farbfernseher und Stereoanlagen, und die Autos waren ein wenig schicker geworden. Die jungen Leute fuhren mit Mofas zur Schule, statt mit rostigen Fahrrädern, und dreimal am Tag donnerten amerikanische Starfighter über die Stadt, denn Krailsfelden lag in einem Tieffluggebiet. Aber das waren nur Äußerlichkeiten: Make-up, unter dem das Gesicht der Stadt und seiner Menschen unverändert geblieben war.

Vanderbilt hatte am Anfang keinen leichten Stand gehabt. Sein Vorgänger, der bis zu seinem Tod in Krailsfelden geblieben war, war ein Geistlicher gewesen, wie ihn sich Krailsfelden gewünscht hatte –

Vanderbilt argwöhnte nicht zu Unrecht, daß sie ihn dazu *gemacht* hatten: ein Pfarrer, der mit dem Evangelium unter dem Kopfkissen schlief und streng nach dem Buchstaben der Bibel lebte. Nach allem, was Vanderbilt über ihn gehört hatte, ein durch und durch aufrechter, aber auch gnadenloser Mann. Nein, es war nicht leicht gewesen, das Eis zu brechen und Anerkennung zu finden. Und ganz war es ihm wahrscheinlich nie gelungen, nicht einmal heute. Krailsfelden brauchte einen Geistlichen. Die Menschen hier waren sehr gläubig, manchmal sogar gläubiger, als selbst Vanderbilt recht war. Aber sie brauchten *keinen* Pfarrer, zu dem ein siebzehnjähriges Mädchen kommen konnte, das schwanger geworden war.

Und wie schwer war es ihm gefallen, sich einzugestehen, daß sie *recht* hatten.

Es *war* das Wirken des Teufels. Nicht im übertragenen Sinn, sondern wortwörtlich. Als gläubiger Christ hatte Vanderbilt niemals an der Existenz Satans gezweifelt (wie konnte er, wenn er *Gott* anerkannte?), aber es war eine Sache zuzugeben, daß es den Teufel gab; und eine ganz andere zu begreifen, daß er gleich in der Nachbarschaft wohnte, nicht einmal drei Kilometer entfernt, und daß er eine Gestalt hatte und eine Stimme.

Vanderbilt fror plötzlich. Sein Blick glitt fast hilfesuchend über das leere Blatt in der Schreibmaschine und dann, fast gegen seinen Willen und wie von einer unwiderstehlichen Kraft angezogen, über den aufgeschlagenen Ordner daneben. Wenn auch nur die Hälfte davon stimmte...

Es ist nicht die Hälfte, du alter Narr! flüsterte eine Stimme hinter seiner Stirn. *Es ist alles wahr. Jedes einzelne Wort. Und du weißt es!*

Aber, bei Gott, was sollte er tun?

Das Blatt in seiner Schreibmaschine war nicht das erste. Er hatte mindestens zehnmal angesetzt und die Seiten wieder herausgerissen, noch ehe er den ersten Satz zu Ende formuliert hatte. Dabei fiel es ihm normalerweise nicht schwer, Worte zu Papier zu bringen. Doch jetzt war er wie gelähmt. Sein Kopf schien leergefegt zu sein, und wenn er die Hände ausstreckte, dann verwandelten sich die Buchstaben auf den Tasten seiner Schreibmaschine in sinnlose Hieroglyphen, die sich weigerten, sich zu einem Text zusammenzufügen.

Dabei war jedes einzelne Wort so wichtig!

Er wußte, daß von diesem Brief alles abhing, alles. Er hatte nur diese eine Chance. Wenn es ihm nicht gelang, den Kardinal zu überzeugen, dann war es vorbei. Vanderbilt kannte den Kardinal zwar nicht persönlich. Aber er war nicht nur ein Kirchenfürst, er war auch ein bißchen

Politiker, und er war ein Mann von großer Vorsicht – was kein Wunder war. Wie viele Spinner und religiöse Fanatiker mochten ihm im Lauf seiner Amtszeit wohl mitgeteilt haben, sie wären dem Antichristen persönlich auf die Spur gekommen? Ein einziges falsches Wort, eine nicht ganz klare Formulierung, etwas Ungeschriebenes zwischen den Zeilen, und der Kardinal würde Vanderbilts Brief mit einem milden Lächeln zu den Akten legen – und eine Woche später einen jüngeren Pfarrer in die Gemeinde schicken, so daß Pfarrer Vanderbilt endlich seinen wohlverdienten Ruhestand antreten konnte.

Vielleicht sollte er gar keinen Brief schreiben, überlegte er. Vielleicht sollte er einfach diesen Ordner nehmen, ihn in zwei Lagen Packpapier einschlagen und per Einschreiben an den Kardinal schikken, damit er ihn studieren und sich selbst ein Bild machen konnte.

Aber würde er ihn lesen? Würde er sich durch mehr als tausend Seiten beschriebenes und bedrucktes Papier wühlen, und vor allem: Würde er zwei Jahre Detektivarbeit und allmähliches Begreifen in wenigen Stunden oder Tagen nachvollziehen können? Vanderbilt zweifelte weder an des Kardinals Intelligenz noch an seinem Gespür, aber er hatte *einunddreißig Jahre* gebraucht, um überhaupt zu begreifen, daß es eine Spur gab.

Euer Eminenz, es ist meine heilige Pflicht, Euch davon in Kenntnis zu setzen, daß Luzifer selbst in Krailsfelden Gestalt angenommen hat und seine finsteren Pläne verfolgt... Lächerlich.

Er riß das Blatt aus der Maschine, trank noch einen Schluck Wein, stand auf und ging zum Fenster. Das Pfarrhaus lag auf einem kleinen Hügel, so daß es die ganze Stadt überragte. Das einzige Gebäude, das noch höher lag, war das Internat, und mit einem Mal glaubte Vanderbilt in dieser Tatsache eine düstere Symbolik zu erkennen. Es gab keine Zufälle, nicht in dieser Stadt.

Er lächelte über seine Gedanken. *Vielleicht,* dachte er, *werde ich einfach alt und ein wenig verrückt.*

Aber dann ging sein Blick nach Westen, und er sah das Internat und wußte, daß dem nicht so war. Auf dem Berg brannte kein einziges Licht. Der riesige Steinquader lag in völliger Dunkelheit; ein rechteckiger Schatten gegen den klaren Sternenhimmel; ein schwarzer Moloch, der die Stadt überragte.

Schaudernd wandte sich Pfarrer Vanderbilt wieder um, ging zu seinem Schreibtisch zurück und schaltete die Maschine wieder ein.

Euer Eminenz!

Es fällt mir nicht leicht, diesen Brief zu beginnen, denn ich weiß, wie –

Die Tür ging auf, und Vanderbilt fuhr erschrocken zusammen und schlug den Ordner zu, als Gloria hereinkam, ein Tablett mit einer Tasse dampfendem Tee und zwei belegten Brötchen vor sich her balancierend. Irgendwie brachte er es sogar fertig, ihr freundlich zuzulächeln und den Ordner mit einer fast beiläufigen Bewegung wegzunehmen; nicht hastig, sondern so, als wollte er nur Platz für das Tablett schaffen.

»Pause«, erklärte Gloria in freundlich-befehlendem Ton. »Jetzt wird erst einmal etwas gegessen, Hochwürden.«

Vanderbilt seufzte resigniert. Er mochte es nicht, wenn sie ihn *Hochwürden* nannte – was ganz genau der Grund war, warum sie es bei jeder passenden und unpassenden Gelegenheit tat. Aber er wußte auch, wie wenig Sinn es hatte, Gloria zu widersprechen. Sein Wort besaß eindeutig mehr Gewicht in diesem Haus, aber es gab Bereiche, wo Gloria seinen Widerstand einfach mit der ungestümen Energie ihrer sechsundzwanzig Jahre niederwalzte. Seine Gesundheit, seine Freizeit und die Einhaltung gewisser Rhythmen gehörten dazu.

»Ich möchte nur noch diesen Brief zu Ende schreiben, Liebes«, sagte er. »Es dauert nicht mehr –«

»Du mußt jetzt vor allem etwas essen«, unterbrach ihn Gloria, in einem Ton, der jeden Widerspruch von vornherein ausschloß. Sie setzte das Tablett auf dem Schreibtisch ab, beugte sich vor und schaltete die Schreibmaschine aus. »Es ist schon nach neun, Hochwürden. Und ich habe vor einer guten Stunde allein unten im Wohnzimmer gehockt und einen Rinderbraten verspeist, an dem ich zwei Stunden herumgekocht habe.« Sie schüttelte in gespieltem Ärger den Kopf. »Wenn wir verheiratet wären, wäre das ein Scheidungsgrund, wissen Sie das, Hochwürden?«

Vanderbilt lächelte matt. »Gott sei Dank sind wir das ja nicht«, erwiderte er. »Das mit dem Essen tut mir leid. Aber ich hatte ohnehin keinen großen Appetit. Alte Leute essen nicht mehr viel, das weißt du doch.«

»Dann iß wenigstens das da.« Der Spott verschwand aus Glorias Blick und machte einer ganz leisen, aber ernsthaften Besorgnis Platz. Sie sah ihn oft so an in der letzten Zeit. Vanderbilt fragte sich, ob sie vielleicht spürte, was mit ihm los war. Er war ein guter Schauspieler, vor allem Gloria gegenüber. Aber sie lebten jetzt schon so lange zusammen, daß er manchmal argwöhnte, sie könnte eine Art telepathischer Kräfte entwickelt haben, die sie zwar nicht seine Gedanken, wohl aber seine Stimmungen erkennen ließen. Er hatte wirklich keinen Appetit, aber er griff trotzdem nach einem der Brötchen, um ihr Mißtrauen nicht noch weiter zu schüren.

»Du mußt wirklich mehr auf dich achtgeben«, mahnte Gloria. »An manchen Tagen ißt du überhaupt nichts. Jetzt lüg mich nicht an und sage, das stimmt nicht.«

»Sag ich doch gar nicht«, antwortete Vanderbilt mit vollem Mund. »Außerdem habe ich ja dich, um auf mich aufzupassen.«

»Ja – und wenn das nicht so wäre, wärst du wahrscheinlich längst verhungert«, fügte Gloria hinzu. Dann deutete sie auf die Schreibmaschine und das Häufchen zusammengeknüllter Papierbällchen daneben. »Was schreibst du da? Besser gesagt – was schreibst du nicht?«

»Einen Brief an den Kardinal«, erwiderte Vanderbilt. Er mußte damit rechnen, daß sie seinen Papierkorb leerte oder einfach hinter ihn trat und die Adresse las. »Verwaltungskram. Du weißt, daß mir so etwas noch nie gelegen hat.«

»Soll ich es tun? Sag mir einfach, worum es geht, und ich tippe es gleich morgen früh. Der Postwagen kommt sowieso erst um elf.«

»Das weiß ich ja selbst noch nicht so genau«, meinte Vanderbilt kauend. »Sie haben wieder einmal irgendeine Reform vor. Administrative Änderungen, um alles noch ein bißchen mehr zu komplizieren, weißt du? Vielleicht komme ich auf dein Angebot zurück, wenn ich mir selbst im klaren bin, was ich eigentlich schreiben möchte.« Er war erstaunt, wie glatt ihm die Lüge von den Lippen kam. War es wirklich nur die Angst *um* Gloria – oder vielleicht Angst *vor* ihr? Er verscheuchte den Gedanken und trank einen winzigen Schluck Tee. Er schmeckte gut, aber die belebende Wirkung blieb aus.

»Ist der Junge schon gekommen?« fragte er nach einer Weile.

Gloria schüttelte den Kopf. »Ich habe ihm abgesagt. Es schien ihm ganz recht zu sein. Eine Mark ist ein bißchen wenig für den weiten Weg – noch dazu bei diesem Wetter. Die Tarife sind gestiegen in den letzten Jahren, Hochwürden.«

»Aber der Brief –«

»Ich habe ihn selbst hingebracht«, unterbrach ihn Gloria. »Keine Sorge. Es ist alles zu Eurer Zufriedenheit geregelt, Hochwürden.«

Vanderbilt überhörte ihren Spott. Fast erschrocken ließ er seine Tasse sinken und starrte Gloria an. »Du weißt, ich will nicht, daß du dorthin gehst«, sagte er streng.

Gloria machte eine wegwerfende Handbewegung. »Der Brief mußte abgegeben werden, oder? Und außerdem ist es ein *Internat,* keine Räuberhöhle. Und sie betreiben dort auch kein Kinderbordell.«

Sein Blick erklärte ihr, daß man über diesen Punkt durchaus verschiedener Meinung sein konnte, und Gloria fuhr fort: »Sie sind vielleicht alle ein bißchen beknackt da oben, aber ich glaube nicht, daß sie Mädchenhandel betreiben.«

Nein, dachte er. *Das tun sie nicht. Und wenn das alles wäre, dann hätte ich auch keine Angst, dich dort hinzuschicken.* Laut sagte er: »Sprich nicht so. Du weißt, daß ich das nicht mag. So etwas gehört sich nicht für eine Pfarrersnichte.«

Normalerweise hätte Gloria jetzt die Gelegenheit genutzt, wieder eine spöttische Bemerkung loszulassen. Aber sie zuckte nur mit den Schultern und sah aus dem Fenster, in die Richtung, in der der Berg lag. Und dann sagte sie etwas, was Vanderbilt zutiefst erschreckte; so sehr, daß er die Kontrolle über sein Gesicht verlor und sie blankes Entsetzen auf seinen Zügen erkannt hätte, hätte sie sich in diesem Moment herumgedreht und ihn angesehen.

»Vielleicht hast du sogar recht«, murmelte sie. »Irgendwie wird mir dieses Internat immer unheimlicher. Manchmal habe ich das Gefühl, irgend etwas...« Sie suchte nach Worten und zuckte schließlich mit den Schultern.

»Unsinn.« Sie drehte sich zu ihm herum und wechselte das Thema. »Der neue Hausmeister ist vorhin angekommen. Ein komischer Kerl.«

»Wieso?« Vanderbilt hob seine Tasse und verbarg sein Gesicht hinter ihr. Sein Herz jagte. *Sie spürt es auch. Sie auch.*

Gloria hob abermals die Schultern. »Ich weiß nicht – nur ein Gefühl eben. Er kam zu Fuß, im strömenden Regen. Ich glaube, daß er eigentlich ganz nett ist, aber...« Sie beendete den Satz mit einer vagen Handbewegung. »Vielleicht paßt er ja zu diesen Verrückten da oben.«

Vanderbilt antwortete nicht mehr. Er blickte Gloria an, aber er sah sie nicht wirklich. Sein Blick ging durch sie hindurch und saugte sich an dem schwarzen Moloch auf dem Berg fest. Er hatte Angst.

4

Vielleicht ist es doch keine so gute Idee gewesen, dachte Ronald, als er im flackernden Licht der Kerze zum drittenmal über die gleiche Gangkreuzung tastete und sich endgültig eingestand, daß er sich verlaufen hatte. Und zwar gründlich.

Er fluchte lautlos in sich hinein. Dieser Bau war vielleicht keine verwunschene Burg, aber eines ganz bestimmt: ein Labyrinth aus kilometerlangen Gängen und Treppen, in dem er die ganze Nacht herumirren konnte, ohne auch nur in die Nähe seines Zimmers zurückzufinden. Und selbst wenn, wäre er wahrscheinlich an seiner Tür vorbeigelaufen, ohne es auch nur zu merken, denn sosehr sich sein Appartement vom Rest dieses steinernen Rattennests unterschied, sosehr glichen sich die einzelnen Gänge und Türen. Vor allem im Licht dieser beschissenen Kerze, das kaum ausreichte, um zu sehen, wohin er seinen Fuß setzte. Vor ein paar Minuten wäre er fast kopfüber eine Treppe hinuntergefallen, weil er die oberste Stufe übersehen hatte.

Er hatte an ein paar Türen geklopft – niemand hatte geantwortet oder gar aufgemacht –, und er hatte auch hinter ein paar Türen gesehen, aber lediglich einige mehr oder minder leere Räume unterschiedlicher Größe vorgefunden. Alles in allem mußte das Gebäude an die dreihundert Menschen beherbergen. Viel, aber in einem Kasten, der groß genug war, *dreitausend* aufzunehmen, standen seine Chancen trotzdem nicht besonders gut, auf ein lebendes Wesen zu treffen, ehe seine Kerze heruntergebrannt war.

Als wäre dieser Gedanke ein Stichwort gewesen, fuhr ein eiskalter Windzug durch den Korridor und ließ die Kerze flackern. Fluchend hob Ronald die Hand über die winzige Flamme (er hatte Streichhölzer, eine ganze Schachtel sogar – sie lag griffbereit neben dem Karton mit den Ersatzkerzen, direkt neben seinem Bett!) und betete, daß sie nicht ausgehen möge.

Seine Gebete wurden erhört. Die Flamme hörte auf zu flackern und brannte jetzt, als er sie mit der Hand beschirmte, sogar ein wenig heller.

Aber da war noch etwas: die Stille.

Trotz seiner Größe war das Gebäude einfach zu still. Er hörte *nichts*. Das Rauschen des Regens, das Geräusch seiner eigenen Schritte und manchmal ein hohles Wispern und Raunen, wenn der Wind sich irgendwo brach, das Knacken von Holz – aber sonst nichts. Keines der Geräusche, die man in einem Internat mit fast dreihundert Schülern erwartete. Es war vollkommen unmöglich, daß man dreihundert Kinder so disziplinierte, daß sie mucksmäuschenstill waren; und das an einem Freitagabend um neun Uhr. Es mußte eine Erklärung für diese unheimliche Stille geben, und er fand sie, als er sich zwang, in Ruhe nachzudenken: Das Gebäude war gigantisch, und die Schlafsäle der Schüler lagen sicher in einem anderen Flügel, dreihundert Meter und mindestens fünfundzwanzig dicke Backsteinwände von ihm entfernt. So einfach war das.

So einfach ist das! dachte er noch einmal bewußt heftig, um sich selbst zu beruhigen. Trotzdem hörte ein dünnes, penetrantes Stimmchen tief in seinem Innern nicht auf zu flüstern, daß dies vielleicht die *logische*, aber nicht die *wirkliche* Erklärung war. In Wahrheit befand er sich in einer Gruft, lebend begraben und verloren seit dem Moment, in dem er freiwillig seinen Fuß über ihre Schwelle gesetzt hatte...

Irgendwo in der Dunkelheit ertönte ein Schrei.

Ronald blieb stehen, hob seine Kerze und starrte aus eng zusammengekniffenen Augen in die Schwärze. Er sah nichts, aber allein die Konzentration half ihm, besser zu hören: der Schrei war keine Einbildung gewesen. Er wiederholte sich, brach abrupt ab und wurde zu einem Durcheinander schriller Stimmen, die er nicht verstand, die aber eindeutig nach Kampf klangen. Poltern. Wieder Schreie, dann Schritte und ein dumpfes Poltern, das sich ihm näherte.

»Wer ist da?« rief er.

Keine Antwort – aber das Poltern kam näher, und jetzt identifizierte er es als das rasende Hämmern flüchtender Füße auf den hölzernen Treppenstufen.

Ronald schwenkte seine Kerze und lauschte gebannt. Sein Herz begann schneller zu schlagen, und seine Handflächen wurden feucht. Er versuchte sich zu beruhigen. Wahrscheinlich wurde er Zeuge eines Schülerstreiches, ein paar Jungen oder Mädchen, die die Dunkelheit ausnutzten, um Kontaktkleber unter das Sitzkissen ihres Lehrers zu schmieren oder etwas ähnliches.

Und doch... irgend etwas sagte ihm, daß sich in der Dunkelheit vor ihm alles andere als ein Schülerstreich abspielte.

Plötzlich waren die Schritte ganz nah. Etwas kam auf ihn zu, rasend schnell und unaufhaltsam, und hätte Ronald nicht genug damit zu tun gehabt, seine Phantasie zu zügeln, hätte er reichlich Zeit gefunden, zur Seite zu weichen. So stand er einfach da, blickte aus aufgerissenen Augen in die Dunkelheit hinein –

– und prallte mit einem überraschten Fluch gegen die Wand, als jemand mit der Wucht eines wütenden Stiers in seinen Magen krachte. Eine Türkante knallte kurz und heftig gegen seinen Hinterkopf, und der altertümliche Lichtschalter daneben bohrte sich zwischen seine Schulterblätter. Ronald keuchte vor Schmerz, ließ die Kerze fallen und griff instinktiv zu. Seine Finger schlossen sich um etwas Warmes, Nasses, Glitschiges, das er erst im zweiten Moment als Handgelenk identifizierte, und hielten es fest.

In der Dunkelheit vor ihm erscholl ein gellender Schrei. Das Wesen in seiner Hand begann mit erstaunlicher Kraft sich zu wehren, und dann traf ihn ein Faustschlag im Gesicht. Er keuchte vor Schmerz und Überraschung, fluchte erneut und schlug im Reflex zurück. Erst da machte er sich klar, daß es wahrscheinlich ein Kind war, das er gepackt hielt; zu spät, um den Hieb aufzuhalten, aber noch früh genug, um aus dem wütenden Schwinger eine kräftige Ohrfeige zu machen, die auch zielsicher in ein Gesicht irgendwo in der Finsternis vor ihm traf.

»Verdammt noch mal, bist du wahnsinnig geworden?« brüllte er. »Was soll denn das?«

Ein gellender Schrei antwortete ihm. Er spürte, wie sich der Körper in seinem Griff aufbäumte, fühlte den nächsten Schlag kommen und fing die Hand ab, bevor sie sein Gesicht treffen konnte.

Und in diesem Moment ging das Licht an.

Ronald blinzelte, als der riesige Kronleuchter unter der Decke unvermittelt aufflammte und den Gang in gelbe, unerwartet intensive Helligkeit tauchte; und der Junge in seinen Händen schrie wie unter Schmerzen und hörte im gleichen Augenblick auf, sich zu wehren.

Er erschlaffte, fiel vor Ronald fast auf die Knie, doch dieser griff blitzschnell wieder zu, bevor der Junge zusammenbrach.

Er wimmerte, und ein jäher Schrecken durchfuhr Ronald, als er in sein Gesicht blickte. Es war verquollen und blutig. Seine Lippen waren aufgeplatzt, das linke Auge geschlossen, beinahe schwarz und so dick geschwollen, daß es wie ein Froschauge wirkte. Sein Gesicht, sein Hemd und seine Hose waren durchnäßt, und was Ronald sehr heftig auffiel, war der Geruch: Der Junge stank, als hätte jemand den Boden eines Pissoirs mit ihm aufgewischt.

Vorsichtig ließ er den Jungen zu Boden gleiten, legte die linke Hand unter seinen Kopf und sah sich nach etwas um, das er als Kissen benutzen konnte. Da er nichts fand, zog er kurzerhand den linken Schuh aus und schob ihn unter den Hinterkopf des Jungen.

Erst dann wurde ihm klar, wie verrückt er sich verhielt. Der Junge brauchte keinen Schuh unter dem Kopf, er brauchte *Hilfe* – einen Arzt, besser noch einen Krankenwagen. Ronald sprang auf, machte einen Schritt und blieb gleich wieder stehen.

Er konnte ihn nicht allein lassen. Nicht nach den Schreien, die er gehört hatte. Wer immer den Jungen so zugerichtet hatte, war noch hinter ihm her. Jetzt blieb ihm nichts anderes mehr übrig, als um Hilfe zu rufen.

Als er das genau tun wollte, erschien eine zweite Gestalt am Ende des Gangs, und eine Sekunde später eine dritte und vierte – und man mußte nicht besonders scharfsinnig sein, um zu erkennen, daß es genau die Burschen waren, vor denen der Junge geflüchtet war. Die drei mußten ungefähr im gleichen Alter sein wie ihr Opfer – zwölf, vielleicht dreizehn –, waren aber allesamt größer und sehr viel kräftiger als er, und irgend etwas an ihnen versetzte Ronald in Alarmstimmung, ohne daß er genau sagen konnte, was es war.

Als die drei ihn sahen, blieben sie abrupt stehen. Einen winzigen Moment lang spürte Ronald, daß sie ihre Chancen überschlugen, ihn einfach zu überrennen, um ihres Opfers doch noch habhaft zu werden. Und er wiederum überschlug *seine* Chancen, mit den drei Burschen fertigzuwerden: Zwei von ihnen waren fast so groß wie er, und alle drei machten einen sehr durchtrainierten Eindruck, was auf ihn ganz und gar nicht zutraf. Er würde es sich nicht leisten können, fair zu kämpfen, sondern mit aller Macht zuschlagen und dabei in Kauf nehmen müssen, einen oder mehrere schwer zu verletzen oder zu töten, wenn –

Um ein Haar hätte er aufgeschrien, als ihm klarwurde, was er da dachte. *Großer Gott, was geschieht mit mir?* War er verrückt geworden, hier zu stehen und vollkommen kalt zu erwägen, diese drei Kinder *zu töten?*

Aber der gefährliche Moment ging vorüber. Das Flackern in den Blicken der drei jungen Burschen erlosch fast simultan, als hätte irgend jemand einen Schalter umgelegt, und zurück blieben normale Feindseligkeit, Überraschung und Mißtrauen.

»Was suchst du denn hier?« Einer der drei – der größte – trat Ronald entgegen und reckte sich kampflustig. Ungefähr eine Sekunde lang. Dann begegnete er Ronalds Blick. Er schrumpfte ein Stück in sich zusammen und biß sich auf die Unterlippe.

»Das gleiche könnte ich euch auch fragen«, antwortete Ronald eisig. »Aber dazu haben wir jetzt keine Zeit. Wo ist das nächste Telefon?«

»Wieso?« fragte der Bursche trotzig.

Ronald mußte sich zusammenreißen, um ihn nicht zu ohrfeigen. »Weil euer Freund da hinten einen Arzt braucht«, erwiderte er gepreßt. »Wart ihr das?«

»Was?«

Das reichte. Ronald streckte den Arm aus, packte den Jungen am Kragen und riß ihn so heftig zu sich heran, daß dieser ein überraschtes Keuchen ausstieß. »Jetzt hör mir mal zu, Freundchen«, zischte er wütend. »Ich will gar nicht wissen, *warum* ihr es getan habt. Das könnt ihr mit ihm ausmachen, oder mit euren Lehrern. Aber wenn du nicht willst, daß dir das gleiche passiert, dann gehst du jetzt zum nächsten Telefon und rufst Hilfe! Hast du das verstanden?«

Er schüttelte den Burschen, ließ ihn plötzlich los und versetzte ihm einen Stoß, der ihn fast zu Boden geschleudert hätte. Der Junge taumelte mit einem halblauten Schrei zurück und blickte Ronald mit einer Mischung aus Staunen und nackter Angst an.

Ronalds Hände zitterten. Was war nur mit ihm los? Er war niemals jähzornig gewesen, aber jetzt mußte er sich mit aller Kraft beherrschen, um sich nicht auf die drei Jungen zu stürzen und mit den Fäusten auf sie einzuschlagen!

Das Geräusch schwerer Schritte drang in seine Gedanken, und als er aufsah, entdeckte er eine vierte Jungengestalt, die am Ende des Korridors aufgetaucht war. Instinktiv wußte er, daß dieser zu den drei anderen gehörte. Es gab eine nicht greifbare Gemeinsamkeit zwischen ihnen, etwas wie eine unsichtbare Uniform, die sie unter ihren Jeans und T-Shirts trugen.

Der Junge hatte schwarzes, streichholzkurz geschnittenes Haar, war größer als die drei anderen, muskulöser – und wahrscheinlich auch kräftiger als Ronald selbst.

Und sein Gesicht war eine haßverzerrte Maske.

»Habt ihr ihn?« krächzte er. »Wo ist das Schwein? Ich will nicht, daß ihr ihm etwas tut. Ich will ihn selbst!«

Obwohl er direkt auf Ronald zuhumpelte, schien er ihn gar nicht zu bemerken. Einer der drei anderen hob die Hand und wollte etwas sagen, aber der Junge ignorierte ihn einfach. Er blieb erst stehen, als Ronald ihm den Weg vertrat. Eine Sekunde lang war er nur überrascht. Dann traten Zorn und blanke Wut in seinen Blick.

»Wer bist du denn, du Arsch?« fragte er. »Geh mir aus dem Weg, oder –«

»Oder?« entgegnete Ronald ruhig.

Zu der Wut in den dunklen Augen kam Unsicherheit. Er machte einen kleinen Schritt zurück, blickte verwirrt zu den drei anderen und schien sofort zu begreifen, daß er aus dieser Richtung keine Hilfe zu erwarten hatte.

»Verdammt, wer ist das?« fragte er. Seine Stimme zitterte.

»Das spielt jetzt keine Rolle«, erwiderte Ronald zornig. »Einer von euch wird jetzt einen Arzt für den Jungen da hinten holen.«

»Ach?« grinste der Schwarzhaarige. »Werden wir das?«

»Ja«, antwortete Ronald. »Für ihn – oder für einen von euch, das ist mir egal.«

Nun war der Bursche fassungslos. Er starrte Ronald aus großen Augen an, klappte den Mund auf und schloß ihn wieder, ohne ein Wort zu sagen.

»Verdammt, seid doch vernünftig, Jungs!« rief Ronald. Vielleicht kam er weiter, wenn er an ihren Verstand appellierte, statt an ihre Angst. »Was immer der Junge euch getan hat, er hat genug. Er braucht einen Arzt!«

»Einen Arzt?« Der Schwarzhaarige lachte häßlich und stellte sich auf die Zehenspitzen, um über Ronalds Schulter hinwegzublicken. »Der braucht keinen Arzt«, meinte er hämisch. »Die Kleinen sind zäh, das weißt du doch. Geh aus dem Weg, und ich zeig dir, wie schnell ich ihn wieder auf die Beine bringe.« Er machte einen Schritt zur Seite und wollte an Ronald vorbei.

Ronald hob die Hand und hielt ihn zurück.

Der Junge erstarrte. Einen Atemzug lang sah er Ronald ins Gesicht, dann wanderte sein Blick langsam an seinem eigenen Körper herab und blieb an Ronalds Hand hängen, die mit gespreizten Fingern auf seiner Brust lag.

»Nimm ... die ... Hand ... da ... weg«, zischte er leise.

Ein eisiger Schauer durchrieselte Ronald. Mimik und Worte des Schwarzhaarigen waren zwar albern und gespielt drohend, fast wie aus einem Western, aber Ronald war kein bißchen zum Lachen zumute. Bei aller Theatralik war etwas in der Stimme des Schwarzhaarigen, das ihn frösteln ließ.

Aber er senkte die Hand nicht, sondern ballte sie ganz langsam zur Faust, wobei sich seine Finger in das T-Shirt des Burschen krallten. Die rechte Hand des Jungen fiel auf seine Hosentasche herab, und plötzlich war Ronald sicher, daß er ein Messer hatte. Eine einzige falsche Bewegung, und –

»Was ist denn hier los?!« Noch vor einer Minute hätte Ronald nicht geglaubt, daß er jemals froh sein würde, Frau Stellers Stimme zu hören.

Die Spannung wich aus dem breitschultrigen Jungen vor ihm, und auch die drei anderen zogen sich hastig ein paar Schritte zurück, als die Steller näher kam – mit einem Gesicht, in dem eiskalter Zorn blitzte.

»Werner! Natürlich wieder du! Wer auch sonst?« Sie kam näher, stemmte herausfordernd die Hände in die Hüften – und fuhr erschrokken zusammen, als sie die reglos ausgestreckte Gestalt hinter Ronald entdeckte. Ohne ein weiteres Wort ging sie zu dem Jungen hinüber, kniete neben ihm nieder und untersuchte ihn, sehr schnell und sehr routiniert. Nach ein paar Augenblicken richtete sie sich wieder auf und wandte sich erneut an die vier Jungen.

»Also? Was war hier los?«

Werner erwiderte ihren Blick trotzig, während die drei anderen betreten zu Boden starrten. Keiner von ihnen antwortete.

Frau Steller seufzte ärgerlich. Ein Netz aus tiefen Falten furchte ihr Gesicht. »Gut«, sagte sie schließlich. »Wir klären das später, meine Herren. In einer halben Stunde, in Direktor Zombecks Büro. Verschwindet.«

Die drei Jungen liefen davon, Werner aber blieb stehen. »Worauf wartest du?« fragte die Steller. »Ich sagte: in einer halben Stunde, im Büro des Direktors. Und wasch dir das Gesicht. Du siehst aus wie ein Schwein.«

»Warum?« meinte Werner patzig. »Zombeck kann ruhig sehen, was er mit mir gemacht hat.«

Frau Stellers Stirnrunzeln vertiefte sich noch. Ihre Augen schossen Giftpfeile in Werners Richtung. »Hau ab«, sagte sie leise. Und das schien Werner zu verstehen. Er senkte schließlich den Blick und ging den anderen nach.

Die Steller folgte ihm mit Blicken, bis er hinter der Gangkreuzung verschwunden war, und kniete dann wieder neben dem bewußtlosen Jungen nieder. Nach einem Augenblick trat Ronald neben sie und ging auf der anderen Seite der reglosen Gestalt in die Hocke.

»Der Junge braucht einen Arzt«, sagte er ernst. »Wenn Sie mir sagen, wo ich das nächste Telefon finde, rufe ich an.«

Ohne auf seine Worte zu reagieren, tastete sie mit den Fingerspitzen über Gesicht und Schläfen des Jungen, schob vorsichtig die Hand in seinen Nacken und befühlte auch seinen Hinterkopf. »Gebrochen scheint jedenfalls nichts zu sein«, murmelte sie. Dann schüttelte sie den Kopf. »Sie brauchen niemanden anzurufen, Herr Bender. Wir haben eine ziemlich gut ausgerüstete Unfallstation hier im Haus. Und ich bin ausgebildete Krankenschwester.«

Das ahnte Ronald. Die Art, wie sie den Jungen untersucht hatte, war nicht die eines Laien. »Trotzdem«, erwiderte er. »Er könnte innere Verletzungen haben, und außerdem –«

»Jetzt reicht es«, unterbrach ihn die Steller scharf. »Was erwarten Sie? Daß wir wegen jeder Schülerprügelei einen Rettungshubschrauber anfordern?«

Ronald sah sie verblüfft an. »Das war keine normale Prügelei unter Schülern«, entgegnete er.

»Ach?« schnappte die Steller. »Sind Sie Spezialist dafür?«

»Nein«, antwortete Ronald. »Aber ich war auch einmal ein Kind, und ich habe verdammt oft Prügel bezogen und ausgeteilt. Aber niemals solche.«

»Dann haben Sie wahrscheinlich Glück gehabt«, erwiderte die Steller kalt. »Dem Jungen fehlt nichts, was wir nicht selbst in Ordnung bringen könnten, glauben Sie mir. Was, zum Teufel, schleichen Sie überhaupt hier herum, mitten in der Nacht?«

»Mitten in der Nacht?« Er sah auf die Uhr. »Es ist zwanzig nach neun, Frau Steller. Und ich schleiche nicht herum. Ich habe den

Elektriker ankommen sehen und wollte hinuntergehen, um ihm zu helfen – oder ihm wenigstens über die Schulter zu schauen. Glücklicherweise habe ich mich dabei verlaufen.«

»Glücklicherweise?«

»Ja, *glücklicherweise!* Wollen Sie wissen, wie ich die Sache sehe?«

Frau Steller wollte nicht, aber Ronald fuhr trotzdem fort: »Der Junge ist um sein Leben gerannt, als ich ihn getroffen habe. Er war fast verrückt vor Angst. Und wenn ich nicht hier *herumgeschlichen* wäre und diese vier Früchtchen erwischt hätte, dann hätten sie ihn wahrscheinlich umgebracht oder zumindest so übel zugerichtet, daß Sie jetzt wirklich einen Rettungshubschrauber bräuchten.«

In Frau Stellers Gesicht arbeitete es. Sein Ton war sehr scharf gewesen, und sie war es nicht gewohnt, daß man sie anschrie. Aber der erwartete Zornesausbruch blieb aus.

»Wir klären das später«, sagte sie nur. »Jetzt müssen wir Richard erst einmal in die Rotkreuzstation bringen. Bitte helfen Sie mir, ihn zu tragen.«

5

Gloria war auf dem Weg nach oben, als sie das Licht sah. Sie blieb stehen, machte auf der vierten Stufe kehrt und ging zurück. Onkel Henk hatte ihr versprochen, Schluß zu machen, sobald er den Entwurf für seinen Brief fertig hatte, aber das war eine Stunde her, und jetzt war es fast halb elf. Onkel Henk wurde scheinbar mit jedem Tag ein bißchen sturer und uneinsichtiger.

Nicht, daß das irgend etwas an Glorias Empfindungen ihm gegenüber geändert hätte. Im Gegenteil – sie mochte diesen alten Starrkopf. Sie liebte ihn, auch wenn sie das in seiner Gegenwart niemals zugegeben hätte. Sie liebte ihn auf eine Art, für die sie noch nie die passenden Worte gefunden hatte. Aber manchmal trieb er sie auch an den Rand des Wahnsinns. Onkel Henk war neunundsiebzig – achtzig, im nächsten Februar –, aber er arbeitete, als wäre er zwanzig und hätte die ewige Jugend gepachtet. Und in den letzten Monaten war es besonders schlimm gewesen. Sie hatte ihn mehr als einmal mitten in der Nacht an seinem Schreibtisch überrascht, und wie viele durchgearbeitete Nächte er hinter sich hatte, von denen sie *nichts* wußte, wagte sie sich erst gar nicht vorzustellen. Sie würde ein ernstes Wort mit ihm reden müssen, und zwar bald.

Aber warum eigentlich nicht gleich?

Sie klopfte.

Niemand antwortete. Sie klopfte noch einmal – etwas lauter –, zählte in Gedanken bis fünf und drückte die Klinke herunter.

Das Zimmer war leer. Das Licht brannte, und im Kamin glomm ein Holzscheit vor sich hin und spie in unregelmäßigen Abständen kleine Funkenschauer aus. Die Schreibmaschine war noch eingeschaltet, und daneben stand das Tablett mit den Resten der Mahlzeit, die sie ihm aufgenötigt hatte, zusammen mit einem leeren Weinglas, das sie erst jetzt bemerkte. Aber seine Brille, sein Tabaksbeutel und das kleine schwarze Notizbuch, von dem er sich nie trennte und das immer neben ihm lag, waren verschwunden: untrügliche Beweise dafür, daß er nicht nur mal eben hinausgegangen war, sondern für heute Schluß gemacht hatte. Er hatte einfach vergessen, das Licht auszuschalten. Und sein Schreibtisch sah aus, als hätte im Zimmer ein Orkan gewütet.

Gloria schüttelte lächelnd den Kopf, schloß die Tür hinter sich und trat an den Schreibtisch, um Ordnung zu schaffen. In letzter Zeit wurde Onkel Henk ein wenig schusselig. Er begann auch Dinge zu vergessen. Seine Schreibmaschine zum Beispiel lief immer noch. Ihr Summen durchdrang die Stille des Zimmers wie das Geräusch einer Hornisse.

Sie schaltete sie aus und griff automatisch nach dem Blatt, das sich noch darin befand, um es herauszuziehen und glattzustreichen – und stutzte, als ihr Blick auf die erste und einzige Zeile der Seite fiel.

Onkel Henk war wirklich nicht sehr weit gekommen. Er hatte nicht einmal den ersten Satz zu Ende geschrieben, aber *was* er da angefangen hatte, das war . . . seltsam.

Euer Eminenz! Es ist meine heilige Pflicht, Euch von einer bedrohlichen Ent

Der Text hörte mitten im Wort auf, aber schon dieser halbe Satz – zusammen mit dem Adressaten des Briefes – beunruhigte Gloria mehr, als sie sich im ersten Moment erklären konnte.

Eine bedrohliche Ent-? Was? Entdeckung? Entwicklung?

Und das geht dich überhaupt nichts an! Was fällt dir ein, ihm nachzuspionieren!

Schuldbewußt knüllte sie das Blatt zusammen, warf es in den Papierkorb – und stutzte ein zweites Mal. In der kleinen Plastiktonne lag ein ganzer Haufen weißer Papierbällchen, stumme Zeugen Onkel Henks vergeblicher Versuche, seinen Brief zu formulieren; aber so viele es auch waren, reichten sie doch nicht aus, die beiden leeren Weinflaschen zu verbergen, die darunter lagen.

Glorias Blick wanderte irritiert zwischen dem Weinglas auf dem Tisch und den beiden Flaschenhälsen im Papierkorb hin und her. Sie nahm schließlich den Papierkorb hoch, stellte ihn auf den Tisch und zog die beiden Flaschen heraus. Und sie fühlte sich nicht besonders gut dabei, ihm nachzuspionieren; denn genau das war es, was sie tat. Aber auf der anderen Seite war plötzlich eine nagende Ahnung in ihr, daß diese beiden leeren Flaschen nur ein Indiz für etwas viel Schlimmeres waren. Ein Glas Wein, okay, und selbst das war eine Seltenheit – aber zwei Flaschen? Onkel Henk trank *nie*.

Von einer bedrohlichen Ent

Fast gegen ihren Willen ergriff sie eines der Papierbällchen, faltete es auseinander und überflog den Text: *Es fällt mir nicht leicht, diesen Schritt zu tun, aber die Dinge entwickeln sich schnell, und schlimmer, als*

Das nächste Blatt. Diesmal nur die Anrede und ein halbes Wort: *Sat*

Sat?

Satan.

Unsinn, dachte sie. Onkel Henk wurde in letzter Zeit vielleicht ein bißchen komisch, aber *verrückt* war er noch nicht, und auch nicht senil – und man mußte schon beides sein, um dem Kardinal einen Brief zu schreiben, in dem von Satan und schlimmen Entwicklungen in Krailsfelden die Rede war.

Hinter ihr knisterte es. Gloria fuhr mit einem leisen Schrei herum – und atmete erleichtert auf, als sie erkannte, daß es nur das Stück Holz im Kamin war, das einen neuen Funkenschauer ausgestoßen hatte. Sie lächelte nervös. Anscheinend begann auch sie allmählich Gespenster zu sehen.

Mit einer entschlossenen Bewegung fegte sie die zerknüllten Brieffragmente wieder in den Papierkorb zurück, strich das letzte Blatt – das, das sie aus der Maschine genommen hatte – sorgsam mit der Handkante glatt und legte es auf den Schreibtisch zurück. Einen Moment lang überlegte sie, es wieder einzuspannen, und auch das Tablett und das Weinglas unberührt stehenzulassen. Onkel Henk würde nicht einmal merken, daß sie hiergewesen war. Aber damit hätte sie sich nun wirklich wie eine Spionin verhalten. Nein – er *sollte* merken, daß sie im Zimmer gewesen war. Sie würde ihn sogar auf die Weinflaschen ansprechen.

Und auf die Briefe.

Sat

Sie schüttelte die Beklemmung mit einem zornigen Achselzucken ab und löschte das Licht, als sie das Zimmer verließ. Auf Zehenspitzen schlich sie nach oben, blieb vor der Schlafzimmertür ihres Onkels wieder stehen und lauschte. Durch das dicke Holz drang nicht der mindeste Laut.

Sie legte das Ohr gegen die Tür, lauschte erneut, hörte nichts als ihren eigenen Herzschlag und das Rauschen ihres Blutes und drückte schließlich die Klinke herunter.

Ihr Onkel schlief. Das Licht brannte auch in diesem Zimmer, und sein Anblick bereitete ihr einen kleinen Schock. Er lag vollständig angezogen auf dem Bett, mit ausgebreiteten Armen und offenem Mund, wie eine häßliche Karikatur der Kreuzigungsszene. Seine Augen waren nicht ganz geschlossen, aber verdreht, so daß unter seinen Lidern nur ein schmaler Streifen Perlmuttweiß blitzte.

Aber er war nicht tot.

Er war nur betrunken. Als Gloria sich über ihn beugte, roch sie seinen Atem, den schweren, süßlichen, weingeschwängerten Atem eines alten Mannes. Ein leises Ekelgefühl überkam sie, für das sie sich schämte.

Gloria spielte mit dem Gedanken, ihn auszuziehen – er war betrunken genug, um bestimmt nicht aufzuwachen –, entschied sich jedoch dagegen. Aber sie würde mit ihm reden. Gleich am nächsten Morgen, wenn er noch verkatert genug war, um sich keine geschliffenen Ausreden und Erklärungen einfallen lassen zu können.

Sie verließ das Zimmer und ging die Treppe zum Dachgeschoß hinauf, in dem ihre Wohnung lag. Sie schaltete kein Licht ein, sondern zog sich im Dunkeln aus und kroch unter ihre Decke.

Aber es dauerte lange, bis sie endlich einschlief.

Und sie schlief nicht sehr gut in dieser Nacht. Sat Sat

6

Werner sah nicht besonders schuldbewußt aus, als er eine halbe Stunde später vor Zombecks Schreibtisch stand – wie Frau Steller es ihm befohlen hatte, zwar mit gewaschenem Gesicht und Haaren, aber noch immer in demselben T-Shirt, auf dem sich Blut- und Schmutzflecken zu einem obszönen Muster vereinigten. Zwar war er Sieger im Kampf gegen Ricky geblieben, aber nur knapp.

»Also, Werner?« Direktor Zombeck hob die Hände, fuhr sich damit über das Gesicht und seufzte tief. »Du hast gehört, was Frau Steller erzählt hat. Was sagst du dazu?«

Der Junge stemmte die Fäuste auf die Schreibtischplatte und beugte sich vor. »Das ist alles gelogen!« behauptete er. »Fragen Sie doch Tobias, oder Rolf und Martin! Dieser Mistkerl ist einfach auf mich losgegangen. Völlig grundlos und wie ein Wahnsinniger! Sehen Sie mich doch an!«

Zombeck nahm endlich die Hände herunter und sah Werner tatsächlich an, sehr lange und sehr nachdenklich. Dann nickte er. »Gut siehst du wirklich nicht aus«, sagte er. »Aber ich komme gerade aus der Unfallstation, mußt du wissen. Und ich habe mir auch *Richard* angesehen. Ihr habt den armen Jungen halbtot geprügelt. Ich kann nicht einfach so tun, als wäre nichts geschehen.«

»Ich habe mich gewehrt, das stimmt!« protestierte Werner. »Darf ich das etwa nicht?«

»Gewehrt?« Zombeck schüttelte seufzend den Kopf. Seine schmalen, bleichen Hände begannen mit einem Brieföffner zu spielen, der vor ihm auf der Schreibtischplatte lag. »Herr Bender ist da offensichtlich etwas anderer Meinung, Werner. Wie er mir sagt, hätte nicht viel gefehlt, und ihr hättet euch auch auf *ihn* gestürzt, nur weil er Richard beschützen wollte. Stimmt das?«

Sein Blick löste sich von Werners Gesicht und richtete sich auf die drei anderen, die etwa zwei Meter hinter ihrem Anführer standen. Und anders als Werner, wirkten sie nicht wütend, sondern nur verängstigt. Sie wußten, daß Werner selbst Zombeck gegenüber eine gewisse Macht besaß – aber dem einen oder anderen mochte mittlerweile aufgegangen sein, daß sie diesmal zu weit gegangen waren. Keiner der drei antwortete.

»Ich werde deinen Eltern von dem Zwischenfall Mitteilung machen müssen«, murmelte Zombeck betrübt, als Werner nicht reagierte, sondern ihn nur herausfordernd anstarrte. »Und ich kann nicht ausschließen, daß Richard *seinen* Eltern davon berichtet.«

»Ach?« sagte Werner hämisch. »Können Sie nicht?«

In Zombecks Augen blitzte es auf. Zornig starrte er den hochgewachsenen Jungen an. Aber sein Zorn prallte von Werner ab. »Das sollten Sie aber besser. Den Ärger kriegen nämlich *Sie,* nicht ich!« betonte er.

»Das reicht«, mischte sich die Steller ein. Ihre Stimme klang eisig. Mit einem einzigen Schritt trat sie neben Werner, packte ihn an der Schulter und zerrte ihn mit erstaunlicher Kraft herum. Sie war fast einen Kopf kleiner als er und nur halb so breit – und trotzdem war es Werner, der nach einer Sekunde erschrocken den Blick senkte und zurückwich.

»Was fällt dir eigentlich ein, so mit uns zu reden, du unverschämter

Bengel!« fauchte sie. »Du wirst dich bei Herrn Direktor Zombeck entschuldigen, und zwar auf der Stelle.«

Werner schüttelte trotzig den Kopf. »Ich denke ja gar nicht dran«, sagte er. Aber seine Stimme hatte viel von ihrem überheblichen Klang verloren. »Mein Großvater –«

»Dein Großvater«, unterbrach ihn die Steller, und jetzt schrie sie wirklich, »wird dir auch nicht mehr helfen, wenn er erfährt, daß du uns zu erpressen versuchst. Wir lassen dir eine Menge durchgehen, aber auch unsere Geduld hat Grenzen. Treib es nicht zu weit, mein Junge. Wenn du unbedingt eine Kraftprobe haben willst, wirst du sie verlieren.«

Werner lachte. »Sind Sie sicher?«

»Willst du es drauf ankommen lassen?« erwiderte die Steller eisig.

Werner gab schließlich auf. Er sagte kein Wort, aber der Trotz in seinem Blick schwand, und zurück blieb nur der hilflose Zorn eines bösen Kindes, das begreift, daß es zu weit gegangen ist.

»Geh jetzt«, sagte Frau Steller. »Geht alle. Ich werde euch morgen früh informieren, welche disziplinarischen Maßnahmen der Direktor beschlossen hat.«

Werner ballte die Hände zu Fäusten, als wolle er sich auf sie stürzen. »Das darf doch wohl nicht wahr sein!« heulte er. »Diese kleine Ratte...«

Frau Steller ohrfeigte ihn.

Es ging so schnell, daß er den Schlag nicht einmal kommen sah. Ganz langsam hob er die Hand und preßte sie gegen die Wange. Seine Augen füllten sich mit Tränen der Wut.

»Das... das werden Sie bereuen«, stammelte er. »Das –«

»Bestimmt«, unterbrach ihn die Steller. Sie hatte ihre Beherrschung wiedergefunden. »Du wirst gleich morgen früh deinem Großvater einen Brief schreiben, in dem du ihm erklärst, daß du von uns mißhandelt worden bist, nicht wahr? Sag mir Bescheid, wenn du ihn fertig hast – ich bringe ihn gerne für dich zur Post.« Sie machte eine herrische Geste. »Verschwinde jetzt, bevor ich *wirklich* die Beherrschung verliere.«

Werner zitterte. Sein Gesicht zuckte. Aber dann nahm er die Hand wieder herunter, drehte sich ohne einen weiteren Laut herum und ging zur Tür.

»Ach, und noch etwas«, rief Frau Steller, als er die Hand nach der Türklinke ausstreckte. Werner blieb stehen und starrte sie haßerfüllt an.

»Richard wird ein paar Tage im Bett bleiben müssen«, sagte die

Steller. »Und ich habe keine besondere Lust, bewaffnete Posten vor seiner Tür aufstellen zu müssen. Ihr laßt ihn in Ruhe, ist das klar? Wenn ihm irgend etwas passiert, mache ich euch dafür verantwortlich. Und ich meine das bitterernst, Werner. Solange wir nicht wissen, wie die ganze Sache ausgeht, solltet ihr Richard lieber hüten wie euren Augapfel.«

Werner antwortete auch darauf nicht mehr. Der Blick, mit dem er Frau Steller maß, ehe er sich umdrehte und die Tür hinter sich ins Schloß warf, war voller Haß.

Zombeck ließ sich mit einem erschöpften Laut in seinen Stuhl zurücksinken und schloß die Augen. »Danke, Marianne«, murmelte er.

»Wofür?«

Zombeck seufzte abermals. »Manchmal weiß ich wirklich nicht mehr, was ich tun soll. Ich frage mich, ob ich noch der richtige Mann für diesen Posten bin.«

Marianne Steller schüttelte ärgerlich den Kopf. »Reden Sie nicht so einen Unsinn. Alles, was Ihnen fehlt, ist ein bißchen Härte. Aber dafür haben Sie ja mich.« Sie lächelte flüchtig, nahm ihre Brille ab und zog ein Tuch aus der Tasche, um die Gläser zu putzen.

»Ich frage mich, wie weit er noch gehen wird«, flüsterte Zombeck.

»So weit, wie Sie es zulassen«, erwiderte Frau Steller gelassen. Sie sah ihn nicht an, sondern schien ihre ganze Konzentration auf das Putzen der Brillengläser zu verwenden. »Er ist ein Kind. Ein böses Kind zwar, aber trotzdem ein Kind. Kinder gehen so weit, wie man sie läßt.« Sie hauchte auf die Gläser, putzte sie wieder und hielt sie gegen das Licht, schien mit dem Ergebnis aber noch nicht zufrieden zu sein.

»Diesmal ist er zu weit gegangen«, fuhr Zombeck fort. Seine Stimme klang sehr müde. »Wenn Bender nicht zufällig dort unten gewesen wäre, dann hätten sie den Jungen umgebracht, Marianne.«

»So schnell bringt man niemanden um«, erwiderte die Steller. Sie hörte endlich auf, an ihrer Brille herumzupolieren, und sah Zombeck an. »Wenn Bender nicht zufällig dort unten gewesen wäre«, sagte sie, »dann wäre vielleicht gar nichts passiert. Auf jeden Fall hätten wir jetzt eine ganze Menge Probleme weniger. Ich hoffe, Sie bringen ihn dazu, den Mund über den Zwischenfall zu halten.«

»Sicherlich.« Zombeck lächelte müde. »Es ist sein erster Tag.«

»Und wenn es nach mir ginge, sein letzter.« Marianne Steller zog eine Grimasse und wechselte übergangslos das Thema. »Was ist mit Richard?«

»Was soll mit ihm sein?« Zombeck sah auf, und plötzlich wirkte er erschrocken. »Ich werde morgen früh mit ihm reden. Ich denke, ich kann ihn davon abhalten, seine Eltern anzurufen. Ein paar kleine Extras hier, ein paar Privilegien da, wenigstens für eine Weile –«

»Das meine ich nicht«, unterbrach ihn die Steller. Sie setzte ihre Brille wieder auf. »*Werner* wird die Sache nicht so einfach auf sich beruhen lassen, und das wissen Sie. Er hat nicht einfach eine Tracht Prügel bezogen. Die gönne ich ihm von Herzen. Aber der Junge hat ihn gedemütigt, vor seinen Freunden. Er wird das nicht hinnehmen.«

»Ich weiß.« Zombecks Stimme klang flach. Sein Blick ging ins Leere. »Wir . . . erledigen das auf unsere Weise.«

»Das –«

»Ja, *das*«, unterbrach sie Zombeck, ehe sie den Satz zu Ende sprechen konnte. »Aber nicht sofort. In einer Woche oder zwei, sobald ein bißchen Gras über die Sache gewachsen ist.«

»Wie Sie wollen.« Frau Steller machte ein besorgtes Gesicht. »Ich hoffe, daß Werner so lange stillhält.«

»Das wird er«, entgegnete Zombeck. »Ich werde dafür sorgen, keine Angst. Schicken Sie ihn morgen früh noch einmal zu mir, ehe der Unterricht beginnt. Wartet Bender noch draußen?«

Die Steller brauchte eine Sekunde, um dem plötzlichen Gedankengang zu folgen. Dann nickte sie. »Ich denke schon. Er hat darauf bestanden, mit Ihnen zu reden.«

»Gut.« Zombeck seufzte und verbarg wieder kurz das Gesicht zwischen den Händen. Als er sie herunternahm, sah er um zehn Jahre gealtert aus, aber auch ruhiger. »Rufen Sie ihn herein, bitte. Und dann gehen Sie zu Bett. Es ist spät.«

7

Ronald wartete tatsächlich noch vor der Tür, als die Steller kam, um ihn hereinzubitten. Er hatte zwischendurch geduscht und sich frische Kleidung angezogen, nachdem er der Steller geholfen hatte, den verletzten Jungen in die Unfallstation zu bringen, und er war gerade rechtzeitig angekommen, um Werner und die anderen aus Zombecks Büro herauslaufen zu sehen. Die drei Jungen machten einen zerknirschten Eindruck; Ronald sah ihnen an, daß sie mehr als erleichtert waren, aus dem Zimmer herauszukommen.

Werner dagegen wirkte nur wütend. Er stürmte mit gesenktem Kopf und zu Fäusten geballten Händen auf Ronald zu.

Dann blieb er stehen.

Er sagte kein Wort, aber sekundenlang kreuzten sich ihre Blicke, und was Ronald in den Augen des dunkelhaarigen Jungen las, das ließ ihn frösteln. *Du kommst auch noch dran. Du ganz besonders.* Nach ein paar Augenblicken lächelte Werner; dünn und kalt, und so niederträchtig, daß Ronald sich zusammenreißen mußte, um nicht auszuholen und ihm dieses widerwärtige Grinsen aus der Visage zu schlagen. *Du auch noch.*

Die Tür zu Zombecks Büro ging auf, und Werner drehte sich auf dem Absatz herum und verschwand, als er Frau Steller erblickte. Sie blickte ihm stirnrunzelnd nach. Dann wandte sie sich mit einem resignierten Achselzucken zu Ronald und deutete auf die Tür. »Direktor Zombeck erwartet Sie.«

»Danke.« Ronald ging an ihr vorbei und blieb noch einmal stehen. »Frau Steller?«

»Ja?«

»Ich . . . wegen vorhin«, begann er unsicher. »Ich war ein wenig grob zu Ihnen, glaube ich. Ich möchte mich dafür entschuldigen.«

Zu seiner eigenen Überraschung lächelte die Steller. Er hatte nicht damit gerechnet, mehr als ein Achselzucken als Antwort zu erhalten, aber er spürte, daß sie seine Entschuldigung ehrlich annahm. »Das ist schon in Ordnung«, meinte sie. »Wir waren beide nervös und haben Dinge gesagt, die wir nicht so meinten. Wir reden morgen in aller Ruhe noch einmal miteinander, einverstanden? Ihr offizieller Dienstantritt ist ja erst in zwei Tagen – wir haben also genug Zeit, um uns zu beschnuppern.«

Die Bitte um Versöhnung, die in diesen Worten lag, überraschte Ronald. Er wußte, daß es nicht immer richtig war, aber er hatte sich stets auf seinen allerersten Eindruck verlassen, was Menschen anging. Und der Eindruck, den er von Frau Steller gehabt hatte, war alles andere als gut gewesen. Er hielt sie für eine harte, herrische Frau, und er war ziemlich sicher, daß *sie* es war, die insgeheim über dieses Haus herrschte, nicht Zombeck.

Aber das schloß nicht aus, daß sie sich vertrugen, oder?

Er nickte, schob die angelehnte Tür zu Zombecks Büro auf und trat ein.

Es war das zweite Mal, daß er diesen Raum betrat, und das zweite Mal, daß er ihn überraschte. Das Zimmer war sehr viel größer, als es vorhin im Licht der Petroleumlampe ausgesehen hatte; ein Raum von verschwenderischer Weitläufigkeit, die den schweren Eichenmöbeln viel von ihrer Wuchtigkeit nahm. Die Tapeten waren mindestens zehn Jahre alt, aber Zombeck – oder einer seiner Vorgänger – hatte ein paar gerahmte Drucke aufgehängt, die dies vergessen ließen. Unter der

Decke hing ein Kronleuchter, aber erhellt wurde das Zimmer aus indirekt strahlenden Neonröhren. Vorhin, als er das erste Mal hiergewesen war, hatte er das Gefühl gehabt, eine finstere Höhle zu betreten. Jetzt war es einfach ein großer, freundlicher Raum, dem man ansah, daß darin gearbeitet wurde.

Zombeck winkte ihn wortlos zu sich und wartete, bis er sich gesetzt hatte. »Sie waren noch einmal bei Richard?«

»Dem Jungen?« Ronald nickte. Er hatte tatsächlich einen Umweg über die Krankenstation gemacht, um noch einmal nach ihm zu sehen. Er schlief. Ronald vermutete, daß Frau Steller ihm ein Beruhigungsmittel gegeben hatte.

»Wie geht es ihm?«

Ronald zuckte mit den Schultern. »Ich bin kein Arzt«, antwortete er unfreundlicher, als er eigentlich wollte. Um seinen Worten nachträglich etwas von ihrer Schärfe zu nehmen, zwang er sich zu einem Lächeln und fügte hinzu: »Ich vermute, den Umständen entsprechend, wie man so schön sagt.«

»Und die sind nicht besonders gut, nicht wahr?« Zombeck seufzte. »Es tut mir wirklich leid, daß Sie gleich am ersten Tag einen so falschen Eindruck von unserem Haus bekommen, Ronald – ich darf doch Ronald zu Ihnen sagen? Das erleichtert vieles.«

»Selbstverständlich.« Um ein Haar hätte er hinzugefügt: *Meine Freunde nennen mich Ron.* Aber er verbiß sich die Bemerkung im letzten Moment. *Wir sind hier etwas eigen, was die Sprache angeht, müssen Sie wissen. Keine* Jobs *und* Beziehungskisten. Plötzlich war er ziemlich sicher, daß er nicht lange hierbleiben würde. Vielleicht nicht einmal diese Nacht.

Zombeck blickte ihn auf sehr sonderbare Weise an, so nachdenklich, als hätte er Ronalds Gedanken gelesen. Seine dünnen, sehnigen Hände spielten mit einem Brieföffner, einem schmalen Dolch mit einem silbernen Teufelskopf. Ronald fuhr unmerklich zusammen und sah genauer hin, und auf den zweiten Blick wurde aus der Dämonenfratze das stilisierte Gesicht einer Eule. Verrückt.

»Ich muß mich noch bei Ihnen bedanken«, sagte Zombeck plötzlich. »Wenn Sie nicht zufällig dazugekommen wären, dann wäre vielleicht ein Unglück geschehen. Werner ist manchmal unberechenbar.«

»Warum lassen Sie ihn dann auf den Rest der Menschheit los?« fragte Ronald.

»Weil er es noch nie *so* weit getrieben hat«, antwortete Zombeck. »Ich gebe Ihnen mein Wort, daß so etwas nicht noch einmal vorkommen wird.«

»Und Sie hätten gern meines, daß ich den Mund über die Sache halte«, vermutete Ronald.

»Ja.« Zombeck lächelte, aber seine Stimme wurde ein bißchen härter. Nein – nicht härter. Offizieller.

»Sie verstehen, daß wir von unserem guten Ruf leben, Ronald. Das hier ist keine Keksfabrik, sondern ein Internat. Wir haben dreihundert junge Leute hier. Junge Menschen, deren Eltern uns die Erziehung und das Wohlergehen ihrer Kinder anvertraut haben. Und die zum Teil sehr viel Geld dafür bezahlen. Es wäre unserem guten Ruf nicht sehr zuträglich, wenn sich herumspräche, was heute abend geschehen ist.«

Ronald nickte. Er würde gehen. Das war kein Internat, das war ein Irrenhaus. »Ich –«

»Ich will ehrlich zu Ihnen sein, Ronald«, fuhr Zombeck fort. »Es ist sehr wichtig für uns, daß Sie schweigen. Ich werde auch mit Richard sprechen und ihn bitten, seinen Eltern nichts zu sagen. Frau Steller hat mir versichert, daß er nicht wirklich schwer verletzt wurde.«

»Das war reines Glück.«

»Nein – das waren Sie«, widersprach Zombeck. »Ich weiß das. Und ich bin Ihnen dankbar dafür. Aber ich bitte Sie, sich jetzt keine falsche Meinung zu bilden. Wie gesagt, die Umstände waren nicht besonders günstig. Normalerweise geht es hier anders zu. Sie werden das sehen, sobald Sie sich eingelebt haben. Es gibt Tage, da geht einfach alles schief.«

»Ich ... bin nicht sicher, ob ich bleibe«, sagte Ronald zögernd.

Zombeck nickte, als hätte er nichts anderes erwartet. »Das kann ich Ihnen nicht einmal verdenken«, entgegnete er. »Aber geben Sie uns eine Chance – und sich selbst auch. Ihre Probezeit beträgt drei Monate. Sie können jederzeit gehen in dieser Zeit. Von einer Stunde auf die andere, wenn Sie es wünschen. Wir legen hier keinen Wert auf übertriebenen Bürokratismus. Aber werfen Sie die Flinte nicht gleich am ersten Abend ins Korn. Unsere Schüler sind nicht alle so. Eigentlich ist es nur Werner. Die drei anderen sind harmlose Mitläufer.«

»Warum schmeißen Sie ihn nicht raus?« fragte Ronald.

»Weil das eben leider nicht so einfach ist«, gestand Zombeck. Ronald spürte, daß er einen wunden Punkt getroffen hatte. Gleichzeitig fragte er sich, wieso Zombeck ihm überhaupt Rede und Antwort stand; bei Dingen, die einen Hausmeister im Grunde nichts angingen. »Werners Familie ist sehr einflußreich, müssen Sie wissen. Und sehr vermögend. Ohne ihre finanzielle Unterstützung würde es uns erheblich schwerer fallen, dieses Internat zu erhalten.«

»Bei dreihundert Schülern?«

»Sie kennen unser System nicht«, antwortete Zombeck kopfschüttelnd. »Das hier ist zwar eine Privatschule – und ich glaube, eine der besten im Land –, aber wir nehmen keine festen Beträge von den Eltern unserer Zöglinge. Jeder gibt, was er sich leisten kann. Wir haben Schüler hier, deren Eltern gar nichts bezahlen, oder allenfalls Beträge von rein symbolischer Bedeutung. Wer mehr hat, der gibt auch mehr.«

Ronald war überrascht. Zombeck war der letzte Mensch, bei dem er ein solches System erwartet hätte. »Und Werners Eltern geben *erheblich* mehr«, vermutete er.

Zombeck nickte.

»Und der liebe Kleine weiß das und nutzt es nach Kräften aus.«

»Ich fürchte«, gestand Zombeck, »es hätte nicht viel Sinn, Ihnen das zu verschweigen.« Er lächelte traurig. »Er läßt sowieso keine Gelegenheit aus, jedem zu demonstrieren, daß dieses Internat im Grunde *ihm* gehört. Vielleicht ist es sogar ein bißchen meine Schuld. Ich hätte ihn früher in seine Schranken weisen sollen.«

»Das hätten Sie«, sagte Ronald ernst.

»Und das werde ich«, fügte Zombeck ebenso ernst hinzu. »Ich werde morgen mit seinen Eltern telefonieren. So etwas wie heute abend wird sich nicht wiederholen, das verspreche ich Ihnen.« Er machte eine Geste, die das Thema für beendet erklären sollte, aber ein wenig zu unentschlossen war. »Ich mache Ihnen einen Vorschlag, Ronald: Der Tag hat nicht gut begonnen, und er hat schlecht aufgehört. Versuchen Sie ihn zu vergessen, und wir machen einen neuen Anfang. Morgen früh. Einverstanden?«

Eigentlich war das nicht das, was er wollte. Das ungute Gefühl war zurückgekehrt, zusammen mit der Ahnung, daß es weder Zombeck gelingen würde, Werner zu zügeln, noch daß die Geschichte damit zu Ende war. Er hatte Werners Blick nicht vergessen. *Du kommst auch noch dran. Ganz besonders du.* Eigentlich wollte er nur aufstehen, in sein Zimmer gehen und seinen Koffer packen, um noch in der gleichen Stunde aus diesem Irrenhaus zu verschwinden. Aber es regnete, er war müde und verwirrt, und es gab noch einen weiteren, ganz profanen Grund für ihn hierzubleiben – er hatte zwar das Geld, um mit dem Bus nach Stuttgart zurückzufahren, aber nicht mehr genug, um sich dort ein Zimmer zu nehmen.

»Einverstanden«, sagte er widerwillig und von dem unangenehmen Gefühl erfüllt, einen Fehler zu begehen.

Zombeck lächelte erleichtert. »Wundervoll. Ich wußte, daß Sie nicht so schnell aufgeben würden. Dann sehen wir uns morgen früh. Sie finden allein in Ihr Zimmer zurück?«

Ronald stand auf. »Ich verlaufe mich nur im Dunkeln«, antwortete er scherzhaft.

»Gott sei Dank.«

Ihr Lachen löste die Spannung ein wenig, auch wenn es nicht echt war.

Ronald ging, aber er ging nicht direkt in sein Zimmer zurück, sondern machte einen Umweg über das Erdgeschoß, um noch einmal nach Richard zu sehen. Warum, wußte er selbst nicht ganz genau, aber es war mehr als die normale Sorge um einen Jungen, dem er zufällig das Leben gerettet hatte.

Ricky schlief immer noch, als er das Zimmer betrat. Es war dunkel, aber Frau Steller hatte eine kleine Notlampe über dem Bett brennen lassen, deren warmer, gelber Schein Rickys Gesichtsfarbe gesünder scheinen ließ, als sie war. Er lag ganz still da, was Ronalds Vermutung noch untermauerte, daß die Steller mit einer Spritze nachgeholfen hatte. Aber die Augen hinter den geschlossenen Lidern zuckten unruhig hin und her, und manchmal bewegten sich seine Lippen in einem lautlosen Gemurmel.

Vorsichtig trat Ronald näher an das verchromte Krankenhausbett. Er spürte etwas Sonderbares. Aus irgendeinem Grund fühlte er sich zu dem Jungen hingezogen, mehr, als selbst in dieser Situation angebracht. Er mochte ihn, obwohl er ihn gar nicht kannte und seinen Namen erst vor fünf Minuten von Zombeck erfahren hatte, und der Anblick des zerschlagenen, verschwollenen Gesichts erfüllte ihn mit einem Zorn und einer Zärtlichkeit, die ihn verwirrten.

Er wußte es nicht, aber was er fühlte, war dasselbe, was Ricky um ein Haar das Leben gekostet hatte – und im Grunde auch das, was ihn bewogen hatte, sich vor den Jungen zu stellen und es schlimmstenfalls sogar mit Werners Messer aufzunehmen: Sie waren beide vom Schicksal nicht verwöhnt, jeder auf seine Art zu oft geschlagen worden, um nicht irgendwann aufzubegehren, selbst wenn sie wußten, daß es umsonst war und sie teuer dafür bezahlen mußten. Was er spürte, das war die Solidarität des Schwachen mit einem noch Schwächeren.

Es gibt doch einen Grund zu bleiben, dachte er. Er lag vor ihm. Er wußte, daß Werner nicht aufgeben würde, ganz egal, mit wem Zombeck telefonierte und was er tat. Ronald war zu vielen Werners begegnet, um sich auch nur eine Sekunde lang Illusionen hinzugeben.

Er würde hierbleiben, um auf diesen Jungen achtzugeben, und sei es nur für eine Weile, bis er sich völlig erholt hatte, und um zur Stelle zu sein, wenn Werner seine große Abrechnung vollzog.

Keine Sorge, mein Junge, dachte er. *Ich bin da. Ich passe auf dich auf.*

Und der schlafende Junge schien auf diese unausgesprochenen Worte zu reagieren, denn die Augen hinter den Lidern hörten auf, sich im Griff des Alptraums hin und her zu rollen, und fast schien es Ronald, als husche ein mattes Lächeln über das mißhandelte Gesicht.

Lautlos trat er vom Bett zurück, schloß die Tür und ging in sein Zimmer hinauf.

Und in dieser Nacht begannen die Träume.

8

Er war fest davon überzeugt gewesen, zu sterben. In einem Land, in dem Krieg herrschte, mußte man immer damit rechnen, zu sterben. Aber es war eine Sache, davon zu reden und allenfalls die täglichen Frontberichte im Radio zu hören, und eine ganz andere, dann plötzlich mit dem Krieg konfrontiert zu werden. Noch dazu mit der allerhäßlichsten, niederträchtigsten Seite des Krieges.

Das Krachen der Explosion war vor fünf Minuten verklungen, und auch der Regen aus Schlamm, Trümmern, Steinen und heißem Dampf hatte längst aufgehört. Aber Sänger lag noch immer reglos da, gekrümmt, die Arme über dem Kopf verschränkt und mit angezogenen Knien, wie ein übergroßer Embryo in rauchenden Kleidern. Er war nicht verletzt – zumindest spürte er nichts –, aber er war gelähmt. Er hörte sein Herz nicht mehr schlagen, und seine weit aufgerissenen, starren Augen begannen zu schmerzen, weil er seit langem nicht mehr geblinzelt hatte.

Er wußte, daß er hier weg mußte. Das Haus konnte jeden Moment völlig zusammenbrechen und ihn unter Tonnen brennender Trümmer begraben; die Bomber konnten zurückkommen und ihre schwarzen Bäuche noch einmal öffnen, um auch noch den Rest von Krailsfelden in Schutt und Asche zu legen; das Feuer konnte sich ausbreiten und ihn ergreifen – wenn er sich nicht endlich zusammenriß und machte, daß er wegkam.

Aber er konnte es nicht.

Zum erstenmal im Leben spürte er, was es hieß, starr vor Schreck zu sein. Das war nicht nur eine Redensart, es war wirklich so: Jeder einzelne Muskel in seinem Körper war verkrampft und verweigerte ihm den Dienst. Selbst das Atmen bereitete ihm Mühe. Er hatte Angst.

Großer Gott, was für eine Angst!

Irgendwo in den Flammen hinter der geschwärzten Mauer, wohin ihn der Luftdruck der Bombe geschleudert hatte, explodierte etwas: ein kurzer, peitschender Knall, begleitet von einem weißen Blitz, der wie ein Messer in

Sängers Pupillen schnitt. Der Schmerz ließ ihn aufstöhnen. Instinktiv versuchte er, die Augen zu schließen, und registrierte zu seiner eigenen Überraschung, daß er es konnte.

Er probierte die rechte Hand zu bewegen. Es ging. Ein scharfer Schmerz schoß durch seinen Arm, und er spürte warmes, klebriges Blut unter seiner Jacke. Aber das war nur ein Kratzer. Nichts gegen das, was Maria passiert war. Etwas hatte sie getroffen und zerrissen, vor seinen Augen. Nicht einfach getötet, sondern in zwei Teile gerissen und dann noch einmal zerfetzt, und –

Sänger krümmte sich auf dem Boden, krallte die Hände in den Hals und übergab sich würgend, als nach der Kontrolle über seinen Körper auch seine Erinnerungen zurückkehrten.

Sie hat nichts gespürt, dachte er verzweifelt. Sie kann nichts gespürt haben. Es ist zu schnell gegangen. Aber es gelang ihm nicht, das Bild zu vertreiben. Es dauerte allerhöchstens eine Minute, aber er sah sie sterben in dieser Zeit, immer und immer wieder. Hunderte von Malen. Erst als sein Magen leer war und er nicht einmal mehr Galle erbrechen konnte, sondern sich nur noch in Krämpfen wand, verblaßte der schreckliche Anblick allmählich. Aber er würde es nie ganz vergessen können, das wußte er. Das Bild würde immer dasein, wie ein Schatten im Hintergrund, der alles vergiftete.

Wieder krachte etwas auf der anderen Seite der Mauer, und diesmal war es eine ganze Serie kleinerer Explosionen. Die Wand bewegte sich. Kalk und winzige Steintrümmer regneten auf Sänger herab, und ganz plötzlich begriff er, daß er noch lange nicht außer Gefahr war. Ein stürzender Stein konnte ihn genauso schnell und gründlich umbringen wie eine amerikanische 500-Kilo-Bombe.

Mühsam stemmte er sich auf die Knie hoch, wischte sich mit dem Handrükken Blut und Schmutz und Erbrochenes aus dem Gesicht und verzog die Lippen, angeekelt von sich selbst, aber auch entsetzt über das Bild, das sich ihm bot.

Es war die Apokalypse. Was vor weniger als fünf Minuten noch sein Heim gewesen war, das Haus, in dem er geboren und aufgewachsen war, in dem er geheiratet und Kinder gezeugt und mitgeholfen hatte, sie auf die Welt zu bringen, dieses Haus existierte nicht mehr.

Es war nicht einfach zerstört, dachte Sänger schockiert – es war buchstäblich weg.

Wo das Wohnzimmer und der Anbau mit den Kaninchen- und Hühnerställen gewesen war, gähnte ein Krater, auf dessen Grund Flammen tobten. Der Luftdruck der Bombe hatte die Küche und das Schlafzimmer einfach weggeblasen, und das Dach hatte einen Salto geschlagen und war zwanzig Meter weiter und verkehrt herum zu Boden gekracht, wo es zerschellt war. In der Dunkelheit leuchteten die roten Schindeln wie Blut. Überall brannte es. Die Luft war schwer und scharf von Rauch, und die Hitze trieb ihm selbst jetzt noch die Tränen in die Augen. Zwanzig Zentimeter neben der Stelle, wo sein Kopf gelegen hatte, ragte ein Stück Moniereisen aus dem Boden wie ein rostiger Speer.

Eigentlich war es völlig unmöglich, daß er noch lebte. Er hatte nur wenige Meter neben Maria gestanden, als die Bombe einschlug, und er hatte gesehen, wie der Luftdruck ihren Körper in Stücke riß, ehe Flammen und Hitze sie einhüllten. Eigentlich müßte er tot sein.

Aber er lebte, und abgesehen von ein paar Kratzern in seinem Gesicht und der Wunde in seinem Arm, wo ein Splitter ihn getroffen hatte, war er so gut wie unverletzt.

Verblüfft sah er sich um. Aber auch dieser zweite Blick erklärte nichts. Alles, was von seinem Haus stehengeblieben war, war das geschwärzte Stück Mauer, hinter dem er kniete, drei oder vier Meter lang und nicht einmal mehr mannshoch, ein lächerlicher Schutz gegen die fünfhundert Kilo TNT, die Maria umgebracht hatten.

Er hätte tot sein müssen. Der Luftdruck hätte seine Lungen zum Platzen bringen müssen, und seine Kleider und sein Haar und seine Haut unter der unvorstellbaren Hitze aufflammen lassen wie Papier. Nichts von alldem war geschehen. Das gleiche unberechenbare Schicksal, das beschlossen hatte, Krailsfelden mit einem unerwarteten Tritt aus dem Dornröschenschlaf zu wecken, in dem es die ersten sechs Jahre des Krieges verbracht hatte, die gleiche willkürliche Macht hatte entschieden, Klaus Sänger noch eine Weile am Leben zu lassen, entgegen jeder Logik.

Er stand auf. Sein Blick suchte den Himmel ab. Es war sehr dunkel; obwohl Vollmond war, lag die Nacht wie ein schwarzer Fels über dem Ort. Es hatte den ganzen Tag geregnet und erst vor einer halben Stunde aufgehört; zwanzig Minuten bevor die Bomber kamen. Die Wolkendecke war noch nicht aufgerissen, und das einzige Licht kam von den brennenden Trümmern seines Hauses und den beiden anderen Bombentrichtern; der eine nur knapp hundert Meter entfernt, der andere weit im Norden, fast auf der gegenüberliegenden Seite der Stadt.

Nur drei, dachte er betäubt. Sechs Jahre Krieg, und Hunderte von Bombern, die in den vergangenen Monaten fast jede Nacht über Krailsfelden hinweggedonnert waren, auf dem Weg nach Stuttgart oder Heidelberg oder irgendeiner anderen großen Stadt. Und nur drei verdammte Bomben! Eine davon hatte sein Haus getroffen und Maria getötet.

Sängers Augen füllten sich mit Tränen. Er hatte Maria nie wirklich geliebt, und sie hatte das gewußt. Ihre Ehe war ein Geschäft auf Gegenseitigkeit gewesen: die Tochter des reichsten Bauern und der Sohn des Lehrers, des einzigen Akademikers am Ort, der arm wie eine Kirchenmaus, aber gebildet und daher angesehen war. Nein, Liebe war niemals im Spiel gewesen. Aber sie waren Freunde geworden im Laufe der Jahre, sie hatten drei Kinder zusammen, und sie hatten zwanzig Jahre ihres Lebens miteinander verbracht. Das alles war nun ausgelöscht, in einer einzigen Sekunde, mit dem Druck eines Fingers, der die Bombenschächte einer B-52 geöffnet hatte.

Es war kein Schmerz, den Sänger fühlte.

Es war Zorn, ein rasender, unstillbarer Zorn, der ihn aufschreien und die Fäuste gegen den Himmel schütteln ließ. Es war einfach nicht fair! Sie hatten niemandem etwas getan. Niemand in dieser Stadt hatte den Krieg je ernstgenommen, niemand hatte sich je damit identifiziert. Die täglichen Siegesmeldungen im Radio waren für die Krailsfeldener ebenso abstrakt geblieben wie die Gegendarstellungen der BBC: Man hörte sie, sprach darüber, wog vielleicht ab, wer in welchem Maße log oder übertrieb, und ging zur Tagesordnung über. Niemanden interessierte, was an der Ostfront geschah (außer den Verwandten der wenigen jungen Männer aus Krailsfelden, die dort kämpften) oder ob es sie überhaupt noch gab. Selbst das nahende Ende des Krieges und der zweifellos damit verbundene Einmarsch der Amerikaner waren allerhöchstens ein Thema für Biertischgespräche. Die Menschen hier hatte der Krieg ebensowenig berührt wie die Machtergreifung der Nazis und ihre Schreckensherrschaft. Es gab einen Ortsgruppenleiter (das war Sänger selbst), und ab und zu kamen Rundschreiben und Briefe mit Durchhalteparolen, die er sorgsam abgeheftet in der untersten Schublade seines Schreibtisches verstaut hatte. Krailsfelden hatte den Krieg ignoriert, und alle hatten erwartet, daß er es umgekehrt auch tat.

Eine einzige Minute und drei Bomben hatten das geändert.

Sänger schrie seinen Zorn hinaus. Er stand in den brennenden Trümmern seines Hauses und schüttelte die Fäuste gegen den Himmel und die schon lange unsichtbaren Bomber, er verfluchte sie, sie und die Männer, die diesen Krieg begonnen hatten, und die, die ihn führten. Er verfluchte das Schicksal, das so ungerecht, so hinterhältig und gemein war, und er wünschte sich nichts mehr, als eine Gelegenheit zur Rache zu haben, eine einzige Chance nur, und wenn er mit seinem Leben dafür bezahlen mußte.

Das Dröhnen eines schweren Dieselmotors durchdrang das Knistern der Flammen, und Sänger wußte, daß sein Wunsch in Erfüllung gehen würde, noch bevor er sich umdrehte und die Lichter sah.

Es war ein Kettenfahrzeug. Vor drei Monaten war ein ganzes Panzerbataillon durch Krailsfelden gezogen, und ihre Ketten hatten nicht nur den Teerbelag der Hauptstraße ruiniert, sondern das typische Klirren und Rasseln hatte sich auch unauslöschlich in Sängers Gedächtnis eingegraben, denn es war sein erster wirklicher Kontakt mit dem Krieg gewesen; und das erste Mal, daß er die vage Furcht verspürte, dieser Krieg könnte Krailsfelden doch noch einholen.

Sein Haus – oder das, was noch davon übrig war – war eines der letzten der Stadt, ganz an ihrem südlichen Rand gelegen und nur einen Steinwurf vom Wald entfernt. Es war kein besonders dichter Wald, aber der Boden war uneben und von tiefen Gräben durchzogen, und der tagelange Regen mußte ihn in einen Morast verwandelt haben, denn die Lichter des Panzers schwankten wild hin und her, tasteten manchmal über das Unterholz, schwenkten wieder von rechts nach links und zurück oder richteten sich in den Himmel, wenn das Fahrzeug in eine Senke rutschte und sich mühsam wieder daraus hervorarbeitete. Aber der Panzer kam näher. Nicht sehr schnell, aber unaufhaltsam. Wahrscheinlich hatten sie das Feuer gesehen und orientierten sich daran.

Sänger sah sich nach einer Waffe um. Es war ihm egal, ob es Amerikaner waren, die da kamen, oder Deutsche oder Russen – sein Wunsch war erhört worden, und der Krieg schickte ihm das Opfer, das ihm zustand. Er brauchte eine Waffe.

Natürlich fand er keine. Wie jeder Ortsgruppenleiter hatte er eine Pistole und ausreichend Munition, aber beides war zusammen mit seinem Schreibtisch und den darin abgehefteten Briefen von der Partei in die Luft geflogen, und bei allem Zorn und Wahnsinn war Sänger nicht verrückt genug, mit bloßen Händen ein Panzerfahrzeug angreifen zu wollen. Er brauchte eine Waffe, irgend etwas, das –

Das Dröhnen des Panzermotors verstummte mit einem letzten, blubbernden Rülpsen, und eine Sekunde später erlosch auch das Licht. Sänger blinzelte. Einen Moment lang hatten ihn die Scheinwerfer voll erfaßt und geblendet, aber er glaubte nicht, daß die anderen auch ihn gesehen hatten. Wenn er die Entfernung richtig einschätzte, mußte sich das Fahrzeug noch gute zwanzig Meter vom Waldrand entfernt befinden. Zwanzig Meter voller Bäume und Unterholz und rauchender Trümmer. Sie konnten ihn nicht gesehen haben. Sie durften *ihn nicht gesehen haben. Er hatte einen Pakt mit dem Schicksal geschlossen.*

Plötzlich war er ganz ruhig. Kurz blickte er noch aus zusammengekniffenen Augen in den Wald, der jetzt wieder wie eine undurchdringliche schwarze Mauer in der Dunkelheit lag, dann bückte er sich nach dem Moniereisen, zog es aus dem Boden und lief geduckt und fast lautlos auf den Waldrand zu.

Sänger war kein Kämpfer. Ebenso geschickt und unauffällig, wie es ihm in den vergangenen acht Jahren als Bürgermeister gelungen war, Krailsfelden aus dem Krieg und der Politik herauszuhalten, hatte er es auch verstanden, sich selbst zu schützen. Er hatte niemals eine militärische Ausbildung genossen – trotzdem bewegte er sich mit der lautlosen Geschicklichkeit und Kraft eines trainierten Einzelkämpfers auf den Panzerwagen zu. Einmal im Wald, war er fast blind, denn es herrschte hier absolute Dunkelheit, aber er verursachte trotzdem nicht den mindesten Laut. Er wußte auch, warum. Es gehörte zu dem

Pakt, den er geschlossen hatte, ebenso wie die Eisenstange in seiner rechten Hand. Eine lächerliche Waffe, aber sie würde ausreichen. Er wußte es.

Er wurde langsamer, als er sich der Stelle näherte, an der er den Panzer vermutete, und blieb schließlich stehen. Geräusche durchdrangen die Schwärze: das Knacken eines abkühlenden Motors; ein leises Rascheln und Knistern; Schlamm und Tannennadeln, die von den Ketten rieselten; Stimmen, durch fünf Zentimeter dicken Stahl gedämpft, so daß er die Worte nicht verstehen konnte.

Er ging weiter, und schließlich sah er ihn, wenn auch nur als Schatten, ein klobiger Umriß, der mit der Schwärze des Waldes verschmolz. Es war kein Panzer, sondern ein riesiges, gepanzertes Kettenfahrzeug mit fingerdicken Sehschlitzen, hinter denen ein mattes Licht glomm. Auf dem Dach thronte das Maschinengewehr, dessen Schütze die Luke öffnen mußte, um es zu bedienen; und als sich Sängers Augen allmählich an die Dunkelheit gewöhnten, erkannte er die Tarnbemalung und die Buchstaben und Zahlen auf der gepanzerten Fahrertür: ein deutsches Fahrzeug. Ein Panzerspähwagen oder Transporter der Wehrmacht. Nicht, daß das etwas änderte – im Gegenteil. In einem Transporter fanden mehr Soldaten Platz. Das Schicksal war großzügig zu ihm. Es hatte ihm reichlich genommen, aber es bezahlte seine Rechnung mit der gleichen Großzügigkeit. Sänger lächelte grimmig, packte seine Eisenstange fester und ging weiter.

Kurz darauf flog das Turmluk des Panzerwagens auf. Mit grotesker Geschwindigkeit erschien ein Schatten über dem Wagen, und Sänger blinzelte in das grelle Licht eines Scheinwerferstrahls, der sich genau auf sein Gesicht richtete. Das helle Schnappen einer Gewehrsicherung drang an Sängers Ohr, und eine Stimme rief: »Halt! Wer da?«

Sänger hob geblendet die Hand über die Augen, ließ seine Eisenstange aber nicht fallen. Die Stimme hatte deutsch gesprochen, dachte er mit einer Kaltblütigkeit, die er selbst nicht verstand. Natürlich – schließlich war es auch ein deutscher Wagen. Die Soldaten, die den Krieg für sie führten. Die Maria umgebracht hatten.

Der Scheinwerferstrahl wanderte langsam an seinem Körper hinab, blieb eine Sekunde auf der Eisenstange in seiner Hand hängen und kehrte zu seinem Gesicht zurück. Ein zweiter Schatten erschien über dem Wagen, dann das Geräusch eines schweren Korpers, der in den Morast herabsprang.

»Wer sind Sie? Was suchen Sie hier?«

Die Stimme klang sehr jung und sehr ängstlich. Schritte näherten sich Sänger, und er spürte, wie sich ein Gewehr auf ihn richtete.

»Verdammt, nehmt das Licht runter«, knurrte er. »Was soll denn der Quatsch!«

Eine Hand packte seine Schulter und riß ihn grob herum, aber der Schein-

werferstrahl bewegte sich tatsächlich ein wenig zur Seite. Er beleuchtete Sänger noch immer, aber er war jetzt wenigstens nicht mehr unmittelbar auf sein Gesicht gerichtet.

»Wer Sie sind, will ich wissen!« schnappte die junge Stimme. »Wieso schleichen Sie hier herum?«

Sänger antwortete erst, nachdem er sein Gegenüber eingehend betrachtet hatte. Es war ein Wehrmachtssoldat – ein Leutnant, wenn er die Rangabzeichen auf seiner Jacke richtig deutete –, und er war so jung, wie er klang. Das Gesicht unter dem Stahlhelm war bleich und schmutzig und glänzte vor Schweiß, und es hatte einen harten Zug, der verriet, daß er Sänger an Erfahrungen mit dem Krieg einiges voraus hatte, aber es war eben das Gesicht eines Zwanzigjährigen. Eines Zwanzigjährigen, der Angst hatte.

»Ich wohne hier. Ich bin . . .« Er zögerte, ließ die Eisenstange sinken und deutete mit der anderen Hand in die Richtung zurück, wo der Feuerschein durch das Unterholz drang. »Mein Haus wurde getroffen. Ich wollte weglaufen, um Hilfe zu holen, als ich eure Scheinwerfer sah. Seid ihr allein?«

In die Augen des jungen Leutnants trat ein mißtrauisches Funkeln. »Wieso wollen Sie das wissen?«

»Wir sind bombardiert worden«, antwortete Sänger und wunderte sich abermals über die Kaltblütigkeit, mit der er log. »Wir könnten Hilfe gebrauchen. Wenn sie zurückkommen . . .«

»Das werden sie nicht, keine Angst. Die Bomben galten nicht euch.« Der Leutnant senkte sein Gewehr, drehte sich halb herum und winkte. »Es ist in Ordnung, Steiner. Er ist aus dem Haus, das getroffen wurde.«

Die Worte galten dem Mann hinter dem Maschinengewehr. Sänger konnte ihn noch immer nur als schwarzen Schatten erkennen, aber er hörte, wie die schwere Waffe wieder gesichert wurde. Sekunden später erlosch der Scheinwerferstrahl, und das Turmluk des Panzerwagens schlug mit einem gewaltigen Krachen wieder zu.

Der Leutnant drehte sich wieder zu ihm um. Er wirkte jetzt erleichtert, aber noch immer sehr nervös. »Sind Sie verletzt?« erkundigte er sich mit einem Blick auf Sängers Arm.

»Nur ein Kratzer.«

»Dann haben Sie verdammtes Glück gehabt«, sagte der Leutnant. Etwas leiser fügte er hinzu: »War sonst noch jemand im Haus? Ich meine . . . gab es Tote?«

»Nein«, log Sänger. »Nur ein paar Kaninchen und Hühner. Was haben Sie damit gemeint – die Bomben galten nicht uns?«

»Sie haben unseren Zug bombardiert, unten an der Hauptstraße. Ein ganzes Dutzend Spitfires und vier oder fünf große Kisten. Eine Riesenschweinerei, kann ich Ihnen sagen. Es sind nicht viele von uns übriggeblieben. Aber zwei oder drei haben wir auch erwischt. Ich schätze, einer davon hat einfach seine Bomben abgeladen, um Ballast abzuwerfen. Tut mir wirklich leid, daß es Ihr Haus getroffen hat.«

»Es war ein altes Haus«, antwortete Sänger achselzuckend. Ballast. Es war nicht einmal Absicht gewesen. Nur Ballast. »Sowieso nichts mehr wert. Wenn nicht die Bomben, dann hätte es der nächste Sturm umgeworfen.«

»Schön, wenn Sie es so sehen«, entgegnete der Leutnant lächelnd. Er deutete auf den Feuerschein hinter den Büschen. »Wie viele sind runtergekommen?«

»Drei«, antwortete Sänger.

»Viel passiert?«

»Ich weiß nicht«, erwiderte Sänger. Seine Hand schloß sich fester um die Eisenstange. Noch nicht. Er mußte abwarten. Sehen, wie viele es insgesamt waren. »Ich habe nur einen Knall gehört, und dann bin ich auf dem Boden wieder aufgewacht. Aber ich glaube nicht. Ich meine, ich habe keine Schreie gehört oder so.«

Der Leutnant blickte ihn nachdenklich an, lächelte wieder und griff in seine Jackentasche. Als er die Hand wieder hervorzog, hielt sie eine zerschrammte Zigarettendose. »Das ist Krailsfelden, nicht?« fragte er, als er die Blechschachtel aufklappte und gleichzeitig in der anderen Tasche nach Streichhölzern suchte.

»Ja. Kennen Sie es?«

»Nein. Aber ich hatte einen Kameraden, der Verwandte in Krailsfelden hat.« Er hatte die Streichhölzer gefunden und riß eines davon an. Im roten Schein des Feuers sah sein Gesicht noch bleicher aus, als es ohnehin schon war. »Spellig. Sagt Ihnen der Name etwas?«

Die Frage sollte gleichmütig klingen, aber sie tat es nicht. Der Junge war nervös. Sehr nervös.

»Natürlich. Krailsfelden ist nicht besonders groß.«

»Lebt er noch hier?«

»Sicher.« Sängers Finger strichen fast liebkosend über das rostige Eisen seiner Waffe. Er mußte in den Wagen, egal wie.

»Auch eine?« Der Leutnant hielt ihm die Zigarettendose hin. Sänger wollte automatisch danach greifen, hielt sich aber im letzten Moment zurück und schüttelte den Kopf. »Danke. Ich rauche nicht. Aber wenn Sie vielleicht einen Schluck zu trinken hätten? Ich habe einen Zentner Staub geschluckt.«

»Selbstverständlich. Kommen Sie mit.« Der Leutnant löschte sein Streichholz, schnippte es in hohem Bogen von sich und ging zum Wagen zurück. Sänger folgte ihm.

Die Tür des Panzerwagens wurde von innen geöffnet, als sie sich ihm näherten. Gelbes Licht, dessen matter Schein eine fast leere Batterie verriet, fiel aus dem Fahrzeug, und wieder richtete sich ein Gewehrlauf auf Sänger. Dunkle Augen blickten ihn unter einem zerschrammten Stahlhelm hervor mißtrauisch an. Vielleicht spürte er, warum Sänger wirklich hier war, dachte er. Gut. Es wäre keine Rache, wenn sie nichts davon spürten.

»Laß den Unsinn, Buchner«, zischte der Leutnant. »Der Mann ist aus Krailsfelden. Er ist ausgebombt worden, wahrscheinlich von der Kiste, die wir runtergeholt haben. Leg das Gewehr weg, und gib ihm lieber einen Schluck von deinem kostbaren Schnaps.«

Buchner senkte tatsächlich seine Waffe – und hob sie mit einem Ruck wieder, als er die Eisenstange in Sängers Hand erblickte. Sein Finger krümmte sich um den Abzug.

»Laß den Quatsch, hab ich gesagt«, fuhr ihn der Leutnant an. An Sänger gewandt und mit einem um Entschuldigung bittenden Lächeln, fügte er hinzu: »Sie müssen das verstehen. Die Jungens sind ein bißchen nervös. Das war verdammt haarig.« Er kletterte geduckt in den Wagen, schob Buchner einfach zur Seite und machte eine ungeduldige Handbewegung zu Sänger. »Kommen Sie. Hier drinnen ist es zwar nicht wärmer, aber wenigstens trocken.«

Sänger streckte die Hand aus, fand an der Türkante Halt und schwang sich in das Fahrzeug. Innen war es düster, spürbar wärmer als draußen, und es stank nach Pulver und heißem Motorenöl. Außer Buchner und dem Leutnant gab es nur noch einen dritten Mann, aber obwohl der Wagen normalerweise Platz für ein Dutzend Soldaten geboten hätte, herrschte eine drückende Enge: Die hinteren zwei Drittel des Innenraums waren vollgestopft mit Kisten, die unter einer grünbraunen Plane verborgen waren. Wahrscheinlich Munition.

»Hier – setzen Sie sich.«

Der Leutnant dirigierte ihn mit sanfter Gewalt auf den ungepolsterten Beifahrersitz des Panzerfahrzeugs, beugte sich ächzend vor und kramte einen Moment in einer Aktentasche, die zwischen den Sitzen stand. Als er sich wieder aufrichtete, hielt er eine Feldflasche in der Hand.

»Zum Wohl – und genießen Sie es. Ia-Wehrmachtsqualität, ganz ehrlich auf dem Schwarzen Markt organisiert.« Er grinste, ließ sich schwer auf den zweiten freien Platz sinken und sah zu, wie Sänger die Eisenstange quer über die Knie legte und den Verschluß der Flasche aufschraubte.

»Was hatten Sie mit dem Ding vor?« fragte er lächelnd. »Die Invasion aufhalten?«

»Ich wußte nicht, wer ihr seid.« Sänger trank einen Schluck und unterdrückte ein Husten. In der Flasche schien sich reiner Alkohol zu befinden. Er hustete nun doch, schraubte die Flasche wieder zu und gab sie dem Leutnant zurück. »Ihr hättet ja auch Amerikaner sein können.«

»Kaum. Die sind noch weit weg – allerdings auch nicht mehr allzuweit.« Der Leutnant machte eine Bewegung mit der Flasche.

»Noch einen?« Sänger lehnte ab, und er fuhr fort: »Aber was höre ich da? Glauben Sie etwa nicht mehr an den Endsieg unserer unschlagbaren Armee?« Er gab sich keine Mühe, den Spott in seiner Stimme zu tarnen. Sänger lächelte dünn. Seine Hand schloß sich wieder um die Eisenstange, während sein Blick unauffällig durch den Wagen huschte. Die beiden anderen Soldaten befanden sich in seiner unmittelbaren Nähe, was wegen der beengten Platzverhältnisse auch gar nicht anders möglich war. Buchner hockte hinter ihm und sah abwechselnd ihn und den Wald durch die Sehschlitze an; Steiner hatte sich lässig gegen die Eisenleiter gelehnt, die zum Turmluk hinaufführte. Das Gewehr hatte er neben sich gestellt; in Griffweite, aber nicht so, daß er es schnell heben und entsichern konnte. Nicht schnell genug.

Aber die Gelegenheit war noch nicht gekommen. Er mußte sie alle drei mit einem Schlag erwischen. Sänger wußte, daß er keine Chance hatte, sie in einem Kampf zu besiegen. Sie waren halb so alt wie er, und zudem ausgebildete Soldaten.

»Sie sagen, Sie kennen Spellig?« fragte der Leutnant plötzlich. Wieder versuchte er, unbefangen zu klingen, und wieder gelang es ihm nicht.

»Warum?«

»Oh, aus keinem bestimmten Grund. Aber wir hängen fest hier. Und ich schätze, es kann eine Stunde dauern, bis jemand kommt, um uns zu holen. Oder auch länger. Es wartet sich angenehmer in einem geheizten Zimmer. Und bei einer Tasse Kaffee.«

»Ist ziemlich weit bis zur Hauptstraße«, erwiderte Sänger, eigentlich nur, um überhaupt etwas zu sagen. Er wartete darauf, daß Steiner sich bewegte, seine Hand ein wenig weiter vom Gewehr entfernte. »Fünf Kilometer. Wie kommt ihr überhaupt hierher?«

Buchner blickte weiter aus dem Fenster, aber etwas in seinem Gesicht veränderte sich. Er wirkte angespannt, mißtrauisch. Warum?

»Da unten war der Teufel los«, antwortete der Leutnant achselzuckend. »Die müssen genau gewußt haben, daß wir kommen. Sind ganz dicht über den Bäumen geflogen und haben uns zusammengeschossen wie die Tontauben.« Er seufzte. »Jeder hat einfach gemacht, daß er wegkam.«

»Aber sie werden euch suchen, oder?«

»Suchen?« Der Leutnant lachte, aber sehr beredt. »Suchen«, wiederholte er. »O ja, darauf können Sie Gift nehmen. Die Wehrmacht kümmert sich um ihre Leute, nicht wahr? Und um uns ganz besonders.«

Sänger sah aus den Augenwinkeln, wie Buchner dem Leutnant einen fast erschrockenen Blick zuwarf. Für eine Sekunde entstand eine stumme Kommunikation zwischen den beiden, ein Gespräch, das nur mit Blicken geführt wurde: Bist du wahnsinnig? fragte Buchner, und der Leutnant erwiderte: Laß mich nur machen. Ich weiß genau, was ich tue. Er ist harmlos.

Sänger verstand jedes Wort, aber natürlich ahnten die beiden Soldaten nichts davon. Seine Hand liebkoste die Eisenstange.

»Aber es kann dauern, bis sie hierherkommen«, knüpfte der Leutnant an seine unterbrochene Rede an. »Würden Sie uns einen Gefallen tun?«

»Warum nicht?«

Buchner spannte sich.

»Wir würden Spellig gern besuchen. Ich habe seinem Sohn versprochen, ihm Grüße auszurichten. Aber wir können schlecht mit dieser Kiste hier durch die Stadt fahren.« Er tätschelte das Armaturenbrett des Panzerwagens. »Außerdem würden wir mächtigen Ärger kriegen – Sie kennen doch diese Kommißköppe. Irgendein Arsch legt uns das am Ende noch als unerlaubtes Entfernen von der Truppe aus.« Er lachte, nervös und schnell und kein bißchen überzeugend. Buchners Kiefer mahlten, und auch Steiner bewegte sich unruhig. Die Eisenstange in Sängers Hand zuckte ungeduldig. Sie hatte Blut gerochen und wollte nicht mehr warten.

»Und jetzt wollt ihr, daß ich hingehe und ihm Bescheid sage«, vermutete er.

»Das wäre nett«, sagte der Leutnant. »Ich meine, nur wenn es Ihnen nichts ausmacht natürlich. Es reicht auch, wenn Sie uns sagen, wo wir ihn finden.«

»Das ist kein Problem«, antwortete Sänger. Er hob die Eisenstange und deutete mit ihrem spitzen Ende wie mit einem Zeigestab aus dem Sehschlitz. »Sie sehen das Feuer?«

Der Blick des Leutnants folgte der Stange. Er nickte. Buchner beugte sich vor, und das leise Schleifen und Rascheln hinter Sänger verriet ihm, daß sich auch Steiner bewegte.

»Ihr geht einfach drauf zu, und wenn ihr das Haus seht, nach links, bis ihr zur Straße kommt. Spelligs Haus ist das dritte auf der linken Seite.«

»Und woran erkennen wir es?« fragte der Leutnant.

»Das braucht ihr nicht mehr«, sagte Sänger und stieß ihm die Eisenstange in den Hals.

Es ging ganz schnell, und leichter, als er gedacht hatte. Das spitze Ende des Moniereisens glitt ohne spürbaren Widerstand durch die Kehle des jungen Soldaten. Er zuckte nicht einmal. Seine Augen weiteten sich, und er öffnete den Mund, um zu schreien, aber statt eines Lautes kam Blut über seine Lippen, hellrotes Blut wie ein Wasserfall, der seine Uniform und Sängers Hände mit klebriger Wärme übergoß. Der Ausdruck in seinen Augen war nicht Schmerz, nicht einmal Entsetzen. Nur vollkommene Fassungslosigkeit.

Dafür reagierte Buchner um so schneller. Viel schneller, als Sänger erwartet hatte. Aber er beging einen Fehler, und es war sein letzter: statt sich einfach auf Sänger zu werfen und ihm die Eisenstange zu entreißen, versuchte er, seine Pistole zu ziehen, und verschenkte damit die kostbarsten – und letzten – Sekunden seines Lebens.

Sänger warf sich nach vorn. Seine Hände griffen nach der Maschinenpistole, die an einem Lederriemen am Hals des Leutnants hing. Seine Linke riß den Lauf nach oben und zur Seite, so daß sich die Mündung wie ein stählerner Zeigefinger in Buchners Brust grub und ihm einen Schmerzlaut entriß, der Zeigefinger der Rechten krümmte sich um den Abzug.

Der Rückschlag war unerwartet heftig. Die Waffe zuckte und wand sich in seinen Händen, und das Dröhnen der Salve erreichte trommelfellzerreißende Lautstärke in dem winzigen Fahrzeug. Die Kugeln zerfetzten Buchners Brust, durchlöcherten seinen Hals und rissen die Hälfte seines Gesichts weg. Lautlos kippte er nach hinten und prallte gegen seinen Kameraden.

Sänger wollte sich herumwerfen, aber seine Hände waren verkrampft und weigerten sich, die MP loszulassen. Der Ruck brachte den Leichnam des jungen Leutnants aus dem Gleichgewicht, der nach vorn kippte und Sänger halb unter sich begrub. Sänger schrie. Aus dem zerfetzten Hals des Leutnants schoß Blut und durchtränkte nun Sängers Brust und seinen Schoß mit widerwärtiger Nässe, und er konnte sich kaum bewegen. Aber die Maschinenpistole zuckte noch immer in seinen Händen und spie orangefarbene Mündungsblitze und Kugeln aus, die rauchende Spuren in seine Kleider und seine Brust gruben. Sänger sah, wie sich Steiner bewegte und an sein Gewehr zu kommen versuchte, bäumte sich auf und versuchte den Körper des Leutnants abzuschütteln, aber er war zu schwer, und seine Hände weigerten sich noch immer, die MP loszulassen, an der die Leiche hing.

Steiner riß sein Gewehr in die Höhe, und Sänger zerrte noch einmal und mit der Kraft der Verzweiflung an der Waffe. Er spürte, wie der Lederriemen nachgab. Der Lauf der MP bewegte sich mit einem Ruck zur Seite, und die letzten sieben oder acht Kugeln, die das Magazin noch enthielt, durchschlugen die metallene Rückenlehne des Sitzes und verwandelten Steiners Unterleib in eine blutige Masse. Der junge Soldat schrie gellend auf, riß die Arme hoch und prallte wie eine Gliederpuppe gegen die Eisenleiter in seinem Rücken. Seine Augen brachen, noch ehe er zur Seite kippte; grotesk langsam, wie von einer unsichtbaren Hand gehalten, und widerwillig, als weigere er sich, einen so sinnlosen Tod zu sterben.

Und in der letzten Sekunde, als sein Körper schon tot war und dem Zug der Schwerkraft nach unten folgte, krümmte sich sein Finger um den Abzug des Gewehrs. Die Kugel durchschlug den Sitz, dann Sängers Brust und prallte als Querschläger vom Armaturenbrett des Panzerwagens ab.

II.

Zimmer sieben

1

Pfarrer Vanderbilt war am nächsten Morgen so verkatert, wie Gloria es erwartet hatte. Abgesehen von zwei eher peinlichen Zwischenfällen während seines Studiums war Henk Vanderbilt zeit seines Lebens noch nie mit Alkohol in größeren Mengen in Berührung gekommen, und folglich hatten ihn die zwei Flaschen Wein, die er in kaum anderthalb Stunden in sich hineingeschüttet hatte, nicht einfach nur *betrunken* gemacht. Sie hatten ihn umgeworfen. Und das Gefühl, mit dem er aufgewacht war, war grauenhaft gewesen. Hätte er es nicht schon vor knapp sechzig Jahren getan, er hätte spätestens an diesem Morgen einen heiligen Eid auf die Bibel geschworen, nie wieder Alkohol anzurühren.

Gloria beobachtete ihn mit einer Mischung aus Sorge und mühsam unterdrückter Schadenfreude, während sie frühstückten. Ihr Onkel hockte, nach vorne gesunken und bleich wie das sprichwörtliche Häufchen Elend, an der anderen Seite des Tisches, und obwohl sie die Fenster geöffnet hatte und ein kühler Luftzug ins Zimmer strömte, war seine Stirn feucht von Schweiß. Seine Hände zitterten. Gloria wußte, wie sehr er litt. Sie selbst hatte dem Teufel Alkohol nicht ganz so eisern abgeschworen wie ihr Onkel und schon den einen oder anderen Kater gehabt. Er tat ihr leid.

Aber ihr Mitleid hielt sich in Grenzen. Sie verbot sich, zu sehr mit ihm zu fühlen. Wenn sie es tat, dann würde sie nicht mehr die nötige Härte aufbringen, um ihm die Fragen zu stellen, die sie stellen mußte.

Nach einer Weile schien Onkel Henk ihre Blicke zu spüren, denn er sah auf und blickte sie durchdringend an.

»Du siehst nicht sehr gut aus«, begann er. »Fühlst du dich nicht wohl?«

»Nicht... besonders«, gestand Gloria verwirrt. Sie fühlte sich tatsächlich nicht sehr gut – auch sie hatte in dieser Nacht schlecht und nur sehr wenig geschlafen. Aber sie war überrascht, daß man es ihr so deutlich ansah. Und daß Onkel Henk gewissermaßen zum Angriff überging, noch ehe sie überhaupt Gelegenheit gefunden hatte, *ihn* zur Rede zu stellen.

»Ich habe schlecht geschlafen«, fuhr sie fort. Sie schob ihren Teller zurück, schenkte sich Kaffee ein und füllte ungefragt auch seine Tasse. »Du anscheinend nicht.«

Entweder war er ein sehr viel besserer Lügner, als sie bisher angenommen hatte, oder er konnte sich wirklich nicht mehr an den gestrigen Abend erinnern. Er zuckte mit keiner Wimper. Dann antwortete er: »Ich war müde wie ein Stein. Und ich hatte ein paar ganz verrückte Träume.« Er lachte leise. »Ich werde wohl doch langsam alt.«

»Du warst betrunken.«

Er sah mit einem Ruck hoch. »Ich... habe ein, zwei Glas Wein getrunken, das stimmt. Aber –«

»Ich habe deinen Schreibtisch aufgeräumt gestern abend«, unterbrach ihn Gloria. »In deinem Papierkorb waren zwei leere Flaschen.«

Und was sonst noch? fragte sein Blick. *Was hast du sonst noch gefunden, Gloria?*

»Zwei Flaschen?«

Gloria nickte stumm. Onkel Henk war doch kein so guter Schauspieler, wie sie gedacht hatte. Er war nervös, und sie konnte förmlich sehen, wie sich die Gedanken hinter seiner Stirn überschlugen, als er nach einer Ausrede suchte. Schließlich rettete er sich in ein verlegenes Grinsen. »Ich sagte ja, ich werde allmählich alt, Liebes. Der Abend war lang, und ich... ich habe gar nicht gemerkt, daß es soviel war. Außerdem war eine der Flaschen nur halb voll.«

»Na ja, dafür warst *du* ganz voll«, entgegnete Gloria seufzend. »Ich frage mich, wie du in dein Zimmer gekommen bist, ohne dir den Hals zu brechen.« Schon als sie die Worte aussprach, wurde ihr klar, daß sie einen Fehler beging: Ihr scherzhafter Ton machte es ihm viel leichter, eine Ausrede zu finden. Er würde ihr keine zweite Chance geben. Aber sie hatte so verdammt wenig Erfahrung in diesen Dingen. Großer Gott, es war niemals nötig gewesen, ihn zu verhören!

»Du weißt doch, daß kleine Kinder und Betrunkene einen Schutzengel haben«, meinte er lächelnd.

Gloria blieb ernst. »Sicher. Und man sagt auch, daß kleine Kinder und Betrunkene immer die Wahrheit sagen, nicht wahr? Soll ich dir noch eine Flasche Wein holen?«

»Was soll das heißen?« Jetzt klang seine Stimme scharf und drohend. Sie mußte sich beherrschen, um ihm nicht im gleichen Ton zu antworten.

»Bitte, Onkel Henk«, beschwichtigte sie. »Wir waren immer ehrlich zueinander, nicht? Und ich bin kein kleines Kind mehr. Also behandle mich nicht so. Man kann sich nicht aus Versehen betrinken. Nicht *so.*«

»So schlimm war es –«

»Es *war* so schlimm. Ich war gestern abend noch einmal in deinem

Zimmer. Du hast angezogen auf deinem Bett gelegen. Ich habe dir die Schuhe ausgezogen und dich zugedeckt, und du hast es nicht einmal gemerkt.«

Er trank einen Schluck Kaffee, um Zeit zu gewinnen. Er war jetzt nicht mehr nur nervös – er hatte Angst. Gloria wußte, daß sie auf der richtigen Spur war, und sie haßte sich selbst dafür, ihm weh zu tun. Aber es mußte sein. Irgend etwas sagte ihr, daß es wichtig war, daß sein Leben und vielleicht weit mehr davon abhingen, daß sie herausfand, was dieser angefangene Brief zu bedeuten hatte.

»Ich glaube, du übertreibst«, sagte Vanderbilt schließlich. »Es freut mich, daß du dich um mich sorgst, aber das brauchst du nicht. Ich weiß selbst, daß ich zuviel getrunken habe. Und so, wie ich mich heute fühle, wird das bestimmt nicht noch einmal vorkommen, das verspreche ich dir.«

»Ich habe auch die Briefe gefunden.«

Vanderbilt rührte in seinem Kaffee, aber plötzlich hielten seine Finger den Löffel so fest, daß die Tasse zu klirren begann und umgefallen wäre, hätte er nicht mit der anderen Hand zugepackt und sie festgehalten.

»Seit wann spionierst du mir nach?« fragte er, ohne sie anzusehen.

»Ich spioniere nicht«, antwortete Gloria. Sie hatte diese Frage erwartet und versucht, sich dagegen zu wappnen, aber das nutzte nichts. Ganz egal, wie sie es nannte – er hatte recht. »Ich spioniere dir nicht nach«, sagte sie noch einmal. »Der letzte Brief war ja sogar noch in der Maschine. Ich habe sie ausgeschaltet und dabei das Blatt herausgezogen, das ist alles.«

»So?«

»Wovon sprichst du in diesen Briefen?« insistierte sie. »Was soll das heißen: eine schreckliche Entdeckung? Was hast du herausgefunden?«

»Du siehst Gespenster«, antwortete Onkel Henk. »Ich habe dir gesagt, daß es um verwaltungstechnische Dinge geht. Papierkram, mehr nicht. Mir schwirrt jetzt noch der Kopf davon. Ich ... ich wollte es möglichst dramatisch ausdrücken, aber es war eine dumme Formulierung. Deshalb habe ich den Brief ja auch nicht zu Ende geschrieben.«

»So wie die anderen? Wie die, in denen du vom Satan sprichst und von schrecklichen Dingen, die vor sich gehen?«

Zu ihrer Überraschung lächelte er. »Ach das. Siehst du, Kleines, das ist genau der Grund, warum ich dir die Briefe nicht gezeigt habe. Es gibt Dinge, die man besser –«

»– für sich behält?« schlug Gloria vor, als er nicht weitersprach, sondern eine winzige Pause einlegte.

»Ich meine doch nicht den Satan in Person«, sagte Onkel Henk mit mildem Spott. »Das ist nur so ein Begriff. Ein theoretischer Ausdruck. Ein Synonym für das Böse. Ein Scherz, wenn du so willst. Ich –«

»Du hast niemals Scherze mit dem Teufel getrieben, Onkel Henk«, unterbrach ihn Gloria, leise und mit großem Ernst. »So wenig wie mit Gott. Und du meinst ihn in Person.«

Pfarrer Vanderbilt trank seinen Kaffee und schwieg. Sein Blick war leer, und er ging an Gloria vorbei aus dem Fenster, zum –

Und plötzlich begriff sie. »Es hat mit dem Internat zu tun, nicht wahr?« behauptete sie aufs Geratewohl. Ihr Onkel sah sie an, und sie wußte sofort, daß sie ins Schwarze getroffen hatte.

»Irgend etwas geschieht dort oben – oder ist bereits geschehen«, fuhr sie fort. »Deshalb wolltest du nicht, daß ich dorthingehe. Es macht dir angst. So große Angst, daß du es sogar riskierst, für verrückt oder senil erklärt zu werden, und diesen Brief schreibst.«

»Unsinn.«

»Nein – die Wahrheit.« Ihr Blick wurde bohrend, und sie ließ es nicht zu, daß Onkel Henk ihr auswich. Mehr denn je tat er ihr leid, aber mehr denn je spürte sie auch, daß sie nicht aufgeben durfte. Was sie jetzt nicht erfuhr, das würde sie nie erfahren. »Was ist es, Onkel Henk?«

»Nichts«, antwortete er tonlos. »Nichts, was dich interessieren müßte, Gloria. Zumindest nichts, was dich etwas angeht. Ich möchte nicht, daß du weiter darüber sprichst. Weder mit mir noch mit sonst jemandem.«

»Ist es so schlimm?«

Die Frage hatte spöttisch klingen sollen, aber Vanderbilt nahm ihr die beabsichtigte Wirkung. Er sah Gloria eine Sekunde lang wortlos an und nickte dann.

»Ja.«

Das Wort hing greifbar zwischen ihnen. Man erzählte sich sonderbare Dinge über das Internat, nur hinter vorgehaltener Hand zwar oder zumindest hinter geschlossener Tür, aber schon seit langer Zeit. Es war ... Gloria schossen die verrücktesten Gedanken durch den Kopf.

Was für ein Unsinn, dachte sie. Sie begann schon hysterisch zu werden, wegen ein paar angefangener Sätze und eines bizarren Alptraums. Sie verfluchte sich dafür, zugelassen zu haben, daß ihr das Gespräch so entglitt.

»Wir hatten nie Geheimnisse voreinander«, sagte sie lahm. Ein weiterer Fehler.

»Jetzt haben wir eines. Ich wollte nicht, daß du es erfährst, Gloria. Es tut mir leid. Ich ... wollte nichts weniger, als dich zu belügen, glaub mir.« Obwohl er sehr traurig war, klang seine Stimme mit einemmal ruhig und fast ausdruckslos. Und so entschieden, wie sie es selten erlebt hatte. Er stand auf und schob seinen Stuhl zurück, aber nicht, um zu gehen, sondern um aus dieser veränderten Position auf sie herabzublicken. Zum erstenmal, seit sie kein Kind mehr war, spielte er den Respekt, den sie vor ihm hatte, bewußt und voll aus. Er war jetzt nicht mehr ihr Onkel, er war einfach ein Erwachsener, der mit einem gut fünfzig Jahre jüngeren Kind sprach und es in seine Schranken wies.

»Vielleicht hast du recht, Gloria. Ich hätte nicht versuchen sollen, dich zu belügen. Dafür bitte ich dich um Entschuldigung.«

»Also stimmt es. Irgend etwas geschieht dort oben!«

Er nickte. »Ja. Dinge, die zu schrecklich sind, als daß ich sie dir verraten könnte. Und ich verbiete dir, dich weiter darum zu kümmern. Ich verbiete dir, noch einmal dort hinaufzugehen. Um deinetwillen, Gloria.«

In jedem anderen Moment hätten die Worte einfach albern geklungen; bestenfalls theatralisch. Jetzt erfüllten sie Gloria mit Entsetzen, vielleicht wegen des Ausdrucks, der dabei in seinen Augen stand. Es war nicht nur Angst. Es war etwas viel tiefer Gehendes als bloße Furcht.

»Du hast Angst um *mich*?« murmelte sie verstört.

»Um dich und alle anderen hier – aber am meisten um dich, ja.«

»Aber dann ...« Sie suchte nach Worten und spürte selbst, daß sie im Begriff war, etwas zu sagen, was sie gar nicht sagen wollte; denn es würde ihn mehr verletzen als alles andere. Aber sie konnte sich nicht mehr zurückhalten, sosehr sie es auch wünschte.

»Es ist nicht sehr fair von dir, Onkel Henk«, sagte sie. »Wenn du wirklich glaubst, daß ich in Gefahr bin, dann mußt du es mir sagen.« Dann kamen sie, diese verfluchten Worte, die eine andere zu sprechen schien: »Mit welchem Recht schreibst du Briefe an ... an deinen *Kardinal* oder sonstwen, wenn es mich betrifft?!« Sie schrie beinahe, beruhigte sich nur mühsam. »Vielleicht finde ich es ja auch ohne deine Hilfe heraus.«

»Das werde ich verhindern.« Vanderbilt lächelte, aber sie spürte, wie sehr ihn ihre Worte trafen. Traurig hob er die Hand, trat auf sie zu und streichelte ihr übers Haar; eine Berührung, die sie mit einem Gefühl von Zerbrechlichkeit und Sanftmut erfüllte.

»Es betrifft dich nicht«, sagte er. »Ich werde es aufhalten. Ich weiß noch nicht, wie, aber ich weiß, daß ich es kann. Gott ist auf meiner Seite.«

Sie wollte nach seiner Hand greifen, um sie zu küssen oder vielleicht einfach nur für einen Moment festzuhalten, aber er trat wieder zurück. Ein tiefer, brennender Schmerz breitete sich in Glorias Brust aus. Sie hatte ihn verletzt, sie hatte ihm *ganz bewußt* weh getan, wie ein bösartiges Kind, das Gefallen daran findet, einen Schwächeren zu quälen. Sie verachtete sich dafür.

»Es . . . es tut mir leid, Onkel Henk«, flüsterte sie.

»Das muß es nicht. Wenn jemandem etwas leid tun muß, dann mir. Ich hätte vorsichtiger sein sollen.« Er schien noch mehr sagen zu wollen, aber dann schüttelte er stumm den Kopf, drehte sich um und verließ das Zimmer. Er schloß die Tür leise hinter sich, und Gloria konnte hören, wie er den Flur überquerte und sein Arbeitszimmer betrat.

Eine Weile saß sie noch reglos da und starrte ins Leere, dann verbarg sie mit einem Schluchzen das Gesicht zwischen den Fingern, und Tränen brachen aus ihr hervor. Sie weinte lange, und aus mehreren Gründen, von denen einer so weh tat wie der andere. Sie weinte aus Scham, sich so hinreißen zu lassen, und aus Schmerz, als sie begriff, *wie sehr* sie ihm weh getan haben mußte. Und sie weinte aus Wut über sich selbst. Sie hatte alles verdorben, ihm keine Hilfe angeboten, sondern alles nur noch schlimmer gemacht. Warum nur? Sie hatten sich noch nie gestritten, solange sie sich zurückerinnerte. Onkel Henk war ein Mann, mit dem man sich gar nicht streiten konnte, nicht einmal absichtlich.

Gut fünf Minuten saß sie so da, ließ ihren Tränen, ihrem Schmerz und ihrem Zorn freien Lauf und nahm schließlich die Hände herunter, um nach einem Taschentuch zu suchen. Sie fand keines und nahm kurzerhand eine Serviette, mit der sie die Tränen trocknete. Er würde trotzdem merken, daß sie geweint hatte, aber das machte nichts. Eines der ersten und schönsten Dinge, die er ihr beigebracht hatte, war, sich seiner Gefühle nicht zu schämen.

Gloria stand auf und verließ die Küche, um sich bei ihm zu entschuldigen.

Die Tür zum Arbeitszimmer war nur angelehnt, und ihr Onkel stand am Schreibtisch, als sie eintrat. Er wandte ihr den Rücken zu, so daß er sie nicht sah, und so kam es, daß sie ihm ein zweites Mal und völlig unbeabsichtigt nachspionierte – wenigstens empfand sie es so, als sie stehenblieb und sah, wie er die untere Schublade seines Schreibtisches verschloß und den Schlüssel sorgsam an seinem Schlüsselbund befestigte.

»Das brauchst du nicht.«

Er erschrak. Mit einer eindeutig schuldbewußten Bewegung drehte er sich um, blickte erst sie, dann den Schlüsselbund in seiner Hand und dann wieder Gloria an.

»Du hast deinen Schreibtisch noch nie abgeschlossen.«

»Es ist besser so, Kleines. Nicht deinetwegen.«

Ihre Stimme schwankte. Sie kämpfte schon wieder gegen die Tränen. »Du ... brauchst das nicht«, wiederholte sie. »Ich ... ich verspreche dir, daß ich ihn nicht anrühren werde. Ganz gleich, was drin ist.«

Vanderbilt lächelte, sanft und sehr warm und sehr ehrlich. »Ich glaube dir. Aber jemand anderer könnte es finden. In diesem Haus gehen zu viele Menschen ein und aus. Du bist nicht der einzige Mensch, der lesen kann. Und ich habe begriffen, daß ich alt und nachlässig werde.« Er ließ den Schlüsselbund in seine Jackentasche gleiten.

»Es ... es tut mir leid, Onkel Henk«, schluchzte Gloria. »Ich wollte das alles nicht sagen. Ich ... ich hatte nun ... nun ...«

»Ich weiß. Du mußt dich nicht entschuldigen. Ich verstehe dich.« Er lächelte wieder, und sie spürte, daß er die Wahrheit sagte. Sie hatte ihn enttäuscht, und sie hatte ihn tiefer verletzt als jemals zuvor, und er *verzieh* ihr, vorbehaltlos und sofort. Dieser Mann war ein Heiliger.

Und er hatte Angst. Panische Angst.

Gloria schluckte die Tränen hinunter, ging aus dem Raum und rannte die Treppen zu ihrem Zimmer hinauf, um sich aufs Bett zu werfen. Sie weinte lange.

Irgendwann hörte sie die Tür unten im Haus zuschlagen, und kurz darauf versiegten auch endlich ihre Tränen. Sie stand wieder auf, ging ins Bad und wusch sich.

2

Er wachte nicht von selbst auf, sondern spürte, daß irgend etwas ihn geweckt hatte. Im ersten Moment glaubte er fast, es wäre noch Nacht. Gleichzeitig spürte er, daß dem nicht so war. Ricky hatte gelernt, den Tag von der Nacht zu unterscheiden, denn es war nicht nur das Fehlen von Geräuschen, Licht und Bewegung, das diesen Unterschied ausmachte. Spätestens seit jenem furchtbaren Tag vor drei Jahren, an dem er hierhergekommen war, wußte er das ganz genau. Draußen, in der Welt, die ihn aus unerfindlichen Gründen ausgestoßen hatte, mochte es so sein: daß die Nacht eine Zeit der Ruhe und Stille war, vielleicht sogar etwas Freundliches, in dem man Schutz oder ein Versteck finden konnte.

Hier war sie etwas Böses. Keine Zeit der Stille, sondern der kriechenden Schrecken, und das einzige, was sie verbarg, war das gestaltgewordene Entsetzen der Alpträume, die Wirklichkeit wurden.

Er hatte es schon in seiner ersten Nacht hier gefühlt.

Natürlich hatte er die Unruhe und Nervosität, die ihn in den ersten Nächten fast keinen Schlaf hatten finden lassen, auf seine veränderte Situation geschoben: eine neue Umgebung, ein neues *Zuhause*, neue Klassenkameraden; ein völlig neues Leben, das vor ihm lag und das trotz allen Widerstandes, den er ihm entgegenbrachte, durchaus den Reiz des Neuen und Aufregenden hatte.

Wie die meisten Internatsschüler war Ricky nicht freiwillig hier. Er hatte der Idee seines Vaters, seine Erziehung fürderhin Leuten zu überlassen, die dazu qualifizierter waren als das israelische Hausmädchen, das während der ersten neun Jahre seines Lebens die Mutterstelle bei ihm eingenommen hatte, sehr viel mehr Widerstand entgegengebracht, als es vermutlich der Großteil der übrigen Zöglinge getan hatte.

Ricky hatte seine Mutter niemals kennengelernt. Die offizielle Version lautete, daß sie bei seiner Geburt gestorben sei; aber daran glaubte Ricky schon seit seinem vierten Lebensjahr nicht mehr. Es gab Gerüchte, denen zufolge sein Vater sie nach einer häßlichen Geschichte, die immer unausgesprochen blieb, aus dem Haus gejagt hatte, und es gab eine Menge Indizien, die in Ricky mehr und mehr die Überzeugung gefestigt hatten, daß an diesen Gerüchten eine Menge dran war: gewisse Bemerkungen hinter vorgehaltener Hand, dann und wann ein Versprecher oder ein bezeichnender Blick; und viele Worte, die nicht ausgesprochen wurden und gerade deshalb ihre eigene Sprache sprachen.

Und keine Bilder.

Ricky war in einem Haus mit achtunddreißig Zimmern und einer kleinen Armee von Personal aufgewachsen, aber es gab in diesem riesigen Haus nicht ein einziges Bild seiner Mutter, und nie wurde über sie gesprochen. Wenn er versuchte – was er eine Weile sehr penetrant getan hatte, mit der Sturheit eines Kindes, die selbst einen geduldigen Erwachsenen zur Verzweiflung treiben kann –, mit dem Personal über sie zu reden, stellte sich entweder heraus, daß der oder die Betreffende noch nicht lange genug im Haus war, um sie gekannt zu haben, oder aus unerklärlichen Gründen unter plötzlichem Gedächtnisschwund litt. Irgendwann hatte sein Vater das Spiel dann satt gehabt und ihm strengstens verboten, dem Personal weiter auf die Nerven zu gehen. Ricky erinnerte sich gut an diesen Tag. Er war gerade fünf Jahre alt gewesen, aber dieses eine Gespräch würde er nie vergessen. Er hatte seinen Vater niemals zuvor so wütend erlebt. Später jedoch hatte er begriffen, daß der Ausdruck in seines Vaters Augen gar keine Wut gewesen war, sondern Haß, ein tiefsitzender, unauslöschlicher Haß, so brennend und mörderisch, daß er es nicht einmal *wagte,* auch nur über den Grund dafür nachzudenken. Und noch später hatte er erkannt, daß dieser Haß nicht nur seiner Mutter galt, sondern – wenigstens zum Teil – auch ihm, weil er ein Teil von ihr war, eine lebendige Erinnerung, die sein Vater ständig vor Augen hatte.

Vielleicht war das auch der wirkliche Grund für seine Verbannung gewesen. Rickys Vater war viel unterwegs. Er betrieb Geschäfte, nach denen Ricky sich nie erkundigt hatte und die ihn auch nicht interessierten, aber er hatte mitbekommen, daß der Vater den größten Teil seiner Zeit im Ausland verbrachte, *auf Reisen,* wie er es nannte.

Trotzdem gab es an sich keinen Grund, Ricky in ein Internat zu geben. Es gab das israelische Hausmädchen, das Ricky liebte wie einen eigenen Sohn (er erwiderte diese Liebe nicht, aber er mochte sie und betrachtete sie mehr und mehr als Freundin), einen Privatlehrer und ein ganzes Heer von Personal, das sich um ihn kümmerte. Aber eines Tages war sein Vater von einer seiner *Reisen* zurückgekehrt und hatte erklärt, daß Ricky nach den Sommerferien nicht wieder in seine normale Schule zurückkehren würde.

Ricky hatte das nicht gewollt. Obwohl er seine Mutter nie kennengelernt hatte und auch sein Vater immer nur eine Respektsperson für ihn geblieben war, weil er *alles* war, was er je gehabt hatte. Er hatte gebettelt. Er hatte geschrien, getobt, geweint und schließlich seinem Vater mit großem Ernst erklärt, daß er sterben würde, wenn er in dieses Internat mußte.

Natürlich hatte es nichts genützt. Drei Wochen später, noch während der Ferien, waren sie zum erstenmal hierhergekommen, und Direktor Zombeck hatte ihnen das Internat gezeigt. Und weitere zwei Wochen später war er dann da.

Nein, es war ihm ganz natürlich vorgekommen, daß er nicht gut geschlafen hatte. Und allen anderen auch. Er war nicht der erste *schwierige Fall,* wie Zombeck es nannte, und er war nicht das erste Kind, das einer längeren Eingewöhnungszeit bedurfte – die Rickys Meinung nach in nichts anderem bestand als darin, den Willen des Betroffenen zu brechen und ihn zu einem fügsamen Automaten zu machen. Irgendwie hatte er es überstanden. Und irgendwie hatte er sich sogar an diese Hölle gewöhnt, in der er die nächsten neun Jahre seines Lebens verbringen sollte und für die sein Vater jeden Monat ein Vermögen bezahlte.

Aber etwas war anders bei ihm. Rickys Schlafstörungen waren nicht vorübergegangen, sondern geblieben und nach und nach sogar schlimmer geworden. Die Nacht war hier etwas Besonderes, im negativsten Sinn des Wortes. Sie war nicht leer, sondern angefüllt mit bösen Dingen, von denen die Alpträume, die ihn plagten, wenn er endlich Schlaf fand, noch die harmlosesten sein mochten.

Und manchmal hatte er das Gefühl, daß es nicht etwas *in* diesem Haus war, das nach Einbruch der Dunkelheit zu furchtbarem Leben erwachte, sondern das Haus selbst.

Aber jetzt war es nicht Nacht. Im Zimmer war es zwar stockdunkel und absolut still, aber die Finsternis kam durch die geschlossenen Läden zustande, und der Grund für die Stille war einfach der, daß die Krankenstation in einem abgelegenen – und daher ruhigen – Teil des Gebäudekomplexes lag. Die Geister hatten sich in ihre Verstecke auf der Rückseite des Tages zurückgezogen, und die einzigen Monster, die im Moment durch die Gänge und Korridore des Sänger-Internats schlichen, waren Werner und seine drei Prügelknaben. Er erinnerte sich nicht einmal an einen Alptraum. Der Schlaf, aus dem er erwachte, war der tiefe, traumlose Schlaf eines Narkosemittels, und der schlechte Geschmack auf seiner Zunge stammte mit Sicherheit ebenfalls daher.

Da war noch etwas, woran er sich erinnerte: Spät in der Nacht, lange nachdem Frau Steller das Licht gelöscht hatte und gegangen war, war der junge Mann noch einmal zu ihm gekommen. Ricky hatte längst geschlafen, aber etwas in ihm war wach gewesen und hatte jede Einzelheit registriert und sorgsam aufbewahrt. Er war einfach hereingekommen und ein paar Minuten neben seinem Bett stehengeblieben, und schließlich hatte er seine Hand ergriffen und einen Moment festgehalten. Ricky erinnerte sich, daß es ein sehr wohltuendes Gefühl gewesen war, eine Berührung voller Wärme und Freundschaft, die Schutz und Sicherheit versprach.

Ricky drehte den Kopf in den Kissen und blickte nach rechts, wo er das Fenster wußte, und nach ein paar Augenblicken nahm er einen schwachen grauen Lichtschimmer wahr. Die Läden schlossen nicht mehr ganz dicht, aber Frau Steller mußte zusätzlich noch die Gardinen zugezogen haben, denn er konnte nur einen blassen Glanz erkennen, der keine konkrete Quelle zu haben schien, sondern wie mattleuchtender Nebel in unbestimmbarer Entfernung vor seinem Bett hing. Trotzdem beruhigte ihn der Anblick, denn er bewies ihm endgültig, daß es schon Morgen war.

Vorsichtig bewegte er den rechten Arm. Er war fast bewußtlos gewesen, als Frau Steller und der junge Mann, der ihn vor Werner und den anderen beschützt hatte, ihn ins Bett gelegt hatten, aber eben nur fast; und eines der wenigen Dinge, an die er sich noch erinnerte, war der brennende Schmerz, als die Injektionsnadel in seine Vene gestoßen worden war. Die Steller hatte ihm eine Infusion gelegt – beiläufig fragte er sich, ob sie das überhaupt durfte –, aber sie mußte während der Nacht noch einmal zurückgekommen sein und sie wieder entfernt haben. Sein Arm tat noch ein bißchen weh und fühlte sich taub an, aber die Nadel war verschwunden. Gut. Ricky unterschied sich in mancherlei Hinsicht von einem gewöhnlichen Zwölfjährigen, aber in einer ganz und gar nicht: Er *haßte* Spritzen.

Ermutigt durch diesen gleich zweifachen Erfolg – wieder eine Nacht überstanden zu haben und diese ekelhafte Nadel los zu sein –, setzte Ricky sich vorsichtig im Bett auf und wartete darauf, daß irgendwo in seinem Körper der Schmerz wieder erwachte. Die Leere in seinem Kopf betraf nur die Nacht, die Frau Stellers Betäubungsspritze ausgelöscht hatte, aber nicht den Abend davor. Er erinnerte sich an jede Kleinigkeit.

Erstaunlicherweise fühlte er nichts. Er war ziemlich sicher, daß Werner ihm mindestens eine Rippe gebrochen hatte, aber er spürte gar nichts; und als wäre dieser Gedanke ein Stichwort für sein Nervensystem gewesen, erlosch auch das Brennen in seiner Armbeuge. Verwirrt schlug er die Decke zurück, schwang vorsichtig die Beine aus dem Bett und wartete abermals sekundenlang mit angehaltenem Atem. Alles, was er fühlte, war das Prickeln der eiskalten Steinfliesen an seinen nackten Füßen.

Er stand auf, streckte vorsichtig die Arme aus und tastete sich zum Fenster. Ein paarmal stieß er an, und einmal klirrte etwas, zerbrach aber nicht; Ricky erinnerte sich, ein paarmal im Vorübergehen einen Blick ins Krankenzimmer geworfen zu haben: Es war vollgestopft mit Tischen und Schränkchen und geheimnisvollen Apparaturen und Gerätschaften. Sein Weg, obwohl nur wenige Meter weit, wurde zu einem Slalom, auf dem er versuchte, seine Erinnerungen und das, was er fühlte und hörte, zu koordinieren – was meistens schiefging. Aber irgendwie schaffte er es, das Fenster zu erreichen, ohne irgend etwas umzustoßen oder zu zerbrechen. Sein Knie stieß plötzlich gegen massiven Widerstand, und er hob erleichtert die Hand und tastete nach dem Fensterriegel.

Da war keiner.

Statt über Glas glitten seine Fingerspitzen über glattes, lackiertes Holz, ertasteten eine Kante und einen rechten Winkel und dann etwas Rundes, Kaltes aus Metall. Ein Schrank. Der schmale, eintürige Wandschrank, den Frau Steller am vergangenen Abend geöffnet hatte, um die Spritze und die Ampulle mit dem Schlafmittel herauszunehmen.

Statt zum Fenster, war er genau in die entgegengesetzte Richtung gegangen.

Aber wie hatte er sich *so* irren können? Das Fenster war rechts vom Bett – links, wenn man vor seinem Fußende stand –, und er war eindeutig nach *rechts* aufgestanden, wie er es immer tat, seit er fähig war, allein aus dem Bett zu kriechen.

Und selbst wenn, dachte er, von einem plötzlichen, kalten Schrekken erfüllt – *welches Licht habe ich dann gesehen?*

Mit einem leisen Schrei prallte Ricky zurück und sah sich mit wild klopfendem Herzen um. Der Lichtschein war verschwunden, und das Zimmer war jetzt wieder dunkel. Aber er wußte, daß er sich das nicht eingebildet hatte, und er hatte auch nicht unterwegs die Richtung verloren und eine Drehung gemacht – dazu war das Zimmer viel zu klein. Das Licht war von hier gekommen, direkt aus dem Schrank, und es hatte ihn *hierhergelockt,* ganz genau hierher, um –

Er dachte den Gedanken nicht zu Ende. Er wollte nur weg, weg aus diesem Zimmer oder wenigstens zurück in sein Bett, unter seine Decke, die ihn vor jeder Gefahr schützen würde, wenn er sie nur bis über seinen Kopf zog und ihren Rand mit beiden Händen ganz fest hielt, so wie früher, wenn er Angst gehabt hatte.

Ricky war halb wahnsinnig vor Angst, ohne überhaupt zu wissen, warum, und er handelte ganz instinktiv richtig. Mit der Sicherheit eines Blinden fand er den Weg zurück zu seinem Bett, kroch hinein und zog die Decke hoch.

Und dann hörte er das Geräusch.

Es war sehr leise, aber wie das Piepsen einer elektronischen Uhr war es von einer durchdringenden, penetranten Frequenz, die es ihm unmöglich machte, es zu ignorieren. Ein Kratzen und Schaben wie von scharfen Krallen aus Glas, gleichzeitig aber auch ein sonderbar nasses, unheimliches Hecheln. Und noch etwas anderes, für das er keinen passenden Vergleich fand, weil es keinen gab; ein Laut von ängstigender Fremdartigkeit, der ihn bis ins Innerste erschreckte.

Und es kam aus dem Schrank.

Rickys Hände, die die Decke nach oben ziehen wollten, erstarrten.

Zitternd und gegen seinen Willen, aber wie von einer übermächtigen Kraft gezwungen, der er nichts entgegenzusetzen hatte, drehte er den Kopf in die Richtung, aus der das Geräusch kam.

Das Licht war wieder da. Aber es war kein mattgrauer Schimmer mehr.

Aus dem flackernden Schemen war eine zwei Meter lange Klinge aus schneidendem Licht geworden, die die gegenüberliegende Wand spaltete; eine leuchtende Wunde mit geometrisch exakten Kanten, die langsam breiter wurde.

Die Schranktür öffnete sich ...

Ricky schrie. Das heißt, er *wollte* schreien, aber alles, was aus seiner Kehle kam, war ein kurzes ersticktes Keuchen. Gelähmt und halb verrückt vor Angst, aber auch unfähig, den Blick von der fürchterlichen Erscheinung loszureißen, saß er da und starrte die Schranktür an, die aufschwang, bis das ganze Zimmer in hellgraues, pulsierendes Licht getaucht war.

Aber das war nicht mehr der kleine Instrumentenschrank. Die weißlackierten Böden, auf denen Messer, Scheren und Wegwerfspritzen gelegen hatten, waren verschwunden, ebenso wie die beiden winzigen Glasvitrinen mit ihren Sicherheitsschlössern, hinter denen sich der kleine Medikamentenvorrat befunden hatte, oder die blauweißen Kartons mit Mullbinden und Heftpflastern.

Statt dessen gähnte hinter der Tür der Abgrund.

Zuerst hatte er das Gefühl, direkt ins Auge eines Taifuns zu blicken. Wolkige graue Schatten ballten sich zu einem zuckenden, pulsierenden Schlauch, der wild hin und her peitschte. Es war Ricky unmöglich zu erkennen, *woraus* der Tunnel bestand, schon weil seine Wände nicht massiv, sondern in beständiger zuckender Bewegung waren, wie etwas Lebendiges, das nur von äußeren Gewalten in dieser Form gehalten wird.

Und dann tat Ricky etwas, was er selbst nicht verstand. Statt den lautlosen Schreien in seinem Kopf nachzugeben und sich endlich unter seine Decke zu verkriechen, wo er in Sicherheit gewesen wäre, richtete er sich wieder auf, schlug die Decke ganz beiseite und stieg wieder aus dem Bett. Auf zitternden Beinen machte er einen Schritt, blieb wieder stehen, machte einen weiteren Schritt und zögerte wieder. Immer wieder stockend und verrückt vor Angst, aber gleichzeitig wie mit magischer Gewalt angezogen, bewegte er sich auf den Schrank *(Schrank? SCHRANK!)* zu.

Auch als er näher kam, erkannte er keine weiteren Einzelheiten. Das wogende graue Etwas hinter der Tür entzog sich seinen Blicken. Er war jetzt sicher, daß es etwas Lebendiges war, der zuckende Schlund einer unbeschreiblichen Kreatur, die nur darauf wartete, ihn zu verschlingen; gleichzeitig aber auch etwas Denkendes, das seine Blicke spürte und sich unter ihnen fortschlängelte, wohin er auch sah. Manchmal glaubte er zuckende Münder zu erkennen; feuchtglitzernde Zotten; Büschel winziger, grauer Härchen, die in einem lautlosen Orkan wehten; dann wieder riesige Muskelstränge, pumpend wie außer Takt geratene, rasende Herzen. Aber das alles verschwand stets, wenn er versuchte, genauer hinzusehen.

Einen halben Schritt vor der Tür blieb er stehen. Der Schlund wand und bog sich vor ihm, aber er erkannte trotzdem, daß er nicht so lang war, wie er im ersten Augenblick geglaubt hatte. Irgendwo, nicht einmal sehr weit vor ihm, war etwas Großes, Schlagendes, wie das leuchtende Herz dieser Kreatur – und etwas bewegte sich daraus hervor und auf ihn zu.

Ricky war noch immer halb von Sinnen, aber zugleich spürte er auch eine Ruhe, die seine Angst nicht milderte, sie aber unwichtig erscheinen ließ. Es war wie gestern abend, als Frau Steller ihm die Spritze gegeben hatte. Und kurz bevor er einschlief, hatte er die Schmerzen zwar noch gespürt, und sie waren schlimmer denn je gewesen, aber sie hatten ihn nicht mehr gestört.

Der Schatten wurde deutlicher und ballte sich zu einer Gestalt. Einer menschlichen Gestalt. Sie kam auf ihn zu, und das spasmische Zucken und Sichbiegen des satanischen Schlundes machte aus ihren Schritten ein irres Torkeln. Trotzdem kam sie beständig näher.

Und dann erkannte Ricky die Gestalt.

Er war größer, als er ihn in Erinnerung hatte: mindestens zwei Meter, mit der Schulterbreite eines Giganten und Muskeln, die sich wie Geschwüre unter den Fetzen seiner Kleidung wölbten. Und er war verkrüppelt – auf seiner rechten Schulter thronte ein Buckel, unter dem es zuckte und kroch, als wüchse unter der grauen Haut etwas heran, das hinaus wollte. Seine Hände waren Klauen, verkrümmt und vierfingrig und mit fünf Zentimeter langen Krallen aus geborstenem Glas; und sein Gesicht war ein Alptraum aus wild wucherndem Fleisch und nässenden Wunden, eine entstellte Fratze, die keinerlei Ähnlichkeit mehr mit dem Gesicht eines Menschen hatte, sondern aussah wie mit Säure übergossen.

Es war Werner. Es war ein Alptraum, aber es war gleichzeitig auch Werner, und er war nicht gekommen, um ihn zu töten, sondern in viel grauenhafterer Absicht.

Kurz bevor er das Ende des Schlundes erreichte, blieb er stehen und blickte aus lodernden Augen auf Ricky herab; aus Augen, die weder Pupille noch Iris kannten, sondern wie kochende Tümpel waren. Die Kreatur stand einfach nur da und blickte ihn an, und jede nur vorstellbare Drohung, aller Haß der Welt lag im Blick ihrer brennenden Augen.

Dann plötzlich hob sie die Hand und streckte vier dürre, gekrümmte Finger nach ihm aus, von denen sich das Fleisch in feuchten Fetzen schälte, und Ricky riß die Arme vor das Gesicht und schrie und schrie und schrie.

Und erwachte endlich.

3

Dieses Internat ist kein Internat, dachte Ronald, *sondern ein Irrenhaus.* Oder nein – eine Mischung aus Irrenanstalt, Museum, Schule und Müllkippe. Allein schon die Elektroinstallationen: Ein einziger Blick in den Sicherungsraum im Kellergeschoß hatte Ronald verstehen lassen, wieso der Strom alle paar Wochen ausfiel. Die Verkabelung war ein Alptraum. Aber das war noch nicht alles.

Seufzend blickte er auf den engbeschriebenen Zettel, den er vor sich auf den Tisch gelegt hatte, schüttelte den Kopf und nahm schließlich ein zweites – größeres – Blatt zur Hand, um seine Notizen zu ordnen. Er war ein bißchen zu optimistisch gewesen, nur einen alten Taschenkalender mit auf seine erste Inspektionstour durch das Internat zu nehmen. Allein die Liste der Dinge, die *sofort* erledigt werden mußten, füllte zweieinhalb Seiten, und der Rest – das was nötig, aber nicht lebenswichtig war –, nun, einen großen Teil davon hatte er erst gar nicht aufgeschrieben. Nach seiner ersten Schätzung hatte er mindestens ein halbes Jahr zu tun, um die allernotwendigsten Dinge zu erledigen. Sein Vorgänger mußte eine komplette Niete gewesen sein. Plötzlich glaubte er zu verstehen, was die Steller gemeint hatte, als sie sagte, daß ihnen nicht mit einem Mann gedient wäre, der eine Anstellung für ein paar Monate suchte. Das hier war eine Lebensaufgabe. Mindestens.

Er sah auf die Uhr – Frau Steller hatte ihn gebeten, um zehn im Lehrerzimmer zu erscheinen, damit er den Rest des Personals kennenlernen konnte, und nach den Erfahrungen der vergangenen Nacht war er nicht sicher, es auf Anhieb zu finden –, schob mit einem resignierten Seufzer Papier und Bleistift von sich und verließ das winzige Büro, das

Zombeck ihm zugewiesen hatte: ein Loch ohne Fenster, dafür mit einer klopfenden Heizung und verschimmelten Tapeten, die einen penetranten Geruch ausströmten. Diesen Raum würde er als erstes renovieren, und wenn er es in seiner Freizeit tun mußte, beschloß er grimmig. Er hatte keine Lust, sich in drei oder vier Monaten Rheuma einzuhandeln.

Es war kalt, als er auf den Hof hinaustrat, und er trug nur Jeans und Hemd und einen grauen Kittel. Aber nach der muffigen Enge drinnen genoß er die eisige Luft, die ihm ins Gesicht stach.

Er betrat das Haus durch den gleichen Eingang wie gestern abend. Im hellen Licht des Tages wirkte das Haus ein wenig freundlicher als gestern, aber die Helligkeit entlarvte auch gnadenlos den schlimmen Zustand, in dem sich alles befand – an den Wänden waren Risse und feuchte Flecken, und hier und da begann sich die Farbe zu lösen; die Farbe hatte Beulen und Pickel, und ganz schwach spürte man auch hier den gleichen unangenehmen Geruch wie in seinem Büro. Soviel hatte er schon mitbekommen: Jene Teile des Internats, die Besuchern zugänglich waren (vornehmlich den Eltern der dreihundert Zöglinge) waren besser in Schuß. *Vorne hui und hinten pfui.* Nun ja – Schönheitsreparaturen, frühestens in drei Jahren fällig. Falls diese Ruine dann noch stand.

Ronald lächelte spöttisch, als ihm klarwurde, daß er schon ganz selbstverständlich in *Jahren* dachte, nicht mehr in *Stunden,* wie noch gestern abend. Im nachhinein war er froh, daß er geblieben war, und nicht nur wegen Ricky.

Er betrat die geflieste Eingangshalle, und jeder Eindruck von Schäbigkeit war vergessen, wie nach einem Schritt in eine andere Welt. Die Wände waren mit schwerem Holz getäfelt, und das dezente Muster des Steinbodens wiederholte sich in den Stuckarbeiten an der Decke. Die Halle war nur zurückhaltend möbliert: einige kleine Sessel und Tische, die in lockeren Gruppen über den großen Raum verteilt waren und ihm etwas von der Empfangshalle eines vornehmen Hotels gaben, und einige wenige, ausgesuchte Bilder in schweren Goldrahmen an den Wänden. Ein paar der Bilder waren neu, aber sonst war hier nichts verändert worden, seit –

Seit wann?

Ronald blieb verwirrt stehen. *Warum hatte er das gedacht?* Für einen ganz kurzen Moment war es wieder dagewesen, dieses unerklärliche Gefühl des *déjà vu,* wie ein einzelnes falsches Bild, das in einen Film hineingeschnitten war, und trotzdem von einer Intensität, die es unmöglich machte, es zu ignorieren.

Er sah sich um. Er stand auf der drittuntersten Treppenstufe, und auch auf den zweiten Blick war die Halle genau die, die er gestern abend zum erstenmal in seinem Leben betreten hatte. Und gleichzeitig schien ihm alles auf eine unterschwellige, unangenehme Art *bekannt.* Verstört betrachtete er eines der Bilder, über die sein Blick gestolpert war. Es war ein Porträt: das überlebensgroße Abbild eines weißhaarigen, aber allerhöchstens vierzigjährigen Mannes mit einem markanten Gesicht und durchdringenden Augen. Und plötzlich war er sicher, daß es diese Augen waren, die ihn so irritiert hatten.

Das Bild war alles andere als ein Kunstwerk; wahrscheinlich hatte das Modell der Schlag getroffen, als er es das erste Mal gesehen hatte – falls er sich darauf überhaupt wiedererkannte. Die Farben waren falsch, und die Linien verschmiert; es gab keine sauberen Kanten, sondern nur fließende Übergänge, die allesamt irgendwie *schmutzig* wirkten. Aber die Augen...

Der unbekannte Künstler mußte den vielleicht einzigen genialen Moment seines Lebens gehabt haben, als er *diese Augen* malte.

Sie lebten.

Ihr Blick schien dem Betrachter zu folgen, wohin er auch ging. Wahrscheinlich waren sie in jener fast vergessenen Mehrschichttechnik gemalt worden, mit Hilfe derer schon die Künstler des siebzehnten Jahrhunderts die Wirkung moderner Holografien vorweggenommen hatten, aber das war nicht alles. Zusätzlich zu der Illusion von Bewegung war *Leben* in diesen Augen. Erinnerungen waren darin gebannt, Gefühle, Empfindungen – ein ganzes Leben. Sie hatten –

»Ronald, da sind Sie ja!«

Ronald fuhr zusammen und verlor auf der Stufe fast die Balance, als er sich ein wenig zu hastig herumdrehte. Rasch streckte er die Hand nach dem Geländer aus und hielt sich fest.

»Wir warten schon auf Sie.« Frau Steller kam mit weit ausgreifenden Schritten und wehendem Rock die Treppe herunter und auf ihn zu. In ihren Augen stand ein spöttisches Glitzern, das seine Hoffnung zunichte machte, sie könne sein Mißgeschick übersehen haben, und sie trug das Haar heute offen, was sie zehn Jahre jünger aussehen ließ als am vergangenen Abend.

Warten? Er sah auf die Uhr und registrierte verblüfft, daß es schon fünf Minuten nach zehn war. Er mußte länger als zehn Minuten vor diesem Bild gestanden und es angestarrt haben – aber er konnte sich nicht daran erinnern!

»Entschuldigung«, murmelte er. »Ich bin...«

»Sie haben das Bild angesehen«, unterbrach ihn die Steller, als wäre dies Erklärung genug. »Ich verstehe. Machen Sie sich nichts draus – das geht fast jedem so, der es das erste Mal sieht.«

Frau Steller fuhr mit einem Blick auf das Porträt fort: »Ein furchtbarer Schinken, bis auf die Augen. Ist Ihnen aufgefallen, daß sie einen immer ansehen, ganz egal, aus welcher Richtung man sie betrachtet?«

Er nickte.

»Wollen Sie wissen, wie es funktioniert?« fügte die Steller mit einem fast verschwörerischen Lächeln hinzu.

»Ich weiß es«, sagte er. Frau Steller schaute zweifelnd, und Ronald hatte plötzlich das absurde Gefühl, sich dafür rechtfertigen zu müssen, ihr Geheimnis zu kennen. »Die Farbschicht ist an dieser Stelle besonders dick«, erklärte er. »Ich schätze, er hat diese Augen mindestens zehnmal gemalt, wenn nicht öfter, und jedesmal mit einem etwas veränderten Blickwinkel. Und durch einen ganz speziellen Firnis, der das Licht auf eine bestimmte Art bricht, sieht man immer nur *ein* Bild.«

»Sind Sie Kunstkenner?«

»Nein«, lächelte er. »Aber ich war in Wien. In Schönbrunn hängt ein ähnliches Bild: Kaiser Franz Josef der ich-weiß-nicht-wievielte. Sie können ihn betrachten, von wo aus Sie wollen – er sieht Sie immer an.« Steller nickte anerkennend, und Ronald fuhr fort: »Wenn ich Kunstkenner wäre, müßte ich vor diesem Bild davonlaufen, statt stehenzubleiben.«

»Ja, es ist ein furchtbarer Schinken«, gestand Frau Steller. »Und wenn ich ganz ehrlich sein soll – diese Augen machen mir angst. Ich glaube, sie machen jedem angst.« Sie sah das Bild nicht an, und jetzt fiel Ronald auf, daß sie es die ganze Zeit über nicht getan hatte.

»Warum hängen Sie es dann nicht einfach ab?«

»Wenn das so einfach wäre...« Die Steller seufzte. »Niemand mag dieses Bild, aber wir müssen es hängenlassen. Leider.«

»Und wieso?«

»Wissen Sie, wer das ist? Natürlich nicht – wie können Sie auch?« Sie lachte leise. »Der Maler, der das Ding verbrochen hat, hat jedenfalls behauptet, es stelle Klaus Sänger dar. Den Gründer des Internats. Und aus irgendeinem unerfindlichen Grund muß es Sänger wohl gefallen haben. Jedenfalls hat er in seinem Testament verfügt, daß es hier bleiben muß, solange dieses Institut geführt wird. Der Mann hat nichts von Kunst verstanden, schätze ich. Vielleicht war er auch einfach nur ein Sadist.«

Sänger? Aber das war der Name aus –

»Jetzt kommen Sie aber, Ronald. Die anderen warten bereits ganz gespannt auf Sie. Und die Pause dauert nur dreißig Minuten.« Frau

Steller wechselte übergangslos Thema und Tonart, und im gleichen Moment entglitt ihm der Gedanke, noch ehe er ihn zu Ende denken konnte. Nur das Gefühl eines vagen, scheinbar grundlosen Entsetzens blieb zurück. Nach einem letzten Blick auf das Porträt – das die Steller auch jetzt noch nicht ansah, sondern sich wie durch Zufall in die andere Richtung herumdrehte – löste er sich von seinem Platz und folgte ihr.

Sänger. Das war der Name aus seinem Traum, jetzt erinnerte er sich wieder. Einem höchst sonderbaren Traum, den er bisher aber eher mit der Enttäuschung zur Kenntnis genommen hatte, nicht zu wissen, wie diese überaus realistisch anmutende Geschichte zu Ende gegangen war. Zufall? Kaum. Natürlich – er war auch gestern abend an diesem Bild vorbeigekommen, im Dunkeln und ohne es bewußt zu sehen, aber etwas in ihm hatte den Blick dieser furchtbaren Augen sehr wohl registriert, und danach hatte er den Namen irgendwo aufgeschnappt und beides in seinen Traum integriert. So mußte es gewesen sein.

Erleichtert, eine wenigstens halbwegs zufriedenstellende Antwort gefunden zu haben, verscheuchte er den Namen Sänger und das Bild aus seinen Gedanken und nahm zwei Stufen auf einmal, um Frau Steller einzuholen und mit ihr Schritt zu halten.

Eine ganze Horde Schüler kam ihnen entgegen, als sie sich dem Lehrerzimmer näherten. Es mußten an die zwei Dutzend sein, Jungen und Mädchen bunt gemischt, aber alle ungefähr im gleichen Alter – fünfzehn bis siebzehn, eine der oberen Klassen – und auch sonst einander ähnlich. Obwohl es ihn auch nicht mehr überrascht hätte, wenn es in diesem Internat Schuluniformen gegeben hätte, war doch jeder nach seinem Geschmack gekleidet: Jeans und T-Shirts bei den Jungen, und T-Shirts und Jeans bei den Mädchen, allenfalls einmal ein Minirock. Aber das allein war es nicht. Es war etwas in ihren Gesichtern, in ihren Augen, ein Blick, der eine Art Verbindung schuf.

Ronald musterte die Gesichter um sich herum mit unverblümter Neugier, während er an Frau Stellers Seite auf die zweiflügelige Tür am Ende des Korridors zuging. Er sah keinen Grund, diskret zu sein. Schließlich würde er mit diesen Jungen und Mädchen die nächsten Jahre verbringen müssen. Und auch von den Schülern, die ihn umgekehrt anstarrten, zeigte kaum einer Scheu. Ein paar blieben stehen und sahen ihm nach, da und dort wurde getuschelt. Ein paar Mädchen kicherten, und einige der Blicke, die ihm zugeworfen wurden, waren unverhohlen bewundernd. Die Geschichte von gestern abend schien bereits die Runde gemacht zu haben.

Frau Stellers Bemerkung bestätigte seine Vermutung: »Wie fühlt man sich als unumstrittener Star des Tages?«

»Wie?«

»Sie sind so etwas wie ein Held«, sagte die Steller spöttisch. »Der Mann, der es gewagt hat, sich Werner entgegenzustellen.«

Ronald lachte unsicher. »Gestern abend habe ich mich aber gar nicht *heldenhaft* gefühlt«, gestand er. »Wenn ich ganz ehrlich sein soll – ich hatte eine Mordsangst.«

»Und wenn *ich* ganz ehrlich sein soll – sie war angebracht.«

Sie hatten das Ende des Flures erreicht, und Frau Steller drückte die Klinke herunter und öffnete die rechte Hälfte der Tür, ehe Ronald sie fragen konnte, wie sie diese Bemerkung gemeint hatte.

Der Raum war von Kaffeeduft und kaltem Zigarettenrauch erfüllt. An einem langen Tisch aus schwerem Eichenholz saßen ein gutes Dutzend Männer und Frauen, die alle wie auf Kommando ihre Gespräche unterbrachen, als Ronald hinter Frau Steller eintrat. Alle Gesichter wandten sich ihm zu, und zum zweitenmal innerhalb weniger Minuten wurde er gemustert; aber auf eine völlig andere Art.

Frau Steller schloß die Tür und machte eine Handbewegung: »Guten Morgen zusammen. Das ist also Ronald Bender.«

Ein paar der Anwesenden nickten. Ein junger Mann mit Pfeife hob die Hand und murmelte »Hallo«, aber die meisten Gesichter blieben unbewegt. Und dann wußte Ronald auch, was den Unterschied zwischen dieser und der Musterung durch die Schüler draußen auf dem Flur ausmachte: Draußen war er einfach nur angestarrt worden, mit der normalen, manchmal bereits an Unverschämtheit grenzenden Neugier von Kindern – in diesen Blicken hier war etwas Sezierendes.

»Am besten, ich fange der Reihe nach an«, sagte Frau Steller. Es dauerte einen Moment, bis Ronald begriff, daß die Worte ihm galten.

»Herr Albert, unser Lehrer für Sport und Geschichte.« Sie deutete auf den jungen Mann mit der Pfeife, der abermals die Hand hob und grinste. Ronald erwiderte den Gruß flüchtig, während sich die Steller bereits einer etwa vierzigjährigen, streng aussehenden Frau mit kurzgeschnittenem schwarzen Haar neben Albert zuwandte:

»Frau Kronstein, Hauswirtschaftslehre und Chemie –«

»– was sich hervorragend ergänzt«, fügte Albert mit einem leisen Lachen hinzu. Frau Kronstein blickte ärgerlich, und die Steller unterdrückte mit Mühe ebenfalls ein Grinsen.

»Frau Dissem, Deutsch und Latein.« Sie deutete auf eine gutaussehende Dreißigjährige, die eine Schönheit hätte sein können, wäre nicht der verbissene Zug um ihren Mund gewesen, und ging weiter:

»Frau Gelbhard, Mathematik und Biologie –«

Ronald gab es auf, sich die Gesichter zu den einzelnen Namen einprägen zu wollen. Wozu auch – er würde Zeit genug haben, sich mit jedem einzelnen selbst bekannt zu machen. Und schließlich hatte Zombeck ihm eine Namensliste des Lehrpersonals gegeben. Er hatte bisher keinen Blick hineingeworfen, beschloß aber in diesem Moment, sie in den nächsten Wochen immer mit sich zu führen.

»Mister Carrington, unser Englischlehrer.« Diesmal war es Frau Steller selbst, die flüchtig lächelte und hinzufügte: »Leider hat er nichts mit dem gleichnamigen Ölmagnaten zu tun. Jedenfalls bestreitet er es hartnäckig – vermutlich aus Angst, wir könnten ihm das Gehalt kürzen.«

Sie wandte sich dem nächsten zu: »Herr Pelzer, Mathematik und Physik. Fräulein Sombach, Religion und ...«

Ronald gab es auch auf, sich die Fächer merken zu wollen. Wozu auch? Er bedauerte schon fast, mitgekommen zu sein. Er hatte es noch nie gemocht, im Mittelpunkt des Interesses zu stehen. »Frau Mayer –«

»Mit a-ypsilon«, sagte Frau Mayer gewichtig. Sie lächelte dabei, und Ronald begriff, daß sie auf einen Scherz anspielte, den er nicht kannte.

»– Herr Satorius, Herr Lohners, Herr Dufeu. Und das war's dann auch schon. Mich selbst und Herrn Direktor Zombeck kennen Sie ja bereits.«

»Es spricht sich ›Düfö‹ aus, werte Kollegin«, meldete sich der zuletzt Vorgestellte zu Wort. Ronald wollte lächeln, aber der Ausdruck im Gesicht des dunkelhaarigen Lehrers war alles andere als spöttisch, sondern eher zornig.

»Ja«, sagte Frau Steller schließlich. »Da hat er wahrscheinlich recht. Aber die Schüler hier nennen ihn alle Dufeu – wundern Sie sich also nicht, wenn Sie zwei verschiedene Versionen hören.«

Ronald begann sich immer unbehaglicher zu fühlen. Dufeus Bemerkung hatte einen deutlichen Mißton in die Vorstellung gebracht, aber das war es nicht allein. Es fiel ihm erst jetzt auf, aber in der Atmosphäre lag eine fast greifbare Spannung, eine unterdrückte Aggressivität; erst viel später jedoch begriff er, daß sie zu diesem Internat gehörte wie die meterdicken Mauern und die Schatten in den Winkeln.

»Mögen Sie einen Kaffee, Ronald?« Herr Albert stand auf und ging mit federnden Schritten zur Kaffeemaschine, die auf einem kleinen Beistelltisch am anderen Ende der Tafel stand. »Milch, Zucker?«

»Eigentlich trinke ich nur eine Tasse am Vormittag.«

»Nehmen Sie ruhig, Bender«, unterbrach ihn Frau Gelbhard. »Der

Kaffee ist umsonst. Das ist so ungefähr alles, was es hier umsonst gibt. Nutzen Sie es also aus.«

Ronald lächelte unsicher, ging zu einem freien Stuhl, auf den Frau Steller deutete, und setzte sich. Herr Albert stellte die Tasse klirrend vor ihm ab, machte eine auffordernde Geste und lehnte sich mit verschränkten Armen gegen den Tisch mit der Kaffeemaschine.

»Also Sie sind der Irre, der sich freiwillig in die Sklaverei gemeldet hat«, meinte er fröhlich. »Womit hat Zombeck Sie denn erpreßt? Werden Sie von der Polizei gesucht, oder hat er Sie in flagranti mit einer Minderjährigen erwischt?«

Ronald hob hastig seine Tasse und nippte daran, um nicht sofort antworten zu müssen. Schließlich entschloß er sich für die – seiner Meinung nach – diplomatischste Lösung: Er sagte überhaupt nichts.

»Sie dürfen es Albert nicht übelnehmen«, sagte Frau Steller. Sie seufzte. »Er gefällt sich in der Rolle des Clowns.«

»Wieso *Rolle*?« Albert zog gespielt überrascht die Augenbrauen zusammen und nahm die Pfeife aus dem Mund.

»Wie alt sind Sie, Herr Bender?« fragte Herr Lohners.

»Zweiunddreißig«, antwortete Ronald. »Im Januar werde ich dreiunddreißig.«

»Wenn Sie hier so alt werden«, fügte Herr Albert hinzu.

»Jetzt reicht es aber«, sagte die Steller scharf.

»Und was treibt Sie ausgerechnet *hierher*?« fuhr Herr Lohners ungerührt fort. Anders als aus Frau Stellers Mund, die die gleiche Frage am vergangenen Abend gestellt hatte, klang sie bei ihm überhaupt nicht bohrend oder gar mißtrauisch. Er war einfach nur neugierig. Und es fiel Ronald auch leichter, sie zu beantworten.

»Ich bin viel herumgekommen«, antwortete er vage.

Lohners nickte. »Ja. Zombeck erwähnte so etwas. Sie sind zur See gefahren?«

»Unter anderem, ja. In den letzten Jahren war ich selten länger als drei Monate an einem Ort. Aber es reicht. Ich möchte einfach ... ein wenig zur Ruhe kommen.«

»Für immer?« fragte Frau Mayer zweifelnd.

Ronald sah nicht hin, aber er spürte, daß Frau Stellers Blick bohrend wurde. »Wahrscheinlich nicht«, gestand er, nachdem er ein paar Sekunden überlegt hatte, mit einem flüchtigen Lächeln. »Aber für einige Jahre auf jeden Fall.«

»Wie man hört, hatten Sie ja bereits Gelegenheit, einige unserer kleinen Lieblinge näher kennenzulernen«, sagte Herr Dufeu ruhig.

»Das stimmt«, antwortete Ronald nach sekundenlangem Schweigen. »Ich hatte einen kleinen Zusammenstoß mit ein paar von den Jungen.«

»Ein *kleiner Zusammenstoß*?« Dufeus Stirn krauste sich. »Nach dem, was ich gehört habe, war es etwas mehr...«

»Sie wissen doch, wie das ist«, entgegnete Ronald. »Es wird viel geredet – und jedesmal kommt ein bißchen dazu. Die Sache war halb so dramatisch, wie sie klingt. Die Jungs waren wahrscheinlich ebenso überrascht wie ich, als ich plötzlich vor ihnen stand. Und ich hatte mindestens ebensoviel Angst wie sie – aber verraten Sie mich nicht.«

Dufeu blieb ernst, aber ein paar der anderen lachten pflichtschuldig, und Ronald sah an der Reaktion auf Frau Stellers Gesicht, daß sie mit seiner Antwort zufrieden war.

Und so ging es weiter. Der Rest der Pause wurde zu einem Frage-und-Antwort-Spiel, in dessen Verlauf er sich eher verhört als befragt vorkam. Er war sehr froh, als endlich das Schrillen der Klingel durch die Tür drang und das Ende der großen Pause verkündete.

Auf dem Rückweg zu seinem Büro nahm er einen anderen Weg als vorher; wie er sich selbst einredete, um sich das Internat in Ruhe und bei Tageslicht anzusehen. Zum Teil stimmte das sogar. Aber nur zum Teil.

Es gab noch einen zweiten Grund, aber der wurde ihm erst bewußt, als er schon lange wieder am Schreibtisch saß und über seinen Listen brütete.

Es war das Bild.

Er hatte einen anderen Weg nach unten gewählt, weil er schlicht und einfach Angst davor hatte, noch einmal an dem Bild vorbeigehen zu müssen.

4

»Das war wirklich eine eindrucksvolle Vorstellung gestern nacht«, sagte Werner. »Aber Sie glauben doch nicht im Ernst, daß Sie damit durchkommen, oder?« Er flegelte sich im Stuhl zurück, verschränkte die Hände hinter dem Kopf und schwang die Füße auf den Schreibtisch. Die groben Absätze seiner Motorradstiefel hinterließen Schmutzflecken und einen tiefen Kratzer auf der polierten Eichenplatte.

»Ich frage mich nur, wem dieser kleine Auftritt gegolten hat: der Steller oder diesem Idioten, den Sie als Ersatz für Brenner eingestellt haben?« Er zog eine Zigarette aus der Brusttasche seiner grünen Militärjacke und sah Zombeck aus spöttisch zusammengekniffenen Augen an. Das heißt, aus *einem* spöttisch zusammengekniffenen Auge. Das andere nämlich war ohnehin zugeschwollen.

»Haben Sie Feuer?«

Zombeck stand ganz ruhig auf, beugte sich über den Schreibtisch und schlug ihm die Zigarette aus dem Mundwinkel.

»He!« Werner riß erstaunt das Auge auf, fuhr hoch und fiel fast vom Stuhl, als er dabei die Balance verlor. »Was soll denn das?« fragte er aufgebracht.

»Nimm die Füße von meinem Schreibtisch«, herrschte Zombeck ihn an. »Oder du wirst schneller begreifen, was das soll, als dir lieb ist.«

Werner war sichtlich fassungslos. Beinahe automatisch schwang er die Beine vom Tisch und richtete sich sogar in seinem Stuhl auf, so daß er für einen Moment tatsächlich wie ein dreizehnjähriger Junge aussah, der vor seinen Direktor zitiert worden ist. Aber eben nur einen Moment lang. Dann verzerrte ein böses, durch und durch verächtliches Lächeln seine Lippen.

»*Ihr* Schreibtisch, Direktorchen?« fragte er spöttisch. »Ich glaube, Sie bringen da etwas durcheinander.« Er stand auf, bückte sich nach seiner Zigarette und zog ein altmodisches Sturmfeuerzeug aus der Tasche.

»Sie proben den Zwergenaufstand, wie?« meinte er, nachdem er sich Feuer genommen und wieder gesetzt hatte. »Meinetwegen. Aber das ändert auch nichts.«

Zombeck kam mit steifen Schritten um den Schreibtisch herum und blieb ganz dicht vor Werner stehen. Er ballte die Fäuste. Auf seinem Gesicht kämpften Zorn und nur noch mühsam aufrechterhaltene Selbstbeherrschung miteinander. »Übertreib es nicht, Junge«, flüsterte Zombeck. »Ich sage es dir, übertreib es nicht, oder –«

»Oder?«

Zombeck hob die Fäuste, und ganz kurz rechnete Werner ernsthaft damit, daß er sich auf ihn stürzen würde. Nicht daß er Angst davor hatte – er war ein paar Zentimeter größer als Zombeck und wog gut zwanzig Pfund mehr. Und obwohl er erst dreizehn Jahre alt und sein Gesicht eher fett als muskulös war, hatte er bereits den Körper eines Achtzehnjährigen. Eines *starken* Achtzehnjährigen. Trotzdem begriff er, daß er vielleicht einen Schritt zu weit gegangen war. Selbst ein Kretin wie Zombeck drehte durch, wenn man ihn nur weit genug trieb.

Aber der Moment ging vorüber, und nach wenigen Sekunden

konnte Werner regelrecht sehen, wie die Kraft aus Zombecks Körper wich. Zombecks Fäuste öffneten sich und wurden wieder die schmalen Hände eines alten Mannes, seine Schultern sanken nach vorne, und aus der Wut auf seinem Gesicht wurde Verachtung. Eine Verachtung, die viel mehr sich selbst als Werner galt.

Müde ging er zu seinem Stuhl zurück und ließ sich hineinfallen. Sein Kopf sank nach vorne, und seine Hände griffen nach der Tischkante, als bräuchte er einen Halt, um nicht völlig zusammenzubrechen.

»So geht das nicht weiter, Werner«, murmelte er.

»Das stimmt.« Werner nahm einen tiefen Zug aus seiner Zigarette, schnippte die Asche auf den Boden und blies eine Rauchwolke in Zombecks Richtung. »Sie werden dieses Arschloch rausschmeißen, diesen Bender, oder wie er heißt. Und was Ricky angeht, da habe ich ganz –«

»Das meine ich nicht, Werner«, unterbrach ihn Zombeck. Er sprach sehr leise, und seine Stimme war fast so ausdruckslos und leer wie sein Blick, aber gerade das war es, was Werner überrascht innehalten und ihn mit neuem Mißtrauen ansehen ließ.

»Es geht mit *dir* nicht so weiter, Werner«, sagte Zombeck. »Mit uns. Du hast den Bogen überspannt. Schon lange.«

»Wie bitte?« fragte Werner. Er zog eine Grimasse, beugte sich vor und bildete mit der Hand einen Trichter hinter dem Ohr, als hätte er nicht richtig verstanden.

»Ich werde Herrn Bender nicht entlassen, Werner«, erwiderte Zombeck ruhig. »Und du wirst Ricky nicht anrühren. Weder du noch einer deiner Freunde.«

»Moment mal«, sagte Werner verwirrt. »Gestern abend habe ich den Zirkus ja noch mitgemacht. Aber jetzt sind wir unter uns, Zombeck, und –«

»Gestern abend«, unterbrach ihn Zombeck, »war das, was ich sagte, genauso ernst gemeint wie heute. Es reicht, Werner. Von heute an wird sich einiges ändern. Das war längst fällig. Ich habe gedacht, du würdest es selbst einsehen, aber ich habe mich getäuscht. Du bist niemand, der sich mit der Hand zufriedengibt, wenn man ihm den kleinen Finger reicht. Du nimmst den ganzen Arm.«

»Was soll das heißen?« fragte Werner drohend.

»Das soll heißen, daß du dich von heute an wenigstens wie ein halbwegs normaler Schüler benehmen wirst«, erwiderte Zombeck. »Meinetwegen kannst du weiter deine albernen Rambo-Klamotten tragen und im Sandkasten mit Panzern spielen. Von mir aus schmierst du so viele Hakenkreuze auf die Tafel, wie du willst, oder läßt dir eines auf den Hintern tätowieren. Aber wenn du anfängst, Menschenleben in Gefahr zu bringen, dann hört der Spaß auf.«

»Das ist doch Unsinn!« protestierte Werner. »Ich hab niemanden –«

»Ihr hättet Richard fast umgebracht«, unterbrach ihn Zombeck. »Ich habe Bender belogen, Werner. Deinetwegen und um einen Skandal zu verhindern. Richard hat nicht nur ein paar Kratzer abbekommen. Eine seiner Rippen ist gebrochen, und er hat schwere Prellungen an den Nieren und im Gesicht. Wenn Frau Steller nicht so eine gute Krankenpflegerin wäre, würde der Junge jetzt im Krankenhaus liegen – und du und ich müßten eine Menge verdammt unangenehmer Fragen beantworten. Auch ich oder deine Familie könnten dir dann nicht mehr helfen. Du hast es zu weit getrieben. Wir werden wahrscheinlich noch einmal davonkommen, aber das ist ganz bestimmt nicht dein Verdienst, sondern pures Glück. Und ich werde nicht zulassen, daß du eine zweite Gelegenheit bekommst, uns alle ins Unglück zu stürzen.«

Werner starrte ihn an. Zombeck sprach noch immer in diesem fast ausdruckslosen Ton. Sein Gesicht war starr, aber die Maske war nicht perfekt: Werner sah, daß Zombeck innerlich fast vor Angst starb. Und trotzdem spürte er zugleich eine Entschlossenheit, die ihm an Zombeck noch nie zuvor aufgefallen war. Und der er nichts entgegenzusetzen hatte.

Werners Hände schlossen sich so fest zu Fäusten, daß er die Zigarette zerquetschte. Fluchend stampfte er sie in den Aschenbecher und beugte sich vor.

»Sie sind verrückt, wie?« fragte er. »Ein Anruf von mir, und –«

Zombeck schob ihm das Telefon über den Schreibtisch.

Werner blinzelte. Seine Wut schlug in Verwirrung und Hilflosigkeit um. Es war das gleiche Gefühl wie gestern, während der Deutschstunde, als diese Ratte Ricky plötzlich aufgestanden war und mit dem Finger auf ihn gedeutet hatte. Verlieren war ein Gefühl, das er nicht kannte – und nicht mochte.

»Ruf an«, sagte Zombeck, als er keine Anstalten machte, nach dem Hörer zu greifen, sondern den Apparat nur anstarrte. »Ruf an. Tu, was du willst.«

»Ich kann Sie vernichten, Zombeck«, stammelte Werner hilflos.

»Dann tu es!« schrie Zombeck. Er sprang auf, riß den Telefonhörer von der Gabel und hielt ihn vor Werners Gesicht. »Tu es doch!« brüllte er. »Es ist mir egal. Los, mach schon!« Er griff mit der anderen Hand zu, packte Werners Finger und zwang sie mit erstaunlicher Kraft auf die Wählscheibe.

Werner riß seine Hand los, stolperte einen Schritt zurück und stieß dabei seinen Stuhl um. »Sie sind ja wahnsinnig!« keuchte er.

»Ja, vielleicht bin ich das!« erwiderte Zombeck erregt. »Ich muß es wohl gewesen sein, mich während der letzten drei Jahre von einem Kind terrorisieren zu lassen. Tu, was du willst – oder geh zurück in deine Klasse und benimm dich wie ein normaler Mensch, nicht wie ein... ein Monster.«

»Was... was soll denn das?« stotterte Werner. »Was ist denn in Sie gefahren?«

Zombeck ließ den Hörer fallen, sank schwer in seinen Stuhl zurück und barg das Gesicht in den Händen. »Ich kann nicht mehr«, flüsterte er. »Es ist mir egal, was du tust, Werner, aber ich... ich kann nicht mehr. Ich habe dich beschützt, wo ich konnte. Mehr, als ich *gedurft* hätte. Aber jetzt kann ich nicht mehr.« Er nahm die Hände herunter und wirkte wieder ganz ruhig. Und auf die gleiche unheimliche Art entschlossen wie vorhin. »Und ich will nicht mehr. Du mußt noch viel lernen, Werner. Du hast vielleicht Macht, mehr, als die meisten Erwachsenen jemals haben werden, aber du hast noch nicht gelernt, damit umzugehen.«

»Ich wollte Sie doch nicht bedrohen, Zombeck«, sagte Werner unsicher. »Ich... ich meine, das... das war doch nicht so gemeint. Wirklich.«

»Selbst die mächtigste Waffe bleibt nutzlos, wenn man sie nicht zu handhaben weiß«, fuhr Zombeck ungerührt fort. »Du kannst niemanden erpressen, wenn du ihm alles genommen hast, was er zu verlieren hatte, weißt du?«

»Ich... ich habe das wirklich nicht so gemeint«, sagte Werner noch einmal. Er versuchte zu lächeln. »Eigentlich sind wir doch immer ganz gut miteinander ausgekommen.«

»Und das werden wir auch weiterhin«, betonte Zombeck, »wenn du lernst, dich besser zu beherrschen. Ich kann und will dir nicht noch mehr Freiheiten einräumen, als du bereits hast. Wir lassen dir jetzt schon zuviel durchgehen. Die Leute beginnen bereits zu reden.«

»Die Leute.« Werner machte eine abfällige Geste. Er hatte das Gefühl, allmählich wieder Oberwasser zu bekommen, aber er war nicht ganz sicher. Vielleicht war Zombecks scheinbares Einlenken auch nur eine andere Taktik; ein Appell an seine Vernunft, wo der Respekt versagt hatte. »Was scheren mich die Leute?«

»Ich glaube nicht, daß es dir gefallen würde, der einzige Schüler in diesem Internat zu sein«, entgegnete Zombeck. »Und dazu wird es kommen, wenn sich herumspricht, daß *du* hier das Sagen hast, und nicht ich.« Er machte eine fast herrische Handbewegung, als Werner widersprechen wollte, und fuhr fort: »Ich werde Herrn Bender *nicht* entlassen, ist das klar? Und ich will nie wieder etwas Derartiges von dir hören. Der Mann ist hier angestellt und tut seine Arbeit, und das wird so bleiben, solange er sie ordentlich tut. Und laß dir nicht einfallen, sie zu sabotieren, nur damit ich ihn rauswerfe. Ich würde es merken.«

»Und Ricky?«

»Richard liegt in der Krankenstation«, antwortete er. »Du nicht. Ich denke, du hast den Kampf eindeutig gewonnen.«

»Er hat mich verraten«, fuhr Werner auf. »Der Kerl hat mich blamiert, vor der ganzen Klasse. Wenn er damit durchkommt, dann kann ich einpacken.«

Werner war nicht gewillt, auf seine Rache zu verzichten, das erkannte Zombeck plötzlich. Auch *er* hatte heute einen Kampf gegen Werner nach Punkten gewonnen, aber er mußte vorsichtig bleiben.

»Ja, das sehe ich ein«, sagte er matt. »Aber wir regeln das auf... andere Weise.«

»Und wie?«

»Zuerst einmal gar nicht«, antwortete Zombeck. »Ihr habt Richard so übel zugerichtet, daß er eine Woche lang im Bett bleiben muß, vielleicht sogar länger. Danach sehen wir weiter. Ich denke, Richard hat sich eine kleine Wiedergutmachung verdient, nicht wahr? Und soweit ich informiert bin, möchte er schon lange einen gewissen Raum im Westflügel kennenlernen.«

»Zimmer ... sieben?« fragte Werner zögernd.

Zombeck nickte. »Zimmer sieben.«

5

Nachdem Onkel Henk fortgegangen war, herrschte tiefe Stille im Pfarrhaus.

Er hatte noch niemals im Streit das Haus verlassen. Nie.

Später glaubte Gloria es selbst nicht mehr, aber in diesem Moment kam es ihr wie ein Zufall vor, daß sie genau jetzt durch das Küchenfenster zum Internat hinaufblickte. Und zum erstenmal sah sie das Internat so, wie ihr Onkel es sah, und wie Ronald es am Abend zuvor gesehen hatte: plötzlich war es kein Haus, das Gloria auf dem Hügel hoch über der Stadt erblickte, sondern ein Wesen. Ein schwarzes, dräuendes Ding; ein Moloch ohne konkrete Form und Umrisse. In dieser Sekunde war das Internat eine Bestie aus den schwärzesten Alpträumen ihrer Seele; und als es vorbei war und aus dem verzerrten Schatten wieder der bucklige Umriß des ehemaligen Klosters geworden war, wußte Gloria, daß ihr Onkel recht hatte. Sie wußte es mit unerschütterlicher Sicherheit, ohne daß es eines Beweises bedurfte. Dieses Gebäude dort oben war ein Monstrum, die Essenz alles Bösen, das es jemals in Krailsfelden oder seiner näheren Umgebung gegeben hatte; so etwas wie ein schwarzer Brennspiegel, in dem sich jeder negative Gedanke, jedes bißchen Haß und Bosheit gesammelt hatten, seit es existierte.

Nein, dachte sie, *nicht seit es existierte. Seit –*

Etwas machte deutlich und hörbar *klick* in Glorias Kopf, und der Gedanke verschwand wie abgeschaltet, und in derselben Sekunde sprang die Fensterscheibe vor ihr, so sauber und scharf, wie mit einem Glasschneider geritzt.

Gloria stieß einen leisen, erschrockenen Schrei aus, schlug die Hand vor den Mund und wich einen halben Schritt zurück. Sie wartete darauf, daß die Scheibe herausfiel oder daß sich die Erde auftat und Feuer und Schwefel der Hölle sie verschlangen. Aber weder das eine noch das andere geschah, und nach einer Weile begriff sie, wie kindisch sie sich verhielt. Gloria atmete erleichtert auf, warf dem Sprung in der Fensterscheibe einen letzten Blick zu und verließ die Küche.

Sie sah auf die Uhr. Die Post wäre ein guter Anlaß, das Haus in seiner unheimlichen Stille zu verlassen, aber es war noch zu früh. Also würde sie sich um den Haushalt kümmern.

Sie machte eine Kehrtwendung, stieß im Vorübergehen mit der Schulter an ein Schränkchen und sah, wie die kleine Schale aus Glas, die darauf stand, ins Rutschen kam. Rasch griff sie zu, aber sie faßte daneben. Die Schale fiel auf den Boden und zerbrach.

Lautlos.

Gloria erstarrte. Sie sah, wie die Schale auf dem steinharten Fliesenboden aufschlug und in zwei große und zahllose winzige Scherben und Splitter zerbarst, aber alles, was sie hörte, war ein gedämpftes Rascheln, wie das Knistern von Zellophanpapier.

Aber das war doch unmöglich!

Die Schale war aus gut anderthalb Metern Höhe auf den Boden gefallen, und sie bestand aus massivem Bleikristall.

Ruhe, Gloria! dachte sie. *Werd jetzt nicht hysterisch! Es muß eine Erklärung dafür geben!*

Ungläubig blickte sie auf die Scherben hinab, hob schließlich den Fuß und stieß einen der größeren Splitter mit der Schuhspitze an, hastig, mit einer fast angstvollen Bewegung, als wäre es keine Glasscherbe, sondern ein ekelhaftes Insekt, dessen Fänge selbst das Leder ihrer Schuhe durchdringen konnten.

Ihr Tritt war kräftiger gewesen, als sie beabsichtigt hatte. Die Scherbe schlitterte davon, prallte auf der anderen Seite des Flurs gegen die Wand und zerbrach abermals.

Ohne den geringsten Laut.

Glorias Herz begann zu jagen. Ihre Hände zitterten, und für Sekunden war ihr heiß und kalt zugleich. Die Stille. Die Stille war noch immer da, und jetzt, im nachhinein, fiel ihr auch auf, daß es nicht einfach nur *ruhig* im Haus war...

Sie fand keine passenden Worte, und sie war nicht einmal sicher, ob es wirklich so gewesen war, aber als sie darüber nachdachte, glaubte sie sich zu erinnern, daß auch ihre Schritte nicht das mindeste Geräusch verursacht hatten.

Die meisten anderen Frauen in Glorias Alter und Situation wären jetzt vielleicht in Panik geraten. Gloria nicht. Ganz im Gegenteil – ihre Angst blieb, aber gleichzeitig fühlte sie sich von einer fast unheimlichen Ruhe erfüllt, und dem festen Willen, eine logische Erklärung für dieses Phänomen zu finden. Eine Erklärung, die es einfach geben *mußte*.

Sie sah sich um, ging zur Garderobe und zog ihren Schlüsselbund aus der Manteltasche.

Lautlos.

Sie bewegte die Schlüssel.

Kein Geräusch.

Sie bewegte sie heftiger.

Noch immer nichts.

Schließlich schüttelte sie den Bund wild, aber selbst jetzt hörte sie nichts als ein ganz feines Klirren, als wäre drei Zimmer entfernt ein Glas zerbrochen.

Vielleicht stimmte mit ihrem Gehör etwas nicht? Sie verstand nichts von Medizin, aber sie hatte gehört, daß es plötzliche Erblindung gab – warum also nicht auch schlagartige Taubheit?

Aber das läßt sich herausfinden, dachte sie grimmig. Im Arbeitszimmer ihres Onkels stand ein teurer Kassettenrecorder mit einer hochempfindlichen Anzeige. Sie mußte nur hingehen und irgend etwas ins Mikrofon sprechen, um zu wissen, welcher Arzt für sie zuständig war: der Ohren- oder der Nervenarzt.

Gloria öffnete die Tür, machte einen Schritt auf den Schreibtisch zu –

– und blieb wie angewurzelt stehen.

Hier drinnen war es *völlig* still.

Hatte sie draußen zumindest noch ein Minimum an Geräuschen gehört – ihren Herzschlag, das Geräusch ihrer Atemzüge, das Rauschen des Blutes in ihren Ohren –, so schien der akustische Teil der Welt in diesem Zimmer gänzlich abgeschaltet zu sein. Ihre Schritte verursachten nicht den geringsten Laut. Sie warf die Tür hinter sich ins Schloß – nichts. Sie schrie, nicht vor Angst, sondern nur um ihre eigene Stimme zu hören – *nichts*.

Und im gleichen Moment wußte sie, daß dieses Zimmer das Zentrum jenes unheimlichen Schweigens war, das sich nach dem Weggang ihres Onkels im Haus ausgebreitet hatte. Und nicht nur das. Noch etwas war hier; etwas, von dem Gloria nicht einmal eine *Vorstellung* hatte; etwas, das sich unsichtbar und drohend in jedem Atom der Wände, jedem Luftmolekül, jeder Faser des Teppichs, jedem Holzsplitter der Möbel und jedem Farbtupfer der Tapeten eingenistet hatte, nachdem es die Geräusche vertrieben hatte.

Keuchend vor Angst wich sie Schritt für Schritt zurück, bis sie den Türgriff wieder im Rücken spürte, drückte ihn hinunter und stürmte zur Garderobe. Mit fliegenden Fingern riß sie den Mantel vom Haken und rannte aus dem Haus.

Die Tür schlug mit einem dumpfen Knall hinter ihr zu, und die Geräusche waren so plötzlich wieder da, daß es im ersten Moment fast weh tat: das Säuseln des Windes. Die Laute des spärlichen Verkehrs auf der Hauptstraße. Das Rascheln der Baumwipfel im Garten. Stimmen. Irgendwo weinte ein Kind, weit entfernt und hinter einer geschlossenen Fensterscheibe, aber sie hörte es, das Weinen dieses Kindes und tausend andere Laute, die ihr noch niemals aufgefallen waren. Als wären sie begierig darauf, das Versäumte nachzuholen, als wollten sie ihr beweisen, daß es nicht ihre Schuld war und sie sie keineswegs im Stich gelassen hatten, schienen ihre Sinne plötzlich mit zehnfacher Schärfe zu funktionieren. Und Gloria stand einfach da, schloß die Augen und lauschte auf diese unglaublich süßen, banalen Laute. Sie hatte sie niemals zuvor als so wertvoll, so köstlich empfunden wie jetzt.

Nach einer Weile klärten sich ihre Gedanken, und sie begriff, daß sie sich trotz allem kindisch benommen hatte. Es *mußte* eine logische Erklärung geben. Vielleicht hatte sie sich alles nur eingebildet.

Sie zog den Schlüssel aus der Tasche, öffnete die Haustür und zögerte noch einen Moment. Schweigen schien ihr wie eine unsichtbare, schwüle Woge entgegenzuschlagen, aber als sie ihre Angst überwand und einen Schritt über die Schwelle machte, war es nur die ganz normale Stille eines Hauses, in dem niemand sich aufhielt. Nichts Unheimliches mehr. Alles war in Ordnung. Ihre Schritte machten Geräusche auf den Fliesen, der Schlüssel klirrte im Schloß, und ihr Mantel raschelte hörbar, als sie ihn an den Haken hängte.

Einbildung, dachte sie. *Es war nichts als Hysterie. Der Streit mit Onkel Henk war einfach zuviel.*

Tapfer drehte sie sich wieder um, ging in die Küche und räumte das Frühstücksgeschirr in die Spülmaschine. Dann ging sie zum Telefon in der Diele und rief einen Glaser an, um die zerbrochene Scheibe auswechseln zu lassen.

Den Rest des Tages verbrachte sie damit, sich mit Arbeit zu betäuben. Als Pfarrer Vanderbilt spät am Abend zurückkam, fand er das Haus so aufgeräumt und blitzsauber vor wie seit Monaten nicht mehr.

6

Exakt zur selben Zeit, als Gloria vor einem Orkan tödlichen Schweigens aus ihrem eigenen Haus floh, wachte Ricky zum zweitenmal an diesem Morgen auf; geweckt von einer sonderbaren, scheinbar grundlosen Unruhe, die Hand in Hand mit einer ebenso grundlosen, aber heftigen Furcht ging.

Er öffnete die Augen und sah eine Gestalt neben sich am Bettrand sitzen; eine Gestalt, die im allerersten Moment ein Gesicht aus verwachsenem Narbengewebe und schwärenden Wunden zu haben schien. Aber sein Blick klärte sich, noch ehe der Schrecken sein Bewußtsein völlig erreichte, und aus dem Schemen aus seinem Alptraum wurde das schmale, strenggeschnittene Gesicht von Frau Steller.

»Hallo«, sagte Frau Steller. Sie lächelte, aber es war jenes typische Krankenbett-Lächeln, das noch nie jemanden *wirklich* überzeugt hatte. In ihren Augen stand ein Ausdruck zwischen Furcht und Verblüffung, der Ricky sofort mit einem Gefühl tiefer Irritation erfüllte.

»Wie geht es dir?«

Nachdem sie ihn selbst verarztet und höchstpersönlich in dieses Bett gelegt hatte, war das eine reichlich dumme Frage. Trotzdem versuchte er, ihr Lächeln zu erwidern, und spürte zu seiner eigenen Überraschung, daß es ihm sogar gelang.

»Gut.«

»Gut?« Frau Stellers linke Augenbraue rutschte ein Stück nach oben, während die andere unter ihrem Brillenrand verschwand. Aus irgendeinem Grund vertiefte seine Antwort ihre Verwirrung noch.

»Wenigstens halbwegs«, korrigierte er. Er setzte sich auf – Frau Steller saß auf der linken Seite des Bettes, und Ricky ertappte sich, daß er es krampfhaft vermied, an ihr vorbei zum Schrank zu blicken –, hob die Arme und bewegte sie.

»Es geht schon wieder, sehen Sie?« Das stimmte ganz und gar nicht, aber um ihr einen Gefallen zu tun, fügte er hinzu: »Es tut nur noch ein bißchen weh, aber sonst ist alles in Ordnung.«

Volltreffer. Das war genau das, was sie hören wollte. Paradoxerweise erleichterte sie die Neuigkeit, daß er *doch* Schmerzen hatte. Sie gab sich zwar Mühe, sich nichts anmerken zu lassen, aber sie war keine besonders gute Schauspielerin. Trotz aller Härte und Ungerechtigkeit, mit der die Steller über dieses Luxus-Zuchthaus regierte, war sie immer ehrlich gewesen. Ricky konnte sich nicht erinnern, sie jemals bei einer Lüge ertappt zu haben. Und das war auch der einzige Grund, warum er so etwas wie Achtung vor ihr empfand. Er haßte sie, fast so sehr wie Zombeck und die anderen Sklaventreiber, und auf eine bestimmte Art fürchtete er sie ebensosehr wie Werner und seine Schläger, aber trotzdem empfand er Respekt vor ihr. Ricky hielt die Steller für durch und durch böse. Aber daß sie jetzt log – oder ihm zumindest etwas verschwieg, von dem er sehr genau spürte, daß es wichtig für ihn war –, irritierte ihn mehr als alles andere.

Sie stand auf, lächelte flüchtig auf ihn herab und ging zum Wandschrank.

Rickys Herz machte einen entsetzten Sprung. Er spürte, wie jedes bißchen Farbe aus seinem Gesicht wich. Hätte sich Frau Steller in diesem Augenblick herumgedreht und ihn angesehen, dann hätte sie ihn nicht nur leichenblaß, sondern auch mit einem Ausdruck abgrundtiefen Entsetzens im Gesicht und stocksteif aufgerichtet im Bett sitzen sehen.

Aber sie drehte sich nicht um, sondern kramte einen Schlüsselbund aus der Tasche und steckte ihn ins Schloß. Rickys Herz blieb fast stehen, als sie die Tür öffnete.

Kein Höllenschlund.

Nichts Lebendiges, Waberndes, das ihn zu verschlingen drohte.

Ein Schrank, nicht mehr und nicht weniger; kein Tunnel in den Wahnsinn, sondern grau gestrichene Bretter und der kleine verschlossene Glaskasten mit seinen säuberlich aufgereihten Fläschchen und Dosen.

Die Steller nahm ein blitzendes Stethoskop von einem der Bretter, nach kurzem Zögern noch einen hölzernen Spatel, und kam wieder zu ihm zurück, ohne die Schranktür zu schließen. Als sie sich über ihn beugte, stutzte sie.

»Was ist mit dir?« fragte sie alarmiert. »Du bist leichenblaß.«

Rickys Blick hing noch immer wie gebannt an den offenstehenden Türen, aber er sammelte die Kraft, sich loszureißen und in Frau Stellers Gesicht zu sehen. Vielleicht war es der Klang ihrer Stimme, der ihm diese Kraft gab.

Ihre Blicke trafen sich, und ganz kurz sah er etwas wie Furcht in Frau Stellers Augen, und er war nahe daran, ihr von seinem Traum zu erzählen.

Natürlich tat er es dann doch nicht. Statt dessen raffte er sich zu einem völlig verzerrten Lächeln auf und ließ sich wieder zurücksinken. »Nichts«, sagte er mit belegter Stimme. »Vielleicht... habe ich mich doch ein bißchen übernommen.«

»Tut es sehr weh?« meinte Frau Steller mitfühlend.

Ricky nickte, und sie ließ sich wieder auf die Bettkante sinken und fragte: »Wo?«

Er deutete blindlings auf eine Stelle an seinem Brustkorb und hoffte, daß es ungefähr die Richtung war, wo ihn die Schläge getroffen hatten. Der Reaktion auf Frau Stellers Gesicht nach zu schließen, mußte er ziemlich daneben liegen, denn ihr Stirnrunzeln vertiefte sich noch, und für einen Augenblick war er völlig sicher, daß sie ihn durchschaute und ihm im nächsten Moment auf den Kopf zu sagen würde, daß er schauspielerte.

Was stimmte. Ricky fehlte tatsächlich nichts. Ganz im Gegenteil. Rein körperlich gesehen, hatte er sich seit Monaten nicht mehr so kräftig und ausgeruht gefühlt wie jetzt.

»Laß mich mal sehen.« Ihre Finger glitten geschickt und mit unerwarteter Sanftheit über seine Pyjamajacke, öffneten die Knöpfe und tasteten seine Rippen ab. Ricky hielt instinktiv die Luft an, aber auch jetzt spürte er nicht den mindesten Schmerz, sondern nur die kühle, kundige Berührung ihrer Fingerspitzen.

Was sie fand, gefiel ihr nicht. Ganz eindeutig. Sie tastete erneut über seinen Brustkorb, diesmal etwas fester, und drückte und knetete schließlich so heftig auf seinen Rippen herum, bis er doch das Gesicht verzog, um ihr einen Gefallen zu tun und dafür zu sorgen, daß sie aufhörte. So überraschend angenehm ihre Berührung im allerersten Moment gewesen war, sosehr vermittelte sie ihm jetzt das Gefühl, belästigt zu werden.

Schließlich befestigte sie das Stethoskop in ihren Ohren, beugte sich vor und lauschte auf seinen Herzschlag. Als sie wieder aufsah, machte sie sich nicht einmal die Mühe, ihre Überraschung zu verhehlen.

»Ist... irgend etwas nicht in Ordnung?« fragte Ricky stockend. Ihre Reaktion machte ihm angst.

Frau Steller schüttelte verstört den Kopf. »Im... im Gegenteil«, erwiderte sie.

»Es ist alles in Ordnung«, sagte sie noch einmal, und zwar mit Nachdruck. »Du hast ziemlich großes Glück gehabt, weißt du das?«

»So?« Ricky dachte an seinen Alptraum und war etwas anderer Meinung.

Frau Steller nickte heftig. »Also – von mir aus kannst du aufstehen und dich anziehen. Dir fehlt nichts, junger Mann. Nicht einmal ein Kratzer.«

Rickys Hand glitt zu seinem Gesicht und stockte, aber Frau Steller begriff auch so, was die Bewegung bedeutete. Lächelnd stand sie auf, trug das Stethoskop zum Schrank zurück und entnahm ihm einen kleinen, gesprungenen Spiegel, den sie ihm vors Gesicht hielt.

Ricky ächzte verblüfft.

Das Gesicht, das ihm entgegenblickte, war bleich und ein bißchen eingefallen, und die Augen wirkten verquollen, als wäre er zu früh aus dem Schlaf gerissen worden und noch nicht völlig wach.

Aber er war unversehrt.

Es war ganz genau so, wie Frau Steller gesagt hatte: Er hatte nicht einmal einen Kratzer.

»Das ist...«

»Erstaunlich«, fiel ihm Frau Steller ins Wort, so hastig, daß er genau spürte, daß sie eigentlich etwas ganz anderes hatte sagen wollen.

»Erstaunlich«, meinte Ricky ebenfalls. Er war nicht weniger verstört als sie. Plötzlich verstand er Frau Stellers anfängliche Verwirrung nur zu gut. Er erinnerte sich nur noch schwach an den gestrigen Abend: Sein Verstand hatte seine verzweifelte Flucht und die Schmerzen (und vor allem die Demütigungen), die ihm widerfahren waren, einfach abgekapselt, eingeschlossen in einen Kokon aus Vergessen. Trotzdem wußte er, daß das, was der Spiegel behauptete, eigentlich unmöglich war. Er hatte Werners Fäuste deutlich gespürt. Und den häßlichen Laut, als seine Rippen auf dem Porzellanrand des Toilettenbeckens aufgeprallt *(und gebrochen!)* waren, den würde er niemals vergessen.

Aber er war unversehrt. Als hätte sein Körper, gleich seinem Verstand, einfach beschlossen, das Geschehene zu ignorieren.

»Du scheinst das Glück wirklich gepachtet zu haben«, sagte Frau Steller in seine Gedanken hinein. Sie lächelte nervös. »Gestern abend habe ich dich für den eindeutigen Verlierer gehalten. Aber wenn ich mir jetzt dein Gesicht ansehe und daran denke, wie Werner aussieht, kommen mir gewisse Zweifel.«

»Tut er Ihnen leid?«

»Werner?« Die Steller lachte. »Nicht die Bohne. Wenn du mich fragst: Er hat schon lange eine gehörige Abreibung verdient.« Sie wurde übergangslos wieder ernst. »Aber du solltest jetzt trotzdem nicht übermütig werden. Direktor Zombeck und ich haben ihn gehörig in die Mangel genommen, aber ich halte es trotzdem für besser, wenn du ihm ein paar Tage aus dem Weg gehst.«

Ricky nickte. Das hätte man ihm nicht extra sagen müssen. Er hatte sich selbst vorgenommen, Werner auszuweichen. Er würde sogar noch mehr tun. Er würde Werner so gründlich aus dem Weg gehen, daß er ihm nie wieder im Leben begegnen konnte.

»Das war knapp gestern abend, wie?« fragte er.

Frau Steller zuckte mit den Schultern. Sie sah ein wenig bedrückt aus, aber Ricky war nicht sicher, ob er den Grund für diese Bedrükkung kannte. »Jedenfalls sah es so aus«, sagte sie, nachdem sie eine Weile an ihm vorbei ins Leere gestarrt hatte. »Wenn sie dich geschnappt hätten...« Ihre Tonlage wechselte. »Was hattest du überhaupt dort unten zu suchen? Du kennst doch die Vorschriften. Bei Stromausfall oder anderen außergewöhnlichen Umständen, die ein Verlassen des Hauses nicht unverzüglich nötig machen –«, zitierte sie, und Ricky fügte hinzu: »Haben wir auf unseren Zimmern zu bleiben, ich weiß. Aber Werner nicht. Sie kamen reingestürmt, kaum daß das Licht ausgegangen war. Als hätten sie es gewußt.«

Frau Steller blickte ihn scharf an. Er sprach nicht aus, was er meinte, aber sie wußte es auch so: Keinen von ihnen hätte es übermäßig erstaunt, hätte sich herausgestellt, daß Werner und die anderen den Stromausfall nicht nur ausgenutzt, sondern *herbeigeführt* hatten. Schließlich meinte er lapidar: »Ich bin einfach gerannt.«

Frau Steller seufzte. »Solltest du noch einmal *einfach rennen,* Richard, dann such dir ein intelligenteres Versteck. Keines, das nur einen Ausgang hat. Wenn Herr Bender nicht gekommen wäre... Der junge Mann, den du fast über den Haufen gerannt hast«, fügte sie hinzu, als sie seinen fragenden Blick registrierte.

»Wer ist er?«

»Ronald Bender, unser neuer Hausmeister«, antwortete die Steller. »Dein Glück, daß er ein paar Tage zu früh gekommen ist. Er hat sich übrigens nach dir erkundigt. Wenn du willst, kannst du ihn sehen – später.«

Ricky erwog für einen Moment, ihr zu erzählen, daß Ronald Bender in der Nacht noch einmal zu ihm gekommen war, verwarf es aber rasch wieder. Während der letzten Minuten war ein völlig neuer, fast vertrauter Ton zwischen ihnen entstanden, aber er kannte Frau Steller zu gut, um sich zu irgendeiner Unbesonnenheit verleiten zu lassen. Alle hier waren seine Feinde, ausgenommen vielleicht Ronald Bender.

»Ich . . . glaube nicht«, sagte er stockend. Und hörte sich zu seiner eigenen Verblüffung hinzufügen: »Ich möchte fort, Frau Steller.«

Anders als Ricky selbst war Frau Steller nicht im mindesten überrascht. Ihr Nicken sagte ihm, daß sie auf diese Worte gewartet hatte.

»Das verstehe ich«, entgegnete sie. »Wenn ich ehrlich sein soll, Richard: Ich bin nicht nur hier, um mich nach deinem Gesundheitszustand zu erkundigen. Ich habe mit Direktor Zombeck gesprochen. Wir haben uns gedacht, daß du so reagieren würdest, weißt du? Und ich kann dich sehr gut verstehen.«

»Nein, das können Sie nicht«, erwiderte Ricky. Er dachte an das Ungeheuer im Schrank.

»O doch, das kann ich. Du hast Angst. Du hast Angst vor Werner, und wahrscheinlich auch vor mir und Direktor Zombeck und allen anderen hier. Aber das mußt du nicht. Werner wird dir nichts mehr tun, darauf gebe ich dir mein Ehrenwort.«

Lächerlich. Vielleicht würde Werner darauf verzichten, ihn zum Krüppel zu schlagen oder ihm Salzsäure ins Gesicht zu schütten. Aber das war auch gar nicht nötig. Er würde schlicht und einfach aus dem Schrank kommen und ihn holen.

»Ich will ganz ehrlich zu dir sein, Richard«, fuhr Frau Steller fort. »Ich kann dich verstehen. Und wir können dich nicht einmal daran hindern, deinen Vater anzurufen und ihm zu erzählen, was hier passiert ist. Gestern abend war ich selbst nahe daran, es zu tun.«

Gestern abend warst du auch noch fest davon überzeugt, daß ich schwer verletzt wäre, dachte Ricky. *Und das war ich auch. Verdammt, ich war es!*

»Aber Ihnen ist daran gelegen, daß die Sache nicht bekannt wird«, flüsterte er.

»Richtig«, gestand Frau Steller. Sie war mit einem Mal sehr ernst. Plötzlich hatte sie Angst, einen zweiten Werner zu erleben. Ricky war in einer Machtposition, von der er nicht einmal etwas ahnte. Aber er konnte es herausfinden, und sei es nur durch Zufall. Sie mußte vorsichtig sein. Sehr, sehr vorsichtig.

»Ja«, wiederholte sie nach einer Weile. »Der Schulfriede muß erhalten bleiben.«

»Und zur Not bezahlen Sie sogar dafür.«

Frau Stellers Gesichtsausdruck wurde eisig. Aber der Zornesausbruch, auf den Ricky wartete, kam nicht. Er fragte sich, welcher Teufel ihn ritt, sie so zu reizen.

»Du kannst es so nennen, wenn du willst«, sagte sie kalt. »Aber es ist nicht so. Wenn es nach mir gegangen wäre, dann wärst du jetzt im Krankenhaus und Werner und seine Freunde bereits auf dem Weg nach Hause. Aber Direktor Zombeck möchte um jeden Preis einen Skandal vermeiden. Ich kann dir ... ein paar kleine Privilegien anbieten, wenn du versprichst, es uns zu überlassen, die Angelegenheit zu regeln. Aber übertreib es nicht.«

»Ein Einzelzimmer?« schlug Ricky impulsiv vor.

»Kein Problem.«

Nein, das war es wirklich nicht, dachte er ärgerlich – ärgerlich auf sich selbst. Bei den Summen, die sein Vater dem Internat zahlte, stand ihm ohnehin ein Einzelzimmer zu. Er hatte es bis jetzt nur nicht gewollt.

»Du kannst auch in eine andere Klasse aufrücken«, sagte die Steller, als er nicht weitersprach. »Es wird zwar ein paar Probleme geben, aber deine Leistungen sind gut genug, um ein Halbjahr zu überspringen. Auf diese Weise würdest du Werner aus dem Weg gehen.«

Er erwog auch diesen Gedanken einen Moment, schüttelte dann aber den Kopf. Es waren nicht Werners *Fäuste,* vor denen er sich fürchtete. Es war das Ding im Schrank.

»Kann ich es mir überlegen?« fragte er.

»Deine Wünsche oder die Entscheidung, ob du hierbleibst?«

Beinahe hätte er gesagt: beides. Aber damit hätte er alles zerstört.

»Ob ich bleibe.«

»Selbstverständlich«, erwiderte Frau Steller. »Aber laß dir nicht zuviel Zeit. Sagen wir – bis heute abend?«

»Einverstanden«, antwortete er.

Und er hatte dabei das Gefühl, die Tür zum Schrank wieder einen winzigen Spalt geöffnet zu haben.

7

Ronalds zweite ernüchternde Erfahrung mit seinem Leben im Internat betraf die Arbeitszeit: Es war nach neun, mithin geschlagene *drei Stunden* nach seinem offiziellen Feierabend (sah man von der unwesentlichen Tatsache ab, daß sein Beschäftigungsverhältnis überhaupt erst in zwei Tagen begann), aber weder das eine noch das andere hinderte Frau Steller daran, an seine Zimmertür zu klopfen und ihn zu bitten, ihr einen Karton Glühbirnen zu besorgen.

»Dieser vermaledeite Kronleuchter in meinem Klassenzimmer«, sagte sie. »Er verbraucht die Glühbirnen fast schneller, als man sie ersetzen kann. Manchmal habe ich das Gefühl, er frißt die Dinger.«

»Ich schraube morgen früh ein paar neue ein«, erwiderte Ronald. Er lag auf dem Bett, blickte desinteressiert auf den Fernseher und gab sich keine besondere Mühe, seinen Unmut zu verbergen. Der Tag war anstrengend gewesen. In den elf Stunden, die seit der mißglückten Vorstellung im Lehrerzimmer vergangen waren, hatte er das Internatsgebäude gründlich inspiziert. Er mußte an die fünfzehn Kilometer gelaufen sein, und einen großen Teil davon treppauf, treppab. Sein Rücken tat erbärmlich weh. Und allein die Vorstellung, die beiden Treppen zum Materiallager hinunter- und anschließend wieder hinaufgehen zu müssen, erfüllte ihn mit Unwillen. Zumal die Steller auf dem Weg zu ihm direkt an der Tür vorbeigekommen war. Und sie besaß Schlüssel für jeden Raum in diesem Gebäude. *Warum zum Teufel, hat sie sich nicht selbst einen Karton vom Regal genommen?*

»Weil keiner mehr da ist«, antwortete die Steller lächelnd.

Ronald fuhr betroffen zusammen, als er begriff, daß er den letzten Satz vielleicht nicht laut, aber immerhin *hörbar* ausgesprochen hatte.

»Entschuldigung«, murmelte er. »Ich –«

Frau Steller winkte ab. Sie lächelte noch immer. Entweder hatte er sie gestern abend völlig falsch eingeschätzt, oder sie hatte einfach einen schlechten Tag gehabt und gab sich nun alle erdenkliche Mühe, den schlechten Eindruck wettzumachen, den sie bei ihm hinterlassen hatte. »Sie brauchen sich nicht zu entschuldigen«, sagte sie. »Sie müssen todmüde sein. Dieses Haus ist ein Labyrinth. Wissen Sie, daß wir insgesamt hier an die acht Kilometer Gänge und Treppen haben? Und dabei sind die Keller und Katakomben noch nicht einmal mitgerechnet.«

»Katakomben?«

»Irgendwelche alten Gewölbe, noch unter den Kellern«, meinte die Steller beiläufig. »Besser, Sie gehen nicht dort hinunter – es sei denn, Sie sind lebensmüde. Der Eingang ist sowieso versiegelt.«

Ronald erinnerte sich, auf seinen Erkundungsgängen durch die Keller auf zwei Türen gestoßen zu sein, zu denen keiner seiner Schlüssel paßte – und er hatte einen gewaltigen Schlüsselbund, der an die zwei Pfund wog. Der Gedanke an alte Katakomben voller (wenn auch nur eingebildeter) Geheimnisse unter dem Internat gefiel ihm. Ein kleines bißchen versöhnte er ihn sogar mit diesem Tag.

Frau Steller schloß die Tür hinter sich, setzte sich ungefragt in einen der kleinen Clubsessel und zog einen schmalen weißen Briefumschlag aus der Tasche. »Das soll ich Ihnen noch geben.«

»Was ist das?« Ronald schwang die Beine vom Bett und beugte sich vor. Der Umschlag war überraschend schwer. Als er ihn öffnete, fielen eine Handvoll Kleingeld, ein Fünfzig- und ein Zwanzigmarkschein und eine zusammengefaltete Quittung in seinen Schoß.

»Ihre Reisespesen«, antwortete die Steller auf seinen fragenden Blick. »Ich gestehe es: Ich schleppe sie schon seit heute morgen mit mir herum. Tut mir leid.«

»Das macht nichts.« Er kritzelte seinen Namen auf die Quittung, gab sie ihr zurück und steckte das Geld ein.

»Also, was war mit den Glühbirnen?« fragte er, als die Steller auch nach einigen weiteren Sekunden keine Anstalten machte, aufzustehen und zu gehen, sondern sich mit schon fast unverfrorener Neugier im Zimmer umsah. Einem Zimmer, das sie mindestens zehnmal so gut kannte wie er.

»Gefällt Ihnen Ihr Appartement?« fragte sie.

Ronald nickte verwirrt. »Sehr. Es ist ... anders, als ich erwartet hatte.«

»Wir mußten es renovieren lassen, nachdem Ihr Vorgänger ausgezogen war«, sagte die Steller. »Und warum dann nicht gleich so? Hell und freundlich, wie die Leute sein sollen, die darin wohnen.«

Ronald begriff, daß sie ihm ein Gespräch aufzwingen wollte, und resignierte. Warum eigentlich nicht? Man mußte kein Hellseher sein, um zu spüren, daß sie nicht nur wegen der Glühbirnen oder wegen des Geldes heraufgekommen war.

»Es wäre schön, wenn hier alles so aussähe«, sagte er lahm, aber Frau Steller nickte eifrig und nahm den Faden begierig auf.

»Ja. Dieses Gebäude kann einen deprimieren – aber das haben Sie bestimmt schon selbst gemerkt.« Sie zögerte eine Sekunde. »Direktor Zombeck erzählte mir, daß Sie nahe daran waren, gleich wieder zu gehen?«

»Manchmal ist der erste Gedanke nicht immer der beste.«

»Das heißt, Sie bleiben?«

»Vorerst ja.« Er griff nach seinen Zigaretten, zündete sich eine an und hielt ihr die Packung hin. Die Steller lehnte ab.

»Ich soll Sie übrigens grüßen, Ronald.«

»So?«

»Von Richard. Er ist Ihnen sehr dankbar. Er denkt, Sie hätten ihm das Leben gerettet.«

»Das habe ich auch gedacht, gestern abend.«

»Es sah auch so aus. Aber Gott sei Dank war es in Wahrheit halb so schlimm. Er ist schon wieder wohlauf.«

Ronald sah überrascht hoch, und Frau Steller nickte, um ihre Worte zu bekräftigen. »Er hat die Krankenstation bereits heute vormittag verlassen. Ihm fehlt nichts.«

»Das kam mir aber gestern ganz anders vor«, meinte Ronald zweifelnd.

»Mir auch«, gestand die Steller. »Aber der Junge hat einfach Glück gehabt. Nicht einen Kratzer! Heute ist es zu spät, aber wenn Sie wollen, können Sie ihn morgen sehen. Wollen Sie?«

Also *das* war es. Ronald war fast erleichtert, jetzt wenigstens zu wissen, warum die Steller wirklich gekommen war. Zombeck und sie waren noch immer nicht sicher, daß er den Mund halten und keinen Skandal verursachen würde. Er war ein wenig enttäuscht. Die Steller hatte gerade angefangen, ihm sympathisch zu werden.

»Es wäre trotzdem besser gewesen, den Jungen zum Arzt zu schikken«, beharrte er.

»Warum Aufheben um eine Sache machen, die gar keine ist?« sagte die Steller lächelnd, sah ihn dabei aber scharf an, und er verstand sehr genau, was ihr Blick zu bedeuten hatte. Er nickte.

Mit einem Ruck stand sie auf und wandte sich zur Tür, blieb dann aber wieder stehen. »Dürfte ich Sie noch einmal um einen Gefallen bitten?«

»Sicher.«

»Die Glühbirnen«, erinnerte die Steller. »Ich war im Lager, aber der einzige Karton, der noch im Regal steht, ist leer. Könnten Sie einen neuen besorgen?«

»Jetzt?« fragte er zweifelnd.

»Morgen früh ist es zu spät. Der Unterricht beginnt um sieben, und der Klassendienst kommt sogar eine Viertelstunde früher. Der Elektroladen ist gleich unten an der Hauptstraße. Tholberg. Ich rufe an und sage Bescheid, daß man Ihnen einen Karton herauslegt. Oder besser gleich zwei.«

»Gut.« Ronald stand seufzend auf und drückte seine Zigarette im Aschenbecher aus. »Welchen Klassenraum haben Sie? Ich schraube sie gleich rein.«

»Zimmer vierunddreißig. Aber es reicht, wenn Sie den Karton auf mein Pult stellen. Das Auswechseln der Glühbirnen erledigen die Schüler selbst.« Sie lächelte. »Sie werden es nicht glauben, aber ich habe mir einmal die Mühe gemacht, die Lampen in dieser Höhle zu zählen – es sind über zweihundert. In jeder sind sechzig Kerzenbirnen, und die Dinger fressen Glühlampen. Unser Gründer und Sponsor muß ein Kronleuchterfetischist gewesen sein. Also – tun Sie es?«

»Natürlich.«

8

Das Plätschern von Wasser und die leisen Klänge einer Sitar waren die einzigen Geräusche. Und sie verfehlten ihre Wirkung nicht: Was mit nervöser Spannung begonnen hatte und allmählich in Langeweile und Enttäuschung übergegangen war, das erfüllte Ricky jetzt mit einem Gefühl von Entspannung und Ruhe, das so tief war, daß es einer Trance sehr nahekam. Dabei war er kein bißchen müde. Er fühlte sich so leicht und heiter, daß er sich scherzhaft fragte, ob in dem Glas, das Frau Steller ihm gebracht hatte, *wirklich* nur Orangensaft gewesen war.

Er traute zwar der Steller und Zombeck eine ganze Menge Bosheiten zu, aber daß sie nicht nur tatenlos zusahen, wie in ihrem Internat Drogen genommen wurden, sondern dies sogar noch *unterstützten,* war doch recht unwahrscheinlich. Aber seine Gedanken begannen sonderbare Wege zu gehen, während er dasaß und abwechselnd das Uija-Brett und die Gesichter der anderen betrachtete, die im milden Schein der Kerzen allesamt älter und sehr viel ernster als sonst aussahen.

Er versuchte, sie nicht zu behindern. Angela hatte ihm erklärt, daß er dies unbedingt vermeiden mußte.

Setz dich einfach hin und denk an gar nichts.

Wie, bitteschön, dachte man an *gar nichts*?

»Ich ... fühle etwas«, flüsterte Toni. Ricky sah auf, und auch Nashu hob den Blick und musterte den dunkelhaarigen Jungen einen Moment lang aufmerksam. Die anderen starrten weiter ins Nichts; einige sahen aus, als schliefen sie mit offenen Augen, und Ricky ...

Ja, Ricky fühlte sich hin und her gerissen zwischen zwei völlig unterschiedlichen Empfindungen. Er war noch immer ein bißchen aufgeregt, und vielleicht hatte er sogar ein wenig Angst, aber gleichzeitig taten die Ruhe und die Musik und der leicht berauschende Duft der Räucherstäbchen ihre Wirkung. Hinter seiner Stirn hatte sich eine Art Nebelbank gebildet, die ihn nicht am logischen Denken hinderte, aber alles ein bißchen unwirklich erscheinen ließ. Das Gefühl erinnerte ihn an den Tag vor gut einem Jahr, an dem er die erste – und bisher auch letzte – Zigarette seines Lebens geraucht hatte, und zwar vorsichtshalber auf der Toilette. Aber ihm war nicht übel geworden.

Und da war noch ein dritter, allerdings sehr kleiner Teil seines Bewußtseins, der ihm mit ekelhafter Beharrlichkeit erklärte, daß er sich selbst zum Narren machte, mit untergeschlagenen Beinen und gebanntem Gesichtsausdruck in einem verräucherten Zimmer zu hokken und eine bunt bemalte Spanplatte anzustarren. Aber er hatte sich zu lange gewünscht, einmal dabeizusein, als daß er es zuließ, daß die Erfüllung dieses Wunsches in einer Enttäuschung endete.

Toni redete nicht mehr weiter, und nach ein paar Augenblicken versanken alle wieder in dumpfes Brüten.

Sie waren sieben – irgendwie war diese Zahl das einzige, was wirklich seinen Vorstellungen von Spiritismus entsprach: die magische Sieben, die ihn mit leisem Unbehagen erfüllte, denn sie bedeutete ja nichts anderes, als daß ein anderer ausgeschieden war, um für ihn Platz zu machen. Er fragte sich, wer. Und vor allem fragte er sich, wie Frau Steller es geschafft hatte, diesen anderen zum Ausscheiden zu bewegen. Die Mitgliedschaft im inneren Zirkel war ein Privileg, das nicht hoch genug gehandelt werden konnte.

Er hatte sein Glück denn auch gar nicht fassen können, als Frau Steller vor einer knappen Stunde zu ihm gekommen war und ihn gefragt hatte, ob er Lust hatte mitzukommen. Die Absurdität, daß die stellvertretende Direktorin eines Internats zu einem ihrer Schüler kam und ihn fragte, ob er nicht daran interessiert sei, an einer *Schwarzen Messe* teilzunehmen, war ihm nur für den Bruchteil einer Sekunde bewußt geworden, wie ein kurzes, flackerndes Warnlicht, das jäh in seinen Gedanken aufblitzte und sofort von einem Sturm aus Begeisterung und Neugier erstickt wurde. *Natürlich* hatte er Lust – noch gestern hätte er seine rechte Hand dafür gegeben, auch nur einmal zusehen zu dürfen!

Zimmer sieben ...

Die Gerüchte, die sich um dieses Zimmer rankten – und vor allem um das, was sich an jedem Dienstag abend zwischen Mitternacht und zwei oder drei Uhr morgens darin abspielte –, waren Legion. Das Zimmer, eigentlich eine Zimmerflucht, die aus drei großen, zum Teil ineinander übergehenden Räumen mit holzvertäfelten Wänden bestand, lag im Westflügel des ehemaligen Klosters, der ansonsten fast leer stand und nur ein paar kaum benutzte Lagerräume beherbergte. Das Zimmer selbst war ebenfalls leer. Die gesamte Einrichtung bestand aus ein paar abgenutzten Kissen (auf denen sie saßen) und einem

Dutzend fleckiger Kandelaber. Und eigentlich war es nicht einmal die Nummer sieben: Die ausgebleichten Ränder auf dem Holz der Tür verrieten, daß es einmal eine Dreihundertzweiundsiebzig gewesen war; jemand hatte die erste und letzte Messingzahl entfernt und dem Zimmer damit seine magische Nummer gegeben.

Trotzdem hatte Rickys Herz bis zum Hals geklopft, als er hinter Frau Steller durch die Tür trat.

Sie waren die letzten gewesen. Es war schon fast Mitternacht, als sie hierherkamen; und in diesem Moment hatte er sich ernsthaft gefragt, warum es ausgerechnet Frau Steller war, die ihn hierher brachte, und nicht eines der Mitglieder des Zirkels.

Sein Blick wanderte über die Gesichter der sechs anderen. Toni und Angela kannte er, denn sie gingen in dieselbe Klasse wie er, und Nashu war bei seiner Ankunft vor einem Jahr so etwas wie eine kleine Sensation gewesen: der vierzehnjährige Sohn eines chinesischen Geschäftsmanns, der nach einer kleinen Odyssee durch halb Europa und Amerika schließlich hier gelandet war, im Sänger-Internat, in einem Kaff am Ende der Welt. Daß er kein Wort Chinesisch sprach und ein eher unterdurchschnittlicher Schüler war, tat seiner Exotik keinen Abbruch, im Gegenteil.

Die drei anderen – zwei Mädchen und ein Junge, der Ricky fast ein wenig zu jung für ein Mitglied des inneren Zirkels erschien – kannte er nur vom Namen her. Eigentlich kannte in diesem Internat jeder jeden, aber Ricky hatte seine anfängliche Scheu niemals ganz überwunden, und es reichte ihm, wenn er wußte, wie sein Gegenüber hieß. So wenig, wie er anderen mehr von sich erzählte, als unbedingt nötig war, interessierten ihn Klatsch und Tratsch über sie. Stefanie, Ellen und Wolfgang – er wußte, wie sie hießen, und das reichte. Vor einer halben Stunde, als er hereingekommen war, war sein Interesse für einen Moment aufgeflammt, denn er begriff, daß diese drei Gesichter, an denen er bisher gedankenlos vorübergegangen war, zum inneren Zirkel gehörten, dem Kreis der Auserwählten, die um das große Geheimnis in Zimmer sieben wußten.

»Jemand . . . ist hier«, flüsterte Toni.

Plötzlich blickten alle zu ihm hoch, und sonderbarerweise begannen in diesem Moment die Kerzen zu flackern, nur ganz leicht, aber es jagte Ricky doch einen eisigen Schauer über den Rücken – bis er begriff, daß außer ihm und Toni alle gleichzeitig die Arme gehoben hatten und es nur der Luftzug ihrer Bewegung gewesen war.

Angela stieß ihn mit dem Ellbogen an, und er beeilte sich, ebenfalls die Arme zu heben und ihre Gesten nachzuahmen: die Hände mit gespreizten Fingern so zu halten, daß beide Daumen nach unten wiesen, auf das Uija-Brett und das Holzdreieck darauf.

»Wer bist du?« flüsterte Toni. Er sprach, ohne die Lippen zu bewegen, und er hatte die Lider so fest zusammengepreßt, daß ein Netz kleiner Falten um seine Augen entstand. »Ich... kann dich nicht verstehen. Woher kommst du? Willst du uns etwas sagen?«

Rickys Blick wanderte über die Gesichter der anderen. Nashu sah aus wie eine Buddhastatue, wie er so mit untergeschlagenen Beinen und ausgestreckten Armen da hockte, und auf seinem Gesicht lag eine geradezu perfekte asiatische Ausdruckslosigkeit. Stefanie und Ellen wirkten gebannt. Die Gesichter der beiden anderen konnte er nicht erkennen, denn sie saßen direkt neben ihm, so daß er den Kopf hätte drehen müssen, um sie anzusehen.

»Du willst uns etwas sagen«, fuhr Toni fort. Er runzelte die Stirn. »Ich... spüre etwas. Eine Warnung?«

Ja, dachte Ricky grimmig. *Daß du auf dem besten Weg bist, dich völlig lächerlich zu machen.*

»Eine Warnung«, sagte Toni noch einmal. Schweiß erschien mit einem feinen, schimmernden Glanz auf seinem Gesicht. »Zeig es uns. Schreib... es auf.«

Rickys Hände zuckten; ein kurzer, fast schmerzhafter Ruck, als hätte etwas seine Daumen ergriffen und rasch und hart nach unten gezogen, und eine Sekunde später fuhr er noch einmal und heftiger zusammen, als er begriff, daß sich nicht nur seine, sondern *alle* Hände im selben Augenblick bewegt hatten, als wollten die zwölf ausgestreckten Daumen nach unten, auf das Brett.

Als hätte sie etwas gezogen.

Unsinn, dachte er. *Nichts als Zufall. Muskelspannung.* Es war nicht leicht, die Arme ausgestreckt und reglos zu halten, so verkrampft, wie seine Hände waren.

»Schreib es auf«, sagte Toni noch einmal. »Ich kann dich nicht verstehen.«

Der Zeiger auf dem Uija-Brett bewegte sich – allerdings anders, als Ricky es erwartet hatte. Statt wie von Geisterhand bewegt über das Brett zu wandern, wurde er von Toni geschoben. Mit einem schabenden, durch und durch unangenehmen Geräusch glitt er über die zerkratzte Oberfläche des lackierten Brettes, wandte sich zitternd hierhin und dorthin und hielt schließlich an. Stefanie nahm die Arme herunter und zog Bleistift und Notizblock aus der Jackentasche, um den Buchstaben zu notieren, der in dem ausgesägten Kreis in der Mitte des hölzernen Dreiecks erschien.

Ricky beobachtete Toni aufmerksam, während das Holzstück weiter und weiter wanderte. Toni machte seine Sache wirklich gut – sein ausgestreckter Arm war so angespannt, daß er zitterte, aber sein Zeigefinger schien das Holzstück nur ganz sachte zu berühren, so daß tatsächlich der Eindruck entstand, der Zeiger fände von selbst seinen Weg. Toni schien ihm lediglich dabei zu helfen, den Widerstand von Schwerkraft und Reibung zu überwinden; die abgerundete Spitze des Dreiecks zitterte wie ein kleines lebendes Wesen, während sie sich scheinbar suchend nach rechts und links und wieder zurück drehte und schließlich einen weiteren Buchstaben ansteuerte.

»Eine Warnung«, murmelte Stefanie leise, nachdem das erste Wort gebildet war und der Zeiger für einen Moment zur Ruhe kam.

»Aber wovor?« fragte Toni. »Wovor willst du uns warnen? Sag es uns!«

Die Kerzen flackerten wieder, nur diesmal hatte sich niemand bewegt und einen Luftzug verursacht. Ricky tat es als Zufall ab und konzentrierte sich weiter auf das kratzende Hin und Her des Zeigers.

»Jemand ist bei uns, der nicht glaubt«, sagte Stefanie nach der zweiten Runde.

»Wir haben einen Neuen in unserer Mitte«, ergänzte Toni. »Ist er in Gefahr?«

Kratz-kratz-kratz: »Nein.«

»Wer ist dann in Gefahr?«

Alle.

Allmählich wird es interessant, dachte Ricky. Ohne die Hände zu bewegen, beugte er sich ein wenig weiter vor, um dem Weg des Zeigers zu folgen. Dessen Bewegungen wurden immer nervöser und abgehackter, gleichzeitig aber auch schneller. Er sah Toni an. Auf dessen Stirn stand jetzt noch mehr Schweiß, und an seinem Hals pochte eine Ader. Ricky war plötzlich nicht mehr ganz so sicher...

Was für ein Unsinn! Ricky rief sich in Gedanken zur Ordnung. Er begann bereits, an diesen Quatsch zu glauben. Er mußte aufpassen.

»Was ist das für eine Gefahr?« fragte Toni.

Kratz-kratz-kratz. Stefanies Bleistiftspitze flog über das Papier und schrieb ein kurzes Wort. Dann runzelte sie die Stirn.

»Was ist?« fragte Ricky. »Lies vor!«

»Das ergibt keinen Sinn«, murmelte Stefanie.

»*Was* ergibt keinen Sinn?«

»Schrank«, sagte Stefanie.

Rickys spöttisches Lächeln gefror auf seinen Lippen. Für eine Sekunde schien sein Herz auszusetzen.

»Wie... bitte?« fragte er.

»Schrank«, erwiderte Stefanie. »Hier steht: Schrank. Mehr nicht.«

Zufall! dachte Ricky hysterisch. Ein völlig harmloses Wort, in das er etwas hineininterpretierte. *Mach dich nicht selbst verrückt!*

»Ist die Gefahr... in irgendeinem Schrank?« Toni fuhr sich nervös mit der Zungenspitze über die Lippen. Sein Gesicht glänzte. Er zitterte. Der Zeiger kroch über das Brett, und seine Spitze buchstabierte »Nein«.

»Wo dann?«

Keine Antwort. Das dreieckige Holzstück blieb reglos.

»Es hat mit Ricky zu tun«, flüsterte Wolfgang. »Frag ihn danach.«

Toni nickte. »Bei uns ist ein neues Mitglied«, wisperte er. »Hat es etwas mit ihm zu tun?«

Ja.

Ein eisiger Schauer rann über Rickys Rücken. Plötzlich hatte er Angst.

»Aber er ist nicht in Gefahr?«

Nein.

»Das verstehe ich nicht«, sagte Toni. »Wenn er nicht in Gefahr ist, wer.–«

Der Zeiger begann sich zu bewegen, und plötzlich flitzte er so rasend schnell über das Brett, daß Stefanie Mühe hatte, seinen hektischen Bewegungen zu folgen und die Buchstaben zu notieren.

Als sie fertig war, starrte sie verwirrt auf das Blatt, sah dann auf und blickte Ricky an. Ihre Augen weiteten sich, und jetzt war er sicher, daß die Furcht in ihrem Blick echt war.

»Was hat er gesagt?« fragte Ricky.

Stefanie zögerte noch immer. Und schließlich gab sie das Blatt wortlos an Angela weiter.

Das Mädchen riß es ihr fast aus der Hand, warf einen Blick darauf – und stutzte ebenfalls.

»Verdammt, was steht da?« bohrte Ricky.

»Er *ist* die Gefahr«, las Angela tonlos vor.

Ricky erstarrte. Einige Sekunden lang blickte er Angela ungläubig an, dann riß er ihr das Blatt aus den Fingern und las selbst nach. *Er ist die Gefahr,* stand in krakeligen, hastig hingekritzelten Buchstaben auf dem karierten Papier.

»Quatsch«, rief er nervös. Die Kerzen flackerten, und die Klänge der Sitar wurden schriller. Wütend knüllte er das Blatt in der Faust zusammen und warf es weg. »Blödsinn«, sagte er noch einmal. »Wenn ihr glaubt, mich damit beeindrucken zu können –«

Kratz-kratz-kratz.

Der Zeiger des Uija-Brettes bewegte sich, ruckartig und rasend schnell – aber Tonis Hände berührten ihn nicht mehr, sondern lagen locker in seinem Schoß! Stefanie begann zu schreien.

9

Es wurde zehn Uhr, als Ronald an der Tür des schäbigen Einfamilienhauses klingelte, in dem sich die Elektrowarenhandlung Tholberg befand. Tholberg schien schon geschlafen zu haben – oder getrunken –, denn sein Gesicht wirkte aufgedunsen, und die Augen waren matt und blickten Ronald mit mühsam unterdrücktem Groll an. Tholberg sagte kein Wort, sondern drückte ihm schweigend den Pappkarton mit den Glühbirnen in die Hand und knallte wieder die Tür zu.

Achselzuckend drehte Ronald sich um und ging zur Straße zurück. Das Haus lag ein paar Dutzend Schritte abseits, am hinteren Ende eines großen, leicht verwilderten Gartens, der tagsüber sicher einen romantischen Eindruck machen mußte, jetzt aber einfach nur düster und ungemütlich wirkte. Die Schatten zwischen den Büschen, die den Weg säumten, waren so tief wie Löcher, und er mußte aufpassen, wohin er trat, um nicht zu stolpern. Er hatte keine Ahnung, was Tholberg als Elektriker taugte; als Gärtner war er jedenfalls eine Niete. Der Plattenweg war aufgebrochen und mit Unkraut und Gras überwachsen.

Behutsam schloß er das Gartentor hinter sich – es quietschte trotzdem so laut, daß die halbe Stadt davon aufwachen mußte –, wandte sich nach links und blieb wieder stehen. Der Hügel lag scheinbar zum Greifen nahe vor ihm, und die Silhouette des ehemaligen Klostergebäudes verschmolz beinahe völlig mit der Nacht; und wieder spürte er dieses eigenartige Gefühl von Bedrohung und Düsternis. Wie schon gestern abend kam ihm das Gebäude wie eine finstere Burg aus einem gruseligen Märchen vor; und daß die Dunkelheit ihre Umrisse beinahe auflöste, machte es nicht besser. Ganz im Gegenteil – etwas sehr Sonderbares war geschehen: Statt daß die Nacht den dräuenden Schatten aufgesogen und ihm so seine Schrecken genommen hatte, kam es Ronald eher vor, als hätte umgekehrt das Haus die Nacht verschlungen, sich wie eine riesige, gefräßige Amöbe über das Firmament gestülpt und die ganze Himmelskuppel mit seiner finsteren Gegenwart verpestet.

Er verscheuchte den Gedanken mit einem ärgerlichen Kopfschütteln und klemmte sich seinen Karton fester unter den linken Arm, blieb aber nach einem weiteren Schritt abermals stehen. Er war nicht sehr weit vom Internat entfernt, aber der Stadt war er noch näher; einer der wenigen Vorteile, die ein Kaff von der Größe Krailsfeldens bot, war, daß hier keine Entfernung wirklich groß war. Er war zwar noch immer müde, aber die frische Luft und die Bewegung hatten seine Lebensgeister wieder geweckt. Und offiziell hatte er den morgigen Tag noch frei. Warum also sollte er nicht die Gelegenheit nutzen und sich seine neue Heimatstadt aus der Nähe ansehen? Gestern abend hatte er von Krailsfelden lediglich ein paar verschwommene Lichter vor den regennassen Scheiben des Autobusses gesehen.

Um es kurz zu machen: Es war eine Enttäuschung. Ronald ging von einem Ende der Stadt zum anderen (wozu er nicht länger als dreißig Minuten brauchte), und das Ergebnis war schlimmer, als er befürchtet hatte. Krailsfelden bestand aus einem einzigen asphaltierten Weg, dem irgendein Witzbold den Namen *Hochstraße* verpaßt hatte, und einem knappen Dutzend Nebensträßchen und -gassen, die fast alle blind endeten. Ronald war nie gut im Schätzen gewesen, aber er glaubte nicht, daß Krailsfelden mehr als dreitausend Einwohner hatte. Es gab zwei Gastwirtschaften, von denen eine geschlossen war; eine Tankstelle, deren abgeschaltete Leuchtreklame davon zeugte, daß man hier mit sehr wenig Durchgangsverkehr rechnete; und einen kleinen Stehimbiß, der mit dem hochtrabenden Namen *Grillcenter* protzte. Um die Kneipe machte Ronald einen großen Bogen, aber das *Grillcenter* und die Bewegung hinter seinen hell erleuchteten Fensterscheiben ließen ihn zögern. Er war hungrig. Er hatte im Internat zu Abend gegessen, aber nicht besonders viel; und kurz bevor Frau Steller in seinem Zimmer aufgetaucht war und ihn um ihre *kleine Gefälligkeit* bat, hatte er mit dem Gedanken gespielt, in die gut ausgestattete Küche seines Appartements zu gehen und sich noch eine Kleinigkeit zuzubereiten.

Seine Hand glitt in die Hosentasche und spielte mit den beiden knisternden Geldscheinen, die die Steller ihm gegeben hatte. Logisch betrachtet war es alles andere als klug, einen Teil seiner geringen Barschaft für Essen auszugeben, das zwanzig Minuten entfernt kostenlos auf ihn wartete. Es waren noch fast fünf Wochen bis zum nächsten Zahltag, und er konnte kaum damit rechnen, daß die Steller abermals wie ein rettender Engel auftauchen würde. Aber erstens hatte er Hunger, und zweitens hatte Ronald niemals eine Beziehung zu Geld gehabt – was dazu führte, daß er selten welches besaß. Und es gab noch einen Grund, auch wenn er den im Augenblick nicht einmal sich selbst eingestanden hätte: Ein Restaurantbesuch war einfach eine Möglichkeit, seine Rückkehr ins Internat um eine weitere halbe Stunde hinauszuzögern. So machte er sich nicht auf den Heimweg, sondern überquerte die Straße und steuerte die beiden hell erleuchteten Fenster mit der Coca-Cola-Reklame an.

Ein helles Knattern ließ ihn aufsehen, und als er den Kopf wandte, bot sich ihm ein Anblick, der ihn mitten auf der Straße innehalten und Mund und Augen aufreißen ließ: Aus der Dunkelheit, wie eine Figur aus einem verrückten surrealistischen Film, schoß etwas auf ihn zu, das bei Tageslicht betrachtet sicher lächerlich gewirkt hätte, ihn jetzt aber erschrocken zusammenfahren ließ. Es war ein Mofa – ein uraltes, knatterndes Fahrzeug mit abgesägtem Auspuff und einem hochgezogenen Chopper-Lenker. Der Scheinwerfer hatte einen Wackelkontakt und flackerte wie ein nervöses Auge, und Tank und Schutzbleche waren mit grüner und brauner Farbe beschmiert: eine mißlungene Imitation militärischer Tarnbemalung.

Am erstaunlichsten aber war die Gestalt, die auf dem Sattel hockte: ein hochgewachsener Bursche in grünen Hosen und Bundeswehr-Parka, auf dessem Kopf ein alter Wehrmachtshelm wackelte. Ronald konnte das Gesicht nicht erkennen, denn es war mit schwarzer Farbe oder Schuhcreme beschmiert; was er aber sehr wohl erkannte, war das Eiserne Kreuz, das an einer dünnen Kette um den Hals des Burschen hing. Denn *das* hatte er schon einmal gesehen.

Er fand keine Zeit mehr, darüber nachzudenken, woher er den Orden kannte, denn der Mofafahrer hielt direkt auf ihn zu. Und Ronald begriff beinahe zu spät, daß er keineswegs daran dachte, der drohenden Kollision auszuweichen.

Mit einem halb wütenden, halb erschrockenen Schrei sprang er zur Seite. Dabei entglitt ihm der Karton mit den Glühbirnen. Er versuchte danach zu greifen, verlor durch die neuerliche hastige Bewegung aber vollends die Balance und kämpfte mit rudernden Armen um sein Gleichgewicht, während das Mofa knatternd an ihm vorüberraste und der Karton klirrend auf dem Asphalt aufschlug. Ein schrilles Lachen ertönte, und kurz glaubte Ronald in ein Paar dunkle, haßerfüllte Augen zu blicken, als sich das schwarzbemalte Gesicht unter dem Stahlhelm in seine Richtung wandte. Dann war es vorbei, und ein paar Sekunden später hatte die Dunkelheit auch das rote Auge des Rücklichts aufgesogen.

Wütend starrte Ronald dem Kamikaze-Fahrer nach. Der Kerl mußte völlig den Verstand verloren haben! Bei einer Kollision hätte er nicht nur ihm, sondern auch sich selbst sämtliche Knochen im Leib brechen können. Das Ding mußte frisiert sein bis zum Gehtnichtmehr, dachte er zornig. Der Kerl war mindestens fünfzig gefahren!

Und da war noch etwas. Etwas, das er im Vorüberrasen erkannt hatte, ohne es sich zu merken. Aber er wußte, daß er es wiedererkennen würde, wenn er es sah. Und er hatte schon eine bestimmte Ahnung, wo er danach suchen mußte...

Er bückte sich, hob den Karton auf und verzog das Gesicht, als es in seinem Innern verdächtig klirrte und schepperte. Mit einem ärgerlichen Ruck riß er den Deckel auf und blickte hinein.

Ein Drittel der Birnen war zerbrochen, und von denen, die übrig waren, würde wahrscheinlich nur noch die Hälfte funktionieren – wenn überhaupt. Einen Moment lang mußte er mit aller Gewalt gegen den Impuls ankämpfen, den Karton zu nehmen und gegen die nächste Wand zu schmeißen. Das einzige, was ihn davon abhielt, war die Vorstellung, daß der Kerl vielleicht kehrtgemacht hatte und ihn irgendwo aus der Dunkelheit heraus beobachtete. Nein, dachte er grimmig, diese Befriedigung würde er der kleinen Ratte nicht gönnen.

»Kann ich Ihnen helfen?«

Ronald fuhr zum zweitenmal innerhalb kurzer Zeit erschrocken zusammen – und atmete sofort erleichtert auf. Hinter ihm stand keine Gestalt mit Wehrmachtshelm und aufgepflanztem Bajonett, sondern ein dunkelhaariges, schlankes Mädchen, das er erst auf den zweiten Blick erkannte.

Was auch nicht weiter verwunderlich war: Statt der sackähnlichen Öljacke trug sie jetzt einen schwarzen Rollkragenpullover und eine Jeansjacke, und das kurzgeschnittene Haar, das ihr gestern klatschnaß bis in die Augen gereicht hatte, war zu einer kecken Frisur zurückgekämmt, die sie sehr jung erscheinen ließ. Die größte Veränderung aber war nicht eigentlich sichtbar. Es war etwas, das sie ausstrahlte. Und nach einer Sekunde der Verwirrung begriff er es: Die fast schon feindselige Distanz, die er am Abend zuvor gespürt hatte, war verschwunden. Statt dessen musterte sie ihn mit freundlichem Interesse – und einer Spur von gutmütiger Schadenfreude, die sie aber in Ronalds Augen eher sympathischer machte, als daß sie ihn ärgerte.

»Ehm... nein«, stotterte er verwirrt. »Ich bin nur... mir ist...«

»Ich habe alles gesehen.« Das Mädchen machte eine Bewegung mit dem Daumen über die Schulter. »Das war verdammt knapp. Wir warten eigentlich alle darauf, daß er sich eines Tages den Hals bricht, aber bisher hat er noch nie versucht, jemanden absichtlich zu überfahren.«

»Das wäre auch ziemlich dumm, mit einem Mofa«, erwiderte Ronald und verfluchte sich für seine mangelnde Gewandtheit. Etwas an der Gegenwart des Mädchens machte ihn nervös, wenn auch auf eine keineswegs unangenehme Art. Vielleicht die Art, wie sie ihn immer noch ansah. Er hatte selten jemanden getroffen, der sich so wenig Mühe gab, seine Neugier zu verhehlen – und bei dem dies so wenig peinlich wirkte.

Verlegen klappte er seinen Karton wieder zu und nahm ihn von der rechten in die linke Hand. »Ich ... glaube, wir kennen uns«, sagte er unsicher.

»Gestern abend«, soufflierte das Mädchen und deutete zum Internat hinauf. »Ich habe Sie vor dem Ertrinken gerettet.«

»Und jetzt kommen Sie fast rechtzeitig, um zu sehen, wie ich überfahren werde«, fügte er hinzu. »Ich fürchte, Sie bekommen einen falschen Eindruck von mir.« Er lachte unsicher, aber zu seiner Erleichterung stimmte sie nach einem Moment in dieses Lachen ein. Sie deutete erst auf seinen Karton, dann auf das *Grillcenter.*

»Sie waren unterwegs, um sich etwas zu essen zu holen? Warum werfen Sie das da nicht in die Mülltonne und begleiten mich? Dann können wir uns besser kennenlernen.«

Erst als sein Blick ihrer Geste folgte, sah er das Haltestellenschild neben sich und den Papierkorb, der dort festgeschraubt war. Verwirrt legte er den Karton hinein und nickte; die einzige Reaktion, zu der er im Moment fähig war. Ihre unverblümte Art machte ihn verlegen, und ein kleines bißchen machte sie ihm auch angst. Er hatte sich geschworen, nie wieder ...

Er verscheuchte den Gedanken, zwang sich zu einem Lächeln und streckte wie ein perfekter Gentleman den Arm aus, wobei er eine Verbeugung andeutete: »Mylady.«

Sie lachte, griff nach seinem Arm und hakte sich unter, aber nur kurz. Dann schien sie zu begreifen, daß sie beide dabei waren, den Spaß zu weit zu treiben, denn ein flüchtiger Schatten von Verlegenheit huschte über ihre Züge, und sie ließ seine Hand hastig wieder los. Trotzdem – so flüchtig die Berührung gewesen war, sie hatte etwas Vertrautes zwischen ihnen entstehen lassen, das blieb; und später – sehr viel später – sollte Ronald auch begreifen, was es war. Jetzt war er nur durcheinander. Ohne ein weiteres Wort gingen sie los.

Das *Grillcenter* war eine Überraschung, denn es entsprach so vollständig seiner Vorstellung, als wäre er schon einmal hiergewesen: Aus dem gekachelten Fußboden erhoben sich drei runde, an gekappte eiserne Pilze erinnernde Stehtische, von denen im Moment nur einer besetzt war. Ein junger Mann in einer schmuddeligen Lederjacke und zerfransten Jeans lehnte daran, paffte an einer Zigarette und spielte gelangweilt mit einer halbvollen Flasche Bier. Es schien nicht seine erste zu sein, denn bei ihrem Eintreten sah er zwar auf, aber seine Augen blieben leer.

Das hintere Drittel des kaum zwanzig Quadratmeter großen Raums wurde von einer verchromten Glasvitrine eingenommen, in der Plastikschalen mit Salaten, Fleisch und Fertiggerichten aufgereiht waren. Ein blondes Mädchen mit einer fleckigen Schürze und übermüdetem Gesicht sah ihm und seiner Begleitung ausdruckslos entgegen.

»Hallo, Babs«, sagte seine Begleiterin. »Nicht viel los heute, wie?«

»Kann man nicht sagen. Hallo, Gloria.« Babs löste sich mit sichtlichem Widerwillen aus ihrer trägen Haltung, in der sie hinter der Theke gelümmelt hatte, wischte sich die Hände an der Schürze ab und gab sich dann einen sichtbaren Ruck.

»Was darf's sein?«

Ronald deutete auf seine Begleiterin. »Ladies first. Außerdem möchte ich erst die Speisekarte studieren!«

Babs runzelte die Stirn, als müsse sie diese Bemerkung auf eventuell darin verborgenen Spott überprüfen (tatsächlich bestand die »Speisekarte«, die mit schwarzem Filzstift auf ein Stück Karton gemalt und an der Wand über dem Herd aufgehängt war, aus ganzen fünf Gerichten), zuckte aber dann mit den Schultern und sah weg.

»Ich nehme einen Hamburger«, entschied Gloria. »Mit viel Zwiebeln. Und ein Bier.«

»Is' gut.« Babs nickte müde, unterdrückte ein Gähnen und wandte sich wieder an Ronald. »Und der Herr?«

»Dasselbe«, sagte Ronald. »Nur statt des Bieres eine Cola.«

»Müssen Sie noch fahren?« erkundigte sich Gloria spöttisch.

»So ungefähr.« Ronald lächelte auf eine Art, die ihr, ohne sie zu verletzen, klarzumachen schien, daß er keine Lust hatte, darüber zu reden, denn sie ging nicht weiter auf das Thema ein, sondern drehte sich mit einem Achselzucken um und steuerte den Tisch an, der am weitesten von dem Betrunkenen entfernt war.

»Kommen Sie«, meinte sie. »Machen wir es uns bequem. Hier wird am Tisch serviert. Service wird hier groß geschrieben, müssen Sie wissen.«

»Du kannst ja anderswo essen gehen«, maulte Babs hinter der Theke.

»Den Teufel werd ich!« entgegnete Gloria lächelnd. »Ich habe Jahre gebraucht, bis sich mein Magen an dein Essen gewöhnt hat. Die Mühe soll sich doch lohnen, oder?« Sie zog eine Packung Marlboro aus der

Tasche und bot Ronald eine Zigarette an. Er lehnte ab, gab ihr aber Feuer, was Gloria zu einem weiteren spöttischen Lächeln veranlaßte. »Ein Nichtraucher, der ein Feuerzeug hat? Sie scheinen ja wirklich ein Gentleman alter Schule zu sein.«

»Gelegenheitsraucher«, erwiderte Ronald lakonisch. »Und Hobbybrandstifter. Da braucht man so was.«

»Das verstehe ich«, grinste Gloria, nachdem sie einen tiefen Zug aus ihrer Zigarette genommen hatte. »Woran trainieren Sie zur Zeit, Ronald? An Ihrem neuen Zuhause?«

»Sie ... kennen meinen Namen?« wunderte sich Ronald.

»Sie kennen meinen doch auch, oder?«

Babs kam und brachte Gloria Bier und seine Cola, und sie warteten, bis sie wieder hinter der Theke verschwand – was reichlich überflüssig war. Nichts in diesem winzigen Raum war außer Hörweite.

»Ich habe gehört, daß sie einen neuen Hausmeister eingestellt haben«, sagte Gloria. »Und nachdem ich Sie gestern abend getroffen hatte, habe ich mich ein bißchen umgehört. War nicht schwer rauszukriegen. In einem Ort wie Krailsfelden weiß jeder alles über jeden.«

Ronald nippte an seiner Cola und überlegte, was er antworten sollte. Er hatte sich selten so unbeholfen gefühlt wie jetzt. Aber in gewissem Sinn war es auch eine Premiere. Nach Anna hatte er keine Frau mehr angesehen, jedenfalls nicht so. Seine Befangenheit war pure Angst. Und Verwirrung darüber, daß es ihm so leicht fiel, den Schmerz zu überwinden. Bisher hatte er sich vorgestellt – nein, er war *überzeugt* gewesen –, daß der bloße Gedanke an eine Bekanntschaft mit einer Frau ihm Höllenqualen bereiten müßte, aber dem war ganz und gar nicht so. Was wiederum zur Folge hatte, daß er sich wie ein Verräter vorkam. Verrückt! *Wer keine Probleme hat, der macht sich welche,* dachte er.

»Ich muß einen fürchterlichen Eindruck auf Sie gemacht haben«, sagte Gloria in seine Gedanken hinein.

Ronald sah auf. »Wie?«

»Gestern abend.« Gloria wedelte mit ihrer Zigarette. »Oben auf dem Berg. Ich war ziemlich unfreundlich, glaube ich.«

»Ach was«, wehrte er ab. »Ich war auch nicht gerade bester Laune. Vergessen wir es einfach und fangen noch einmal neu an.«

»Gibt es denn etwas *anzufangen*?« Gloria lachte, als sie seinen verwirrten Gesichtsausdruck bemerkte. »Entschuldigung. Ich wollte Sie nicht auf den Arm nehmen. Sie arbeiten also dort oben in diesem Mausoleum?«

Gegen seinen Willen mußte Ronald lachen. Das war genau das Wort, nach dem er seit anderthalb Tagen gesucht hatte. »Ich hoffe es«, meinte er. »Im Moment befinde ich mich noch in der Probezeit. Fragen Sie mich in drei Monaten noch einmal.«

»Wenn Sie dann noch da sind, gebe ich für Sie einen aus«, sagte Gloria mit großem Ernst. Dann lachte sie wieder, aber es wirkte jetzt nicht mehr ganz echt. Sie schien zu spüren, daß sie etwas zu weit gegangen war, um ihn nicht merken zu lassen, daß sie...

Ja, daß sie was? dachte er verwirrt. Ganz offensichtlich war Gloria dabei, ihn aufzureißen. Er wußte nicht, ob es ihm schmeichelte – aber es gefiel ihm. Auch wenn er es nicht verstand. Er war weder sonderlich attraktiv noch interessant.

»Und was haben Sie gestern dort oben getan?« fragte er.

»Nur etwas erledigt. Ich mußte einen Brief abgeben, für meinen Onkel.«

»Nachts und bei strömendem Regen?«

»Wir Schwaben sind ein sparsames Völkchen«, erwiderte Gloria ernst. »Warum Porto für einen Brief ausgeben, wenn man ihn selbst hinbringen kann?« Sie blinzelte ihm zu, drückte ihre Zigarette aus und räumte den Aschenbecher weg, als Babs mit dem Essen kam: zwei dampfenden Hamburgern auf weißem Mikrowellen-Geschirr, über die sie eine große Portion Zwiebeln gehäuft hatte.

Als Ronald den ersten Bissen probierte, verstand er Glorias Bemerkung von vorhin.

»Essen Sie... öfter hier?« fragte er vorsichtig.

»Selten.« Gloria schüttelte den Kopf, riß einen erstaunlich großen Bissen von ihrem Hamburger ab und erklärte mampfend und kaum verständlich: »Eigentlich nur, wenn mein Onkel zu spät nach Hause kommt. Für mich allein lohnt es sich nicht zu kochen.«

»Sie leben bei Ihrem Onkel?«

»Seit dreiundzwanzig Jahren. Meine Eltern sind tot.«

»Und sonst?«

Ein fragender Blick.

»Ich meine: Sie wissen schon fast alles über mich. Ich nichts über Sie. Was tun Sie?«

»Ich habe keinen Freund, wenn Sie das meinen. Aber das hat nichts mit meinem Onkel zu tun. Im Gegenteil: Er leidet unter der Wahnvorstellung, daß ich als alte Jungfer enden könnte.«

Er war verwirrt. Und erschrocken. Er hatte das Gefühl, daß er sich von ihrer provozierenden Art hätte abgestoßen fühlen müssen, aber er empfand nichts dergleichen. Das Mädchen interessierte sich eben für ihn.

Aber auf der anderen Seite spürte er genau, daß das nicht alles war.

Etwas an Gloria irritierte ihn zutiefst. Sie war nicht so, wie sie sich gab. Sie mochte eine gute Schauspielerin sein, aber etwas an ihrer locker-provozierenden Art wirkte aufgesetzt.

Er würgte den Rest des Hamburgers herunter, spülte den Geschmack mit seiner Cola fort, so gut es ging, und zog eine Grimasse. »Das war köstlich«, meinte er spöttisch. »Sollte ich jemals zu Geld kommen, werde ich dieses Schlemmerlokal kaufen.«

»Ja«, pflichtete Gloria ihm bei. »Ich auch. Um es einzubetonieren.«

»Und ich helfe euch beiden dabei«, sagte Babs hinter ihnen. Sie warf eine dicke Lederbörse auf das Tablett mit den Tellern und ließ die Hand darauffallen. »Macht fünfachtzig – für jeden.«

Er zog den Zehner und sein Kleingeld aus der Tasche, zählte den Betrag pedantisch ab und legte ihn neben das Tablett. Babs kassierte schweigend, überging den Affront des nicht vorhandenen Trinkgeldes und schlenderte zum Nebentisch, wo der betrunkene junge Mann mit seiner mittlerweile geleerten Bierflasche spielte.

»Macht sechzehndreißig, Freddy«, sagte sie. »Ich mache dicht.«

»Ich will noch ein Bier«, lallte Freddy. Ronald warf einen flüchtigen Blick auf die »Speisekarte« über der Theke. Wenn Freddy sich an Bier gehalten hatte, mußte er zehn Flaschen intus haben.

»Ich mache dicht«, wiederholte Babs ruhig. »Du kannst dir gerne noch einen Sechserpack mitnehmen, aber hier und jetzt ist Schluß.«

»Ich will noch ein Bier!« beharrte Freddy. Seine Stimme klang schon schärfer, und sein verschleierter Blick klärte sich ein wenig. »Jetzt und hier.«

»Mach keinen Ärger, Fred«, warnte Babs. »Ich –«

Freddys Hand schoß so schnell vor, daß nicht einmal Ronald der Bewegung hätte ausweichen können. Blitzartig packte er Babs' Arm und verdrehte ihn; nicht sehr fest, aber doch so heftig, daß sie einen erschrockenen Schmerzensruf ausstieß.

»Du bringst mir jetzt noch eine Flasche Bier, oder –«

»Laß sie los«, sagte Ronald ruhig.

Freddy erstarrte. Ronald sah aus den Augenwinkeln, wie Gloria sich stocksteif aufrichtete und ein wenig erbleichte. Rasch, aber nicht so schnell, daß er den Betrunkenen damit zum Angriff provoziert hätte, drehte Ronald sich völlig zu ihm herum und sagte noch einmal: »Laß sie los.«

Freddy ließ Babs' Arm tatsächlich los; sie wich mit einem halblauten Keuchen zurück und massierte ihr schmerzendes Handgelenk, an dem die Haut sich bereits zu röten begann. Ihre Blicke wanderten unsicher und voller Angst zwischen Ronald und Fred hin und her.

»Was hast du gesagt?« fragte Fred. Seine Stimme klang plötzlich gar nicht mehr unsicher, und in seinen Augen war ein lauernder Ausdruck, der Ronald warnte. Der Bursche war größer als er und höchstwahrscheinlich auch erheblich kräftiger. Und daß er betrunken war, machte ihn eher gefährlicher.

»Mach keinen Ärger, Freddy«, sagte Gloria. »Trink dein Bier aus und geh nach Hause.«

Fred stieß seine leere Bierflasche mit dem Zeigefinger um und grinste breit. Sie rollte vom Tisch und zerbrach klirrend.

»Ich mach keinen Ärger«, behauptete er. »Dein Freund da macht Ärger.« Wankend löste er sich von seinem Tisch und trat auf Ronald zu. Seine Hände waren locker zu Fäusten geballt. Ronald spannte sich.

»He!« rief Babs. »Ich will keine Schlägerei hier drinnen!«

»Das hättest du diesem Arschloch da sagen müssen«, lallte Fred. Ronald überlegte, wie er angreifen würde – wahrscheinlich mit einem wütenden Schwinger. Er verlagerte sein Körpergewicht unmerklich auf das linke Bein und spannte den rechten Unterschenkel an.

Aber als Fred einen weiteren Schritt tun wollte, trat Gloria um den Tisch herum und baute sich zwischen ihm und Ronald auf. »Hör mit dem Mist auf, Fred«, sagte sie ernst. »Oder hast du Lust, wieder eine Woche im Gefängnis zu verbringen? Geh nach Hause und schlaf deinen Rausch aus, ehe wirklich noch was passiert!«

Plötzlich füllten sich Freddys Augen mit blanker Wut, und Ronald machte sich schon bereit, Gloria blitzschnell zur Seite zu reißen und sich ihm entgegenzuwerfen. Aber dann erlosch der Zorn in seinen Augen und machte Unsicherheit und Verwirrung Platz.

»Der Kleine steht wohl unter deinem Schutz, wie?« fragte er.

»Ganz genau«, antwortete Gloria. »Und jetzt verschwinde, bevor *ich* dich rauswerfe.«

Freddy musterte Gloria und Ronald noch eine Sekunde lang feindselig, dann warf er mit einem schrillen Lachen den Kopf in den Nacken und wankte aus dem Lokal. Als er die Tür öffnete, hörte Ronald das Knattern eines abgesägten Mofa-Auspuffs.

»Puh«, seufzte Babs. »Das war knapp.« Sie musterte Ronald mit einer Mischung aus Dankbarkeit und Ärger. »Vielen Dank – aber das nächste Mal fangen Sie draußen Streit an, ja?«

Ronald blickte sie fassungslos an, aber Gloria warf ihm einen raschen, warnenden Blick zu, und er schluckte die ärgerliche Bemerkung hinunter, die ihm auf der Zunge lag. Schließlich zuckte er nur mit den Schultern und folgte ihr zur Tür. Erst als sie ein paar Schritte entfernt waren, blieb Gloria wieder stehen.

»Nehmen Sie es ihr nicht übel«, sagte sie. »Sie war einfach erschrokken.«

»Schon gut«, murrte Ronald. »Aber dafür waren Sie um so tapferer. Anscheinend ist es mein Schicksal, ständig von Ihnen gerettet zu werden.«

»Vielleicht bin ich Ihr Schutzengel?« vermutete Gloria schmunzelnd. Dann wurde sie wieder ernst. »Sie kennen den Burschen nicht«, sagte sie. »Fred ist der schlimmste Schläger der Stadt. Er ist gefährlich.«

»Oh, das macht nichts«, entgegnete Ronald. »Ich kann Mikado, wissen Sie?«

Sie lachten beide, aber die Stimmung war verdorben, und Ronald war beinahe froh, als sie ihm kurz darauf erklärte, sie müsse jetzt nach Hause.

Er sparte sich das Angebot, sie bis zur Haustür zu begleiten. So, wie sich die Dinge entwickelt hatten, mußte er dankbar sein, wenn nicht sie *ihm* anbot, ihm Geleitschutz bis zum Tor zu geben.

Trotzdem blieb er stehen, bis sie um die Straßenecke verschwunden war, und wartete noch fast eine Minute. Erst dann drehte er sich um und ging wieder zur Bushaltestelle.

Der Karton mit den Glühbirnen lag noch da, wo er ihn zurückgelassen hatte. Aber als er ihn aus dem Papierkorb nahm, klirrte es darin stärker als zuvor, und als er den Deckel aufklappte, sah er auch, warum:

Jemand hatte jede einzelne Glühbirne zerschlagen.

Und das war seltsam. Denn er war absolut sicher, daß Fred in die *entgegengesetzte* Richtung davongetorkelt war.

10

Sie hatten in vollkommenem Schweigen zu Abend gegessen, und wie vieles, was sich seit der vergangenen Nacht zugetragen hatte, war auch das etwas Neues. Ruhe gehörte zu diesem Haus wie seine Möbel und Onkel Henks Ikonen, aber sie hatten niemals gegessen, ohne ein einziges Wort miteinander zu wechseln. Sicher, Onkel Henk hatte gebetet, aber das galt nicht als Gespräch, sondern war einfach ein Teil der Zeremonie, wie das Auftragen der Teller und Speisen.

Sie hatten sich auch nicht angesehen. Onkel Henk hatte schweigend in seinen Teller geblickt und nur in ihre Richtung gesehen, wenn sie es nicht merkte, doch sie hatte es gespürt. Und umgekehrt hatte auch Gloria sich völlig auf ihre Mahlzeit und die Dunkelheit draußen vor dem Fenster konzentriert und wiederum ihn nur angesehen, wenn *er* es nicht merkte. Er hatte sie nicht einmal gefragt, wohin sie so spät noch ging, als sie nach dem Abendessen das Geschirr in die Küche trug und in ihre Jeansjacke schlüpfte.

Gloria hätte ihm die Frage auch nicht beantworten können, denn zu antworten, hätte bedeutet, sich zu entscheiden, vor wem sie eigentlich geflohen war: vor dem unheimlichen Schweigen, das noch immer da war, verborgen hinter den Dingen, aber deutlich, wie eine Armee kleiner schattiger Tiere, die in den Wänden nisteten – oder vor ihm.

Jetzt war es fast Mitternacht, Gloria lag im Bett und versuchte vergeblich, einzuschlafen, und seit einer guten halben Stunde rang sie mit sich selbst, aufzustehen und zu ihm hinunterzugehen und an seine Tür zu klopfen. Sie wußte, daß er auf sie wartete, denn er würde so wenig Schlaf finden wie sie.

Gloria befand sich in einem Zustand tiefster Verwirrung, und wenn sie an die halbe Stunde in Babs' *Grillcenter* zurückdachte, dann empfand sie Scham über das, was sie getan und vor allem gesagt hatte. War das wirklich sie selbst gewesen?

Es fiel ihr schwer, das zuzugeben. Sie hatte sich Ronald . . . Ja, Onkel Henk würde es so ausdrücken: *Sie hatte sich ihm an den Hals geworfen*. Sie verstand nur nicht, warum.

Gloria war sechsundzwanzig und alles andere als häßlich, verklemmt oder spröde; und entgegen bösartigen Gerüchten, die dann und wann in Krailsfelden die Runde machten, lebte sie weder streng nach den zehn Geboten, noch war sie der Meinung, daß der erste Mann, der ihr gefiel, auch der einzige bleiben müßte. Trotzdem benahm sie sich nie auf diese Weise wie vorhin.

Sie verstand sich selbst nicht.

Sie hatte Ronald nicht einmal erkannt, als sie ihn auf der Straße gesehen hatte, sondern ihn einfach angesprochen, wie man einen Fremden anspricht. Erst als er sich zu ihr herumgedreht und sie angesehen hatte, hatte sie erkannt, wer er war.

Und in diesem Moment war etwas mit ihr geschehen. Von dieser Stunde an bis zu dem häßlichen Zwischenfall mit Freddy schien sie irgendwie . . . nicht mehr Herrin ihrer selbst gewesen zu sein. Sie hatte Dinge gesagt, die sie nicht sagen wollte; Dinge, von denen sie eine Viertelstunde zuvor nicht einmal gewußt hatte, daß sie sie *kannte*, und sie schämte sich noch jetzt. Aber es war, als hätte etwas sie gezwungen, Ronalds Bekanntschaft zu machen.

Die Verlockung, es als Liebe auf den ersten Blick zu bezeichnen, war groß, aber das wäre eine Lüge gewesen. Und auch die Ausrede, daß sie nicht gewußt hatte, was sie tat, zog nicht. Etwas in ihr hatte es *gewollt*, und dieses Etwas war eine halbe Stunde lang stärker gewesen als ihre Vernunft. Und sie fragte sich, für wen sie sich eigentlich interessierte: für den gutaussehenden, freundlichen jungen Mann, der ein wenig schüchtern war und einem sofort das Gefühl vermittelte, daß er ein finsteres Geheimnis mit sich herumschleppte, oder einfach für den Fremden, der oben im Internat lebte und ihr vielleicht Informationen liefern konnte, die Onkel Henk ihr vorenthielt.

Gloria schrak vor diesem Gedanken zurück. Aber es gelang ihr nicht, ihn zu vertreiben.

11

Schließlich ging er doch noch in die Küche und briet sich zwei Spiegeleier mit Speck, denn der fast ungenießbare Hamburger hatte nicht nur einen schlechten Nachgeschmack in seinem Mund hinterlassen, sondern auch seinen Hunger erst richtig angeregt. Es ging auf Mitternacht zu, als sich Ronald an den kleinen Küchentisch setzte und zu essen begann, und die Vorstellung, daß er am nächsten Morgen noch vor sechs aufstehen und noch einmal ins Dorf hinuntergehen mußte, damit die Steller ihre Glühbirnen auf dem Pult vorfand, wenn sie kam, erfüllte ihn mit Grausen. Ronald haßte frühes Aufstehen. Sicher, er hätte Frau Steller alles erzählen können, und wahrscheinlich hätte sie ihm sogar geglaubt und Verständnis gehabt. Aus irgendeinem Grund, den er noch immer nicht ganz begriff, war sie sehr um seine Gunst bemüht. Aber trotz allem hätte es sich wie eine Ausrede angehört.

Es gab nur sehr wenige eherne Prinzipien in Ronalds Leben. Aber eines davon war, daß man sich auf ihn verlassen konnte. Sie hatte ihm eine Aufgabe übertragen, und er hatte sie verpatzt. Das Warum spielte gar keine Rolle. Also würde er morgen vor sechs aufstehen, Tholberg aus dem Bett klingeln und einen zweiten Karton Glühbirnen holen.

Und später würde er herausfinden, wem dieses Mofa gehörte.

Hätte er nur ein bißchen schneller geschaltet, hätte er es jetzt bereits gewußt, denn ganz offensichtlich kannte Gloria den Amokfahrer. Er verstand im nachhinein selbst nicht mehr genau, warum er sie nicht gleich danach gefragt hatte. Sei's drum. Es spielte keine Rolle, ob er seine Revanche einen Tag früher oder später bekam.

Er hatte fertig gegessen, schabte die Reste säuberlich in den Treteimer unter der Spüle und öffnete die Tür, um nach einer Plastikschüssel oder irgendeinem anderen Behälter für das schmutzige Geschirr zu suchen. Zu seiner Überraschung befand sich hinter der Kunststoffblende jedoch kein Regal, sondern eine supermoderne Geschirrspülmaschine. Eine nagelneue dazu: Auf den Fächern für Klarspüler und Reiniger klebten noch die Etiketten, und das Metall glänzte, als wäre es noch nie mit Wasser in Berührung gekommen.

Frau Stellers Worte fielen ihm ein: *Wir mußten alles renovieren, nachdem Ihr Vorgänger ausgezogen war.*

Warum eigentlich?

Er verließ die Küche und legte sich ins Bett, ohne sich die Mühe zu machen, Hose oder Hemd auszuziehen.

Seine Augen fielen zu, kaum daß sein Kopf das Kissen berührt hatte, und er spürte, wie der Schlaf nach ihm griff wie eine große, freundliche Hand, und um von etwas Angenehmem zu träumen, dachte er an Gloria, ehe er ganz ins Reich des Unterbewußten hinüberglitt, aber auch an *Sänger, mußte wohl abermals das Bewußtsein verloren haben, denn das nächste, was er mit klarem Verstand wahrnahm, waren Stimmen; leise, gedämpft und wie aus großer Entfernung. Er verstand die Worte nicht, aber sie klangen verzerrt und dumpf, als befände er sich unter Wasser. Ein besorgter Ton durchdrang die Worte, die er nicht identifizierte. Angst. Wovor? Es gab keinen Grund mehr, Angst zu haben. Er hatte sein Versprechen erfüllt. Marias Mörder waren bestraft worden. Was mit ihm geschah, spielte keine Rolle mehr.*

Trotzdem machte er sich daran, seinen Körper zu erforschen. Er hatte diesmal keine Mühe, sich zu erinnern. Sein Bewußtsein war ab- und scheinbar sofort wieder eingeschaltet worden, und die Zeit dazwischen existierte einfach nicht. Er war getroffen worden, mindestens einmal, wahrscheinlich öfter; aber er fühlte kaum Schmerzen. Der dumpfe Druck auf seiner Brust war das Gewicht des toten Leutnants, und die nasse Wärme in seinen Kleidern und auf seiner Haut war ihrer beider Blut. In seiner Brust war ein Loch. Er konnte es fühlen. Seine Ränder waren glatt, wie poliert, und die Wunde durchdrang seinen ganzen Körper. Sie blutete kaum. Sie tat auch kaum weh. Alles, was unterhalb seines Herzens lag, war gefühllos. Vielleicht war er gelähmt. Oder tot. Es spielte keine Rolle. Der Pakt war erfüllt worden, von beiden Seiten.

Allerdings gab es ein paar Fakten, die dagegensprachen, daß er tot war. Er hörte Stimmen, und durch seine geschlossenen Lider drang Licht. Nicht der matte Schein der Fahrzeugbeleuchtung, sondern das grelle Weiß einer Taschenlampe, das sich direkt auf sein Gesicht legte. Dann hörte er einen Schreckenslaut, und zum erstenmal verstand er, was die Stimmen sagten.

»Sänger! O verdammt, das ist Sänger! Komm her, schnell!«

Schritte. Dumpfes Poltern und das Gefühl zu vieler Körper, die sich gleichzeitig in dem winzigen Wagen drängten. Etwas berührte seine Schulter und seinen Kopf, und dann verschwand das tote Gewicht des Leutnants von seinem Schoß. Jemand ergriff seine Hand und versuchte, seine Finger von der leergeschossenen Maschinenpistole zu lösen, aber sie waren noch immer verkrampft und umklammerten Griff und Lauf der Waffe, als wären sie das letzte, was ihn noch am Leben erhielt.

»Er lebt noch. Sei vorsichtig!«

Sein Kopf und sein Oberkörper wurden behutsam angehoben – Unterleib und Beine sicherlich auch, aber die fühlte er nicht mehr – und auf den Boden gelegt. Der Stahl unter seinem Hinterkopf war kalt und hart, und auch das sprach dagegen, daß er tot war, wenn es auch kein Beweis war; schließlich hatte noch niemand mit einem Toten gesprochen und ihn gefragt, was er fühlte.

Wieder Geräusche, die er hätte identifizieren können, aber es erschien der Mühe nicht wert. Eine Hand berührte sein Gesicht, tastete vorsichtig über seinen Hals und näherte sich der Wunde in seiner Brust. Das Reißen von Stoff. Sie versuchten ihn zu verbinden – aber wozu denn, um Himmels willen? Er mußte nicht mehr leben. Er hatte getan, was er sich vorgenommen hatte.

»Halt still, Sänger. Es wird weh tun, aber es muß sein. Beiß die Zähne zusammen.«

Lächerlich – er spürte überhaupt nichts. Sie verbanden die beiden Wunden in seiner Brust und seinem Rücken und brachten die Hälfte des roten Stromes zum Versiegen, die aus seinem Körper herauslief. Die andere Hälfte, die, die ins Innere seines Körpers sickerte, lief weiter. Wie es aussah, mußte er sich wohl damit abfinden, noch am Leben zu sein, wenn auch nicht mehr für lange. Und sein Sterben würde wahrscheinlich nicht sehr angenehm sein. Sänger war Realist. Er war sich darüber im klaren, daß die Schmerzen kommen würden, sobald der Schock nachließ.

Nun, er hatte nicht um einen gnädigen Tod gebeten, oder?

Er öffnete die Augen. Etwas Helles war über ihm. Maria, die vom Luftdruck der Explosion getroffen und zerrissen wurde, dann das Gesicht des jungen Leutnants, aus dessen Hals ein rostiger Speer ragte und das schließlich zu einem anderen Gesicht wurde, unverletzt, aber von einem fast noch größeren Entsetzen gezeichnet.

»Er ist wach«, sagte Berkholt. »Verstehst du mich?«

Der erste Satz hatte jemandem gegolten, der sich hinter ihm als zerfließender Umriß von der Dunkelheit abhob; der zweite Sänger. Er nickte schwach; nicht, weil ihm die Kraft fehlte, sondern weil er keinen Grund mehr sah, Fragen zu beantworten.

»Was ist passiert?« fragte Berkholt. Er schüttelte den Kopf, suchte nach

Worten. Sein Blick glitt über die MP in Sängers Händen. »Was hast du nur gemacht?«

»Sie haben Maria umgebracht«, flüsterte Sänger. Diese Frage mußte er beantworten.

Berkholt seufzte. Er schien etwas sagen zu wollen, überlegte es sich dann aber anders und wandte sich mit einem neuerlichen Kopfschütteln an den Schatten hinter sich, der beim dritten Hinsehen zu Gaibler wurde. Sänger fragte sich, was die beiden hier taten. Sie waren alles andere als seine direkten Nachbarn: Gaibler wohnte fast am anderen Ende der Stadt, und Berkholt . . .

Er hatte vergessen, wo er wohnte. Seine Erinnerungen begannen zu bröckeln. In seinem Kopf waren große, rechteckige, finstere Löcher, wo Stücke seines Lebens gewesen waren. Er konnte spüren, wie sie wuchsen. Die Mauer, auf die sein Leben gemalt worden war, brach zusammen, und dahinter war nur ein riesiges, dunkles Nichts. Er starb. Bald würde er Maria wiedersehen.

»Was ist hier passiert?« fragte Berkholt noch einmal.

»Verdammt, das siehst du doch selbst«, rief Gaibler. »Er hat sie umgebracht! Er hat sie alle drei erschossen!« Zorn verdunkelte sein Gesicht. Sänger verstand diesen Zorn nicht. Wieso war Gaibler wütend auf ihn? Er hatte doch nur sein Wort gehalten, seinen Teil der Abmachung erfüllt.

»Sie haben Maria umgebracht«, murmelte er. »Sie haben sie getötet!«

»Du bist ja wahnsinnig«, entgegnete Gaibler. »Weißt du überhaupt, was du getan hast? Das . . . das waren drei von unseren Soldaten, du Idiot! Du hast unsere eigenen Leute ermordet! Du –«

»Laß ihn in Ruhe, Gaibler«, unterbrach ihn Berkholt. »Du siehst doch, daß er stirbt.«

»Ja.« Gaibler knurrte wie ein gereizter Hund. »Und er ist bestimmt nicht der letzte. Verdammt noch mal, kannst du dir vorstellen, was hier los ist, wenn jemand diese Schweinerei sieht? Die werden die halbe Stadt auseinandernehmen!« Er ballte in hilflosem Zorn die Faust, bewegte sich ein Stück zur Seite und drehte Buchner herum.

»O mein Gott!«

Sein Gesicht verlor jedes bißchen Farbe, als er sah, was die MP-Salve aus dem Gesicht des jungen Soldaten gemacht hatte. Auch Berkholt wandte den Blick und sah sehr schnell wieder weg

»Warum hast du das getan, du Idiot?« stöhnte Gaibler. Seine Stimme bebte, er kämpfte gleichzeitig gegen Brechreiz und Zorn. »Sie . . . sie werden uns alle erschießen. Sie werden die ganze Stadt niederbrennen, du verdammter Idiot!«

»Sie haben Maria umgebracht«, wiederholte Sänger monoton. »Ich mußte es doch tun!«

»Du!« Gaibler hob die Faust, wie um ihn zu schlagen, aber Berkholt hielt ihn zurück.

»Laß ihn«, warnte er noch einmal. »Das nutzt jetzt auch nichts mehr. Wenn wir die Nerven behalten und nicht noch mehr Fehler machen, dann passiert vielleicht gar nichts.«

»Nein«, sagte Gaibler höhnisch. »Außer, daß sie uns alle an die Wand stellen werden, das stimmt. Aber sonst passiert nichts!«

»Nun halt doch endlich mal den Mund und hör mir zu!« fuhr Berkholt ihn an. »Niemand muß erfahren, was wirklich passiert ist!«

»Nein, wieso auch?« Gaibler versetzte dem toten Soldaten zu seinen Füßen einen Tritt. »Wie auch? Wir nehmen uns eine Schaufel und graben den ganzen Wagen so tief ein, daß er nie wieder gefunden wird, wie? Wir –«

»Sie haben Maria umgebracht«, flüsterte Sänger. Wieso verstanden sie denn nicht, was er getan hatte? Es war doch nicht seine Schuld. Er hatte doch nur getan, was er hatte tun müssen!

Berkholt sah ihn eine Sekunde lang auf sonderbare, fast mitfühlende Art an, dann lächelte er traurig und stand auf. »Jetzt hör mir bitte eine Minute lang zu, Gaibler. Wir kommen da raus. Niemandem wird irgend etwas passieren. Wir bringen ihn zurück in sein Haus. Sie werden denken, die Bombe hätte ihn erwischt.«

»Und das hier?« Gaibler deutete auf den durchbohrten Hals des Leutnants.

»Wir verbrennen sie«, erwiderte Berkholt. »Ein paar Handgranaten, und hier drinnen bleibt nichts mehr übrig, was sie identifizieren könnten. Vielleicht...« Sein Blick irrte suchend durch den Wagen und blieb an dem Kistenstapel in der hinteren Hälfte des Laderaums hängen. »Vielleicht finden wir Munition. Oder wir jagen den Treibstoff in die Luft.« Er war nervös. Sein Plan war der eines Kindes, das Krieg spielte, und er wußte es.

»Damit kommen wir nie durch«, murrte Gaibler. »Was willst du ihnen erzählen, wenn sie dich fragen, wie das alles hier passiert ist?«

»Warum sollten sie?« Berkholt deutete mit der Hand nach draußen, und Sängers Blick folgte der Geste. Er sah, daß es wieder zu regnen begonnen hatte. Die Flammen, die sein Haus verzehrten, waren fast erloschen. »Sie werden keine Spuren finden, sondern nur einen ausgebrannten Panzerwagen. Und die drei hier können ihnen nicht mehr sagen, was los war.« Seine Stimme wurde beschwörend. »Wir sind die einzigen, die wirklich wissen, was passiert ist, Gaibler. Keiner wird die Wahrheit erfahren. Aber wir müssen uns beeilen.«

Gaibler war ganz und gar nicht überzeugt. Aber Berkholts Plan, so naiv er war, war das einzige, was sie hatten. Vielleicht das einzige, was noch zwischen ihnen und einem Erschießungskommando der SS stand.

»Schau nach, was in den Kisten ist«, sagte Berkholt. »Vielleicht finden wir ein paar Granaten, oder Sprengstoff. Ich kümmere mich um Sänger.«

Ohne sich noch weiter um das zu scheren, was Gaibler tat, kniete er neben

Sänger nieder, blickte ihm einen Moment sehr ernst in die Augen und lächelte dann. Es wirkte beinahe echt. »Hast du alles verstanden?«

Sänger nickte. Nichts von alldem, was Berkholt und Gaibler gesagt hatten, ergab Sinn. Niemandem würde etwas passieren. Sie würden wissen, warum er es getan hatte, und ihn verstehen. Es war nur gerecht gewesen. Aber er war zu müde, um ihnen das alles zu erklären.

»Wir bringen dich zurück in dein Haus. Ich... ich will dich nicht belügen, Sänger. Ich glaube nicht, daß du das überlebst. Aber wenn doch, dann mußt du bei dieser Geschichte bleiben, hast du das verstanden? Du bist von der Bombe verletzt worden, und wir haben dich in den Trümmern gefunden. Von dem, was hier passiert ist, weißt du nichts, ist das klar? Du weißt nicht mal, daß der Wagen da war.«

»Berkholt!«

Berkholt sah auf und blickte kurz zu Gaibler hinüber, der über die Leichen der beiden Soldaten hinweggeklettert war und die Plane von dem Kistenstapel gezogen hatte. Dann wandte er sich wieder an Sänger: »Hast du mich verstanden, Sänger? Es ist wichtig! Unser Leben kann davon abhängen. Wenn herauskommt, was du getan hast, dann –«

»Berkholt, verdammt noch mal, komm her!« Gaiblers Stimme klang schrill, fast hysterisch. »Schau dir das an! Großer Gott, schau dir das an!«

Berkholt richtete sich widerwillig auf und ging zu Gaibler. Etwas knirschte. Berkholt atmete scharf und überrascht ein, und Sänger hörte die Geräusche, als sie sich gemeinsam daranmachten, eine der Kisten aufzubrechen.

»Aber das ist doch unmöglich«, flüsterte Berkholt. »Das ist...«

»Gold.« Gaiblers Stimme klang belegt. »Mein Gott, Berkholt, das... das ist Gold. Reines Gold!«

»Aber wieso –?«

Berkholt kam zurück und beugte sich über ihn. »Hast du das gewußt?«

»Was?« murmelte Sänger. Alles drehte sich um ihn. Ein dünner, scharfer Schmerz erwachte in seiner Brust: Hallo, da bin ich. Hast du mich vermißt? Keine Angst, ich komme. Bin schon da. Und ich bringe eine Menge Brüder und Schwestern mit.

»Weißt du, was in den Kisten ist?« Mehr Nägel, die quietschend aus dem Holz gezogen wurden. Gaiblers Atem wurde schwer: Mein Gott, mein Gott!

»Hast du gewußt, was in den Kisten ist, Sänger?« Berkholt hob die Hände wie zu einem Gebet. Sein Gesicht war noch immer bleich, aber es war eine völlig andere Blässe als vorhin. »Es ist Gold, Sänger! Der... der ganze Wagen ist voller Gold!«

Gold? O ja, sicher: ihr Lohn. Das Kopfgeld, das sie für Marias Ermor-

dung bekommen hatten. Er war ein bißchen überrascht – nicht über die Tatsache an sich, sondern über die Höhe der Summe. Aber sie hatten nicht viel davon gehabt, und das beruhigte ihn wieder. Er lächelte zufrieden, hustete Blut und ließ den Kopf zur Seite sinken. Der Schmerz in seiner Brust wurde schlimmer, aber sein Unterleib und seine Beine waren noch immer gefühllos.

Berkholt entfernte sich wieder, und für eine ganze Weile verwischten sich Sängers Sinneseindrücke. Er verlor nicht wieder das Bewußtsein, aber alles wurde unwichtig, und Wirklichkeit und Traum begannen sich zu vermengen. Sie hatten also Gold bekommen dafür, daß sie Maria umgebracht hatten. Viel Gold. Wahrscheinlich hatten sie auch ihn töten sollen – das war die Erklärung, warum es so viel war. Aber er hatte sie überlistet. Er und seine Eisenstange. Sie hatten nicht damit gerechnet, daß er ihnen entgegengehen würde, und ihn nicht erkannt.

»Hier auch!« Gaiblers Stimme war nur noch Krächzen. »In allen fünf Kisten. Sie sind alle voller Gold, Berkholt!«

Wieder verwehten die Stimmen, bekamen jenen dumpfen Unterwasserton, der eine neue Bewußtlosigkeit, vielleicht den Tod, ankündigte. Aber dann geschah etwas: Sänger fühlte, wie sich irgendwo in ihm neue, bisher unentdeckte Kraftreserven regten und sich gegen den Sog stemmten, der ihn in den schwarzen Schlund hinabziehen wollte, und er tauchte noch einmal an die Oberfläche der Wirklichkeit zurück. Mit schon fast unnatürlicher Klarheit hörte er Gaibler sagen: »Und wenn wir es behalten?«

»Du bist ja verrückt. Das sind –«

»Es sind fünfzig Barren.« Sänger öffnete die Augen und sah zu Gaibler hinüber. Berkholt und er hockten vor dem Kistenstapel. Die Plane war zu einem unordentlichen Haufen zu ihren Füßen zusammengeknüllt, und Gaibler hatte das Gewehr des toten Steiner genommen, um die Kisten damit aufzubrechen. Etwas Gelbes, Schimmerndes lag darin.

»In jeder Kiste sind zehn Barren«, bestätigte Gaibler. »Fünf Kisten.« Er fuhr sich nervös mit der Zungenspitze über die Lippen und sah abwechselnd ihn und Berkholt an. Seine Hände machten kleine, hektische Bewegungen. »Ziemlich schwer, aber wenn jeder von uns zwei schafft, müssen wir ein dutzendmal gehen.«

»Das schaffen wir nie«, entgegnete Berkholt. »Was glaubst du, wie lange es dauert, bis die ganze Gegend hier von Soldaten wimmelt?« Er deutete erregt auf die beiden aufgebrochenen Kisten. »Die haben das Zeug doch nicht spazierengefahren, sondern –«

»Sondern es gestohlen«, unterbrach ihn Gaibler.

Berkholt blinzelte. »Wie ... kommst du darauf?«

»Weil ich zwei und zwei zusammenzählen kann. Das müssen Millionen sein. Ich hab keine Ahnung, wie viele, aber drei oder vier Millionen ist es

bestimmt wert, wenn nicht mehr. Glaubst du wirklich, das laden die in einen stinknormalen Panzerspähwagen und lassen es von drei einfachen Soldaten bewachen, wie?«

»Warum nicht?« murmelte Berkholt verwirrt. »Wenn nicht, wie... wie kommt es dann hierher?«

Gaibler lachte leise. »Soll ich dir sagen, wie ich die Sache sehe?« Er gestikulierte wild. »Das, was die Tommys da angegriffen haben, war kein normaler Zug, sondern ein Goldtransport. Wahrscheinlich haben sie es nicht mal gewußt. Die müssen versucht haben, das Zeug klammheimlich wegzuschaffen. Und als sie dann angegriffen wurden, da haben die drei hier ihre Chance erkannt und sich abgesetzt, zusammen mit ihrer Ladung.« Er bewegte sich nervös, verlor in der Hocke die Balance und hielt sich am Rand einer der Goldkisten fest. »So muß es gewesen sein. Sie haben es einfach riskiert –«

»Und jetzt sind sie tot«, unterbrach ihn Berkholt. »Und das werden wir auch sein, wenn wir das Zeug nur anrühren.« Er machte eine entschiedene Handbewegung. »Wir stecken hier alles in Brand und lassen die Finger davon. Basta. Niemand wird Verdacht schöpfen, wenn wir das Gold nicht anrühren.«

»Wer ist jetzt der Verrückte?« fauchte Gaibler. Zorn und noch etwas Schlimmeres traten in seinen Blick. »Verdammt, hier liegen fünf oder sogar zehn Millionen in Gold, und du willst, daß wir es verbrennen?« Er schrie fast, aber Berkholt schüttelte erneut und noch entschlossener den Kopf.

»Wir hätten keine Chance«, sagte er. »Selbst wenn wir es wegschaffen könnten, würden sie es finden. Du kannst das Zeug hinter deinem Ofen verstecken. Es muß eine halbe Tonne wiegen!«

»Dann holen wir den Wagen«, beharrte Gaibler. »Der Regen wird die Spuren verwischen. Und ich kenne ein Versteck, in dem es niemand findet! Wir... wir lassen es liegen, bis der Krieg vorbei ist. Keiner wird irgend etwas merken, Berkholt!«

»Der Wagen ist nicht da«, meinte Berkholt stur. »Spellig hat ihn genommen und ist weggefahren. Und selbst wenn wir ihn hätten, würde er in diesem Dreck hier einfach steckenbleiben.«

Spellig. Irgend etwas war mit Spellig. Sie hatten danach gefragt, um... Sängers Gedanken begannen sich wieder zu verwirren. Er war müde, entsetzlich müde. Er schloß die Augen.

Berkholt und Gaibler fuhren fort, sich zu streiten. Sänger verstand nur noch Bruchstücke ihres Gesprächs, aber was er hörte, ließ ihn auf einer tiefen Ebene seines Bewußtseins schaudern.

Und vielleicht rettete es ihm das Leben, denn da war etwas, was er ihnen sagen mußte, etwas Wichtiges, was nur noch an den richtigen Platz gesetzt werden mußte, damit es Sinn bekam. Spellig. Es hatte irgend etwas mit Spellig zu tun.

»Nein!« rief Berkholt plötzlich. »Ich bringe jetzt Sänger hier raus, und dann jagen wir die Kiste in die Luft. Und du –«

Ein helles, reißendes Klacken. Sänger war zu müde, um die Augen zu öffnen, aber seine Phantasie reichte durchaus, die Bilder zu ergänzen, die zu den Geräuschen gehörten: Gaibler hatte Steiners Gewehr gehoben und durchgeladen.

»Das tust du nicht.«

»Bist du sicher?«

»Du ... du hast keine Chance, das Zeug allein wegzuschaffen.«

»Nein«, erwiderte Gaibler. Seine Stimme bebte, aber sie klang auch auf furchtbare Weise entschlossen. »Wahrscheinlich nicht. Nicht alles. Aber ich kann nehmen, soviel ich tragen kann, und damit verschwinden. Für mich allein reicht es.«

»Du bist ja verrückt!«

»Bin ich das? Warum? Weil ich die große Chance meines Lebens ergreife? Weil ich nicht zusehe, wie sie dieses Gold nehmen und dafür Waffen kaufen, um noch mehr Menschen umzubringen?« Argumente, die keine waren, dachte Sänger. Gaibler war der Krieg ebenso gleichgültig wie Berkholt oder ihm. Aber es war ein Alibi, eine Gewissensberuhigung.

»Sei vernünftig, Berkholt! Wir können es schaffen! Wenn die drei hier es geschafft haben, dann schaffen wir es auch. Wir bringen das Zeug weg, und niemand wird je erfahren, daß wir überhaupt hier waren!«

Er wartete auf die Geräusche eines Kampfes, aber sie kamen nicht. Statt dessen weitere Worte, die jetzt jeden Sinn verloren. Schließlich rüttelte eine Hand an seiner Schulter. Er hätte sie weggeschoben, hätte er die Kraft dazu gehabt, aber so öffnete er widerwillig die Augen und blickte in Berkholts Gesicht.

»Wir ... haben nachgedacht«, sagte der zögernd. Gaibler stand hinter ihm, jetzt wieder nur ein Schatten. Aber er hielt das Gewehr noch in den Händen, und sein Lauf war auf Berkholt gerichtet. »Sänger, es tut mir leid, aber –«

Und in diesem Moment begriff er. Das Gewehr in Gaiblers Händen galt nicht Berkholt. Sie konnten sich nicht mit einem halbtoten Mann belasten, der im Fieber redete und ohnehin halb verrückt war. Sie mußten ihn töten.

Aber er wollte plötzlich nicht mehr sterben. Etwas war geschehen, während er ihnen zugehört hatte. Es machte das letzte Teil des Puzzles, und er begriff, daß – wenn sie es zusammensetzten und wenn ihnen Zeit genug blieb und wenn er überlebte – ihnen die Zukunft gehören würde. Er wollte nicht mehr sterben.

»Ich glaube, sie hatten einen Plan«, sagte er mühsam. Das Sprechen fiel ihm schwer, und es entfachte den dünnen Schmerz in seiner Brust zu rasender Wut. Aber es war alles, was noch zwischen ihm und Gaiblers Gewehrkolben stand.

»Was?« Berkholt tauschte einen irritierten Blick mit Gaibler.

»Die... die drei.« Sänger schluckte Blut und bittere Galle hinunter und versuchte sich aufzusetzen. Es ging nicht. Berkholt beugte sich vor und half ihm, den Oberkörper gegen den Beifahrersitz zu lehnen. Die Wunde in seinem Rücken brach wieder auf, aber sie blutete jetzt nicht mehr sehr stark. Er wollte leben, und er würde leben.

»Die drei Soldaten.« Er deutete mit einer Kopfbewegung auf Buchners halbiertes Gesicht. »Sie sind nicht zufällig hiergewesen.«

Gaibler ließ sich neben Berkholt in die Hocke sinken und legte das Gewehr neben sich ab. Ein angespannter Ausdruck erschien auf seinen Zügen. »Was soll das heißen?«

»Ihr wollt es behalten, nicht?« Sänger hustete qualvoll. Aber das Sprechen fiel ihm jetzt leichter. Nachdem er den Pakt einmal gebrochen hatte, zog sich der Tod zurück. Er begriff, daß er verletzt war, schwer verletzt, aber keineswegs tödlich.

»Ihr... du willst mich umbringen, Gaibler. Du glaubst, du mußt das tun. Aber du brauchst es nicht. Ich... ich halte das durch. Und ich kann euch helfen. Niemand wird... wird etwas rauskriegen. Ich kann dir sagen, wie.«

Gaibler blickte ihn mit schräggehaltenem Kopf an. Sein Blick wurde lauernd. Sänger redete um sein Leben, und natürlich wußte er es.

»Berkholt hat recht, Gaibler. Ihr kommt nie damit durch, das Gold einfach verschwinden zu lassen. Ihr braucht einen Plan.«

»Und du hast einen?«

»Sie hatten einen.« Er deutete auf Buchner. »Bin ich dabei?«

»Wenn du es überlebst«, sagte Gaibler kalt.

Das reichte. Er würde es überstehen. Irgendwie. »Sie... wollten hierher, versteht ihr? Sie sind nicht einfach nur abgehauen. Die müssen von Anfang an vorgehabt haben, mit dem Gold zu verschwinden, und ich glaube, sie hatten einen Verbündeten. Sie haben mich gefragt, ob... ob das hier Krailsfelden ist. Und sie haben nach Spellig gefragt.«

»Spellig?« Berkholts Blick glitt verwirrt zu Gaibler. Er verstand nicht.

Dafür begriff Gaibler anscheinend um so besser, was Sänger meinte. Auf seinem Gesicht erschien ein Ausdruck jähen Begreifens. »Spellig hat den einzigen Lustwagen in der Stadt. Und er ist seit einer Stunde verschwunden.«

»Und?« fragte Berkholt. »Worauf wollt ihr hinaus? Jeder hat gemacht, daß er wegkam, als die Bomben gefallen sind.«

»Spellig ist vorher verschwunden«, erwiderte Gaibler grimmig. »Begreifst du immer noch nicht? Ich schätze, daß er jetzt irgendwo in einem Waldweg steht und auf genau diesen Wagen wartet. Die haben das die ganze Zeit über geplant!« Plötzlich war er sehr aufgeregt. »Sänger hat recht! Verdammt, so könnte es klappen. Einen Bleistift. Gib mir was zum Schreiben, schnell!«

Berkholt starrte ihn weiter verständnislos an, und Gaibler beugte sich kurzerhand über Buchners Leiche und begann seine Taschen zu durchwühlen. Nach kurzer Zeit hatte er gefunden, wonach er suchte: eine kleine, schweinslederne Brieftasche, in der sich außer den Ausweispapieren des toten Soldaten ein Notizbuch und ein Bleistiftstummel befanden.

»Sänger, du bist ein Genie«, sagte er. »Wir kommen durch. Wir schaffen es.« Mit fliegenden Fingern blätterte er in dem Notizbuch, fand eine leere Seite und leckte an der Spitze des Bleistifts. »Spellig hat doch einen Telefonanschluß, nicht wahr? Kennst du die Nummer?«

Berkholt nannte sie ihm, und Sänger sah teilnahmslos zu, wie Gaibler die vierstellige Ziffernkolonne und die Buchstaben »SP« in das Buch kritzelte. Darunter schrieb er: »Acht Uhr abends.«

»Was tust du da?« fragte Berkholt, der immer noch nicht verstand. Wahrscheinlich wollte er es auch nicht, dachte Sänger. Gaibler brachte gerade Spellig um, mit zwei Buchstaben und einer Zahlenkolonne.

Er antwortete auch nicht auf die Frage, sondern klappte das Buch zu und legte es in die Brieftasche zurück, die er sorgsam wieder in Buchners Uniformjacke schob. Dann richtete er sich mit einem triumphierenden Seufzen auf. »So«, meinte er. »Das reicht. Nicht übertreiben.« Er überlegte einen Moment angestrengt und machte dann eine herrische Geste in Berkholts Richtung. »Ich laufe zurück und hole den Wagen. Ich werde ein paarmal fahren müssen, aber irgendwie wird es schon gehen. Du kümmerst dich um Sänger. Bring ihn ins Pfarrheim. Und danach gehst du an Spelligs Haus vorbei und siehst nach, ob seine Frau da ist. Wenn ja, schaff sie weg. Es ist mir gleich, wie, aber du lockst sie irgendwie aus dem Haus, ist das klar?«

Berkholt nickte verstört. »Aber wieso? Ich meine, wenn er wirklich mit ihnen –«

»Tu es einfach«, unterbrach ihn Gaibler aufgeregt. »Tu es.«

Berkholt zögerte noch eine weitere Sekunde, dann nickte er in seiner schwerfälligen Art.

Und Sänger verlor endgültig das Bewußtsein.

Für sehr, sehr lange Zeit.

III.

Ricky

1

Während der nächsten vierzehn Tage geschah gar nichts – das heißt, es geschah eine ganze Menge, nur schien es, daß nichts davon von größerer Bedeutung war, weil es noch niemanden gab, der die einzelnen Teile des Puzzles hätte zusammensetzen können.

Die Dinge ereigneten sich auf verschiedenen Ebenen und an verschiedenen Schauplätzen: Glorias Streit mit Onkel Henk eskalierte allmählich auf eine fast absurde Art: Sie waren netter denn je zueinander, während unter der Oberfläche der Groll weiterbrodelte. Gloria traf Ronald nicht wieder, was daran lag, daß er in dieser Zeit das Internat nicht ein einziges Mal verließ; sie dachte aber oft an ihn.

Werner und seine Bande bemühten sich nach Kräften, so etwas wie Musterschüler zu sein – nur daß ihre Kräfte dazu nicht ausreichten. Aber immerhin nahmen die unliebsamen Zwischenfälle in ihrem Dunstkreis in diesen beiden Wochen ab, so sehr, daß es schon auffiel und die wildesten Gerüchte die Runde machten.

Ricky wurde noch schweigsamer und stiller. Er verließ sein Zimmer nur noch, wenn er es mußte, und benahm sich auch sonst höchst sonderbar: Ronalds mehrmalige Versuche, mit ihm zu sprechen, scheiterten ausnahmslos, und als Frau Steller einmal in seiner Abwesenheit ihren Hauptschlüssel benutzte und sein Zimmer inspizierte, stellte sie gleich zwei alarmierende Tatsachen fest: Unter Rickys Bett lag ein fertig gepackter Rucksack mit allem, was ein dreizehnjähriger Junge zu benötigen glaubt, der eine Flucht plant. Und vor die Türen der beiden großen Wandschränke waren Stühle geschoben worden, um die Klinken zu blockieren, als hätte er Angst, sie könnten sich öffnen...

Pfarrer Vanderbilt rief mehrmals im Internat an und versuchte, Zombeck zu sprechen. Meist ließ der sich verleugnen, aber einmal machte seine Sekretärin einen Fehler und stellte den Anruf durch. Sie hörte nicht, was gesprochen wurde, aber später, nach dem großen Feuer und allem anderen, sollte sie aussagen, daß er wie ein wütender Stier herumgebrüllt hatte, als er herausgestürmt kam. Und: *Er hat ausgesehen, als wäre er einem Gespenst begegnet!*

Die Gerüchte um Zimmer sieben erreichten nie gekannte Ausmaße. Zwei Mitglieder des Inneren Zirkels – Stefanie und der neunjährige Wolfgang – betraten das Zimmer nie wieder, was nichts daran änderte, daß das Zimmer sich *ihrer* erinnerte und sie holte, als es soweit war. Und auch die anderen waren für ein paar Tage sehr nervös. Oder hatten sie Angst?

Und Ronald...

2

. . . fand das Mofa.

Es war nicht einmal besonders gut versteckt. In den letzten beiden Wochen, in deren Verlauf er sehr viel Zeit damit verbracht hatte, das Innere des festungsähnlichen Bauwerks zu erkunden, mußte er mindestens dreimal daran vorübergelaufen sein, ohne es zu sehen. Dabei war das Versteck so schlecht, daß er mit ein wenig Nachdenken eigentlich von selbst hätte daraufkommen müssen.

Das Kloster stammte aus dem sechzehnten oder siebzehnten Jahrhundert (so genau wußte das niemand mehr) und war, wie damals üblich, nahezu unbezwingbar angelegt. Es gab keine Türme und Wehrgänge, auch keinen Burgfried. Aber die Außenmauern waren glatt und hoch, so gut wie unüberwindbar und etwa einen Meter dick, an manchen Stellen sogar dicker. Es gab eine Anzahl kleinerer Gebäude, die sich von außen an die brüchigen Sandsteinmauern lehnten, aber sie waren allesamt nachträglich angebaut, und die meisten davon nicht besonders sorgfältig.

Eines – das größte – diente als Garage, in dem sich ein Dutzend mehr oder weniger schäbiger Autos verbargen (manche davon machten den Eindruck, als wären sie seit Jahren nicht mehr bewegt worden), und in einem lieblos daneben gebauten Schuppen rosteten ein paar landwirtschaftliche Maschinen vor sich hin: eine uralte Egge mit Eisenrädern, ein Mähdrescher in Kleinformat, zwei große, grüngestrichene Traktorenanhänger mit großen Ballonreifen, die allesamt platt waren, und eine ganze Anzahl anderer Geräte und Maschinen, die eher auf einen Bauernhof gepaßt hätten als hierher. Steller hatte ihm auf seine diesbezügliche Frage hin erklärt, daß sich das Internat in den Jahren nach seiner Gründung – unmittelbar nach dem Krieg also – zum größten Teil selbst versorgt hätte. Später war das Ackerland dann verkauft worden, um für das ehrgeizige Projekt »Industriegebiet Krailsfelden-Nord« Platz zu schaffen.

Das Ergebnis war bekannt: Die Beton- und Stahlhallen, die Krailsfelden aus dem achtzehnten Jahrhundert in die Neuzeit hätten katapultieren sollen, gammelten jetzt ebenso vor sich hin wie der Inhalt des Schuppens.

Das Mofa stand unter einer Plane zwischen dem Mähdrescher und dem ausgeschlachteten Gerippe eines Traktors, und Ronald fand es wirklich nur durch Zufall.

Vor ein paar Tagen war (wieder einmal) der Strom ausgefallen, und Zombeck hatte ihn gebeten, sich doch einmal das Notstromaggregat anzusehen, das in einem der zahllosen Keller des Internats stand und schon seit Jahren nicht mehr funktionierte.

Ronald verstand sich ein wenig auf den Umgang mit Motoren, und der alte Diesel hatte sich ausnahmsweise als *angenehme* Überraschung entpuppt: Nachdem Ronald ihn auseinandergenommen und die einzelnen Teile in einem Benzinbad gereinigt hatte, erwies er sich als beinahe funktionstüchtige Maschine. Mit ein wenig Arbeit und zwei, drei Ersatzteilen, die er mit etwas Glück aus der Schrottsammlung im Schuppen auftreiben konnte, würde er bald wieder laufen und wenigstens dafür sorgen, daß die regelmäßigen Stromausfälle das Leben im Internat nicht völlig paralysierten. Bewaffnet mit einem großen Werkzeugkoffer, einem Paar schwerer Arbeitshandschuhe und einem Kunststoffeimer mit Waschbenzin machte Ronald sich an die Arbeit.

Er wurde schnell fündig. Besonders der kleine Mähdrescher erwies sich als wahre Fundgrube: Er enthielt so ziemlich alles, was Ronald brauchte, um das Internat vor weiteren Attacken stygischer Finsternis zu beschützen. Sein Eimer füllte sich rasch, und er brauchte kaum eine Stunde, um die benötigten Teile zu finden: ein paar Schrauben, ein Stück Panzerschlauch, einige Dichtungsringe, die zwar nicht ganz paßten, aber zurechtgeschnitten werden konnten, und ein mindestens zwanzig Jahre altes, aber unbenutztes Kugellager.

Ronald war gerade dabei, es auszubauen, als er Schritte hörte, und fast im gleichen Augenblick das Knarren der großen Lattentür. Ein wenig verärgert und darauf gefaßt, Zombeck oder die Steller zu sehen, die wieder einmal irgend etwas *furchtbar Wichtiges* für ihn zu tun hatten (wie einen Karton Glühbirnen aus dem Dorf zu holen, zum Beispiel), senkte er seinen Schraubenschlüssel und drehte sich in der Hocke herum, wobei er sich sehr vorsichtig bewegte, um nicht die Balance zu verlieren und sich selbst an einem der zahllosen Eisenstacheln der Maschine aufzuspießen, auf der er hockte wie ein Reiter auf einem apokalyptischen Eisenpferd.

Und sah Werner.

Er erkannte ihn sofort, obwohl der Junge direkt in der Tür stand und das harte Novemberlicht draußen seine Gestalt zu einem tiefenlosen Schatten ohne Gesicht machte. Aber Werner stand da wie ein schwarzer Schemen aus einem Alptraum: eine hochgewachsene, düstere Kontur, wie mit einem Messer aus dem Tag herausgeschnitten. Reglos blieb er unter der Tür stehen, und obwohl Ronald in gut anderthalb Metern Höhe auf dem Mähdrescher hockte und auf ihn herabsah, hatte er das verrückte Gefühl, zu ihm aufblicken zu müssen. Für einen kurzen Moment wurde Werner zu einem finsteren Herrscher, der auf seinem Feldherrnhügel stand und auf seine Armee herabblickte, eingehüllt in einen Mantel aus Düsternis und Bosheit, die er verströmte wie einen üblen Gestank.

Dann bewegte sich Werner, und Ronald begriff gerade noch rechtzeitig, daß er ihn in der nächsten Sekunde sehen mußte, sobald er den Schuppen ganz betreten hatte und sich seine Augen an das schwache Dämmerlicht hier drinnen gewöhnten. Rasch, aber sehr vorsichtig, schon aus Angst, sich an einer der zahllosen Schneiden und Klingen zu verletzen, stieg er von der Maschine herunter und trat in den Schatten des Traktorwracks, von dem unbegründeten, aber sicheren Wissen gelenkt, daß er etwas sehr Interessantes erleben würde, wenn er sich Werner nicht zeigte.

Als Werner in das Halbdunkel des Schuppens trat, sah Ronald, daß er wieder seine übliche »Uniform« trug: grünbraun gefleckte Hosen, wadenhohe Motorradstiefel mit nachträglich angebrachten Eisenspitzen und -absätzen und einen schmuddeligen, vielfach geflickten Bundeswehrparka, auf dessen Ärmel und Brustteil Dutzende von Aufnähern prangten, der *Union-Jack*, das Sternenbanner, die Signets verschiedener deutscher, amerikanischer und englischer Armee-Einheiten, ein springender Panther mit gebleckten Fängen, ein Totenkopf mit dem Schriftzug der *Hell's Angels* und noch eine ganze Anzahl anderer Geschmacklosigkeiten. Der Reißverschluß des Parka war nur zur Hälfte hochgezogen, trotz der grimmigen Kälte, die draußen herrschte, so daß Ronald erkennen konnte, daß Werner darunter nur ein olivgrünes Unterhemd trug. Und ein dünnes Kettchen, an dem ein Eisernes Kreuz baumelte.

Ronald war nicht einmal besonders überrascht. Er hatte Werner eigentlich schon an jenem Abend vor vierzehn Tagen erkannt, als der ihn um ein Haar über den Haufen gefahren hätte: Etwas in seinem Kopf hatte *Klick* gemacht, nur war er noch nicht in der Lage gewesen, diese Erkenntnis zu greifen. Aber er war nicht überrascht – im Gegenteil.

Er wich ein Stück weiter in den Schatten des Traktors zurück, als er sah, daß Werner direkt auf sein Versteck zusteuerte, bis er sicher war, nicht gesehen zu werden. Er hatte keine Angst vor einer Konfrontation mit Werner; in den letzten beiden Wochen waren sie sich zwangsläufig mehr als einmal über den Weg gelaufen, und ihre Blicke hatten jedesmal dasselbe stumme Duell ausgefochten. Die endgültige Entscheidung zwischen ihnen war nur aufgeschoben, nicht ausgesetzt.

Aber er hatte Angst vor den Konsequenzen, die sich daraus ergeben mochten. Trotz seiner gerade erst dreizehn Jahre war Werner kein

Gegner, den er einfach übers Knie legen und kräftig durchprügeln konnte wie ein dummes Kind. Ronald hatte Zeit und Gelegenheit genug gehabt, sich über Werner zu informieren und sich ein Bild von ihm zu machen. Und es gefiel ihm nicht. Werner war nicht einfach nur ein aufsässiger Junge. Er war gefährlich, und er war zweifellos verrückt. Aber nicht dumm. Er würde Ort und Umstand des *Showdown* zwischen ihnen beiden sorgfältig wählen, und er würde mit Sicherheit dafür sorgen, daß die Chancen nicht besonders fair verteilt waren.

Werner ging bis zur Mitte des Schuppens und blieb plötzlich stehen. Er runzelte die Stirn, als sein Blick auf den Plastikeimer fiel, in dem Ronalds Ersatzteile in einer Benzinlösung schwammen. Aber er schien seiner Entdeckung keine besondere Bedeutung beizumessen, denn er zuckte nur mit den Schultern und ging weiter.

Direkt auf Ronald zu.

Erst im allerletzten Moment bog Werner im rechten Winkel von seinem Kurs ab und beugte sich über etwas, das unter einer schmuddeligen Plane auf der anderen Seite des Mähdreschers stand, und Ronald wußte, was darunter zum Vorschein kommen würde, noch ehe er sie mit einem Ruck wegriß. Es war das Mofa. Der Chrom des hochgezogenen Lenkers blitzte wie ein stählernes Hirschgeweih durch das Halbdunkel, als Werner die Plane zur Seite schleuerte.

Gut, dachte Ronald grimmig. *Wenn du das nächste Mal herkommst, um dein Spielzeug zu holen, wirst du eine Überraschung erleben, mein Freund.*

Werner beugte sich vor und verschwand für zwei oder drei Sekunden aus Ronalds Blickfeld. Als er sich wieder aufrichtete, verbarg ein zerschrammter Wehrmachtshelm sein kurzgeschnittenes Haar. Umständlich kletterte er auf das Mofa, kickte es vom Ständer und hob das rechte Bein, um es anzutreten.

»Werner? Bist du hier?«

Ronald und Werner sahen gleichzeitig auf. In der Tür war eine zweite, etwas schlankere Gestalt erschienen, die, wie Werner zuvor, einen Moment stehenblieb und sich suchend umsah. Dann entdeckte sie ihn und stürmte mit weit ausgreifenden Schritten auf ihn zu.

Werner hievte das Mofa ärgerlich wieder auf den Ständer, schob seinen Helm mit der Fingerspitze in den Nacken und stemmte herausfordernd die Fäuste in die Seiten. »Was suchst du denn hier?«

»Dich«, antwortete Martin. Ronald erkannte ihn jetzt und sah auch, daß er verschwitzt war und sein Atem schnell und stoßweise ging. Er mußte gerannt sein. »Zombie sucht dich überall. Wenn ich du wäre, würde ich lieber zu ihm gehen, ehe er dich findet.«

»Zombeck?« Werner zog eine Grimasse. »Was will der denn schon wieder?«

»Albert hat ihm gesagt, daß du heute nicht in der Turnstunde warst«, erwiderte Martin. Keuchend blieb er neben Werner stehen, wischte sich mit dem Handrücken über das Gesicht und sagte noch einmal: »Geh lieber hin und laß dir eine Ausrede einfallen.«

»Ich denk ja gar nicht dran«, sagte Werner abfällig. »Wenn er was von mir will, soll er doch zu mir kommen. Oder sich bei meinem Alten beschweren.« Er schob seinen Helm wieder nach vorne und kletterte zum zweitenmal auf sein Fahrzeug.

»Wo willst du hin?« fragte Martin.

»Was geht dich das an?« schnappte Werner, fügte aber trotzdem nach einer kleinen Kunstpause hinzu: »Nur mal ins Dorf. Ein paar Runden drehen.«

»Zombie hat dir doch verboten, mit dem Ding zu fahren.«

»Zombie! Zombie!« Werner ballte wütend die Faust und ließ sie auf den Lenker knallen. »Scheiße, was geht dich denn an, was Zombeck mir verbietet? Ich werd mit ihm schon fertig.«

»Da wäre ich nicht so sicher«, entgegnete Martin. »Du hättest ihn gerade erleben sollen. Er ist ins Zimmer gekommen und hat getobt wie ein Wahnsinniger, als du nicht da warst. Ich hab keine Ahnung, was Albert ihm erzählt hat, aber er war auf hundertachtzig, und – he, was ist denn das?«

Martins ausgestreckter Arm wies auf den Benzineimer, den er auf dem Weg hierher fast umgerannt hatte, ohne ihn überhaupt zu bemerken.

Werner zuckte mit den Schultern. »Keine Ahnung. Das Ding stand schon da, als ich kam. Warum?«

Statt zu antworten, ließ sich Martin neben dem Eimer in die Hocke sinken und blickte aus eng zusammengekniffenen Augen hinein. Er schnüffelte hörbar.

»Benzin.«

»Benzin?« Werner kletterte wiederum von seinem Mofa und trat mit zwei schnellen Schritten neben seinen Freund.

»Benzin«, bestätigte Martin. Er zog das Stück Panzerschlauch aus dem Eimer, das Ronald ausgebaut hatte, und hielt es in die Höhe. Einen Moment lang betrachtete er es interessiert und sehr ernst, dann ließ er es fallen – das Benzin spritzte hoch, und Werner sprang mit einem Fluch auf die Füße – und trat an die Maschine. »Da hat einer dran rumgeschraubt«, sagte er.

»Bist du sicher?« fragte Werner.

»Völlig. Und es würde mich nicht mal wundern, wenn er noch hier ist.«

Ronald seufzte lautlos. Schade, dachte er, daß es kein Naturgesetz gab, nach dem Idioten auch nur idiotische Freunde haben konnten. Aber vielleicht war Angriff in diesem Fall die beste Verteidigung.

»Komm raus, du Arsch!« rief Werner mit erhobener, schriller Stimme. »Wo immer du dich versteckst!«

Ronald tat ihm den Gefallen. Möglicherweise hätte er sich auch jetzt noch weiter verstecken und sogar ungesehen den Schuppen verlassen können; groß und dunkel genug war er. Aber zum einen würden die beiden sehr schnell zwei und zwei zusammenzählen und herausbekommen, wer hiergewesen war, und zum anderen: Wer war er, sich vor zwei Rotzbengeln zu verstecken? Mit dem freundlichsten Lächeln, das er zustande brachte, trat er aus seinem Versteck heraus und auf Werner und Martin zu.

»Hallo, Werner.«

Werners Augen weiteten sich, als er ihn erkannte. Dann blitzte Zorn in seinem Blick auf. Martin biß sich erschrocken auf die Lippen und wich einen halben Schritt zurück.

»Was machst du denn hier?« fragte Werner lauernd.

Ronald zuckte mit den Schultern. »Oh, ich war nur auf der Suche nach ein paar Ersatzteilen. Habt ihr das Ding da gebaut?« Er machte eine Kopfbewegung auf die Maschine neben Werners Mofa.

Werner ignorierte die Frage. In seinem Gesicht arbeitete es, und seine Hände hatten sich wieder zu Fäusten geballt. Aber Ronald wußte, daß er ihn nicht angreifen würde. Nicht jetzt. Sie waren nur zu zweit, und wie alle Tyrannen war Werner im Grund seines Herzens ein Feigling. Außerdem brauchte er Publikum für seine Auftritte.

»Hast du alles gefunden?«

»Fast«, antwortete Ronald lächelnd. Sein Blick hielt den Werners noch eine Sekunde gefangen, dann löste er sich von ihm und glitt über das rostige Mofa zwei Schritte neben ihnen. Er konnte das Fahrzeug jetzt besser erkennen als vor zwei Wochen unten in der Stadt. Die braungrüne Tarnbemalung, die Werner angebracht hatte, blätterte an zahllosen Stellen ab und zeigte große, häßliche Blasen, wo der Rost blühte. Ein paar Speichen waren ausgebrochen, und der Sattel war gerissen und mit braunem Klebeband lieblos geflickt. Der verchromte, auf Hochglanz polierte Lenker wirkte wie ein Fremdkörper an dem altersschwachen Gefährt. Auf beiden Seiten des verbeulten Tanks (und das war es auch, was ihm aufgefallen war, ohne daß er es direkt erkannt hatte) prangte ein feuerrotes Hakenkreuz.

»Ist das deine Maschine?« fragte er überflüssigerweise.

Werners Augen wurden schmal. »Warum fragst du?«

Ronald zuckte abermals mit den Schultern, lächelte unecht und schlenderte einmal um das Mofa herum. »Nur so«, sagte er. »Ich interessiere mich dafür. Bin früher selbst mal Motorrad gefahren, weißt du.«

»So?«

Ronald nickte. »Zuletzt eine 1000er Kawa. Drüben in den Staaten. Aber angefangen habe ich auch mit so was. Nur war meine Maschine etwas besser in Schuß.« Er seufzte, schüttelte den Kopf und schenkte Werner einen vorwurfsvollen Blick. »Du solltest dein Fahrzeug ein bißchen besser pflegen, mein Freund.«

»Was geht dich das an?« schnappte Werner.

Ronald tat so, als hätte er die Bemerkung nicht gehört, überlegte einen Moment und ging dann um den Mähdrescher herum, um seine Werkzeugtasche zu holen. »Weißt du was?« meinte er fröhlich. »Wir Biker sollten zusammenhalten. Wir vergessen den dummen Streit von letzter Woche, und ich kümmere mich ein bißchen um deine Kiste. Einverstanden? Sie hätte es nötig.«

Ohne Werners Antwort abzuwarten, ging er neben dem Mofa in die Hocke, klappte seine Werkzeugtasche auf und zog einen Kreuzschraubenzieher und einen Seitenschneider heraus. Werners Augen wurden noch schmaler, aber er wirkte plötzlich eher verwirrt als wütend. Vielleicht glaubte er in diesem Moment wirklich, daß Ronald ihm helfen wollte. Möglicherweise war sein Größenwahn schon so weit gediehen, daß er annahm, er hätte Ronald genügend eingeschüchtert, daß der sich bei ihm anbiederte und auf diese Weise um Verzeihung bettelte.

Falls dem so war, dann hielt dieser Irrglaube allerdings nur eine knappe Sekunde vor.

»Mir ist aufgefallen, daß dein Licht nicht richtig funktioniert«, sagte Ronald, hob den Seitenschneider und knipste ein ungefähr zwanzig Zentimeter langes Stück aus dem Lampenkabel heraus, das er achtlos hinter sich warf.

Werner wurde blaß.

»Vielleicht liegt es ja auch an der Birne.« Ronald lächelte, wechselte den Seitenschneider gegen den Schraubenzieher aus und zerschlug damit das Lampenglas. Vorsichtig, um sich nicht an den Scherben zu schneiden, griff er hinein, schraubte die Birne heraus und hielt sie ins Licht. Dann reichte er sie mit einem enttäuschten Seufzen an Werner weiter.

»Nein, die ist in Ordnung. Sieh selbst nach. Mit Glühbirnen kennst du dich ja aus, nicht wahr?« fügte er hinzu.

Werner machte eine Bewegung, um nach der Birne zu greifen, und sein Gesicht verlor auch noch das letzte bißchen Farbe, während Martins Augen schier aus den Höhlen zu quellen schienen.

»Hör... sofort... damit... auf«, flüsterte Werner.

Ronald schenkte ihm ein herzliches Lächeln und legte nachdenklich den Zeigefinger über die Lippen. »Vielleicht die Lichtmaschine?« sinnierte er. »Ich schau mal eben nach, okay?«

Er entfernte die Motorabdeckung, kratzte sich mit dem Schraubenzieher im Nacken und seufzte abermals. »Das sieht nicht gut aus«, sagte er. »Hier – das Ding müßte dringend erneuert werden. Sonst fällt dir am Ende noch die ganze Beleuchtungsanlage aus, und du bekommst ein Protokoll, und das wollen wir doch nicht, oder?«

Er benutzte den Schraubenzieher als Hebel, um die Zündspule kurzerhand herauszubrechen, samt den Schrauben, mit denen sie am Rahmen befestigt war. Obwohl er sich dazu weit vorbeugen mußte, beobachtete er Werner scharf aus den Augenwinkeln. Er rechnete damit, daß sich Werner auf ihn stürzen würde, und er war sich auch völlig darüber im klaren, daß er sich ziemlich närrisch benahm und alles nur noch schlimmer machte. Aber das war ihm mittlerweile egal.

»So, das mit dem Licht hätten wir im Griff, denke ich«, meinte er. »Mit etwas gutem Willen und Fleiß geht alles, siehst du?« Er grinste zu Werner hoch, knipste den vorderen Bremszug durch und warf den Schraubenzieher und die Zange in den Werkzeugkoffer zurück. Dann beugte er sich vor, zog einen drei Pfund schweren Fäustling heraus und betrachtete konzentriert das Hinterrad des Mofas. Es war so, wie er erwartet hatte: Das Mofa war nach allen Regeln der Kunst frisiert, und nicht einmal ungeschickt.

»Oh«, sagte er. »Was muß ich sehen? Da liegt ja einiges im argen. Du solltest wirklich sorgfältiger mit deinem Bike umgehen, mein Freund.«

»Wenn du noch ein –«

Ronald schwang den Hammer und zerschlug mit einem einzigen Hieb Hinterachse, Ritzel und Bremse. Das Mofa zitterte und fiel um, und Ronald ließ seinen Hammer ein zweitesmal niedersausen, und diesmal legte er alle Kraft in den Schlag, die er hatte. Der Chopper-Lenker zerbrach mit einem Kreischen, das wie der Schrei eines verwundeten Tieres klang.

In Werners Augen blitzte pure Mordlust auf. Er machte einen Schritt auf Ronald zu.

Ronald stand auf. Seine Hand schloß sich fester um den Hammerstiel; dann begriff er plötzlich, was er tat, und ließ das Werkzeug fast erschrocken fallen. Aber er hörte nicht auf zu lächeln.

»Siehst du?« meinte er. »So einfach ist das. Ich schlage vor, du bringst die paar Kleinigkeiten in Ordnung, und ich komme in ein paar Tagen wieder und sehe es mir noch einmal an. Den Rest kriegen wir auch noch hin.«

»Dafür ... bezahlst du«, flüsterte Werner. Seine Stimme war halb erstickt. Er war kreidebleich, und in seinen Augen schimmerten Tränen der Wut. Er zitterte am ganzen Leib, und nun kam er Ronald gar nicht mehr düster und unheimlich, sondern nur noch erbärmlich vor. Beinahe hatte er sogar Mitleid mit ihm.

Aber nur beinahe.

»Das wird dir noch leid tun, du Schwein«, rief Werner. »Das verspreche ich dir. Bitter leid.«

»Vielleicht.« Ronalds Lächeln wurde kälter. »Aber vielleicht auch nicht. Vielleicht überlegst du dir das nächste Mal genauer, mit wem du dich anlegst. Und jetzt verschwinde.«

»Laß uns hier abhauen«, flüsterte Martin hastig. Er versuchte Werner am Ärmel zu ziehen, aber Werner riß sich mit einem wütenden Ruck los und trat noch einen Schritt auf Ronald zu.

»Jetzt hast du den Bogen überspannt!« zischte er. »Von meiner Seite aus war die Sache erledigt, aber du hast es ja nicht anders gewollt!«

»Du solltest auf deinen Freund hören und gehen«, sagte Ronald ruhig, »bevor noch etwas passiert.«

»Werner, bitte!« Martin griff abermals nach seinem Arm, aber wieder riß Werner sich los. Sein Gesicht wurde zu einer Grimasse.

»Es wird etwas passieren!« drohte er. »Verlaß dich darauf, daß etwas passieren wird. Und zwar schon bald, du Mistkerl.«

»Mach dich nicht lächerlich«, sagte Ronald.

Werner lachte bloß. »Wir werden sehen, wer sich lächerlich macht«, schrie er mit zitternder Stimme. »Vielleicht kriechst du bald vor mir im Dreck, wie alle hier. Oder ich schnappe mir deinen kleinen Freund, an dem dir so viel zu liegen scheint.«

Und damit fuhr er herum und stürmte aus dem Schuppen. Martin warf Ronald noch einen letzten, angsterfüllten Blick zu, ehe er ihm nachrannte.

Ronald entspannte sich. In den letzten Sekunden war er fast hundertprozentig sicher gewesen, daß Werner ihn angreifen würde. Daß er es nicht getan hatte, lag wahrscheinlich nur daran, daß Werner sehr genau gewußt hatte, wie lächerlich gering seine Chancen waren.

Er schüttelte den Kopf, drehte sich herum und hob den Hammer auf. Und plötzlich kam er sich ganz genau so vor, wie er sich benommen hatte: wie ein Idiot.

3

Es war sehr still geworden in dem großen, altmodisch eingerichteten Büro im zweiten Stockwerk des Hauptgebäudes.

Zombeck war verwirrt. Und er hatte Angst.

Er war verwirrt, weil es diesem alten, scheinbar so sanftmütigen Pfarrer Vanderbilt mit ein paar Sätzen gelungen war, ihn so gründlich aus der Fassung zu bringen.

Und er hatte Angst vor dem, was Vanderbilt tun konnte, und den Konsequenzen, die daraus erwachsen mochten, nicht nur für ihn. Wäre es nur um ihn gegangen, er hätte schon vor zwanzig Jahren mit diesem Wahnsinn Schluß gemacht – falls er ihn überhaupt jemals begonnen hätte.

»Sie . . . verstehen offensichtlich immer noch nicht, worum es überhaupt geht«, sagte Zombeck in das Schweigen hinein, das zwischen ihnen hing, nachdem Vanderbilt geendet hatte. Die Worte klangen lahm. Vanderbilt verstand leider nur zu gut, soweit ein Außenstehender die Dinge überhaupt verstehen konnte.

»Ich verstehe sehr wohl, was hier vor sich geht«, antwortete Vanderbilt denn auch mit seiner hellen, aber trotzdem kraftvollen Altmännerstimme. Und obwohl er sehr leise sprach, ließen seine Worte Zombeck erschrecken, denn er spürte in ihnen die Entschlossenheit, die diesen unbeugsamen alten Mann erfüllte. Vanderbilt war ein Greis, ein Mann von fast achtzig Jahren, soweit Zombeck wußte; aber was ihm an körperlicher Kraft und Agilität fehlte, das machte er mit Entschlossenheit und Energie zehnfach wieder wett. Er machte Zombeck angst: mit dem, was er tun konnte; mit dem, was er wußte.

Zombecks Blick fiel auf den schwarzen Kunststoffhefter, den Vanderbilt ihm gegeben hatte. Er war nicht sicher, ob er alles enthielt, was der Pfarrer herausgefunden hatte, aber schon allein diese Fakten . . .

Wahnsinn, dachte Zombeck. *Das ist Wahnsinn. Alles bricht zusammen. Wir hätten niemals damit anfangen dürfen!*

Pfarrer Vanderbilt mochte sich selbst für einen Nachfolger Pater Browns halten, denn das, was er da in jahrelanger Arbeit zusammengetragen hatte, war ganz erstaunlich für einen Hobby-Detektiv. Und trotzdem ahnte er nicht einmal, was er da *wirklich* gefunden hatte. In den falschen Händen war der Inhalt dieses Hefters Dynamit. Genug, um ganz Krailsfelden damit von der Erdoberfläche zu tilgen.

»Bitte, lassen Sie uns vernünftig miteinander reden, Herr Pfarrer«, sagte Zombeck müde. »Ich verstehe Ihre Erregung, aber glauben Sie mir, es ist alles ganz anders.«

»Vernünftig?« Vanderbilt lachte leise und griff nach dem Sherry, den Zombeck ihm angeboten hatte. Im Laufe der zwanzig Minuten, die er hier war, hatte er das Glas mindestens ein dutzendmal zur Hand genommen, ohne auch nur einmal daran zu nippen; und auch jetzt hob er es nur, um damit zu spielen. Seine Augen verfolgten scheinbar interessiert das Flirren der Lichtreflexe in der bernsteinfarbenen Flüssigkeit, während er fortfuhr: »Ich habe versucht, ›vernünftig‹ mit Ihnen zu reden, Herr Direktor. Mehr als einmal. Ich habe Ihnen vier Briefe geschrieben, von denen Sie keinen einzigen beantwortet haben. Ich habe fast zehnmal bei Ihnen angerufen –«

»– und ich habe mich verleugnen lassen, ich weiß«, sagte Zombeck. »Es tut mir leid. Es ... war sicher nicht richtig von mir, ich entschuldige mich dafür.«

»Das brauchen Sie nicht«, erwiderte Vanderbilt steif. »Es geht nicht um mich, Herr Zombeck. Ob Sie einen alten Mann wie mich für verrückt halten oder nicht, spielt keine Rolle.« Wieder war diese Kälte in seiner Stimme, die Zombeck mehr Furcht einjagte als alle Drohungen, die er hätte ausstoßen können. Er hatte schon nach wenigen Augenblicken begriffen, daß Vanderbilt nicht hierhergekommen war, um mit ihm zu diskutieren. Er hatte einen Entschluß gefaßt und war nur erschienen, um ihm dies mitzuteilen. *Keine Verhandlungen mehr,* dachte Zombeck bitter. *Keine Gefangenen. Keine Gnade.*

»Es geht nicht um mich«, wiederholte Vanderbilt, als er begriff, daß Zombeck nicht antworten würde. »Es geht um Ihre Schützlinge, Herr Direktor. Um die unschuldigen Seelen der Kinder, für deren Wohl Sie verantwortlich sind.«

Unschuldige Seelen. Beinahe hätte Zombeck gelacht. *Du weißt ja nicht, wovon du da redest,* dachte er. Müde griff er nach seinem Glas, trank einen winzigen Schluck Sherry und fuhr mit den Fingerspitzen über den durchsichtigen Kunststoffdeckel des Hefters. Vanderbilts Blicke folgten jeder seiner Bewegungen aufmerksam, und seine Augen waren von erschreckender Klarheit. Achtzig Jahre hin oder her: Er durfte diesen Mann nicht unterschätzen, wenn er nicht eine Katastrophe heraufbeschwören wollte, deren Ausmaß sich keiner von ihnen auch nur annähernd vorstellen konnte.

»Was Sie da tun, Herr Pfarrer«, sagte er vorsichtig, »könnte man als Erpressung auslegen. Zumindest als Nötigung.«

»Ich weiß«, entgegnete Vanderbilt traurig. »Es *ist* eine Erpressung, Herr Zombeck. Ich bin mir darüber völlig im klaren, ebenso wie über die rechtlichen Konsequenzen, die dieses Gespräch für mich haben kann.«

»Und es macht Ihnen nichts aus?«

Vanderbilt schüttelte den Kopf. »Ich bin ein alter Mann, Herr Zombeck. Man wird mich kaum mehr ins Gefängnis stecken, falls Sie das meinen. Vielleicht würde man mich meiner Ämter entheben, aber was macht das schon?« Er zupfte am Ärmel seiner schwarzen Jacke. »Es ist nicht dieses Gewand, dem ich diene, sondern das, wofür es steht. Ich fürchte weder den Spott noch den Tod.«

Warum hat er das gesagt? dachte Zombeck alarmiert. *Glaubt er, daß sie ihn ... umbringen würden? Aber das ist doch lächerlich!*

Etwas von seinem Schrecken mußte sich deutlich auf seinem Gesicht abgezeichnet haben, denn Vanderbilt schwieg einen Moment und sah ihn sehr ernst und eindringlich an, ehe er fortfuhr: »Wenn Sie dagegen meinen, ob ich mein Tun mit meinem Gewissen vereinbaren kann, dann lautet die Antwort eindeutig: nein. Aber ich kann es noch sehr viel weniger mit meinem Gewissen vereinbaren, stillzuhalten und die Augen vor dem zu verschließen, was hier vorgeht. Es ist eine Sünde, gleich, wie man es dreht oder wendet, aber manchmal muß man ein kleines Unrecht begehen, um ein großes zu verhindern. Ich werde das mit mir und dem Herrn ausmachen.«

»Sie ... kommen damit niemals durch«, sagte Zombeck. Er spürte, daß er in Panik zu geraten begann, auf fast schleichende Weise, die ihn äußerlich weiter vollkommen ruhig und gefaßt erscheinen ließ, ihn aber mehr und mehr am klaren Denken hinderte. Seine Hand, die das Glas hielt, begann zu zittern. Ein paar Tropfen der goldenen Flüssigkeit schwappten über den Rand und fielen auf den Kunststoffdeckel des Hefters. Zombeck wischte sie hastig fort.

»Das ist nichts«, betonte er. »Ein paar jahrzehntealte Zeitungsausschnitte und das Gestammel einer verrückten alten Frau. Vermutungen, Herr Vanderbilt. Man wird Sie auslachen, wenn Sie damit an die Öffentlichkeit gehen.«

»Sicher«, erwiderte Vanderbilt ungerührt. »Dessen bin ich mir bewußt.« Er beugte sich vor, wodurch sein scharf geschnittenes Gesicht aus dem Schatten in den Streifen staubflimmernden Sonnenlichts geriet, der durch das Fenster hereinfiel. »Man wird mich für verrückt erklären, das weiß ich. Man wird mich auslachen und in aller Öffentlichkeit verspotten, und wahrscheinlich wird man mich mit Schimpf und Schande davonjagen. Und gleichzeitig werden sich die Medien im ganzen Land wie die Geier auf die Geschichte stürzen und sie ausschlachten. Das Fernsehen wird kommen. Das Radio. Die Zeitungen. Man wird vielleicht sogar Bücher darüber schreiben. Und vergessen Sie nicht all die Verrückten, die kommen werden: die Parapsychologen, die Wünschelrutengänger, die Sektierer und die Spinner. Die ganze Meute.«

Er wedelte mit beiden Händen, und vor Zombecks innerem Auge erschienen Heerscharen von Männern und Frauen, die wie ein Krähenschwarm über Krailsfelden und das Internat herfielen und so lange herumsuchten und -stöberten, bis sie das Unterste zuoberst gekehrt hatten. Vanderbilt schüttelte grimmig den Kopf. »Nein, Zombeck, Sie werden sie nicht aufhalten. Irgend jemand wird die Wahrheit ans Tageslicht bringen, und Sie wissen das.«

»Ich könnte *Sie* aufhalten, Herr Pfarrer«, sagte Zombeck mit erzwungener Ruhe.

»Wollen *Sie* jetzt *mir* drohen?« Vanderbilt lächelte verzeihend. »Sie könnten es nicht, Herr Zombeck. Vielleicht, wenn Sie mich töten würden; aber Sie sind kein Mörder. Und selbst wenn. Das da« – er deutete auf den Ordner – »sind selbstverständlich nur Kopien. Ich habe bisher außer mit Ihnen noch mit keinem anderen Menschen darüber gesprochen, aber mein Tod würde nichts ändern. Davon abgesehen, daß ich – wie gesagt – nicht glaube, daß Sie mich töten würden. Ich halte Sie nicht für einen Verbrecher.«

»Ich nehme an, die Originale befinden sich an einem sicheren Ort und werden automatisch weitergeleitet, sollte Ihnen etwas zustoßen«, forschte er.

Vanderbilt lächelte flüchtig. »Ich sehe, wir lesen die gleichen schlechten Kriminalgeschichten«, sagte er. »Aber ja, so könnte man es ausdrücken. Wenn ich persönlich es auch in etwas weniger dramatische Worte gekleidet hätte.«

Wieder schwieg Zombeck eine ganze Weile; Sekunden, die sich zu kleinen Ewigkeiten dehnten, in denen die Stille übermächtig wurde. Es fiel ihm schwer zu denken. Es gab tausend Dinge, die er hätte sagen können, und vielleicht sogar das eine oder andere Argument, das selbst Pfarrer Vanderbilt zum Einlenken gezwungen hätte, aber ihm fielen nicht einmal die einfachsten Worte ein. Er fühlte sich wie das sprichwörtliche hypnotisierte Kaninchen, das der Schlange gegenübersaß.

»Bitte, lassen Sie uns wie vernünftige Männer miteinander reden,

Herr Pfarrer«, sagte er. »Unser Institut und die Kirche sind immer gut miteinander ausgekommen. Wir –«

»Ich bin nicht die Kirche«, unterbrach ihn Vanderbilt. »Und es geht nicht um gutes Auskommen, Herr Zombeck. Hier geschehen Dinge, die aufhören müssen. Nicht erst seit heute. Nicht erst, seit *Sie* hier sind, Herr Direktor. Alte Dinge. Böse Dinge. Dinge, die ich nicht verstehe.«

»Und die Sie trotzdem an die Öffentlichkeit bringen wollen?« fragte Zombeck. »Sie geben es selbst zu: Sie verstehen nicht, was hier vorgeht. Wieso maßen Sie sich dann an, darüber zu urteilen?«

»Ich verstehe auch nicht, wie eine Atombombe funktioniert«, antwortete Vanderbilt ruhig. »Trotzdem verurteile ich sie.«

»Der Vergleich ist... etwas übertrieben«, sagte Zombeck unsicher. »Finden Sie nicht selbst?«

»Möglicherweise. Aber vielleicht ist das, was hier geschieht, auch schlimmer.«

»Jetzt übertreiben Sie aber wirklich«, sagte Zombeck.

»So?« Vanderbilts Gesicht verzog sich zu einem milden Lächeln, das Zombeck einen neuerlichen eisigen Schauer über den Rücken laufen ließ. Hätte er gedroht, ihn angeschrieen – das alles hätte er verkraftet, denn darauf war er vorbereitet, schon seit langem. Sie hatten sich niemals im Ernst eingebildet, daß ihr Geheimnis nicht entdeckt werden könnte, und Vanderbilt war nicht einmal der erste, der dem wahren Zweck des Internats auf die Spur gekommen war. Aber vielleicht war er der gefährlichste von allen; gerade *weil* er so sanftmütig und gut war. Er war kein Mann, mit dem man kämpfen konnte. Nicht auf die Weise, die Zombeck gewohnt war. Er fühlte sich hilflos.

»Was verlangen Sie?« fragte er.

Jetzt war es sein Gegenüber, das ihn sekundenlang überrascht anblickte und nicht wußte, was es sagen sollte. Vanderbilt mochte damit gerechnet haben, daß Zombeck ihn anschrie, ihn bedrohte oder auch kurzerhand aus seinem Büro warf. Aber ganz bestimmt nicht damit, daß er ihn fragte, was er verlangte. Er war sichtlich verwirrt.

»Wie bitte?«

»Ich sagte Ihnen bereits, daß wir wie erwachsene Männer miteinander reden sollten«, sagte Zombeck, so ruhig er konnte. Er deutete wieder auf die Mappe. »Ich glaube nach wie vor, daß Sie sich selbst damit wesentlich mehr Schaden zufügen würden als uns, Herr Vanderbilt. Aber ich gebe Ihnen auch recht: Es würde ein furchtbares Aufsehen geben. Nehmen Sie an, mir ist daran gelegen, einen Skandal zu vermeiden. Was verlangen Sie: für die Originale Ihrer Aufzeichnungen und Ihr Ehrenwort, die Angelegenheit nicht weiter zu verfolgen?«

»Ganz einfach, daß Sie aufhören«, antwortete Vanderbilt. Er hatte seine Fassung bereits wiedergefunden. Zombecks Hoffnung, ihn vielleicht einfach überrumpeln und ihm damit das eine oder andere entlocken zu können, schwand.

»*Womit* aufhören, Herr Pfarrer?« fragte er betont. »Es gibt nichts, womit wir aufhören könnten. Was werfen Sie uns vor? Glauben Sie, daß wir hier Schwarze Messen feiern?« Er versuchte zu lachen, aber es mißlang kläglich.

»Ja«, antwortete Vanderbilt ernst. »Das glaube ich. Aber wenn das alles wäre, wäre ich nicht hier. Verirrte und Ungläubige hat es immer gegeben, und sie bekämpfen zu wollen, hieße, gegen Windmühlenflügel anzurennen. Sie und ich, Herr Zombeck, wir wissen, wovon ich rede.«

»Sagen Sie es mir«, verlangte Zombeck. »Sagen Sie es mir trotzdem.«

»Sie haben sich mit dem Teufel eingelassen, Zombeck.«

Die Worte hingen wie etwas Greifbares im Raum, schwer wie süßlicher Fäulnisgeruch.

»Sie sind ja wahnsinnig«, sagte er. »Wenn Sie das wirklich glauben, dann gehören Sie in ein Irrenhaus, Vanderbilt.« Er hatte das nicht sagen wollen. Er wußte, wie wenig Sinn es hatte, Vanderbilt zu beleidigen. Keine Provokation der Welt konnte diesen Mann aus seiner unerschütterlichen Ruhe bringen. Aber er war der Panik jetzt wirklich sehr nahe. Vanderbilt war so weit von der Wahrheit entfernt, wie es nur ging – aber man konnte auch vor einer Sturmflut warnen, wenn man nur laut genug *Feuer!* schrie.

»Nehmen Sie meine Hilfe an«, sagte Vanderbilt unbeeindruckt.

»Ihre Hilfe? Sie ... Sie reden vom Teufel persönlich, wenn ich Sie richtig verstehe. Vom Satan, nicht wahr? Und Sie glauben, *Sie* könnten ihn besiegen? Sie allein?«

»Keine Sekunde lang«, antwortete Vanderbilt, so schnell, als hätte er nur auf diese Frage gewartet. »Ich fürchte ihn nicht, denn ich stehe im Dienste einer Macht, die stärker ist als er. Trotzdem bin ich nicht so überheblich anzunehmen, daß ich allein seiner Macht gewachsen wäre. Nicht nach allem, was ich rausgefunden habe. Aber ich bin nicht allein, Herr Zombeck. Es gibt andere, die mehr von seinem finsteren Wirken verstehen als ich und besser wissen, wie er zu bekämpfen ist.«

»O ja«, erwiderte Zombeck spöttisch. »Ich sehe schon die Exorzisten scharenweise kommen und Weihwasser versprühen.« Er lächelte milde, um seinen Worten etwas von ihrer Schärfe zu nehmen, und fügte hinzu: »Glauben Sie mir, Vanderbilt: Nichts von all dem, was Sie herausgefunden zu haben glauben, hat in irgendeiner Weise mit dem Teufel zu tun. Es gibt keinen Satan.«

»Glauben Sie an Gott?« fragte Vanderbilt plötzlich.

Zombeck nickte verwirrt. »Selbstverständlich.«

»Ich meine das ernst«, beharrte Vanderbilt. »Bitte geben Sie mir eine ehrliche Antwort. Sagen Sie nicht einfach nur ja, weil ich zufällig ein Mann der Kirche bin und ein schwarzes Gewand trage. Ich bin in meinem Leben genug Menschen begegnet, die nicht an Gott glaubten.«

Diesmal dauerte es etwas länger, bis Zombeck nickte, und in seiner Stimme lag ein sonderbarer Ernst, der ihn selbst ein wenig überraschte. »Ja. Ich bin vielleicht nicht immer einer Meinung mit der Kirche, aber ich glaube an Gott, Herr Pfarrer.«

»Das sind zwei verschiedene Dinge«, sagte Vanderbilt zu Zombecks Überraschung. »Ich gehöre nicht zu denen, die glauben, die katholische Kirche hätte die ultimative Wahrheit gepachtet, auch«, fügte er mit einem milden Lächeln hinzu, »wenn ich diese Bemerkung abstreiten müßte, würden Sie sie in der Öffentlichkeit zitieren. Aber Sie glauben an Gott. Und jetzt beantworten Sie mir eine Frage.« Er wurde übergangslos wieder ernst. »Wie können Sie an Gott glauben und die Existenz des Satans leugnen?«

»Ich... glaube nicht an Gott in Gestalt eines alten, weißhaarigen Mannes, der auf einer Wolke sitzt und uns beobachtet«, sagte Zombeck verwirrt. »So wenig, wie ich an die körperliche Existenz eines Satans glaube. Das ist doch wohl ein Unterschied!«

»Das ist es nicht«, behauptete Vanderbilt. »Sie glauben an Gott als Prinzip des Guten, und Sie glauben, daß wir das Wirken dieses Prinzips spüren, in unserem täglichen Leben, in unseren Gedanken und Gefühlen. Aber ebenso spüren wir auch das Wirken jenes anderen, bösen Prinzips. Sie wissen, wovon ich rede, Zombeck! Ich spreche nicht von einem Mann mit Hörnern und Pferdefuß. Ich spreche von dem, was seit vier Jahrzehnten an diesem Ort vor sich geht. Ich spreche von dem, was ganz Krailsfelden und seine Menschen in seinen Klauen hält! Und Sie wissen, was es ist!«

Er machte eine Pause; vielleicht, um seine Worte gehörig wirken zu lassen, vielleicht auch nur, um Kraft zu schöpfen, denn obwohl er nicht einmal die Stimme gehoben hatte, hatte er die letzten Sätze mit heiligem Zorn gesprochen. Sein Gesicht blieb ausdruckslos, aber seine Augen flammten, und die Kraft und Entschlossenheit, die in seinem Blick lagen, machten es Zombeck unmöglich, länger standzuhalten.

»Ich verlange nichts Unmögliches von Ihnen, Zombeck«, betonte er nach einer Weile. »Sie sollen nur meine ausgestreckte Hand ergreifen und die Hilfe annehmen, die ich Ihnen biete.«

»Hilfe.« Zombeck stieß hörbar die Luft aus. »Glauben Sie wirklich, Sie könnten mir *helfen* – wenn das alles so wäre, wie Sie behaupten?«

»Natürlich«, antwortete Vanderbilt. »Keine Seele ist verloren, solange noch Zeit ist, umzukehren. Ich verspreche Ihnen nicht das Paradies, Zombeck. Ich verspreche Ihnen nicht einmal, daß Sie ungestraft davonkommen, denn nirgendwo steht geschrieben, daß der Herr straflos vergibt. Aber ich verspreche Ihnen etwas, das der, dem Sie *jetzt* dienen, Ihnen niemals bieten kann: Hoffnung.«

Zombeck seufzte. Er fühlte sich sehr müde. »Das Gespräch beginnt albern zu werden«, sagte er leise. »Verzeihen Sie mir, Herr Pfarrer, aber ich bin kein Mensch, der gerne theologische Streitgespräche führt. Ich bin nicht geübt in so etwas, und ich halte auch nichts davon.«

»Dann lassen Sie mir keine Wahl.« Vanderbilt stand auf, schüttelte noch einmal traurig den Kopf und wandte sich zur Tür. Auf halbem Weg blieb er noch einmal stehen und wandte sich zu Zombeck um.

»Überlegen Sie es sich«, sagte er. »Ich beschwöre Sie, denken Sie über das nach, was ich Ihnen gesagt habe. Hoffnung und Glaube sind keine leeren Worte. Sie sind vielleicht das einzige, wofür es sich zu leben lohnt.«

Wie recht du hast, dachte Zombeck bitter. *Wenn ich dir doch nur sagen könnte, wie recht du hast. Denn diese beiden Worte sind das einzige, was mir die Kraft gegeben hat, es so lange zu ertragen.* Laut sagte er: »Ich werde darüber nachdenken, Herr Vanderbilt.«

»Ich gebe Ihnen noch vierundzwanzig Stunden«, warnte Vanderbilt ernst. Er sah auf die Uhr über der Tür. »Es ist jetzt vier. Ich werde bis morgen abend auf Ihren Besuch warten, oder Ihren Anruf. Wenn Sie sich bis dahin nicht entschieden haben, dann zwingen Sie mich zu tun, was ich tun muß. Auf Wiedersehen. Und Gott segne Sie, Zombeck.«

»Auf Wiedersehen, Herr Pfarrer«, sagte Zombeck steif. Als Vanderbilt gegangen war und die Tür hinter sich geschlossen hatte, fügte er ganz leise hinzu: »Und Gott schütze *Sie,* Vanderbilt.«

Erschöpft ließ er sich in seinem Stuhl zurücksinken, schloß für einen Moment die Augen und versuchte an nichts zu denken. Natürlich gelang es ihm nicht. Er hörte immer und immer wieder Vanderbilts Worte; und sosehr er versuchte, es zu verdrängen, wuchs doch ein

Gefühl von Bedrohung in ihm, das Wissen um eine entsetzliche, unvorstellbare Gefahr, die wie unsichtbare Dunkelheit über das Land kroch und näher und näher kam.

Er öffnete die Augen, und als sein Blick auf die Uhr über der Tür fiel, erstarrte er.

Es ist jetzt vier, hatte Vanderbilt gesagt. Das war ein paar Sekunden her. Jetzt stand der kleine Zeiger fast auf sechs, und noch während er hinsah, kroch der Minutenzeiger einmal zur Gänze um das Zifferblatt, und noch einmal, und noch einmal: sieben, acht, neun, zehn, elf, zwölf.

Dann blieb er stehen.

Das Ahnen um kommende Schrecken wurde zur Gewißheit, doch plötzlich begriff Zombeck, daß nicht er in Gefahr war.

»Nein«, flüsterte er. »Das nicht. Das ... das *nicht!*« Er stand auf, hob die Arme und streckte die Hände in einer verzweifelten, beschwörenden Geste nach der Uhr aus, wie ein Druide, der seinen Götzen um Gnade anfleht.

»Du wirst ihm nichts tun, hörst du?« schrie er. *»Du wirst diesen alten Mann in Ruhe lassen! Ich verbiete dir, ihm ein Leid anzutun! ICH VERBIETE ES DIR!«*

Der große Zeiger der Uhr sprang mit einem Ruck auf fünf vor zwölf zurück und dann wieder auf die volle Stunde. *Klick.* Das Fallen einer Guillotine. Fünf vor zwölf – zwölf. Fünf vor zwölf – zwölf. Fünf vor zwölf – zwölf. *Klick, klick, klick.* Das leise Schnappen der Zahnräder dröhnte wie metallisches Hohngelächter in Zombecks Ohren.

»Ich verbiete es dir!«

Fünf vor zwölf – zwölf. *Klick.*

Die Tür flog auf, und Zombecks Sekretärin kam hereingestürmt. Sie war schreckensbleich, und sie erbleichte noch mehr, als sie Zombeck hinter seinem Schreibtisch stehen sah, mit verzerrtem Gesicht und ausgestreckten Armen. Ihr Mund klappte auf, und sie blieb so abrupt stehen, als wäre sie gegen eine Wand aus unsichtbarem Glas gelaufen.

»Um Gottes willen!« stammelte sie. »Herr Direktor. Was ... was ist denn?«

Zombeck ließ die Arme sinken. Einen Moment lang starrte er seine Sekretärin mit der gleichen Fassungslosigkeit an wie sie ihn, dann stieß er einen leisen, keuchenden Laut aus, stolperte zurück und fiel in seinen Sessel.

»Ist irgend etwas nicht in Ordnung? Fühlen Sie sich nicht wohl? Ich –«

»Es ist nichts«, beschwichtigte Zombeck hastig. Er versuchte zu lächeln, aber er spürte selbst, wie kläglich es mißlang. »Es ist alles in Ordnung. Wirklich. Ich... habe mich nur erschrocken.«

»Erschrocken?« Der Blick der Sekretärin wanderte mißtrauisch zwischen Zombecks Gesicht und der Tür hinter ihr hin und her.

»Ich... ich dachte, ich hätte eine Ratte gesehen«, sagte Zombeck. Er spürte selbst, wie unglaubwürdig diese Ausrede klang, aber es war das erste, was ihm einfiel. »Bitte entschuldigen Sie, Monika. Es... es ist alles wieder in Ordnung.«

Bestimmt? fragte ihr Blick. Sie lächelte unsicher. »Soll ich Ihnen einen Kaffee kochen?«

Zombeck wollte keinen Kaffee. Er wollte allein sein. Trotzdem nickte er. »Das ist eine fabelhafte Idee. Ja. Gehen Sie, und kochen Sie Kaffee.«

Er starrte seinen Schreibtisch an, bis er hörte, wie sie endlich kehrtmachte und die Tür hinter sich zuzog. Erst dann wagte er es, den Blick wieder zu heben und die Uhr anzusehen.

Die Zeiger standen auf sieben Minuten nach vier.

4

Ronald empfand eine fast kindliche Freude, als er Gloria wiedersah. Sie stand unter dem Tor, und obwohl sie nicht in seine Richtung sah, das Haar anders frisiert hatte und jetzt Rock und Bluse trug, was sie zu einem völlig anderen Typ machte, erkannte Ronald Gloria sofort. Es war etwas an der Art, wie sie sich bewegte: Obwohl sie im Moment eher unschlüssig schien, drückten ihre kleinen Gesten und Regungen doch mehr Entschlossenheit und Kraft aus, als die meisten anderen Menschen hatten, die er kannte.

Sie schien etwas zu suchen oder auf jemanden zu warten. Ihr Wagen, ein schwarzer Fiat Uno, war gleich neben dem Tor geparkt, und das Fenster auf der Fahrerseite war trotz der eisigen Kälte halb heruntergekurbelt. Die Autoschlüssel klimperten an einem silbernen Anhänger in ihrer linken Hand, in der rechten hielt sie einen Zettel oder einen Briefumschlag, das konnte er nicht genau erkennen.

Im Grunde hatte er gar keine Zeit, denn es war halb fünf, und die Arbeit, die er eigentlich heute noch hatte erledigen wollen, reichte gut bis Mitternacht. Wie die zerbrochene Fensterscheibe zum Beispiel, die er auswechseln sollte.

Trotzdem wandte er sich nicht nach links, um den Hof zu überqueren und zum Hauptgebäude zu gehen, sondern drehte sich nach kurzem Zögern wieder um, stellte die Glasscheibe, die er unter den linken Arm geklemmt trug, auf seinen kombinierten Schreib- und Werktisch zurück und wischte sich die Hände an einem Lappen sauber, ehe er zum zweitenmal sein »Büro« in der Außenmauer verließ und auf Gloria zuging. Der Hof machte einen leeren Eindruck, aber das lag nur an seiner enormen Größe. Auf einem Geviert von gut hundert Metern Kantenlänge wirkten auch die zwei Dutzend Jungen und Mädchen verloren, die die Zeit vor dem Abendesssen noch zu einem letzten Luftschnappen nutzten. Er hoffte, daß keiner von ihnen ihn bei der Steller verriet. Es sah eindeutig nach Regen aus, und wer immer am nächsten Morgen unter dem zerbrochenen Fenster sitzen mußte, würde sich bedanken, einen nassen Hintern zu bekommen. Andererseits, dachte er trotzig, hatte er allein in den zurückliegenden vierzehn Tagen genug unbezahlte Überstunden gesammelt, um die gesamte nächste Woche freinehmen zu können. Alberts Vergleich mit der Sklaverei war nicht halb so übertrieben gewesen, wie er sich angehört hatte.

Er verscheuchte den Gedanken und konzentrierte sich statt dessen lieber auf die Frage, wie er ein Gespräch mit Gloria beginnen konnte, ohne aufdringlich zu wirken. Während der vergangenen beiden Wochen hatte er oft an sie gedacht, und seine Erinnerung hatte – ohne daß er es überhaupt gemerkt hatte – eine selektive Auswahl getroffen: Er erinnerte sich an jedes Wort, das sie gesagt hatte, und vor allem an ihr Gesicht und ihre Augen; aber er erinnerte sich weder ihres aufdringlichen Benehmens noch des unguten Gefühls, das ihr zufälliges Treffen im Ort bei ihm hinterlassen hatte. Es spielte keine Rolle. Er mochte Gloria.

Ronald hatte sie fast erreicht, als sie zu einem Entschluß gekommen war: Ihre Hand schloß sich mit einer heftig schnappenden Bewegung um den pendelnden Autoschlüssel, und sie machte einen Schritt auf den Wagen zu.

»Hallo!« rief Ronald.

Gloria blieb beim Klang seiner Stimme stehen und sah überrascht über die Schulter zurück. Im ersten Moment wirkte sie so verstört, als erkenne sie ihn überhaupt nicht, dann huschte ein Lächeln über ihr Gesicht. Aber gleichzeitig auch ein betroffener, verlegener Ausdruck, als wäre es ihr auch ein bißchen unangenehm, ihn wiederzusehen.

»Ronald! Was für eine Überraschung.« Sie machte kehrt und kam ihm entgegen, blieb aber stehen, ehe sie das Torgewölbe verlassen und den Hof wieder betreten konnte. Er dachte sich nichts dabei, registrierte es aber.

Er streckte die Arme aus, und kurz umarmten sie sich wie zwei alte Freunde, ehe sie beide im gleichen Augenblick die Peinlichkeit der Situation begriffen und sich fast hastig wieder voneinander lösten.

»Was tun Sie hier?« fragte Ronald. Er begriff im gleichen Moment, wie ungeschickt die Frage war und außerdem plump. Ein wenig verlegen fuhr er fort: »Ich meine: Kann ich Ihnen irgendwie weiterhelfen? Sie suchen doch nicht zufällig mich?«

Das war nun nicht nur plump, dachte er, das war schon idiotisch. Aber er schien die Dummheit gepachtet zu haben an diesem Tag. Und außerdem verwirrte ihn ihre Nähe. Er fühlte sich wie ein Schüler, der sich in seine Lehrerin verliebt hat.

»Nein und nein«, antwortete Gloria lächelnd. »Ich meine: *Nein,* Sie können mir nicht weiterhelfen, und *nein,* ich suche nicht Sie – so leid es mir tut.«

»Es ... war auch nur ein Scherz«, sagte Ronald. Verstohlen sah er sich um. Ein paar von den Zähen, die auch das schlechte Wetter nicht von einem Hofspaziergang abgehalten hatte, waren stehengeblieben und sahen zu ihm und Gloria herüber. *Stoff für neue Gerüchte,* dachte er ärgerlich. Klatsch und Tratsch waren das Lebenselixier dieser Anstalt.

»Aber wenn Sie schon einmal hier sind, können Sie auch gleich den Gentleman spielen und mich zu meinem Wagen begleiten«, sagte Gloria. Sie war seinem Blick gefolgt, und der Ausdruck in ihren Augen verriet ihm, daß sie seine Gedanken ziemlich genau erraten hatte.

Um seine Verlegenheit zu überspielen, deutete er auf den Briefumschlag in ihrer Hand, während sie die paar Schritte durch das Torgewölbe zu ihrem Fiat gingen. »Sparen Sie wieder Briefmarken, oder streikt die Post?« fragte er.

Gloria verneinte. »Weder – noch. Ich war auf der Suche nach meinem Onkel. Aber ich scheine ihn verpaßt zu haben. Pech.«

»Ihr Onkel?«

»Pfarrer Vanderbilt«, erklärte Gloria. »Ich arbeite bei ihm, wissen Sie das nicht?«

»Woher sollte ich?«

Sie hatten das Ende des Tores erreicht, aber Gloria machte keine Anstalten, weiterzugehen, sondern drehte sich wieder zu ihm herum und lehnte sich gleichzeitig mit der Schulter gegen die rauhe Sandsteinmauer. Der Wind, der sich mit einem leisen Wimmern in dem steinernen Gewölbe brach, wehte eine Strähne ihres dunklen Ponys in ihre Augen. Sie wischte sie mit einer automatischen Bewegung fort. »Hier weiß jeder alles über jeden und alles«, sagte sie. »Schon vergessen?«

»Nein. Aber ich bin nicht jeder, und mich interessiert nicht alles.«

»Touché«, sagte Gloria. »Eine intelligente Antwort. Stimmt das auch?«

Ronald bemühte sich, ein verlegenes Gesicht zu machen. »Zum Teil«, gestand er. »Also gut: Was sind Sie also? Seine Nichte oder seine Hausangestellte?«

»Beides«, antwortete Gloria, und sie ließ ihn deutlich merken, wie sehr sie seine Verwirrung amüsierte. »Henk Vanderbilt war der Bruder meines Vaters. Als er starb, nahm er mich zu sich; eigentlich nur für ein paar Tage, bis der ganze Behördenkram erledigt war. Aber irgendwie bin ich bei ihm hängengeblieben. Und seit ich die Schule hinter mir habe, arbeite ich bei ihm als Haushälterin. Das bringt eine Menge Vorteile, müssen Sie wissen. Ich brauchte nicht umzuziehen, Onkel Henk spart mein Taschengeld und die Leute haben etwas, worüber sie sich die Mäuler zerreißen können.«

Sie sprach in einer Art und Weise, die es Ronald unmöglich machte herauszuhören, ob sie ihre Worte nun ernst oder scherzhaft meinte.

»Und das erlaubt die Kirche?« fragte er – nur, um überhaupt etwas zu sagen.

Gloria zuckte mit den Schultern. »Ich weiß es nicht. Ich glaube, Onkel Henk weiß es auch nicht so genau.« Sie lachte. »Er hat niemanden um Erlaubnis gefragt, soviel ich weiß. Hier bei uns in Krailsfelden läuft alles ein bißchen anders. Aber das haben Sie wahrscheinlich selbst schon gemerkt. Wie geht es Ihnen nach den ersten zwei Wochen in der Knochenmühle?«

»Gut«, antwortete Ronald. »Und selbst wenn dem nicht so wäre, würde ich es nicht zugeben. Drei Monate halte ich auf jeden Fall durch. Wir haben um ein Essen gewettet.«

Bei der Erinnerung an ihr Treffen in Babs' *Grillcenter* huschte ein Schatten über ihr Gesicht. »Ich ... weiß«, sagte sie unsicher. »Und wenn wir schon einmal dabei sind: Ich möchte mich bei Ihnen entschuldigen. Ich habe mich fürchterlich benommen. Es tut mir leid.«

Ronald seufzte. »Das ist jetzt das zweite Mal, daß Sie sich für etwas entschuldigen, was gar nicht passiert ist«, sagte er. »Ist das krankhaft bei Ihnen oder nur eine harmlose Macke?«

Sie lachte. »Keine Ahnung. So deutlich hat mir das noch niemand gesagt.«

»Vielleicht sollten wir ernsthaft darüber diskutieren«, schlug Ronald vor. Mit gespieltem Entsetzen fügte er hinzu: »Aber bitte nicht noch einmal bei einem von Babs' Magenvernichtern. Ich bin noch nicht resistent gegen das Zeug.«

»Dann schlagen Sie einen anderen Treffpunkt vor«, sagte Gloria. »Können Sie kochen?«

»Theoretisch ja.«

»Und praktisch?«

»Auch. Aber nur für eine Person.« Er deutete mit einer Kopfbewegung hinter sich. »Ich habe ein wunderbares Appartement dort oben, aber vor meiner Tür liegt ein Drache mit einem Schild um den Hals: *Damenbesuche verboten!*«

»Und außerdem ziemt es sich nicht, ein junges Mädchen gleich am zweiten Abend mit auf sein Zimmer zu nehmen«, fügte Gloria hinzu. »Ich weiß. Wie wäre es, wenn Sie bei mir kochten?«

»Bei Ihnen? Im –«

»Im Pfarrhaus, ganz recht«, unterbrach Gloria. »Warum nicht? Kennen Sie einen neutraleren Boden als den? Nicht einmal die berüchtigtsten Klatschweiber der Stadt hätten einen Anlaß zu reden. Und außerdem bin ich sicher, daß Onkel Henk sich freuen würde, Sie kennenzulernen. Er möchte sich bestimmt gerne mit Ihnen unterhalten.«

»Sie haben über mich gesprochen?« fragte er. Die Vorstellung berührte ihn unangenehm.

»Natürlich«, antwortete Gloria. »Ich sagte Ihnen doch, daß Sie so ewas wie das Stadtgespräch sind. Jedenfalls waren Sie es, für ein paar Tage.« Sie blickte auf die Armbanduhr und fuhr leicht zusammen.

»Jetzt muß ich aber los. Also? Heute abend? Gegen acht?«

Ronald nickte ganz automatisch. Sie hatte es schon wieder geschafft, ihn zu überrumpeln.

Er folgte ihr zum Wagen, öffnete die Tür und trat zur Seite, um sie einsteigen zu lassen. Als sie den Schlüssel ins Zündschloß steckte, fiel ihm der Brief in ihrer anderen Hand wieder ein. »Soll ich den im Büro für Sie abgeben?« fragte er.

Gloria warf den Umschlag achtlos auf den Sitz neben sich und schüttelte den Kopf. »Nein. Er ist *für* Onkel Henk, nicht *von* ihm. Wir sind nicht die einzigen, die Porto sparen. Bis später dann.«

Sie startete den Motor und lächelte ihm zum Abschied zu wie eine alte Freundin. Ronald drückte die Tür des Uno ins Schloß und trat hastig ein paar Schritte zurück, als Gloria viel zuviel Gas gab und eine Fontäne aus Dreck und kleinen Kieselsteinen unter den Hinterrädern hervorschoß. Kopfschüttelnd sah er ihr nach, während sie den Wagen mit halsbrecherischer Geschwindigkeit den gewundenen Weg hinunterjagte.

Erst als sie mit quietschenden Reifen auf die asphaltierte Hauptstraße abbog, begriff er, was ihm vorhin aufgefallen war.

Der Platz vor dem Tor war sehr schmal, selbst für einen so kleinen Wagen wie den, den Gloria fuhr. Sie hatte mit Sicherheit ein paarmal rangieren müssen, um den Fiat zu wenden, damit er wieder in Fahrtrichtung stand. Und trotzdem hatte sie es getan. Fast, dachte er, als bereite sie sich auf eine schnelle Flucht vor.

5

Nachdem er zum viertenmal geklopft hatte, drückte Werner die Klinke herunter und betrat unaufgefordert Direktor Zombecks Büro. Dessen Sekretärin schluckte den Protestruf, der ihr auf der Zunge lag, vorsichtshalber hinunter. Normalerweise betrat *niemand* Zombecks Büro, ohne dazu aufgefordert worden zu sein. Aber leider war Werner der widerwärtigste Bengel, der Monika jemals untergekommen war. Und der mächtigste. Manchmal hatte sie das Gefühl, daß selbst Zombeck ihn fürchtete. Sie wußte nicht, warum das so war; aber eigentlich wollte sie es auch gar nicht wissen. Sie sah Werner – wenn es denn schon sein mußte – am liebsten von hinten: beim Weggehen also.

Werner seinerseits hatte sie praktisch gar nicht bemerkt. Für ihn gehörten Sekretärinnen zu jener niederen Gruppe von Menschen, die einzig zu dem Zweck lebten, ihm zu Diensten zu sein – oder ihm gefälligst aus dem Weg zu gehen. Zombeck und Steller übrigens auch. Daß die es nicht so richtig wahrhaben wollten, änderte gar nichts daran. Er hatte einmal vor ihnen gekuscht, und das war ein Fehler gewesen. Aber jetzt war es genug, dachte er. Er würde die Sache klären.

Ein für allemal.

Zombeck war an seinem Schreibtisch, als Werner das Büro betrat, und irgendwie merkte er sofort, daß etwas nicht stimmte. Zombeck saß vornübergebeugt da, mit hängenden Schultern, den Blick auf einen aufgeschlagenen Kunststoffhefter gerichtet, der vor ihm lag, und er sah nicht einmal auf, als Werner die Tür wuchtig hinter sich zuknallte und nähergestampft kam. Der Direktor war sehr blaß, und seine Lippen waren blutleer.

»Ich muß Sie sprechen«, knurrte Werner.

Er sagte es sehr laut, und in herausforderndem, fast schon unverschämtem Ton. Und trotzdem dauerte es noch einmal fast eine Minute, ehe Zombeck endlich mühsam den Kopf hob und ihn ansah.

Nein – eigentlich sah er ihn gar nicht an. Sein Blick wanderte an Werner vorbei und richtete sich auf etwas hinter ihm. Ganz automatisch drehte auch Werner den Kopf und sah in dieselbe Richtung. Aber da war nichts. Nur die Wand und die Tür und die Uhr daneben. Ärgerlich wandte er sich wieder um.

»Ich muß mit Ihnen reden«, forderte er noch einmal.

Zombeck ließ sich endlich dazu herab, ihm ins Gesicht zu sehen. Sein Blick wirkte verschleiert und irgendwie angestrengt, als koste es ihn Mühe, sich überhaupt zu erinnern, wer Werner war. Er seufzte, tief und sehr erschöpft.

»Werner. Ich habe dich rufen lassen. Aber ich ... habe jetzt keine Zeit. Entschuldige bitte. Wir reden später.«

»Wir reden *jetzt*«, entgegnete Werner. Er stand kurz davor, einfach loszubrüllen. *Was ist mit dem Kerl los! Ist er besoffen, oder will er mich verarschen?* »Ich bin nicht hier, weil Sie mich gerufen haben, sondern weil ich mit Ihnen zu reden habe!«

Er hatte selbst nicht damit gerechnet, aber Zombeck reagierte nicht im mindesten auf seinen unverschämten Ton. Ganz im Gegenteil. Er lächelte, auf eine fast resignierte Weise, ließ sich in seinem Stuhl zurückfallen und klappte in der gleichen Bewegung den Hefter zu. Er hatte einen durchsichtigen Kunststoffdeckel, und Werner sah, daß er aufgeklebte Zeitungsausschnitte und kleine handschriftliche Notizen enthielt.

»Bitte«, sagte Zombeck. »Aber mach es kurz. Ich habe ... wirklich viel zu tun.«

»Sie kriegen gleich noch mehr zu tun«, polterte Werner aufgebracht. »Mir reicht's nämlich. Ich verlange, daß Sie den Kerl rausschmeißen. Auf der Stelle!«

»Welchen Kerl?« Zombeck bemühte sich wirklich, Interesse nicht nur zu heucheln, sondern tatsächlich aufzubringen. Aber es gelang ihm nicht. Immer wieder wanderte sein Blick an die Wand hinter Werner. Seine Hände zitterten leicht.

»Was ist los mit Ihnen?« Werner legte den Kopf schräg und hakte herausfordernd die Daumen hinter den Gürtel. »Hören Sie mir überhaupt zu?«

»Sicher«, antwortete Zombeck und starrte weiter die Wand an. »Was gibt es denn für Probleme?«

»Es gibt *ein* Problem!« parierte Werner wütend. »Bender! Sie schmeißen den Kerl raus, heute noch!«

»So?« Zombeck streifte ihn mit einem desinteressierten Blick und fuhr fort, die Wand anzustarren. »Was hat er getan? Ist er an dir vorbeigegangen, ohne zu grüßen?«

»Das Arschloch hat meine Maschine zertrümmert!« erwiderte Werner. »Völlig grundlos! Ich war ganz harmlos unten im Schuppen, und da hat er einen Hammer genommen und sie kurz und klein geschlagen!«

»Deine Maschine?« Zombecks Lippen verzogen sich zu einem Lächeln, das keines war. Er überlegte sekundenlang, dann nickte er. »Oh, ich verstehe. Du meinst das Mofa, mit dem du verbotenerweise ab und zu in der Gegend herumfährst.«

Werners Augen wurden groß. Ein Gefühl der Wut und Hilflosigkeit machte sich in ihm breit. Er begriff, daß er schon wieder auf dem besten Weg war, den kürzeren zu ziehen.

»Herr Bender hat es beschädigt, sagst du?«

»Beschädigt?« Werner beugte sich so weit vor, daß er fast das Gleichgewicht verlor und sich hastig an der Schreibtischkante festhalten mußte. »*Beschädigt?!* Kurz und klein geschlagen hat er es! Die Karre ist Schrott! Reif für die Müllpresse! Aber dafür wird der Kerl bezahlen. Und wenn Sie ihn nicht zur Rechenschaft ziehen, kriege ich ihn selbst am Arsch, das verspreche ich Ihnen!«

Diesmal wirkte sein herausfordernder Ton. Zombeck schwieg noch einige Momente, aber Werner konnte sehen, wie sich etwas in seinem Blick änderte. Es war, als wache er aus einem Halbschlaf auf, in dem er sich bisher befunden hatte. Sein Blick wurde endlich klar, und ein Ausdruck von tiefer Bekümmerung trat in seine Augen. »Vielleicht erzählst du mir einfach, was passiert ist«, schlug er vor.

Werner tat es.

Natürlich erzählte er nicht *alles* – von dem, was vor zwei Wochen in Krailsfelden passiert war, sagte er zum Beispiel kein Wort. Dafür fügte er das eine oder andere hinzu, als er von Ronalds Attacke auf sein Mofa berichtete. Zombeck hörte die ganze Zeit über schweigend zu, und auch als Werner fertig war und ihn herausfordernd anblickte, sagte er eine ganze Weile gar nichts. Dann: »Ich werde mit Herrn Bender sprechen.«

»O nein!« fauchte Werner zornig. »Das werden Sie nicht! Sie werden den Kerl rausschmeißen, und zwar auf der Stelle. Und wenn nicht –«

»Ich dachte«, unterbrach ihn Zombeck ruhig, »das Thema hätten wir bereits besprochen.«

»Das dachte ich auch!« erwiderte Werner patzig. »Aber leider ist es beim Denken geblieben. Letztes Mal haben Sie mich überfahren, aber diesmal klappt das nicht! Ich will, daß der Kerl dafür bezahlt!«

»Ich sagte bereits, daß ich mit Herrn Bender reden werde«, entgegnete Zombeck. »Ich werde hören, was er dazu zu sagen hat. Und wenn sich herausstellt, daß es wirklich so war, wie du behauptest, dann wird er selbstverständlich für den Schaden aufkommen.«

»Das kann ich mir vorstellen! Er wird Ihnen irgendeine Lügengeschichte auftischen, und am Ende bin wieder ich der Beschissene, wie? Genau wie bei Ricky.«

»Was soll das heißen?« Zombecks Stimme klang schneidend, und Werner triumphierte innerlich. Er hatte ihn. Er hatte ihn!

»Das wissen Sie ganz genau«, antwortete er. »Sie haben mir etwas versprochen. Aber das ist zwei Wochen her, und seitdem ist nichts geschehen.«

»Du weißt ganz genau, daß wir vorsichtig sein müssen«, mahnte Zombeck. »Und du weißt auch, *daß* etwas geschehen ist, sogar schneller, als ich dir zugesagt habe.«

»Ja, und das war's dann auch«, meinte Werner böse. »Es wird Zeit für die nächste Runde, nicht wahr?«

Zombeck schüttelte fast erschrocken den Kopf. »Das ... geht nicht so schnell«, sagte er.

»Wieso nicht?«

»Weil es nicht geht, darum!« erwiderte Zombeck bestimmt.

Werner starrte ihn an. Er wußte sehr wohl, warum Ricky nicht noch einmal in Zimmer sieben gewesen war. Jeder wußte es. Irgend etwas war passiert an diesem ersten Abend. Was es war, wußte niemand. Sonderbarerweise hielten alle Mitglieder des Inneren Zirkels eisern den Mund, wenn die Sprache auf diese besagte Nacht kam, selbst Stefanie, Wolfgang und Ellen, bei denen normalerweise ein böser Blick Werners ausreichte, um sie einzuschüchtern.

»Heute abend!« forderte Werner.

»Nein«, weigerte sich Zombeck.

»Ich verlange es!«

Zombeck seufzte. Er sah sehr müde aus. »Ich kann ihn nicht zwingen, Werner«, sagte er. »Und die anderen auch nicht. Wolfgang und die beiden Mädchen weigern sich, das Zimmer noch einmal zu betreten. Was soll ich machen? Sie in Ketten hinunterschleifen?«

»Lassen Sie das einfach meine Sorge sein«, beharrte Werner böse.

»Vielleicht gehst du jetzt besser«, sagte Zombeck ruhig. »Hast du nicht seit zehn Minuten eine Unterrichtsstunde?«

Werner öffnete den Mund, ächzte – und fuhr auf dem Absatz herum.

Aber er ging nicht zum Unterricht.

Er verließ nicht einmal das Vorzimmer, sondern lief mit wutverzerrtem Gesicht an Zombecks Sekretärin vorbei, riß den Hörer vom Telefon und wählte eine Nummer, ohne ihren Protest überhaupt zur Kenntnis zu nehmen, und ein paar Minuten später stürmte er zum zweitenmal in Zombecks Büro.

Direktor Zombeck saß in der gleichen erstarrten Haltung am Schreibtisch, in der er ihn zurückgelassen hatte, und starrte ins Leere. Aber zumindest reagierte er diesmal schon nach ein paar Sekunden, als sich Werner vor seinem Schreibtisch aufbaute.

»Was ist denn noch?« fragte er mit müdem Zorn.

Werner grinste. »Da ist ein Anruf für Sie, Herr Direktor«, sagte er hämisch und deutete auf das Telefon. »Nehmen Sie ab. Ich habe Monika gesagt, daß sie gleich durchstellen soll.«

Zombeck zögerte. Er wirkte irritiert. Unsicher griff er nach dem Telefon, nahm den Hörer ab und wartete, bis die kleine grüne Lampe unter der Wählscheibe aufleuchtete. Dann meldete er sich.

Als er den Namen des anderen Teilnehmers hörte, wurde er blaß.

6

Jede Glückssträhne hat einmal ein Ende, und dieses Ende war heute gekommen.

Immerhin war es Ricky gelungen, ihnen zwei geschlagene Wochen aus dem Weg zu gehen. Was ein Kunststück für sich gewesen war, denn wie ging man jemandem aus dem Weg, der nicht nur im gleichen Haus wohnte, sondern auch noch in die gleiche Klasse ging?

Nun, irgendwie war es ihm gelungen. In den ersten Tagen war es sogar relativ einfach gewesen. Die Pausen waren kein Problem; was immer Toni und Angela mit ihm zu besprechen hatten, war nicht für die neugierigen Ohren anderer bestimmt, so daß er in aller Ruhe auf dem Hof herumstehen oder sich in das Gewühl in der Pausenhalle mischen konnte. Und dank Stellers Bestechungsversuch hatte er auch in der Freizeit seine Ruhe: Immerhin lebte er jetzt in einem Einzelzimmer, und die Tür war massiv genug, daß ihn auch Tonis hartnäckiges Klopfen nicht weiter störte.

Aber als er heute den Schlüssel ins Schloß steckte, fand er die Tür unverschlossen, und das ungute Gefühl, daß irgend etwas nicht stimmte, wurde zur Gewißheit, als er sein Zimmer betrat...

...und sich Toni gegenübersah.

Er saß auf dem einzigen Stuhl, den es gab, und blätterte in einer Zeitschrift. Als Ricky hereingestürmt kam, sah er nur kurz auf, lächelte flüchtig und vertiefte sich dann wieder in seine Lektüre.

Ricky warf einen hastigen Blick zum Schrank: Nichts hatte sich verändert; der Stuhl, den er unter die Klinke geklemmt hatte, stand noch immer da, und auch der Pfropfen aus weichgekautem Löschpapier, mit dem er das Schlüsselloch versiegelt hatte, war noch vorhanden. Er knallte die Zimmertür hinter sich ins Schloß und baute sich herausfordernd vor Toni auf. »Was soll das?«

Toni blätterte gelassen eine Seite um und schien völlig auf seine Zeitschrift konzentriert zu sein. »Was?« fragte er in perfekt gespieltem Desinteresse.

Ricky machte einen Schritt nach vorn und fegte Toni das Heft aus der Hand. »Verdammt noch mal, ich frage dich, was du hier zu suchen hast!« schrie er. »Das ist mein Zimmer! Du hast hier drinnen nichts verloren. Wie kommst du überhaupt hier herein?«

»Die Tür war offen«, behauptete Toni.

»Das war sie nicht! Und selbst wenn, was fällt dir ein –«

»Du wolltest es ja nicht anders«, unterbrach ihn Toni ruhig. »Ich habe dir oft genug gesagt, daß wir mit dir reden müssen.«

»Aber ich nicht mit euch!« Ricky warf einen weiteren nervösen Blick zum Schrank.

»Ich bin gespannt darauf, was Frau Steller dazu sagen wird, wenn sie erfährt, daß du in mein Zimmer eingebrochen bist«, knurrte er.

»Bestimmt nichts«, antwortete Toni ruhig. »Sie hat mir die Tür aufgeschlossen.«

»Sie hat –?« Ricky fuhr hoch und starrte Toni an. Der fünfzehnjährige Junge hielt seinem Blick so gelassen stand, daß Ricky davon überzeugt war, daß er die Wahrheit sagte.

»Ihr steckt also alle unter einer Decke, wie?« knurrte er. »Hätt ich mir ja eigentlich denken können.«

»Spiel nicht den Blöden«, sagte Toni ärgerlich. »Du weißt genau, daß ihr bekannt ist, was wir tun. Schließlich hat sie dich zu uns gebracht.«

»Weiß sie alles?« fragte Ricky böse.

Toni seufzte. »Verdammt, ja – *nein*, wenn du so willst. Es... es war ein harmloser Spaß, bis letzte Woche. Sie hatte nichts dagegen, solange –«

»Solange nicht wirklich etwas passiert ist, nicht wahr?« fiel ihm Ricky ins Wort. Er bemühte sich, seine Stimme so höhnisch wie möglich klingen zu lassen, hatte aber keinen besonderen Erfolg damit. »Zimmer sieben! Der innere Zirkel! Ich lach mich gleich tot. Ihr habt da oben gesessen und Geisterbeschwörung gespielt, und die Steller und Zombeck haben sich wahrscheinlich kaputtgelacht.«

»Möglich«, erwiderte Toni gelassen. »Aber jetzt ist etwas passiert, Ricky. Und ich glaube nicht, daß sie noch lachen.«

»Ach? Was denn?«

Toni ballte die Faust und schlug sie so heftig auf die Sessellehne, daß das altersschwache Möbelstück hörbar ächzte. »Stell dich nicht dümmer, als du bist!« schrie er. »Du warst dabei.«

»Und? Außer mir waren noch sechs andere dabei.«

»Aber vorher ist nie so etwas vorgekommen«, beharrte Toni. »Es hat was mit dir zu tun, und du weißt das ganz genau. Und wir werden die Sache klarstellen. Heute abend.«

»Wenn du glaubst, daß ich auch nur einen Fuß je wieder in dieses Zimmer setze, dann mußt du völlig bescheuert sein«, entgegnete Ricky. »Ihr könnt ja tun und lassen, was euch Spaß macht, aber ich hab keine Lust mehr, mich lächerlich zu machen.«

»Vorletzte Woche hast du nicht gelacht«, sagte Toni ernst.

»Ich...« Ricky sprach nicht weiter; und nicht nur, weil Tonis Worte die Erinnerung an jenen fürchterlichen Abend wieder mit aller Macht heraufbeschworen. Er wußte auch, daß jedes weitere Wort vergebens war. Toni hatte eine Woche lang versucht, mit ihm zu reden, in den Pausen, in den Freistunden, während des Essens und überhaupt bei jeder sich bietenden Gelegenheit. Er hatte es die ganze Zeit über geschafft, ihm irgendwie auszuweichen, aber damit war es jetzt vorbei. Toni war nicht gekommen, um mit ihm zu *reden*. Er war hier, um ihn zu *holen*. Und Ricky hatte das sichere Gefühl, daß er es nötigenfalls auch mit Gewalt tun würde. Er wägte blitzschnell seine Chancen ab, mit dem zwei Köpfe größeren Jungen fertigzuwerden. Sie standen nicht sehr gut. Toni war der einzige im Internat, dem man gute Aussichten einräumte, es selbst mit Werner und seiner Bande aufnehmen zu können. Was möglicherweise auch der Grund sein mochte, warum Werner nie versucht hatte herauszufinden, was an diesem Gerede dran war.

Toni stand auf, legte ihm die Hand auf die Schulter und sah ihn sehr ernst an. »Hör mal, Ricky«, begann er. »Ich weiß genau, wie du dich fühlst, glaub mir. Und ich wäre, verdammt noch mal, nicht hier, wenn es nicht wichtig wäre.«

»Wichtig?« Ricky fegte seine Hand weg und wich einen Schritt zurück. »Für wen? Für dich? Oder für euren Hokuspokus?«

»Es ist kein Hokuspokus«, sagte Toni ernst. »Jetzt nicht mehr. Ich... ich geb's ja zu, es war eine harmlose Spielerei. Nichts als ein bißchen Tamtam – und auch ein bißchen Angabe vor den anderen, okay. Aber das letzte Mal ist etwas passiert. Das war kein Hokuspokus, Ricky! Das war echt, und du weißt es genau!«

»Und?« fragte Ricky trotzig. Er wollte es nicht, aber die Bilder stiegen vor seinem geistigen Auge auf, dreidimensional, in Farbe und so frisch, als wäre es vor Minuten geschehen, nicht vor annähernd zwei Wochen: das Uija-Brett, das plötzlich zu zittern begann wie ein lebendes Wesen. Der Zeiger, der wie von Geisterhand bewegt über den rissigen Lack geschlittert war, hin und her, hin und her, Buchstabe um Buchstabe, bis sich diese beiden entsetzlichen Worte gebildet hatten, die Ricky seither einfach nicht mehr vergessen konnte, egal, wie sehr er es versuchte: *ckyschrankrickyschrankrickyschrankrickyschrankr,* immer schneller und schneller und schneller, bis der Zeiger plötzlich wie ein Pfeil davonschoß und so heftig gegen die Wand prallte, daß er zerbrach. Stefanies Schrei, der nur Sekunden angehalten hatte und doch endlos in seinen Ohren zu gellen schien.

Sie hatten es schließlich geschafft, Stefanie zu beruhigen, und Nashu war sogar eine plausible Ausrede für Frau Steller eingefallen, die, durch Stefanies Schreie angelockt, hereingestürmt war. Aber der Ausdruck von Terror war nicht aus Stefanies Augen gewichen, und das Gefühl der Panik nicht aus Rickys Gedanken.

»Wenn du es nicht für mich tun willst, dann tu es wenigstens für Stefanie«, sagte Toni plötzlich, als hätte er seine Gedanken gelesen. »Verdammt, du bist es ihr schuldig! Die Kleine dreht noch durch. Sie hat jede Nacht Alpträume und schreit. Ich weiß nicht, wie lange ich die Steller noch beruhigen kann. Sie glaubt allmählich nicht mehr, daß alles ganz harmlos war, weißt du?«

Ricky antwortete nicht. Fast gegen seinen Willen wanderte sein Blick wieder zum Schrank, und diesmal folgten Tonis Augen der Bewegung. Er sagte kein Wort, aber er sah Ricky sehr komisch an, als er sich wieder zu ihm umdrehte.

»Ich weiß nicht, was du von mir willst«, beharrte Ricky. Aber seine Stimme war unsicher. Er versuchte zu lachen, ging wieder zum Schreibtisch und beschäftigte seine Hände damit, die zerknitterte Seite des Heftes glattzustreichen.

»Ricky, das war echt!« sagte Toni beschwörend. »Kapierst du es wirklich nicht? Okay, ich gebe zu, daß ich Theater gespielt habe. Wenn du willst, gestehe ich morgen vor der ganzen Klasse, daß ich nur das Medium gespielt habe, um mich interessant zu machen. Aber letzte Woche, das war echt! Etwas war da! Ich... ich habe etwas gefühlt! Etwas wie... wie einen fremden Geist.«

»Quatsch«, meinte Ricky.

Aber es war kein Quatsch. Auch er hatte es gespürt, und alle anderen wahrscheinlich ebenfalls. Für eine Weile war etwas bei ihnen gewesen, etwas Unsichtbares und Körperloses, aber auch etwas sehr Mächtiges *(und Böses?)*. Ein Gefühl, als wäre etwas durch das Zimmer geglitten, wie ein Schatten, der einen Schwall von Kälte und Alter mit sich brachte.

»Und du hast es auch gefühlt«, beharrte Toni. »Lüg nicht. Wir sind unter uns. Keiner hört zu.«

»Unsinn!«

»Ja, sicher!« zischte Toni böse. »Alles Unsinn, nicht, Stefanie ist kurz davor, völlig auszuflippen. Wolfgang spricht kein Wort mehr mit mir, und du verrammelst deinen Schrank, als hättest du Angst, daß Frankensteins Monster herauskommen könnte. Und unter deinem Bett liegt ein fertig gepackter Rucksack.«

Ricky sah alarmiert auf. »Woher –?«

»Du willst abhauen, wie?« fragte Toni. Er schüttelte den Kopf. »Ich frag mich bloß, wohin. Was immer das war, letzte Woche, es ist nichts, vor dem du davonlaufen könntest.«

»Das hat... andere Gründe«, sagte Ricky gepreßt. »Ich wollte schon vorher verschwinden. Hab bloß noch nicht die richtige Gelegenheit gefunden.«

»Und der Schrank?« Toni deutete auf den Stuhl, den Ricky unter die Klinke geschoben hatte.

»Das hat nichts damit zu tun«, behauptete Ricky. »Die Tür springt immer von selbst auf. Das Schloß muß kaputt sein, das ist alles.«

»Warum rufst du dann nicht den Hausmeister, damit er es in Ordnung bringt?«

»Der hat genug zu tun«, antwortete Ricky ruppig. »Außerdem brauche ich den blöden Schrank sowieso nicht.«

Toni seufzte. »Wenn es nur das Schloß ist, dann kann ich ja mal danach sehen«, sagte er. »Wenn du willst, gleich. Ich bin ganz geschickt in solchen Sachen, weißt du?« Er machte eine zögernde Handbewegung, und als Ricky nicht sofort reagierte, drehte er sich um und ging auf den Schrank zu.

»Nein!« Ricky schrie fast.

Toni blieb stehen, sah ihn über die Schulter hinweg an und wiederholte seine Worte: »Das ist wirklich nur eine Kleinigkeit. Kein Problem.«

»Okay.« Ricky seufzte tief. »Du hast gewonnen. Was verlangst du?«

»Wir müssen es noch mal tun«, sagte Toni.

»Niemals!«

»Es ist die einzige Möglichkeit«, beharrte Toni. »Ich habe mit den anderen darüber gesprochen, auch mit Stefanie. Sie ist fast verrückt vor Angst, aber sie macht mit, wenn du mitmachst.«

»Du bist ja wahnsinnig«, murmelte Ricky. »Hat dir das, was passiert ist, nicht gereicht?«

»Doch«, antwortete Toni. »Aber die Kleine verliert den Verstand, wenn wir nicht rauskriegen, was *wirklich* passiert ist. Und du auch. Sieh dich doch an!«

»Und was soll das bringen? Was ist, wenn wir alles nur noch schlimmer machen?«

»Wir werden schon nicht gleich den Beelzebub heraufbeschwören«, sagte Toni. Die Worte sollten scherzhaft klingen, aber sie taten es nicht, sondern hingen wie eine düstere Prophezeiung im Raum. Aber Ricky begriff, daß er recht hatte: Ganz gleich, was geschah, nichts konnte schlimmer sein als die Ungewißheit.

»Heute abend«, bat Toni. »Bitte. Nur noch dieses eine Mal.«

Ricky schwieg. Er konnte es nicht tun. Er *durfte* es nicht tun, denn er wußte, daß etwas Fürchterliches geschehen würde, wenn er dieses Wesen, dessen Anwesenheit sie alle gefühlt hatten, auch nur noch ein einziges Mal heraufbeschwören würde.

Als er sich schließlich zu Toni herumdrehte, stand sein Entschluß fest. »Wann?«

»Halb zwölf«, sagte Toni. »Nashu und ich holen dich ab. Und sag zu keinem ein Wort, auch nicht zur Steller.«

»Bestimmt nicht«, entgegnete Ricky. »Ich bin doch nicht verrückt.« Und das war er wirklich nicht. Er würde zu niemandem ein Wort sagen – und er würde auch nicht mehr hier sein, wenn Toni und die anderen kamen, um ihn abzuholen.

Toni sah ihn so durchdringend an, daß Ricky es fast mit der Angst zu tun bekam, er könne seine Gedanken schon wieder deutlich auf seinem Gesicht ablesen. Aber dann nickte er, und seine Erleichterung war nicht gespielt. »Bis heute abend dann.«

Ricky antwortete nicht mehr, und nach einer Weile drehte Toni sich um und verließ das Zimmer. Ricky schloß sorgfältig die Tür hinter ihm ab, ließ den Schlüssel stecken und eilte zu seinem Bett.

Sein Rucksack lag noch da, wo er ihn versteckt hatte. Toni hatte ihn durchwühlt, das konnte man sehen, aber er hatte nichts herausgenommen: Alle Kleider waren noch da, die Mappe mit der Straßenkarte, die er sich im Laufe der letzten Woche heimlich in der Bibliothek fotokopiert hatte, und seinem Geld – und der kleine, sorgsam gefaltete Zettel mit den Bus- und Bahnverbindungen. Obwohl er sie auswendig kannte, faltete er den Zettel auseinander und überflog ihn noch einmal. Wenn er also nur ein bißchen Glück hatte und den Bus bekam, dann konnte er um kurz vor halb neun in Stuttgart sein und zehn Minuten später den Intercity erwischen. Und danach würde er weitersehen.

Ricky faltete seinen Zettel wieder zusammen, verstaute ihn in der Seitentasche des Rucksacks und schloß pedantisch den Reißverschluß, ehe er das Gepäckstück sorgfältig wieder in sein Versteck unter dem Bett schob. Ihn aus dem Internat zu schmuggeln, war das kleinste Problem: Sein Zimmer hatte ein Fenster zur Außenseite; er mußte nur warten, bis die Sonne untergegangen war, und den Rucksack aus dem Fenster fallen lassen. Später, wenn es dunkel war, konnte er ihn dann gefahrlos holen, ohne daß es jemand bemerkte.

Ricky war noch immer nervös, und er hatte immer noch Angst, als er sich aufrichtete, aber er verspürte auch bereits wieder einen Hauch von Zuversicht. *Wenn Toni um halb zwölf an meine Tür klopft,* dachte er, *dann bin ich wahrscheinlich schon auf dem halben Weg nach Köln.*

Als er vom Bett aufstand und sich umdrehte, sprang die Schranktür auf.

7

Ronald sah ungefähr zum fünfzehnten Mal innerhalb einer Viertelstunde auf die Uhr. Es war halb sieben und somit noch über eine Stunde Zeit bis zu seiner Verabredung mit Gloria und ihrem Onkel, selbst wenn er langsam ging – was angesichts des strömenden Regens, der seit einer Weile wie aus Kübeln vom Himmel stürzte, nicht sehr wahrscheinlich war. Aber er hatte keine besondere Lust, in sein Appartement hinaufzugehen, und er hatte noch sehr viel weniger Lust, eine Stunde lang in seinem nach Moder und Feuchtigkeit riechenden »Büro« herumzuhocken, wo ihn die Steller oder vielleicht sogar Zombeck aufspüren würden. Nein: lieber eine Stunde zu früh zu Gloria kommen.

Eigentlich, dachte Ronald, benahm er sich wie ein kleiner Junge, der etwas ausgefressen hat und überlegt, wie er die zu erwartende Strafe am besten hinauszögern kann. Und ein solches Benehmen war eines Mannes von zweiunddreißig Jahren nicht nur unwürdig, es war einfach dumm.

Was nichts daran änderte, daß er absolut keine Lust verspürte, heute noch mit Zombeck zu sprechen.

Er war kein bißchen überrascht gewesen, als er in sein Büro zurückgekommen war und einen Zettel vorgefunden hatte, sich doch umgehend mit Direktor Zombeck in Verbindung zu setzen. Er war nur wütend, und zwar am meisten auf sich selbst.

Je mehr Zeit er gehabt hatte, über den Zwischenfall im Schuppen nachzudenken, desto weniger verstand er seine eigene Reaktion. Nicht, daß er irgend etwas bedauerte oder Werner ihm gar leid tat. Wäre es wirklich nach ihm gegangen, dann hätte er den Hammer nicht nur auf das Hinterrad des Mofas geknallt, sondern direkt in Werners widerliche Visage, und –

Widerliche Visage? Ronald fuhr erschrocken zusammen. Warum hatte er das gedacht? Großer Gott, Werner war ein Kind, ein ekelhaftes, verzogenes und verwöhntes Kind vielleicht, aber trotz allem ein Kind! Und es war nie Ronalds Art gewesen, mit Kraftausdrücken um sich zu werfen, nicht einmal in Gedanken.

Nicht, bis er hierhergekommen war.

Der Gedanke wirkte wie ein Auslöser. Einen Moment lang dachte er ganz ernsthaft darüber nach, ob es wirklich das Internat war, dieses Gebäude, das wie ein schwarzer Monolith über Krailsfelden aufragte und nicht nur düster aussah, sondern auch war. Ein Schatten, der seinerseits einen Schatten warf und damit die Seelen derer vergiftete, die in seinem Einflußbereich lebten. So lächerlich der Gedanke klang, er war nicht ganz von der Hand zu weisen. Ronald *hatte* sich verändert, seit er hierhergekommen war. Er war härter geworden, aggresssiver. Er dachte an den ersten Abend, an dem er Werner und seinen drei Freunden gegenübergestanden und ganz ernsthaft über die Möglichkeit nachgedacht hatte, einen oder mehrere von ihnen zu töten, und an gerade vorhin, als er...

Ein unsichtbarer eiserner Besen fuhr durch seinen Kopf und wirbelte den Gedanken davon, so schnell und spurlos, daß nicht einmal die Erinnerung daran zurückblieb.

Er sah auf die Uhr, stellte fest, daß es fünf nach halb sieben war, und registrierte mit einer Mischung aus Erleichterung und Enttäuschung, daß die Zeit auf keinen Fall mehr ausreichen würde, ins Dorf zu gehen und Blumen zu holen.

Ronald seufzte, bedachte den Zettel mit Zombecks Nachricht mit einem letzten Blick und stand auf. Morgen war auch noch ein Tag.

Er nahm seine Jacke vom Haken, schlüpfte in den Regenmantel und löschte das Licht, als er das Büro verließ. Der Wind überfiel ihn mit eisigem Geheul und Sprühwasser und riß ihm fast die Tür aus der Hand. Ronald schlug den Mantelkragen hoch und hielt die Revers mit der linken Hand zusammen, während er mit der anderen den Schlüssel ins Schloß steckte und herumdrehte. Es war kalt. Viel kälter, als er geglaubt hatte. Aber wenigstens hatte der Regen nachgelassen: Aus dem rauschenden Guß war ein feines, wenn auch durchdringendes Nieseln geworden, und der Hof lag so vor ihm, wie er ihn an seinem allerersten Abend erblickt hatte. Ein riesiges, schwarzes Schachbrett mit silbernen Linien, aus dessen Mitte ein verkrüppelter Schatten emporwuchs, der mit der Dunkelheit und dem Mauerwerk dahinter verschmolz.

Ronald blieb einen Moment stehen und sah sich um. Die Szene war wie eine Wiederholung, aber diesmal verstand er das Gefühl des *déjà vu* wenigstens. Damals wie jetzt war es dunkel gewesen. Damals wie jetzt hatte es geregnet, und damals wie jetzt hatte er das Gefühl gehabt, aus unsichtbaren Augen belauert zu werden.

Er lächelte über seine Gedanken, senkte den Kopf gegen den Wind und beeilte sich, den Hof zu überqueren. An diesem Ort war weder etwas Magisches noch etwas Unheimliches. Es war lediglich seine Erinnerung an jenes sonderbare Gefühl von damals. Es war kalt, und es regnete, und das war alles.

8

Im ersten Augenblick war Ricky einfach gelähmt. Er empfand nicht einmal Schrecken. Sein Bewußtsein hatte abgeschaltet; ein Relais, das dafür sorgte, daß das Entsetzen ihn nicht tötete, sondern irgendwo auf halbem Wege zwischen seinen Sinnesorganen und dem bewußten Denken harmlos verpuffte. Er starrte den Schrank an, gelähmt, in einer grotesken Haltung mitten in der Bewegung eingefroren, und er stürzte nur deshalb nicht, weil sich jede einzelne Muskelfaser in seinem Körper verkrampft hatte. Er sah und hörte alles mit übernatürlicher Deutlichkeit und Schärfe, aber sein Gehirn war nicht mehr fähig, die visuellen Eindrücke in wirkliches Begreifen zu verwandeln, geschweige denn, dessen Konsequenzen zu verarbeiten.

Er sah, wie die Schranktür lautlos aufschwang, zitternd, wie von einer unsichtbaren, starken Hand geschoben, lautlos und ebenso langsam wie unaufhaltsam und *durch den Stuhl hindurch,* den er unter die Klinke gestellt hatte: ein fließendes Durchdringen der Materie, wie zwei Holografien, die ineinander projiziert werden. Eine Sekunde lang zitterte der Stuhl noch in der schrägen Position, wie Ricky ihn unter die Klinke gedrückt hatte, dann neigte er sich ganz langsam nach hinten und fiel gegen das, was im Schrank war. Es gab einen dumpfen, sonderbar satten Laut, als er zur Seite rutschte und auf dem Boden aufschlug.

Und Ricky erwachte aus seiner Erstarrung.

Der schützende Blitzableiter in seinem Gehirn arbeitete noch immer und ließ ihn nur einen Bruchteil eines Entsetzens spüren, dessen volles Ausmaß ihn so sicher umgebracht hätte wie eine Pistolenkugel.

Er fiel rücklings auf das Bett, von dem er sich erst vor wenigen Augenblicken erhoben hatte, rollte halt- und hilflos umher und stürzte mit einem Schrei zu Boden, einem Schrei, der nur in seinen eigenen Ohren gellte, denn seine Kehle war wie zugeschnürt und brachte nur ein ersticktes Keuchen zustande.

Ein Teil von ihm war noch immer gelähmt. Nicht mehr sein Körper, aber sein Wille. Er hätte sein Leben gegeben, hätte er in diesem Moment die Wahl gehabt, zu sterben oder den fürchterlichen Anblick weiter zu ertragen, aber er hatte keine Wahl mehr: Dieselbe Macht, die die Wirklichkeit und alle Regeln von Logik und Vernunft so mühelos ausgeschaltet hatte, fegte seinen Willen hinweg und zwang ihn, die geöffneten Schranktüren anzustarren.

Es war kein Schrank mehr.

Aber es war auch nicht der Höllenschlund, in den er im Ambulanzzimmer geblickt hatte, sondern etwas ungleich Grauenhafteres. Wo leere Fächer und kunststoffüberzogene Spanplatten gewesen waren, erhob sich eine pulsierende, wabernde Wand aus gelbgrauem Fleisch, pumpend wie ein riesiger zuckender Muskel und von einem Gespinst knorpeliger Adern- und Nervenstränge durchzogen. Große, durchsichtige Tropfen einer zähen Flüssigkeit bedeckten die Wand, und hier und da ragten dünne Fleischfäden wie tastende, knochenlose Finger aus der widerlichen Masse.

Und dann sah er das Gesicht.

Es war nicht wirklich da: Ricky sah keine Augen, Nase, Mund oder irgend etwas anderes Menschliches, und trotzdem erkannte er es, die verkrüppelten, zu einer bösen Karikatur verzerrten Züge eines menschlichen Gesichts, unsichtbar, wie hinter den Barrieren der Wirklichkeit verborgen, aber auch unübersehbar.

Werners Gesicht.

Er schrie, und diesmal hörte er selbst, daß er nur ein ersticktes Keuchen zustande brachte. Seine Hände und Füße begannen zu zukken, gehorchten seinem Willen nicht mehr. Er wollte aufstehen, aber er hatte nicht einmal die Kraft, den Blick von der fürchterlichen Erscheinung zu wenden.

Die Wand begann zu bluten.

Die durchsichtigen Tropfen färbten sich rosa, dann rot, und plötzlich erfüllte süßer warmer Blutgeruch das Zimmer. Ein reißendes Geräusch erklang, wie von einem Messer, das durch weiches Fleisch schnitt, und in der Mitte der zuckenden Mauer aus Fleisch erschien eine dünne rote Linie. Blut, immer mehr Blut quoll hervor und sammelte sich zu einer Pfütze auf dem Boden, während aus der Linie ein Spalt und aus dem Spalt eine klaffende Wunde wurde.

Halb wahnsinnig vor Angst stemmte sich Ricky auf Hände und Knie hoch und kroch rückwärts davon, bis er gegen die Wand stieß. Er begriff nicht einmal, daß er die Kontrolle über seinen Körper allmählich zurückgewann; er spürte nicht einmal den peinigenden Schmerz, als seine verkrampften Muskeln allmählich wieder zu arbeiten begannen. *Er ist da!* dachte er. *Werner ist gekommen, um mich zu holen!* Er hatte gewartet bis zum allerletzten Moment, um seine Qual hinauszuzögern, aber jetzt würde er ihn holen; er würde nicht zulassen, daß Ricky floh und seiner Rache entkam; er war da, war immer dagewesen, ganz wie es das Uija-Brett gesagt hatte: *rickyschrankrickyschrankrickyschr* –

Seine Gedanken verwirrten sich. Der Blitzableiter war überlastet und drohte durchzubrennen, und hinter Rickys Stirn schaltete ein letztes Relais: Er verlor das Bewußtsein.

Er wurde schlicht und einfach ohnmächtig.

Aber nur für ein paar Augenblicke.

Als er erwachte, war aus dem Spalt eine klaffende, mannshohe Wunde geworden. Der süßliche, widerwärtige Geruch raubte ihm fast den Atem, und als er die Hände bewegte, um sich aufzurichten, patschten seine Finger durch warmes, klebriges Blut, das mehr als die Hälfte des Bodens bedeckte. Heiße Nässe tränkte seine Hosenbeine und seinen Rücken, und das Zimmer war ein Chaos aus sprudelndem Rot.

Doch plötzlich hatte er überhaupt keine Angst mehr. Er war erfüllt von unvorstellbarem Grauen, aber es war ein Entsetzen von einer Qualität, die keine Angst mehr zuließ; vielleicht, weil der für Angst zuständige Bereich seines Gehirnes einfach überlastet und ausgebrannt war, vielleicht auch deshalb, weil ihm der winzige verbliebene Rest seines logischen Denkens mit brutaler Deutlichkeit sagte, daß es keinen Ausweg mehr gab. Was immer geschehen sollte, würde geschehen. Es gab keinen Ausweg aus diesem Zimmer. Keine Macht des Universums konnte ihn vor dem schützen, was aus dem Schrank kam.

Und etwas kam. Aus der klaffenden Wunde war ein tiefer, ein endlos tiefer Schnitt geworden, die Bahn eines weißglühenden Speeres, der in den Leib des Internats gestoßen worden war, und aus seiner Tiefe tastete sich etwas heraus: nicht das verkrüppelte Monstrum aus der Krankenstation, sondern etwas Finsteres, Großes, wie eine Zunge aus schwarzem, glitschigem Fleisch, die unentwegt ihre Form veränderte. Sie bewegte sich langsam, aber nicht, weil ihr die Bewegung Mühe gemacht hätte oder sie etwas aufhielt. Sie hatte Zeit. Ricky war in einer kleinen Tasche des Universums gefangen, in der Zeit keine Bedeutung mehr hatte.

Aber er konnte sich bewegen, und er konnte allmählich wieder denken. Unter dem kreischenden Tornado aus Entsetzen und Wahnsinn in seinem Bewußtsein rührte sich etwas Älteres, Mächtigeres als bewußtes Überlegen: die Urkraft der Schöpfung, der unbändige Wille zu leben, ganz gleich, wie, und ganz gleich, um welchen Preis. Taumelnd stemmte er sich hoch, glitt in der schmierigen Schicht aus warmem Blut aus und fing seinen Sturz ungeschickt ab. Die schwarze Zunge kam näher. Er konnte jetzt erkennen, daß sie zwar ihre Form, nicht aber ihre Oberfläche veränderte: Die Haut war hart und ledrig, bedeckt mit Stacheln und Schleim und Blut, das aus daumennagelgroßen Poren quoll, aber hart wie Stahl. Sie würde ihn töten. Ihre bloße Berührung würde seinen Körper zerreißen, und wenn nicht das, so würde sie seinen Geist auslöschen, und sie würde ihn als sabbernden Idioten vorfinden, als leere Hülle, in der kein Leben mehr war, sondern nur noch Angst und Wahnsinn.

Aber das wollte er nicht.

Er wollte leben.

Gleich, um welchen Preis. Nur leben. *Leben.*

Ricky schrie, und es war zugleich ein Schrei abgrundtiefer Furcht wie unbändiger Wut. Das *Ding* würde ihn töten, wenn es aus dem Schrank herauskam und ihn berührte, das wußte er mit absoluter Gewißheit, aber das würde er nicht zulassen!

Mit der Kraft eines Berserkers sprang er nach vorn, watete durch den knöcheltiefen See aus Blut, der das Zimmer füllte, und packte den umgestürzten Stuhl. Fast mühelos brach er eines der Beine ab, schwang es hoch über den Kopf und sprang mit einem hysterischen Kreischen hinein in den zuckenden, blutigen Tunnel aus Fleisch.

Sein Bewußtsein schaltete einfach ab. Er spürte nicht, wie seine Füße bei jedem Schritt tief in die wabernde Masse eindrangen; er spürte nicht, wie Blut und Schleim wie höllischer Regen auf ihn herabstürzten; er spürte nicht, wie unter seinen Schritten Adern rissen und kleine, pumpende Organe aufplatzten; er hörte nur noch seinen eigenen gellenden Schrei und spürte die glatte Härte des Speers, den er hoch über den Kopf schwang...

...und mit aller Macht in den mannsgroßen Lappen aus schwarzem ledrigem Fleisch hineinstieß.

Und noch einmal. Und noch einmal.

Rickys Arme hoben und senkten sich, hoben und senkten sich, und bei jedem Mal stieß er das zersplitterte Ende des Stuhlbeins tiefer in die schwarze Masse vor sich, fügte ihr Wunde um Wunde zu, riß *(seine Kehle auf)*, zerfetzte *(Buchners Gesicht)* und schlug, bis die Bewegungen des scheußlichen Wesens langsamer und müder wurden. Das unsichere, suchende Tasten der Zunge verwandelte sich in ein schmerzliches Zittern. Sie bewegte sich zurück, glitt nach rechts, nach links, versuchte seinem rasenden Hacken und Fetzen zu entkommen und krümmte sich vor Schmerz. Dann versuchte sie, sich zu wehren: In der schwarzen Lederhaut erschienen große, reißzähnige Münder, Klauen mit Dutzenden rasiermesserscharfer, gebogener Krallen und dünne, stachelbesetzte Peitschen, aber nicht eine einzige dieser mörderischen Waffen erreichte Ricky. Es war, als trüge er einen unsichtbaren Schild, an dem alle Angriffe abprallten. Das schwarze Etwas war eine Kreatur der Hölle, ein Geschöpf aus purer Bosheit und Haß, aber so gewaltig seine Kraft auch war, sie prallte an der rasenden Wut ab, die Ricky erfüllte, dem unbeugsamen, tobenden Willen zu überleben, der ihn unverwundbar machte. Mit einem letzten gellenden Schrei riß er seinen Speer in die Höhe und rammte ihn noch einmal in die schwarze Zunge, so tief, daß er sie durchdrang und für einen Moment an den Boden nagelte und Rickys Hände ihre Haut berührten.

Ein fürchterlicher Schmerz schoß durch seine Arme. Es war, als hätte er Feuer berührt, das flammende Herz der Hölle selbst, das sein Fleisch mit der Hitze einer explodierenden Sonne versengte. Er schrie, taumelte zurück und sah noch im Fallen, wie die schwarze Zunge sich aufbäumte, einer pulsierenden, gepfählten Schlange gleich, die sich in Agonie wand und vergeblich versuchte, den tödlichen Pfeil abzuschütteln, der aus ihrem Leib ragte.

Dann stürzte er rücklings aus dem Schrank und schlug so heftig mit dem Hinterkopf auf dem Boden auf, daß er abermals das Bewußtsein verlor. Und so fanden ihn Rolf und Toni vor, als sie zwei Stunden später kamen, um ihn abzuholen.

9

»Ich an Ihrer Stelle hätte vielleicht doch die Polizei geholt.« Pfarrer Vanderbilt nippte an seinem Kaffee, zog eine Grimasse – er war längst kalt geworden, aber Gloria weigerte sich, ihm eine zweite Portion zu genehmigen – und stellte die Tasse mit einem vorwurfsvollen Blick in Glorias Richtung zurück. »Glauben Sie mir, Ronald, Sie werden noch Ärger bekommen. Mit diesem Freddy und seinen Kumpanen ist nicht zu spaßen.«

»Das habe ich gemerkt.«

»Noch einen Kaffee?« fragte Gloria. Ronald und Vanderbilt nickten gleichzeitig, aber natürlich ignorierte sie die Tasse, die ihr Onkel ihr hinhielt, und schenkte nur Ronald ein.

Eigentlich wollte er gar keinen Kaffee mehr, aber er begriff sehr wohl, daß Gloria die Frage nur gestellt hatte, um das Gespräch zu unterbrechen.

»Fred Tholberg gehört nicht zu denen, die aus irgend etwas lernen«, beharrte Vanderbilt.

»*Tholberg?*« wiederholte Ronald überrascht. »Der Elektriker?«

»Sein Sohn.« Vanderbilt nickte. »Aber keiner, auf den ein Vater stolz ist.«

»Jetzt hört aber endlich auf«, unterbrach Gloria. Ihr Onkel verstummte tatsächlich, und auch Ronald sah sie verwirrt an. In Glorias Stimme hatte Schärfe gelegen.

Sie schien selbst zu spüren, daß sie sich im Ton vergriffen hatte, denn das zornige Blitzen in ihren Augen machte einem Ausdruck von Verlegenheit Platz. Trotzdem sagte sie noch einmal: »Bitte, Onkel Henk. Ich habe Ronald gebeten, mit uns zu essen, damit ihr euch kennenlernt, und nicht, um über Freddy zu reden.«

Ronalds Blick irrte unsicher zwischen den beiden hin und her. Er verstand Glorias Reaktion immer weniger, denn sie erschien ihm maßlos überzogen. Aber er gab auch sich zum Teil Schuld an dem Mißklang, der sich in das Gespräch eingeschlichen hatte.

Ronald bedauerte längst, überhaupt von ihrem Zusammenstoß mit Freddy in Babs' *Grillcenter* erzählt zu haben. Gloria fühlte sich verantwortlich für das, was passiert war.

Vanderbilt seufzte. »Du hast recht, Gloria«, sagte er. »Es gibt erfreulichere Themen als Fred Tholberg.« Mit einer für sein Alter erstaunlich geschmeidigen Bewegung beugte er sich über den Tisch und angelte nach der Kaffeekanne, ehe Gloria auch nur Zeit fand zu protestieren. »Zum Beispiel dein köstlicher Kaffee.«

Er schenkte sich ein, rührte bedächtig und nippte mit spitzen Lippen an seiner Tasse. »Sie sollten öfter zum Essen kommen, Ronald«, sagte er. »Auf diese Weise bekomme ich wenigstens ab und zu einen Schluck hiervon. Gloria hält mich sehr kurz.«

»Tut sie das?« Ronald nippte an seiner Tasse und musterte Gloria mit einem langen Blick. »Eigentlich sieht sie gar nicht so streng aus.«

»Lassen Sie sich nicht von ihrem Äußeren täuschen«, erwiderte Vanderbilt ernst. »Darauf ist schon so mancher hereingefallen, glauben Sie mir. Sie sieht aus wie ein Engel, ich weiß, aber in Wirklichkeit ist sie ein Hausdrachen.«

Gloria blickte finster, stand mit einem Ruck auf und nahm die Kaffeekanne vom Tisch. »Ich kümmere mich um das Dessert«, erklärte sie beleidigt. »Auf diese Weise habt ihr beiden wenigstens Gelegenheit, euch in Ruhe über mich auszulassen.«

»Tu das, mein Kind«, meinte Vanderbilt. »Und laß dir ruhig Zeit. Es gibt eine Menge, was ich Ronald über dich erzählen muß.«

Gloria schoß einen giftigen Blick über den Tisch und verbiß sich die Antwort, die ihr sichtlich auf der Zunge lag, und Ronald unterdrückte ein Lächeln. Pfarrer Vanderbilt gefiel ihm. Er hatte ihn erst vor einer guten Stunde kennengelernt, aber Henk Vanderbilt gehörte zu jenen Menschen, die einem fast sofort ein Gefühl von Vertrauen vermittelten, und das hatte ganz und gar nichts mit seinem Status als Geistlicher zu tun. Er war einfach ein netter, alter Herr.

»Meinen Sie es ernst?« fragte Vanderbilt plötzlich.

Ronald sah ihn einen Herzschlag lang verständnislos an. »Wie bitte?«

»Mit Gloria«, sagte Vanderbilt. »Was ist sie für Sie – nur ein Flirt, oder etwas Ernsteres?«

»Ich ...« Ronald blickte den alten Mann verstört an. Die Direktheit der Frage überraschte ihn, und er begriff, daß Vanderbilt sie keineswegs aus purem Zufall in genau dem Moment gestellt hatte, in dem sie das erste Mal allein waren.

»Nun?« Vanderbilt nippte an dem Kaffee, den er sich erschlichen hatte, und bemühte sich, ein möglichst desinteressiertes Gesicht zu machen. Aber Ronald entging keineswegs, daß er ihn aus den Augenwinkeln heraus scharf beobachtete.

»Wir kennen uns doch erst seit ein paar Tagen«, antwortete er ausweichend. »Das ist heute das dritte Mal, daß wir uns sehen – nein, das vierte. Aber trotzdem ...«

»Unsinn.« Vanderbilt setzte seine Kaffeetasse ab und sah ihn jetzt fast herausfordernd an. »So etwas spürt man sofort. Ist es ernst?«

»Ich glaube schon«, gestand Ronald.

»Dann ist es gut.« Vanderbilt seufzte, stand auf und ging zum Fenster. »Gloria ist ein nettes Mädchen, Ronald«, sagte er. »Und sehr verwundbar. Lassen Sie sich nicht von ihrer burschikosen Art täuschen. In Wirklichkeit ist sie sehr sensibel und sehr verletzlich. Und ich werde nicht mehr lange da sein, um auf sie aufzupassen, wissen Sie? Ich habe nichts gegen einen Flirt, aber ich möchte nicht, daß ihr jemand weh tut.«

»Das werde ich nicht«, beteuerte Ronald – und er meinte diese Worte sehr ernst. Vanderbilt hatte recht: Er hatte sofort gespürt, daß zwischen Gloria und ihm etwas war, das über ein flüchtiges Interesse hinausging. Ronald war nicht sicher, ob es Liebe war (er war nicht sicher, ob er überhaupt jemals wieder in der Lage sein würde, jemanden zu lieben, nach Anna), aber er mochte sie, und es gab ein Gefühl von Vertrauen und Sympathie zwischen ihnen, das vielleicht stärker als Liebe war; stärker zumindest als die Art von Liebe, die manchmal wie ein flüchtiges Strohfeuer aufflammte und ebenso schnell wieder erlosch.

»Wahrscheinlich werde ich Ihnen ein bißchen komisch vorkommen, Ronald«, fuhr Vanderbilt fort, ohne sich vom Fenster abzuwenden und mit sehr leiser, aber auch sehr ernster Stimme. »Wir kennen uns gerade eine Stunde, und ich frage Sie, ob Sie meine Nichte lieben.«

»Das ist Ihr gutes Recht«, meinte Ronald hilflos.

Vanderbilt unterbrach ihn sofort. »Nein, das ist es nicht. Sie sind beide alt genug, um zu wissen, was Sie tun. Aber die Umstände zwingen mich, über gewisse ...« Er zögerte, suchte nach Worten. »Über gewisse Konventionen hinwegzugehen«, sagte er schließlich. »Normalerweise würden wir dieses Gespräch nicht führen. Nicht jetzt schon. Aber ich habe nicht mehr viel Zeit, und mir liegt zu viel an Gloria, um irgendein Risiko einzugehen.« Er wandte sich um und sah Ronald an, aber die Dunkelheit, die das Fenster erfüllte, hatte nun auch sein Gesicht verschlungen. Ronald erkannte nur das matte Glitzern seiner Augen.

»Es gab da schon einmal einen jungen Mann in Glorias Leben«, fuhr Vanderbilt fort. »Er hat Gloria sehr weh getan. Sie spricht fast nie darüber und wenn, dann tut sie so, als wäre nichts geschehen. Aber sie ist fast daran zugrunde gegangen. Ich werde nicht zulassen, daß so etwas noch einmal geschieht.«

Ronald fühlte sich immer unbehaglicher, und gleichzeitig – was fast schon absurd war – spürte er ein heftigeres Gefühl von Vertrauen und Sympathie Vanderbilt gegenüber denn je. Er hätte sich vorkommen müssen wie in einem schlechten Film, in dem die Familie der Braut den angehenden Bräutigam beiseite nimmt und ihm erklärt, was für schreckliche Dinge ihm zustoßen würden, sollte er ihren Erwartungen nicht entsprechen. Aber dem war ja nicht so. Vanderbilts Worte waren frei von irgendeiner Drohung. Er sprach nur aus Sorge um Gloria, und Ronald fühlte sich nicht bedroht oder in irgendeiner Form genötigt, sondern verstand und teilte diese Sorge sogar.

»Es wird nicht noch einmal geschehen«, betonte er noch einmal.

»Dann ist es gut.« Vanderbilt wandte sich wieder zum Fenster. »Hat es auch in Ihrem Leben schon eine Frau gegeben, Ronald? Ich weiß, das geht mich nichts an, aber –«

»Ich war verheiratet«, sagte Ronald.

Vanderbilt sah ihn fragend an.

»Sie ist tot. Ein Autounfall.« *Ein Autounfall? Nun, so kann man es nennen. Aber die Wahrheit ist doch wohl eher, daß du sie umgebracht hast, oder?* Er verscheuchte die flüsternden Gedanken aus seinem Kopf und setzte hinzu: »Es ist ein Jahr her.«

»Das tut mir leid.«

Es klang aufrichtig, aber Ronald antwortete nicht mehr. Er wartete darauf, daß Vanderbilt weitersprach, doch der alte Pfarrer schwieg und blickte starr weiter in die Dunkelheit hinter dem Fenster hinaus, bis er sich schließlich – nach einer kleinen Ewigkeit, wie es Ronald vorkam – seufzend wieder umwandte und zum Tisch zurückkam. Nachdem er sich gesetzt hatte, wechselte er abrupt das Thema.

»Haben Sie sich schon eingelebt, an Ihrem neuen Arbeitsplatz?«

»Es geht so.« Ronald lächelte matt. »Ich habe schon Schlimmeres erlebt.«

»Aber auch Besseres.«

»Auch Besseres, ja. Aber nicht viel.« Er trank einen Schluck Kaffee und gewann damit ein paar Sekunden. Ein neuer, nicht unbedingt angenehmer Ton hatte sich in ihr Gespräch geschlichen. Und er hatte das sichere Gefühl, daß Vanderbilt diese Frage nicht nur gestellt hatte, um Konversation zu machen, und daß er sich auch nicht von diesem Thema abbringen lassen würde.

»Die Arbeit ist eigentlich gar nicht so schlimm«, fuhr er fort. »Es gibt eine Menge zu tun, aber ich kann mir das meiste selbst einteilen. Niemand macht mir Vorschriften oder treibt mich an.«

»Das hört sich gut an.«

»Das ist es auch.«

Gloria kam zurück und balancierte ein Tablett voller Dessertschalen und Weingläser zum Tisch, und Ronald gewann einige weitere Sekunden. Aber seine Hoffnung, daß Vanderbilt das Thema wechseln würde, erfüllte sich nicht. Im Gegenteil – er wartete, bis Gloria die Schalen mit Quarkspeise auf dem Tisch verteilt und sich wieder gesetzt hatte, dann deutete er mit einer Kopfbewegung auf Ronald und sagte: »Wir haben gerade über Ronalds Arbeitsplatz gesprochen.«

»Und? Gefällt er ihm nicht?«

»Doch«, antwortete Ronald an Vanderbilts Stelle. »Die Arbeit schon. Aber das Internat ist –«

»Unheimlich?« schlug Vanderbilt vor.

»Ja.« Er zögerte einen Moment, dann nickte er und sagte noch einmal: »Ja. Das ist wohl das passende Wort. Es ist ein ... seltsamer Ort.«

»Es ist ein *böser* Ort«, korrigierte ihn Vanderbilt, und plötzlich war in seiner Stimme eine Härte, die Ronald schaudern ließ. »Sie sollten nicht dort bleiben, Ronald.«

»Jetzt übertreib aber nicht, Onkel Henk«, mischte Gloria sich ein. »Es ist vielleicht ein etwas sonderbares Gebäude, aber –«

»Es ist ein böser Ort, und er ist voller böser Dinge«, beharrte Vanderbilt. »Glauben Sie mir, Ronald: Was Sie erlebt haben, war kein Zufall. Und Sie haben noch Glück gehabt. Es wird schlimmer werden, je länger Sie bleiben. Vielleicht kommen Sie das nächste Mal nicht glimpflich davon. Unterschätzen Sie die Mächte nicht, die dort wohnen.«

»Wenn Sie Werner meinen«, sagte Ronald vorsichtig. »Ich glaube nicht, daß ich mich vor einem Fünfzehnjährigen fürchte.«

»Ich rede nicht von dem Jungen«, entgegnete Vanderbilt. »Es ist das Internat selbst, Ronald. Es ist böse, und es verdirbt die, die dort leben.«

»Onkel Henk, *bitte*«, sagte Gloria scharf. »Du –«

»Laß ihn ruhig«, unterbrach sie Ronald. »Wirklich, Gloria, es interessiert mich. Ich möchte das hören.«

»So?« Vanderbilt lächelte. »Und warum?«

»Nun, ich ...« Er wollte sagen: *Ich spüre es auch,* aber er hielt sich im letzten Moment zurück und fuhr nach einer winzigen Pause fort: »Irgendwie haben Sie recht, Herr Vanderbilt.«

»Henk«, korrigierte ihn Vanderbilt. »Bitte.«

»Henk, gut. Aber Sie haben recht: Manchmal hat man das Gefühl, dort ... wäre etwas. Aber ich würde es nicht unbedingt *böse* nennen.«

»Sondern?«

Er überlegte. »Seltsam«, sagte er schließlich. »Alles ist ... anders, als man erwartet. Vielleicht ein wenig düster und unheimlich. Aber böse? Das ist ein großes Wort.«

»Aber es stimmt«, beharrte Vanderbilt. »Man merkt es nicht sofort, aber es ist da.« Er sah wieder zum Fenster, und plötzlich begriff Ronald, daß es das Internat war, das er anstarrte, jetzt wie vorhin. Die Regenwolken hatten die Nacht zu dunkel gemacht, als daß man es sehen konnte, aber es war da, direkt vor diesem Fenster, und zum erstenmal wurde Ronald klar, daß es keinen Punkt in ganz Krailsfelden gab, von dem aus man nicht das Internat auf seinem Hügel sehen konnte.

»Es war früher einmal ein Kloster, nicht wahr?«

Vanderbilt nickte. »Ein Kapuzinerkloster, ja, bis kurz vor dem Krieg. Die Nazis haben es geschlossen. Es gab Pläne, es umzubauen, nach dem ›Endsieg‹. Aber dann kam etwas dazwischen.« Er lachte, aber es klang kein bißchen amüsiert. »Irgendwie hat das mit dem Endsieg nicht so geklappt, wie es geplant war. Danach hat das Haus ein paar Jahre leergestanden, aber nicht lange.«

»Und wieso sind die Kapuziner nicht zurückgekommen?«

Vanderbilt zuckte mit den Achseln. »So genau weiß das niemand. Es ging alles drunter und drüber, damals. Jedenfalls hat es zwei, drei Jahre leergestanden, ehe Sänger es gekauft und das Internat gegründet hat.«

»Sänger?« Ronald bemühte sich, nicht zu interessiert zu wirken. Aber er hatte das Gefühl, daß Vanderbilt ihn so mühelos durchschaute, als stünden seine Gedanken in roter Leuchtschrift auf seiner Stirn. *Sänger?* Aber das war ...

»Ein Mann aus Krailsfelden«, fuhr Vanderbilt fort. »Ich glaube, er war Stadtrat oder so etwas.«

»Bürgermeister.«

Nicht nur Gloria sah ihn überrascht an. Auch Vanderbilt blickte hoch und runzelte die Stirn. »Sie kennen die Geschichte?«

»Nein.« Ronald schüttelte hastig den Kopf. »In der großen Halle oben hängt ein Bild von Sänger. Aber ich weiß nur, daß er der Gründer des Internats war. Und Bürgermeister von Krailsfelden, bis kurz nach dem Krieg.« Er wunderte sich selbst ein wenig, wie glatt die Lüge ihm von den Lippen ging. Innerlich verfluchte er sich dafür, sich nicht besser in der Gewalt zu haben.

»Auf jeden Fall hat er den ganzen Komplex gekauft und die Sänger-Stiftung gegründet.«

»Das ganze Gebäude? Aber das muß Millionen gekostet haben!«

»Möglich.« Vanderbilt wackelte zustimmend mit dem Kopf. »Vielleicht aber auch nicht. Es gab nicht viele Interessenten, nicht für einen solchen Bau, und schon gar nicht nach dem Krieg. Und Sänger war ein einflußreicher Mann, zumindest hier in Krailsfelden. Ich vermute, er hat es für ein Butterbrot bekommen, zumal er es ja einem gemeinnützigen Zweck zugeführt hat. Das Sänger-Institut hat... etwas andere Regeln, als man sie normalerweise bei einem Internat erwartet.«

»Das ist mir aufgefallen«, sagte Ronald. »Dort läuft sowieso alles etwas anders, als man erwartet.«

»So?« fragte Vanderbilt. Obwohl sich weder in seinem Gesicht noch in seiner Stimme irgend etwas änderte, hatte Ronald plötzlich das Gefühl, einen fast lauernden Unterton zu spüren. Er mahnte sich innerlich zur Vorsicht. Es hätte nicht viel gefehlt, und er hätte Vanderbilt und Gloria von seinen Träumen erzählt. Und obwohl eigentlich nichts dagegen sprach, warnte ihn doch etwas davor.

»Sie kennen Direktor Zombeck«, sagte Ronald schließlich.

»Und Frau Steller.« Vanderbilt nickte amüsiert. »Ja. Die beiden führen seit Jahrzehnten einen verbissenen Machtkampf. Dabei kann keiner ohne den anderen auskommen – und sie wissen es beide. Aber das haben Sie nicht gemeint, oder?«

»Nein«, gestand Ronald. Er sprach nicht sofort weiter, sondern beschäftigte sich einige Sekunden lang scheinbar konzentriert mit seinem Dessert. Er hatte plötzlich begriffen, daß dieses Gespräch alles andere als harmlos war. Er dachte daran, was Vanderbilt selbst vor einigen Minuten gesagt hatte: *Ich habe nicht mehr viel Zeit.* Und er verlor auch keine Zeit. Nichts von all dem, was er gesagt oder gefragt hatte, war Zufall oder pure Konversation. Ein wenig erinnerte ihn die Situation an sein erstes Gespräch mit Zombeck und der Steller: Sie spielten ein Spiel, bei dem jeder dem anderen ein paar Brocken hinwarf und vorsichtig abzutasten versuchte, wieviel der andere bereits wußte. Aber warum?

»Sie erwähnten etwas von einem gemeinnützigen Zweck«, fuhr Ronald vorsichtig fort. »Das erklärt eine Menge.«

»So?«

»Ich hatte ein Gespräch mit Zombeck, vor ein paar Tagen. Er erzählte mir, daß die Eltern der Kinder keine festen Beiträge bezahlen, sondern jeder soviel gibt, wie er kann. Das ist nicht unbedingt allgemein üblich, oder?«

»Nein«, antwortete Vanderbilt. »Aber hat er Ihnen auch gesagt, daß sie sich ihre Zöglinge ganz genau aussuchen?«

»Wie meinen Sie das?«

Vanderbilt machte eine vage Handbewegung. »Die Idee, die Eltern nach ihren finanziellen Möglichkeiten bezahlen zu lassen, klingt gut«, sagte er. »Der Haken daran ist nur, daß sie sich ganz gezielt Eltern *aussuchen,* die über gewisse Möglichkeiten verfügen. Ganz enorme Möglichkeiten sogar.«

»Oh«, meinte Ronald nur. Die Neuigkeit hätte ihn nicht überraschen dürfen, aber sie tat es trotzdem.

»Dazu kommen natürlich ein paar Kinder wirklich mittelloser Eltern – zum Vorzeigen. Aber das ist nicht die Mehrheit. In Wirklichkeit haben sie dort oben wahrscheinlich die größte Ansammlung von Millionärssöhnen und -töchtern im Umkreis von einigen hundert Kilometern.«

Das überraschte Ronald nun wirklich. Er maßte sich nicht an, ein Urteil über die pädagogischen Qualitäten Zombecks und seines Lehrerkollegiums zu fällen oder über den Standard des Wissens, das im Internat vermittelt wurde. Aber das...

»Das überrascht Sie, nicht?« fragte Vanderbilt lächelnd.

Ronald nickte. »Man spürt nicht viel davon.«

»Wovon?«

»Nun, daß es eine...«, er suchte nach Worten und begriff ein wenig zu spät, daß er in eine Falle getappt war, »... eine Eliteschule ist.«

»Das ist sie auch nicht«, entgegnete Vanderbilt. »Verwechseln Sie Geld nicht mit Bildung, Ronald. Die meisten Kinder dort oben sind kleine Monster. Verzogene kleine Biester, deren Eltern nicht mehr mit ihnen fertigwerden – oder einfach keine Lust mehr haben, sich um sie zu kümmern. Ich bin kein Lehrer, aber nach allem, was ich gehört und selbst erlebt habe, ist der Bildungsstandard der Internatsabgänger eher unterdurchschnittlich. Das Vermitteln von Wissen ist auch nicht der Zweck dieses Internats.«

»Sondern?«

Vanderbilt zuckte mit den Schultern, als wisse er die Antwort auf diese Frage nicht, dann sagte er: »Sie brechen ihren Willen.«

»Den Eindruck hatte ich ganz und gar nicht«, widersprach Ronald.

»Wegen Werner und seiner Bande?« Vanderbilt schüttelte heftig den Kopf. »Lassen Sie sich nicht täuschen. Selbst Zombeck schafft nicht jeden. Dort oben sind dreihundert Kinder zwischen zehn und zwanzig Jahren. Wissen Sie, was das heißt? Dreihundert Kinder größtenteils vermögender und einflußreicher Eltern – und nur ein einziger Junge, mit dem sie nicht fertigwerden.« Seine Stimme wurde bitter. »Ich weiß nicht, wie sie es machen, aber sie schaffen es: Es gibt immer wieder einmal einen Werner, aber immer nur einen, höchstens zwei. Die anderen zweihundertneunundneunzig sind folgsame kleine Roboter, wenn sie das Internat verlassen.«

»Das klingt wie der Traum aller geplagten Eltern«, meinte Ronald, in scherzhaftem Ton, aber auch ein wenig alarmiert.

»Mir bereitet es eher Alpträume«, widersprach Henk. »Ich frage mich, was sie mit den Kindern tun.«

»Jetzt reicht es aber«, sagte Gloria bestimmt. »Ich habe Ronald zum Essen eingeladen, Onkel Henk. Nicht zu einem Verhör, und auch nicht, um ihm Schauergeschichten über das Internat zu erzählen.«

»Aber sie interessieren mich«, beharrte Ronald. »Wirklich.«

Glorias Miene verdüsterte sich noch weiter, und obwohl Ronald seine Partei ergriffen hatte, sah Henk auch ihn im ersten Moment fast vorwurfsvoll an.

Und das war nicht alles. Außer Glorias gereiztem Ton war plötzlich noch etwas da, etwas Neues, Unausgesprochenes, das spürbar zwischen ihnen hing. Ronald hatte plötzlich das sichere Gefühl, daß seine Anwesenheit der einzige Hinderungsgrund war, warum die beiden nicht lautstark miteinander stritten.

»Du hast recht, Kleines«, murmelte Vanderbilt nach einer Weile. »Ich sollte mich schämen. Ihr habt euer erstes richtiges Rendezvous, und ich sitze hier und stehle euch mit meinem Unsinn die Zeit.«

»Das tun Sie ganz und gar nicht«, sagte Ronald fast hastig. »Ganz im Gegenteil. Ich –«

»Gloria hat recht«, wiederholte Henk. »Ich werde euch jetzt allein lassen. Ihr habt sicher Besseres zu tun, als dem Gerede eines alten Mannes zuzuhören.«

Er stand auf, leerte seine Kaffeetasse und trat neben Glorias Stuhl, um sie flüchtig auf die Wange zu küssen, ehe er das Zimmer verließ.

Ronald blickte ihm mit gemischten Gefühlen nach. Es tat ihm leid, daß der Abend so endete, aber gleichzeitig war er auch fast froh, daß Vanderbilt ging. Was zwischen ihm und Gloria vorging, war mehr als eine kleine Verstimmung. Es tat ihm leid. Er mochte sie beide zu sehr, als daß ihn der Gedanke kaltgelassen hätte, daß zwischen ihnen etwas nicht stimmte.

Durch die geschlossene Tür drang das Klingeln des Telefons.

10

Ricky wachte auf, weil ihm jemand leicht, aber ausdauernd, mit der flachen Hand ins Gesicht schlug, und er reagierte ganz instinktiv so darauf: Er versuchte, die Hand abzuwehren, die in regelmäßigem Takt rechts und links in sein Gesicht klatschte, hatte aber nicht sonderlich viel Erfolg damit.

»Hör auf«, sagte eine Stimme am Rande seines Bewußtseins. »Er ist wach.« Toni. *Aber mit wem sprach er?*

Die Schläge hörten tatsächlich auf, und nach ein paar Augenblicken schob sich eine schmale, aber erstaunlich kräftige Hand unter seinen Nacken, hob seinen Kopf an und schüttelte ihn. Sein Kopf reagierte mit einem wütenden Schmerz darauf. Ricky stöhnte, öffnete aber noch immer nicht die Augen. Er hatte Angst, daß das *Ding* zurückkam, wenn er die Augen öffnete. Für einen Moment war er wieder der dreijährige Junge, der sich unter seiner Bettdecke verkroch und wußte, daß das Monster aus seinem Traum ihm nichts tun konnte, solange er es nicht sah.

»Hör mit dem Theater auf. Ich weiß, daß du wach bist.«

Das war wieder Tonis Stimme, und diesmal sprach er mit *ihm*.

Ricky war tatsächlich wach, er war sogar hellwach.

Er erinnerte sich nicht, jemals so abrupt aufgewacht zu sein und sich mit so phantastischer Klarheit an den Sekundenbruchteil vor dem Einschlafen erinnert zu haben. Es gab keine Sekunde des Dämmerns, kein sanftes Hinübergleiten aus dem Schlaf in die Wirklichkeit. Er war gestürzt, und er glaubte noch den dumpfen Schmerz des Aufpralls zu spüren, aber als wäre sein Gedankenfluß überhaupt nicht unterbrochen gewesen, fand er sich jetzt auf dem Rücken liegend wieder, und Toni war bei ihm und rüttelte an seiner Schulter. Und noch jemand.

Der Schrank.

»Verdammt, was ist los mit dir? Spiel hier kein Theater!«

Ricky öffnete die Augen – das Licht stach so schmerzhaft in seine Pupillen, daß er sie gleich wieder schloß –, aber in dem Augenblick, in dem er die Lider gehoben hatte, sah er zwei Schatten. Toni war nicht allein gekommen.

Der Schrank. Das Ding im Schrank ...

War tot.

Er hatte es umgebracht.

Er versuchte noch einmal, die Lider zu heben, und diesmal war er vorsichtiger: Er blinzelte, drehte den Kopf ein wenig (der Schmerz in seinem Hinterkopf erwachte zu neuer Wut, so daß er die Bewegung nicht zu Ende führte), und Toni griff unter seine Schultern und half ihm, sich aufzusetzen. Dann griff eine Hand nach ihm und fühlte ungeschickt seinen Puls. Wenn er davon ausging, daß Toni keine drei Hände hatte (was relativ unwahrscheinlich war, aber nicht unmöglich, nach dem, was er erlebt hatte), dann war noch jemand im Zimmer.

Warum beunruhigte ihn diese Vorstellung so?

Ricky riß seinen Arm mit einer heftigen Bewegung los und sah auf. Nicht in Tonis Gesicht. In ein Paar dunkle, schmale Augen, die ihn in einer Mischung aus Mißtrauen und Verwirrung anstarrten.

Es war Rolf.

Rolf!

Ricky fuhr mit einem Ruck hoch. Sein Herz machte einen Sprung, und ein bitterer Geschmack breitete sich in seinem Mund aus. »Was...?«

»Reg dich nicht auf«, fiel Toni ihm ins Wort. Rickys Erschrecken war ihm keineswegs entgangen. Er sprach schnell, mit der schrillen, leicht hysterischen Stimme eines Menschen, der einen anderen vergeblich zu beruhigen versucht. »Wir... waren zufällig beide draußen auf dem Flur, als wir den Krach gehört haben.« Ein blitzschneller Blick zu Rolf, den Rolf mit einem ebenso unauffälligen Nicken beantwortete. Idioten, alle beide.

»Was ist passiert?« fragte Rolf. Er wich ein Stück von Ricky zurück und machte eine fragende Geste. »Du wolltest abhauen, wie?«

Rickys Blick folgte der Bewegung. Sein Bett war zerwühlt. Jemand *(etwas)* hatte Kissen und Decke heruntergerissen und das Laken und die Matratze darunter zerfetzt. Ein Bein war zerstört, noch nicht völlig abgebrochen, aber zersplittert und weggeknickt, so daß das ganze Bettgestell sich zur Seite neigte wie ein gestrandetes Floß, und sein Rucksack war aus seinem Versteck ge*(zerrt worden)*rutscht und aufgegangen, der Inhalt über das halbe Zimmer verstreut. Nein, nicht *aufgegangen:* Die Klappe und der Reißverschluß waren mit brutaler Gewalt herausgerissen worden, und auf dem blauen Jeansstoff waren helle Fahrer, wie Kratzspuren von stumpfen, ungeheuer starken Krallen. Und auch der Rest des Zimmers bot einen kaum erfreulicheren Anblick: Sein Schreibtisch war umgestürzt, viele Hefte waren zerrissen und geknickt, und die meisten Schubladen des kleinen Schränkchens auf der anderen Seite des Bettes waren herausgerissen, ihr Inhalt durchwühlt oder gleich auf den Boden geleert.

Aber kein Blut. Nirgendwo Blut oder Schleim oder schwarze Hautfetzen, dachte Ricky erleichtert.

»Ich ... weiß nicht«, sagte er verwirrt. Was war hier passiert? »Ich muß wohl ... gestolpert sein.«

»Wie oft?« fragte Rolf.

Wieder warf Toni ihm einen mahnenden Blick zu, und wieder registrierte Ricky ihn sehr wohl. Als Verschwörer waren die beiden ziemliche Versager.

»Was ist passiert?« fragte Toni noch einmal. »Bist du gestürzt?« Er lächelte auf diese widerwärtige, unehrliche Art, wie man ein krankes Kleinkind anlächeln mochte, weil es ja doch nicht begriff, wieso die Spritze, die ihm so weh tat, sein mußte; und es war ein Lächeln, das Ricky rasend machte. Deutlicher als alles andere machte es Ricky klar, was er wirklich von Toni zu halten hatte. Er also auch.

»Ich kann mich nicht erinnern«, log er.

Rolf setzte zu einer scharfen Entgegnung an, aber Toni machte eine rasche, fast herrische Geste, und Rolf beließ es bei einem bösen Blick.

»Du hast eine ganz schöne Beule am Hinterkopf«, sagte Toni. »Du mußt ganz schön hingeknallt sein. Fühlst du dich gut?«

»O ja.« Ricky zog eine Grimasse. »Ich könnte Bäume ausreißen.« Er deutete zwischen Daumen und Zeigefinger der rechten Hand einen Abstand von ungefähr zwei Zentimetern an. »Solche.«

Toni blieb ernst. »Ich meine: Ist dir schwindelig oder übel? Flimmern vor den Augen?«

»Wenn du wissen willst, ob ich eine Gehirnerschütterung habe: Ich glaube nicht, Herr Doktor«, antwortete Ricky sarkastisch.

»Du kannst dich nur nicht mehr erinnern, was überhaupt los war, wie?« meinte Toni mit einem dünnen, beinahe mitleidigen Lächeln. Er seufzte, schüttelte ein paarmal den Kopf und sah Rolf an, und diesmal tat er es ganz offen.

»Wenn ich nicht die ganze Zeit bei dir gewesen wäre, würde ich sagen, deine Freunde und du haben ihm einen kleinen Besuch abgestattet.«

»Dann könntest du jetzt nicht mit ihm reden«, entgegnete Rolf sehr ernst. »Werner hat damit nichts zu tun.«

»Sicher nicht«, sagte Toni. Und er sagte es in einer Art, die Ricky endgültig davon überzeugte, daß Toni und Rolf sich *nicht* zufällig vor seiner Tür getroffen hatten.

Rolf sah auf die Uhr. »Wir müssen los.«

»Ja.« Toni warf einen raschen Blick auf das Chaos hinter sich. »Aber erst räumen wir hier auf. Wenn jemand zufällig hier reinkommt und das Durcheinander sieht, ist der Teufel los. Vor allem, wenn Ricky nicht da ist.«

Er wandte sich an Ricky. »Kannst du gehen?«

»Ich denke schon.«

Ricky versuchte aufzustehen, um seine Behauptung zu beweisen, aber es gelang ihm erst beim dritten Anlauf, und auch da erst, als er sich überwunden und Rolfs hilfreich ausgestreckte Hand ergriffen hatte.

Das dumpfe Hämmern in seinem Kopf wurde fast unerträglich, als er zum Bett humpelte, und er vermied es krampfhaft, sich herumzudrehen und den Schrank anzusehen, obwohl Tonis und Rolfs Reaktionen ihm eigentlich bewiesen, daß hinter den Türen jetzt wieder nichts weiter als Holz und Zwischenböden aus beklebter Spanplatte waren.

Und er hatte gar keine Angst, das war seltsam.

In seinem Kopf drehte sich alles – er mußte wohl doch eine leichte Gehirnerschütterung haben, wie Toni vermutete –, und eigentlich hätte er gleich zweifachen Grund gehabt, Angst zu haben: Die Erinnerung an sein schreckliches Erlebnis im Schrank war noch sehr lebendig, und da war Rolf, Werners Stiefellecker und Handlanger, der so plötzlich und scheinbar ohne Grund hier aufgetaucht war; und sicher war er nicht *plötzlich* und erst recht nicht *grundlos* hier.

Ricky fragte sich, ob Rolf oder einer der drei anderen auch vor zwei Wochen dabeigewesen war, in Zimmer sieben.

Wahrscheinlich.

Wahrscheinlich gehören sie alle dazu, dachte er grimmig.

Die Steller, Zombeck, Angela, Nashu, die ganze Bande. Eine Verschwörung, die von der Leitung des Internats bis in seine tiefsten Sümpfe reichte, in denen Werner und seine Kreaturen hausten. Er war etwas überrascht, daß auch Toni dazugehörte, und für einen ganz kurzen Moment erwog er auch ganz ernsthaft die Möglichkeit, daß vielleicht alles ganz anders und in Wirklichkeit er schlicht und einfach paranoid war. Verrückt. Ausgerastet. In ein paar Tagen würde er anfangen, weiße Spinnen zu sehen, und nach einigen weiteren Tagen würde er dieses freundliche Internat vielleicht gegen ein anderes Zuhause eintauschen, in dem die Fenster vergittert waren und die Wände aus Gummi bestanden.

Aber es gab ein paar Punkte, die ganz entschieden dagegen sprachen: Rolfs Anwesenheit hier, zum Beispiel, und die Blicke, die Toni und er getauscht hatten.

Nein – er war *nicht* verrückt.

Auch wenn er es sich in diesem Moment fast gewünscht hätte.

Während Ricky zusah, wie Toni und Rolf auf allen vieren über den Fußboden krochen und seine herausgerissenen Kleider auflasen, erwog er kalt und fast emotionslos seine Fluchtchancen.

Sie standen nicht besonders gut. Er traute sich zu, Rolf davonzulaufen; er traute sich sogar zu, es mit ihm aufzunehmen und ihn niederzuringen, wenn es sein mußte. Er war nie ein guter Läufer gewesen, aber er war verdammt gut im Weglaufen. Gut genug für Rolf allemal. Aber bei Toni würde weder das eine noch das andere klappen.

Er hatte Werner unterschätzt. Die zwei Wochen, in denen er stillgehalten hatte, bedeuteten gar nichts, dachte Ricky bitter. Er schickte nur nicht seine üblichen Schläger, sondern die schwere Kavallerie. Jetzt hatten sie ihn.

Seltsamerweise erfüllte ihn auch dieser Gedanke nicht mit Furcht. Er war sich darüber im klaren, daß ihn die beiden überall hinbringen würden, nur nicht in Zimmer sieben, und wenn doch, dann ganz bestimmt nicht, um dort eine *Séance* abzuhalten. Aber er hatte seine Angst verloren.

Sein Blick wanderte zum Schrank, und dann wußte er, was dieses sonderbare, neue Gefühl bedeutete:

Er hatte dort drinnen seine Angst besiegt.

So einfach war das. Er hatte nicht nur das schwarze Ding erschlagen, er hatte auch seinen ganz persönlichen Dämon besiegt:

Die Angst.

Er begriff erst jetzt – und selbst jetzt nur zögernd, fast widerwillig, als hätte etwas in ihm panische Angst vor dem, was dieses Begreifen und vor allem seine Konsequenzen für sein weiteres Leben bedeuten mochten –, daß er überhaupt keine Angst gehabt hatte, als er sich der Bestie im Schrank stellte.

Panik, ja.

Entsetzen.

Grauen.

Verzweiflung – alles das, und noch eine Menge mehr. Gefühle, für die es nicht einmal Worte gab.

Aber keine Angst.

Und die Angst war sein treuester Begleiter gewesen, solange er sich zurückerinnern konnte.

Dabei war er kein Feigling gewesen. Es gab eine Kluft zwischen Feigheit und Angst, die so tief war wie die zwischen Mut und Dummheit, und feige war er niemals gewesen – schon deshalb, weil er zuviel Angst vor der Angst hatte, und weil Feigheit die Angst schürt, statt sie zu mildern.

Aber jetzt war es vorbei.

Zum erstenmal in den sieben oder acht Jahren seines Lebens, an die er sich bewußt zurückerinnerte, hatte er keine Angst mehr.

Er spürte das Blut und das widerliche wabbelige Fleisch der Bestie noch so deutlich, als berühre er es mit der Hand. Die schrecklichen, schmatzenden Laute, als sein improvisierter Speer in die schwarze Zunge eingedrungen war und ihre Seele durchbohrt hatte, und das Gefühl von wildem Triumph, das ihn für Bruchteile von Sekunden durchströmt hatte, als er begriff, daß er der Sieger war, nicht das Wesen aus dem Schrank.

Er war dort gewesen, wo immer dieses *dort* war. Die Schranktüren standen offen, und der Stuhl war zerbrochen, und –

»Was hast du?«

Ricky kehrte abrupt in die Wirklichkeit zurück, und er begriff, daß sich die Erinnerung an die schreckliche Szene sehr deutlich auf seinem Gesicht abzeichnen mußte, denn Toni hatte sich aufgerichtet und sah ihn alarmiert an. »Du bist kreidebleich.«

»Nichts«, murmelte Ricky. »Mir... fehlt nichts. Mein Kopf tut weh, das ist alles.«

»Vielleicht sollten wir das Ganze verschieben«, meinte Toni nachdenklich, wobei er Rolf ansah, als erwarte er Zustimmung oder Ablehnung. Rolf reagierte nicht, sondern fuhr mit seinen Aufräumarbeiten fort.

»Ich bin in Ordnung«, sagte Ricky. »Bringen wir es hinter uns, okay?«

Toni nickte stumm. Er sah irgendwie... besorgt aus, was Ricky einigermaßen verwunderte, denn die Sorge in seinem Blick war echt. Rolf sah nicht einmal in seine Richtung, aber Ricky konnte sein hämisches Grinsen fast spüren.

Er wartete, bis die beiden Jungen sein Zimmer wieder in einen ordentlichen Zustand versetzt hatten, und deutete dann zur Tür. Hintereinander und (wie Ricky zu Recht annahm) ganz und gar nicht zufällig so, daß er zwischen Toni und Rolf ging, verließen sie das Zimmer und machten sich auf den Weg in den leerstehenden Nordflügel.

11

Vanderbilt erreichte den Schreibtisch, ehe das Telefon zum drittenmal läutete, und er wußte, wer am anderen Ende der Leitung sein würde, noch ehe er den Hörer abnahm.

»Vanderbilt.«

»Zombeck hier.« Die Verbindung war schlecht. In der Leitung knisterte und knackte es, als käme das Gespräch über Hunderte von Kilometern, nicht aus einem Gebäude, das in Sichtweite lag. Trotzdem fiel Vanderbilt auf, wie sonderbar Zombecks Stimme klang. »Habe ich Sie geweckt?«

»Keineswegs«, antwortete Vanderbilt. »Und selbst wenn, wäre es nicht schlimm. Was kann ich für Sie tun, Herr Zombeck?«

Zombeck antwortete nicht sofort, aber die Störgeräusche wurden lauter. Es hörte sich an, als heule ein eisiger Wind durch die Leitung.

»Sie haben über unser Gespräch nachgedacht, Herr Vanderbilt?«

»Da gibt es nichts nachzudenken«, entgegnete Vanderbilt. »Sie kennen meine Bedingungen. Wenn Sie nur angerufen haben, um –«

»Nein, das habe ich nicht«, unterbrach ihn Zombeck. Er klang gehetzt, und da war noch etwas. Etwas, das Vanderbilt im ersten Moment verwirrte.

»Hören Sie mir zu, Vanderbilt«, fuhr Zombeck fort. »Bitte, stellen Sie jetzt keine Fragen, sondern hören Sie einfach zu. Und ich flehe Sie an: Tun Sie, was ich Ihnen sage!«

»Und was wäre das?«

»Verlassen Sie die Stadt«, sagte Zombeck. »Ich kann Ihnen jetzt nicht erklären, wieso, aber Sie sind in Gefahr.«

»Ach? Bin ich das?« Es gelang Vanderbilt nicht ganz, seine Stimme so teilnahmslos und kalt klingen zu lassen, wie er wollte. Er hatte damit gerechnet, daß Zombeck versuchen würde, ihn einzuschüchtern, aber das war es nicht allein. Er hatte im Laufe seines Lebens mit vielen Menschen gesprochen, und er spürte sofort, wenn jemand Angst hatte. Und Zombeck *hatte* Angst. Er war fast verrückt vor Angst.

»Ja, das sind Sie. Ich flehe Sie an, glauben Sie mir. Sie sind in großer Gefahr. In Lebensgefahr, vielleicht Schlimmerem.«

»Und das ist alles?« Vanderbilt seufzte. »Und was soll ich jetzt tun, Ihrer Meinung nach?«

»Verlassen Sie Krailsfelden«, antwortete Zombeck. Das Knistern und Heulen in der Leitung wurde für einen Moment so laut, daß es Zombecks nächsten Satz verschluckte. Und da schien noch etwas zu sein. Ein dumpfer, an- und abschwellender Laut, weit entfernt, gerade noch an der Grenze des Hörbaren. Etwas wie... *Herzschlag? Gesang? Atmen?*

»Sie enttäuschen mich, Zombeck«, seufzte Vanderbilt. »Glauben Sie immer noch, Sie könnten mich einschüchtern?«

»Das habe ich nicht vor, verdammt noch mal!« Zombeck schrie nun fast. »Begreifen Sie denn nicht, daß ich Ihnen helfen will, Sie alter Narr? Ich kann Ihnen nicht sagen, warum, aber Sie müssen die Stadt verlassen, und zwar noch heute! Verschwinden Sie! Setzen Sie sich in Ihren Wagen, und verlassen Sie Krailsfelden, ehe es Mitternacht wird! Ich flehe Sie an, glauben Sie mir!«

Es *war* ein Atmen. Vanderbilt war jetzt sicher. Es war, als höre jemand *(etwas?)* ihrem Gespräch zu. Etwas Großes, Kaltes, dessen bloßes Dasein Vanderbilt erstarren ließ. Ein Atmen und ... ja: fast etwas wie ein Lachen, ein unendlich leises, unendlich *böses* Lachen, das vom Rand des Universums herbeiwehte und in dem alle Schlechtigkeit der Welt lag. Und ebenso sicher, wie er die Nähe dieses unsichtbaren Bösen spürte, wußte er plötzlich, daß Zombecks Warnung ernst gemeint war.

»Das kann ich nicht«, antwortete er unsicher. »Selbst wenn ich es wollte, Zombeck, ich –«

»Dann kann Ihnen nur noch Ihr Gott helfen, Vanderbilt«, unterbrach ihn Zombeck. »Und er ist mein Zeuge, daß ich versucht habe, Sie zu warnen. Es tut mir leid.«

»Warten Sie, Zombeck. Ich –«

Es klickte, als Zombeck einhängte, aber das Knistern und Rauschen der Störungen, die keine Störungen waren, hielt noch einige Augenblicke an, und dann war die Leitung tot.

Mit zitternden Fingern legte Vanderbilt den Hörer auf die Gabel zurück. *Verlassen Sie Krailsfelden, ehe es Mitternacht wird!* Unwillkürlich sah er zur Uhr. Es war wenige Minuten nach elf.

12

Es war fast Mitternacht, wie Ricky mit Überraschung feststellte: Er mußte mehrere Stunden bewußtlos gewesen sein. Das riesige Gebäude war still wie eine Gruft, und es brannten nur sehr wenige Lichter. Ohne Toni, der den Weg mit schlafwandlerischer Sicherheit zu finden schien, hätte Ricky sich wahrscheinlich hoffnungslos verirrt, denn obwohl er seit drei Jahren hier lebte, ging er *niemals* in den Nordflügel. Was bisher zum einen daran gelegen hatte, daß das nördliche Viertel des ehemaligen Klostergebäudes leer stand und sein Betreten den Schülern streng verboten war.

Und der andere Grund war, daß der Nordflügel ihm Angst eingejagt hatte. Vielleicht hatte etwas in ihm die ganze Zeit über gespürt, daß dort eine Gefahr lauerte.

Während er dicht hinter Toni herging und das Spiel von dessen Schultermuskeln unter dem dünnen Polohemd betrachtete, fragte er sich, wie, um alles in der Welt, es Werner geschafft hatte, ihn zu einem Mitglied seiner Bande zu machen.

Bei Zombeck und der Steller wunderte ihn das nicht: Zombeck war ein Idiot und ein Schwächling, und es war ein offenes Geheimnis, daß Werners Großvater das Internat praktisch allein finanzierte. Und die Steller... Nun, sie tat, was Zombeck von ihr verlangte – was blieb ihr auch anderes übrig?

Aber Toni!

Bei Toni war das etwas anderes. Auch er genoß wie Werner einen gewissen Ruf, nicht nur in seiner Klasse, sondern im ganzen Internat. Ricky war nie richtig schlau aus ihm geworden, aber damit befand er sich in guter Gesellschaft: Niemand wurde wirklich schlau aus Toni.

Er war ein großer, sehr kräftiger Junge, der körperlich einige Jahre weiter war, als sein Geburtsdatum vermuten ließ, und der meistens erst überlegte und dann sprach – was ihn auf erfreuliche Weise von den meisten seiner Klassenkameraden unterschied. Toni war allgemein beliebt, und er galt als still, ohne dabei verschlossen oder gar abweisend zu sein. Eigentlich war seine Mitgliedschaft im inneren Zirkel von Zimmer sieben die einzige Extravaganz, die er sich erlaubte, und irgendwie hatte er es geschafft, daß selbst darüber niemand lachte oder auch nur die Stirn runzelte. Vielleicht, weil er es ganz selbstverständlich tat. So, wie andere Jungen seines Alters Mitglied in einem Fußballverein waren oder zu Rockkonzerten gingen, hielt Toni eben Séancen ab, und niemand machte sich darüber lustig. Zu behaupten, daß Ricky ihn bewundert hätte, wäre sicher übertrieben gewesen, aber er war doch jemand, zu dem er manchmal aufsah – sogar mit einer Spur von Neid – und der ihm als Vorbild hätte dienen können, hätte er ein Vorbild gesucht. Ihn in Zusammenhang mit Werner und seinem Nazi-Spleen zu bringen, war eigentlich absurd.

Es paßte einfach nicht. Er konnte es drehen und wenden, wie er wollte, es paßte nichts ins Bild. Toni war niemand, der einem Führer folgte. Und er war auch niemand, den sich Ricky als graue Eminenz im Hintergrund vorstellen konnte, was der nächstliegende Gedanke gewesen wäre. Es war verwirrend, denn es ergab einfach keinen Sinn.

Sie erreichten den Flur, an dessen Ende sich Zimmer sieben befand, und Toni blieb einen Moment stehen. Er sah sich um, als *(suche er nach einem Fluchtweg?)* müsse er sich davon überzeugen, daß sie auch wirklich allein waren. Als er weiterging, rannte er die letzten Schritte fast. Ricky mußte kräftig marschieren, um mit ihm Schritt zu halten.

Und als sie die Tür erreichten und abermals stehenblieben, waren sie nur noch zu zweit.

Ricky sah sich verblüfft um. Er hatte Rolfs Schritte die ganze Zeit über hinter sich gespürt, nicht unmittelbar hinter sich, aber doch nahe genug, um jeden Gedanken an eine Flucht nachhaltig zu unterdrücken. Und er hätte einen Eid geschworen, daß er noch vor Sekunden Rolfs Nähe gefühlt hatte.

Aber er war nicht mehr da. Und der Gang hinter ihnen war gut zwanzig Meter lang und bot absolut kein Versteck, das auch nur annähernd groß genug gewesen wäre, einen Menschen aufzunehmen.

»Wo ... wo ist er?« fragte Ricky verblüfft.

»Wer?« Toni runzelte fragend die Stirn und streckte gleichzeitig die Hand nach der Klinke aus.

»Rolf. Er ... er war doch gerade noch da.«

»Er kommt nicht mit«, antwortete Toni. »Er gehört nicht zu uns – aber das weißt du doch genau. Wieso fragst du?«

Ricky sah ihm verwirrt ins Gesicht, dann drehte er sich noch einmal herum und musterte den finster daliegenden Gang. Es gab nur eine einzige, trüb glimmende Notleuchte, fünfundzwanzig Schritte entfernt an der Gangkreuzung, aber die linke Seite bestand fast ausschließlich aus Fenstern, und es war eine helle Nacht.

»Ich ... ich dachte, er ...«

»Du dachtest *was*?« fragte Toni scharf. Er drückte die Klinke herunter, öffnete die Tür aber nicht. »Oh, ich verstehe: Du dachtest, ich gehöre zu ihnen, wie?« Er sah Ricky fast vorwurfsvoll an. »Wir haben uns wirklich ganz zufällig vor deiner Tür getroffen, Ricky.«

»Aber ... aber ihr habt doch gesagt ...«, stammelte Ricky.

»Was?«

»Daß ihr weg müßt«, antwortete Ricky erleichtert, daß ihm dieses Detail eingefallen war, aber auch mit dem sicheren Gefühl, daß er auf dem besten Weg war, sich noch mehr zu blamieren, als er es wahrscheinlich sowieso schon getan hatte. »Rolf hat auf die Uhr gesehen und gesagt, daß es Zeit wird.«

»Für ihn, ja«, sagte Toni. »Er trifft sich mit Werner und den anderen. Wir hatten zufällig denselben Weg, das ist alles.« Er machte eine Bewegung in die Dunkelheit hinter Ricky. »Hast du gedacht, sie spazieren durch den Haupteingang raus und rein, ohne daß die Steller oder Zombie es merken?«

»Natürlich nicht«, murmelte Ricky betreten. »Ich dachte nur ...«

»... daß ich zu Werners Bande gehöre«, führte Toni den Satz zu Ende. »Du enttäuschst mich, Ricky. Hast du wirklich geglaubt, daß ich mich von diesem Idioten herumkommandieren lasse?« Er seufzte, schüttelte noch einmal vorwurfsvoll den Kopf und machte eine hastige Geste, als Ricky antworten wollte.

»Wir reden später darüber, okay? In einem hatte Rolf nämlich recht: Wir sind wirklich spät dran. Komm jetzt.« Er drückte die Tür einen Spalt breit auf, nicht weit, gerade genug, daß er sich hindurchquetschen konnte, verschwand im Zimmer dahinter und winkte Ricky ungeduldig, ihm zu folgen.

Ricky tat es, aber er fühlte sich verwirrter und unsicherer als zuvor. Tonis Worte hätten ihn erleichtern müssen, aber sie taten es nicht. So groß die Verlockung war, ihm zu glauben – er spürte einfach, daß etwas nicht stimmte. Da war zu viel, das nicht ins Bild paßte: die Blicke, die Rolf und Toni miteinander getauscht hatten, immer dann, wenn sie glaubten, er merke es nicht, ihre vertraute Art, miteinander zu reden, und vor allem das stumme Einvernehmen, das zwischen ihnen war, unausgesprochen, aber auch unübersehbar.

Zögernd quetschte er sich hinter Toni durch den Türspalt, machte einen Schritt zur Seite und sah sich um.

Zimmer sieben war leer.

In der Mitte – ungefähr da, wo sich vor zwei Wochen der magische Kreis mit dem Uija-Brett befunden hatte – stand eine einsame Kerze, aber das war alles. Keine Kissen, kein Uija-Brett und kein magischer Zirkel. Und erst recht keine Stefanie.

Überrascht drehte er sich wieder herum. Toni schloß gerade die Tür, aber er tat es nicht, ohne vorher noch einen sichernden Blick auf den Gang hinaus zu werfen. Behutsam schob er den Schlüssel ins Schloß, drehte ihn zweimal herum und machte dann eine halbe Drehung zurück, damit er verkantet im Schloß saß und nicht etwa von draußen hereingedrückt werden konnte.

»Was soll das?« fragte Ricky alarmiert. »Wo sind die anderen? Und wieso schließt du ab?«

»Damit uns niemand überrascht«, antwortete Toni ernst. Er flüsterte nur noch. »Die anderen sind da, keine Sorge. Aber nicht *hier*. Sie warten auf uns.«

»So?« Ricky sah sich demonstrativ in dem großen, leeren Zimmer um. »Ich sehe niemanden.«

Toni zögerte. In der Dunkelheit war sein Gesicht kaum mehr als eine leere helle Fläche, obwohl sie nur einen Meter voneinander entfernt waren, aber Ricky konnte seine Nervosität spüren.

»Hör mir mal zu, Ricky«, begann er. »Es... gibt da ein, zwei Dinge, die du noch nicht weißt.«

»Das scheint mir auch so«, sagte Ricky.

»Ich konnte es dir bisher nicht sagen«, fuhr Toni unbeeindruckt fort. »Und du darfst es auch niemandem erzählen, ganz egal, was passiert. Du mußt es mir schwören.«

»Schwören?« Ricky lachte nervös. »Sei nicht albern. Wir sind doch keine –«

»Schwör es«, unterbrach ihn Toni.

Ricky sah ihn verwirrt an, dann zuckte er mit den Achseln. Wenn es ihm Spaß machte... bitte. »Ich schwöre«, sagte er.

»Nein, nicht so.« Toni klang fast erschrocken. »Schwöre es *wirklich*. Ich meine, du... du mußt es ernst meinen. Wenn du irgend jemandem erzählst, was wir wirklich hier tun, wird etwas Schreckliches geschehen.«

Das war lächerlich – aber Ricky war mit einem Mal gar nicht mehr zum Lachen zumute. Im Gegenteil: Der Ernst, der in Tonis Worten lag, ließ für Sekunden Rickys Furcht zurückkehren.

»Gut«, sagte er. »Ich schwöre es. Ganz egal, was passiert, ich werde es niemandem erzählen.«

»Dann komm.« Toni ging an ihm vorbei, durchquerte das Zimmer und blieb vor der gegenüberliegenden Wand stehen.

Rickys Herz begann ein wenig schneller zu schlagen. Seine Knie zitterten, als er sah, *wovor* Toni stehengeblieben war.

Es war ein Schrank.

Ein uralter, schwerer Schrank aus geschnitzten Eichenbrettern, der noch zur ursprünglichen Einrichtung des Klosters gehört hatte und nachträglich in die Wandvertäfelung aus Holz integriert worden war.

Ein Schrank?

»Zu niemandem, vergiß das nicht«, beschwor ihn Toni, während er die Hand nach der Tür ausstreckte.

»Zu niemandem«, wiederholte Ricky. Seine eigene Stimme klang fremd in seinen Ohren. Seine Kehle schnürte sich zu. Als Toni die Schranktür öffnete, unterdrückte er nur noch mit Mühe einen Schrei.

Dahinter lag jedoch kein zuckender Schlund, sondern nur ein rechteckiger, leerer Raum, der erstaunlich tief war. Der Schrank mußte ein gutes Stück weit in die Wand hineingebaut worden sein, vielleicht reichte er sogar bis ins gegenüberliegende Zimmer, obwohl die Mauern auch hier drinnen erstaunlich dick waren. Toni jedenfalls verschwand bequem in seinem Innern, und als Ricky ihm nach einigen Sekunden folgte, hatte auch er noch reichlich Platz.

»Mach die Tür zu«, sagte Toni.

Ricky rührte sich nicht. *Die Tür schließen? Aber wenn er es tat, dann war er allein mit Toni hier drinnen, ohne Fluchtweg, und wenn das Ding wiederkam und sie angriff –*

Aber das Ding aus dem Schrank war tot. Er hatte es erschlagen.

Mit zitternden Händen und Knien drehte er sich herum, streckte die Hand nach der schweren Eichentür aus und zog sie hinter sich zu. Er hörte ein leises Klicken und wußte, daß in der dicken Tür ein verborgener Schließmechanismus eingerastet war und sie gefangenhielt. Die Dunkelheit war absolut.

Dann riß Toni ein Streichholz an, drehte sich wieder zur Rückwand herum und drückte mit gespreizten Fingern gegen das Holz. Abermals erscholl dieser helle, klickende Laut, und in der scheinbar massiven Wand erschien ein haarfeiner Spalt, durch den trübes gelbes Licht fiel.

Toni blies sein Streichholz aus, ließ es fallen und drückte mit der Schulter gegen die Wand. Die Geheimtür öffnete sich quietschend, fast widerwillig.

Hinter der Tür lag ein niedriger, halbrunder Gang, der nach kaum drei Schritten vor einer Wendeltreppe aus Stein endete. Das gelbe Licht kam von einer nackten Glühbirne von allerhöchstens fünfzehn Watt Stärke, die ungeschickt an einem Draht an der Decke befestigt war.

Toni winkte ungeduldig, schloß die Schranktür sorgsam wieder und deutete auf die Treppe. »Sei vorsichtig. Die Stufen sind ziemlich glatt.«

»Wohin gehen wir?« fragte Ricky unsicher.

Toni zog eine Grimasse. »Wir hatten doch verabredet, daß du keine Fragen stellst«, mahnte er.

Das hatten sie zwar nicht, aber Ricky verstand. Er zuckte mit den Achseln, trat abermals beiseite, um Toni vorbeizulassen, und folgte ihm zur Treppe.

Die Stufen waren tatsächlich sehr glatt, und sie führten so steil in die Tiefe, daß Ricky instinktiv die Hände nach beiden Seiten ausstreckte, um sich an der Wand festzuhalten. Aber er führte die Bewegung nicht zu Ende. Er war im Schrank *(im Schrank)*, und er wurde die verrückte Vorstellung nicht los, daß das, was wie uralter, verkrusteter Stein aussah, in Wirklichkeit narbiges Fleisch war, das zu entsetzlichem Leben erwachen würde, wenn er es berührte.

Sie gingen an die dreißig Stufen nach unten, dann gab Ricky es auf, seine Schritte zu zählen, und konzentrierte sich ganz darauf, auf dem glattpolierten Stein nicht den Halt zu verlieren – was auch notwendig war, denn das Licht der Glühbirne blieb rasch hinter ihnen zurück, und es gab keine weitere Lampe, so daß sie sich auf dem letzten Drittel der Treppe fast durch vollkommene Dunkelheit tasteten und er Toni mehr spürte, als er ihn wirklich sah.

Zumindest wußte er jetzt, daß die Gerüchte über verborgene Keller und Katakomben unter dem Internat der Realität entsprachen. Zimmer sieben lag ebenerdig, und selbst wenn er die labyrinthartigen Kellergewölbe des Internats in Betracht zog, mußten sie sich längst darunter befinden.

Endlich tauchte wieder Licht vor ihnen auf. Aber etwas daran war falsch: Es flackerte, und sein Schein war eher rot als gelb. Es war das Licht einer Fackel, nicht das einer Glühbirne.

Die Treppe endete in einem großen, vollkommen leeren Raum, von dem zwei halbrunde Türen abzweigten, die so niedrig waren, daß selbst Ricky sich bücken mußte, um hindurchzutreten. Eine von ihnen war dunkel wie ein finsteres Loch in der Wand, durch die andere fiel dieser unheimliche, flackernde rote Schein. Die Wände waren hier roher als im Treppenschacht und bestanden aus mächtigen aufeinandergetürmten Blöcken, von denen jeder einzelne eine Tonne oder mehr wiegen mochte. Das Ganze wirkte wie eine Festung, die man unter der Erde gebaut hatte.

Und es war seltsam leblos. Auf den Felsen lag eine dicke Schicht aus Staub, der mehrere Jahrhunderte lang Zeit gehabt hatte, zu einer betonharten Haut zu verkrusten, aber es gab keinen Moder, keine Feuchtigkeit, keine Spur von Leben. Die Kammer wirkte nicht nur leblos, sondern steril.

Ricky hörte Geräusche, die er sich im ersten Moment nicht richtig erklären konnte. Und als er sie identifizierte, erschrak er.

Es war Gesang. Ein dumpfer, monotoner Gesang; die Stimmen von Kindern, die einen düsteren Kanon intonierten, der nicht aus Worten zu bestehen schien, sondern nur aus unheimlichen Lauten.

»Was ist das?«

Toni hielt ihn zurück, als er weitergehen wollte.

»Du weißt, was du geschworen hast.«

»Ja, aber –«

»Ich erklär dir alles. Aber es ist wichtig, daß du zuhörst – *bevor* wir dort hineingehen.«

»Meinetwegen.« Ricky versuchte zu lächeln, aber der Versuch mißlang. »Was ist das da? Das Tor zum Fegefeuer?«

»Also, hör zu. Wenn wir durch diese Tür gehen, dann darfst du kein Wort reden. Kein einziges Wort, hast du verstanden?«

Ricky nickte. »Was ist dort drinnen?« fragte er noch einmal.

»Zimmer sieben«, antwortete Toni. »Das *wirkliche* Zimmer sieben, weißt du?« Er machte eine Handbewegung zur Decke. »Das da oben ist nur Schau. Eine harmlose Spielerei, um die Steller und Zombie und die anderen zu täuschen.«

»Und das hier ist *nicht* harmlos, vermute ich.«

Toni überging die Frage. »Du hast gedacht, wir wären verrückt, nicht?« fuhr er fort. »Du hast genau das gedacht, was alle denken: daß wir nur ein bißchen Hokuspokus machen, um uns die Zeit zu vertreiben. Ich weiß, daß viele mich für einen Spinner halten, aber das ist mir nur recht.«

»Aber das da ist echt.« Ricky deutete auf das rote Licht hinter Toni. Der Gesang war lauter geworden, der Rhythmus schneller und fordernder, gleichzeitig drohender. Das rote Licht pulsierte.

»Das ist es«, antwortete Toni.

»Und eure Séancen jede Woche...«

»... sind nur Ablenkungsmanöver«, sagte Toni. »Genau das, wofür du es auch gehalten hast. Ein bißchen Show für die anderen.« Er lachte leise, aber das rote Licht, das aus der Tür auf sein Gesicht fiel, machte eine hämische Grimasse aus seinem Grinsen. »Die Steller und Zombeck kommen sich unglaublich klug dabei vor, uns die Treffen zu erlauben. Geisterbeschwörungen und Okkultismus sind *in,* weißt du, und sie wissen, daß sie es sowieso nicht verhindern können. Also gestatten sie sie uns und denken, daß sie uns so besser unter Kontrolle haben.«

»Und ihr laßt es sie denken«, vermutete Ricky.

»Sicher. Kennst du eine bessere Tarnung als die Wahrheit?«

»Und was tut ihr wirklich dort drinnen?«

Aber diesmal antwortete Toni nicht. Statt dessen drehte er sich um, machte einen halben Schritt zur Seite und hob einladend die Hand, und Ricky ging an ihm vorbei und trat mit gesenktem Kopf in den Raum.

Es war eine Höhle, das war das erste, was ihm auffiel. Die Treppe und der Gang waren gemauert gewesen, aber die Wände hier waren roh aus dem natürlich gewachsenen Fels herausgemeißelt worden, und nach dem trüben Licht auf dem Weg hierher blendete ihn der Schein der blakenden Fackeln an den Wänden, so daß er im allerersten Moment nur Schemen und wiegende Bewegungen wahrnahm.

Toni berührte ihn sacht an der Schulter und legte den Zeigefinger über die Lippen, als Ricky zu ihm hochsah. *Kein Wort,* signalisierte sein Blick.

Ricky nickte. Er hätte nicht einmal etwas sagen können, wenn er es gewollt hätte. Seine Augen gewöhnten sich rasch an das rötlich flakkernde Licht, und was er sah, das schlug ihn viel zu sehr in seinen Bann, als daß er auch nur einen Laut herausgebracht hätte.

Die Höhle war nicht leer. Auf dem Boden vor ihnen, nur wenige Schritte von Toni und Ricky entfernt, hockten etwa zehn Gestalten in schwarzen schmucklosen Mänteln. Dunkle Kapuzen, die weit nach vorne gezogen waren, verbargen die Gesichter, und die Körper waren in beständiger wogender Bewegung, die keinem bestimmten Rhythmus zu folgen schien und trotzdem etwas von einem Tanz hatte: Jeder bewegte sich anders, aber trotzdem war etwas Ähnliches in ihren Gesten. Der sonderbare Nicht-Gesang, den er schon draußen gehört hatte, war hier viel lauter, und er kam von diesen schwarzverhüllten Gestalten.

Im Brennpunkt des weit geschwungenen Halbkreises, den die Knieenden bildeten, war mit weißer Farbe ein Drudenfuß auf den Felsboden gemalt worden, auf dessen Eckpunkten fünf schwarze, flackernde Kerzen brannten, und im Zentrum dieses Pentagramms wiederum erhob sich etwas, das Ricky für einen Altar gehalten hätte, wäre es etwas größer gewesen: ein schwarzer, flacher Block aus Stein oder poliertem Holz, vielleicht zwei Meter lang und halb so breit, aber nur knapp fünfzehn Zentimeter hoch. An seinem Kopfende stand ein Becher aus Silber.

Eine Schwarze Messe! dachte Ricky fassungslos. Toni hatte ihn nicht hierhergebracht, damit er an einer Séance teilnahm, sondern um ihm eine *Schwarze Messe* zu zeigen, die er und die anderen feierten. Kein Wunder, daß Zombeck und die Steller davon nichts wissen durften!

Er drehte den Kopf und warf Toni einen fragenden Blick zu, aber der dunkelhaarige Junge legte nur den Zeigefinger über die Lippen und deutete mit der anderen Hand auf den Halbkreis der schwarzgekleideten Gestalten. Schweigend sah Ricky weiter zu.

Der Gesang wurde immer schneller und schneller, und im gleichen Maß steigerte sich das Wiegen und Beben der Knienden. Ricky erkannte jetzt doch eine Gemeinsamkeit in ihren Bewegungen: Es war, als fielen sie nach und nach in einen nicht hörbaren, aber zwingenden gemeinsamen Takt, wie bei einer Trance, die sie alle gemeinsam ergriff; und gleichzeitig schlich sich etwas in das Summen und Murmeln ihrer Stimmen, etwas Undefinierbares, das aus den sinnlosen Lauten und Wortfetzen eine Beschwörung machte, ein finsteres Gebet in einer Sprache, die niemals gesprochen worden war.

Und da war noch etwas.

Etwas... war da, dachte Ricky schaudernd.

Er konnte es fühlen. Es war wie kürzlich, als sich das Uija-Brett plötzlich zu bewegen begann, nur ungleich stärker und drohender: Der Raum war erfüllt von der Anwesenheit eines unsichtbaren Wesens, das keinen Körper hatte, aber auch das Wort Geist nicht verdiente. Und es wuchs. Etwas in dem Gesang und den zuckenden Bewegungen der Knieenden gab ihm Kraft, nährte es, wie einen finsteren Vampir, der von Furcht und Terror lebte.

Es dauerte lange. Rickys Zeitgefühl war längst erloschen, aber hinterher begriff er, daß Toni und er sicherlich eine halbe Stunde oder länger da gestanden und zugesehen hatten, während aus dem Wispern murmelnder Stimmen allmählich ein dröhnender Chor wurde, ein forderndes, vibrierendes Schreien aus allen Kehlen, das die Luft und selbst die Wände aus grauem Fels zum Erzittern zu bringen schien.

Und plötzlich war es vorbei. Von einer Sekunde auf die andere verstummte der Gesang, und die Bewegung hörte auf. Die Stille, die folgte, tat beinahe weh.

Eine der Gestalten erhob sich. Ricky konnte das Gesicht unter der Kapuze nicht erkennen, aber sie mußte etwas Besonderes sein, denn ihr Mantel war als einziger nicht schmucklos, sondern mit dünnen Silberfäden bestickt, die ein kabbalistisches Muster auf seinem Rücken bildeten. Langsam trat sie auf den Altarstein zu, umrundete ihn und kniete mit ausgebreiteten Armen an seinem Kopfende nieder.

Wieder vergingen endlose Minuten, in denen die Versammlung der Teufelsanbeter wie erstarrt dahockte, dann hob der Oberpriester den Arm und deutete auf eine zweite Gestalt, die ganz am äußersten rechten Ende des Halbkreises saß. Sie stand auf, hob die Hände und streifte die Kapuze zurück.

Es war Angela.

Ihr schwarzes Haar, das Ricky nie anders als von einer Spange zu einer strengen Frisur zusammengehalten gesehen hatte, fiel offen bis über ihre Schultern, und ihr Gesicht war starr und bleich, aber auch sehr schön. Während sie sich langsam auf den Altar zubewegte (Ricky fiel auf, daß ihre Füße die weißen Linien des Pentagramms nicht berührten), sah er Furcht auf ihren Zügen, aber auch Triumph, als wäre das, was sie erwartete, ebenso schrecklich wie schön.

Als sie den Altar erreicht hatte, streifte sie den Mantel ab. Darunter war sie nackt. Langsam, mit gemessenen, fast zeremoniellen Bewegungen, kniete sie auf dem flachen Altarstein nieder, drehte sich um und streckte sich ganz darauf aus, so daß ihr Kopf unter den ausgebreiteten Händen des Satanspriesters lag. Ihre Augen waren weit offen und starr, als wäre sie in Trance. Feine, glitzernde Schweißperlen bedeckten ihren Körper, obwohl es in der Höhle eher zu kalt als zu warm war.

Die Hände des Oberpriesters in dem bestickten Mantel begannen langsame, kreisende Bewegungen über Angelas Gesicht und Brust zu vollführen, und aus den Reihen der anderen erhob sich wieder summender, an- und abschwellender Gesang, der diesmal aber einer klar erkennbaren Melodie folgte.

Dann verstand Ricky zum erstenmal, was sie summten.

»Gog!« flüsterten ihre Stimmen. »Wir rufen euch! Magog! Wir rufen euch!«

»Gog!« wiederholte die kniende Gestalt vor dem Altar. *»Wir rufen euch! Magog! Wir rufen euch!«*

»Gog! Magog!« skandierte der Chor aus hellen, schrecklich verzerrten Kinderstimmen. »Wir rufen euch!«

Und plötzlich lag ein Messer in den kreisenden Händen des Priesters, ein schmaler, rasiermesserscharfer Dolch mit einer gefährlichen Spitze, die direkt auf Angelas Kehle zeigte.

»Nehmt unser Opfer an!«

»Nehmt unser Opfer an!« wiederholte der Chor.

»Was tot war, soll leben!«

»Was gebunden war, soll frei sein!« erwiderte der Chor. Summend, vibrierend, in einer düsteren, drohenden Tonlage, wieder und wieder, immer und immer wieder.

»Gog! Magog!«

»Nehmt unser Opfer an!«

»Was tot war, soll leben!«

»Was gebunden war, soll frei sein!«

Der Dolch senkte sich weiter auf Angelas Kehle.

Ricky fuhr erschrocken zusammen. Toni legte ihm hastig die Hand auf die Schulter und schüttelte den Kopf. »Keine Angst«, wisperte er. »Ihr geschieht nichts.«

Der Dolch senkte sich weiter, aber er berührte Angelas Kehle nicht – noch nicht –, sondern schwebte eine Sekunde lang über ihrer Haut, hob sich dann wieder und berührte ihre Stirn.

Angela schloß die Augen. Ihre Brust hob und senkte sich in einem tiefen, erschöpften Seufzer, während der Dolch behutsam über ihre geschlossenen Augenlider fuhr, die Linien ihrer Nasenflügel und ihres Mundes nachzeichnete und sich wieder ihrem Hals näherte.

Und diesmal ritzte der Dolch ihre Haut.

Rickys Herz machte einen schmerzhaften Satz, aber er war wie gelähmt. Mit einer Mischung aus Entsetzen und morbider Faszination sah er zu, wie das Messer Angelas Schlagader ritzte und ein dünner, hellroter Blutstrom aus der Wunde quoll; Blut, das die Gestalt in dem bestickten Mantel geschickt mit dem silbernen Becher auffing, der neben Angelas Kopf stand.

Die Wunde war nicht sehr tief, aber sie blutete heftig. Der Becher war zu einem Viertel gefüllt, ehe der rote Strom allmählich versiegte. Der Priester wartete, um auch den letzten Tropfen aufzufangen, dann stand er auf, hob den Becher mit beiden Händen vor das Gesicht und schwenkte ihn im Halbkreis über den Knienden, wie um sie zu segnen. Schließlich setzte er ihn an die Lippen und trank, eine gräßliche Verhöhnung des Abendmahls, wie Ricky sie sich grausiger kaum mehr vorstellen konnte. Aber es war noch nicht vorbei. Nacheinander erhoben sich auch die anderen und traten auf ihn zu, um einen Schluck des Opfertranks zu nehmen.

Und dann, als allerletzter, als auch der letzte getrunken hatte, war er an der Reihe.

Er wußte es, noch bevor sich die Gestalt in dem bestickten Mantel umwandte und auf ihn zutrat. Er wußte, was kommen würde, und etwas in ihm schrie in lautlosem Entsetzen auf, aber er war unfähig, sich zu wehren. Er konnte das Gesicht unter der schwarzen Kapuze noch immer nicht erkennen, aber er spürte den Blick der Augen, zwingender, suggestiver Augen, gegen deren Befehl es keinen Widerstand gab.

Er wollte es nicht, aber er war wehrlos. Ein anderer, stärkerer Wille hatte die Gewalt über seinen Körper übernommen. Halb wahnsinnig vor Entsetzen sah er sich die Hände ausstrecken und den schmalen Silberbecher ergreifen, um ihn zum Mund zu führen.

Es war ein Gefühl unbeschreiblichen Ekels – und unbeschreiblichen Glücks. Angelas Blut war warm und zäh und süß, und es rann wie Säure seine Kehle hinab, aber es machte ihn auch zu einem der Ihren. Indem er ihr Blut trank, wurde er ein Teil des magischen Kreises, vollständig und für immer.

Und dessen, was sie anbeteten.

Er leerte den Becher bis zur Neige, gab ihn seinem Besitzer zurück und schloß die Augen. Seine Arme sanken kraftlos herab. Er wankte, taumelte hilflos zurück und fühlte sich im letzten Moment von starken Armen aufgefangen und gehalten, ehe er zu Boden stürzen konnte. Er war leer, ausgebrannt; alles, was er jemals an Kraft und freiem Willen besessen hatte, war weggeätzt von dem teuflischen Trank. Er fühlte sich besudelt, und er ekelte sich vor sich selbst, aber er fühlte sich auch gleichzeitig... geborgen, auf eine schreckliche, böse Art Teil eines großen Ganzen, zu dem sie alle gehörten. Und er wußte mit unerschütterlicher Sicherheit, daß er verdammt war.

Für immer.
Dann Geräusche.
Das Rascheln von Stoff.
Schritte.
Leise, geflüsterte Worte.

Und wieder Rascheln und Schleifen, als die anderen nach und nach die Höhle verließen. Es war vorbei. Die Schwarze Messe war vorüber, und der Befehl zu schweigen galt nicht mehr. Er hörte, wie sich Toni leise mit jemandem unterhielt, und eine Hand tastete sanft nach seinem Hals und fühlte seinen Puls.

Als Ricky die Augen öffnete, stand die Gestalt in dem bestickten Mantel – der Satanspriester – direkt vor ihm. Er konnte ihr Gesicht noch immer nicht erkennen, aber er wußte, daß sie gewartet hatte, bis er die Augen wieder aufschlug, denn sie griff in genau diesem Moment nach der Kapuze und streifte sie mit einer dramatischen, auf Wirkung bedachten Geste zurück, und der Blick zweier dunkler, durch und durch böser Augen bohrte sich in den seinen. Augen, in denen ein diabolisches Feuer glomm. Und Triumph. Ein hämischer Triumph, voller Verachtung und lange geschürtem, brennendem Haß.

»Hallo, Arschloch«, sagte Werner.

13

Auch Zombecks Hände zitterten, als er den Telefonhörer auflegte. Aber anders als bei Pfarrer Vanderbilt hatte seine Angst einen ganz konkreten Grund.

Sein Blick hing wie gebannt an der Uhr an der gegenüberliegenden Wand. Die Zeiger standen auf sieben Minuten nach elf, und gerade als er hinsah, rückte der große Zeiger um eine Minute weiter und verschlang ein weiteres Sechzigstel der Zeit, die Pfarrer Vanderbilt noch zu leben hatte: *Klick.*

Zweiundfünfzig Minuten, das war mehr als genug Zeit für Vanderbilt, sich in den Wagen zu setzen und zu verschwinden, aber Zombeck wußte, daß er seine Warnung nicht beachten würde. Er hatte es schon gewußt, bevor er angerufen hatte, und er hatte sich bis zum letzten Augenblick gefragt – und tat es noch –, warum er Vanderbilt überhaupt warnte. Das einzige, was er damit erreichte, war, daß sie sich unter Umständen nun auch mit *ihm* ein wenig näher beschäftigen würden. Vanderbilt *konnte* seine Warnung überhaupt nicht ernst nehmen; nicht nach dem, was er wußte, und schon gar nicht nach dem, was er nicht wußte. Aber, verdammt, er hatte es einfach tun müssen, und sei es nur, um sich selbst zu beruhigen. Er hatte getan, was er konnte, dachte Zombeck nervös. Was jetzt passierte, war nicht mehr seine Schuld. Schließlich war er nicht dafür verantwortlich, wenn dieser närrische alte Mann sein Leben wegwarf.

Aber das stimmte nicht.

Es *war* seine Schuld, zumindest indirekt. Er hätte es niemals soweit kommen lassen dürfen. Wenn Vanderbilt starb – oder ihm etwas Schlimmeres als der Tod widerfuhr, auch das war möglich –, dann war es seine, Zombecks, Schuld. Und es gab noch eine ganze Menge, was er tun konnte. Er –

Klick.

Das Geräusch, als der Zeiger um einen Teilstrich weiterrückte, hallte in der Stille des Zimmers wie ein Pistolenschuß, und mit einem Mal glaubte er, Vanderbilt zu sehen; nicht wie in einer Vision, sondern so deutlich und klar, als stünde er vor ihm. Ein alter Mann mit grauem, schütter gewordenem Haar, der in einem dunklen Zimmer stand und das Telefon anblickte, halb erstarrt, in einer müden Haltung und mit einem Ausdruck allmählich wachsender Furcht auf den Zügen. Plötzlich begriff Zombeck, daß es keine Vision war. Er sah Vanderbilt wirklich, ganz genauso, wie er in diesem Moment dastand, und es war *ihre* Macht, die ihm dieses Bild zeigte. *Er wird nicht gehen, siehst du? Du hast ihm angst gemacht, aber er ist entschlossener denn je, dich zu bekämpfen. Uns.*

Zombeck stand auf. Er fuhr sich nervös mit der Zunge über die Zähne und schmeckte Schweiß auf den Lippen. Seine Hände zitterten immer heftiger. Er hatte Angst. Panische Angst. Er wußte, daß er für das, was er jetzt tat, würde bezahlen müssen. Und trotzdem ging er mit langsamen Schritten um den Schreibtisch herum und zur Tür. Vielleicht würden sie ihn dafür umbringen, aber er konnte nicht anders. Er würde nicht weiterleben können, mit dem Wissen, schuld am Tod dieses alten Mannes zu sein.

Eine weitere Minute war vergangen, als er die Tür erreichte und die Hand ausstreckte.

Klick.

Der Griff ließ sich nicht bewegen. Zombeck rüttelte daran. Zerrte. Warf sich mit aller Kraft gegen die Tür. Ein dumpfer, betäubender Schmerz schoß durch seine Schulter und ließ ihn aufstöhnen. Trotzdem sammelte er noch einmal alle Kraft und warf sich ein zweites Mal gegen die Tür, nur um mit einem neuerlichen Schmerzlaut zurückzutaumeln. *Klick.*

Noch eine Minute.

Klick.

Klick.

Klick. Klick. Klicklicklicklick.

Zombecks Blick saugte sich an der Uhr fest. Der Minutenzeiger bewegte sich weiter, erreichte den unteren Rand des Ziffernblattes und begann den Aufstieg, und diesmal wußte Zombeck, daß es keine Einbildung war. Etwas geschah mit der Zeit. Vanderbilts Frist lief ab, hundertmal schneller, als sie gedurft hätte. Plötzlich begriff er, daß sie ihn nicht töten würden für seinen Verrat. Sie würden ihn nicht einmal bestrafen. Ihre Rache war viel subtiler: Sie zeigten ihm einfach, wie machtlos er war und was sie mit ihm tun konnten, wenn sie es nur wollten.

Zombeck schrie auf, streckte beide Hände nach dem Türgriff aus –

– und prallte mit einem gellenden Schrei zurück, als er sah, wie sich der geschmiedete Metallgriff verwandelt hatte.

14

»Nun?» Gloria beugte sich über den Tisch und füllte den lauwarmen Rest in seiner Tasse mit heißem Kaffee auf. »Wie gefällt er dir?«

»Dein Onkel?« Ronald zuckte mit den Schultern. »Wie soll er mir gefallen. Gut, denke ich.«

»Denkst du?«

Die Art, wie Gloria ihn ansah, machte ihm klar, daß seine Antwort nicht besonders überzeugend geklungen hatte.

»Er gefällt mir«, versicherte Ronald. »Ganz bestimmt.«

Gloria legte den Kopf schräg und sah ihn sehr beredt an. »Was habt ihr beiden miteinander ausgekocht, als ich nicht da war?« fragte sie.

Ronald zögerte. Er hatte kurz überlegt, ob er Gloria von seinem sonderbaren Gespräch mit Pfarrer Vanderbilt erzählen sollte, sich aber fast im gleichen Moment schon dagegen entschieden. Es war bestimmt nicht so, daß Vanderbilt und Gloria Geheimnisse voreinander hatten, aber trotzdem wäre es ihm wie ein Vertrauensbruch vorgekommen, Gloria von dem zu erzählen, was ihr Onkel und er besprochen hatten, als sie in der Küche gewesen war. Vielleicht würde er es ihr ja selbst sagen.

»Wir haben über dies und das gesprochen – was man eben so redet, wenn man sich das erste Mal beschnuppert.« Er lächelte. »Er ist ein netter alter Mann, das ist alles«, versicherte er.

»Und er scheint dich für einen netten *jungen* Mann zu halten«, fügte Gloria hinzu.

»Du etwa nicht?«

Gloria blieb ernst. »Es steht nicht zur Debatte, was ich meine«, antwortete sie betont. »Weißt du, das Problem mit Onkel Henk ist, daß er *wirklich* ein netter alter Mann ist. Manchmal fast ein bißchen zu nett.«

Ronald blickte fragend.

»Es ist immer so ein Seiltanz mit Onkel Henk, wenn ich jemanden kennenlerne«, fuhr Gloria fort. »Wenn er ihm unsympathisch ist, dann würde er ihn am liebsten mit dem Kirchenbann belegen und bis nach China jagen. Und wenn er ihn mag, würde er mich am liebsten gleich mit ihm verkuppeln.«

»Ich wollte schon immer gerne nach China«, erklärte Ronald ernsthaft. »Und das mit dem Kirchenbann stört mich nicht. Ich bin überzeugter Agnostiker.«

»Stimmt das?«

Ronald war nicht sicher, aber er glaubte ein winziges Flackern in Glorias Augen zu erkennen.

»Keine Ahnung«, gestand er. »Ich... denke selten darüber nach.«

»Unsinn«, behauptete Gloria. »Jeder hat seinen Glauben – so oder so.«

»Ich nicht«, sagte Ronald. »Oder vielleicht doch, aber ich habe mir noch nie die Mühe gemacht, mir darüber klarzuwerden, woran ich nun glaube. Würde das etwas ausmachen?«

Wieder zögerte Gloria einen ganz kurzen Moment, und wieder war er nicht sicher, was dieses Zögern denn nun wirklich zu bedeuten hatte. Schließlich schüttelte sie den Kopf.

»Ich glaube nicht«, sagte sie. »Er würde es akzeptieren. Onkel Henk ist sehr tolerant. Aber es würde ihm weh tun. Trotzdem«, fuhr sie mit leicht erhobener Stimme fort, »möchte ich nicht, daß du ihn belügst. Er würde es merken, und das würde ihm noch mehr weh tun.«

Das Gespräch begann eine Wendung zu nehmen, die Ronald nicht gefiel. Er hatte zu oft gelogen, und er hatte den Ausdruck von Schmerz, den er jetzt in Glorias Augen sah, ein paarmal zu oft selbst verursacht, um noch unbefangen reagieren zu können.

Als in diesem Moment die Tür aufging und Pfarrer Vanderbilt hereinkam, erschien er Ronald wie ein Geschenk des Himmels.

Bis er in sein Gesicht sah.

Im ersten Moment glaubte er, irgend etwas hätte Vanderbilt zu Tode erschreckt. Aber schon beim zweiten Hinsehen erkannte Ronald eine tiefe, kaum noch bezwungene Wut, einen Zorn, wie er ihn diesem alten Mann vor zehn Minuten nicht einmal zugetraut hätte, auf Vanderbilts Gesicht.

Ronald tauschte einen verwirrten Blick mit Gloria. Er war nicht der einzige, der die Veränderung bemerkte, die mit Pfarrer Vanderbilt vor sich gegangen war. Auch Gloria runzelte überrascht die Stirn und setzte dazu an, etwas zu sagen und aufzustehen.

Pfarrer Vanderbilt kam ihr zuvor. »Es tut mir leid, wenn ich euch störe«, sagte er. »Aber es sieht so aus, als müßte ich noch einmal weg. Es...« Er zögerte einen Moment, dann gab er sich einen Ruck und wandte sich direkt an Ronald.

»Es kann spät werden. Wenn ich ehrlich sein soll: Es wäre mir lieber, wenn Gloria Sie jetzt nach Hause brächte, Ronald.«

»Selbstverständlich«, sagte Ronald.

Gloria wirkte überrascht, fast perplex. »Wie bitte?« fragte sie.

»Ein Notfall«, antwortete Vanderbilt. »Vielleicht falscher Alarm, aber vielleicht auch etwas Ernstes. Du weißt ja, wie das ist... Es kann spät werden.«

»Ich fahr dich hin«, sagte Gloria entschieden. »Was ist passiert?«

»Das kann ich dir nicht sagen«, erwiderte Vanderbilt. »Damit würde ich das Beichtgeheimnis brechen. Und aus dem gleichen Grund kannst du mich auch nicht mit dem Wagen hinfahren. Außerdem sieht es schon wieder nach Regen aus. Es wäre mir wirklich lieber, wenn du Ronald mit dem Wagen zum Internat zurückbrächtest. Und stell jetzt bitte nicht noch mehr Fragen, die ich dir nicht beantworten darf.«

»Ich kann wirklich zu Fuß gehen«, betonte Ronald.

»Das kommt überhaupt nicht in Frage.« Pfarrer Vanderbilts Stimme klang scharf. »Nicht bei diesem Wetter – und schon gar nicht nach dem, was heute abend passiert ist. Gloria bringt Sie zurück, und damit basta.«

»Und ich komme sofort wieder«, meinte Gloria grimmig.

»Das brauchst du nicht«, sagte Pfarrer Vanderbilt eilig. Er zögerte einen Moment, dann fügte er hinzu: »Wenn ich ehrlich sein soll, es... es wäre mir sogar lieb, wenn ihr euch ein bißchen Zeit laßt.« Er seufzte. »Es kann gut sein, daß ich noch Besuch erhalte. Und dann ist es ihm sicher lieber, wenn er allein mit mir ist.«

Die Situation wurde Ronald immer unangenehmer. Er stand auf, schob seinen Stuhl sorgsam an den Tisch zurück und machte eine Drehung zur Tür.

»Nehmen Sie es mir nicht übel, Ronald«, sagte Vanderbilt. »Aber das sind nun mal die kleinen Widrigkeiten, die ein Beruf wie der meine mit sich bringt. Wir... holen den gemütlichen Abend ein andermal nach, einverstanden?«

»Klar.« Ronald war nicht einmal sicher, daß Pfarrer Vanderbilt seine Antwort überhaupt hörte. In seinen Augen flackerte noch immer dieser Ausdruck stummer Wut, und sein Blick irrte zur Uhr. Automatisch tat Ronald es ihm gleich. Es war Viertel nach elf. Wenn er daran dachte, daß er spätestens um sechs wieder aufstehen mußte, wurde es ohnehin Zeit, an den Rückweg zu denken.

Gloria wirkte verärgert, als sie aufstand und zusammen mit ihm das Zimmer verließ. Aber sie sagte nichts, sondern schwieg auf eine verbissene Art, die ihren Zorn sehr deutlich machte, bis sie das Haus verlassen hatten und nebeneinander in dem kleinen Fiat saßen.

»Ich kann wirklich zu Fuß gehen«, beteuerte Ronald, als sie den Motor startete. »Ich glaube nicht, daß es regnet. Es sind nur zehn Minuten.«

Anstatt direkt zu antworten, schlug Gloria den Gang hinein und fuhr so heftig an, daß Ronald in die Polster zurückgeworfen wurde.

»Du hast doch gehört, was er gesagt hat«, sagte Gloria. »Er besteht darauf, daß ich dich zurückfahre. Und daß ich mir Zeit lasse.« Sie lenkte den Wagen mit quietschenden Reifen um eine Kurve und gab noch mehr Gas, als sie die schmale Hauptstraße Krailsfeldens erreicht hatten. Der Uno schaukelte wie ein kleines Boot im Sturm. Ein paar Lichter und die blasse Leuchtreklame von Babs' *Grillcenter* huschten wie Irrlichter in der Dunkelheit vorüber.

»He!« protestierte er. »Ich wollte lebend oben ankommen!«

Gloria blickte ihn an. Im schwachen Licht der Armaturenbeleuchtung wirkte ihr Gesicht blaß und verschreckt, und ihre Augen glitzerten wie Glasmurmeln. Aber sie nahm den Fuß vom Gas, und ihre Chancen, dachte Ronald, das Internat lebend und unverletzt zu erreichen, verdoppelten sich.

Aber Gloria schwieg auch weiterhin verbissen, bis sie vor dem Internat angekommen waren. Obwohl das Tor weit offen stand, fuhr sie nicht hindurch, sondern stellte den Fiat auf dem kleinen Kiesflecken daneben ab und drehte den Schlüssel herum. Die Stille, die sich im Wagen ausbreitete, wurde sofort unangenehm. Eine neue Spannung war zwischen ihnen, die Ronald um so mehr nervös werden ließ, als er nicht ganz sicher war, ob er nicht doch einen Fehler gemacht hatte.

»Jetzt wäre es wohl an der Zeit, dich zu fragen, ob du meine Briefmarkensammlung sehen willst«, meinte er scherzhaft.

Gloria blieb stumm. Sie bewegte sich unruhig auf dem Sitz neben ihm, nur ein Schatten in der Schwärze, die von außen in den Wagen gekrochen war, aber er spürte ihre Nähe, und es war ein Gefühl, wie er es lange, sehr lange nicht mehr gespürt hatte. Vielleicht war es nicht richtig, sie jetzt mit nach oben zu nehmen, überlegte er. Aber es war bereits zu spät. Gloria zögerte nur noch einen Moment, dann löste sie mit einer entschlossenen Bewegung den Sicherheitsgurt und stieg aus dem Wagen.

Das Internat ragte wie ein Monolith aus geronnener Schwärze über ihnen empor, als sie den Hof betraten, und irgend etwas ... hatte sich verändert, dachte Ronald schaudernd. Die Dunkelheit schien eine neue Qualität angenommen zu haben, als wäre sie plötzlich etwas ganz anderes als nur die Abwesenheit von Licht. Ein Versteck, um etwas anderes, noch Dunkleres zu verbergen.

»Bekommst du keinen Ärger, wenn du Besuch mitbringst?« fragte Gloria unvermittelt.

»Wenn du etwas leiser sprichst, dann nicht«, antwortete Ronald. Er lächelte, obwohl er sicher war, daß sie es in der Dunkelheit nicht einmal sehen konnte. Sie hatte nur gesprochen, um überhaupt etwas zu sagen. Und sie gab sich nicht einmal die Mühe zu heucheln: Sie kochte innerlich vor Zorn.

Oder war es Angst?

Er ergriff ihren Arm und hielt sie fest, als sie den Hof überquert hatten und das Haus betreten wollten. »Ich habe das vorhin nicht so gemeint, wie du vielleicht glaubst«, sagte er. »Du mußt dich zu nichts verpflichtet fühlen. Wenn du lieber zu deinem Onkel zurückmöchtest ...«

Gloria riß ihren Arm los und blickte ihn fast verächtlich an. »Was ist denn jetzt los?« fragte sie. »Bekommt der Herr Angst vor seiner eigenen Courage? Wenn ich dich daran erinnern darf: Ich habe *dich* angesprochen, nicht du mich.«

Ihre Worte drohten etwas zu zerstören, das noch gar nicht richtig entstanden war, und trotz ihrer Erregung schien sie das zu spüren, denn sie lächelte plötzlich, und als sie weitersprach, war der versöhnliche Tonfall echt. »Es tut mir leid, Ronald«, sagte sie. »Das habe ich jetzt nicht so gemeint. Bitte entschuldige. Ich bin ... ein bißchen durcheinander.«

Sie deutete auf die Tür. »Läßt du mich rein, oder muß ich im Wagen warten, bis Onkel Henks Besuch gegangen ist?«

Sie lachten beide, aber selbst das vermochte die Spannung nicht völlig zu lösen. Ronald öffnete die Tür und legte den Zeigefinger über die Lippen. Lautlos drückte er die Tür wieder ins Schloß, deutete auf die Treppe und schlich mit übertrieben pantomimischen Bewegungen los. Gloria kicherte leise.

Im Grunde wollte er Gloria gar nicht mit auf sein Zimmer nehmen, und er wollte auch nicht mit ihr schlafen. Nicht hier und vor allem nicht jetzt. Und er war auch sicher, daß sie es nicht wollte.

Sie erreichten das obere Stockwerk, und Gloria holte mit einem schnellen Schritt auf und blieb plötzlich stehen. Er konnte sehen, wie sie sich voller Unsicherheit umsah.

»Was hast du?« fragte er.

Der Klang seiner Worte war wie etwas Fremdes in dem Gewirr von Schatten, in das sich der Gang vor ihnen verwandelt hatte. Sie fuhr ein bißchen zusammen und versuchte, zu lächeln und den Kopf zu schütteln, aber beides war nur eine Andeutung.

»Nichts«, antwortete sie. »Es ist nur ... ein bißchen unheimlich.«

»Ich dachte, du warst schon hier.«

»Sicher. Am Tag und unten in Zombecks Büro. Aber das hier ...« Sie schauderte. »Wie kann man hier leben?«

»Man gewöhnt sich dran«, antwortete Ronald. »Aber du hast natürlich recht. Normalerweise verlasse ich mein Zimmer nie nach Einbruch der Dunkelheit. Es ist auch nicht gerade ungefährlich.«

Gloria blickte fragend.

»Sie haben ein Dutzend tollwütiger Hunde unten im Keller versteckt«, erklärte Ronald ernsthaft. »Sobald die Zimmer für die Nacht abgeschlossen werden, lassen sie sie laufen, damit sie Einbrecher und junge Damen anfallen und auffressen.«

»Idiot«, sagte Gloria freundlich.

»Wieso Idiot?« fragte Ronald ernsthaft. »Mich haben sie auch schon gebissen. Siehst du?« Er bleckte die Zähne und sabberte. »Komm mit, schöne Esssmeralda«, lispelte er. »Ich ßeige dir meine Khammer!«

Er wartete darauf, daß Gloria lachte oder wenigstens lächelte, aber sie sah ihn nur verständnislos an, und er kam sich völlig idiotisch vor.

Ohne ein weiteres Wort und sehr schnell gingen sie weiter, bis sie sein Zimmer unter dem Dach erreicht hatten. Ronald versuchte den Schlüssel herumzudrehen und stellte überrascht fest, daß nicht abgeschlossen war – und daß im Zimmer Licht brannte. Er blieb stehen und sah sich mißtrauisch um. Der Vorhang zur Küche war zurückgeschlagen, und auf dem Tisch lag ein Zettel. Aber zumindest war niemand hier und wartete auf ihn.

Er ließ Gloria an sich vorbei, schloß die Tür von innen ab und ließ den Schlüssel stecken. Dann ging er zum Tisch, nahm den Zettel und überflog ihn kurz.

»Ärger?« fragte Gloria.

»Nein.« Ronald knüllte das Blatt Papier zusammen und warf es achtlos zu Boden. »Zombeck will mich in seinem Büro sehen, morgen früh. Aber das ist kein Grund, hier einfach reinzukommen, wenn ich nicht da bin. Vielleicht unterhalte ich mich mit ihm ein bißchen über das Thema Privatsphäre.«

Ihm fiel erst jetzt auf, daß Gloria neben der Tür stehengeblieben war. Fragend sah er sie an und zuckte dann schuldbewußt die Schultern. »Das mit der Tür ist nicht deinetwegen«, sagte er hastig. »Ich habe nur –«

»Schon gut. Du hast den Schlüssel ja steckenlassen, nicht wahr?«

Er wußte nicht, was er sagen sollte. Er fühlte sich verlegen wie selten zuvor. »Möchtest du etwas zu trinken?« fragte er schließlich, aber eigentlich nur, um überhaupt etwas zu sagen.

»Sicher. Deshalb bin ich schließlich hier. Es sei denn, du hast wirklich eine Briefmarkensammlung.«

Ronald lachte unsicher und floh fast in die winzige Küche. »Etwas Alkoholisches oder eine Cola? Ich könnte dir auch drei Wochen altes Mineralwasser anbieten und einen halben Liter Milch von letzter Woche.«

»Keinen Alkohol. Ich muß doch fahren. Am Ende falle ich noch einer Polizeistreife in die Hände und verliere meinen Führerschein. Stell dir diesen Skandal vor: Die Nichte des Pfarrers wird betrunken auf der Heimfahrt von einem Rendezvous aufgegriffen.«

»Das trifft sich gut. Ich hätte auch gar nichts Alkoholisches gehabt.« Ronald nahm zwei Dosen Cola aus dem Kühlschrank, angelte zwei Gläser vom Bord und versuchte alles zusammen ins Wohnzimmer zurückzubalancieren. Gloria runzelte die Stirn, nahm ihm die Gläser ab und stellte sie auf den Tisch, während Ronald noch einmal zum Kühlschrank zurückging, um Eis zu holen. Das Fach war voll, aber er hatte das Gerät wohl zu hoch eingestellt. Ronald seufzte, schloß die Kühlschranktür wieder – und fuhr erschrocken zusammen. Gloria stand nur einen halben Schritt hinter ihm. Er hatte nicht einmal gehört, daß sie ihm nachgekommen war.

»He«, sagte er. »Wohlerzogene junge Damen schleichen ihren Gastgebern nicht nach.«

»Ich bin keine wohlerzogene junge Dame«, entgegnete Gloria und öffnete die Kühlschranktür. »Ich brauche nur ein bißchen Eis, und –« Gloria verstummte, blickte einen Augenblick lang irritiert in den

Schrank und ließ die Tür dann wieder zuschnappen. Außer einigen Dosen Cola und einer Tüte Milch enthielt der Schrank nur Eis. Unmengen von Eis.

Ronald zuckte verlegen mit den Schultern.

»Ich esse normalerweise im Speisesaal«, sagte er. »Ein scheußlicher Fraß, aber umsonst.«

Gloria sah ihn fast vorwurfsvoll an, öffnete den Schrank noch einmal und schaltete ihn um drei Kühlstufen herunter. Dann ging sie wortlos ins Wohnzimmer zurück, setzte sich auf die Couch und riß den Verschluß von der Coladose.

Ronald folgte ihr etwas langsamer. Er fühlte sich immer unbehaglicher. Die Situation entglitt ihm. Er kam sich wie ein Eindringling vor, obwohl dies seine Wohnung war.

»Ich koche einen Kaffee«, sagte er entschlossen. »Vielleicht kannst du ihn gebrauchen, wenn du zurückfährst. Es ist schon ziemlich spät.«

Ohne ihre Antwort abzuwarten, stand er wieder auf und ging in die Küche zurück, und er brauchte sehr viel länger dazu, die Kaffeemaschine anzuwerfen, als sonst. *Was tue ich hier eigentlich?* dachte er verwirrt. Wieso benahm er sich wie ein Achtzehnjähriger, der zum erstenmal mit einer Frau allein war?

Er stellte sich so ungeschickt an, daß er sich tatsächlich die Finger verbrühte und um ein Haar die ganze Kaffeemaschine umgeworfen hätte. Als er zurück ins Wohnzimmer kam, stand Gloria am Fenster und blickte auf den Hof hinab.

Leise trat er hinter sie, blieb stehen, zögerte – und machte dann einen weiteren Schritt. Ihre Körper berührten sich nicht, aber irgendwie erregte ihn diese Nähe mehr, als jede Berührung es vermocht hätte. Und er spürte, daß es ihr ebenso erging.

Ihre Blicke trafen sich in der spiegelnden Fensterscheibe, und auch in Glorias Augen hatte sich etwas verändert. Sie war sehr ernst, aber in ihrem Blick war jetzt kein Zorn mehr, sondern eine Weichheit, die ihn überraschte.

»Warum bist du mitgekommen?« fragte er.

Sie antwortete nicht, sondern drehte sich zu ihm herum und sah zu ihm auf. Bisher war ihm gar nicht aufgefallen, wie klein sie war. Ihr dunkler Pony befand sich in Höhe seines Adamsapfels.

»Ich meine ... hast du gar keine Angst, daß ich die Situation ausnützen könnte?«

»Wer sagt dir denn, daß ich etwas dagegen hätte?« flüsterte Gloria. Dann schlang sie die Arme um seinen Hals, zwang ihn mit sanfter Gewalt zu sich herunter und küßte ihn.

Natürlich schliefen sie in dieser Nacht miteinander. Und als Ronald später in einen leichten Schlaf fiel, kam plötzlich der Traum wieder. Doch diesmal war alles anders.

»Margarete Spellig.«

Die Feder des SS-Mannes fuhr mit einem kratzenden Geräusch über das Blatt und hinterließ einen daumennagelgroßen Klecks darauf, dicht neben der Stelle, an der er ihren Namen geschrieben hatte.

»Geboren?«

»August neunzehnhundertvierzehn.«

»Genauer, bitte.« Tonfall und Gehabe des SS-Mannes waren die eines Buchhalters. Er hatte schmale, fast feminin wirkende Hände, an denen die schweren Siegelringe, die er an beiden Mittelfingern trug, deplaziert wirkten. Seine Augen waren klein und kalt, härter als das Glas der randlosen Brille, hinter denen sie sich verbargen.

»Neunundzwanzigster August«, sagte Margarete.

Das Sprechen fiel ihr schwer. Ihre Zunge lag wie ein Fremdkörper in ihrem Mund, geschwollen vom Durst und von der Anstrengung stundenlangen Redens. Sie erinnerte sich nicht, wann sie zuletzt geschlafen hatte. Es mußte Jahre her sein.

Die Feder des SS-Mannes kratzte erneut über das Papier und hinterließ einen weiteren Tintenklecks auf dem Blatt, diesmal neben der Spalte mit ihrem Geburtsdatum. Er runzelte die Stirn, blickte die beiden exakt untereinanderliegenden Tintenflecke einen Moment lang vorwurfsvoll an und kramte dann in seiner Aktenmappe. Es dauerte fast eine Minute, bis er gefunden hatte, wonach er suchte: ein zerknittertes, an einer Seite abgerissenes Stück Löschpapier. Der Tintenfleck war längst eingetrocknet, als er es auf das Blatt drückte. Trotzdem preßte er es pedantisch dreißig Sekunden lang mit dem Daumen nieder, ehe er es zur Seite legte und die Feder wieder in das Tintenfaß senkte.

»Wo?«

Margarete sah ihn verständnislos an. Ihre Augen brannten. Das schmale, bleiche Gesicht auf der anderen Seite des Tisches begann zu verschwimmen. Sie hatte das Gefühl zu wanken und bekam plötzlich Angst, einfach vom Stuhl zu fallen, wenn sie nicht aufpaßte.

»Wo Sie geboren sind.«

»Das wissen Sie doch genau«, murmelte Margarete. »Sie haben mich das alles doch schon hundertmal gefragt.« Die Worte klangen wie die einer Fremden in ihren Ohren. Sie fragte sich, woher sie den Mut nahm, sie auszusprechen.

»Möglich«, erwiderte der SS-Mann ungerührt. »Aber ich habe es noch nicht aufgeschrieben, wissen Sie?« Er machte eine Bewegung, als wolle er

mit der Feder auf das Blatt stoßen, überlegte es sich im letzten Moment anders und lächelte nur.

»Hier«, sagte Margarete.

»Krails-fel-den.« Die Feder kratzte über das Papier und verharrte über der nächsten – letzten – Spalte.

»Konfession?«

Margarete preßte sie Lippen aufeinander. Sie hatte Angst. »Römisch-katholisch«, murmelte sie schließlich.

Das Kratzen der Feder blieb aus.

Fünf, zehn, zwanzig endlose Sekunden lang starrten die kalten Augen hinter der Brille sie mit undefinierbarem Ausdruck an, dann legte der SS-Mann die Feder mit pedantischen Bewegungen aus der Hand und seufzte tief.

»Ich kann das hier hinschreiben«, meinte er ruhig. »Aber Sie und ich, wir wissen beide, daß das nicht stimmt.«

»Schauen Sie doch in meine Geburtsurkunde«, sagte Margarete. »Oder in meinen Taufschein.«

»Die sind nicht das Papier wert, mit dem sie gefälscht wurden«, erwiderte der SS-Mann ruhig. »Und auch das wissen wir beide. Sie sind Jüdin, Frau Spellig. Und Ihr Mann ist Jude. Und das da«, sein ausgestreckter Zeigefinger deutete auf die Rundung ihres Leibes, über der sich das zerschlissene Kleid spannte, »wird ein kleines Judenbalg. Sie wissen das, und ich weiß das. Die Frage ist nur, ob ich das hierhinschreibe, damit es auch andere erfahren, oder ob es unser Geheimnis bleibt.«

Er faltete die Hände auf dem Tisch, begriff, daß er keine Antwort bekommen würde, und ließ sich in seinen Stuhl zurücksinken. Eine Weile saß er völlig reglos da. Dann griff er in die Tasche, zog eine silberne Zigarettendose hervor und ließ das darin eingebaute Feuerzeug aufschnappen. Er rauchte nicht, sondern starrte nur in die Flammen. Es sah aus, als glühten seine Augen.

»Warum machen Sie es sich so schwer, Margarete?« fragte er. »Sie können überhaupt nichts mehr gewinnen. Ich weiß nicht, ob Sie sich über den Ernst Ihrer Situation im klaren sind, aber Sie kommen da nicht mehr raus. Nicht einmal ein Wunder kann Sie jetzt noch retten.«

»Warum sollte ich Ihnen dann irgend etwas verraten?« fragte Margarete trotzig.

Der SS-Mann lächelte. Es war ein sehr unsympathisches Lächeln – aber Margarete war plötzlich sicher, daß es nicht echt war. Es war absurd: Sie saß seit drei Tagen mehr oder weniger ununterbrochen auf diesem Stuhl und beantwortete seine Fragen, aber je länger sie ihm gegenübersaß, desto weniger glaubte sie, daß er wirklich so kalt und hart war, wie er sich gab. Seine kühle Art zu reden, der eisige Blick seiner Augen, die schmalen, gepflegten Hände mit den schweren Ringen, deren bloßer Anblick genügte, sich vorzustellen, wie sie in ein Gesicht schlugen und Lippen und Haut aufplatzen ließen, das alles gehörte zu einer Maske, die er sorgfältig kultiviert hatte.

»Um Ihres Kindes willen«, sagte er nach einer Weile. »Schauen Sie, Margarete, ich kann nichts mehr für Sie tun. Ihr Mann ist tot, und Sie sind zu intelligent, als daß ich Sie belügen und Ihnen erzählen könnte, daß Ihre Chancen, lebend aus dieser Geschichte herauszukommen, besonders groß wären. Aber ich kann dafür sorgen, daß Ihr Kind überlebt.«

»Und wie?« fragte Margarete leise. Sie glaubte ihm nicht. Sie wollte ihm glauben, bei Gott, und wie gern sie ihm glauben wollte! Aber sie konnte es nicht.

»Sie haben nicht mehr lange Zeit«, meinte der SS-Mann. Es war völlig verrückt, aber zum erstenmal seit drei Tagen wurde ihr klar, daß sie nicht einmal seinen Namen kannte. »Ein paar Wochen, schätze ich.«

»Drei«, bestätigte Margarete.

»Sehen Sie – das ist der Unterschied. Wenn ich hier eintrage: römisch-katholisch, dann werden Sie in ein Gefängnis eingeliefert, und Ihnen wird der Prozeß gemacht. Das dauert. Nicht lange, aber lange genug, daß das Kind auf die Welt kommen kann.« Er beugte sich vor. »Aber wenn ich hier eintrage: jüdisch, dann werden Sie wahrscheinlich noch heute in ein Konzentrationslager gebracht. Und selbst wenn Sie dort lange genug leben, um das Kind zur Welt zu bringen ... wollen Sie Ihrem Ungeborenen das wirklich antun?«

»Ich glaube Ihnen nicht«, flüsterte Margarete. »Sie bringen mich doch sowieso um. Und mein Kind auch.«

»Warum sollten wir?« fragte der SS-Mann ruhig. »Sehen Sie, Margarete, das Deutsche Reich ist hart zu seinen Feinden, aber auch gerecht. Natürlich wissen wir, daß Sie nicht die Drahtzieherin waren. Das waren Ihr Mann und diese Volksverräter, die er umgebracht hat. Uns liegt nichts an Rache, glauben Sie mir. Wir wollen zurückhaben, was uns gehört.«

»Ich weiß nicht, wo es ist.«

»Gold im Wert von zweiundzwanzig Millionen Reichsmark«, fuhr der SS-Mann ungerührt fort. »Und Sie können mir nicht erzählen, daß Sie nicht wissen, wo es ist. Ihr Mann muß Hilfe gehabt haben. Er wäre niemals allein in der Lage gewesen, das Gold wegzuschaffen und zu verstecken. Dazu hatte er einfach nicht genug Zeit. Vielleicht hat er Ihnen nicht einmal verraten, wo es ist – das will ich Ihnen gerne glauben. Mir reicht ein Name. Ich will nur wissen, wer ihm geholfen hat.«

»Niemand«, wisperte Margarete schwach. »Bitte, ich ... habe Ihnen das alles doch schon erzählt. Ich weiß nichts. Es gab keine anderen. Er hatte vor, es mit Steiner und den anderen zu teilen, aber niemand hier im Ort wußte etwas davon.«

»Ich würde Ihnen ja gerne glauben«, sagte der SS-Mann. »Aber das kann *ich nicht. Die Tatsachen sprechen gegen Sie, Margarete. Das Gold ist verschwunden. Steiner und seine Kameraden sind tot. Ihr Mann wurde erschossen, als er versuchte, mit seinem Lastwagen eine Straßensperre zu durchbrechen. Und im Keller Ihres Hauses haben wir das da gefunden.«*

Sein goldberingter Finger deutete auf einen Gegenstand, der seit drei Tagen auf der Kante seines Schreibtisches lag: einen sicherlich zehn Kilogramm schweren, mattglänzenden Goldbarren, in dessen Oberseite der Reichsadler eingeprägt war. Margaretes Blick folgte dem Fingerzeig, und ihre Augen füllten sich mit Tränen.

»Ich habe keine Ahnung, wie das in unser Haus kommt«, beteuerte sie.

»Ich will nur wissen, wo die anderen neunundvierzig sind. Oder den Namen des Mannes, der es weiß. Ich kann nichts für Sie tun, wenn Sie mir nicht ein bißchen entgegenkommen, Margarete.«

Margarete schwieg. Sie hatten dieses Gespräch hundertmal geführt, in den vergangenen drei Tagen. Sie wußte nicht, woher das Gold kam, und sie wußte nicht, wer den Rest gestohlen und die Soldaten umgebracht hatte. Sie hatte nicht einmal gewußt, was Armin vorhatte. Sie hatte gespürt, daß er etwas unternehmen wollte, und es hatte gewisse Andeutungen gegeben, die jetzt – hinterher – auch Sinn machten. Aber das alles hatte sie ihm schon hundertmal erzählt.

Sie wankte. Die Müdigkeit schlug wie eine schwere Woge über ihr zusammen, und sie wußte, daß sie einfach zusammenbrechen würde, wenn er sie zwang, weiter wach zu bleiben. Ganz egal, was sie dann hinterher mit ihr taten. Seine Stimme drang nur noch wie durch eine dicke Watteschicht in ihr Bewußtsein.

»Überlegen Sie es sich, Margarete«, sagte er. »Der Transport geht morgen früh um sechs. Es liegt einzig und allein an Ihnen, wohin Sie gebracht werden – nach Berlin oder Dachau. Und ich muß Ihnen nicht sagen, was das heißt.«

Sie hörte kaum noch, wie er aufstand und das Zimmer verließ. Augenblicke später erklangen schwere Schritte, und jemand packte sie am Arm und zerrte sie so grob in die Höhe, daß sie vor Schmerz aufstöhnte.

Das Schicksal war gnädig mit ihr: Sie verlor das Bewußtsein und wachte erst in ihrer Zelle wieder auf, auf dem Rücken liegend und in eine dünne Decke eingehüllt, Stroh anstelle einer Matratze unter dem Kopf.

Es war dunkel. Die Luft roch moderig, wie die Luft in einem Gebäude nun einmal riecht, das ein halbes Jahrhundert leergestanden hat, und durch das winzige, vergitterte Fenster hoch unter der Decke fiel nur silberfarbenes Mondlicht. Weit, sehr weit entfernt hörte sie das Brummen eines Motors und die Stimme eines Soldaten. Sie konnte die Worte nicht verstehen, aber der Tonfall war nicht zu verwechseln. Der Krieg hatte nun auch Krailsfelden eingeholt. Krailsfelden, Armin und sie und ihr ungeborenes Kind.

Und sie hatte weder Schmerzen noch Angst.

Es war spät in der Nacht, und es blieben nur noch wenige Stunden, bis man sie wegbringen würde, an einen von zwei Orten, an denen doch nur der Tod auf sie und ihr ungeborenes Kind wartete, aber sie dachte zum erstenmal ohne Furcht oder auch Bitterkeit daran. Vielleicht, weil sie innerlich schon nach und nach gestorben war: ein bißchen, als sie vor drei Tagen gekommen waren und sie aus dem Bett gezerrt hatten; ein bißchen, als sie ihr von Armins Tod erzählten und sie zwangen, seine Leiche zu identifizieren; und noch ein bißchen mehr in den drei Tagen und Nächten, die sie auf dem Stuhl des SS-Mannes verbracht hatte. Sie wußte nicht einmal genau, ob sie überhaupt noch leben wollte. Sie hatte Armin geliebt; auch wenn er erst hatte sterben müssen, damit sie das wirklich begriff.

Draußen auf dem Gang hallten Schritte und gedämpfte Stimmen, die sich miteinander unterhielten. Sie kamen näher, und wahrscheinlich waren sie es auch gewesen, die in ihren Schlaf gedrungen waren und sie geweckt hatten. Ein Schlüssel klirrte im Schloß, und Margarete richtete sich auf und blinzelte in das grelle Licht einer Taschenlampe, die direkt in ihr Gesicht leuchtete. War es schon soweit?

Sie wurde besser behandelt als am vergangenen Abend. Die beiden jungen Soldaten, die sie abholten, schlugen ein scharfes Tempo an und zwangen sie auch zum Mithalten, aber sie schleiften sie wenigstens nicht mehr grob zwischen sich her, sondern stützten sie im Gegenteil und blieben sogar zweimal stehen, als Margarete vor Schwäche nicht mehr weiterkonnte.

Ihr Ziel war der Raum, in dem sie die letzten drei Tage verhört worden war. Aber es war nicht der junge SS-Mann, der sie erwartete. Auch er war zwar da – er stand in einer Ecke neben einem der schmalen Fenster und sah mit vor der Brust verschränkten Armen hinaus –, aber seinen Platz hinter dem Schreibtisch nahm jetzt ein anderer ein.

Margarete erschrak, als sie in Sängers Gesicht blickte.

Im allerersten Moment hätte sie ihn fast nicht erkannt.

Wie der junge SS-Mann, so wirkte auch er blaß und übernächtigt.

»Hallo, Margarete«, sagte Sänger. Er versuchte zu lächeln, aber es gelang ihm nur sehr halbherzig. »Wie geht es dir?«

Margaretes Blick irrte erschrocken zwischen Sänger und dem SS-Mann hin und her. Der junge Offizier wich ihrem Blick aus. Er wirkte irgendwie . . . schuldbewußt.

»Was haben sie dir getan?« fragte Margarete.

»Nichts«, antwortete Sänger. »Eine Bombe. Sie haben . . . mein Haus getroffen. Hast du das nicht gewußt?«

Nein, das hatte sie nicht. Als die Bomben gefallen waren, war sie in der Kirche gewesen, wie die meisten Frauen. Sie hatte gewußt, daß es eines der Häuser getroffen hatte, aber sie hatte nicht gewußt, daß es seines gewesen war.

»Wie schrecklich«, sagte sie teilnahmsvoll. »Wie geht es Maria? Ist ihr –«

»Sie ist tot«, unterbrach sie Sänger.

»Oh. Das ... das tut mir leid.«

»Das muß es nicht. Es ist –«

»Kommen Sie zur Sache, Sänger«, drängte der Offizier.

Sänger nickte. Er wirkte niedergeschlagen, und der Schmerz in seinen Augen war mitleiderregend. Doch aus irgendeinem Grund brachte er es nicht fertig, ihrem Blick länger als eine Sekunde standzuhalten.

»Das stimmt«, sagte er. »Obersturmbannführer Straub hat mich gebeten, noch einmal mit dir zu reden, Margarete. Er glaubt, daß ich dich vielleicht zur Vernunft bringen kann.«

»Ich verstehe nicht, was –«

»Es hat keinen Zweck mehr, Theater zu spielen, Margarete«, unterbrach sie Sänger. »Sie wissen, daß ich Armin und dir geholfen habe, neue Papiere zu bekommen. Es tut mir leid, aber ... verdammt, wir haben alle gewußt, daß es eines Tages passieren kann.«

Margarete starrte ihn an, schwieg. Etwas stimmte nicht mit ihm. Er sprach schleppend, und augenscheinlich bereitete ihm das Sprechen Mühe, wenn nicht Schmerzen. Aber das war es nicht allein. Sie kannte Sänger gut, denn in einem Ort wie Krailsfelden kannte jeder jeden, und sie spürte einfach, daß da noch etwas war. Etwas von ungeheuerer Wichtigkeit, das sie nicht greifen, aber auch nicht übersehen konnte.

Auch Sänger sprach nicht weiter, sondern drehte sich mühsam in seinem Stuhl herum und sah zu Straub auf. Margarete fiel auf, daß er nur Schultern und Oberkörper bewegte, als wäre alles unterhalb seiner Hüfte taub.

»Bitte lassen Sie uns allein«, bat er.

Straub zögerte einen Moment, dann nickte er. »Gut«, sagte er. »Eine Viertelstunde.« Er wandte sich an Margarete. »Und Sie, mein liebes Kind, sollten sich eines merken: Ich überschreite meine Kompetenzen, indem ich Herrn Sänger gestatte, mit Ihnen zu reden. Und ich kann Ihnen nicht sagen, was passiert, wenn irgend jemand auf die Idee kommen sollte, ich wäre vielleicht nicht der richtige Mann, um diese Untersuchung zu leiten. Es könnte sein, daß man jemand anderen an meine Stelle setzt. Jemanden, der weniger nachsichtig ist. Sie sollten sich sehr gründlich überlegen, ob Sie wirklich die Verräter weiter schützen wollen, die Schuld am Tod Ihres Mannes sind, und damit vielleicht eine ganze Stadt opfern.«

Er verließ das Zimmer, und für eine Weile senkte sich Schweigen zwischen sie. Sänger atmete schwer. Seine Hände krochen wie kleine selbständige Wesen über die Armlehnen des uralten Stuhls, und seine Brust hob und senkte sich so deutlich, als machte er jeden Atemzug bewußt und sehr tief, als ob er Angst hätte zu ersticken.

»Haben sie dich gut behandelt?« fragte er schließlich.

»Wenn du meinst, ob sie mich geschlagen haben«, antwortete Margarete, »nein.« Ihre Hände strichen über ihren Bauch. »Ich glaube, er nimmt Rücksicht darauf. Straub ist ... sehr nett. Für einen SS-Mann.«

»Ja, das ist er«, bestätigte Sänger. »Er hätte mich auf der Stelle erschießen lassen können. Und die Hälfte des Ortes dazu. Weißt du, welche Strafe darauf steht, einen Juden zu verstecken?« Er hob die Hand und machte eine abwehrende Geste, als Margarete antworten wollte.

»Ist schon in Ordnung. Er tut uns nichts. Und ich bin auch nicht hier, um mich an deiner Brust auszuweinen. Du bist es, um die ich mir Sorgen mache.« Er versuchte sich vorzubeugen, aber es mißlang. Um ein Haar wäre er vom Stuhl gefallen, als seine Beine die Bewegung nicht mitmachten. Er stöhnte.

»Bitte denk nach, Margarete«, sagte er eindringlich. »Es ist wichtig. Nicht nur für dich – für uns alle. Straub hat die Wahrheit gesagt: Sie werden nicht aufgeben, bis sie das Gold wiedergefunden haben, und zwar bis auf die letzte Unze. Du hast ja keine Ahnung, was in der Stadt los ist.«

»Aber ich weiß doch nichts«, beteuerte Margarete erneut. Verzweiflung machte sich in ihr breit. Sie hatte geglaubt, Sänger wäre hier, um ihr zu helfen, aber im Grunde wollte er nur dasselbe wie Straub.

»Du mußt irgend etwas wissen«, beharrte Sänger. »Ich glaube dir, daß du nichts mit dem Diebstahl zu tun hattest. Straub übrigens auch. Wenn er dir nicht glauben würde, dann hätte er dich nicht so gut behandelt. Denk nach. Hat Armin irgend etwas gesagt? Irgendeine Andeutung gemacht? War er manchmal lange weg? Hatte er Lehm an den Stiefeln oder Staub oder ...«

All diese Fragen hatte ihr Straub schon hundertmal gestellt. Sie hatte keine davon beantwortet. Wie auch?

»Sie haben Armin umgebracht«, flüsterte sie.

»Sie haben ihn nicht umgebracht!« Sängers Stimme wurde schrill. Es klang, als müsse er sich verteidigen, dachte Margarete. »Er hat versucht, mit seinem Lastwagen eine Straßensperre zu durchbrechen, und wurde dabei erschossen. Vielleicht war es so besser für ihn.«

Margarete sah mit einem Ruck auf.

»Ich meine das ernst«, betonte Sänger. »Ich glaube nicht, daß du dir vorstellen kannst, was sie ihm angetan hätten, wäre er ihnen lebend in die Hände gefallen. Nicht alle SS-Leute sind so wie Straub.«

»Aber er war es nicht!« protestierte Margarete. »Ich ... ich hätte es doch gemerkt! Er hätte doch nicht Gold für zwanzig Millionen in unser Haus bringen können, ohne daß ich es merke! Jeder in der Stadt hätte es gemerkt.«

Sänger schüttelte traurig den Kopf. Er sah sie immer noch nicht an. »Ich kann mir vorstellen, wie hart es dich getroffen hat«, meinte er. »Aber es gibt keinen Zweifel mehr. Sie haben einen Zettel mit eurer Adresse im Panzerwa-

gen gefunden. Und in eurem Haus einen Teil des gestohlenen Goldes. Keiner von uns versteht, warum er das getan hat, aber es war so.«

»Das glaube ich nicht«, sagte Margarete stur. »Vielleicht hatte er es vor. Aber er hat es nicht getan. Er... er hätte gar keine Zeit dazu gehabt.«

»Doch«, beharrte Sänger. »Und das weißt du. Er ist mit dem Lastwagen weggefahren, kurz bevor die Bomber kamen. Und er ist erst nach Stunden zurückgekommen. Niemand weiß, wo er in dieser Zeit war.«

»Und wie hätte er eine halbe Tonne Gold verstecken sollen?«

»Wahrscheinlich haben ihm die Soldaten dabei geholfen«, mutmaßte Sänger traurig. »Und danach hat er sie erschossen. Das Ganze war von langer Hand vorbereitet, Margarete. Straub glaubt sogar, daß Steiner den Transport an die Engländer verraten hat, damit sie ihn angreifen und er und die anderen in dem Durcheinander fliehen konnten. Bitte, Margarete. Hilf uns! Es... es geht jetzt nicht nur um dich oder dein Kind. Du weißt, wie die Nazis sind. Bis jetzt haben sie uns in Ruhe gelassen, aber Armin hat in ein Wespennest gestochen. Sie lassen sich nicht für zwanzig Millionen Gold stehlen und bedanken sich noch dafür. Wir können froh sein, wenn sie nicht die ganze Stadt niederbrennen, um ein Exempel zu statuieren!« Seine Stimme zitterte. Er hatte Angst.

Und trotzdem – Margarete war plötzlich sicher, daß diese Angst einen ganz anderen Grund hatte, als sie bisher geglaubt hatte. Sie sah ihn an, ruhig und aus Augen, die schon seit Tagen keine Tränen mehr hatten, und wieder hielt er ihrem Blick nicht stand.

»Ich kann euch nicht helfen«, sagte sie erneut. »Ich weiß doch nichts.«

Aber das war nicht die ganze Wahrheit. Irgend etwas in ihrem Kopf hatte deutlich Alarm gegeben, als Sänger sprach, und plötzlich wußte sie, daß alles ganz anders war, als sie bisher geglaubt hatte. Sie wußte einfach, daß Armin es nicht getan hatte. Das Gold stehlen – möglicherweise. Armin war ein grundehrlicher Mensch, aber die Nazis ermutigten die Menschen nicht gerade zur Ehrlichkeit, und mehr als zwanzig Millionen Mark in Gold vermochten selbst die eisernsten Grundsätze zu erschüttern. Aber die Soldaten töten? Niemals. Nicht für alles Gold der Welt.

»Dann kann ich auch nichts mehr für dich tun«, sagte Sänger traurig. »Gott schütze dich, Margarete. Uns alle.«

IV.

Erwachen

1

Pfarrer Vanderbilt betete. Nicht auf den Stufen vor dem einfachen hölzernen Altar seiner Kirche, auf denen er normalerweise kniete und seine stummen Zwiegespräche mit dem Herrn führte, sondern in seinem Arbeitszimmer, hinter dem Schreibtisch, an dem alles begonnen hatte. Seine Hände waren nicht gefaltet, sondern lagen flach nebeneinander auf der sorgsam polierten Tischplatte, und seine Augen waren nicht geschlossen, sondern auf das Fenster gerichtet, auf das Internat, verborgen hinter einem Schleier aus Dunkelheit, aber für ihn trotzdem sichtbar.

Verlassen Sie Krailsfelden noch vor Mitternacht.

Er hatte Angst.

Er wußte, daß Zombecks Worte keine leeren Drohungen waren, und er wußte, daß er ein alter Mann und daher einer körperlichen Auseinandersetzung nicht gewachsen war. Aber er war kein Narr. Er war vorbereitet: sowohl für den Fall, daß sie kamen, als auch dafür, daß er diese Nacht nicht überleben würde.

Er hatte vorgesorgt, indem er drei schmale, weiße Umschläge mit seiner sauberen Handschrift adressiert und in den Briefkasten geworfen hatte, der auf der gegenüberliegenden Straßenseite stand. Sollte diese Nacht vorübergehen, ohne daß etwas passierte, dann hatte er am nächsten Morgen immer noch Zeit genug, den Postwagen abzufangen und die Briefe zurückzufordern. Das hatte er schon mehrmals getan, und das war eben einer der Vorteile einer so kleinen Stadt wie Krailsfelden.

Aber, wie gesagt, Vanderbilt war kein Narr. Er rechnete nicht ernsthaft damit, noch Gelegenheit zu haben, die Briefe zurückzuverlangen. Und auch für diesen Fall war er vorbereitet. Er hatte fast eine Stunde lang gebetet, und er besaß zwei Dinge, die ihm – vielleicht – helfen würden. Eines davon war die abgegriffene Bibel, die zwischen seinen schmalen Händen auf der Tischplatte lag.

Das andere war ein Revolver vom Kaliber neun Millimeter, der die rechte Tasche seiner Soutane beulte.

Die Waffe befand sich seit mehr als sechzig Jahren in seinem Besitz, der letzte Beweis für den einzigen großen Fehler, den Pfarrer Vanderbilt jemals in seinem Leben begangen hatte. Und der es verändert hatte, noch ehe es richtig begann ...

Er war neunzehn gewesen, und obwohl er schon damals ein tiefgläubiger Mensch gewesen war, hatte er sich längst noch nicht entschlossen, den Glauben auch zu seiner Berufung zu machen und die schwarze

Soutane anzuziehen, denn Theologie war nur eines von drei Studienfächern, die er auf der Universität von Amsterdam belegt hatte – die beiden anderen Drittel seines Herzens gehörten mit gleicher Inbrunst der Philosophie und der Medizin, und es war ein Jahr her gewesen, daß er sich zum erstenmal ernsthaft gefragt hatte, welchem der drei Studienzweige er nun seine ganze Kraft zuwenden sollte. Eine Antwort auf diese Frage hatte er bis zu diesem Abend nicht gefunden.

Es war ein kalter, regnerischer Tag gewesen, ein Novemberabend, wie man ihn nur in den Niederlanden und in manchen Städten an der deutschen Nordseeküste erleben kann: Der Himmel hatte tief gehangen, und Wind und Kälte und das graue Licht hatten die schmalbrüstigen Stadthäuser noch kleiner aussehen lassen; blaßrote Gespenster mit zahllosen blinden Augen und weit geöffneten dunklen Mündern. Ein Selbstmörderabend.

Vanderbilt war ein wenig betrunken. Nicht sehr – er trank selten viel, und niemals zu viel –, aber vielleicht gerade deshalb hatten die drei Biere, die er sich zusammen mit ein paar Studienfreunden genehmigt hatte, bereits ausgereicht, in seinem Kopf ein leises Schwindelgefühl auszulösen, und in seiner Seele eine heitere Ausgelassenheit, die er nach diesem Tag niemals wieder verspüren sollte. Auf jeden Fall aber war dies der Grund, warum er die Gestalt, die auf der anderen Seite der Brücke stand und aufs Wasser hinabstarrte, erst sah, als er schon fast an ihr vorüber war.

Es war ein Mann. Er stand vornübergebeugt da, in eine graue, schwere Arbeitsjacke gehüllt, die trotzdem viel zu dünn für den kalten Abend war, und hatte die Arme auf der steinernen Brüstung abgestützt. Er mußte Vanderbilt bemerkt haben, denn der Abend war sehr still, und selbst das leise Plätschern des Wassers unten in der Gracht klang gedämpfter als sonst. Trotzdem rührte er sich nicht.

Vanderbilt zögerte.

Wäre dies ein normaler Abend gewesen, wäre er mit einem Achselzucken weitergegangen und hätte die graue Gestalt auf der anderen Seite der Brücke schon nach kurzem vergessen. Aber da waren dieses graue Licht und die Kälte und das Gefühl, daß etwas passieren würde, und irgend etwas an der Gestalt auf der anderen Seite der Brücke ließ Vanderbilt stehenbleiben und zu ihr hinübersehen.

Er erkannte jetzt, daß es ein älterer Mann war: fünfzig, vielleicht sechzig Jahre, das war nicht genau zu erkennen, denn er konnte sein Gesicht noch immer nicht sehen. Er zögerte nur noch einen Moment, dann trat er auf die Straße hinaus und näherte sich der einsamen Gestalt. Der Mann mußte seine Schritte hören, denn Vanderbilt gab sich nicht die geringste Mühe, leise zu sein; ganz im Gegenteil: Er wollte gehört werden, um den anderen nicht zu erschrecken. Aber der Mann reagierte nicht. Nicht einmal dann, als Vanderbilt kaum einen Schritt hinter ihm stehenblieb und sein Schatten sich über den des Mannes legte.

Und in diesem Moment erblickte er die Pistole in seinen Händen.

Vanderbilt fuhr zusammen. Plötzlich wußte er, wozu dieser alte Mann hierhergekommen war, und später begriff er, daß er in diesem Moment die Chance gehabt hätte, dem Mann die Waffe zu entreißen. Er hätte nur zuzugreifen brauchen, und alles wäre gut gewesen. Aber er tat es nicht.

Dabei war es nicht Angst, sondern der Anblick der Waffe, der ihn lähmte.

Dann wandte der Mann ganz langsam den Blick und sah ihn an, und Vanderbilt erwachte endlich aus seiner Erstarrung. Er trat einen Schritt zurück und blieb verlegen stehen. Die Blicke des alten Mannes folgten seiner Bewegung, und es war weder Feindseligkeit noch Mißtrauen darin, aber eine so abgrundtiefe Trauer und Verzweiflung, daß Vanderbilt innerlich erschauerte.

Er wußte nicht, wie lange sie beide so dastanden und sich ansahen. Keiner von ihnen sprach. Doch es war seltsam: Obwohl sie sich nie zuvor im Leben begegnet waren, herrschte plötzlich eine sonderbare Vertrautheit zwischen ihnen, ein stummes Verstehen, als würden sie sich seit Jahren kennen.

Schließlich war es Vanderbilt, der das Schweigen brach.

»Tun Sie es nicht«, sagte er eindringlich.

Er kam sich bei diesen Worten sehr unbeholfen vor.

Der Alte lächelte, aber seine Finger schlossen sich fester um die Waffe. Vanderbilt hatte plötzlich das Gefühl, etwas Falsches gesagt zu haben, denn bisher hatte die Pistole locker zwischen den Händen des Mannes auf der steinernen Brüstung gelegen. Jetzt nahm er sie in die rechte Hand und spannte mit der linken den Hahn.

»Bitte«, beschwor ihn Vanderbilt. »Das... das dürfen Sie nicht!«

Der Mann antwortete auch jetzt nicht. Tatsächlich sollte Vanderbilt nie seine Stimme hören, und gerade das war es, warum er diese Szene niemals wirklich vergaß, ganz gleich, wie sehr er sich auch bemühte und wieviel Zeit verging. Er sah Vanderbilt nur an und lächelte, auf eine sehr seltsame, beinahe väterliche Art. Aber seine Hände lösten sich langsam wieder von der Waffe. Nicht ganz. Sie glitten auf den porösen Stein der Brüstung zurück und blieben rechts und links der Pistole liegen, nahe genug, sie blitzschnell zu ergreifen, falls Vanderbilt etwa versuchen sollte, die Waffe an sich zu reißen, aber doch wieder weit genug entfernt, um ihn begreifen zu lassen, daß er nicht schießen würde. *Noch* nicht.

Vanderbilts Gedanken begannen sich zu überschlagen. Er mußte etwas tun. Aber was?

Sein Blick irrte nervös zwischen den Händen des Mannes und seinem Gesicht hin und her. Schließlich zwang er sich zu einem Lächeln, auch wenn er selbst merkte, daß es eher zu einer Grimasse geriet.

»Möchten Sie reden?« fragte er, noch immer hilflos und befangen. Er hatte irgendwann einmal gehört, daß man mit Selbstmördern reden sollte, um sie von ihrem Vorhaben abzubringen. Aber er wußte ja nicht einmal, wer dieser Mann war, geschweige denn, warum er sich töten wollte.

Der Fremde schwieg weiter, und nach einer Weile wertete Vanderbilt dies als Zustimmung auf seine Frage. Vorsichtig, um ihn nicht durch eine plötzliche Bewegung zu erschrecken, lehnte er sich neben ihn gegen das Brückengeländer und legte die Arme auf den feuchten Stein. Der Fremde beobachtete ihn, aufmerksam, beinahe freundlich, und mit einer Trauer, die irgendwie auch dem anderen zu gelten schien, als wisse er etwas über Vanderbilt, das ihm selbst bisher verborgen geblieben war.

»Sie sollten das nicht tun«, wiederholte Vanderbilt. Er versuchte, jede Spur von Vorwurf aus seiner Stimme zu verbannen, und tatsächlich gelang es ihm überraschend gut. Als er weitersprach, tat er es fast im Plauderton, als wären sie alte Bekannte, die sich zufällig auf dieser einsamen Brücke getroffen hatten.

»Ich ... ich weiß ja nichts über Sie, und ich denke, Sie werden schon Ihre Gründe haben, das zu tun. Aber eigentlich gibt es überhaupt keinen triftigen Grund, seinem Leben selbst ein Ende zu bereiten. Sind Sie krank? Es gibt gute Ärzte heutzutage.«

Keine Antwort. Der Blick des Mannes löste sich von Vanderbilts Gesicht und irrte wieder in die Gracht hinab.

»Oder ist jemand gestorben, den Sie geliebt haben?« fuhr Vanderbilt fort.

Der alte Mann lächelte traurig. Es konnte Zustimmung bedeuten, aber auch das Gegenteil. Seine Hand bewegte sich ein winziges Stück nach links und berührte den Griff der Pistole.

»Bitte!« rief Vanderbilt erschrocken.

Die Hand des Fremden erstarrte wieder. Sein Blick schien ins Leere zu gehen. Irgend etwas geschah in seinen Augen.

»Reden Sie doch wenigstens mit mir«, flehte Vanderbilt. »Ich kann

Ihnen nicht helfen, wenn Sie nicht wenigstens mit mir sprechen. Sie dürfen sich nicht töten, verstehen Sie? Ich ... ich ... Es wäre, als hätte ich Sie selbst umgebracht, wenn ich es zuließe.«

Die Hand des Mannes schloß sich fester um die Waffe. Aber er zögerte. Noch einmal. Vielleicht zum letztenmal.

Vanderbilt überlegte sich seine nächsten Worte sehr genau. Er fühlte sich verzweifelt, hilflos und so zornig, daß er am liebsten geschrien hätte. Es war einfach nicht *fair*, ihm die Verantwortung für das Leben dieses Wildfremden aufzubürden – und ihm noch dazu nicht die geringste Chance zu geben, auch nur irgend etwas zu tun!

»Es tut mir leid«, sagte er. »Das wollte ich nicht sagen. Ich ...« Er begann zu stottern, verlor den Faden und war für einen Moment nahe daran, sich einfach umzudrehen und zu gehen.

Der andere entspannte sich wieder. Seine Hand ließ die Waffe nicht los, aber seine Schultern sanken ein Stück nach vorne, und sein Blick suchte wieder die dunkle Oberfläche des Wassers unten in der Gracht. Vanderbilt fragte sich, was er wohl darin sah. Das Gesicht eines geliebten Menschen, den er verloren hatte und dem er nun auf diesem Wege folgen wollte? Irgendeine Szene, die so schrecklich war, daß er nicht damit fertig zu werden glaubte? Das Gesicht des Arztes, der ihm gesagt hatte, daß er nur noch wenige Monate zu leben hatte?

Vanderbilt gab auf. Es hatte keinen Sinn, wild herumzuraten. Er mußte herausfinden, was es war, das diesen Mann quälte. Nur dann hatte er eine Chance, den Hebel anzusetzen und ihn – vielleicht – zur Vernunft zu bringen. Es kostete Vanderbilt alle Kraft, den Wirbel von Gedanken hinter seiner Stirn zu besänftigen und sich wenigstens zu halbwegs logischem Denken zu zwingen.

»Ich werde nicht versuchen, Sie gewaltsam daran zu hindern«, sagte er langsam. »Aber versprechen Sie mir, es nicht sofort zu tun. Zehn Minuten, das ist alles, worum ich Sie bitte. Einverstanden?«

Der Fremde wandte den Kopf, sah ihn lange und mit einem undefinierbaren Blick an – und nickte. Vanderbilt atmete auf. Gleichzeitig wog er seine Chancen ab, sich auf den kleineren und sicherlich schwächeren Mann zu werfen, um ihm die Waffe zu entreißen und ihn gewaltsam an seinem Vorhaben zu hindern, sollte seine Überredungskunst versagen. Sie standen nicht schlecht.

»Glauben Sie an Gott?« fragte er schließlich.

Er bekam auch diesmal keine Antwort, aber der Blick des Fremden war jetzt unentwegt auf sein Gesicht gerichtet. Vielleicht, dachte Vanderbilt, von einer jähen Hoffnung erfüllt, hatte er den Panzer durchbrochen.

»Sie sollten es wenigstens versuchen«, fuhr er fort. Er deutete mit einer Kopfbewegung in die Dunkelheit hinein. »Es gibt eine Kirche, nur ein paar Straßen weiter. Warum gehen wir nicht zusammen hin?«

Der Mann schüttelte den Kopf und nahm die Pistole vom Brückengeländer. Ein eisiger Schrecken durchfuhr Vanderbilt. Er spannte sich. Gleichzeitig fühlte er, wie ihn abermals diese fürchterliche Lähmung überkam.

»Bitte!« flehte er. »Tun Sie es nicht! Wir... wir finden eine Lösung. Ich verspreche Ihnen, daß ich Ihnen helfe, ganz egal, was –«

Der Fremde trat einen Schritt zurück, hob die Waffe und feuerte Vanderbilt drei Kugeln aus allernächster Nähe in den Leib.

Daß er es überlebte, war mehr als ein Wunder. Keine der drei Kugeln hatte ein lebenswichtiges Organ verletzt, aber Vanderbilt hatte eine Unmenge Blut verloren, und daß er überhaupt mit dem Leben davonkam, verdankte er der Tatsache, daß er praktisch noch in derselben Minute gefunden wurde: von zwei nächtlichen Spaziergängern, die die Schüsse gehört hatten und angelaufen kamen.

Vanderbilt erwachte nach fünf Tagen aus dem Koma, und er brauchte weitere drei Tage, ehe er soweit war, mit der Polizei reden zu können.

Der Mann, der ihn niedergeschossen hatte, war niemals gefaßt worden – und er hatte auch niemals vorgehabt, sich umzubringen. Wie sich herausstellte, war er mit der Absicht auf diese Brücke gekommen, die Spuren des Mordes zu verwischen, den er kaum zehn Minuten zuvor an seiner Frau begangen hatte. Die Polizei hatte die Gracht abgesucht und die Leiche, in einen Jutesack eingenäht, gefunden.

Alles in allem hatte Vanderbilt mehr als vier Monate im Krankenhaus verbracht. *Körperlich* genaß er vollständig, aber die Wochen, in denen er ans Bett gefesselt und zum Nachdenken und Grübeln verurteilt gewesen war, forderten ihren Tribut. Seit jenem Tag glaubte Henk Vanderbilt an Wunder. Und seit jenem Tag glaubte er wirklich an Gott, und zwar in wortwörtlichem Sinn: Nun *wußte* er, daß es ihn gab, als konkreten Beobachter, der immer da war, der alles sah und registrierte und manchmal auch direkt eingriff. Daß Vanderbilt, nachdem er endlich aus dem Hospital entlassen wurde und seine Rekonvaleszenz antrat, sein Philosophie- und Medizinstudium aufgab und sich voll und ganz der Theologie widmete, war nur konsequent.

Aber er tat auch noch etwas anderes: Henk Vanderbilt ging zu jener Brücke, stieg ans Ufer der Gracht hinunter und fand auf Anhieb, wonach eine halbe Kompanie Polizisten drei Tage lang vergeblich gesucht hatte, nämlich die Pistole, aus der die Schüsse auf ihn abgegeben worden waren. Und er behielt sie. Sechzig Jahre lang hatte sie ihn begleitet, eingewickelt in zwei Lagen Ölpapier und ein Stück weiches Leder und noch immer mit den drei Kugeln geladen, die in der Trommel verblieben waren. Manchmal hatte sie ein Jahrzehnt lang unbeachtet in einer Schublade gelegen, und während des Krieges hatte er sie sorgsam unter einem Dielenbrett in seinem Haus verborgen gehalten, denn allein ihr Besitz hätte ausgereicht, ihn sofort zum Tode zu verurteilen. Aber er hatte sie niemals ganz vergessen, und er hatte niemals daran gedacht, sie fortzuwerfen.

Und jetzt glaubte er zu wissen, warum: Sie war ihm *gegeben* worden. Alles kam, wie es kommen mußte.

Ein hartes Klicken, fast wie das scharfe stählerne Schnappen einer Rattenfalle, drang in Pfarrer Vanderbilts Gedanken und riß ihn jäh in die Wirklichkeit zurück. Er fuhr auf und sah sich um. Sein Blick huschte durch den Raum, blieb einen Moment am Fenster und an der Tür hängen und irrte dann weiter. Er war allein. Natürlich. Und niemand konnte das Haus betreten, ohne daß er es merkte.

Trotzdem stand Vanderbilt nach einigen Sekunden auf und trat ans Fenster.

Verlassen Sie Krailsfelden vor Mitternacht.

Er hatte noch zehn Minuten. Genug, mehr als genug, eine Flucht wenigstens zu versuchen, und –

Der Gedanke war so absurd, daß er unwillkürlich lächelte. Er war kein Jüngling von zwanzig mehr, dem man drei Kugeln in die Brust jagen konnte und der danach aufstand, als wäre nichts geschehen, sondern ein alter Mann mit einem schwachen Herzen, der froh war, noch ohne große Schmerzen gehen zu können. Und selbst wenn es anders gewesen wäre – es war zu spät. Vanderbilt wußte eines mit unerschütterlicher Sicherheit: Die Mächte, die er herausgefordert hatte, waren nicht von der Art, daß man vor ihnen davonlaufen konnte. Es spielte keine Rolle, ob er sie hier erwartete oder hundert oder zehntausend Kilometer entfernt. Außerdem hatte er keine Angst vor dem Tod.

Aber er hatte entsetzliche Angst vor dem Sterben.

Schnnnnnnapp!

Diesmal hörte er es ganz deutlich.

Und dieses Mal dauerte es nur eine Sekunde, bis er das Geräusch identifizierte.

Die Zeiger der Standuhr neben der Tür hatten sich weiterbewegt, nicht mit dem lautlosen, sanften Gleiten, das er seit einem halben

Menschenalter gewohnt war, sondern mit einem harten, zornigen Ruck – und um mehr als eine Minute!

Pfarrer Vanderbilt sah aus ungläubig aufgerissenen Augen zu, wie sich der verschnörkelte Minutenzeiger weiterbewegte, ruckhaft und fast widerwillig, aber unaufhaltsam, und zehnmal schneller, als er gedurft hätte. *Schnapp!* Aus den zehn Minuten, die ihm noch blieben, wurden acht, sieben, sechs...

Das ist nicht fair! dachte er hysterisch. Sie hatten ihm Zeit bis Mitternacht versprochen, und jetzt stahlen sie ihm diese Zeit und zeigten es ihm auch noch, wie um ihn zu verspotten!

Ruhe. Er mußte Ruhe bewahren. Er war einmal in Panik geraten, und er hatte einen Fehler begangen, indem er glaubte, sich auf eine Fairneß des Schicksals verlassen zu können; und dieser Fehler hatte ihn damals fast das Leben gekostet. Eine weitere Chance würde er nicht bekommen.

Sein Blick folgte dem rasenden Weg des Minutenzeigers, und das half ihm, wieder ruhiger zu werden. Wenn sie es nötig hatten, ihn mit solchen Mätzchen einzuschüchtern, dann waren sie vielleicht doch nicht ganz so mächtig, wie er bisher geglaubt hatte. Hätten sie ihn mit einem Fingerschnippen auslöschen können, so hätten sie es getan, dessen war Pfarrer Vanderbilt sicher.

Fünf Minuten vor Mitternacht.

Vanderbilt ging zu seinem Schreibtisch zurück, nahm die kleine Bibel in die linke Hand und öffnete mit der rechten eine Schublade. Darin lag ein abgegriffener Rosenkranz.

Vier.

Vanderbilt nahm den Rosenkranz heraus, wickelte ihn um seine rechte Hand und begann, die dunklen Perlen durch die Finger gleiten zu lassen. *Drei.* Er betete nicht. Er beschäftigte nur seine Hände. *Zwei.* Vanderbilt schloß die Schublade, trat hinter dem Schreibtisch hervor und sah der vorletzten Drehung des Uhrzeigers zu. *Eins.* Sein letzter Gedanke galt Gloria. Und er war voller Trauer. Sie war verärgert gewesen, als sie das Haus verlassen hatte, und vielleicht war das von allem das Schlimmste: daß er sie zum letztenmal in seinem Leben ohne ein Lächeln gesehen hatte.

Die Zeiger der Uhr vereinigten sich auf der Zwölf.

Der Rosenkranz in seiner rechten Hand zerriß.

Und die Bibel in seiner linken flammte wie eine Fackel auf und setzte seine Hand und den Ärmel der schwarzen Soutane in Brand.

2

Der Schmerz entstand irgendwo unterhalb der Handwurzel, leckte wie eine feurige Zunge rasend schnell bis in die Schulter hinauf und setzte auf dem Weg dorthin jeden einzelnen Nerv in Brand, ehe er sich in einer letzten grellen Explosion auflöste und verschwand. Zurück blieb ein Gefühl dumpfer Lähmung, und ein Empfinden von Verlassenheit und Furcht, wie sie es nie zuvor im Leben verspürt hatte.

Gloria richtete sich mit einem Ruck auf, blinzelte – mehr verwirrt als wirklich erschrocken – um sich und betastete ihren linken Arm. Er fühlte sich kalt an, und die Haut prickelte, doch wenn sie die Finger bewegte, spürte sie noch immer ein leichtes, stechendes Ziehen. Wäre das Licht nicht so schlecht gewesen, sie hätte geschworen, daß ihre Haut rot war.

Prüfend bewegte sie die Finger, hob die Hand vor die Augen und besah sie noch einmal in dem schwachen Licht, das durch die Fenster hereinfiel. Der Schmerz war jetzt völlig erloschen, aber sie war sicher, ihn sich nicht nur eingebildet zu haben. Sie setzte sich auf, schob das Kissen mit dem Ellbogen beiseite und betrachtete aufmerksam das Bettlaken. Hatte sie sich im Schlaf verletzt?

»Wasisdenn?« Ronald bewegte sich unruhig neben ihr und hob verschlafen den Kopf. Er gähnte.

»Nichts«, antwortete Gloria hastig. »Ich... habe wohl schlecht geträumt.«

»Geträumt?« Ronalds Stimme wurde klarer. Mit den umständlichen Bewegungen eines Menschen, der abrupt aus tiefem Schlaf gerissen wird, setzte er sich auf und gähnte erneut, wobei er sich mit beiden Händen über das Gesicht fuhr.

»Ich glaube, ich habe auch geträumt«, murmelte er. »Das war vielleicht ein verrückter –«

»Dann leg dich hin und träum weiter«, unterbrach ihn Gloria. Mit einem Ruck schlug sie die Bettdecke zur Seite, schwang die Beine von der Matratze und bückte sich nach ihren Kleidern. Ihre Finger zitterten leicht. Der Schmerz war verschwunden – wahrscheinlich war er wirklich nur Teil des Traums gewesen –, aber das Gefühl körperloser Furcht war geblieben. Sie hatte Angst – aber sie wußte nicht, wovor.

Rasch schlüpfte sie in Slip und BH und stand auf, um ihre Jeans anzuziehen. Als sie sich herumdrehte, begegnete sie Ronalds Blick.

Ihr grober Ton schien ihn ganz geweckt zu haben, denn seine Augen blickten sie klar und mit einem Ausdruck tiefster Irritation an. Aber er sagte nichts.

»Entschuldige«, bat sie. »Ich ... war nur erschrocken, das ist alles.«

»Erschrocken?« Er versuchte zu lächeln, aber es gelang ihm nicht ganz. »Über die Tatsache, einen fremden Mann im Bett neben dir zu finden?«

»So sehr bin ich daran noch nicht gewöhnt, weißt du?« antwortete Gloria spitz. Sie griff nach ihrer Bluse und schlüpfte hinein. »Schau mal auf die Uhr.«

»Und?« Ronald griff unsicher nach dem billigen Reisewecker, der neben ihm auf der Nachtkonsole stand. Dann schlug auch er die Decke zur Seite und begann sich anzuziehen.

Gloria sah ihm eine Weile wortlos zu, während sie gleichzeitig versuchte, sich über ihre eigenen Gefühle klarzuwerden. Sie war verwirrt, und sie fühlte sich irgendwie überfahren. Alles war so schnell passiert, daß sie im Grunde gar keine Zeit gefunden hatte, sich zu entscheiden, ob sie das auch wirklich wollte. Sie kam sich vor wie eine Hure, weil sie mit Ronald geschlafen hatte: Es war nur ihre Eintrittskarte gewesen, in sein Leben und damit in dieses Haus, und es spielte überhaupt keine Rolle, daß sie es nicht im mindesten bedauerte. Etwas in ihr hatte diese Situation geplant, mit der gleichen Akribie und Sorgfalt, mit der sie einen Banküberfall oder einen Einbruch vorbereitet hätte. Und eines wußte sie mit unerschütterlicher Sicherheit: daß Onkel Henk es wissen würde, in derselben Sekunde, in der er ihr in die Augen sah. Sie hatte Angst vor diesem Augenblick.

Aber das war nur die eine Seite ihres Problems.

Die andere war Ronald. Sie war sich nicht sicher, ob sie es sich nicht nur einredete, um ein Alibi vor sich selbst zu haben – aber sie mochte ihn wirklich. Er war sympathisch, und seine stille, immer ein bißchen schüchtern wirkende Art sprach ihre Mutterinstinkte an und gab ihr das Gefühl, ihn beschützen und behüten zu müssen. Dabei war er alles andere als ein Kind: Ronald sah wirklich gut aus: In seinem grauen Hausmeisterkittel und auch in den zerschlissenen Jeans und dem Karohemd, das er so gerne trug, wirkte er klein und fast unscheinbar, aber ohne seine Kleidung sah man, daß sich unter seiner Haut Muskeln verbargen, die ein Leben lang trainiert worden waren. Er war kein Riese, aber er hatte die Figur eines Leistungssportlers. Und dessen Kraft und Ausdauer.

Ronald war erst der dritte Mann, mit dem sie zusammen war, so daß sie nicht allzu viele Vergleichsmöglichkeiten hatte – und doch: irgend etwas war anders an ihm. Als sie zusammengewesen waren, da hatte es sich angefühlt, als ... ja, als wären sie wirklich eins, ein einziger Geist in zwei Körpern, die sich so intensiv begegneten, wie es nur möglich war.

War das Liebe?

»Möchtest du noch einen Kaffee?« fragte er, während er sein Hemd überstreifte und sich vor ihren Augen wieder in den unscheinbaren, grauen Hausmeister zurückverwandelte.

Sie schüttelte den Kopf. »Onkel Henk wird sich Sorgen um mich machen«, sagte sie. »Ich bin noch nie so lange weggeblieben, ohne ihm vorher Bescheid zu sagen.«

»Er hat dich selbst weggeschickt«, erinnerte Ronald.

Aus irgendeinem Grund erfüllte sie dies mit Zorn. »Ja«, entgegnete sie scharf. »Aber nicht in dein Bett, oder?«

Die Worte taten ihr bereits wieder leid, noch ehe sie sie ganz ausgesprochen hatte. Sie sah, wie Ronald zusammenfuhr, und plötzlich war der Ausdruck in seinen Augen der eines kleinen Jungen, dem Unrecht geschieht und der gar nicht begreift, warum.

»Entschuldige«, sagte sie leise.

Er trat auf sie zu, hob die Hand und berührte mit den Fingerspitzen ihre Wange, zog die Hand aber sofort wieder zurück, als er sah, wie sie sich unter der Berührung versteifte.

»Tut es dir leid?« fragte er.

Ganz instinktiv hob Gloria die Hand, um seinen Arm beiseite zu schlagen, aber sie begriff im selben Sekundenbruchteil, daß sie damit endgültig alles zwischen ihnen zerstören würde. Statt ihn von sich zu stoßen, ergriff sie sein Handgelenk und hielt es fest. Was war nur mit ihr los?

»Natürlich nicht«, antwortete sie. »Es ist nur...«

Sie verstummte, rang einen Moment vergeblich nach Worten und führte seine Hand schließlich an ihre Lippen, um sie ganz sacht zu küssen; eine alberne Geste aus einem billigen Theaterstück, die weder ihn noch sie selbst überzeugte. »Es ging alles so... so schnell.«

»Ja.« Ronald schien genau zu fühlen, was sie wirklich empfand, denn er entzog sich ihrem Griff mit sanfter Gewalt und drehte sich abrupt um. Einen quälenden Moment lang blieb er vollkommen reglos stehen und starrte ins Leere, dann ging er zur Tür und schaltete das Licht ein.

In der plötzlichen schattenlosen Neonhelligkeit wirkte sein Gesicht eingefallen und so verletzt, wie seine Stimme geklungen hatte.

Der Anblick gab Gloria einen tiefen Stich. Es war schön gewesen zwischen ihnen – warum gaben sie beide sich jetzt alle nur erdenkliche Mühe, es kaputtzumachen?

»Bitte, versteh mich nicht falsch«, begann Ronald. »Ich... es war wunderbar. Aber ich... wollte es nicht.«

Jetzt war es Gloria, die ihn überrascht ansah. »Tut es dir leid?«

»Natürlich nicht. Ich möchte nur nicht, daß du einen falschen Eindruck von mir bekommst. Ich habe dich nicht mitgenommen, nur um mit dir zu schlafen. Ich glaube, ich –«

»Wenn man es recht bedenkt, habe ich *dich* mitgenommen«, unterbrach ihn Gloria. Sie wußte genau, was er eigentlich sagen wollte, und sie verstand ihn. Aber sie war wütend – nicht auf ihn, sondern auf das Schicksal, auf die äußeren Umstände, die sie beide um das betrogen, was diese Nacht hätte bringen können. *Es ist dieses Haus,* dachte sie zornig. Sie war hierhergekommen und hatte sich ihm praktisch aufgedrängt, nicht um bei ihm zu sein, sondern um in dieses Haus hineinzukommen. Aber es hatte sich gerächt.

Einzig deshalb, um nicht noch mehr Dinge zu sagen, die sie gar nicht meinte, griff sie nach ihrer Jacke und zog sich an. »Ich muß jetzt wirklich los. Ich bin schon viel zu spät dran.«

Ronald nickte wortlos und griff ebenfalls nach seinem Parka, aber Gloria winkte ab. »Du mußt nicht mitkommen«, sagte sie. »Ich kenne den Weg.«

»Unsinn«, widersprach Ronald. »Ich bringe dich zu deinem Wagen.« Er machte eine entschlossene Geste, die sie daran hinderte, noch etwas zu sagen, und öffnete die Tür.

Ein eigenartiges Gefühl der Verlorenheit überkam Gloria, als sie hinter ihm aus dem Zimmer trat und sich der Treppe näherte. Wie auf dem Weg hinauf sprachen sie auch jetzt kein Wort, und wie zuvor hatte Gloria permanent das Gefühl, belauert zu werden; von unsichtbaren Augen aus der Dunkelheit heraus angestarrt und begafft zu werden, auf eine lüsterne, schmutzige Art, die...

»Was ist los?«

Sie war stehengeblieben, ohne es zu merken, und starrte zitternd an Ronald vorbei ins Leere.

»Ich weiß es nicht«, antwortete sie stockend. Ihre Stimme gehorchte ihr nicht ganz. »Irgend... etwas... ist mit... mit Onkel Henk.«

Sie spürte es. Sie hatte es die ganze Zeit gefühlt, aber jetzt wurde es plötzlich zur Gewißheit, als hätte sie die Worte erst aussprechen müssen, um sie wahr werden zu lassen.

Ronald blinzelte. »Wie meinst du das?«

»Er ist... in Gefahr«, erwiderte Gloria. »Irgend etwas ist passiert.«

Ronald blickte sie nur einen Moment lang sehr erschrocken an, dann ergriff er wortlos ihre Hand, und sie liefen weiter.

Sie gaben sich jetzt kaum noch Mühe, nicht bemerkt zu werden oder auch nur leise zu sein, aber wenn jemand die Schritte auf der Treppe hörte, so machte er sich nicht die Mühe nachzusehen. Unbehelligt erreichten sie die große Halle im Erdgeschoß und wandten sich dann nach links, dem Haupteingang zu.

Er war verschlossen.

Die Klinke ließ sich mühelos nach unten drücken, aber die Tür rührte sich nicht.

»Abgeschlossen«, konstatierte Ronald überflüssigerweise. »Das ist komisch. Normalerweise schließe *ich* ab – wenn überhaupt.« Er zuckte mit den Schultern, rüttelte noch einmal an der Tür und wandte sich mit einem resignierten Seufzer um.

»Nehmen wir den Hinterausgang.«

Gloria zögerte. Aus irgendeinem Grund, den sie selbst nicht kannte, bereitete ihr Ronalds Vorschlag Unbehagen, zurückzugehen und den kleinen Nebeneingang zu benutzen, durch den sie auch hereingekommen waren. »Hast du keinen Schlüssel?«

»Doch«, antwortete Ronald. »Oben. Soll ich ihn holen?«

Und sie allein hier zurücklassen? Ganz bestimmt nicht. »Nein!«

Sie durchquerten die Halle in umgekehrter Richtung und gelangten nach wenigen Minuten an den Nebeneingang – um festzustellen, daß er ebenfalls verschlossen war.

»Das gibt's doch nicht!« sagte Ronald verblüfft. »Irgendeiner muß hier rumgelaufen sein und alle Türen versperrt haben!«

»Vielleicht ist die Steller noch einmal runtergekommen und hat alles abgeschlossen, nachdem sie gemerkt hat, daß du nicht da bist«, sagte Gloria zögernd.

Ronald schwieg. Die Erklärung war so naheliegend wie einleuchtend, aber irgendwie spürten sie beide, daß sie nicht stimmte. Unsicher sah Gloria sich um. Der Gang hatte sich nicht verändert, seit sie hereingekommen waren – er war noch immer so düster und dreckig wie zuvor, und in den Ecken nisteten Schatten wie kleine lauernde Spinnen, und doch . . .

Irgend etwas war anders.

»Schau mal!«

Ronald hatte die Türklinke wieder heruntergedrückt und zog daran Natürlich bewegte sich die Tür nicht; aber es dauerte eine geraume Weile, bis Gloria auffiel, daß etwas nicht stimmte.

Keine Tür sitzt so perfekt im Rahmen, daß sie sich nicht wenigstens ein paar Millimeter bewegt, wenn man am Griff zieht, und schon gar nicht, wenn man mit aller Macht daran *riß*, wie Ronald es tat.

Diese schon.

Die Tür bewegte sich nicht im mindesten. Zwischen Rahmen und Tür war nicht der allerkleinste Spalt zu sehen, als bildeten sie eine Einheit, die nur *aussah* wie eine Tür, es aber nicht war.

Ronald gab einen unwilligen, fast knurrenden Laut von sich und zerrte abermals am Griff. Das altersschwache Holz knarrte, aber es gab nicht einen Deut nach.

»Sieht fast so aus, als wollte irgend jemand, daß wir hier nicht rauskommen«, sagte Gloria. Die Worte waren als Scherz gemeint, aber Ronald lächelte nicht einmal.

»Wir können raufgehen und den Schlüssel holen«, meinte er. »Oder du bleibst bis morgen früh.« Er wartete ihre Antwort erst gar nicht ab, sondern machte eine Handbewegung hinter sich. »Es gibt noch eine andere Tür. Hinten, auf der Rückseite.«

»Und wenn sie auch verschlossen ist?«

»Verdammt noch mal, dann breche ich sie eben auf«, antwortete Ronald gereizt. »Ich habe einen Werkzeugkasten hinten im Schuppen. Zur Not baue ich das Schloß aus. Komm.«

Sie brauchten gut zehn Minuten, um das ehemalige Kloster ganz zu durchqueren. Auf den letzten zwei- oder dreihundert Metern tasteten sie sich fast blind vorwärts, denn der rückwärtige Teil des Internats wurde schon seit Jahren nicht mehr benutzt, und einer von Ronalds Vorgängern hatte sämtliche Glühbirnen herausgeschraubt, um den unersättlichen Appetit der Kronleuchter damit zu stillen.

Glorias Herz schlug schnell und ungleichmäßig, als sie endlich die Tür erreichten, von der Ronald gesprochen hatte. Sie war außer Atem, und ihre Angst war fast zu Panik geworden. Irgend etwas war hier, das spürte sie einfach. Irgend etwas ... *geschah*. Und es hatte mit ihr zu tun. Und mit Onkel Henk.

Ronald war als erster bei der Tür und wäre fast der Länge nach hingestürzt, als er wütend auf die Klinke schlug, denn die Tür war nicht verschlossen. Mit wild rudernden Armen fand er im letzten Moment sein Gleichgewicht wieder, trat einen Schritt zurück und lächelte nervös.

»Siehst du? Kein Grund, sich aufzuregen.« Das Zittern in seiner Stimme zeugte aber vom Gegenteil, und Gloria ersparte sich die Antwort. Sie trat auch nicht gleich durch die Tür, obwohl das Gefühl, zurück zu Onkel Henk zu müssen, immer drängender wurde, sondern blickte einen Moment lang mißtrauisch an Ronald vorbei ins Freie.

Es regnete. Die Nacht war sehr dunkel. Aber sie sah zumindest, daß der Boden sich in einen aufgeweichten Morast verwandelt hatte, in den sie bis zu den Knöcheln versinken würde. Mit einem resignierten Seufzer zog sie die Schuhe aus und stopfte sie in die Taschen ihrer Regenjacke.

Ronald wollte dasselbe tun, aber Gloria schüttelte den Kopf. »Ich finde den Weg von hier aus allein«, sagte sie.

»Aber –«

»Es ist wirklich nicht nötig, daß wir uns beide eine Lungenentzündung holen«, beharrte Gloria ungeduldig. »Ich gehe allein, basta. Wir können ja morgen telefonieren.«

»Wir könnten uns morgen *sehen*«, schlug Ronald vor.

Gloria zögerte einen Moment, bis ihr klarwurde, daß dieses Zögern ihn noch mehr verletzen mußte. Es war gelogen, aber sie zwang einen nachdenklichen Ausdruck auf ihr Gesicht und sagte: »Irgend etwas war morgen abend. Onkel Henk hatte etwas vor, aber ich weiß nicht mehr genau, was... Ich hole dich um sieben ab, falls ich Zeit habe, okay?«

Ihr Talent zur Schauspielerin schien sich in Grenzen zu halten, denn sie spürte genau, wie enttäuscht Ronald war; wahrscheinlich hatte er die Lüge durchschaut. Rasch, bevor er Gelegenheit fand, etwas zu sagen, drehte sie sich noch einmal zu ihm um, küßte ihn flüchtig auf die Wange und trat dann geduckt in den Regen hinaus. Ronald rief ihr etwas nach, aber das verstand sie schon gar nicht mehr.

Und im selben Moment, in dem sie das Internat verließ, war es, als würde ein Schleier von ihren Gedanken gezogen. Plötzlich wußte sie, daß das Gefühl der Gefahr, das sie die ganze Zeit über gequält hatte, nicht eingebildet war, sondern real. Aber nicht sie war es, die sich in Gefahr befand. Da war eine furchtbare Bedrohung – aber sie galt nicht ihr. Sie galt Onkel Henk.

Gloria rannte los.

3

Der Schmerz war fürchterlich. Seine Hand hatte *gebrannt,* vielleicht nur eine, allerhöchstens zwei Sekunden lang, aber die Haut war trotzdem schwarz verkohlt, und von seinen Fingernägeln stieg übelriechender Rauch auf. Bis in die Schulter hinauf fühlte er nichts als unerträgliche Qual, und der Schmerz zog seine Hand zu einer Kralle zusammen, deren bloßer Anblick ihm Übelkeit bereitete.

Pfarrer Vanderbilt wußte selbst nicht mehr, woher er noch die Kraft nahm, auf seinen Füßen zu stehen. Alles drehte sich um ihn. Sein Herz raste wie eine wildgewordene Maschine, die jeden Augenblick einfach aussetzen mußte, und in seinem Mund war ein bitterer Geschmack wie nach Erbrochenem.

Aber am schlimmsten war die Angst. *Sie waren da.*

Er hatte sich getäuscht. Dieses Haus war nicht die Festung, für die er es gehalten hatte, denn die Mächte, mit denen er es zu tun hatte, ließen sich von Mauern aus Stein ebensowenig aufhalten wie von den Bannsprüchen der Bibel. *Sie waren hier,* in diesem Haus, in diesem Zimmer, und vermutlich waren sie schon die ganze Zeit über dagewesen, hatten ihn belauert, sein Handeln und auch seine Gedanken überwacht und sich köstlich über seine närrischen Versuche amüsiert, sich auf ihr Kommen vorzubereiten.

Mühsam öffnete Vanderbilt die Augen, preßte die verwundete Hand an den Leib und sah entsetzt auf das herab, was von der kleinen Bibel übriggeblieben war. Er hatte sie von sich geschleudert, als sie jäh in Flammen aufging, und sie war gegen die Wand neben der Tür geprallt und zu Staub verbrannt.

Was er sah, das entriß ihm abermals ein qualvolles Stöhnen. Es war schlimmer als der körperliche Schmerz. Schlimmer als die Übelkeit und die Angst und das absolute Wissen, daß er jetzt sterben würde.

Die Bibel war nicht einfach nur verbrannt. Das Feuer, das sie verzehrt hatte, war das Feuer der Hölle gewesen. Von den dünnen Seiten mit Goldschnitt war nicht einmal mehr Asche zurückgeblieben, und selbst der steife Buchrücken aus Leder war zu grauem Staub geworden. Die Hitze war so groß gewesen, daß sich die Umrisse des Buches in die Wand hineingebrannt hatten, als es dagegengeprallt war, und noch einmal an der Stelle, an der es schließlich den Boden berührt hatte – die rauchende Spur, die zurückblieb, bildete ein bizarres, aber deutlich erkennbares Kreuz, das auf den Kopf gestellt war. Das umgedrehte Kreuz einer Schwarzen Messe. Auch das war kein Zufall.

Sie verspotteten ihn.

Sie spielten ein grausames, böses Spiel mit ihm. So wie diese Bibel hätten sie auch ihn auf der Stelle ermorden können, aber das hatten sie nicht gewollt. Sie hatten ihm seine stärkste Waffe genommen, nur um ihm zu zeigen, wie wenig sie sich fürchteten.

Großer Gott, was sollte er nur tun? Er hatte Angst. Er wollte nicht sterben, nicht so, nicht durch *sie,* und nicht auf diese Weise, aber er wußte, daß sie ihm jetzt keine Chance mehr lassen würden. Er war gewarnt worden, mehr als einmal.

Gehetzt sah sich Pfarrer Vanderbilt in seinem Arbeitszimmer um. Die Ecken waren plötzlich voller Schatten, die einzig seiner Einbildung entsprangen und ihn trotzdem fast in den Wahnsinn trieben. *Warum töteten sie ihn nicht? Worauf warteten sie? Was –*

Ein dumpfer Knall drang an sein Ohr, und eine Sekunde später erhellte Feuerschein das Zimmer. Vanderbilt fuhr herum, riß instinktiv die Arme vor das Gesicht und bemerkte erst dann, daß die Flammen nicht drinnen bei ihm waren, sondern draußen auf der Straße. Ein irres Kichern marterte Vanderbilt. Es dauerte Sekunden, bis er begriff, daß es in Wahrheit das Prasseln des Feuers war. Und es vergingen noch einmal Sekunden, bis er die Kraft aufbrachte, sich von seinem Platz zu lösen und ans Fenster zu treten.

Er wußte nicht, was er erwartet hatte – doch was er nun sah, war schlimmer.

Der Briefkasten auf der anderen Straßenseite stand in Flammen.

Eine kerzengerade Feuersäule erhob sich dort, wo Vanderbilt vor einer Stunde gestanden und seine Briefe eingeworfen hatte; ein lodernder, rotglühender Stab, der wie abgeschnitten aufhörte und direkt aus dem Boden herauswuchs; keine echten Flammen, sondern der Atem der Hölle selbst, und wieder wurde das Zischen des Feuers zu höhnischem Spottgelächter: *Siehst du? Siehst du, wie machtlos du bist, du Narr? Glaubst du wirklich, du könntest uns aufhalten – mit einem Stück Papier?*

Dann, als hätte sie nur darauf gewartet, daß er sie sah, fiel die unheimliche Glutsäule in sich zusammen. Verkohlte Papierfetzen wirbelten umher.

Vanderbilt taumelte vom Fenster zurück und sah wild um sich. Die Zeiger der Standuhr hatten aufgehört, über das Ziffernblatt zu rasen, und standen jetzt still. Es war dunkler im Zimmer geworden. Dabei brannten die Lampen so hell wie vorher. Aber irgend etwas schien im Raum zu sein, das das Licht aufsaugte.

Die Haustür fiel ins Schloß. Schritte. Und dann Glorias Stimme. *Glorias Stimme!*

»Onkel Henk? Bist du da?«

Aber das war doch unmöglich! dachte Vanderbilt hysterisch. Er hatte doch abgeschlossen! Und er hatte zusätzlich den Riegel vorgeschoben. Gloria *konnte* gar nicht herein, nicht einmal gewaltsam!

Er schrie auf, rannte mit stolpernden Schritten zur Tür und zerrte vergeblich an der Klinke. Sie rührte sich nicht. Aber plötzlich wurde das Metall heiß; so heiß, daß er die Hände mit einem Schrei wieder zurückzog.

»Onkel Henk? Wo bist du? Ich bin eher zurückgekommen. Du hattest recht. Dieser Ronald ist ein Idiot. Stell dir vor: Er wollte nichts anderes, als mit mir ins Bett gehen. Am ersten Abend!«

»Lauf weg!« schrie Vanderbilt. *»Um Gottes willen, Gloria – lauf weg!«*

Aber sie schien seine Worte nicht zu verstehen. Vanderbilt konnte hören, wie sie sich draußen bewegte: das Rascheln ihres Mantels, als sie ihn abstreifte, dann das vertraute Klirren, als sie ihren Schlüsselbund in die Kristallschale auf der Anrichte warf.

»Ich habe dem Kerl gehörig die Meinung gesagt. Ich glaube nicht, daß er sich so schnell wieder hier blicken läßt.«

Wieder griff er nach der Klinke und zerrte und rüttelte mit aller Gewalt daran. Das Messing war jetzt so heiß, daß es seine Finger verbrannte, aber er ignorierte den Schmerz und warf sich noch einmal mit aller Gewalt gegen die Tür. Sie knirschte nur. Vanderbilt raffte all seine Kraft zusammen und warf sich noch einmal dagegen. Der Anprall war so heftig, daß er das Gefühl hatte, der Arm würde ihm aus dem Gelenk gerissen, und Vanderbilt keuchte vor Schmerz. Aber die Tür gab nach. Stolpernd taumelte Vanderbilt auf den Flur hinaus –

– und blieb verblüfft stehen.

Gloria war nicht da.

Die Garderobe war leer, und jetzt erst fiel ihm wieder ein, daß die Kristallschale ja gar nicht mehr da war – Gloria hatte ihm selbst erzählt, daß sie sie versehentlich zerbrochen hatte, und sie waren beinahe in Streit darüber geraten, denn Vanderbilt liebte diese Schale. Und natürlich war auch kein Schlüsselbund da.

»Gloria?« fragte er.

»Ich brauche jetzt erst einmal ein heißes Bad«, erklang Glorias Stimme. *Vor ihm. Unmittelbar vor ihm.* »Und danach einen starken Kaffee. Weißt du was – ich spendiere dir auch noch eine Tasse. Zur Feier des Tages.«

Glorias Schritte bewegten sich an ihm vorbei und zur Treppe hin, *aber sie war gar nicht da, Vanderbilt war allein, und als er herumfuhr und die Tür anstarrte, sah er, daß sie verschlossen und der Riegel noch immer vorgelegt war!*

Vanderbilt taumelte zurück, prallte gegen die Wand und schlug mit der Rechten das Kreuzzeichen vor Gesicht und Brust. Glorias Schritte bewegten sich weiter die Treppe hinauf. »Ich glaube, du hattest recht, was dieses Internat angeht«, sagte sie. »Irgendwie sind wohl alle verrückt, die dort leben. Ich war nur eine halbe Stunde bei ihm oben, und sogar ich habe es gespürt. Irgend etwas stimmt nicht mit diesem Gebäude.«

Ihre Schritte hatten jetzt den Treppenabsatz erreicht, gingen weiter und bewegten sich die Treppe zum Dachgeschoß hinauf, in dem ihr Appartement lag. Er konnte hören, wie die Tür geöffnet wurde, und Augenblicke später begann die Dusche zu rauschen.

»Setzt du schon einmal Wasser auf?« drang Glorias Stimme gedämpft durch zwei Türen und über zwei Etagen zu ihm. »Ich beeile mich. Und danach habe ich eine Überraschung für dich.«

Das ist nicht wahr! dachte er hysterisch. Gloria war nicht wirklich hier! Das war nur ein weiterer Trick, um ihn zu quälen. Aber er durfte nicht daran glauben. Wenn er anfing, auf ihre Taschenspielertricks hereinzufallen, dann war er verloren.

Aus dem Arbeitszimmer drangen Geräusche, und obwohl alles in ihm danach schrie, es nicht zu tun, drehte Vanderbilt sich herum und warf einen Blick durch die zerschmetterte Tür. Im ersten Moment sah er nichts Außergewöhnliches, aber dann hörte er wieder dieses leise Schleifen und Kollern. Etwas Winziges, Dunkles rollte auf seine Füße zu und prallte so heftig dagegen, daß es von seinen Schuhen zurücksprang.

Es war eine Holzperle. Ein Teil des zerrissenen Rosenkranzes.

Eine zweite Perle rollte auf ihn zu, aber sie berührte seine Schuhe nicht, sondern machte plötzlich einen Satz und sprang über seine Füße hinweg und in die Diele hinaus. Dann eine dritte, vierte...

Vanderbilt schauderte. Der Anblick war unheimlich, aber er hatte auch eine Wirkung, die ihn selbst überraschte – und sicher nicht beabsichtigt war: Während sein Blick der klickenden Prozession kleiner dunkler Holzperlen folgte, spürte er, wie sich seine Furcht legte. Die Panik, die bereits deutlich bei ihm angeklopft hatte, verschwand und machte einer hysterischen Neugier Platz, einem fast wissenschaftlichen Interesse, das keinen Platz mehr für Angst ließ.

Er mußte die Nerven behalten. Es waren nur Tricks, beeindrukkend, aber billig, und nur so lange gefährlich, wie er sich von ihnen narren ließ.

Die Perlen rollten in die Diele hinaus und schwenkten nach links, zur Treppe hin. Vanderbilts Augen folgten ihnen, und er spürte, daß sein Plan funktionierte: Je mehr er sich auf die kleinen dunklen Holzkugeln konzentrierte, desto weniger Angst hatte er. Seine Hände hörten auf zu zittern; er fühlte, wie eine tiefe Ruhe von ihm Besitz zu ergreifen begann. Vielleicht war er doch nicht ganz so wehrlos, wie er bisher gedacht hatte. Und wie *sie* zu glauben schienen.

Die Perlen erreichten jetzt die Treppe, und statt zurückzuprallen, machten sie plötzlich einen Satz und übersprangen die unteren drei Stufen, prallten wieder ab und hüpften weiter. Mit immer kleiner werdenden Sprüngen und einem Prasseln wie von Hagel, das das Haus erfüllte, hüpften sie die Treppe hinauf, wie in einem rückwärts ablaufenden Film.

Oben, in Glorias Zimmer, verstummte das Rauschen von Wasser, und Vanderbilt konnte hören, wie die Schiebetür zur Dusche geöffnet und wieder geschlossen wurde.

»Ich bin gleich soweit«, rief Glorias Stimme.

Pfarrer Vanderbilt machte einen Schritt nach vorn. Die Kugeln hatten die oberste Stufe erreicht und sammelten sich auf dem Treppenabsatz, wie eine Herde winziger runder Tiere, die auf irgend etwas warteten.

Vanderbilt machte einen weiteren Schritt, verscheuchte den letzten Rest Angst, den er noch in sich fand, und ging auf die Treppe zu. Er mußte es. Er konnte sie nur besiegen, wenn er sich ihnen stellte.

Die Perlen warteten auf ihn. Das Licht wurde düsterer, und er konnte die Geräusche aus Glorias Zimmer jetzt noch deutlicher vernehmen. Sie mußte die Tür offengelassen haben, denn er konnte genau hören, wie sie zum Kleiderschrank ging, ihn öffnete, etwas herausnahm und die Tür dann wieder schloß. Schritte. Das leise Quietschen ihrer Matratze.

Als Vanderbilt oben an der Treppe ankam, rollten die Holzperlen weiter. Ein paar schossen scheinbar ziellos hin und her, und eine verirrte sich an das Geländer und stürzte zurück ins Erdgeschoß. Er konnte hören, wie sie auf den harten Steinfliesen unten aufprallte und zerbrach.

»Kommst du, Onkel Henk?«

Langsam, mit klopfendem Herzen und halb geschlossenen Augen, ging Henk Vanderbilt weiter. Die Holzperlen führten ihn, aber das wäre gar nicht mehr nötig gewesen. Seine Lippen bewegten sich in einem lautlosen Gebet, und er versuchte, alle Kraft zu sammeln, die er in sich fand. Er wußte nicht, was ihn oben erwartete, vielleicht nichts als ein leeres Zimmer und Glorias Geisterstimme, vielleicht aber auch Gloria, tot, verstümmelt, auf irgendeine gräßliche Weise ums Leben gekommen, um ihm zu zeigen, was sie mit ihr tun konnten, um *ihn* zu bestrafen, vielleicht –

Doch es kam ganz anders.

Er erreichte die Tür, die tatsächlich offenstand, und eine einzelne Holzperle rollte auf Glorias Bett zu, wie ein treuer Hund, der dafür sorgt, daß sein Herr auch ja nicht vom rechten Weg abkommt. Bis zu diesem Moment hatte Pfarrer Vanderbilt geglaubt, sich jeden Schrekken vorstellen zu können, aber das stimmte nicht.

Das Zimmer war nicht leer. Gloria war da, und sie war nicht tot. Sie lag auf dem Bett, auf die Seite gedreht, halb aufgerichtet und nur mit einem dünnen Laken aus weißer Seide bedeckt, das sich so eng um ihren Körper schmiegte, daß Vanderbilt deutlich ihre Nacktheit unter dem Stoffgespinst erkennen konnte. Und sie lächelte ihn an.

»Ich bin soweit«, lächelte sie. Ihre Augen leuchteten, und in ihrer Stimme war ein Vibrieren, das er noch nie darin vernommen hatte.

Vanderbilt erstarrte. Eine lautlose Explosion wirbelte in seinem Kopf alles durcheinander. Er fühlte nur noch Entsetzen. Er war unfähig, einen klaren Gedanken zu fassen. Unfähig, irgend etwas zu empfinden, außer einem Grauen, das die Grenzen des Vorstellbaren überstieg.

Gloria lächelte weiter. Sie beugte sich vor, wobei das Laken von ihrer Schulter glitt, so daß er ihre Brüste sehen konnte, streckte den Arm aus und hob die Rosenkranzperle auf. Langsam führte sie sie zum Mund, zögerte einen genau berechneten Moment und berührte sie mit den Lippen. Ihr Blick blieb dabei die ganze Zeit auf Vanderbilts Gesicht gerichtet, und in ihren Augen war ein Leuchten, das ihn stöhnen ließ.

»Komm her«, flüsterte sie. Ihre Hand streckte sich nach ihm aus. »Ich bin bereit. Ich weiß doch, was du willst. Du wolltest es immer.«

Ihre Stimme war nur ein Hauch, ein seidiges Raunen, das ihn erschauern ließ. Langsam setzte sie sich auf, schlug das Laken zur Seite und streckte abermals die Hände nach ihm aus.

Pfarrer Vanderbilt stöhnte. Er wollte davonlaufen, aber er konnte es nicht. Er wollte den Blick wenden, aber es gelang ihm nicht. Er wollte die Augen schließen, aber nicht einmal das war möglich. Wie hypnotisiert hing sein Blick an ihrem Körper, ihren schmalen, wohlgeformten Schultern, ihren kleinen, noch fast mädchenhaften Brüsten, an ihrer Taille, der weichen Haut ihrer Schenkel und an dem dunklen, verbotenen Dreieck dazwischen...

»Nein«, flüsterte er. »Das... das bist nicht... nicht du. Du bist nicht Gloria!«

»Komm zu mir, Henk«, wisperte Gloria. Ihre Augen. Etwas geschah mit ihren Augen. Sie schienen größer zu werden, wie dunkle, bodenlose Teiche, in denen eine unbeschreibliche Verlockung lag, und gleichzeitig wurde ihr Blick zwingend und hielt den seinen fest, mit einer Kraft, der er nichts entgegenzusetzen hatte.

»Komm her«, raunte sie wieder. »Sieh mich an. Ronald wollte mich haben, aber er hat mich nicht bekommen. Niemand hat mich gehabt bisher.« Ihre Finger hielten noch immer die kleine Holzperle, und noch einmal berührte sie sie mit den Lippen. Ihre Zunge fuhr über die glänzende Oberfläche, liebkoste sie. Vanderbilt keuchte. Etwas wuchs in ihm, das verboten war, das er sein Leben lang unterdrückt hatte, ohne es jemals ganz zu besiegen. Er stöhnte wie unter Schmerzen, und er *empfand* Schmerz, eine furchtbare Qual – doch gleichzeitig war da auch etwas Neues, etwas unbeschreiblich Süßes und Verbotenes, das nicht sein durfte, ihn aber hilflos machte.

»Keiner hat mich bisher besessen«, sagte Gloria. »Kein Mann hat mich berührt. Und weißt du, warum nicht? Ich habe mich aufgehoben, für dich, Henk. Komm. Komm zu mir. Nimm mich. Das ist es doch, was du willst.«

»Nein!« stammelte Vanderbilt. »Du ... du bist nicht Gloria!«

»Spielt das eine Rolle?« fragte Gloria lächelnd. »Ich bin das, was du in ihr siehst. Ich kann dir geben, was du von ihr wolltest, vom ersten Tag an. Das stimmt doch, nicht wahr?«

»Nein«, stöhnte Vanderbilt. »Das ... das ist nicht wahr! Hör auf!«

»Es ist wahr.« Sie stand auf und kam auf ihn zu, aber nicht sofort, sondern erst nach ein paar Sekunden, um ihm Gelegenheit zu geben, sie in aller Ruhe zu betrachten. Und er tat es.

Sie war schön. So unbeschreiblich schön. Eine Erregung ergriff ihn, gegen die er machtlos war, ein Sturm von Gefühlen, der seinen Willen davonwirbelte wie ein Orkan ein welkes Blatt. So unbeschreiblich schön.

»Nimm mich«, drängte sie wieder. »Ich weiß, daß du das willst. Du kannst keine Geheimnisse vor mir haben. Ich lese deine Gedanken.«

Vanderbilt taumelte gegen die Wand und krümmte sich wie unter Schmerzen. Gloria – das Wesen, das wie Gloria aussah – kam näher, hob die Arme zu einer einladenden Geste; und wieder glitt sein Blick über ihren Körper, unfähig, sich aus dem Bann zu lösen.

»Ich weiß, daß du es nie gewagt hättest, dich Gloria zu nähern, aber mich kannst du haben. Ich bin nur für dich da. Du kannst alles mit mir tun, was du dir erträumt hast. Und sie wird es nie erfahren, Henk. Komm.«

Ihre ausgestreckten Hände näherten sich seinem Gesicht, aber sie berührten es nicht, *noch nicht*. Vanderbilt zitterte. Aber er brachte es nicht einmal fertig, sie von sich zu stoßen, denn dazu hätte er sie berühren müssen – und er wußte einfach nicht, was dann geschehen würde. Sie war ihm nahe, unerträglich nahe. Vanderbilt schloß die Augen, aber das nutzte nichts. Er sah sie so deutlich vor sich, als blickte er sie weiter an: ihr Lächeln, ihre Augen, ihren vollen, sinnlichen Mund, der sich ein wenig geöffnet hatte, um ihrer Zunge Platz zu machen, die spielerisch über ihre weißen, ebenmäßigen Zähne strich, ihre Lippen berührte.

»Du ... bist ... nicht ... Gloria«, würgte er hervor. Jedes Wort kostete ihn unsagbare Überwindung. Er wollte sie von sich stoßen, hob die Hände – aber es ging nicht. Er spürte ihre Nähe; die Wärme, die von ihrem Körper ausging, und ihren betörenden Geruch. *Alles, was du niemals von ihr zu verlangen gewagt hättest* . . .

Ihre Hände berührten sein Gesicht, und es war wie der Hauch des Todes, der seine Haut streifte, unerträglich qualvoll und unsagbar lustvoll zugleich. Er keuchte, versuchte sie von sich zu stoßen und schaffte es nicht, denn im selben Moment preßte sie sich an ihn, so daß er ihren nackten Körper durch den Stoff der Soutane hindurch spüren konnte; dann näherte sich ihr Gesicht dem seinen, und er spürte ihren Atem und roch ihr Haar, und schließlich berührte ihn ihr Mund. Ihre Lippen waren weich wie Samt und zugleich so hart und fordernd wie glühendes Eisen. Ganz langsam öffneten sich ihre Lippen, und ihre Zunge glitt in seinen Mund.

Und es war diese Berührung, die den Bann brach.

Sie war wie Feuer.

Sein gesamtes Nervensystem schien zu explodieren. Vanderbilt schrie auf, warf sich zurück und schlug blindlings um sich. Sein Arm traf Gloria quer über den Oberkörper und schleuderte sie zurück aufs Bett. Sofort war sie wieder auf den Füßen und lächelte ihn an, als wäre nichts geschehen, aber für den Bruchteil einer Sekunde war er frei und sah sie als das, was sie wirklich war: nicht Gloria, sondern ein grausiges Wesen, das ihr Aussehen angenommen hatte, um ihn zu quälen; ein fürchterlicher Sukkubus, der Gloria bis ins letzte glich, aber nicht Gloria war.

Mit einem Schrei taumelte Vanderbilt aus dem Zimmer und rannte auf die Treppe zu. Seine Hand griff nach dem Geländer und verfehlte es, aber er fiel nicht, sondern fand im letzten Augenblick sein Gleichgewicht wieder und stolperte weiter, schreiend vor Angst und wie von Furien gehetzt. Gloria erschien hinter ihm in der Tür, nackt und schön und noch immer mit diesem sanften, alles versprechenden Lächeln auf den Zügen, und ihre Stimme klang nicht vorwurfsvoll, sondern nur ein wenig enttäuscht und zugleich verlockend.

»Lauf doch nicht weg, Henk! Du kannst alles von mir haben! Mehr, als du dir vorstellen kannst. Ich kann dich glücklich machen.«

»Du bist nicht Gloria!« schrie Vanderbilt. »Weiche, Satan! Hebe dich hinweg! *Du – bist – nicht – Gloria!*«

»Aber ich kann sie sein, für dich. Ich kann dir alles geben, wovon du je geträumt hast.«

Vanderbilt rannte. So schnell, daß er fast die Balance verloren hätte, hetzte er auf den Treppenabsatz zu, und plötzlich spürte er etwas

Hartes, Kleines, Rundes unter den Füßen: die Perlen des zerrissenen Rosenkranzes, die ihn heraufgeführt hatten. Er glitt aus, versuchte verzweifelt, sich irgendwo festzuklammern, und verlor durch den Schwung seiner Bewegung völlig den Halt. Wie in einer grotesken Zeitlupenaufnahme sah er die oberen beiden Treppenstufen unter sich hinwegrutschen und schlug auf der dritten auf.

Er spürte, wie sein linkes Handgelenk brach. Es tat nicht einmal besonders weh. Doch Vanderbilt überschlug sich drei-, vier-, fünfmal hintereinander, prallte dann mit dem Gesicht gegen die Kante der vorletzten Stufe und blieb – bewußtlos und stöhnend vor Schmerzen – schließlich liegen.

Das erste, was er sah, als er die Augen wieder öffnete, war Gloria. Sie stand oben an der Treppe, hatte die linke Hand auf das Geländer gelegt und lächelte zu ihm herab. Ihre Beine waren leicht gespreizt, so daß er ihren Schoß sehen konnte, und die Finger ihrer rechten Hand glitten liebkosend über ihren Körper.

»Warum läufst du vor mir davon?« fragte sie. »Du weißt doch, daß das keinen Sinn hat. Bleib hier. Komm zu mir, Henk.«

Er versuchte, sich hochzustemmen, und stürzte ein zweites Mal schwer auf die Steinfliesen, als sein gebrochenes Handgelenk unter dem Gewicht seines Körpers wegknickte. Plötzlich war sein Mund voller Blut, und aus seinem linken Arm kroch ein grausamer Schmerz bis in seine Schultern hinauf und immer weiter.

Das ist es doch, was du wolltest. Von Anfang an.

Großer Gott, sagte sie die Wahrheit? War es wirklich das, was er sich gewünscht hatte, tief in den verborgensten Abgründen seiner Gedanken, jedesmal, wenn er sie ansah?

Ihre Schritte kamen langsam die Treppe herab. Vanderbilt blickte nicht in ihre Richtung, aber das nutzte nichts – er sah sie trotzdem so deutlich, als stünde sie vor ihm, nackt und verlockend, er roch ihren betörenden Duft, spürte das elektrische Knistern ihres Haares und –

Er mußte raus hier. In diesem Haus war er verloren. Er mußte weg hier, weg aus diesem Haus, das vollgestopft war mit der Erinnerung an seine Sünden, an die blasphemischen Wünsche und Gedanken, die er gehegt hatte, ohne es sich auch nur einzugestehen.

Die Kirche!

Wenn es überhaupt einen Ort auf der Welt gab, an dem er sicher vor ihr war, dann die Kirche. Sie würde es nicht wagen, ihm *dorthin* zu folgen.

Mit der Kraft der Verzweiflung stand er auf und torkelte zur Tür. Eine Sekunde lang rüttelte er vergeblich an der Klinke, bis ihm der

Riegel einfiel, den er selbst vorgelegt hatte. Mit fliegenden Fingern zerrte er ihn zurück, riß die Tür auf und wankte aus dem Haus.

Es regnete. Eine eisige Sturmbö traf sein Gesicht wie eine Ohrfeige. Der Briefkasten auf der anderen Straßenseite rauchte noch immer, und irgendwo waren Stimmen: aufgeregte Rufe und das Geräusch trappelnder Schritte, die schnell näher kamen. Hinter den schräg vom Himmel stürzenden Regenschleiern glaubte er Gestalten zu erkennen, aber er beachtete sie nicht, sondern fuhr herum und rannte quer über den Rasen auf die Kirche zu. Das Hauptportal war verschlossen, aber es gab eine kleine Seitentür, die immer offen war und nicht einmal ein Schloß hatte. Immer wieder sah er sich im Laufen um, von der entsetzlichen Vorstellung gequält, das Wesen könnte ihm folgen, nackt und höhnisch auf die Straße hinaustreten und seinen Namen rufen, damit jedermann es sah und hörte, damit jeder seine geheimsten Wünsche erriet und sein Verbrechen erkannte.

Was du immer wolltest. Die ganze Zeit! Guter Gott, mach, daß es nicht wahr ist! flehte er in Gedanken. Laß es nicht wahr sein! Nicht das! *Nicht Gloria!*

Vanderbilt erreichte die Kirche, stieß die Seitentür auf und warf sie hinter sich ins Schloß, aber er blieb erst stehen, als er die winzige Sakristei bereits halb durchquert hatte. Seine Lungen brannten. Sein Herz hämmerte und geriet immer wieder aus dem Takt, und ein Teil seines Verstandes schrie ihm zu, daß er dabei war, sich umzubringen, und zwar innerhalb der nächsten Minuten. Als ob er noch etwas darum gegeben hätte, leben zu dürfen!

Doch gleichzeitig fürchtete er sich vor dem Tod wie niemals zuvor; vor dem, was danach folgen mochte; vor der himmlischen Gerechtigkeit; vor dem Moment, in dem er gefragt wurde, ob er ein aufrechtes Leben oder eines in Sünde geführt hatte. *Die ganze Zeit, Henk.*

Etwas kratzte an der Tür hinter ihm. Vanderbilt schrie auf, stürmte durch die Sakristei und stolperte ins Kirchenschiff hinein. Hier gab es eine Tür, die ein Schloß hatte, und Vanderbilt warf sie zu und schlug den Riegel mit aller Kraft nach links, doch fast im gleichen Moment prallte etwas von der anderen Seite gegen die Tür, und ein Laut erscholl, der fast wie das zornige Fauchen einer Katze klang. Die Tür zitterte. Ein Laut, wie das Scharren riesiger Krallen, ließ das Holz unter Vanderbilts Fingern erzittern. Aber es hielt. Er war in Sicherheit.

»Komm zu mir, Henk.«

Vanderbilt fuhr mit einem Schrei herum.

Gloria saß nackt im Schneidersitz auf dem Altar, die linke Hand in seine Richtung ausgestreckt, die rechte in einer obszönen Geste zwischen ihren gespreizten Schenkeln. Sie lächelte noch immer, aber dieses Lächeln war anders als bisher – böse, hämisch, von einem widerwärtigen Triumph erfüllt.

»Komm, Henk. Du willst mich doch. Du wolltest mich immer! Schon als ich noch ein ganz kleines Kind war.«

»Das ist nicht wahr!« wimmerte Vanderbilt. Er wich vor der entsetzlichen Kreatur zurück, schlug das Kreuzzeichen und prallte mit dem Rücken gegen etwas Hartes, das ihn wie ein Faustschlag in die Nieren traf. Das Taufbecken im Mittelgang.

»Du lügst!« keuchte er. »Ich habe dich nie begehrt!«

»Aber das stimmt doch nicht«, sagte Gloria lächelnd. »Komm, hör auf, dich selbst zu belügen. Erinnerst du dich, wie du mich auf dem Arm gehalten hast, als ich noch klein war? Wie gerne du es hattest, wenn ich auf deinem Schoß saß? Wenn du meinen kleinen Hintern auf deinem kleinen Ding gespürt hast?« Sie kicherte. »Wie du mich gestreichelt hast?«

»Das ist nicht wahr!« schrie Vanderbilt. »Ich habe dich geliebt, aber nicht so!«

Gloria lachte. »Nur so«, sagte sie. »So und nicht anders. Du warst immer nur ein geiler alter Bock, der mich ficken wollte! Gib es doch zu!«

»Nein!« Vanderbilt ballte die Hände zu Fäusten und schlug sie gegen die Ohren. »Du lügst!« schrie er. »Hör auf! *Hör auf!*«

Aber sie hörte nicht auf, und die Hände vor seinen Ohren nutzten überhaupt nichts. Sie lachte, beugte den Oberkörper auf dem Altar zurück und spreizte die Beine noch weiter. »Nur ein geiler alter Bock!« zischte sie. »Komm doch her! Nimm mich, gleich hier!«

Vanderbilt brüllte, als würde ihm ein glühender Dolch ins Herz gestoßen, taumelte herum – und erstarrte abermals. Ein keuchender, erstickter Laut drang über seine Lippen, und seine Hände schlossen sich mit solcher Gewalt um den Rand des flachen Taufbeckens, daß er glaubte, den Stein knacken zu hören. Seine Augen quollen vor Entsetzen aus ihren Höhlen.

Vor dem Kirchenportal stand ein Mann.

Er war klein und alt und in eine zerschlissene Arbeitsjacke gehüllt, und auf seinem Gesicht lag ein Ausdruck von Trauer und Resignation, die ein Leben voller Entbehrungen und Verbitterung in seine Züge gegraben hatte.

Er kannte diesen Mann. Er war ihm schon einmal begegnet, vor mehr als sechzig Jahren, und auch damals in der Nacht. Es war der

Mann aus Amsterdam. Der Mann, den er vom Selbstmord hatte abhalten wollen und der ihm drei Kugeln in die Brust geschossen hatte.

Vanderbilt spürte, wie irgend etwas in ihm zu zerbrechen begann. Es war zuviel. Hinter ihm kicherte Gloria. Er konnte hören, wie sie sich mit lasziven Bewegungen auf dem Altar wand und drehte, und vor ihm stand der Mann aus Amsterdam, seine erste, aber nicht seine einzige Todsünde.

»Was willst du?« stammelte er.

Der Mann aus Amsterdam antwortete nicht. Natürlich nicht. Er würde nicht reden, jetzt so wenig wie damals, aber das mußte er auch nicht. Vanderbilt wußte gut, warum er gekommen war.

»Geh!« stöhnte er. »Geh weg! Ich habe dir nichts getan! *Du* hast auf *mich* geschossen, damals! Ich... es war nicht meine Schuld!«

Aber auch das war nicht wahr. Er stand in der Schuld dieses Fremden, denn er hatte ihm niemals vergeben. Und es war eindeutig seine Schuld, daß dieser Fremde auch noch die Verantwortung für ein zweites Menschenleben auf sich geladen hatte, denn wäre er in jener Nacht nicht auf der Brücke erschienen und hätte er nicht versucht, den Samariter zu spielen, hätte der Mann nicht auf ihn schießen müssen. Der Fremde sagte kein Wort, sondern blickte ihn nur an, aber der Vorwurf in seinen Augen war schlimmer als alles, was er hätte sagen können.

Der Druck wurde unerträglich. Vanderbilts Verstand begann zu zerbrechen, wie eine Feder aus Stahl, die beinahe ein Jahrhundert lang treu ihren Dienst getan hatte und nun überlastet war. Er wimmerte. Tränen rannen über sein Gesicht und verschleierten den Anblick des Fremden, aber er sah ihn trotzdem so deutlich, wie er Glorias lockende Laute hinter sich hörte, und ihr Kichern, das jetzt wie das eines abgrundtief bösen Kindes klang.

»Jesus Christus, hilf mir!« klagte Vanderbilt. Mit letzter Kraft hob er den Kopf und sah das Kreuz über der Tür an.

Die geschnitzte Jesusfigur schloß die Augen und wandte den Kopf ab.

Und in diesem Moment begriff Pfarrer Vanderbilt, was wirklich geschah.

Es war schlimmer als alles andere. Weil es die Wahrheit war. Gloria, der Mann aus Amsterdam, die brennende Bibel – all das hätte er ertragen können, hätte er nur ein wenig Zeit gehabt, die Schrecken zu überwinden. Aber diese letzte, fürchterliche Erkenntnis war zu viel. Sie zerschmetterte sein Weltbild wie ein Hammerschlag, denn sie machte ihm klar, daß das meiste von dem, woran er geglaubt und wofür er gelebt hatte, einfach nicht existent war.

Vanderbilt brach zusammen. Seine Hände verloren ihren Halt und glitten in das Taufbecken.

Er kreischte vor Schmerz, als seine Finger das Weihwasser berührten.

Es war kein Wasser mehr.

Es war Blut. Und es fraß sich wie Säure in seine Haut.

Plötzlich überkam ihn eine tiefe, allumfassende Ruhe; die Gelassenheit eines Mannes, der endgültig und für immer versagt und nichts mehr zu verlieren hat, der sein Leben lang gekämpft hat und es in dem fürchterlichen Wissen beendet, daß es die Seite, auf der zu stehen er geglaubt hat, gar nicht gibt. Seine blutige Hand senkte sich, glitt in die Tasche der Soutane und tastete über kalten Stahl.

Er wußte nicht, woher er die Kraft nahm, die Waffe zu ziehen und den Hahn zu spannen, denn seine Hand war jetzt nur mehr eine skelettierte Klaue, aber er schaffte es. Ruhig, so sicher, als hätte er sein Leben lang nichts anderes getan, hob er die Pistole, legte auf den Mann aus Amsterdam an und drückte ab.

Der tote Mann wankte. Aber er fiel nicht. Das unheimliche Feuer brannte jetzt nur noch in seinem linken Auge, denn das rechte war jetzt ein brodelnder Sumpf, aus dem Blut und graue Gehirnmasse quollen und über sein Gesicht liefen. Hinter Vanderbilt kicherte noch immer die Kreatur, die sich als Gloria ausgab.

Er drehte sich um, zielte auf den Sukkubus und drückte ab. Er traf. Glorias linke Brust und ein Stück der Schulter flogen davon, und plötzlich war auch der Altar voller Blut, aber das Lachen der Kreatur brach nicht ab, sondern wurde nur noch schriller, höhnischer.

Pfarrer Vanderbilt sank langsam auf die Knie, hob noch einmal die Pistole und schoß sich die letzte Kugel, die sich noch in der Trommel befand, in die linke Schläfe.

4

Gloria war erst wenige Schritte gelaufen, als sie hinter sich Geräusche hörte und einen Schatten wahrnahm. Alles ging viel zu schnell: Plötzlich fühlte sie sich gepackt und so heftig herumgerissen, daß sie wahrscheinlich das Gleichgewicht verloren hätte, doch die gleiche Hand, die sie mit sich zerrte, stützte sie. Sie unterdrückte einen Schreckensschrei, während sie zu einem kleinen Bretterverschlag geschleift wurde, der an der Nordwand des ehemaligen Klosters lag.

Erst als sie drinnen waren, ließ die Hand sie los, packte sie aber fast im gleichen Moment wieder und zog sie – diesmal etwas sanfter – hinter einen formlosen, nach Metall und Öl riechenden Gegenstand, der den größten Teil des Schuppens einnahm.

»Ronald?« fragte sie.

»Still!« zischte Ronald hastig. »Jemand kommt!«

Sie erkannte sein Gesicht immer noch nicht, denn es war hier drinnen zu dunkel, um die Hand vor Augen zu erkennen. Aber der gehetzte Klang seiner Stimme warnte sie. Sie sagte nichts mehr, sondern ließ sich behutsam in die Hocke sinken und tastete mit der freien Hand um sich, um in ihrer unsicheren Haltung nicht die Balance zu verlieren.

Neben ihr raschelte etwas, und Ronalds Arm deutete auf das helle Rechteck der Tür.

Stimmen.

Es waren Stimmen, und jetzt identifizierte sie auch Schritte – aber etwas an beidem war seltsam. Die Stimmen unterhielten sich nicht, sondern murmelten in einem sonderbar monotonen Rhythmus; und die Schritte waren gleichmäßig und schlurfend. Vor Glorias innerem Auge entstand die Vision einer Gruppe in schwarze Kutten gekleideter Mönche, die einen düsteren Wechselgesang intonierten und mit gesenkten Häuptern durch die Katakomben eines Klosters prozessierten. Ihr Verstand sagte ihr, daß das Unsinn war, aber es war etwas Unheimliches an diesen Lauten, das sie nicht einordnen konnte.

Und dann wußte sie, was es war.

Es waren Kinderstimmen.

Und es war kein Lied, das sie sangen. Ihre Stimmen folgten einer düsteren, abgehackten Melodie, die so widernatürlich schien, daß ihr bloßer Klang Gloria schaudern ließ, doch sie formten keine Worte: weder solche, die sie verstand, noch solche, die irgendeiner menschlichen Sprache entsprangen.

»Was ist das?« flüsterte sie.

»Ich weiß es nicht«, antwortete Ronald. Seine Stimme klang flach, als wagte er es nicht, normal zu atmen, aus Angst, entdeckt zu werden.

Er legte den Zeigefinger an die Lippen. Gloria ahnte die Bewegung mehr, als daß sie sie sah, aber sie verstummte trotzdem. Ihr Herz schlug schneller. Sie wollte plötzlich gar nicht mehr wissen, was diese unheimlichen Laute zu bedeuten hatten. Und gleichzeitig war sie begierig darauf, es zu erfahren.

Doch ihr blieb keine Wahl mehr. Die Stimmen waren näher gekommen. Sie hörte das Geräusch der Tür, durch die Ronald und sie das Internat verlassen hatten, und eine Sekunde später wich das Blau und

Schwarz der Regennacht zuckendem Feuerschein. Ein Schatten erschien vor der Tür des Schuppens, dann ein zweiter, und schließlich zogen sieben dunkel gekleidete Gestalten an Ronald und Gloria vorbei, dicht genug, um die beiden zu entdecken, wenn sie auch nur den Blick hoben und sich umsahen. Der Gesang wurde durchdringender.

Gloria schauderte. Vielleicht war es Einbildung – aber die unheimlichen Töne schienen nicht einfach nur lauter geworden zu sein. Sie füllten den Schuppen aus, den ganzen Platz dort draußen, und sie gewannen auf sonderbare Weise an Substanz, als wären sie mehr als bloße Geräusche.

Was immer es war, es war so fremd, daß Gloria keinen Begriff dafür fand. Aber es war real. Sie fühlte es, und sie spürte, daß es Ronald nicht anders erging. Sein Atem war schneller geworden, und seine Hand, die noch immer ihre Finger hielt, zitterte sacht. In der klammen Kälte des Schuppens konnte sie seinen Schweiß riechen.

Eine letzte Gestalt zog an der Tür vorüber, und nun fiel der Feuerschein direkt in den Schuppen hinein, denn er stammte von einer Fackel, die die Person in beiden Händen trug. Gloria duckte sich instinktiv. Selbst an diesem Feuer war etwas falsch: Das Licht schien zu kleinen, pfeilgeraden Blitzen zu gerinnen, die wie anklagend ausgestreckte Finger auf Ronald und sie deuteten. Und es spendete keine echte Helligkeit, sondern brannte nur rote Narben in die Schwärze, ohne die Dunkelheit dahinter aufzuhellen.

Die unheimliche Prozession hielt an und stellte sich in einem weit auseinandergezogenen Kreis auf, in deren Mitte die Gestalt mit der Fackel stand. Trotz der hoch auflodernden Flammen konnte Gloria weder Gesichter noch scharfe Umrisse erkennen, aber es dauerte eine Weile, bis sie sah, woran das lag: Die acht Gestalten dort draußen trugen tatsächlich Kutten, nur daß diese nicht wie die von Mönchen geschnitten waren, sondern weiter, mit gewaltigen, spitzen Kapuzen, in denen ihre Gesichter wie hinter Masken verborgen lagen, und mit gewaltigen Ärmeln, die ihnen das Aussehen von bizarren Fledermäusen verliehen.

Die Gestalt in der Mitte des Kreises hob ihre Fackel, hielt sie einen Moment mit beiden Händen hoch über den Kopf – und rammte sie mit aller Kraft in den aufgeweichten Boden. Sie blieb zitternd stecken, und die Flammen schossen prasselnd höher, als hätten sie nur auf diesen Moment gewartet, um das ganze Holz zu erfassen.

Doch die Fackel war gar keine Fackel.

Es war ein Kreuz. Um genau zu sein: ein umgedrehtes Kreuz. Der Querbalken befand sich im unteren Drittel, und das Ende mußte angespitzt worden sein, um es leichter in den Boden rammen zu können.

Der Anblick bereitete Gloria einen solchen Schock, daß sie für einen Moment sogar ihre Furcht vergaß. Wer immer das dort draußen war – was sie sah, war eindeutig eine Schwarze Messe, und der Anblick erfüllte sie mit einem solchen Zorn, daß sie am liebsten aufgesprungen und hinausgerannt wäre, um ihnen die Kapuzen von den Köpfen zu reißen. Gloria war ein gläubiger Mensch. Vielleicht praktizierte sie ihren Glauben anders als ihr Onkel, und sicherlich stand sie der Kirche mit der etwas lockeren Einstellung der Jugend gegenüber; aber sie empfand trotzdem einen tiefen Respekt vor allem, was mit Religion – *jeder* Religion – zusammenhing, und sei es nur aus Achtung vor denen, die wirklich glaubten.

Jetzt empfand sie nur noch Abscheu.

Und Zorn. Jetzt, als sie zum erstenmal Zeuge einer Schwarzen Messe wurde, begriff sie wirklich, worum es ging.

Es war nicht einfach nur ein dummer Kinderstreich. Nicht einfach nur Gedankenlosigkeit oder der Reiz des Verbotenen, sondern eine böse, durch und durch niederträchtige Verhöhnung dessen, was Menschen heilig war.

Und plötzlich erkannte sie auch mit entsetzlicher Deutlichkeit, daß alles, was Onkel Henk über dieses Internat gesagt hatte, wahr war, und vielleicht sogar noch schlimmer.

Ronald schien zu spüren, was in ihr vorging, denn der Druck seiner Hand verstärkte sich, und als sie den Kopf drehte und ihn ansah, trug sein Gesicht einen besorgten Ausdruck.

Sie schüttelte den Kopf, um anzudeuten, daß sie sich in der Gewalt hatte und er sich keine Sorgen zu machen brauchte, rutschte in eine etwas bequemere Lage und hob den Kopf ein Stück weiter über den Rand ihres improvisierten Verstecks.

In den Kreis der Gestalten war Bewegung gekommen. Der Rhythmus ihrer gestammelten Laute wurde schneller, drohender, und ihre Oberkörper bewegten sich ruckartig von rechts nach links und wieder zurück. Schließlich hoben sie die Arme und nahmen sich bei den Händen, um den Kreis ganz zu schließen.

Gloria war irritiert. Wenn sie das, was sie bei diesem Anblick fühlte, außer acht ließ, dann war die Szene schlichtweg lächerlich: ein gutes halbes Dutzend hysterischer Kinder, die sich in selbstgenähte Kostüme gehüllt hatten und einen infantilen Hexentanz um ein aus Brettern zusammengenageltes Holzkreuz aufführten. Und doch... Gloria konnte sich ihrer Angst nicht erwehren.

Der Tanz wurde immer schneller, hektischer: ein wildes Sichwinden und -drehen; Bewegungen, die spasmischen Zuckungen glichen. Und gleichzeitig wurden die Stimmen schriller, wurden zu Schreien, die fast unmenschliche Höhen erreichten, so daß sie in den Ohren schmerzten –

– und so plötzlich abbrachen, daß Gloria erschrocken zusammenzuckte.

Irgend etwas im Inneren des blasphemischen Kreuzes explodierte. Funken stoben auf, und für einen Moment glaubte Gloria einen winzigen, pulsierenden Glutball zu sehen, wie ein weißes, pochendes Herz aus höllischem Licht. Und als ihre Augen das plötzliche grelle Aufblitzen verarbeitet hatten und sie wieder klar sehen konnte, waren die Gestalten auf die Knie gesunken und hatten die Arme gehoben.

»Gog!« rief eine hohe, glasklare Kinderstimme. *»Magog!«*

Gloria sah Ronald erschrocken an. Ronald wagte es aber nicht, etwas zu sagen.

»Gog! Magog!« rief die Stimme erneut. Gloria konnte sie jetzt der Gestalt zuordnen, die das Kreuz getragen hatte. Sie war als einzige nicht auf die Knie gesunken, sondern stehengeblieben, und sie hatte auch als einzige nicht die Arme gehoben, sondern beide Hände zu Fäusten geballt und vor dem Gesicht gegeneinandergepreßt.

»Gog! Magog! Wir danken euch!«

»Wir danken euch«, antworteten die anderen.

»Ihr habt unser Opfer angenommen! Was gefangen war, ist frei!«

»Was gefangen war, ist frei!«

»Was bedeutet das?« flüsterte Ronald neben ihr.

Gloria hob hastig die Hand vor die Lippen. »Später«, wisperte sie.

»Gog, Magog! Wir rufen euch! Ihr habt unser Opfer genommen. Nun gebt uns eure Macht!«

»Nun gebt uns eure Macht!« wiederholten die anderen.

»Verdammt noch mal, was geht denn da vor?« flüsterte Ronald erregt.

Gloria sah ihn nicht an, aber sie spürte, daß er zu verstehen begann. Er mußte wie sie fühlen, daß das dort draußen mehr war als der morbide Zeitvertreib gelangweilter Internatszöglinge. Aber ihn schien der Anblick weniger mit Furcht als vielmehr mit Wut zu erfüllen. Sie spürte, wie sich sein Körper neben ihr in der Dunkelheit spannte.

»Der Tag der Erfüllung ist nahe!«

»Der Tag der Erfüllung ist nahe!«

»Gog! Magog! Wir rufen euch!«

»Gog! Magog! Wir rufen euch!«

Der letzte Satz gipfelte in einem Schrei, so gellend, daß er in Glorias Ohren schmerzte. Dann verstummten die Stimmen, und die Gestalten rings um das brennende Holzkreuz hoben die Arme und streiften ihre Kapuzen zurück. Ronald sog scharf die Luft ein.

Es waren tatsächlich Kinder, wie sie jetzt erkannten. Das Mädchen, das das Kreuz getragen und die Sätze vorgesprochen hatte, war allerhöchstens fünfzehn, und auch die anderen konnten kaum älter sein. Die Kleine war schlank, und sie hatte ein Gesicht, das in wenigen Jahren das einer sehr schönen Frau sein würde – aber im Moment bot es einen grausigen Anblick. Der Hals, das Kinn und die Wangen waren mit dunkel eingetrocknetem Blut verschmiert, und die Züge waren zu einer Grimasse verzerrt, die zwischen Agonie und Ekstase lag. Das Mädchen sprach jetzt nicht mehr, aber ihre Lippen zitterten. Kleine, spitze Laute drangen aus ihrer Brust, Lustschreien gleich, aber auch Ausdruck unvorstellbarer Pein. Der Ausdruck auf den Gesichtern der anderen war ähnlich. Trotz der Kälte und des strömenden Regens glänzte ihre Haut von Schweiß.

Als Gloria in die gepeinigten, verzückten Gesichter sah, wußte sie mit unerschütterlicher Sicherheit, daß Ronald und sie sterben würden, wenn man sie entdeckte, denn sie wurden nicht einfach nur Zeuge eines Kinderstreiches. Diese Jugendlichen teilten ein düsteres Geheimnis, das sie mit ihrem Leben verteidigen würden, wenn es sein mußte. Sie betete stumm zu Gott, daß Ronald keinen Fehler begehen möge, aber sie war so gelähmt vor Entsetzen und Todesangst, daß sie nicht einmal den Blick wenden konnte, um ihn anzusehen.

Ronald beging keinen Fehler. Vielleicht spürte er nicht wie sie das unsagbar Böse, das über dem Kreis der Kinder lag wie ein düsterer Pesthauch, aber der Anblick der verzerrten, schweißglänzenden Gesichter schien ihm zumindest klarzumachen, daß sie es nicht mit normalen Schülern, sondern mit Besessenen zu tun hatten. Wie Gloria erstarrte er zur Reglosigkeit, und wie sie wagte er nicht einmal zu atmen, bis die Spannung von dem Kreis der acht dort draußen abfiel und sich der Ausdruck auf ihren Gesichtern allmählich glättete.

Gleichzeitig wurden die Flammen plötzlich kleiner und begannen zu flackern. In das Prasseln des Feuers mischte sich ein immer lauter werdendes Zischen, die Flammen begannen zu zucken, schienen sich unter dem Regen zu ducken und zu winden wie kleine Wesen – und erloschen. Nach kaum einer Minute war aus dem brennenden Kreuz ein rauchendes Stück Holz geworden.

Und so rasch, wie das Feuer erloschen war, so schnell und undramatisch löste sich auch der Kreis der vermummten Gestalten auf. Einige schlugen ihre Kapuzen wieder hoch, aber diesmal diente es nur zum Schutz vor dem strömenden Regen. Ein besonders großer, kräftiger Junge mit kurzgeschnittenem Haar zog das verkohlte Holzkreuz aus dem Boden und zerbrach es ohne sichtliche Anstrengung in drei Teile, die er achtlos durch die offenstehende Tür in den Schuppen warf. Dann waren sie alle verschwunden, und Gloria hörte eine Tür schlagen.

Trotzdem wagten sie es fast eine Minute lang nicht, sich zu rühren, und selbst dann schüttelte Ronald hastig den Kopf, als sie etwas sagen wollte, stand auf und schlich gebückt zur Tür. Sie beobachtete seinen Schatten. Er lugte vorsichtig hinaus, sah nach rechts und links und blickte sich eine ganze Weile aufmerksam um, ehe er sich endgültig entspannte und zu ihr zurückkam.

»Sie sind weg. Du kannst rauskommen. Aber sei vorsichtig – hier liegt jede Menge Krempel rum. Tu dir nicht weh.«

Es lag tatsächlich »jede Menge Krempel« herum: Gloria schrammte sich die Schulter auf, als sie sich hinter ihrer Deckung aufrichtete, und als sie erschrocken zurückfuhr, prallte sie an einen Gegenstand, der klappernd umfiel und im Dunkel wie ein total demoliertes Moped aussah.

»Alles in Ordnung?«

Gloria ignorierte seine hilfreich ausgestreckte Hand und massierte statt dessen ihre schmerzende Schulter. Sie war sehr vorsichtig, als sie sich zu ihm herumdrehte. Ronalds Gesicht war blaß, das konnte sie trotz des schlechten Lichts erkennen.

»Was war das?« murmelte er irritiert.

Gloria blickte einen Moment zu der Stelle, wo die Teile des zerbrochenen Kreuzes auf dem Boden lagen. »Onkel Henk würde es als Schwarze Messe bezeichnen«, sagte sie. »Mein Gott, er hatte recht! Mit allem, was er über dieses Internat behauptet hat.«

Vielleicht hätte sie das nicht sagen sollen. Neugier trat in Ronalds Blick; ein Glitzern, das sie einen Moment lang befürchten ließ, er hätte begriffen, warum sie *wirklich* mit ihm gekommen war. Doch dann schüttelte er den Kopf.

»Das war es nicht«, sagte er.

»Aber –«

»Ich habe ein paar miterlebt«, unterbrach er sie.

Gloria war schockiert. »Du!«

»Ich habe niemals behauptet, ein Heiliger gewesen zu sein, oder?« fragte Ronald gereizt. Doch in entschuldigendem Tonfall fügte er hinzu: »Ich habe eine Menge Dummheiten gemacht. Aber es war nie ernst gemeint.«

»Das hier schon.«

»Ja«, sagte Ronald. »Aber es war keine Schwarze Messe. Ich kenne das: Die meisten sind einfach nur Alibi für Sexorgien. Aber das eben...« Er brach ab, suchte einen Moment krampfhaft nach Worten und schüttelte schließlich den Kopf.

»Du hast es auch gefühlt, nicht wahr?« sagte Gloria leise.

Ronald antwortete nicht. Statt dessen drehte er sich herum, suchte einen Moment den Boden ab und hob schließlich ein Stück des zerbrochenen Holzkreuzes auf.

»Sonderbar«, murmelte er.

»Was?«

»Es ist kalt. Hier – fühl selbst.« Ronald hielt ihr die verkohlte Latte hin, aber Gloria berührte sie nicht, sondern wich angeekelt einen Schritt zurück. Das Holz auch nur zu berühren, hätte sie besudelt. Ronald warf die Latte fort und wischte sich die Hände an den Hosenbeinen ab.

»Diese Worte, die sie gemurmelt haben...« sagte er. »Gog und Magog. Weißt du, was das bedeutet?«

»Als Pfarrersnichte, meinst du?« Gloria versuchte vergeblich, ihre Stimme scherzhaft klingen zu lassen.

Ronald nickte.

»Es sind... Worte aus der Bibel«, sagte sie stockend. »Aus den Prophezeiungen. Die Apokalypse.«

Diesmal gelang es Ronald nicht mehr völlig, den Schrecken zu verbergen, den ihm ihre Worte bereiteten.

»Gog und Magog sind die beiden gottesfeindlichen Völker, die am Abend vor dem Jüngsten Tag zur letzten Schlacht antreten.«

»Oh«, sagte Ronald. »Du meinst – den Weltuntergang und all das?«

»All das?« Ihre Stimme zitterte, wurde fast hysterisch. »Was denn sonst noch?!«

Ronald war mit einem Schritt bei ihr und schloß sie in die Arme. Seine Hand strich beruhigend über ihr Haar. »He, he«, murmelte er. »Langsam. So schnell geht die Welt nicht unter. Und ganz bestimmt nicht, weil ein paar übermütige Rotznasen es so wollen.«

Seine Worte bewirkten das Gegenteil dessen, was er beabsichtigt hatte. Gloria beruhigte sich nicht, sondern begann immer stärker zu zittern. »Sie beschwören Dämonen!« stammelte sie. »Versteh doch! Onkel Henk hatte recht, mit jedem Wort! Sie... sie lästern Gott, und sie lassen sich mit dem Satan ein!«

»Gloria!«

Sie riß sich los, und jetzt schrie sie fast. »Er hatte recht! Das hier ist ein teuflischer Ort! Sie tun Dinge, die nie getan werden dürfen! Sie beschwören die Mächte des Satans, und –«

Ronald packte sie an beiden Schultern und schüttelte sie so heftig, daß ihre Zähne aufeinanderschlugen. »Beruhige dich! Bitte!«

»Beruhigen?« Sie schlug seine Hand zur Seite und machte einen Schritt zurück. »Begreifst du denn nicht, was hier vor sich geht? Das war eine Teufelsbeschwörung! Und es ist mir egal, ob du darüber lachst oder nicht; ich weiß, was ich gesehen habe. Und du hast es doch auch gesehen.«

»Ich lache nicht drüber«, erwiderte Ronald ernst.

Vielleicht war es die Ruhe in seiner Stimme, die sie wieder zur Vernunft brachte.

Die Hysterie, die für einen Moment von ihr Besitz ergriffen hatte, wich, und zurück blieb ein dumpfes Gefühl der Niedergeschlagenheit – und Beschämung, so sehr die Kontrolle über sich verloren zu haben.

»Und ich beabsichtige auch nicht, mit den Schultern zu zucken und so zu tun, als hätte ich nichts gesehen«, fuhr er fort. »Ob das jetzt echt war oder nur ein geschmackloser Scherz – ich denke, mein Gespräch mit Direktor Zombeck morgen früh wird ein bißchen anders verlaufen, als er sich das vorstellt.«

»Er wird dich kurzerhand aus seinem Büro werfen«, prophezeite Gloria. »Oder gleich aus dem Internat.«

»Das wäre vielleicht nicht einmal das Schlimmste«, entgegnete Ronald. »Aber ich glaube es nicht. Und ich denke nicht, daß Direktor Zombeck Interesse daran hat, daß *das hier* publik wird.«

»Du kennst Zombeck nicht«, warnte Gloria.

»Er mich auch nicht«, meinte Ronald – in einem Ton, der ihr klarmachte, wie wenig Sinn es hatte, weiter mit ihm zu streiten. Er legte ihr erneut den Arm um die Schultern und schob sie mit sanfter Gewalt zur Tür. »So, jetzt bringe ich dich zu deinem Wagen, und wenn Beelzebub persönlich erscheinen sollte.«

Der nächste mißlungene Scherz, aber Gloria zwang sich ihm zuliebe zu einem Lächeln.

Beim Auto angekommen, zitterten ihre Hände so stark, daß sie die Autoschlüssel zweimal in den Morast fallen ließ, ehe sie die Tür des Uno aufbekam. Unsicher kletterte sie auf den Fahrersitz und steckte den Schlüssel ins Zündschloß.

»Und du bist ganz sicher, daß ich dich nicht begleiten soll?« fragte Ronald.

Schon der Gedanke, allein durch die pechschwarze Nacht zu fahren

– und seien es nur die zwei Kilometer zum Pfarrhaus hinunter –, jagte ihr einen eisigen Schauer über den Rücken. Trotzdem schüttelte sie den Kopf.

»Das ist lieb, aber nicht nötig«, sagte sie. »Onkel Henk schläft bestimmt schon. Ich erzähle ihm gleich morgens, was passiert ist. Wir sehen uns dann morgen nachmittag?«

Er nickte. »Und eure Verabredung?«

»Wenn Onkel Henk hört, was hier vorgeht, sagt er sie ganz bestimmt ab«, antwortete Gloria. Sie startete den Motor, zog die Tür aber noch nicht zu, sondern griff in die Jackentasche, um ihre Schuhe herauszuziehen. Den rechten fand sie sofort. Den linken nicht.

»Was ist?« fragte Ronald.

»Mein Schuh«, sagte Gloria. »Ich hatte sie ausgezogen, um nicht im Matsch steckenzubleiben. Aber ich muß einen ... verloren haben.«

»Ich hole ihn gleich morgen früh«, versprach er. »Noch bevor ich zu Zombeck gehe. Wahrscheinlich hast du ihn im Schuppen verloren. Ich bringe ihn. Versprochen?« Gloria nickte widerstrebend. Der Gedanke, irgend etwas als Beweis ihrer Anwesenheit zurückgelassen zu haben, erfüllte sie mit Unbehagen, aber natürlich hatte Ronald recht: Es war ziemlich unsinnig, im Dunkeln nach einem schwarzen Schuh zu suchen.

Sie gab ihm einen flüchtigen Abschiedskuß, zog die Tür zu und fuhr los.

5

Gloria hatte völlig recht gehabt, als sie vermutete, Ronald habe eine oder mehrere der vermummten Gestalten erkannt. Und das war auch der Grund, warum er nicht mit mehr Nachdruck darauf bestanden hatte, sie zurück ins Pfarrhaus zu begleiten. Ronald hatte es plötzlich sehr eilig, wieder ins Internat und in ein bestimmtes Zimmer zu kommen.

Der Haupteingang war nicht mehr verschlossen, als Ronald dort anlangte. Aber das überraschte ihn nicht im geringsten. Er hatte längst begriffen, daß die verriegelten Türen nichts mit Zauberei oder Magie zu tun gehabt hatten – jemand hatte schlicht und einfach dafür gesorgt, daß kein Unbefugter das Internat betrat, während sich dort Dinge abspielten, die nicht für jedermanns Augen bestimmt waren.

Ronald hatte die Halle zur Hälfte durchquert, als ihn das Gefühl, beobachtet zu werden, stehenbleiben ließ.

Aufmerksam sah er sich um. Jemand war hier. Jemand starrte ihn an. Jemand beobachtete ihn. Vielleicht war sein und Glorias Versteck nicht ganz so unbemerkt geblieben, wie sie geglaubt hatten.

Ronald drehte sich auf dem Absatz um, ging zurück zur Tür und schaltete das Licht ein. So schwach der Schein der Kristallüster auch war, er blendete ihn im ersten Augenblick; Ronald sah nichts außer Hell und Dunkel – und wogende Schleier aus Schatten, die sich aber zu schnell und zu lautlos bewegten, um echt zu sein. Dann gewöhnten sich seine Augen an das gelbliche Licht.

Er war allein. Die große, barock eingerichtete Halle war leer. Und es gab nirgendwo ein Versteck, das groß genug gewesen wäre, einen Menschen zu beherbergen.

Trotzdem blieb Ronald eine ganze Weile stehen und sah sich sehr aufmerksam um. Seine Augen suchten jeden Winkel, jede Ecke und jeden Schatten ab, ehe er die Hand wieder nach dem Lichtschalter ausstreckte.

Er führte die Bewegung nicht zu Ende.

Plötzlich wußte er, was es war.

Er wurde tatsächlich angestarrt, aber es waren keine lebendigen Augen, die ihn anblickten.

Es war das Bild. Sängers Bild, das so an der Wand über der Treppe angebracht war, daß der Gründer des Internats sein Reich bis in alle Winkel überblicken konnte. In der Tat – und das fiel Ronald erst jetzt richtig auf – gab es keinen Quadratzentimeter in der riesigen Halle, den Sänger nicht hätte einsehen können.

Und seine Augen starrten Ronald an.

Ronald ging zur Treppe.

Sängers Blick folgte ihm.

Er stieg die Stufen hinauf, wobei er sich bemühte, keinen überflüssigen Laut zu verursachen, und Sängers Blick folgte ihm weiter.

Schließlich erreichte er den obersten Absatz und blieb stehen, und als er sich umdrehte, war es genauso, wie er erwartet hatte: Sängers Blick war direkt auf ihn gerichtet. Und jetzt war er sicher, mehr in den gemalten Augen zu erkennen, als der unbekannte Maler des Bildes hineingelegt hatte. Etwas, das ihm auf unheimliche Art *bekannt* vorkam, eine Drohung, die er jetzt nicht mehr leugnen konnte, sosehr er es auch versuchte.

Nach ein paar Sekunden fuhr er herum und rannte die letzten Stufen hinauf, und er blieb nicht stehen, bis er vollkommen sicher war, von dem Bild nicht mehr angestarrt werden zu können.

Was sollte das? Von dem Bild nicht mehr angestarrt werden zu können . . .?

In einem Punkt hatte Gloria recht, so hysterisch sie sich auch benehmen mochte, dachte er – irgend etwas stimmte hier nicht. Ronald war selbst jetzt noch weit davon entfernt, wirklich an Magie oder gar die Macht des Teufels zu glauben, aber soviel hatte er sich schon eingestanden: Hier gingen Dinge vor, die nicht in Ordnung waren. Und es spielte eigentlich keine Rolle, ob dabei Zauberei oder nur ein paar geschickte Tricks im Spiel waren. Außerdem war er schließlich gerade unterwegs, um einen Teil dieses Geheimnisses zu enträtseln.

Allein der Entschluß, etwas zu tun, half ihm, das bange Gefühl abzuschütteln und seine Gedanken wieder in halbwegs logische Bahnen zu lenken. Er wandte sich nach links, ging die nächste Treppe hinauf und war schließlich in dem Korridor, in dem Rickys Zimmer lag.

Es war die Tür ganz am Ende des Ganges, und Ronald gab sich Mühe, möglichst leise aufzutreten. Auch Ronald war einmal dreizehn Jahre alt gewesen, und er wußte, daß um vier Uhr nachts nicht unbedingt alle Zöglinge eines Internats schliefen. Er schaltete auch kein Licht ein. Hier oben war das nicht nötig. Seine Angst war zusammen mit dem Bild Sängers unten in der Halle zurückgeblieben.

Vor Rickys Tür blieb er stehen und lauschte einen Moment. Nichts.

Behutsam drückte er die Klinke hinunter, öffnete die Tür einen Spalt weit und lauschte abermals. Noch immer nichts. Das Zimmer war vollkommen still. Vielleicht war Ricky noch nicht zurück. Ronald versuchte in Gedanken die Minuten zu schätzen, die vergangen waren, seit Gloria und er die unheimliche Prozession auf der anderen Seite des Internats beobachtet hatten – zehn Minuten, maximal eine Viertelstunde. Möglicherweise war die Schwarze Messe ja noch nicht ganz zu Ende. Aber das spielte keine Rolle. Er hatte Zeit. Er würde auf Ricky warten. Und dann würde Ricky ihm eine ganze Menge Fragen beantworten müssen.

Ronald tastete im Dunkeln nach dem Lichtschalter und huschte gleichzeitig ins Zimmer hinein. Hastig, aber sehr leise, drückte er die Tür hinter sich ins Schloß und wandte sich um.

Das Zimmer bot einen Anblick totaler Verwüstung.

Das Bett war zerwühlt, die Wäsche herausgerissen und auf den Boden geworfen. Jemand hatte sich die Mühe gemacht, jede einzelne Schublade der Kommode herauszunehmen und umzudrehen, so daß ihr Inhalt im ganzen Zimmer verstreut war und ein heilloses Durcheinander aus Wäsche, Büchern, Spielsachen und all den anderen Dingen bildete, die ein halbwüchsiger Junge so aufbewahrte.

Ronald zwang sich zur Ruhe und sah sich genauer um. Das Bett stand ein wenig schräg, und als er genauer hinsah, erkannte er, daß eines der

Beine gesplittert und halb abgebrochen war. Er ließ sich auf die Knie herabsinken, blickte unter das Bett und zog einen Rucksack hervor, der darunter lag. Er war halb zerfetzt; der Reißverschluß war herausgerissen, und der Großteil des Inhalts war unter dem Bett und im Zimmer verstreut. Aber immerhin fand er zwei Dinge, die seine Aufmerksamkeit erregten: einen abgegriffenen Bundesbahn-Fahrplan und ein Sparbuch, auf dem sich ein Guthaben von einigen hundert Mark befand. *Was zum Teufel war hier passiert?*

Natürlich kannte Ronald die Antwort auf diese Frage: In diesem Zimmer hatte ein Kampf stattgefunden. Keine Prügelei unter Schuljungen, sondern ein Kampf auf Leben und Tod.

Zorn und Furcht machten sich in ihm breit – und eine absurde Erleichterung, die er im ersten Moment nicht verstand, bis ihm klarwurde, daß der Zustand dieses Zimmers nur einen einzigen logischen Schluß zuließ: nämlich den, daß Ricky keineswegs *freiwillig* an der Schwarzen Messe teilgenommen hatte.

Und das wiederum bedeutete, daß er ziemlich genau zu wissen glaubte, wo er Ricky finden würde.

Ronald drehte sich um und verließ das Zimmer.

6

Es war kurz nach vier, als das Telefon zum fünftenmal in dieser Nacht klingelte. Faller war nicht überrascht. Er war auch nicht verärgert; das war er nur beim erstenmal gewesen, als das Telefon geschrillt hatte – wenige Minuten vor zwei. Er hatte mit diesem Anruf gerechnet, und er wußte, daß es nicht der letzte bleiben würde.

Er hob ab, meldete sich und lächelte flüchtig, als er die Stimme am anderen Ende der Leitung erkannte. »Hallo, Stefan.« Seine Hand tastete nach dem Kugelschreiber, der vor ihm auf dem Schreibtisch lag, direkt neben den Schlüsseln des Mercedes. Von den drei Wagen, die Fallers Taxiunternehmen besaß, war der Mercedes der letzte, der noch nicht unterwegs war.

Er machte einen Haken hinter Stefans Namen, lauschte einen Moment und sagte: »In Ordnung. Kannst du noch eine halbe Stunde warten? Es fehlen noch zwei. Und die beiden anderen Wagen sind noch unterwegs. Ich weiß nicht, wann sie zurückkommen.«

Er nickte, hängte ein und zündete sich eine Zigarette an, obwohl der Rest der letzten noch qualmend im Aschenbecher lag. Er war nervös.

Draußen auf dem Flur erklangen Schritte. Einen Augenblick später wurde die Tür geöffnet, und seine Frau betrat das winzige Büro. Ihr Haar war aufgelöst, und ihr Gesicht hatte den fahlen Teint eines Menschen, der aus tiefstem Schlaf aufgeschreckt ist. Und ihre Augen waren voller Furcht.

Sie sagte kein Wort, aber die Angst in ihrem Blick wurde deutlicher, als sie die Autoschlüssel sah, und die Liste, die daneben lag.

»Ist es... soweit?« fragte sie.

Faller nickte. Er stand auf, steckte die Autoschlüssel ein und zog nervös an seiner Zigarette. Seine Finger zitterten.

»Wie viele?« fragte seine Frau.

»Alle«, antwortete Faller, ohne sie anzusehen. »Bis auf zwei.« Das Telefon schrillte, und Faller korrigierte sich: »Einen.«

Er hob ab, hörte einen Moment zu, ohne ein Wort zu sagen, und hängte wieder ein. Sein Kugelschreiber malte eine unsichere Schlangenlinie über den vorletzten Namen auf seiner Liste. »Ich denke, ich fahre selbst bei Klaus vorbei«, meinte er nach kurzem Überlegen. »Hat wohl keinen Sinn, noch länger zu warten.« Dann fügte er hinzu: »Zieh dich an. Und weck die Kinder. Du kannst ein paar Sachen zusammenpacken, während sie sich fertig machen. Ihr könnt den Kombi nehmen.« Er stockte, griff in seine Jacke und zog seine Brieftasche heraus.

»Ihr müßt tanken«, sagte er, während er seiner Frau einen zusammengefalteten Hundertmarkschein reichte. »Ist fast nichts mehr im Tank.«

»Du... kommst nicht zurück?«

Faller schüttelte den Kopf. »Nein. Wir treffen uns in Stuttgart. Bei deiner Schwester.« Er deutete auf das Telefon. »Ich habe sie schon angerufen.«

Seine Frau starrte den Geldschein an. Ihre Augen weiteten sich in Entsetzen. Aber sie sagte kein Wort mehr, sondern drehte sich mit mühsamen Bewegungen herum und ging, um zu tun, was ihr Mann ihr gesagt hatte.

Der Exodus hatte begonnen.

7

Aus dem Zimmer, das Werner zusammen mit zwei Klassenkameraden bewohnte, drang Licht, und in der Stille, die auch von diesem Teil des Gebäudes Besitz ergriffen hatte, waren die Wortfetzen und das Gelächter auf der anderen Seite der Tür deutlich zu vernehmen. Wäre Ronald einen Moment stehengeblieben, dann hätte er vermutlich sogar verstehen können, was dort drinnen gesprochen wurde.

Aber er achtete nicht darauf. Er war auch sehr viel weniger rücksichtsvoll als vorhin in Rickys Zimmer: Ohne auch nur eine Sekunde zu zögern, schlug er die Klinke herunter und stürmte durch die Tür – gerade noch rechtzeitig, um zu sehen, wie Martin und Rolf in ihren Betten verschwanden und Werner etwas unter seinem Kopfkissen verschwinden ließ.

Er machte sich nicht einmal die Mühe, die Tür hinter sich zu schließen, sondern war mit zwei Schritten an Werners Bett, riß die Decke herunter und sah genau das, was er erwartet hatte: Werner lag komplett angezogen im Bett. Er hatte sogar noch die Stiefel an. In den Stollen der groben Sohlen hing feuchter Lehm, der eine schmierige Spur auf dem Laken hinterlassen hatte.

»He!« protestierte Werner. »Was soll denn das!«

Er versuchte sich aufzurichten, aber Ronald versetzte ihm einen Stoß mit der flachen Hand, der ihn so heftig auf sein Kissen zurückfallen ließ, daß das gesamte Bett wankte. Kurz verzog sich Werners Gesicht vor Schmerz. Unter dem Kissen mußte etwas Hartes sein.

»Was das soll?« fragte Ronald. »Ich glaube, das weißt du besser als ich, mein Kleiner. Wo ist Ricky?«

Volltreffer. Werners Gesichtszüge entgleisten. Sein Blick flackerte. Zwei, drei Sekunden lang sah er Ronald fast hilflos an, dann hatte er sich wieder in der Gewalt und schürzte trotzig die Lippen.

»Woher soll ich das wissen, du Blödma-«

Ronald schlug unvermittelt zu. Im letzten Moment wurde ihm bewußt, was er tat, und er lockerte seine Finger, so daß er Werner keinen Faustschlag mehr versetzte. Es war nur ein Hieb mit der flachen Hand, der den Jungen traf; wenn auch ein so kräftiger, daß Werner zum zweitenmal nach hinten fiel und fast aus dem Bett gestürzt wäre.

Von allen im Zimmer war Ronald vielleicht selbst am meisten überrascht. Er hatte selbst nicht richtig begriffen, was er tat. Ronald war alles andere als ein gewalttätiger Mensch. Er hatte gelernt, sich zu verteidigen. Er hatte gelernt, mit bloßen Händen zu töten, wenn es sein mußte. Aber gerade dadurch hatte er auch gelernt, seine Impulse zu beherrschen; denn nur ein Mensch, der wirklich wußte, was er mit seinen bloßen Händen und Füßen anrichten konnte, vermochte abzuschätzen, welch verheerende Folgen eine einzige Sekunde der Unbeherrschtheit haben konnte. Es war das allererste Mal in seinem Leben, daß er zugeschlagen hatte, ohne es zu wollen.

Aber der Schock, der dieser Erkenntnis folgte, half ihm keineswegs, die Beherrschung zurückzuerlangen; im Gegenteil: Auf einer parallel zu seinem bewußten Denken ablaufenden Ebene fühlte er, daß es einzig und allein Werners Schuld war, daß er sich so hatte gehenlassen, und der Gedanke schürte seine Wut nur noch weiter. Er mußte sich plötzlich mit aller Gewalt beherrschen, um den Jungen nicht vom Bett hochzureißen und ihm wieder mit den Fäusten ins Gesicht zu schlagen.

Obwohl er kein Wort sagte, ja nicht einmal mehr einen Finger rührte, mußten sich seine Gefühle wohl deutlich auf seinem Gesicht widerspiegeln, denn Werner reagierte ganz anders, als er erwartet hatte. Der Schlag hatte ihn halb vom Bett geschleudert, und jetzt lag er in einer fast grotesken Haltung da: die linke Hand gegen die Wange gepreßt und mit angezogenen Knien, um auf dem Bettrand die Balance zu halten; mit der rechten Hand stützte er sich am Boden ab, um nicht ganz das Gleichgewicht zu verlieren. Sein Gesicht war eine Maske des Entsetzens, und seine Augen füllten sich langsam mit Tränen. Aber es war weder Zorn noch Erniedrigung, wie Ronald begriff – es war ganz ordinärer Schmerz. Werners Zahnfleisch war rot und blutete. Der Schlag mußte furchtbar weh getan haben.

»Sind ... sind Sie verrückt geworden?« fragte eine Stimme hinter ihm.

Ronald fuhr mit einer Bewegung herum, die Martin erschrocken zusammenfahren ließ. Er deutete auf Werner, schien etwas sagen zu wollen und schluckte nach einem weiteren Blick in Ronalds Gesicht alles, was ihm auf der Zunge lag, vorsichtshalber hinunter.

Ronald schauderte innerlich. *Großer Gott, was geschah mit ihm? Was war an diesem Jungen, das ihn immer wieder dazu brachte, um ein Haar die Beherrschung zu verlieren? Woran, um alles in der Welt, erinnerte ihn Werner, daß er sich mit aller Kraft beherrschen mußte, ihn nicht umzubringen?*

»Ich frage dich nur noch einmal«, sagte er, und in seiner Stimme war eine Drohung, die ihm fast selbst angst machte. »Wo ... ist ... Ricky?«

»Verdammte Scheiße, ich hab keine Ahnung!« schrie Werner. Seine Stimme klang weinerlich. Er preßte noch immer die linke Hand gegen die Wange, und sein Kiefer schien taub zu sein. Ronald konnte zusehen, wie sein Gesicht anschwoll. »Ich hab ihn seit zwei Tagen nicht mehr gesehen!«

Ohne Zögern packte ihn Ronald, riß ihn an Gürtel und Kragen in die Höhe und stellte ihn wie einen zu groß geratenen Spielzeugsoldaten mit einem Ruck auf die Füße. Werners Hand rutschte von seinem Gesicht. Seine Zähne schlugen klappernd aufeinander, und diesmal reichten seine Haltung und sein Stolz nicht mehr aus, um die Tränen zurückzuhalten, die ihm über die Wangen liefen. Er stöhnte.

»Du hast ihn seit zwei Tagen nicht mehr gesehen, so?« schnappte Ronald. »Dann muß es wohl sein Doppelgänger gewesen sein, den ich vor einer halben Stunde mit dir zusammen gesehen habe, wie?«

Er beobachtete Werner bei diesen Worten scharf. Der Junge war nicht mehr in der Verfassung, um Theater zu spielen.

Er versuchte es auch gar nicht.

Er plante etwas anderes.

Das Aufblitzen in seinen Augen warnte Ronald eine Sekunde lang, bevor Werner ausholte und ihm einen Fausthieb in den Magen versetzte.

»Packt ihn!« kreischte Werner, während er sich verzweifelt unter Ronalds Gegenwehr wand, ohne ihm entrinnen zu können. »Macht ihn fertig!«

Vielleicht hätten sie es sogar geschafft. Der Junge war stark. Und er besaß die rücksichtslose Brutalität des geborenen Schlägers, die ihn in Momenten wie diesem kaum noch Schmerz spüren, geschweige denn an sich selbst denken ließ. Die beiden anderen waren kaum weniger kräftig als Werner. Ronalds Position war nicht halb so gut, wie es den Anschein hatte. Würden sie sich alle drei zusammen auf ihn stürzen, hätte er kaum eine Chance gehabt.

Aber sie taten es nicht.

Ronalds Blick war scheinbar starr auf Werner gerichtet, aber er beobachtete Martin und Rolf aus den Augenwinkeln heraus.

Auf den Gesichtern der beiden spiegelte sich blanke Angst.

»Schnappt euch die Sau!« kreischte Werner. *»Macht ihn fertig!«*

Martin machte einen halben Schritt. Rückwärts. Rolf rührte sich nicht. Unschlüssig blickten sie um sich.

»Packt ihn!« wimmerte Werner noch einmal.

Die beiden Jungen machten gleichzeitig einen Schritt auf Ronald zu.

Ronald sah sie nur an. Er sagte kein Wort, aber wahrscheinlich war es gerade das, was sie endgültig erstarren ließ. Vielleicht hatten die Ereignisse sie einfach überrollt, aber wahrscheinlicher war, daß sie endgültig begriffen hatten, daß das hier kein Spiel mehr war. In Ronalds Augen war etwas, das jenseits aller Drohung war. Ein tödlicher Ernst, der sie vielleicht zum erstenmal überhaupt begreifen ließ, auf welchem Weg sie sich befanden. Das lautlose Duell dauerte nur eine Sekunde. Dann senkte Rolf den Blick und sah weg, und Martin wich bis zur gegenüberliegenden Wand zurück.

»Feiglinge!« wimmerte Werner. »Ihr verdammten... feigen Hunde!«

»Vielleicht sind sie einfach nur ein bißchen vernünftiger als du«, sagte Ronald. Er ließ Werners Hand los und versetzte ihm gleichzeitig einen Stoß, der ihn zurücktaumeln und zum drittenmal auf das Bett fallen ließ. Werner wimmerte, preßte seine Hand gegen das Gesicht und krümmte sich vor Schmerz.

Auf dem Flur draußen fiel eine Tür. Schritte und aufgeregte Stimmen wurden laut; plötzlich erschien eine Gestalt in der Tür und zog sich mit einer erschrockenen Bewegung wieder zurück, als sie sah, was hier vorging. Jemand begann zu rufen, und als Ronald sich herumdrehte, sah er, daß der Korridor hell erleuchtet und voller Gestalten in Schlafanzügen war. Ein Dutzend neugieriger Gesichter starrte ihn an. Was hatte er erwartet? Sie waren alles andere als leise gewesen.

Mit erzwungen ruhigen Schritten ging Ronald zur Tür, schloß sie und wandte sich wieder zu Werner und den beiden anderen um. Er kam sich vor, als erwache er aus einem tiefen, fiebrigen Schlaf. Sein Gesicht und seine Stirn waren heiß, und er konnte das Adrenalin, das sein Blut überflutete, beinahe schmecken. Aus dem dumpfen Pochen in seinem Magen wurde ein hämmernder Schmerz.

»Okay«, sagte er, an alle drei gewandt. »Damit dürfte die letzte Chance dahin sein, die Sache unter uns zu regeln. Ihr habt jetzt genau zwei Möglichkeiten: Entweder ihr sagt mir, was ihr mit Ricky gemacht habt, und wir denken uns zusammen eine hübsche Geschichte aus, die wir Direktor Zombeck erzählen, wenn er fragt, was hier passiert ist.«

»Mistsau«, stöhnte Werner. »Du Arsch wirst dich wundern, was für eine Geschichte ich ihm erzähle.«

»Oder«, fuhr Ronald unbeeindruckt fort, »wir gehen jetzt zusammen dorthin, und ich erzähle ihm, was ich vor einer halben Stunde hinten beim Schuppen gesehen habe.«

Er sah Martin und Rolf dabei an, nicht Werner. Werner war nicht in der Verfassung, logisch zu denken. Martin starrte ihm nur trotzig in die Augen, aber in Rolfs Gesicht arbeitete es.

Und trotzdem hatte Ronald plötzlich das sichere Gefühl, einen

Fehler gemacht zu haben. Rolf *hatte* Angst, ganz eindeutig. Aber es war ebenso eindeutig nicht nur die Angst davor, daß Ronald zum Direktor gehen würde. *Was steckte wirklich dahinter?*

»Dann geh doch«, stöhnte Werner. Er wälzte sich auf den Rücken, versuchte sich aufzurichten und schaffte es erst beim drittenmal. Ronald erschrak, als er sah, welchen Anblick Werners Gesicht bot: Werners Wange war unförmig angeschwollen, und sein Auge begann sich zu schließen. Ronald betete insgeheim, daß er ihm nicht versehentlich etwas gebrochen hatte. »Aber ich schwöre dir, daß du dafür noch bezahlen wirst. Zombeck wird dir den Arsch aufreißen. Und wenn nicht er, dann ich, das verspreche ich dir. Ich bring dich um.«

Und damit hatte er vermutlich sogar recht, dachte Ronald. Ganz egal, was dieser Junge getan hatte, er war ein Kind, kriminell oder verrückt, aber immer noch ein Kind. Und es gab nichts, absolut nichts, was *das hier* rechtfertigte. Und da Werner neben allem anderen auch noch ein verdammt berechnendes Kind war, mußte er das ebensogut wissen wie er.

Ronalds Gedanken überschlugen sich. Er hatte keine Angst vor Zombeck. Wenn er ihn hinauswarf – um so besser. Aber da war immer noch Ricky.

»So«, sagte er ruhig. »Du willst mich umbringen? Ich glaube nicht, daß du das Zeug dazu hast, mein Kleiner. Jedenfalls nicht allein.« Werner starrte ihn haßerfüllt an. Tränen liefen über sein Gesicht, aber der Ausdruck in seinen Augen war pure Mordlust.

»Aber vielleicht besorgst du dir ja ein paar Mann, die das für dich erledigen, wie?« fuhr Ronald gelassen fort.

Zehn Sekunden vergingen, ohne daß Werner reagierte. Dann nickte er abgehackt. »Was willst du?«

»Du sagst Zombeck nichts von dem, was hier passiert ist, und ich für meinen Teil verzichte vorerst darauf, ihm von eurem Treffen zu erzählen.«

»Das ist Erpressung!« antwortete Werner trotzig.

Ronald nickte. »Stimmt.«

»Kein Mensch würde dir glauben!« behauptete Werner. »Du hast keinen Beweis!«

»Das käme auf einen Versuch an«, sagte Ronald gelassen.

In Werners immer unförmiger werdendem Gesicht arbeitete es. »Und das hier?« fragte er und deutete auf seine Wange.

Ronald zuckte mit den Achseln. »Ein Unfall. Du bist gestolpert und gegen das Bett gefallen.«

Werner lachte abfällig. »Das glaubt mir doch kein Mensch.«

»Aber natürlich«, sagte Ronald. »Nicht einmal Zombeck käme auf die Idee, daß *du* lügst, um *mich* zu schützen.«

»Tu, was er sagt«, mischte sich Rolf ein. »Bitte!«

Werner musterte ihn haßerfüllt. »Okay«, sagte er schließlich. »Aber wir klären das, das verspreche ich dir.«

»Meinetwegen«, antwortete Ronald. »So in fünf bis zehn Jahren. Melde dich bei mir, wenn ich dich vergessen sollte. Aber vorher wirst du mir erzählen, was ihr mit Ricky gemacht habt.«

Für eine Sekunde war Werner einfach fassungslos. Er mußte ganz automatisch angenommen haben, daß diese Frage erledigt wäre. »Aber... aber wieso...« stammelte er.

»Deshalb bin ich schließlich gekommen«, unterbrach ihn Ronald. Er machte eine Kopfbewegung zur Tür hin. Vom Flur drangen immer noch aufgeregte Stimmen und Lärm herein. »Beeil dich lieber. Wir haben nicht mehr allzuviel Zeit. Ich schätze, in spätestens fünf Minuten tauchen Zombeck und Frau Steller hier auf. Es wäre besser, wir sind uns bis dahin einig.«

»Leck mich am Arsch«, sagte Werner böse.

Ronald zuckte mit den Achseln. »Wie du willst. Dann sehen wir uns in Zombecks Büro.« Ganz bewußt zu schnell, als daß Werner noch Zeit fand, irgend etwas zu erwidern, drehte er sich um und ging zur Tür.

Er machte nicht den Fehler, unaufmerksam zu sein – ganz im Gegenteil. Und doch begriff er eine Sekunde später, daß er diesmal zu hoch gepokert hatte. Er hatte etwas vergessen. Und es fiel ihm im selben Moment ein, in dem er hörte, wie Werner sich bewegte und das Kissen von seinem Bett riß. Etwas war unter dem Kissen gewesen. Etwas Hartes, Großes.

Rolf schrie gellend auf, und Ronald fuhr mitten in der Bewegung herum und drehte gleichzeitig Kopf und Oberkörper nach links. Doch so schnell die Bewegung auch war, diesmal war sie nicht schnell genug. Ronald konnte gerade noch die Hände hochreißen, bevor Werner mit einem zwanzig Zentimeter langen, beidseitig geschliffenen Bowiemesser nach seinem Gesicht stieß.

8

Die Leuchtziffern der Uhr im Armaturenbrett des betagten Mercedes behaupteten, es wäre kurz vor halb fünf, eine Zeit, zu der eine Stadt wie Krailsfelden normalerweise noch im tiefsten Schlaf lag.

Normalerweise.

In dieser Nacht gab es kaum ein Haus in der Stadt, in dem nicht wenigstens *ein* Licht brannte, und allein auf dem kurzen Stück hierher – alles in allem nicht einmal zwei Kilometer – waren Faller drei Autos begegnet. Sie fuhren allesamt in die gleiche Richtung: stadtauswärts. Das hatte etwas mit alten Gewohnheiten zu tun; Gewohnheiten aus einer Zeit, in der es noch keine Uhren gegeben hatte.

Faller verscheuchte den Gedanken, zog den Zündschlüssel ab und stieg aus, beugte sich aber noch einmal in den Wagen zurück, um die Beleuchtung des Taxischildes auf dem Dach auszuschalten. Die Stadt war unruhig. Auch die, die nicht unmittelbar betroffen waren, spürten das Unheil, das sich über ihnen zusammenbraute, und es war keine Nacht, in der Faller Laufkundschaft gebrauchen konnte.

Übertrieben leise drückte er die Tür ins Schloß und ging den schmalen Kiesweg zum Haus hinauf. Seine Schritte klangen unheimlich laut und verzerrt in seinen Ohren, und sein Herz schlug zu schnell und zu hart. Er wußte, daß die Schatten rechts und links des schmalen Weges nichts als Schatten waren. Es war noch zu früh. Die Gefahr war noch nicht real; was er spürte – was die ganze Stadt spürte –, das war nur der Vorbote des Gewitters, nicht mehr. Aber es war nur der logische Teil seines Bewußtseins, der dies wußte; und da war noch etwas in ihm: etwas, das stärker und älter als jede Logik war und ihm mit leiser, hysterischer Stimme zuflüsterte, daß er nicht hier sein sollte. Nicht in diesem Garten, nicht in dieser Straße, ja nicht einmal in dieser Stadt.

Faller verjagte auch diesen Gedanken und schritt schneller aus, um zum Haus zu gelangen. Vor der Tür blieb er stehen und drehte sich noch einmal um. Sein Blick tastete über den nachtdunklen Garten und fand wie von selbst zum gigantischen Umriß des Klosters oben auf dem Berg. Er wußte natürlich, daß es Unsinn war, aber er hätte in diesem Moment jeden Eid geschworen, daß es gewachsen war, größer geworden; auf eine Weise, die nichts mit Länge oder Breite zu tun hatte – was bisher der Schatten eines zwar unheimlichen, aber normalen Gebäudes gewesen war, war zu einem Moloch geworden, zu einem verkrüppelten Ungeheuer, das sich auf seinem verfluchten Berg dort oben zusammengekauert hatte und aus glühenden Augen auf die Stadt herunterstarrte. Faller glaubte das Böse beinahe körperlich zu fühlen, das sich dort oben ballte. Das *erwachte.* Noch nicht völlig, aber fast. Er konnte spüren, wie es seine Glieder streckte und sein fürchterliches Haupt hob und verschlafen auf die Stadt – *seine* Stadt – und ihre Menschen – *seine* Menschen, seine *Opfer* – herabblickte.

Mit einem Ruck drehte er sich um und drückte den Daumen auf den Klingelknopf. Er hörte, wie drinnen der Gong anschlug: einmal, zweimal, dreimal. Nichts.

Faller wartete. Eine Minute verging, dann eine weitere.

Er klingelte erneut, und diesmal ließ er seinen Finger auf dem Knopf vibrieren, so daß der Gong drinnen ein nervendes Stakkato anschlug. Aber auch jetzt erfolgte keinerlei Reaktion. Dabei hatte er von der Straße aus gesehen, daß in Klaus' Büro Licht brannte. Er mußte das Erwachen so deutlich wie alle anderen gespürt haben. Warum kam er nicht?

Faller zögerte noch einen Moment, dann drückte er die Klinke herunter und registrierte ohne sonderliche Überraschung, daß die Tür nicht verschlossen war. Das allein war noch nichts Besonderes – abgesehen von einem kleinen bösen Geheimnis, das im Laufe der letzten vierzig Jahre fast hundert Menschenleben gekostet hatte, war Krailsfelden eine Stadt, in der niemand nach Dunkelwerden seine Türen abschließen mußte.

»Klaus?«

Faller öffnete die Tür noch weiter und rief ein zweites Mal Tholbergs Vornamen. Er bekam keine Antwort, aber das Haus war auch nicht völlig still: Am Ende des Korridors brannte Licht, und hinter der nur angelehnten Tür drangen ... Laute hervor.

Was ist das? dachte Faller unsicher. Wäre es nicht so absurd gewesen, dann hätte er geschworen, daß es sich nach ... ja – einem Schluchzen anhörte.

»Klaus? Ich bin es – Faller!«

Nichts.

Leise schloß er die Tür wieder hinter sich – wobei er sorgsam darauf achtete, daß sie nicht ins Schloß fiel – und ging weiter. Auf Zehenspitzen näherte er sich der Bürotür, und nun wurden die erstickten Laute auf der anderen Seite deutlicher: Es war *wirklich* ein Schluchzen. Er erkannte jetzt auch die Stimme, die dem weinenden Mann gehörte. Und noch ein anderes Geräusch, ein leises, monotones *Tut-tuuut,* das er als das Freizeichen des Telefons identifizierte. Er riß die Tür auf und blieb verwirrt stehen, als er Tholberg hinter seinem Schreibtisch sitzen sah.

»Klaus? Was ist los? Worauf wartest du?«

Tholberg reagierte nicht. Er blickte Faller nicht an, sein Blick war auf einen Punkt irgendwo zwischen der Tür und dem Nichts gerichtet, und in seinen Augen war kein Erkennen. Faller war nicht einmal sicher, ob er ihn überhaupt bemerkte.

»Klaus!« sagte er erschrocken. »Was ist los mit dir?«

Daß Tholberg von den Ereignissen dieser Nacht nicht überrascht worden war, bewiesen die beiden gepackten Koffer, die neben ihm auf dem Boden standen. Es gab eine ganze Reihe solcher Koffer, in einer ganzen Reihe von Häusern in Krailsfelden; und sie waren *jedes Jahr* zu dieser Zeit fertig gepackt, auch wenn sie längst nicht in jedem Jahr gebraucht wurden.

Tholberg würde sie auch in diesem Jahr nicht brauchen, das begriff Faller im selben Moment, in dem er in sein Gesicht sah.

Tholbergs Augen waren weit und leer. Sie starrten ihn nun an, aber es war kein Erkennen darin, nur Entsetzen und ein bodenloses Grauen. Seine Hand hatte sich um den Telefonhörer gekrampft, der neben dem Apparat lag und aus dem noch immer das enervierende *Tut-tuut* drang.

Vorsichtig ging Faller um den Schreibtisch herum, löste den Hörer aus Tholbergs Hand – er mußte dabei Gewalt anwenden, so fest umklammerte ihn Klaus – und hängte ein. Für Sekunden war es fast unheimlich still, nachdem das Freizeichen verklungen war. Dann gab Tholberg einen gequälten Laut von sich. Seine Augen flackerten.

»Was ist passiert?« fragte Faller leise.

»Fred«, flüsterte Tholberg. »Es ist... Fred.«

Faller blickte das Telefon an, dann wieder Klaus. Er verstand nicht.

»Was ist passiert?« fragte er noch einmal. »Ist er... verunglückt?«

»Er ist ausgebrochen«, murmelte Tholberg. »Er ist... aus dem Gefängnis ausgebrochen.«

»Aus dem *Gefängnis*?« wiederholte Faller fassungslos. »Aber wieso... ich meine, wieso *Gefängnis?* Was um Gottes willen ist passiert? Wieso ist Fred im Gefängnis?«

Er bekam keine Antwort. Und die Frage war auch falsch gestellt, wie er plötzlich begriff. In dieser bestimmten Nacht in Krailsfelden gab es kein Wieso.

»Komm«, sagte er leise. »Ich bringe dich weg. Wir können im Wagen über alles reden.« Er versuchte zu lächeln, aber es mißlang kläglich.

Tholberg rührte sich nicht. Er versuchte nicht, seine Hände loszureißen oder Widerstand zu leisten, aber er bewegte sich auch nicht, und sein Körper schien Tonnen zu wiegen. Selbst mit aller Kraft hätte Faller es wahrscheinlich kaum geschafft, ihn auch nur aus dem Stuhl hochzuziehen. Nach ein paar Sekunden gab er es auf. Irgend etwas sagte ihm mit unerschütterlicher Gewißheit, daß Tholberg nicht mitkommen würde.

Trotzdem drängte er noch einmal: »Bitte, Klaus! Wir haben keine Zeit. Die anderen warten auf uns. Wir sind die letzten!«

Tholbergs Hand bewegte sich, glitt ohne Kraft aus Fallers Fingern und strich fast liebkosend über den Telefonhörer, den sie noch vor ein paar Augenblicken mit aller Gewalt umklammert hatte. »Das ... das war die Polizei«, flüsterte er. »Sie haben angerufen. Gefragt, ob er hier ist.«

»Glauben die wirklich, er ist so blöd, sofort hierherzukommen, nachdem er aus dem Gefängnis getürmt ist?« fragte Faller. »Komm, Klaus. Beruhige dich. Sie werden ihm schon nicht den Kopf abreißen. Vielleicht kommt er ja noch zur Vernunft und stellt sich selbst.«

Tholberg antwortete nicht, und Faller kam sich plötzlich furchtbar hilflos und dumm vor. Was immer er sagen konnte, es änderte nichts. Er ließ auch Tholbergs andere Hand los und trat einen Schritt zurück. »Ich muß jetzt weg«, sagte er leise. »Komm. Ich ... ich helfe dir. Wir suchen zusammen einen guten Anwalt für den Jungen. Es –«

»Er hat jemanden umgebracht«, flüsterte Tholberg.

Faller erstarrte. *»Was?«*

»Fred hat ... einen Menschen umgebracht«, sagte Tholberg noch einmal.

»O mein Gott«, flüsterte Faller.

Und dann, mit einer Bewegung, die so hastig war, daß er fast stolperte, fuhr er herum und rannte aus dem Haus. Er stürmte über den Kiesweg, riß das Tor zu Tholbergs Garten auf und warf sich in den Mercedes. Seine Finger zitterten so stark, daß er den Schlüssel fallenließ und einen Moment lang hilflos im Dunkeln herumtastete, ehe er endlich auf die Idee kam, die Innenbeleuchtung einzuschalten.

Der Motor des altersschwachen Mercedes brüllte auf, und Faller fuhr so schnell los, daß die Hinterräder durchdrehten und der Wagen bedrohlich ins Schlingern kam, ehe er mit kreischenden Reifen auf die Straße hinausschoß.

Tholberg, dachte er, immer und immer wieder. *Klaus.*

Also war er jetzt an der Reihe.

Und trotz aller Angst, trotz allen Entsetzens, mit dem ihn dieser Gedanke erfüllte, verspürte er gleichzeitig eine wilde, triumphierende Erleichterung, daß es *Klaus* war, den es getroffen hatte, und nicht *er.*

Und für dieses Gefühl haßte er sich.

9

Es war völlig still in Zombecks Büro. Seit Minuten schon drehte Zombeck das Messer zwischen den Fingern.

Er tat es ganz langsam, doch mit großer Konzentration, und sein Blick war mit aller Aufmerksamkeit auf die doppelseitig geschliffene, zwanzig Zentimeter lange Klinge gerichtet. Seit sie zusammen mit Frau Steller heraufgekommen waren und Ronald seine Geschichte erzählt hatte, hatte Zombeck kein Wort gesprochen. Das war gut fünf Minuten her.

Manchmal irrte Zombecks Blick zu dem Schnitt in Ronalds Gesicht, der sich schräg unter seinem linken Auge dahinzog und seine Oberlippe gespalten hatte.

Ronald hatte die Wunde in seiner Lippe mit Zungen- und Fingerspitzen erkundet. Er hatte eine gewisse Erfahrung, was Schnittwunden anging. Die Verletzung in seinem Gesicht würde eine dünne Narbe hinterlassen. Seine Lippe würde heilen. Aber zwei Zentimeter höher, dachte er, und er hätte das Auge verloren.

Und Werner umgebracht. Er wußte es. Der heimtückische Angriff war der Auslöser gewesen, auf den etwas in seinem Gehirn nur gewartet hatte, um jedes bißchen Kraft und Wut, das in ihm war, endgültig auf Werner zu hetzen. Was dem Jungen letztlich das Leben gerettet hatte, das war nicht Ronalds Vernunft gewesen, sondern einzig und allein der fürchterliche Schmerz, als die Messerklinge sein Gesicht gespalten hatte. Als Ronald wieder klar denken konnte, hatte Werner wimmernd und mit einem gebrochenen Handgelenk am Boden gelegen, aber das war purer Zufall gewesen. Es hätte ebensogut sein Genick sein können. Ronald hätte ihn umgebracht. Er wußte es.

Und Zombeck auch. Er hatte kein Wort gesagt, aber in seinem Blick war ein Schrecken von solcher Tiefe, daß Ronald erst da wirklich begriff, was er um ein Haar getan hätte. Er war sehr erleichtert, daß nichts passiert war. Unendlich erleichtert.

Zombeck legte das Messer weg und faltete die Hände auf dem Tisch. Seine Finger waren wie dünne Vogelknochen: Haut, unter denen schon seit Jahrzehnten kein Fleisch mehr war. Plötzlich verstand Ronald, warum die Schüler Zombeck nur »Zombie« nannten. Es war nicht nur eine Verballhornung seines Namens.

»Werner, Werner, Werner«, sagte Zombeck leise. Er schüttelte bei jedem »Werner« den Kopf. »Was soll ich nur mit dir machen?«

»Mit *mir*?« Werners Stimme kippte fast um. »Sind Sie übergeschnappt?« keuchte er. Seine Hand wies anklagend auf Ronald. »Fragen Sie lieber, was Sie mit dem da machen sollen! Der Kerl hat mich fast umgebracht!«

Zombecks Blick glitt sekundenlang zwischen Werner und Ronald hin und her. Dann lächelte er. »Also, wenn du mich fragst«, sagte er langsam, »dann war es doch wohl eher umgekehrt. Du bist mit diesem Messer auf ihn losgegangen, oder etwa nicht?«

Es hätte Ronald nicht einmal gewundert, wenn Werner die Tatsache glatt abgestritten hätte. Aber nach einer Sekunde schürzte er trotzig die Unterlippe und nickte. »Und?« Sein Zeigefinger deutete anklagend auf sein zerschlagenes Gesicht. »Nachdem der Kerl mich um ein Haar totgeschlagen hätte! Ich habe um mein Leben gekämpft!«

»Mach dich nicht lächerlich«, sagte die Steller ruhig.

Werners Kopf ruckte mit einer zornigen Bewegung herum. »Lächerlich? Ich –«

»Ich«, unterbrach ihn die Steller mit leicht erhobener, aber sehr leiser Stimme, »habe rein zufällig erst vor ein paar Tagen erfahren, daß Herr Bender durchaus in der Lage ist...« Sie blickte Ronald an und suchte einen Moment lang nach Worten, ehe sie mit einem fast höhnischen Lächeln in Werners Richtung fortfuhr: »Sagen wir: seine Haut zu retten. Das ist doch richtig, oder?«

Die Frage galt Ronald, und obwohl sie ihn nicht ansah, antwortete er mit einem Nicken.

»Ich glaube, du weißt, wovon ich spreche«, fuhr Frau Steller fort.

»Was wollen Sie damit sagen?« fragte Werner mißtrauisch.

Frau Stellers Lächeln wurde abfällig. »Das weißt du ganz genau. Du hast versucht, Herrn Bender mit dem Motorrad zu überfahren.«

»Das ist doch Unsinn!« protestierte Werner.

»Nein«, sagte die Steller ruhig. »Ich weiß, was ich weiß.«

»Das ist doch wohl nicht wahr!« japste er. »Verdammte Scheiße, fragen Sie doch Martin oder Rolf! Die werden Ihnen bestätigen, daß ich in den letzten Tagen überhaupt nicht mit dem Ding gefahren bin!«

»Oh, das glaube ich dir auf Anhieb«, erwiderte die Steller ironisch. »Aber du und ich, wir wissen, was von den Qualitäten deiner beiden Freunde als Zeugen zu halten ist, oder?«

»Das können auch andere bestätigen«, sagte Werner aufgebracht.

Die Steller wollte antworten, aber Ronald kam ihr zuvor.

»Darum geht es doch eigentlich jetzt nicht«, sagte er.

Zombeck sah mit einem Ruck auf, und auch die Steller blickte ihn einen Moment lang fassungslos an.

»Ich habe ihn geschlagen«, sagte Ronald. »Es... tut mir leid. Ich wollte das nicht. Aber es ist nun mal passiert. Wenn Sie mich dafür entlassen wollen – bitte. Ich bin bereit, die Konsequenzen zu tragen.«

»Und dann hat er sein Messer gezogen, um sich zu verteidigen?« erkundigte sich die Steller.

Ronald nickte. »Sicher. Wenn man es Verteidigung nennen kann, fünf Minuten zu warten und einen Mann dann in den Rücken zu stechen – dann hat er sich verteidigt.«

Frau Steller schwieg eine ganze Weile. Zombeck starrte das Messer an, als hätte er gar nicht gehört, was Ronald gesagt hatte. Er war schockiert, natürlich – aber ganz und gar nicht *überrascht*. Vielmehr machte er einen eher resignierten Eindruck. Als hätte er ganz genau das erwartet. Oder etwas noch Schlimmeres.

»Du hast gehört, was Herr Bender gesagt hat«, fuhr die Steller fort. »Er ist bereit, die Konsequenzen für das zu tragen, was er getan hat. Bist du das auch?«

»Was für Konsequenzen?« fragte Werner patzig. »Ich hab nichts getan!«

Frau Steller deutete auf das Telefon, das vor Zombeck auf dem Tisch stand. »Wir können die Polizei anrufen, wenn du das möchtest«, sagte sie. »Wenn du Herrn Bender anzeigen willst – bitte.«

»Scheiße!« murrte Werner. »Damit ihr alle euch zusammentut und euch eine schöne Lügengeschichte ausdenkt, wie? Und am Ende bin ich noch der Schuldige.« Er deutete zornig auf Ronald. »Ich will, daß der Kerl rausfliegt!«

»Das wird er vielleicht sogar«, erwiderte die Steller ruhig. »Aber wenn, dann klären wir das unter uns. Ohne dich.« Sie wandte sich an Ronald. »Warum haben Sie Werner geschlagen, Ronald?«

Ronald zögerte einen winzigen Moment. Dann erzählte er der Steller und Zombeck die *ganze* Geschichte – fast die ganze: Er erwähnte Gloria mit keinem Wort, sondern stellte es so dar, als wäre er spät von seinem Besuch bei Pfarrer Vanderbilt zurückgekommen und hätte den Haupt- sowie den Nebeneingang verschlossen vorgefunden, so daß er sein Glück auf der anderen Seite des Gebäudes versucht hätte, wobei er dann prompt in die Schwarze Messe hineingestolpert wäre.

Frau Steller unterbrach ihn kein einziges Mal, aber ihr Blick verdunkelte sich immer mehr, während sie ihm zuhörte. »Stimmt das?« fragte sie schließlich, an Werner gewandt.

»Quatsch!« antwortete Werner. »Der Kerl spinnt doch.«

»Ich denke, auch das werden wir noch herausfinden«, meinte Frau Steller achselzuckend. »Aber was mich viel mehr interessiert: Was ist mit Ricky? Sind Sie sicher, daß er dabei war, Ronald?«

Ronald nickte. »Hundertprozentig.«

»Und wohin ist er anschließend gegangen?« Diese Frage galt wieder Werner.

»Woher soll ich denn das wissen? Ich bin doch nicht sein Kindermädchen!«

Die Steller seufzte. »Also gut«, sagte sie. »Oder vielmehr: schlecht. Wir werden morgen und in Ruhe noch einmal besprechen, was wir deinetwegen unternehmen, Werner. Jetzt geh bitte hinaus. Herr Albert wird dich ins Krankenhaus fahren. Dein Arm muß gegipst werden.« Sie sah Ronald an. »Wenn Sie wollen, können Sie gleich mitfahren. Ihr Gesicht sieht nicht gut aus.«

Ronald lächelte und schüttelte den Kopf. »Das bin ich gewohnt«, sagte er.

Wenn die Steller überhaupt verstand, daß er einen Scherz versucht hatte, dann schien sie ihn nicht besonders gelungen zu finden, denn ihr Blick wurde eisiger. Aber sie richtete das Wort schließlich wieder an Werner: »Also, geh.«

»Werner«, rief sie ihm nach, als er sich umwandte und zornig zur Tür stapfte, »spar dir die Mühe und das Geld, deinen Großvater anzurufen. Das werde ich erledigen. Jetzt gleich.«

Werner starrte sie haßerfüllt an, sagte aber kein Wort, sondern stürmte aus dem Büro und knallte die Tür hinter sich zu.

»Ihr beide könnt auch gehen«, sagte sie zu Rolf und Martin. »Wir sprechen uns morgen.«

Ronald schwieg, bis auch die beiden anderen Jungen – weitaus leiser als Werner – gegangen waren, dann wandte er sich mit einem mutlosen Seufzen an Zombeck. »Ich nehme an, ich kann meine Sachen packen«, sagte er.

Zombeck reagierte nicht. Es war die Steller, die antwortete:

»Ich fürchte, ja. Aber nicht wegen dieser Sache. Jedenfalls nicht nur.«

»Sondern?«

Sie antwortete nicht gleich. Tatsächlich ließ sie fast eine Minute verstreichen, in der sie ihn nur ansah; dann drehte sie sich plötzlich um und trat an das einzige Fenster des Büros, um in die Nacht hinauszublicken.

»Unser Verhältnis war von Anfang an nicht besonders gut, meinen Sie nicht auch, Ronald?«

Ronald zuckte mit den Schultern. »Sie können sich die Glacéhandschuhe sparen«, sagte er. »Ich weiß, daß ich Mist gebaut habe.«

Die Steller drehte sich zu ihm um und lehnte sich mit dem Rücken gegen die Scheibe. »Ich meine das im Ernst, Ronald. Ich kann verstehen, wenn Sie mir nicht glauben, aber Direktor Zombeck und ich haben wirklich erst gestern abend über Sie gesprochen.«

Ronald starrte erst sie ärgerlich an, dann Zombeck. Mit einem Ruck stand er auf. »Das war's dann wohl«, sagte er. »Habe ich noch Zeit, bis der erste Bus fährt, oder bestehen Sie darauf, daß ich das Haus sofort verlasse?«

»Setzen Sie sich, Ronald«, sagte die Steller ruhig. »Niemand hat gesagt, daß Sie gehen sollen.«

»Aber Sie sagten doch selbst, daß –«

»Ich sagte«, unterbrach ihn Frau Steller, während sie ihre kaum angerauchte Zigarette im Aschenbecher ausdrückte, »daß Direktor Zombeck und ich über Sie gesprochen haben. Ich sagte nicht, daß Sie entlassen sind. Wir müssen miteinander reden, das stimmt.«

»Ich wüßte nicht, worüber«, sagte Ronald feindselig. »Es sei denn, über Ricky. Oder darüber, was Ihre Zöglinge nachts treiben.«

Die Steller blieb ruhig. Sie überging seine Antwort. »Unser Verhältnis war von Anfang an nicht besonders gut«, sagte sie. »Es ist nicht allein Ihre Schuld. Aber auch nicht allein unsere. Wir sollten versuchen, das Beste aus der Situation zu machen, und –«

»Bin ich nun gefeuert oder nicht?« unterbrach Ronald sie grob.

»Ich ... halte es für das beste, wenn wir uns trennen, ja«, sagte die Steller vorsichtig. »Aber auf zivilisierte Art und Weise.«

»Um einen Skandal zu vermeiden, wie?« fragte Ronald höhnisch.

Die Steller nickte ungerührt. »Ja. In beiderseitigem Interesse. Sie waren nicht ehrlich zu uns, Ronald.«

»Nicht ehrlich? Was soll das heißen?«

»Nun, drücken wir es so aus ...« Frau Steller öffnete die Schublade und zog einen Plastikhefter hervor, den Ronald als die Mappe erkannte, in der Zombeck seine Bewerbungsunterlagen abgelegt hatte. Seit er ihn das letzte Mal gesehen hatte, war er dicker geworden.

»Ich glaube, in Ihrem Lebenslauf sind ein paar Lücken«, fuhr die Steller fort.

Ronald schwieg. Er ahnte, was nun kommen würde. Im stillen verfluchte er sich selbst. Warum, zum Teufel, war er nicht ehrlich gewesen? Er hätte sich denken können, daß er damit nicht durchkommen würde.

»Sie sind vorbestraft, Ronald«, sagte Frau Steller. »Das stimmt doch, oder?«

»Ja«, bestätigte Ronald.

»Weswegen?«

»Warum fragen Sie, wenn Sie es ohnehin schon wissen?« meinte Ronald trotzig. Er fühlte sich wie vor den Kopf geschlagen. Die Steller hatte es fertiggebracht, ihn binnen kurzem in die Defensive zu drängen.

»Weil uns Ihre Version interessiert«, antwortete die Steller. »Fahrlässiger Totschlag – das kann alles mögliche bedeuten: von einem simplen Unfall bis zu kaltblütigem Mord, der nicht eindeutig zu beweisen war.«

»Es war ein Unfall«, sagte Ronald leise. »Ich bin Auto gefahren.«

Frau Stellers Augenbrauen zogen sich zusammen.

»*Betrunken* Auto gefahren«, fügte Ronald hinzu. Er starrte an der Steller vorbei ins Leere. Er wollte weitersprechen, aber seine Stimme versagte. Die Erinnerung tat noch immer weh.

»Haben Sie oft getrunken?« erkundigte sich die Steller.

»Ich war Alkoholiker«, sagte Ronald.

»Auch davon stand nichts in Ihrer Bewerbung«, meinte die Steller.

Ronald fuhr auf. »Verdammt, ich weiß! Wären Sie stolz darauf, acht Jahre lang gesoffen und als Krönung einen Menschen umgebracht zu haben?«

»Und seit damals trinken Sie nicht mehr?«

Ronald schüttelte den Kopf.

»Keinen Tropfen?«

»Keinen einzigen Tropfen, nein«, antwortete Ronald. »Die Frau, die bei dem Unfall ums Leben kam, war... meine Frau.«

Annas Gesicht erschien vor ihm: blutüberströmt, starr und noch immer mit diesem ungläubigen, ganz leicht vorwurfsvollen Ausdruck, wie er es zum letztenmal gesehen hatte. Es tat so weh. Es tat so furchtbar weh, selbst nach all der Zeit.

»Das tut mir leid«, sagte die Steller. Aber Ronald lauschte vergeblich auf eine Spur *echten* Mitgefühls.

»Ja«, flüsterte er. »Mir auch.«

Die Steller seufzte. Sie klappte den Hefter zu, in dem sie ohnehin nicht gelesen hatte, warf ihn achtlos in die Schublade zurück und blickte ihn nachdenklich an.

»Ich mache Ihnen einen Vorschlag, Ronald«, sagte sie nach einer Weile. »Ich glaube, Sie sehen ein, daß es für alle Beteiligten das beste ist, wenn wir uns trennen. Ihre Kündigungsfrist beträgt normalerweise drei Monate. Aber wir schließen ohnehin zum Ende der Woche.«

»Wieso?«

»Ferien«, antwortete die Steller. »Weihnachten steht vor der Tür.«

»Aber die Weihnachtsferien beginnen erst in –«

»Bei uns«, unterbrach ihn die Steller, »beginnen sie ein wenig früher. Das ist so üblich. Die meisten unserer Schüler kommen aus weit entfernten Städten, manche sogar aus dem Ausland. Es lohnt sich kaum, für acht Tage nach Hause zu fahren.«

Das war nicht die Wahrheit. Wäre es so gewesen, hätte Ronald es gewußt – eine Schule, in der die Ferien vor der Tür standen, ohne daß jedermann es merkte, war einfach undenkbar.

»Sie können bleiben, so lange Sie wollen«, fuhr die Steller fort. »Die nächsten vier Tage verrichten Sie noch Ihre normale Arbeit. Danach ist dieses Haus ohnehin so gut wie leer. Ein paar Schüler bleiben zwar hier, aber um die kümmern sich Direktor Zombeck und ich. Der Unterricht beginnt erst wieder am zwölften Januar. Sie haben also Zeit genug, sich eine neue Stellung zu suchen. Und eine neue Wohnung. Ihr Gehalt läuft selbstverständlich bis zum offiziellen Ende Ihrer Kündigungszeit weiter. Sind Sie damit einverstanden?«

Das war mehr, als er nach den Gegebenheiten erwarten konnte. Viel mehr. Trotzdem zögerte Ronald.

»Und Ricky?« fragte er.

»Was soll mit ihm sein?«

»Er ist verschwunden, oder?«

Frau Steller zuckte nur mit den Schultern. »Es ist nicht das erste Mal, daß ein Junge aus einem Internat davonläuft. Und es wird nicht das letzte Mal sein. Ich glaube nicht, daß er sehr weit kommt. Nicht ohne Geld und entsprechende Kleidung. Sie haben selbst gesagt, daß er alles zurückgelassen hat.«

»Er ist nicht davongelaufen«, protestierte Ronald. »Werner und die anderen –«

»Wir werden uns darum kümmern«, unterbrach ihn die Steller. Plötzlich war ihre Stimme ganz kalt, und außer dem, was sie laut aussprach, sagte sie noch mehr: nämlich, daß er den Bogen besser nicht überspannte. Mit einem schmerzhaften Gefühl der Demütigung begriff er, daß er verloren hatte. Die Steller spielte ihm noch immer Theater vor. Er wußte jetzt weniger denn je, was in diesem Haus vorging. Aber er war dieser Frau einfach nicht gewachsen.

Ohne ein weiteres Wort stand er auf und verließ das Zimmer.

10

Auch die Steller schwieg lange Minuten, nachdem Ronald gegangen war und sie allein mit Zombeck zurückgelassen hatte. Sie fühlte sich nicht halb so sehr als Siegerin, wie Ronald angenommen hatte, im Gegenteil. Die Dinge wuchsen ihr über den Kopf. Alles begann ihr zu entgleiten. Sie hatte Angst. Panische Angst. Und am schlimmsten war, daß sie sich nicht einmal Zombeck gegenüber etwas davon anmerken lassen durfte. Wenn sie nicht mehr in der Lage war, die Dinge irgendwie zusammenzuhalten – wer sollte es dann tun? Manchmal war es so schwer, stark zu sein.

Mühsam riß sie sich vom Anblick der geschlossenen Tür los und drehte sich zu Zombeck herum. Dessen Anblick war allerdings auch nicht unbedingt dazu angetan, ihre Laune zu heben. Zombeck hatte sich halbwegs in Gegenwart der anderen beherrscht. Doch jetzt schien er regelrecht vor ihren Augen zu verfallen. Voller Furcht starrte er die Tür an, durch die Ronald hinausgegangen war.

»Er wird alles erzählen«, sagte er.

»Nur, wenn er verrückt ist«, erwiderte die Steller. »Keine Sorge. Er weiß genau, daß wir ihn in der Hand haben.«

Zombeck lachte leise und schrill. »In der Hand? Gar nichts haben wir. Was willst du ihm denn tun?«

»Er hat Werner geschlagen. Er hat sich unter falschen Voraussetzungen hier eingeschlichen – ein ehemaliger Alkoholiker, der wegen Totschlags vorbestraft ist...« Sie lachte, aber sie hatte das Gefühl, daß sie es nur tat, um sich selbst zu überzeugen. »Was denkst du, wem man glauben wird? Er hat keine Chance. Und das weiß er.«

»Du unterschätzt diesen Mann«, beharrte Zombeck. »Bender gibt nicht auf. Nicht so leicht.«

Die Steller fuhr auf. »Verdammt, was ist los mit dir? Er hat nichts gegen uns in der Hand. *Gar nichts!* Begreif das doch endlich!«

»Und Ricky?«

Frau Steller überlegte einen Moment. Dann sagte sie: »Das regle ich schon. Irgendwie.«

Sie schnitt Zombeck mit einer Handbewegung das Wort ab, als er erneut widersprechen wollte. »Was ist los mit dir?« fragte sie noch einmal. »Wieso bist du so nervös?«

»Ich habe Angst«, gestand Zombeck.

Die Steller lachte. »Und? Meinst du, ich nicht? Jeder hier hat Angst. Aber es ist, verdammt noch mal, nicht das erste Mal, und es wird nicht das letzte Mal sein!«

Zombeck widersprach nicht mehr. Einen Moment lang starrte er die Steller nur an, dann lösten sich seine Augen von ihr und fixierten einen Punkt neben der Tür. Als sie sich herumdrehte und seinem Blick folgte, sah sie, daß er die Uhr anstarrte. Es war verrückt, aber sie war sicher, daß Zombeck etwas ganz anderes sah.

»Etwas ist... verändert«, sagte er schließlich.

Die Steller blickte ihn fragend an.

»Es ist schlimmer«, fuhr Zombeck leise fort. »Ich fühle es. Und du auch. Das weiß ich. Es... es ist, als würde etwas die Sache beschleunigen. Und verschlimmern.«

»Es ist immer schlimm«, sagte die Steller. »Weil man immer hofft, es wäre das letzte Mal.«

»Es war nie so wie jetzt«, widersprach Zombeck. Er flüsterte nur noch. »Sie haben nie jemanden umgebracht, Marianne.«

»Nie jemanden umgebracht?« Frau Steller schrie fast. »Wie viele Tote –«

»Das meine ich nicht.« Zombeck schüttelte den Kopf und sah sie an. Plötzlich war sein Blick ganz klar. »Es gab Tote, aber... aber nicht so. Sie sind gestorben, weil die Dinge eben... eben so gekommen sind, wie sie gekommen sind. Unfälle. Sie waren Opfer der Umstände. Aber es ist nie jemand *ermordet* worden.«

Und plötzlich begriff die Steller, daß Ronald Bender vielleicht nicht einmal ihr größtes Problem war. Dabei hatte sie im Grunde auf diesen Tag gewartet. Sie hatte immer gewußt, daß Zombeck irgendwann den Punkt erreicht haben würde, an dem er einfach nicht mehr konnte. Und auch ihr würde es einmal so ergehen. Vielleicht schon beim nächstenmal.

»Er wird nicht einfach aufgeben«, beharrte Zombeck. »Nicht Bender.«

»Den Eindruck hatte ich nicht«, entgegnete die Steller. »Im Gegenteil. Ich hatte eher das Gefühl, als hätte er bereits aufgegeben.«

»Vielleicht im Moment. Du hast ihn überrumpelt, das ist alles. Du weißt sehr gut, wie überzeugend du sein kannst. Aber ich bin nicht sicher, daß das bei ihm ausreicht.«

»Ronald Bender ist unser Hausmeister«, betonte die Steller. »Kein James Bond.« Es sollte scherzhaft klingen, aber die Worte schienen ihre Unsicherheit noch zu betonen.

»Dieser Mann ist alles, nur kein harmloser Hausmeister«, sagte Zombeck. »Er wird uns Schwierigkeiten machen, Marianne. Wenn Ricky nicht wieder auftaucht, wird er uns eine Menge Probleme bereiten.«

Die Steller seufzte. Sie hatte ganz automatisch dazu angesetzt, Zombeck zu widersprechen, aber sie sah im gleichen Moment ein, wie sinnlos es war – ganz einfach, weil er recht hatte.

Ihre Hand glitt über die Schublade, in der die Mappe mit Benders Unterlagen war. Zombeck hatte recht, so ungern sie es auch zugab. Weder sie noch er wußten, wer Bender wirklich war, aber eines war er ganz bestimmt nicht: harmlos. Ja, Zombeck hatte recht. Sie würden etwas tun müssen, ehe *Bender* etwas tat.

»In Ordnung«, sagte sie schweren Herzens. »Ich werde mich darum kümmern. Gleich morgen früh.«

11

Es war der Geruch, der Ronald schließlich zu der verborgenen Tür führte.

Er war wütend aus dem Büro und durch das Vorzimmer gestürmt, und er hatte kaum darauf geachtet, wohin er überhaupt ging. Das fiel ihm erst auf, als er durch eine Tür stürmte und den Lichtschalter betätigte, ohne daß sich der erwartete Erfolg einstellte: Seine Schritte hatten ihn nicht in sein Zimmer unter dem Dach, sondern zurück in den verlassenen Teil des Klosters geführt, und vor ihm lag die Tür, die hinaus zum Schuppen führte.

Ganz automatisch wollte er sich wieder herumdrehen und den Weg zurückgehen, aber dann blieb er doch stehen. Vielleicht war sein Unterbewußtsein klüger gewesen als sein Bewußtsein, ihn hierherzubringen, statt hinauf in sein Zimmer. Da war noch immer der Schuh, den Gloria draußen im Schuppen verloren hatte, und spätestens in dem Moment, als er in Werners Augen geblickt und den Haß darin gelesen hatte, war ihm klargeworden, wie wichtig es war, niemanden erfahren zu lassen, daß es außer ihm einen zweiten Zeugen gegeben hatte.

Während er in den Regen hinaustrat und mit gesenktem Kopf die wenigen Schritte zum Schuppen hinüberrannte, ließ er das Gespräch in Zombecks Büro noch einmal in seiner Erinnerung Revue passieren. Er war noch immer zornig, aber viel mehr auf sich selbst als auf Zombeck oder die Steller. Er hatte diese Runde klar nach Punkten verloren, und was das schlimmste daran war: Es gab, außer ihm selbst, absolut niemanden, dem er die Schuld daran geben konnte. Er hatte sich benommen wie ein Idiot, und er hatte die Quittung dafür sehr schnell bekommen. Was hatte er erwartet? Daß die Steller darauf verzichten würde, die Blöße zu nutzen, die er ihr großzügig dargeboten hatte? Kaum.

Aber es war noch nicht vorbei. Zombeck hatte völlig recht gehabt in seiner Einschätzung Ronalds: Er war niemand, der kampflos aufgab. Natürlich würde er Frau Stellers Angebot annehmen und sich so schnell wie möglich nach einer anderen Stellung umsehen – keine Macht der Welt hätte ihn länger als unbedingt nötig hier gehalten –, aber er würde, verdammt noch mal, nicht eher gehen, bis er wußte, was mit Ricky geschehen war. Und die Steller würde sich sehr wundern, wenn sie versuchte, ihn daran zu hindern.

Ronald verbrachte gut zehn Minuten damit, im Dunkel des vollgestopften Schuppens herumzutappen. Dann gab er es auf und ging zurück ins Haus. Es war völlig sinnlos, bei diesem Licht weiterzusuchen. Er würde morgen bei Tageslicht wiederkommen.

Als er die Tür hinter sich schloß, fiel ihm der Geruch auf.

Vorhin, auf dem Weg hier herunter, hatte er ihn nicht einmal bemerkt, aber jetzt spürte er, daß die Luft geradezu geschwängert war von einem süßlichen, schweren Aroma, das er erst nach Sekunden identifizierte: Weihrauch. Wahrscheinlich waren die Kerzen, die Werners Teufelsanbeter verwendet hatten, geradewegs aus Vanderbilts Kirche gestohlen worden.

Er schloß die Augen, um sich ganz auf die Spur zu konzentrieren, die sein Geruchssinn ihm wies, und tatsächlich – es funktionierte. Es war sogar leichter, als er geglaubt hatte.

Nach einer Weile wurde es dann doch schwierig. Er kam an mehreren Türen vorbei, und die Spur aus Weihrauchduft wurde schwächer. Kein Zweifel, daß Ricky und die anderen eine dieser Türen genommen hatten – aber welche? Ronald wußte wie kaum ein zweiter, wie groß das ehemalige Kloster war: Das Sänger-Internat erstreckte sich über kaum die Hälfte der zahllosen Räume und Korridore. Hinter jeder dieser Türen konnte ein Labyrinth liegen, in dem er stundenlang herumirren würde, ohne den Ausgang wiederzufinden.

Er ging ein Stück zurück, öffnete die erstbeste Tür – und er hatte Glück. Der Raum dahinter lag zwar in völliger Schwärze da, aber sein Fuß stieß gegen etwas Massives, Schweres, das mit einem kollernden Geräusch davonrollte.

Ronald blieb stehen, suchte in seinen Taschen herum und fand eine Streichholzschachtel. Sie war feucht. Die beiden ersten Streichholzköpfe zerkrümelten einfach auf der aufgeweichten Reibfläche, aber als er es erneut versuchte, entstand eine winzige, funkensprühende Flamme. In dem flackernden Schein erkannte er, daß das Zimmer viel zu groß war, um es mit nur einem Streichholz zu erhellen – aber er sah auch, wogegen sein Fuß gestoßen war: eine Kerze. Eine wuchtige Sakralkerze, wie sie auf fast jedem Altar zu finden war, schmucklos und aus einer Wachsmischung hergestellt, die besonders lange brannte. Jemand hatte schwarze Farbe genommen und sie damit angemalt, aber ein Teil davon war bereits wieder abgeblättert.

Rasch bückte er sich danach, hob sie auf und steckte fluchend Daumen und Zeigefinger in den Mund, als das Streichholz herunterbrannte und ihm die Finger versengte. Für einen Moment war der Raum wieder in völlige Dunkelheit gehüllt.

Und in diesem Moment... *spürte er es.*

Etwas Fremdes. Etwas völlig Fremdes und Böses, das unsichtbar in der Dunkelheit dieses Raumes lauerte und näher kam, kriechend, lautlos, mörderisch.

Ronald versuchte mit aller Macht, seine Angst zu bezwingen und sich gleichzeitig einzureden, daß es nichts als Einbildung war, aber es gelang ihm nicht. Seine Hände begannen zu zittern. Er stand kurz davor, einfach loszuschreien, ehe es ihm gelang, ein weiteres Streichholz anzureißen und die Flamme an den Docht zu halten.

In der Helligkeit kroch das unsichtbare Etwas wieder ein Stück von ihm weg, und aus der Panik wurde wieder erträgliche Angst. Trotzdem fühlte er, daß die Gefahr nicht vorüber war. Was immer er gespürt hatte, war noch in diesem Zimmer. Aber es war vor ihm zurückgewichen, zusammen mit der Dunkelheit, die ein Teil von ihm war.

Das ist doch idiotisch! dachte Ronald. Er war wütend auf sich selbst. *Mach dich nicht verrückt. Das hier ist ein dunkles, leeres Zimmer, das ist alles!*

Viel gab es allerdings nicht zu sehen. Der Raum war groß, fast schon ein Saal. Parkettboden, eine Anzahl großer, vernagelter Fenster – in den meisten fehlte das Glas – und ein wuchtiger Schrank, der aussah, als wäre er in die Wand hineingebaut.

Als Ronald sich langsam im Kreis drehte, begann die Kerzenflamme zu flackern, und aus den Schatten wurden dunkle, wesenlose Dinge, die vor dem Lichtschein davonhuschten, um sofort wieder näher zu kommen, sobald er die Kerze weiterdrehte.

Dann begriff er, daß etwas nicht ganz stimmte. Er hatte aufgehört, sich zu drehen, aber das Licht flackerte und zuckte immer noch, weil sich die Kerzenflamme weiter bewegte. Von irgendwoher kam Zugluft.

Er hielt die Hand vor die Flamme, wartete, bis sie sich beruhigt hatte, und senkte den Arm wieder. Sofort begann der Tanz der Schatten erneut, und diesmal sah Ronald, woher der plötzliche Windhauch kam.

Direkt aus dem Schrank.

Er ging hin, blieb einen Schritt davor stehen und hob die Kerze, um weitere Einzelheiten zu erkennen. Er konnte den Luftzug, der durch die Ritzen der Tür drang, jetzt sogar auf dem Gesicht spüren. Der Schrank war kein Schrank, sondern eine getarnte Tür.

Vorsichtig streckte er die freie Hand aus – und zögerte.

Er sollte das nicht tun.

Es war nicht einmal ein Gefühl, das ihn warnte. Diesmal war es, als flüstere ihm eine Stimme die Worte zu: *Tu es nicht.*

Und wahrscheinlich war der einzige Grund, warum er es dann doch tat, der, sich selbst zu beweisen, daß er nichts auf seine närrischen Ängste gab.

Mit einem zornigen Ruck riß er die Schranktür auf.

Und begann zu schreien.

12

Krailsfelden war eine besetzte Stadt. Durch das kleine Fenster ihrer Zelle konnte sie nur einen Teil des Ortes überblicken – das untere Drittel des schmalen Weges, der sich wie eine Schlange aus Kies und Morast den Hang hinaufwand, einen Teil der Hauptstraße, eine Handvoll Häuser –, aber was sie sah, das war nicht mehr das Krailsfelden, das sie kannte. Mehr als ein Dutzend Wehrmachtsfahrzeuge standen am Straßenrand. Überall Uniformen. Über der Tür des Gemeindehauses wehte die Hakenkreuzfahne schlaff in der leichten Brise. Ein Panzer blockierte den nördlichen Ortseingang. Das andere Ende der Stadt konnte Margarete nicht sehen, aber sie wußte, daß auch dort eines der häßlichen, in braunen Tarnfarben gestrichenen Stahlungetüme stand. Der Krieg hatte Krailsfelden endgültig eingeholt und seine Tiere geschickt. Manche waren aus Stahl, andere aus Fleisch und Blut.

Sie wußte, daß dies das letzte Mal war, daß sie die Stadt sah. Die Frist, die Straub ihr genannt hatte, war längst abgelaufen, und schon vor zwanzig Minuten hatte sie einen Wehrmachtslaster gesehen, der sich schaukelnd den aufgeweichten Weg zum Kloster hinaufgequält hatte. Jeden Moment konnten die Soldaten kommen, um sie abzuholen. Sie würde nicht zurückkehren.

Seltsamerweise empfand sie keinerlei Zorn mehr. Auch keine Angst. Nicht um sich. Nicht einmal um das ungeborene Kind in ihrem Leib. In ihr war nichts als betäubende Leere. Sie würde sterben, vielleicht schon heute, spätestens aber in wenigen Tagen, sobald das Kind geboren wurde; denn wenn auch nur die Hälfte von all dem stimmte, was man sich über die Konzentrationslager erzählte, dann war es einfach undenkbar, eine Geburt an diesem Ort zu überleben. Sie ging mit diesem Gedanken ganz sachlich um; es war eine unumstößliche Tatsache, an der alles Hadern und Zürnen nichts mehr zu ändern vermochte. Selbst an Sänger dachte sie nicht mehr im Zorn, sondern nur mit einem leisen Gefühl von Bitterkeit.

Schritte näherten sich ihrer Zelle. Margarete drehte sich vom Fenster weg, griff nach ihrem Mantel und blickte zur Tür, als diese geöffnet wurde.

Es war einer der beiden jungen Soldaten, die sie schon vorhin zum Verhör abgeholt hatten. Er sagte kein Wort, sondern machte nur eine fast zögernde Bewegung mit der Hand, und in dem etwas helleren Licht draußen auf dem Gang sah Margarete, wie blaß und übernächtigt er war. Außerdem gelang es ihm nicht, ihrem Blick standzuhalten. Wahrscheinlich hatte man über sie gesprochen, dachte Margarete, über das, was ihr bevorstand.

Sie folgte dem Soldaten – der allein gekommen war, schließlich war es nicht nötig, zwei Mann zu schicken, um eine Frau abzuholen, die kaum in der Lage war, aus eigener Kraft zu gehen – bis zum Ende des Ganges und wollte sich nach links wenden, zur Treppe hin, aber der Soldat schüttelte den Kopf.

»Dort entlang«, sagte er und deutete in die entgegengesetzte Richtung.

Margarete folgte ihm widerspruchslos. Wie fast alle Einwohner Krailsfeldens kannte sie das alte Kapuzinerkloster ein wenig, denn es stand seit Jahren leer und war ein beliebter Treffpunkt für Liebespaare, und schließlich war auch sie einmal jünger gewesen. So wußte sie auch, daß es mehr als einen Ausgang gab, und der Korridor, über den der junge Soldat sie jetzt geleitete, führte zum nördlichen, hinteren Teil des Klosters. Sie fragte sich, warum sie zum Hinterausgang gebracht wurde, aber sie stellte diese Frage nicht laut. Dem Soldaten – er war noch ein halbes Kind, Margarete schätzte ihn kaum älter als neunzehn – war verboten worden, mit ihr zu reden, das wußte sie. Sie wollte ihm keine Schwierigkeiten bereiten.

Nach vielleicht hundert Schritten blieb sie stehen und preßte die Hand gegen den Bauch. Ein leichtes, aber sehr unangenehmes Ziehen breitete sich von ihren Lenden kommend in ihrem Körper aus, und einen Moment lang hatte sie Angst, daß die Wehen einsetzten. Dann sagte sie sich, daß es dafür noch viel zu früh war, und allein dieser Gedanke schien ihr zu helfen. Der Schmerz verebbte, und zurück blieb nur ein schwaches Prickeln, das beinahe angenehm war.

»Fühlen Sie sich nicht wohl?« fragte der Soldat. Die Sorge in seinem Blick war echt. Vielleicht war es nicht einmal Mitgefühl, sondern einfach die Angst, daß sie in seinen Armen zusammenbrechen und ihr Kind bekommen könnte;

trotzdem empfand Margarete für einen Moment ein Gefühl tiefer Dankbarkeit, in der Nähe eines Menschen zu sein, der überhaupt zu Gefühlen fähig war.

Sie schüttelte den Kopf, lehnte sich mit der Schulter gegen die Wand und versuchte zu lächeln. »Es geht schon wieder«, sagte sie. »Eine Minute – einverstanden?«

Der Soldat zögerte kurz. Dann nickte er. »Gut. Aber nicht länger. Obersturmbannführer Straub wartet nicht gerne.«

»Nur ein paar Sekunden«, versprach Margarete. »Ich bin gleich wieder in Ordnung.« Und dann rutschte ihr doch die Frage heraus: »Wohin bringen Sie mich? Der Ausgang liegt in der anderen Richtung.«

Sie bekam nur ein Achselzucken als Antwort. Der Soldat hatte schon mehr gesagt, als er durfte. Und wahrscheinlich wußte er es auch nicht. Offiziere pflegten ihre Befehle selten zu erklären.

Das Ziehen in ihrem Unterleib setzte wieder ein, sogar noch ein bißchen stärker als vorher, aber Margarete biß die Zähne zusammen und ging weiter, was ihr Begleiter mit einem erleichterten Aufatmen kommentierte.

Sie gingen eine Treppe hinunter – Margarete überwand die Stufen nur mit Hilfe ihres Begleiters –, und als sie unten angelangt waren, wurden die Schmerzen so stark, daß sie erneut stehenbleiben und nach Atem ringen mußte. War es soweit? Sie lauschte in sich hinein, achtete auf Zeichen, die sie nicht kannte, denn es war ihr erstes Kind; und für einen Moment hoffte sie fast, daß es jetzt geschah und sie beide bei der Geburt starben. Doch die Schmerzen zogen sich wieder zurück.

»Wenn Sie nicht weiterkönnen, bleiben Sie einfach hier«, sagte der Soldat. »Ich gehe und hole –«

»Das ist nicht nötig.« Margaretes Atem ging schnell. Sie zitterte. Aber irgendwoher nahm sie die Kraft, noch einmal zu lächeln und tapfer einen Fuß vor den anderen zu setzen. Sie blickte starr geradeaus, aber sie spürte, daß der junge Soldat sie aufmerksam musterte. Er ging hinter ihr, aber jetzt weniger, um sie zu bewachen, sondern wohl mehr, um sie aufzufangen, sollten ihre Kräfte sie völlig verlassen.

Sie mußten sich dem nördlichen Ausgang des Klosters bis auf wenige Schritte genähert haben, als Margarete die Bewegung vor sich sah. Eine schwarze Gestalt, die sich nur als Schemen von der Dämmerung des fensterlosen Ganges abhob, und eine Sekunde später das Blitzen eines silbernen Totenkopfes, so groß wie ihr Daumennagel. Straubs SS-Uniform. Als sie näher kamen, sah Margarete, daß er eine Maschinenpistole über der linken Schulter hängen hatte. Wozu?

»Wo, zum Teufel, sind Sie so lange geblieben?« blaffte er den jungen Soldaten an.

Der Leutnant knallte die Hacken zusammen und salutierte übertrieben. »Melde gehorsamst, der Gefangenen geht es nicht gut, Herr Obersturmbannführer«, sagte er mit zitternder Stimme.

Straubs Blick glitt prüfend über Margaretes Gestalt. »Stimmt das?«

»Es ist nicht so schlimm«, antwortete Margarete, mit einer Stimme, aus der man das genaue Gegenteil heraushörte. Sie fragte sich, warum, um alles in der Welt, sie eigentlich die Heldin spielte. Sie hatte so oder so keine Gnade zu erwarten. Es konnte ihr egal sein, ob sie sich vor Straub eine Blöße gab oder nicht.

»Es sind nur noch ein paar Schritte«, sagte Straub. »Der Wagen wartet direkt vor dem Hinterausgang.« An den Soldaten gewandt, fügte er hinzu: »Stützen Sie sie, Leutnant. Warten Sie – ich nehme Ihnen das Gewehr ab.«

Er streckte die Hand aus, als der Leutnant sein Gewehr von der Schulter nahm.

Aber er griff nicht nach der Waffe.

Denn seine Hand war nicht leer. Plötzlich blitzten zehn Zentimeter rasiermesserscharf geschliffener Stahl zwischen seinen Fingern.

Ein Laut wie von zerreißendem Stoff erklang, und plötzlich färbte sich die Kehle des jungen Leutnants rot. Ein sprudelnder Strom ergoß sich aus einem Schnitt, der halbkreisförmig über seine Kehle lief.

Der Soldat taumelte. Sein Gesicht verzerrte sich zu einer Grimasse der Panik, und er versuchte zu schreien, aber er konnte es nicht. Das Gewehr rutschte aus seinen Fingern und fiel polternd zu Boden, und einige Sekunden lang stand er einfach da, wie gelähmt, starrte aus ungläubig aufgerissenen Augen abwechselnd den warmen roten Strom an, mit dem das Leben aus ihm herausschoß, und Straub, der blitzartig wieder einen Schritt zurückgewichen war und in dessen Hände noch immer das Rasiermesser lag. Dann erloschen seine Augen, und er starb. Erst dann fiel er zur Seite und prallte gegen Margarete.

Ganz instinktiv streckte Margarete die Hände aus und versuchte, den zusammenbrechenden Körper aufzufangen, was ihr natürlich nicht gelang. Statt dessen riß das leblose Gewicht auch sie von den Füßen. Sie stolperte, fiel ungeschickt auf die Knie und spürte plötzlich warmes, klebriges Blut an den Händen. Sie begann zu schreien, gellend und am Rande der Hysterie, bis Straub den Leichnam von ihr herunterzerrte und ihr ins Gesicht schlug.

Ihre Schreie verstummten abrupt. Starr vor Entsetzen blickte sie den SS-Mann und das Messer in seiner Hand an, fest davon überzeugt, daß nun auch sie sterben würde. Hatte sie noch vor kurzem ernsthaft gedacht, keine Angst vor dem Tod zu haben? Lächerlich! Sie hatte Angst. Panische Angst.

»Hören Sie endlich auf!« zischte Straub, obwohl sie schon seit Sekunden nicht mehr schrie. »Ich tue Ihnen nichts!«

Margarete starrte ihn an. Sie versuchte etwas zu sagen, zu denken, aber hinter ihrer Stirn war nichts als ein Durcheinander von Gedankenfetzen und Gefühlen.

»Können Sie aufstehen?« fragte Straub. Er wartete ihre Antwort nicht ab, sondern legte das Messer zu Boden und versuchte, sie in die Höhe zu zerren. Es ging nicht. Der tote Soldat lag quer über ihren Beinen. Sein Kopf war in ihrem Schoß, und Margarete spürte, wie ihr Kleid sich allmählich mit warmer Feuchtigkeit vollsog. Das Gefühl erfüllte sie mit unbeschreiblichem Ekel.

Keuchend zerrte Straub den Toten von ihr herunter, drehte ihn auf den Rücken und schloß die Augen des Leutnants. Erst dann wandte er sich wieder Margarete zu und half ihr beim Aufstehen.

Margarete begann zu stammeln. »Was ... warum haben Sie –«

»Wir haben jetzt keine Zeit für Erklärungen!« unterbrach sie Straub. Er bückte sich nach dem Gewehr des Toten, hängte es neben die MP über seine Schulter und schlang den linken Arm um Margaretes Hüfte. Ihren eigenen rechten Arm legte er sich über die Schulter, so daß er sie fast trug.

Instinktiv versuchte Margarete sich loszureißen. »Was tun Sie?« stammelte sie. »Wohin bringen Sie mich?«

Tatsächlich blieb Straub einen Moment stehen, wenn auch nur, um sie verzweifelt anzublicken und ihre Hüfte fester zu greifen. »Ich bringe Sie hier raus!« sagte er eindringlich. »Aber das gelingt uns nur, wenn Sie die Nerven behalten, verstehen Sie? Sie dürfen keinen Laut von sich geben, ganz egal, was passiert! Wenn uns jemand sieht, sind wir beide tot!«

Margarete sagte nichts mehr – weil sie es gar nicht gekonnt hätte. Jetzt, als der Schock allmählich nachließ, begann sie am ganzen Körper zu zittern. Ihr Herz hämmerte, und plötzlich war auch der Schmerz wieder da: kein Ziehen mehr, sondern ein wütendes, heißes Wühlen und Schneiden wie von glühenden Dolchen. Sie stöhnte. Mühsam schleppte sie sich neben Straub her, bis der SS-Mann stehenblieb und eine Tür aufstieß. Dahinter lag ein leerer, staubverhangener Raum mit Fenstern, durch die Sonnenlicht von fast schmerzhafter Intensität hereindrang.

Straub stieß die Tür mit dem Fuß hinter sich wieder zu und wollte weitergehen, aber Margarete schüttelte den Kopf und versuchte erneut, die Hand von seiner Schulter zu lösen. Er ließ es auch diesmal nicht zu.

»Ich kann nicht mehr«, schluchzte sie. »Bitte, ich ... ich denke, es ist soweit.«

Straubs Augen weiteten sich vor Schrecken. »Das Kind?«

»Ich glaube«, antwortete Margarete.

»Sie müssen durchhalten, Margarete«, sagte er beschwörend. »Wenn schon nicht für sich selbst, dann für Ihr Baby! Bitte!«

»Es ... tut so weh.«

Straub überlegte einen Moment. Dann zuckte er mit einem leisen, fast bedauernden Seufzer die Schultern und hob sie hoch. Er wankte, als er versuchte, ihr Gewicht so auf beiden Armen zu verteilen, daß er sie sicher tragen konnte. Er war kein sehr starker Mann.

Alles begann sich um Margarete zu drehen. Sie begriff immer weniger, was er überhaupt getan hatte; geschweige denn, warum. Sie begriff auch nicht, wohin er sie brachte. Der Raum war leer. Es gab kein Versteck, keine zweite Tür. Und ein Sprung aus dem Fenster, auch wenn sie sich nur anderthalb Meter über dem Boden befanden, würde sie umbringen.

Doch Straubs Ziel war nicht das Fenster, sondern der einzige Einrichtungsgegenstand, den es in dem großen Zimmer gab – ein gewaltiger Schrank. Wollte er sie in einem Schrank *verstecken?*

Er wollte. Aber nicht in dem Schrank, wie sie im nächsten Augenblick begriff, sondern in dem, was dahinter lag. Der Schrank hatte keine Rückseite, und wo die Wand sein sollte, schimmerte ihnen rötlicher Lichtschein aus der Tiefe entgegen, der sich an den Kanten einer ausgetretenen steinernen Treppe brach.

Ein Geheimgang. Margarete wußte, daß sich unter dem Kloster ein wahres Labyrinth von Katakomben und Höhlen erstreckte, zu dem dieser getarnte Eingang wohl führen mußte. Aber er konnte unmöglich so verrückt sein zu glauben, daß sie dort unten sicher war! Der Mord an dem Leutnant würde entdeckt werden, und danach würde die SS dieses ganze Kloster auf den Kopf stellen. Margarete zweifelte keine Sekunde daran, daß sie es Stein für Stein auseinandernehmen würden, wenn sie sie nicht fanden.

Der Fehler in diesem Gedankengang fiel ihr erst auf, als sie die Treppe schon zur Hälfte bewältigt hatten. Die SS würde gar nichts tun, ganz einfach, weil Straub die SS hier in Krailsfelden war.

Aber warum hatte er es getan? Wenn er sie wirklich – warum auch immer – retten wollte, warum mußte er dann einen seiner eigenen Soldaten umbringen?

Sie erreichten das Ende der Treppe, und Straub blieb stehen und lehnte sich für ein paar Augenblicke gegen die Wand, um neue Kräfte zu schöpfen. Sie spürte, wie stark er zitterte.

»Lassen Sie mich hinunter«, bat sie. »Ich . . . kann gehen.«

Straub zögerte. Sein Gesicht war schweißnaß, und sie konnte das Jagen seines Herzens durch den Stoff der schwarzen Uniform hindurch fühlen. Der Schmerz in ihrem Körper brannte und zerrte schlimmer denn je, aber Straub würde einfach zusammenbrechen, wenn er weiter versuchte, sie zu tragen.

Der SS-Mann schien das ebenfalls einzusehen, denn nach einigen weiteren Sekunden stellte er sie behutsam auf die Füße. »Ruhen wir uns einen Moment aus«, sagte er. »Ich glaube, daß wir ein bißchen Zeit haben.«

»Und wenn jemand den Toten findet?«

Straub überging die Frage. Länger als eine Minute stand er einfach da und atmete tief und keuchend ein und aus.

»Warum haben Sie das getan?« fragte sie leise.

Straub antwortete auch darauf nicht, sondern starrte sie nur an, und plötzlich begriff Margarete, was der Ausdruck in seinen Augen zu bedeuten hatte. Es war Schmerz. Keine Angst. Kein Mitgefühl. Schmerz und Scham.

»Warum haben Sie das getan?« fragte sie noch einmal. »Ich . . . ich gehe hier nicht weg, ehe ich es nicht weiß.«

»Reicht es Ihnen nicht, daß ich Ihr Leben gerettet habe?« erwiderte Straub.

»Und dazu mußten Sie einen Ihrer Soldaten umbringen?«

»Er hatte es verdient«, sagte Straub kalt. »Glauben Sie mir, Margarete. Ich habe ihn sorgfältig ausgesucht. Und es war nötig.«

»Nötig? Wozu?«

Anstelle einer Antwort streckte Straub wieder die Hand nach ihr aus. Aber er versuchte nicht mehr, sie zu tragen, sondern stützte sie nur auf die gleiche Art wie vorhin oben im Gang. Nur daß er diesmal etwas fester zupackte. Und plötzlich wußte Margarete, daß er sie nicht nur stützte, sondern auch festhielt. *Mit einem Mal hatte sie wieder Angst.*

Eine ganze Weile gingen sie so durch die niedrigen Stollen, die teils gemauert, teils aus dem gewachsenen Fels herausgemeißelt waren. Das Licht kam von einer Reihe rußender Fackeln, die in unregelmäßigen Abständen an den Wänden brannten und die Dunkelheit vertrieben. Der Schmerz in ihrem Leib sank zu einem gleichmäßigen Pochen herab, aber sie wußte, daß er nicht verschwunden war, sondern nur einen Moment lang Atem schöpfte, um dann mit neuer Kraft über sie herzufallen.

Margarete hatte längst die Orientierung verloren, als es vor ihnen wieder hell wurde. Sie hörte Stimmen und wußte, daß sie sie kannte.

Sie betraten einen runden, nicht sehr großen Raum mit einer kuppelförmigen Decke, der leer war – bis auf einen schwarzen, etwa zwanzig Zentimeter hohen Block, den sie als Altar bezeichnet hätte, wäre er von anderer Farbe gewesen. Aber daran verschwendete sie nur einen flüchtigen Gedanken.

Es waren drei Männer, die Straub und sie erwarteten, und sie kannte sie alle drei. Es waren Berkholt und Gaibler, und der dritte war Sänger selbst, der als einziger nicht stand, sondern mit totenbleichem Gesicht und angezogenen Knien an der Wand hockte. Der wächserne Glanz seiner Haut verriet ihr, daß sie nicht die einzige in diesem Raum war, die Schmerzen hatte.

Doch ihre Aufmerksamkeit galt voll und ganz dem schwarzen Altar.

Und dem Gold, das darauf lag.

V.

Eskalation

1

Schock, dachte Gloria, in dem Bemühen, ihre eigenen Gefühle zu analysieren, als sie in der Kirche saß, die voller Menschen war. Was sie spürte – oder eben *nicht* spürte –, das war eindeutig der Schock, die Notbremse, die ihr Bewußtsein gezogen hatte, damit sie nicht unter der Belastung zerbrach.

Sie war ein wenig erstaunt, wie gut dieser Mechanismus funktionierte. Der Arzt, der die Armee von Polizisten begleitet hatte, die wie ein Heuschreckenschwarm über die Kirche und das Pfarrhaus hergefallen waren, hatte sich angeboten, ihr ein Beruhigungsmittel zu verabreichen, und hatte bereits eine Spritze gezückt, noch ehe sie antworten konnte. Sie hatte abgelehnt. Die Betäubung in ihr wirkte zehnmal besser als alles, was er ihr hätte geben können.

In ihr war nur Leere. Sie wußte nicht, wie viele Stunden vergangen waren – zwei, drei, vielleicht mehr –, und sie hatte sich in all dieser Zeit nicht von der Stelle gerührt, sondern stand noch immer da, wo die Polizeibeamten sie vorgefunden hatten: neben dem kleinen Taufbekken, einen halben Schritt neben der Stelle, an der Onkel Henks Leichnam gelegen hatte. Sie hatten ihn schon vor einer Stunde fortgebracht, und wo sein Körper gewesen war, hatte man grobe Kreideumrisse auf die Fliesen gemalt – an einer Stelle unterbrochen von einem häßlichen, braunen Fleck, und eingerahmt von kleinen Pappschildchen, die auf Metallfüßen standen und mit Zahlen von eins bis acht bedruckt waren.

Für sie lag Onkel Henk noch immer dort. Sie sah ihn so deutlich, als hätten sie ihn nie fortgebracht, und sie wußte, daß sie ihn auch immer dort sehen würde, ganz egal, wie viele Jahre verstreichen mochten.

Aber sie empfand ... nichts.

Der Schmerz, auf den sie gewartet hatte, kam nicht. Sie hatte nicht einmal geweint, als sie die Kirche betreten und sich ihren Weg durch die zusammengedrängte Menschenmenge gebahnt hatte. Oder vielleicht doch, aber sie wußte es nicht. Alles, woran sie sich erinnerte, war ein kurzes, heftiges Erschrecken beim Anblick seines verkrümmten Leichnams und all des Blutes, das den Boden unter seinem Gesicht bedeckte.

Danach ...

Nichts.

Die Stunden zwischen diesem Moment und der Gegenwart waren ausgelöscht, eine Narbe in ihrer Erinnerung, die sie immer spüren würde.

Jemand sprach sie an. Nicht zum erstenmal. Und auch diesmal

reagierte Gloria nicht darauf, sondern starrte weiter an der Gestalt im braunen Wintermantel vorbei ins Leere.

Aber anders als bisher wandte sich der Kriminalbeamte – er hatte sich Gloria vorgestellt, aber sie hatte sich nicht einmal die Mühe gemacht, sich seinen Namen zu merken; wozu auch, schließlich konnte er Onkel Henk nicht wieder lebendig machen – nicht mit einem Achselzucken ab und ging wieder, um das zu tun, was Polizeibeamte am Tatort eines Mordes immer zu tun pflegen, sondern packte sie an der Schulter und schüttelte sie. Nicht sehr grob, aber auch zu heftig, als daß sie es weiter ignorieren konnte. Mühsam hob sie den Blick, sah eine Sekunde lang in ein schmales, übermüdetes Gesicht und wollte sich wieder abwenden, aber der Polizist griff noch einmal zu, und sein Griff wurde etwas schmerzhafter.

»Fräulein Vanderbilt, bitte!« sagte er. Seine Stimme klang gereizt. »Ich weiß, wie Sie sich fühlen. Aber ich muß Ihnen ein paar Fragen stellen.«

Gloria nickte, aber seine Worte glitten an ihr vorbei; sinnlose Laute, denen sie vergeblich irgendeine Bedeutung abzuringen versuchte. Trotzdem nickte sie abermals, um ihm zu zeigen, daß sie verstanden hatte, und zwang sich, den Blick von der Kreidezeichnung auf den Fliesen vor sich zu lösen. Was dem Kriminalbeamten natürlich nicht entging. Der verhaltene Zorn in seinen Augen wich für einen Moment echtem Mitgefühl, aber nicht lange. Ein Mann seines Berufes wurde einfach zu oft mit Leid und Entsetzen konfrontiert, um noch wirkliche Anteilnahme zu empfinden. Trotzdem sagte er:

»Wenn es Ihnen lieber ist, können wir woanders hingehen. Ins Haus?« schlug er vor, als er nicht sofort eine Antwort bekam.

Wortlos wandte sich Gloria um und verließ die Kirche. Sie nahm den Weg durch die Sakristei, den gleichen Weg, den Onkel Henk gegangen war, und mit jedem Schritt spürte sie, wie sich etwas in ihrem Inneren zu verändern begann. Die große Leere füllte sich mit einer Empfindung, die sie nicht benennen konnte, die aber die Ahnung einer furchtbaren Angst mit sich brachte.

Es regnete in Strömen, als sie die Kirche verließen. Der Kriminalbeamte rannte mit gesenktem Kopf und hochgeschlagenem Mantelkragen vor ihr her und riß die Tür auf, aber Gloria beschleunigte ihre Schritte nicht. Kälte schlug über ihr zusammen, und sie versuchte sich einzureden, daß die Tropfen, die über ihr Gesicht liefen, Tränen waren. Eine plumpe Lüge, aber sie half – wenn sie überhaupt etwas empfand, dann Entsetzen und Abscheu vor sich selbst, daß Onkel Henks Tod sie bisher so unberührt gelassen hatte. Sie hatte ihn *geliebt!*

Sie betraten das Haus, das so voller Menschen war wie die Kirche, und gingen in die Küche. Henks Arbeitszimmer, die Diele, die Treppe und ihr eigenes Appartement unter dem Dach waren im Moment unpassierbar. Wo keine kleinen Pappschildchen herumstanden und wo keine Blitzlichter von Fotografen zuckten, waren Männer mit durchsichtigen Plastikhandschuhen und Pinzetten damit beschäftigt, Spuren zu sichern. Sie erinnerte sich plötzlich vage, Gesprächsfetzen aufgeschnappt zu haben, wonach Onkel Henk durch das ganze Haus gerannt sein mußte, ehe er seinen Amoklauf in der Kirche beendete.

»Das Durcheinander tut mir leid«, sagte der Polizist, der ihren Blick bemerkte und falsch deutete. »Ich denke, daß wir in zwei, drei Stunden hier fertig sein werden. Danach ...« Er unterbrach sich. Vielleicht begriff er, wie lächerlich Gloria seine Worte erscheinen mußten. Mit einer linkischen Bewegung zog er einen der Küchenstühle heran und setzte sich. Gloria trat an die Anrichte, füllte Kaffeepulver in den Filter und schüttete Wasser in die Maschine. Der Beamte hatte keinen Kaffee verlangt, und sie wollte keinen. Aber sie mußte ihre Hände beschäftigen.

Geduldig wartete der Beamte, bis sie fertig war und sich ebenfalls gesetzt hatte; dann zog er eine Zigarettenpackung aus der Tasche und hielt sie ihr hin. Gloria schüttelte den Kopf. Als er die Packung wieder einsteckte, sagte sie: »Sie dürfen ruhig rauchen, wenn Sie möchten.«

»Nein, danke. Ich bin Nichtraucher.« Er setzte sich ein wenig bequemer auf seinen Stuhl und schwieg einen Moment. Dann zog er ein kleines Diktiergerät aus der Tasche und schaltete es ein.

»Fühlen Sie sich in der Lage, mir ein paar Fragen zu beantworten? Nicht viele – das meiste wissen wir sowieso schon.«

Gloria nickte.

»Sie sind Gloria Vanderbilt – Henk Vanderbilts Nichte, ist das richtig?«

Gloria beobachtete das Drehen der winzigen Tonbandspulen, die sich vergeblich bemühten, ihr Nicken aufzuzeichnen.

»Sie leben seit Ihrer Geburt in diesem Haus?«

»Nein«, antwortete Gloria. »Aber schon sehr lange.« Plötzlich, als hätte sie nach stundenlangem Schweigen irgendwie das Bedürfnis, alles nachzuholen, tat es ihr gut zu reden. Obwohl sie den Mann auf der anderen Seite des Tisches kaum kannte und nicht einmal sicher war, ob sie ihn mögen würde, spürte sie, daß er ein guter Zuhörer war. Vielleicht mußte man das sein, in seinem Beruf.

»Meine Eltern sind tot«, fuhr sie fort. »Onkel Henk war der Bruder meines Vaters, wissen Sie? Aber ich habe ihn immer sehr gemocht. Er war mehr als ein Onkel für mich, auch, als meine Eltern noch am Leben waren.«

»Und er hat Sie nach ihrem Tod bei sich aufgenommen.«

»Nach einem Unfall, ja.«

»Ist das nicht ungewöhnlich? Ich meine, er war Pfarrer, und noch dazu ein katholischer Geistli-«

»Auch Katholiken haben Nichten«, sagte sie rasch. Plötzlich hatte sie das Gefühl, ihn verteidigen zu müssen.

»So meinte ich das nicht«, entgegnete der Beamte. Ein nicht sehr überzeugendes Lächeln huschte über seine Züge. »Aber ich dachte immer, die katholische Kirche wäre in diesen Dingen... strenger.«

»Er hat niemanden um Erlaubnis gefragt, wenn Sie das meinen«, erwiderte Gloria. »Aber ich glaube, er hätte sie bekommen.«

Die Antwort befriedigte ihr Gegenüber nicht, aber er ging nicht weiter auf diesen Punkt ein, sondern stellte statt dessen gut fünf Minuten lang weitere Fragen, deren Antworten er zum größten Teil schon wußte. Routine. Möglicherweise tat er es auch nur, um das Eis zu brechen und mit ihr ins Gespräch zu kommen. Schließlich:

»Sie haben die letzte Nacht nicht im Haus verbracht?«

Etwas in ihrem Inneren regte sich. Sie sah auf, schwieg sekundenlang und nickte dann. »Ich bin gegen elf weggefahren«, kam sie seiner nächsten Frage zuvor.

»Wohin?«

»Auf den Berg.«

Ein fragender Blick. »Ins Sänger-Internat«, fügte Gloria hinzu. »Wir nennen es hier manchmal ›den Berg‹.«

»Was haben Sie dort getan?«

»Mit einem Mann geschlafen«, antwortete Gloria. Plötzlich, so jäh, daß sie keine Chance mehr hatte, etwas daran zu ändern, hatte sie Lust, jemandem weh zu tun. Ganz gleich, wem.

Aber der Polizeibeamte reagierte nicht einmal mit einem Lächeln oder einem mißbilligenden Blick. Er mußte extreme Reaktionen gewohnt sein.

»Es tut mir leid«, sagte Gloria. »Ich... ich habe jemanden besucht.«

»Und Sie waren die ganze Nacht da?« Er ignorierte auch ihre Entschuldigung.

»Bis gegen vier... fünf. Ich weiß es nicht genau. Ich bin dann zurückgefahren, aber ich habe nicht auf die Uhr gesehen. Vielleicht weiß Ronald, wie spät es war.«

»Ronald?«

»Ronald Bender. Der Mann, bei dem ich übernachtet habe.«

Er nahm nun doch einen Block aus der Tasche und kritzelte Ronalds Namen darauf. »Er wohnt im Sänger-Internat?«

»Er ist dort Hausmeister, ja. Als ich zurückkam, da... war die Kirche voller Menschen. Und Onkel Henk war schon tot.«

»Das wissen wir. Das endgültige Ergebnis liegt noch nicht vor, aber der Tod muß gegen Mitternacht eingetreten sein.«

Nicht gegen *Mitternacht,* dachte Gloria. *Punkt Mitternacht.* Sie wußte sogar, wer ihn umgebracht hatte.

»Warum stellen Sie diese Fragen?« fragte sie. »Bin ich irgendwie verdächtig?«

»Niemand ist verdächtig«, antwortete der Beamte. »Bis jetzt. Bei einem gewaltsamen Tod wird immer die Kriminalpolizei benachrichtigt, Fräulein Vanderbilt. Aber es sieht nicht so aus, als läge hier ein Verbrechen vor.«

»Wie nennen Sie es dann, wenn ein Mann mit einer Kugel im Kopf gefunden wird?«

»In diesem Fall: Selbstmord.« Die Brutalität seiner Antwort verwirrte sie. Sie fragte sich, ob es Taktik war, um sie aus der Reserve zu locken.

»Onkel Henk – und *Selbstmord?*« Sie lachte, doch sein Blick sagte ihr, daß er genau diese Antwort jedesmal hörte, wenn er mit Angehörigen eines Selbstmörders sprach.

»Gab es in Ihrer Familie irgendwelche Anzeichen von –«

»Schwachsinn? Debilität? Alzheimerscher Krankheit?« fiel ihm Gloria ins Wort. »Nein. Bisher nicht.« Das Brodeln in ihr wurde stärker. Der Schock wich, als sie die Kirche verlassen hatte und nicht mehr dem lähmenden Anblick des Kreideumrisses auf dem Boden ausgesetzt war. Aber was folgte, war nicht Schmerz, sondern Zorn.

»Bitte, Fräulein Vanderbilt –«

»Was ist hier passiert?« fragte Gloria scharf. »Das... das Haus sieht aus wie ein Schlachtfeld. Onkel Henk wurde *erschossen.* Und Sie reden von Selbstmord?«

»Er hat sich selbst erschossen – jedenfalls sieht es im Moment so aus. Aber ich frage mich, warum.«

»Und das hier?« Gloria machte eine weit ausholende Bewegung mit der Hand.

»Die Untersuchung ist noch nicht abgeschlossen«, betonte er noch einmal. »Ich weiß, wie es für Sie aussehen muß, aber glauben Sie mir, ich kenne mich da ein bißchen besser aus. Ich war schon an unzähligen Schauplätzen von Verbrechen. Was immer hier geschehen ist – es deutet nichts auf die Beteiligung eines Außenstehenden hin.«

»Und wie sieht es dann aus?« fragte Gloria bitter.

»*Verdammt, woher soll ich das* –« Er brach ab, zwang sich mit sichtlicher Anstrengung zur Ruhe und fuhr in gemäßigterem Tonfall fort: »Entschuldigen Sie. Ich bin schon ziemlich lange auf den Beinen. Wir wissen noch nicht genau, was hier passiert ist. Vielleicht werden wir es niemals erfahren. Aber die Kollegen von der Spurensicherung meinen, daß es in seinem Arbeitszimmer angefangen hat.«

»Was?«

»Was immer es war«, antwortete der Polizist ruhig. »Wie es aussieht, hat Ihr Onkel seine Bibel verbrannt. Dabei hat er sich die Verletzung an der Hand zugezogen.« *Die Verletzung an der Hand. Ihre Hand hatte gebrannt. Sie hatte den Schmerz gespürt, und er war so heftig gewesen, daß er sie aus dem Schlaf gerissen hatte.* »Danach – oder vorher, das ist nicht mehr festzustellen – hat er seinen Rosenkranz zerrissen und die Perlen im ganzen Haus verstreut. Es sieht so aus, als wäre er nach oben gelaufen, in Ihr Zimmer. Warum, weiß ich nicht.« *Aber sie wußte es. Er war zu ihr gerannt. Zu dem einzigen Menschen, zu dem er Vertrauen hatte. Vielleicht um Hilfe zu suchen. Aber sie war nicht dagewesen.* »Anscheinend ist er danach direkt in die Kirche hinübergelaufen. Er muß sich eine ganze Weile dort aufgehalten haben. Anwohner haben ihn schreien gehört.«

»Und dann hat er eine Pistole genommen und sich erschossen?« fragte Gloria spöttisch.

»Nicht ... sofort«, antwortete er. Aus irgendeinem Grund verließ ihn die Kälte, die er bisher gezeigt hatte. Als wäre es ihm plötzlich unangenehm, weiterzusprechen.

»Wußten Sie, daß er eine Waffe hatte?«

»Onkel Henk haßte Waffen«, antwortete Gloria überzeugt. »Er hätte eine Pistole nicht einmal angerührt.«

»Sie war hier im Haus«, entgegnete der Polizist ruhig. »Wir haben den Karton gefunden, in dem sie gelegen hat. Und das Ölpapier, in das sie eingewickelt war. Ich dachte, Sie könnten uns sagen, woher er sie hatte.«

»Er *hatte* keine Waffe«, beharrte Gloria. »Ich hätte das gewußt, Ich sorge seit zehn Jahren in diesem Haus für Ordnung. Es gibt keinen Winkel, den ich nicht kenne!«

»Das Versteck war sehr gut. Aber vielleicht klären wir das später. Jedenfalls hat er die Waffe genommen und drei Schüsse abgegeben.«

»Drei Schüsse?« Gloria richtete sich auf. »Das beweist doch, daß es kein Selbstmord war! Auf wen hat er geschossen? Sie müssen die Kugeln doch gefunden haben!«

»Das haben wir. Eine steckte in der Mauer, dicht über dem Altar. Den zweiten Schuß hat er auf das Kruzifix abgegeben. Und mit dem dritten hat er sich selbst getötet. Es gibt gar keinen Zweifel daran.«

Gloria starrte ihn an. »Das ist unmöglich!« behauptete sie. »Jemand... hat es nur so aussehen lassen, als –«

»So einfach ist das leider nicht, Fräulein Vanderbilt«, unterbrach sie der Beamte, im resignierten Tonfall eines Mannes, der das, was er sagte, schon zahllose Male hatte erklären müssen. »Im Kriminalfilm oder einem Buch vielleicht, aber glauben Sie mir – es ist beinahe unmöglich, einen Selbstmord überzeugend vorzutäuschen. Und in diesem Fall schon gar nicht. Es gab Zeugen. Fast zwei Dutzend Leute waren draußen auf der Straße, weil dieser Briefkasten brannte. Die Kirche wurde aus allen Richtungen beobachtet. Niemand hätte Ihren Onkel erschießen und dann unerkannt entkommen können.«

»Er wurde ermordet!« beharrte Gloria.

»Sie haben Ihren Onkel sehr geliebt, nicht?« Der Polizeibeamte sah sie traurig und sehr lange an, dann nickte er und streckte die Hand nach seinem Diktiergerät aus, um es abzuschalten. »Vielleicht unterhalten wir uns in ein paar Tagen noch einmal«, sagte er. »Wenn Sie sich ein wenig gefangen haben.«

»Und ich kann Ihnen auch sagen, wer es getan hat«, fuhr Gloria unbeirrt fort. »Und wie.«

Die Hand des Polizisten verharrte über dem Gerät und rührte sich nicht mehr. Ein fragender, plötzlich sehr wacher Ausdruck erschien auf seinem Gesicht. Dann zog er den Arm zurück und ließ sich wieder in seinen Stuhl sinken.

»Erzählen Sie«, sagte er.

2

Diese Mistsau! Diese verfluchte, verdammte, dreckige Ratte! Er würde ihn umbringen! Er würde ihm die Eier abschneiden und ihn zwingen, sie aufzufressen, und dann –

Werners Visionen von dem, was er Ronald Bender alles anzutun gedachte, wurden abrupt unterbrochen, als der Arzt eine Spritze nahm und die Nadel ohne Vorwarnung in seine Vene stieß. Werner keuchte. Der Schmerz trieb ihm die Tränen in die Augen, und da er zusammenfuhr und den Arm bewegte, sorgte er selbst dafür, daß es noch ein bißchen mehr weh tat.

»Au, verdammt!« beschwerte er sich. »Können Sie nicht wenigstens vorher Bescheid sagen?«

»Das habe ich«, antwortete der Arzt, ein unsympathischer, grauhaariger Mann, der sich nicht einmal Mühe gab, die Schadenfreude zu verhehlen, mit der ihn Werners Anblick erfüllte. Er war Werner bereits mehrmals begegnet. Normalerweise jedoch traf der Arzt allerdings eher auf dessen *Opfer,* als auf ihn selbst. »Aber du hast ja nicht zugehört.«

Werner funkelte ihn an. Aber er schluckte alles, was er diesem alten Arschloch sagen wollte, hinunter. Der kam auch noch dran. Sie würden alle drankommen, die er sich in dem imaginären Buch in seinem Kopf notiert hatte. Ein Buch mit sehr vielen Seiten. Aber wahrscheinlich hatte der Alte sogar recht. Er war so intensiv damit beschäftigt gewesen, sich auszudenken, was er Bender in den nächsten Tagen alles antun würde, daß er die Worte des Arztes gar nicht gehört hatte.

»Was haben Sie mir da überhaupt gespritzt?« fragte er.

»Ein harmloses Schmerzmittel«, antwortete der Arzt. »Ich habe es mit Herrn Albert abgestimmt, keine Sorge.«

»Wieso Schmerzmittel?«

»Weil das da«, der Arzt klopfte mit den Fingerknöcheln auf den noch nicht ganz ausgehärteten Gipsverband um Werners Arm, »ziemlich weh tun wird, wenigstens in den ersten ein, zwei Tagen. Ich gebe dir noch ein paar Tabletten mit, falls es zu schlimm wird. Es wäre allerdings wirklich klüger, wenn du hierbleiben würdest.«

»Kommt nicht in Frage«, schnappte Werner. »Ich habe Besseres zu tun, als im Bett zu liegen.«

»Wie du meinst.« Der Arzt stand auf und wandte sich mit einer Kopfbewegung zu Herrn Albert, der die ganze Zeit neben der Tür gestanden und zugesehen hatte. »Sie können ihn mitnehmen. Auf Ihre Verantwortung.«

»Nein – auf seine. Sie haben doch gehört, was er sagte, oder?«

Der Lehrer machte sich ebenfalls nicht die Mühe, seine Schadenfreude zu unterdrücken, die er bei Werners Anblick empfand: Er grinste.

Soll er nur, dachte Werner. Sein Name stand auch in dem Buch. Sogar ziemlich weit oben.

Umständlich, weil durch seinen eingegipsten Arm behindert, kletterte er von dem lederbezogenen Behandlungstisch herunter und griff nach seiner Jacke. Der Arzt wollte ihm helfen, aber Werner drehte sich mit einem wütenden Ruck weg und schlüpfte in einen Ärmel. Den anderen hängte er sich lose über die Schulter.

»Weißt du«, sagte Albert, als sie das Behandlungszimmer verließen und durch den kahlen, von kaltem Neonlicht erfüllten Krankenhausflur gingen, »du kannst ja tun und lassen, was du willst – aber ich an deiner Stelle wäre ein paar Tage hier geblieben. Deine Aktien im Internat stehen im Moment nicht besonders günstig.«

»Du bist aber nicht an meiner Stelle«, schnappte Werner. »Also halt die Schnauze.«

»Ganz wie der Herr wünschen«, meinte Albert ironisch, streckte die Hand aus und berührte Werner so fest an der Schulter, daß er vor Schmerz aufschrie und gegen die Wand taumelte.

»Bist du übergeschnappt?« kreischte er. »Was soll denn das?«

»Entschuldige«, sagte Albert lächelnd. »Das war ein Versehen. Ich dachte, du wärst gestolpert, und wollte dich auffangen.«

»Du –«

»Du«, unterbrach ihn Albert, plötzlich ganz leise und mit einer Stimme, die so kalt und hart war wie Glas, »solltest dir sehr gut überlegen, was du jetzt sagst, Freundchen. Wir sind hier nicht im Internat. Es gibt hier keinen Herrn Zombeck, der beide Hände über dich hält, weißt du?«

Für einen Moment war Werner einfach fassungslos. Dann stieß er sich von der Wand ab, straffte kampflustig die Schultern – und prallte zum zweitenmal gegen die Mauer, als Albert ihm eine schallende Ohrfeige versetzte. Diesmal tat es so weh, daß bunte Sterne und Kreise vor seinen Augen zu tanzen begannen.

»Gib mir einen Anlaß«, sagte Albert. »Nur einen winzigen Anlaß, Kleiner.«

Er starrte Werner an, und was dieser in seinen Augen las, war pure Mordlust. Stöhnend preßte er die Hand gegen seine Wange. Sie brannte wie Feuer.

»Sie sind ja wahnsinnig!« flüsterte Werner. Aber der Ton in seiner Stimme war trotzig. Und nun begann er zu begreifen, daß Ronald Bender mehr getan hatte, als ihm den Arm zu brechen und ihn zu verprügeln. Albert war nur eine kleine miese Ratte, der er es schon zeigen würde – aber es gab im Internat Hunderte von kleinen miesen Ratten. Wenn er es zuließ, daß sie anfingen, nach ihm zu beißen, dann hatte er verloren.

Albert nickte gelassen. »Das kann schon sein«, meinte er. »Vielleicht sind wir ja alle verrückt, daß wir uns seit Jahren von dir terrorisieren lassen. Aber ich denke, daran wird sich das eine oder andere bald ändern.«

»O ja«, drohte Werner. »Vielleicht schneller, als Sie glauben!«

»Falls du mir drohen willst«, sagte Albert prompt, »dann spar dir deinen Atem. Ich habe noch vier Tage, dann ist Schluß. Danach ist dieses Irrenhaus für mich passé.«

»Was soll das heißen?«

»Ich habe gekündigt«, antwortete Albert. Er grinste hämisch. »Ich hoffe, du bist dir der Ehre bewußt – außer Zombeck und der Steller bist du bislang der einzige, der davon weiß. Und du solltest dieses Wissen nutzen. Ich hätte nämlich sehr große Lust dazu, dir eine zweite Tracht Prügel zu verpassen.«

»Das werden Sie bereuen!« versprach Werner.

»Kaum. Wenn ich überhaupt irgend etwas bereue, dann allerhöchstens den Tag, an dem ich hierhergekommen bin. Ich muß völlig verrückt gewesen sein.«

»Darüber reden wir noch!« sagte Werner. »Das lasse ich mir nicht gefallen. Ich gehe zu Zombeck, sobald wir zurück sind.«

Albert lachte, griff in die Tasche und zog eine Handvoll Kleingeld heraus. Sorgsam zählte er zwei Mark in kleinen Münzen ab und drückte sie dem völlig überraschten Werner in die Hand.

»Was soll ich damit?«

»Telefonieren«, antwortete Albert. »Weißt du, ich habe plötzlich gar keine Lust mehr, dich zurückzufahren. Ruf dir ein Taxi. Und grüß Zombeck von mir, wenn du dich an seinem Rockzipfel ausweinst.« Er drehte sich um, machte einen Schritt und blieb wieder stehen. »Oh, noch etwas«, sagte er. »Ich werde dieses Gespräch hier natürlich abstreiten, falls du so dumm sein solltest, irgend etwas davon zu erzählen.«

Fassungslos starrte Werner ihm nach. Sein Zorn erreichte eine Intensität, die beinahe körperlich weh tat. Aber was so schlimm war, das war nicht der Schmerz, den Albert ihm zugefügt hatte. Auch nicht das, was er gesagt hatte, obgleich es vor einer Woche durchaus noch gereicht hätte, um ihm dafür die Zähne einzuschlagen. Nein, Werner war verzweifelt, weil er *endgültig* begriff, was Bender ihm angetan hatte. Er hatte ihn *besiegt.* Er hatte den Mythos der Allmacht erschüttert, und er hatte allen im Internat gezeigt, daß Werner nicht unverwundbar war. Albert war nur der Anfang. Wenn er nicht ganz schnell etwas dagegen unternahm, dann würde es nicht dabei bleiben.

Aber er konnte etwas tun.

Seine Hand schloß sich fester um die Münzen, die Albert ihm gegeben hatte, und während er sich auf den Weg in die Halle machte, um zu telefonieren, begann sich ein böses Grinsen auf seinem angeschwollenen Gesicht auszubreiten.

3

Es war hell, als Ronald aufwachte. Aber er lag nicht in seinem Bett. Graues Licht drang durch seine geschlossenen Lider, und sein Hinterkopf und sein Rücken taten so weh, als hätte er auf hartem Boden geschlafen – was stimmte.

Und der Boden, auf dem er lag, gehörte nicht zu seinem Appartement.

Ronald stemmte sich mühsam hoch, hielt einen Moment in der Bewegung inne, als ihn ein kurzer, aber heftiger Schwindelanfall schüttelte, und versuchte sich zu erinnern, wo er war und wie er hierhergekommen war. Er hatte das Gebäude noch einmal verlassen, um nach Glorias Schuh zu suchen, und danach...

Ronalds Kopf flog mit einem Ruck in die Höhe. Sein Blick saugte sich an den Schranktüren fest. Plötzlich erinnerte er sich an alles. Er wußte wieder, wie er hierhergekommen war und weshalb. Er hatte versucht, die Schranktüren zu öffnen, und –

Irgend etwas war geschehen. Aber er wußte nicht mehr, was. Nur daß es irgend etwas mit diesem Schrank zu tun hatte.

Er stand auf, klopfte sich den Staub von Hose und Hemd und sah zu den vernagelten Fenstern hinüber. Das Licht war noch grau, und das hieß, daß es nicht besonders spät war; aber sicher hätte er schon mit dem Dienst beginnen müssen.

Vermutlich spielte das keine Rolle mehr. Nach dem Gespräch in der vergangenen Nacht war er nicht einmal sicher, daß die Steller und Zombeck wirklich erwarteten, ihn am Morgen an seinem Arbeitsplatz anzutreffen, als wäre nichts geschehen.

Ronald streckte die Hand aus und drückte die Klinke hinunter. Sie rührte sich nicht.

Seltsam – er war fast sicher, daß sie sich in der Nacht geöffnet hatte. Und daß... daß...

Nichts. Sein Gedächtnis war leergefegt. Da war nur ein Gefühl, und eigentlich nicht einmal das – lediglich die vage Erinnerung, etwas vergessen zu haben. Aber schon allein das war so furchtbar, daß er die Hand hastig wieder zurückzog und einen Schritt vor dem Schrank und seinem schrecklichen Geheimnis zurückwich.

Jetzt werd bloß nicht hysterisch! dachte er zornig. *Da ist nichts! Nur ein leerer Schrank.*

Das war es, was sein *Verstand* behauptete. Aber gleichzeitig wußte er mit unerschütterlicher Sicherheit, daß er diesen Schrank nicht berühren durfte, wenn er am Leben bleiben wollte.

Zutiefst verstört blickte er die geschlossenen Schranktüren noch einen Moment lang an, dann drehte er sich um und verließ das Zimmer.

Er trat auf den Gang hinaus, wandte sich nach links und wäre um ein Haar mit der Steller zusammengeprallt, die plötzlich wie aus dem Boden gewachsen vor ihm stand und von seinem Anblick mindestens ebenso überrascht war wie er von ihrem.

»Ronald!« rief sie erschrocken. »Was ... was machen Sie denn hier?«

Eine gute Frage. Ronald hätte eine Menge dafür gegeben, die Antwort zu wissen. »Ich ... habe etwas gesucht«, sagte er automatisch.

»Gesucht?« Frau Stellers Augen verengten sich zu schmalen Schlitzen. »Was?«

»Nun, ich ...« Er stockte, registrierte ihren mißtrauischen Blick und sah an sich hinunter: Seine Kleider waren voller Staub und Schmutz. Verdammt, er wußte nicht einmal, wie spät es war!

»Meine Uhr«, improvisierte er. Er hatte sie nicht wieder angelegt, als er gestern nacht aufgestanden war, um Gloria zum Tor zu bringen. »Ich muß sie wohl draußen im Schuppen verloren haben.«

Die Steller sagte nichts. Aber ihr Blick sprach Bände. Sie war nicht nur überrascht, ihn hier anzutreffen – sie war wütend. Und ganz eindeutig erschrocken, auch wenn sie sich Mühe gab, es zu verhehlen. Was, zum Teufel, tat *sie* überhaupt hier? überlegte Ronald.

»Haben Sie sie gefunden?« fragte sie nach einer Weile.

Ronald schüttelte den Kopf. »Ich bin gerade erst heruntergekommen«, antwortete er.

Die Steller hatte sich nicht gut genug in der Gewalt, um zu verhindern, daß ihr Blick rasch und entsetzt über die Tür glitt, aus der Ronald vor kurzem getreten war. Die Tür zu dem Zimmer, in dem der Schrank stand.

»Dann suchen Sie sie«, sagte sie knapp. »Und vielleicht beeilen Sie sich ein bißchen – es ist bereits zehn nach sieben. Ihr Dienst hat schon vor einer Stunde begonnen.«

»Ich dachte, ich bin gefeuert«, erwiderte Ronald.

Frau Steller seufzte. Ihr Gesicht nahm einen bekümmerten Ausdruck an. »Und ich dachte, darüber hätten wir gesprochen«, meinte sie. »Warum machen Sie es sich und uns unnötig schwer, Ronald? Ich hatte die Hoffnung, daß wir uns wie zivilisierte Menschen voneinander trennen könnten.«

»Entschuldigung«, sagte Ronald. »Ich –«

Die Steller unterbrach ihn. »Ist schon in Ordnung.« Sie legte den Kopf schräg, betrachtete ihn ein paar Sekunden lag äußerst eingehend und lächelte plötzlich. Dann wies sie in die Richtung, aus der er gekommen war. »Ich helfe Ihnen, die Uhr zu suchen.«

Er zögerte. Seine Uhr lag da, wo er selbst sie hingelegt hatte: auf seinem Nachttisch. Und wenn die Steller mit ihm kam und Glorias Schuh fand...

... *dann findet sie eben einen Schuh,* dachte Ronald, *mehr nicht.* Wenn er sie jetzt unter irgendeinem Vorwand abwimmelte, würde sie erst recht mißtrauisch werden. Davon abgesehen, daß die Steller nicht zu den Menschen gehörte, die sich abwimmeln ließen.

»Was tun *Sie* überhaupt hier unten?« fragte er, während sie nebeneinander zum Ausgang wanderten. Er beobachtete Frau Stellers Gesicht aufmerksam, aber sie schien die Frage erwartet zu haben – oder ihre Antwort entsprach tatsächlich der Wahrheit. »Dasselbe wie Sie, Ronald«, antwortete sie. »Ich suche etwas.«

»Ach?«

Die Steller blickte ihn an. Ihre Augen glitzerten spöttisch. »Sie sind nicht wegen Ihrer Uhr hier, Ronald«, behauptete sie. »Jedenfalls nicht nur deswegen. Sie suchen nach Spuren.«

Ronald stellte sich dumm. »Welchen Spuren?«

»Nun, dessen, was Sie gestern nacht beobachtet haben«, sagte sie gelassen. »Streiten Sie es nicht ab. Ich bin zu lange in diesem verrückten Job, als daß man mich noch belügen könnte.«

»Job?« Ronald lächelte. »Lassen Sie dieses Wort bloß nicht Direktor Zombeck hören.«

Frau Steller lachte. Der Laut klang seltsam in dem staubigen, verlassenen Korridor. »Touché«, sagte sie. »Ein Punkt für Sie. Davon abgesehen – ich suche dasselbe wie Sie. Wissen Sie, etwas behaupten ist eine Sache; es beweisen zu können, eine ganz andere.«

»Sie glauben mir nicht.«

»Doch«, antwortete die Steller mit überraschender Offenheit. »Ich würde Ihnen sogar glauben, wenn Sie mir erzählten, Sie hätten Werner und seine Freunde dabei beobachtet, wie sie Menschenopfer darbringen. Aber ich muß es... ihm beweisen.«

Das winzige Stocken in ihrer Stimme fiel Ronald auf. Er blieb stehen und sah ihr ins Gesicht. »Ihm?« fragte er. »Und wem noch? Direktor Zombeck zum Beispiel?«

»Zombeck hat Ihnen erzählt, wer Werner ist?«

Ronald nickte. »Jemand, der einflußreiche Eltern hat«, sagte er.

»Wobei die Betonung gar nicht deutlich genug auf *reich* liegen kann«, fügte die Steller hinzu. »Wissen Sie, wer sein Großvater ist?«

»Nein. Sollte ich?«

»Jetzt nicht mehr«, antwortete Frau Steller, wobei es Ronald unmöglich war zu bestimmen, ob in ihrer Stimme Erleichterung oder Enttäuschung klang. »Aber er finanziert das Internat praktisch allein. Ohne ihn könnten wir den Laden dichtmachen.«

»Und deshalb lassen Sie sich von ihm tyrannisieren?«

Die Steller machte eine unwillige Handbewegung. »Ich weiß, was Sie sagen wollen, Ronald. Aber es ist nun einmal so.«

»Interessiert es Sie, was ich davon halte?«

»Nein«, meinte die Steller ruhig. »Aber ganz unter uns: Ich habe dasselbe schon tausendmal gedacht. Werner ist ein Ungeheuer. Ich würde ihm gern persönlich den Hals umdrehen, wenn ich könnte. Aber sein Großvater schützt ihn.«

»Das glaube ich nicht«, entgegnete Ronald.

»Sie kennen diesen Mann nicht.«

»Wenn er das alles hier finanziert«, sagte Ronald, »dann muß er ein verdammt reicher Mann sein. Man kann Intelligenz zwar nicht kaufen, aber Dummköpfe bringen es selten zu solchem Reichtum. Senile alte Millionäre kommen normalerweise nur in schlechten Filmen vor.«

»Oh, er ist kein Dummkopf«, betonte die Steller. »Aber er liebt seinen Enkel über alles. Und er hält beide Hände über ihn.« Sie schwieg einen Moment, hin und her gerissen zwischen dem Impuls, ihm jetzt die ganze Geschichte zu erzählen, und dem Drang, einfach das Thema zu wechseln. »Werner ist kein Narr, wissen Sie?« fuhr sie fort. »Er weiß genau, daß er den Bogen nicht überspannen darf.«

Ronald starrte sie fassungslos an. »Den Bogen nicht überspannen?« wiederholte er. »Was muß er denn noch tun, bis das erreicht ist, Ihrer Meinung nach? Jemanden umbringen?«

»Ich sagte bereits – er ist nicht blöde. Wir haben den Ärger mit ihm nicht erst, seit Sie hier aufgetaucht sind, Ronald. Er hat ein paar Zwischenfälle provoziert, bei denen Zombeck und ich am Schluß reichlich dumm dastanden. Ersparen Sie mir Einzelheiten, aber seither sind wir sehr vorsichtig. Wenn wir das nächste Mal gegen Werner vorgehen, dann sichern wir uns doppelt und dreifach ab.«

»Das ist doch verrückt!« rief Ronald. »Sie haben Angst vor einem dreizehnjährigen Jungen?«

Frau Steller nickte ungerührt. »Dschingis-Khan war auch nicht älter, als er seine Karriere begann.«

»Und warum gehen Sie dann nicht einfach weg von hier?«

»Weil es nicht so einfach ist«, antwortete die Steller.

Ronald lachte. »Für eine Frau mit Ihren Fähigkeiten?«

»War das jetzt ein Kompliment – oder eine Anzüglichkeit?«

»Ich mache selten Komplimente«, erwiderte Ronald. »Außer, wenn ich es wirklich so meine.«

Plötzlich lachten sie beide. Es klang gezwungen, aber es löste trotzdem die Spannung, die zwischen ihnen gewesen war. Sie gingen weiter, aber längst nicht mehr so rasch wie vorher. Keiner von ihnen hatte es eilig. Wahrscheinlich war es das erste und letzte Mal, daß sie ein ganz normales Gespräch miteinander führen konnten.

»Im Ernst«, knüpfte Ronald nach einer Weile an seine Worte an. »Auch ohne Werner ist das hier doch nicht das, was Sie sich erträumt haben, oder? Warum gehen Sie nicht einfach?«

»Ich habe daran gedacht«, gestand die Steller. »Mehr als einmal. Aber wissen Sie – die Arbeit hier macht mir Freude. Und ich werde gebraucht. Nicht nur von den Kindern.«

»Zombeck«, vermutete Ronald.

»Er ist ein guter Mann«, betonte die Steller, ohne ihn anzusehen. »Ich weiß, was Sie von ihm halten, aber glauben Sie mir, er ist ein verdammt guter Mann. Und er war nicht immer so...«

»Schwach?« schlug Ronald vor, als sie zögerte, weiterzusprechen.

»Er ist nicht schwach!« Sie widersprach heftiger, als er erwartet hatte, aber sie lächelte dabei, wohl um ihn spüren zu lassen, daß sie ihm seine Worte nicht übelnahm. »Ich weiß, was man sich in der Stadt erzählt. Sie denken, daß Zombeck nur eine Marionette ist und ich in Wahrheit hier das Sagen habe, nicht wahr? Aber das stimmt nicht. Wir leiten das Internat zusammen – wenn Werner uns läßt.«

»Und jetzt suchen Sie nach Beweisen, um ihm einen Strick daraus zu drehen?«

Frau Steller antwortete nicht direkt darauf, sondern sagte: »Gotteslästerung ist eine Straftat. Sie wird zwar kaum noch verfolgt, aber wenn jemand Anzeige erstattet...«

»Wie ich zum Beispiel?«

Sie hatten die Tür erreicht. Die Steller blieb abermals stehen und streckte die Hand nach dem altmodischen Riegel aus, zögerte dann aber und sah ihn ernst an. »Ich glaube nicht, daß das eine gute Idee wäre«, sagte sie schließlich.

»Ich habe keine Angst vor Werner«, entgegnete Ronald. »Und auch nicht vor seinem Großvater.«

»Sie haben nichts mehr zu verlieren, wie?« Sie schnitt seine Antwort mit einer Kopfbewegung ab. Plötzlich klang ihre Stimme sehr warnend. »Hören Sie mir zu, Ronald: Sie begreifen noch immer nicht, wer Werner wirklich ist. Dieser Junge hat *Macht.* Und er setzt sie rücksichtslos ein. Sie dürfen keine Vernunft von ihm erwarten. Sie können ihn nicht einmal bedrohen – er ist nämlich viel zu dumm, um zu wissen, was Angst bedeutet.«

Sie öffnete die Tür. Kaltes Dezemberlicht fiel auf ihr Gesicht und überzog ihre Haut mit dem Glanz von poliertem Stein. »Werden Sie einen guten Rat von mir annehmen?« fragte sie.

»Wenn er wirklich gut ist...«

»Dann packen Sie Ihre Sachen und gehen Sie«, bat die Steller. »Noch heute. Werner wird ein paar Tage im Krankenhaus bleiben, aber ich bin ziemlich sicher, daß er, sobald er sich wieder bewegen kann, seinen Großvater anrufen wird. Sie sollten nicht mehr hier sein, wenn das geschieht.«

»Ich sagte es bereits: Ich habe keine Angst«, erwiderte Ronald.

»Aber das sollten Sie.« Sie zögerte einen Moment. »Ich mache Ihnen einen Vorschlag, Ronald. Ich rede mit Zombeck. Wir zahlen Ihnen das Gehalt für die restlichen drei Wochen im voraus aus. Noch heute. Und Sie verlassen Krailsfelden, ehe Großpapa hier auftaucht und Hackfleisch aus Ihnen macht.«

»Wollen Sie mir angst machen?« fragte Ronald.

Die Steller seufzte. »Ich wollte, ich könnte es«, sagte sie ernst. »Was glauben Sie, was Ihnen passiert, falls herauskommt, was Sie uns alles verschwiegen haben?«

»Werde ich dann entlassen?« grinste Ronald spöttisch.

Die Steller nickte. »Ja. So in fünf, sechs Jahren, schätze ich. Und selbst dann nur auf Bewährung.« Sie hob die Stimme, als er widersprechen wollte. »Jetzt überlegen Sie doch mal selbst, Ronald! Ein vorbestrafter Alkoholiker, der sich unter Vortäuschung falscher Tatsachen in ein Nobelinternat einschleicht und den Enkel eines der reichsten Männer dieses Landes krankenhausreif schlägt! Was glauben Sie, wie Ihre Chancen vor Gericht aussehen würden?«

»Nicht besonders rosig«, gestand Ronald. »Aber ich glaube nicht, daß Werner zur Polizei geht.«

»Was Sie glauben, interessiert Werner leider nicht«, sagte die Steller. »Er ist verrückt, begreifen Sie das doch! Er hält sich für unverwundbar, und, verdammt, beinahe ist er das auch! In den fünf Jahren, die er hier ist, haben wir drei Lehrer und einen Hausmeister entlassen – seinetwegen!«

»Zwei«, verbesserte Ronald.

»Zwei, Sie mitgerechnet, stimmt.« Sie wurde heftig. »Ronald, ich meine es doch nur gut mit Ihnen, warum begreifen Sie das nicht endlich? Sie können sich eine Menge Ärger ersparen, wenn Sie auf mich hören und einfach gehen.«

»Und sich.«

»Und uns«, gestand die Steller ungerührt. »Ja. Aber vor allem sich selbst. Und Sie –«

Das Geräusch schneller Schritte unterbrach sie. Frau Steller und Ronald drehten sich gleichzeitig um und erblickten eine gebückte, schlanke Gestalt, die erst nach einigen Augenblicken als Direktor Zombeck erkennbar wurde, der so rasch den Gang heruntergelaufen kam, daß er schon fast rannte.

»Herr Direktor?« fragte die Steller überrascht. »Was –?«

Zombeck legte die letzten Meter nun wirklich im Laufschritt zurück und unterbrach sie sofort mit einer hastigen Geste. Sein Atem ging schnell. »Marianne!« sagte er. »Gut, daß ich Sie treffe. Die Polizei hat gerade angerufen.«

»Polizei?«

Die Steller wurde blaß, und auch Ronald war sehr überrascht. Er hatte alles, was die Steller ihm gesagt hatte, verstanden und auch ernst genommen, aber er hatte nicht damit gerechnet, daß Werner *so* schnell reagieren würde. Dann sprach Zombeck weiter, und er begriff, daß er sich getäuscht hatte.

»Es geht um Fred«, sagte Zombeck schweratmend. Sein Blick heftete sich auf Frau Stellers Gesicht und blieb dort.

»Er ist aus dem Krankenhaus ausgebrochen«, keuchte er. »Vergangene Nacht.«

»Ausgebrochen?« wiederholte Ronald verwirrt. »Seit wann bricht man aus einem Krankenhaus aus?«

»Er war im Gefängnishospital«, korrigierte sich Zombeck. »Bei seinem Vorstrafenregister war die letzte Schlägerei genau das, worauf die Polizei noch gewartet hat.«

»Oh«, sagte Ronald, nur mäßig interessiert. »Ich verstehe.«

Zombeck schüttelte heftig den Kopf. »Ich fürchte, Sie verstehen nicht«, rief er. Er trat einen Schritt näher, und Ronald sah jetzt, daß sein Gesicht vor Schweiß glänzte und bleich war wie das eines Toten. »Er hat einen Pfleger umgebracht.«

4

Eine tiefe, bedrohliche Stille hatte sich im Haus ausgebreitet, nachdem die Polizisten und alle anderen gegangen waren. Doch Apson – Gloria hatte sich seinen Namen am Schluß doch noch gemerkt, weil sie ziemlich sicher war, ihn noch sehr oft zu hören – hatte keinen Zweifel daran gelassen, daß sie sich noch im Laufe des Tages wiedersehen würden. Und natürlich war das Gespräch genau so verlaufen, wie sie befürchtet hatte: Apsons plötzliches Interesse war so rasch wieder erloschen, wie es aufgeflammt war. Natürlich hatte er kein Wort gesagt, aber sie hatte in seinem Blick gelesen, was er von ihrer Geschichte hielt: eine junge Frau, die vor Kummer und Schmerz halb hysterisch war und wilde Anschuldigungen gegen Gott und die Welt vorbrachte. Das kannte man ja. Gloria hatte nicht noch einmal versucht, ihn zu überzeugen. Er hatte sich Ronalds Namen notiert, die von Zombeck und der Steller, und schließlich sogar die Uhrzeit, zu der sie die Schwarze Messe beobachtet haben wollte (er hatte wirklich gesagt: *wollte!*); und er hatte ihr auch versprochen, sofort zum Internat hinaufzufahren und der Sache auf den Grund zu gehen.

Gloria hatte eine ziemlich konkrete Vorstellung davon, wie dieses Auf-den-Grund-Gehen aussehen würde: ein diskretes Gespräch, ein mitleidiges Lächeln... Nein, von dieser Seite hatte sie keine Hilfe zu erwarten. Aber sie war auch nicht ganz wehrlos.

Sie hatte gewartet, bis sie allein war. Dann hatte sie sorgfältig die Kirche abgeschlossen, war wieder ins Pfarrhaus zurückgegangen und hatte auch hier alle Türen und Fenster verriegelt. Und jetzt war sie in Onkel Henks Arbeitszimmer und starrte den Schreibtisch an. Sie wußte, daß die Antwort auf alle Fragen in seinen Schubladen verborgen lag, genauer gesagt: in dieser einen Schublade, die Onkel Henk so sorgsam abgeschlossen hatte. Aber sie zögerte noch, sie zu öffnen. Vorhin, als sie das Haus verriegelt hatte, war ihr alles so einfach erschienen. Die Beamten hatten Onkel Henks Leichnam fortbringen lassen, und sie hatte es nicht gewagt, nach seinem Schlüsselbund zu fragen. Apson mochte sie für hysterisch halten, aber er war schließlich Polizist, und er hätte zumindest ein paar unbequeme Fragen gestellt. Und eine Schreibtischschublade aufzubrechen, stellte selbst einen handwerklich wenig begabten Menschen wie sie kaum vor Probleme: Sie war also in den Keller gegangen, hatte ein paar Schraubenzieher, eine Zange und ein Brecheisen geholt und alles auf die Schreibtischplatte gelegt.

Doch nun stand sie wie gelähmt da und starrte das Möbelstück an.

Sie hatte Angst. Vor dem, was sie finden könnte, viel mehr noch aber vor der Tatsache an sich, diese Schublade aufzubrechen. Die Vorstellung, seinen Schreibtisch zu knacken, kam der gleich, sich mit einem Brecheisen an seinem Sarg zu schaffen zu machen.

Unsinn, dachte sie. *Jetzt benimm dich nicht wie eine hysterische Ziege, sondern wie ein erwachsener Mensch!*

Es half. Ihre Hände zitterten noch immer, als sie nach dem Schraubenzieher griff, aber ihre Bewegungen waren trotzdem rasch und zielbewußt. Sie hatte auch keine Angst mehr. Die verzweifelte Leere in ihrem Innern war einer zornigen Entschlossenheit gewichen, die Mörder ihres Onkels zu stellen. Und zu bestrafen. Wenn es sein mußte, ganz allein.

Rasch schraubte sie den Zierbeschlag aus Messing ab, legte das Schloß frei und betrachtete es einen Augenblick lang unschlüssig. Sie stocherte dann mit dem Schraubenzieher im Schloß herum und zog ihn ohne sonderliche Enttäuschung wieder zurück, als sich nichts tat.

Und jetzt?

Sie legte den Schraubenzieher aus der Hand und betrachtete das Brecheisen. Das wäre die einfachste Lösung. Der Schreibtisch war alt und massiv, aber das Brecheisen war neu und noch sehr viel massiver. Ein einziger, entschlossener Ruck, und –

Nein. Sie wußte, wie sehr Onkel Henk an jedem einzelnen Stück in dieser Wohnung gehangen hatte. Und ganz besonders an seinem Schreibtisch. Ihn zu zerstören, war der allerletzte Ausweg.

Gloria ließ sich auf die Knie herabsinken, beugte sich vor und begutachtete aufmerksam die Unterseite des Tisches. Vielleicht war es möglich, die gesamte Platte abzuschrauben.

Das Telefon schrillte.

Gloria fuhr erschrocken zusammen, versuchte automatisch sich aufzurichten und dachte zu spät daran, wo sie sich befand – mit dem Ergebnis, daß sie mit voller Wucht gegen die Schreibtischkante stieß. Der Schmerz war so heftig, daß ihr übel wurde.

Das Telefon klingelte zum viertenmal, bis Gloria das Schwindelgefühl zwischen ihren Schläfen wieder soweit unter Kontrolle hatte, daß sie die Hand nach dem Hörer ausstrecken und abheben konnte. Eine Sekunde bevor sie es tat, brach das Klingeln mitten im Ton ab; sie vernahm nur noch das Freizeichen, als sie den Hörer ans Ohr hielt und sich meldete. Ärgerlich hängte sie wieder ein, rieb sich die schmerzende Stelle am Hinterkopf und trat abermals um den Schreibtisch herum. Der Schmerz machte sie zornig. Sie begriff, wie albern es war, Rücksicht auf ein Möbelstück zu nehmen, wo es darum ging, Onkel

Henks Tod aufzuklären. Verdammt, sie hätte dieses ganze Haus niedergerissen, wenn sie damit auch nur einen Schritt weitergekommen wäre!

Das Telefon klingelte erneut, aber eine tiefe, klar modulierte Stimme sagte: »*Tu das nicht.*«

Gloria erstarrte. Drei, vier, fünf Sekunden lang blickte sie den Apparat an, den Hörer, der *aufgelegt* war und aus dem gar keine Stimme kommen konnte; dann fuhr sie herum, riß das Brecheisen in die Höhe und ließ es mit aller Kraft auf das Telefon herunterkrachen.

Der Apparat zersplitterte. Das Schrillen der Glocke verstummte mit einem letzten, quietschenden Mißton, der sich in Glorias Ohren fast wie ein Schmerzensschrei anhörte, und kleine, schwarze Kunststoffteile regneten durch das ganze Zimmer. Gloria schrie noch einmal, riß das Brecheisen zum zweitenmal hoch und ließ es wieder heruntersausen, um auch noch den Rest des Apparates zu zerstören. Es gab einen sonderbar klatschenden Laut, als sie in das Gewirr von Drähten und Plastiksplittern fuhr, und wieder flogen kleine, scharfkantige Bruchstücke davon.

Einige trafen ihr Gesicht und ihre Hände.

Aber es war kein Kunststoff.

Die Berührung war zu weich, zu warm und zu *flüssig,* und Kunststoff wäre auch nicht auf ihrer Haut zu dunklem Rot geronnen und in schmierigen Spuren über ihre Finger gelaufen ...

Fassungslos starrte Gloria auf das, was ihre Hände benetzte, auf ihr Gesicht und ihre Bluse herabgeregnet war und noch immer mit einem leisen, feuchten Geräusch rings um sie herum niederplätscherte, warm und rot und widerwärtig süßlich riechend.

Blut.

Aber das ist doch unmöglich! dachte sie. Die scheinbare Gelassenheit, mit der sie diesen Gedanken verfolgte, war nur ein verzweifelter Versuch ihres Bewußtseins, nicht völlig in den Wahnsinn abzugleiten.

Doch dann wandte sie den Kopf und blickte auf die zertrümmerten Reste des Telefonapparats.

Es war kein Telefon mehr.

Was da auf der Schreibtischkante lag, war ein schmieriges, pulsierendes Ding, ein pumpender Balg aus Rot und Weiß und zertrümmerten Knochen, der mit furchtbar verzerrter Stimme noch einmal sagte: *»Bitte, tu es nicht!«*

Und dann veränderte sich ihre Hand.

Sie hielt noch immer das Brecheisen, aber es war plötzlich nicht mehr Glorias Hand, sondern die eines alten, kräftigen Mannes, mit starken, kurzen Fingern, die sich mit schmerzhafter Kraft um das Ende des Brecheisens klammerten, das plötzlich kein Brecheisen mehr war, sondern ein rostzerfressener, verbogener Stab, an dessen Ende ein Fetzen blutiger Kopfhaut hing.

Sie taumelte zurück und prallte gegen die Tür. Sie kreischte, brüllte ihr Entsetzen hinaus, mit einer Lautstärke, die ihr schier die Kehle zu zerreißen schien – *und einer Stimme, die so wenig ihr gehörte wie diese Hand! Der Stimme eines alten Mannes!*

Dann sprang die Schreibtischschublade auf.

Gloria konnte ganz deutlich das leise Klicken hören, als sich das Schloß entriegelte. Wie von einer Explosion getroffen, flog die Schublade heraus, fiel zu Boden und zerbrach. Und aus dem leeren Fach quoll ein pulsierender Strahl dicken, warmen Blutes.

5

Allein im Lauf der letzten fünf Minuten waren acht Autos an Freddys Versteck vorbeigefahren, und nur ein einziges hatte den Weg in die Stadt *hinein* eingeschlagen. Alle anderen waren aus Krailsfelden herausgekommen, und obwohl Fred die Straße aus einem ungünstigen Winkel heraus beobachtete und zudem durch das dichte Gestrüpp behindert war, hinter dem er Deckung gesucht hatte, war ihm aufgefallen, daß die Wagen fast ausnahmslos vollbesetzt waren.

Sieht aus, als verlassen die Ratten das sinkende Schiff, dachte er – und wunderte sich ein bißchen über seine eigenen Gedanken. Irgend etwas stimmte nicht mit ihm. Seit er aus dem Hospital ausgebrochen war *(warum, zum Teufel, hatte er das eigentlich getan?),* dachte er manchmal sonderbare Dinge. O ja – und er *tat* auch sonderbare Dinge. Wie zum Beispiel den Pfleger umzulegen. Freddy konnte sich beim besten Willen nicht erklären, warum er das getan hatte. Aber es berührte ihn auch nicht sonderlich. Irgendwie war es, als hätte es ein anderer getan, an seiner Stelle – oder er anstelle eines anderen. So oder so: Er hatte nicht das Gefühl, verantwortlich dafür zu sein.

Dabei war sich Fred durchaus im klaren, daß sie ihn suchen würden. Wahrscheinlich war gerade in diesem Moment eine ganze Armee von Bullen unterwegs, um ihn aufzuspüren. Aber auch das störte ihn nicht sonderlich. Neben einer Menge fremder Gedanken war auch noch die unerschütterliche Sicherheit in ihm, daß ihm nichts geschehen würde, solange er befolgte, was... was...

Ja – was eigentlich?

Er dachte einen Moment über diese Frage nach und kam dann zu dem Schluß, daß es wahrscheinlich das beste war, wenn er weiter auf seine innere Stimme hörte; wobei er nicht einmal sicher war, ob es wirklich *seine* Stimme war. Immerhin hatte sie ihn sicher bis hierher geleitet. Er hatte fast fünfzehn Kilometer zurückgelegt, und er war allein auf diesem Stück zwei Straßensperren und einer Zivilstreife der Bullen ausgewichen, und jedesmal hatte er die Gefahr gespürt, ganz deutlich und früh genug, um ihr zu entgehen.

Ein weiterer Wagen quälte sich die steil ansteigende Straße hinauf, die aus Krailsfelden herausführte. Freddy duckte sich hinter seinem Busch. Und er blieb auch dort, als der VW längst außer Sichtweite war.

Er wartete.

6

Ronald hatte das Versteck hinter der Tür in weitem Umkreis abgesucht, und er hatte eine ganze Menge gefunden: eine dünne Silberkette mit einem winzigen Kreuz, an dem jemand mit Geschick die Öse abgebrochen und am unteren Ende wieder angelötet hatte, so daß man es verkehrt herum tragen konnte; ein abgebrochenes Stück des hölzernen Kreuzes, das Werner und seine Freunde am vergangenen Abend in den Boden gerammt und angezündet hatten; den Fetzen einer braunen Kutte, an dem etwas klebte, das wie Blut aussah. Er hatte alles sorgsam aufgehoben und in eine Tasche seines Anoraks gesteckt. Glorias Schuh hatte er nicht gefunden. Also blieb als letzte Möglichkeit nur der Schuppen.

Die Tür des baufälligen Gebäudes quietschte, als er sie aufschob und sich suchend umblickte, und wieder war es für einen Moment, als huschten die Schatten wie kleine finstere Lebewesen vor ihm zurück, als er den Schuppen betrat.

Verdammt, er mußte endlich aufhören, in jedem Schatten ein Gespenst zu sehen und hinter jedem Geräusch eine tödliche Gefahr zu vermuten! Wenn er sich nicht ein bißchen zusammenriß, dann brauchte Werner sich gar nicht mehr anzustrengen, um ihn fertigzumachen.

Mit einer ärgerlichen Bewegung schloß er die Tür hinter sich, machte einen Schritt nach vorn und registrierte mit Verärgerung, daß er damit nicht nur die Kälte und den Regen, sondern auch den Großteil des Tageslichts ausgesperrt hatte, so daß er sich noch einmal herumdrehen und die Tür wieder öffnen mußte. So banal der Zwischenfall schien – er reichte, um seine Laune noch weiter zu verschlechtern. Hätte er es Gloria nicht versprochen, hätte er den Teufel getan, hier jetzt im Dreck herumzukriechen und nach einem *Schuh* zu suchen!

Mit gesenktem Blick ging er durch den Schuppen, stieß sich kräftig das Schienbein an etwas, das eine scharfe Kante hatte, und sah abrupt hoch, als er ein Geräusch hörte. Der Schatten fiel ihm ein, den er zu sehen geglaubt hatte.

Phantasierte er jetzt endgültig?

Nein – das Geräusch war real geworden. Irgend etwas hatte geklappert; und der Ton war eindeutig zu laut gewesen, als daß ihn der Wind oder seine eigenen Schritte hätten verursachen können.

Aber da war nichts. Der Schuppen war *vollgestopft* mit Dingen – aber keines davon war in der Lage, aus eigenem Antrieb heraus irgendein Geräusch zu verursachen: leere Öl- und Benzinfässer, ein halb auseinandergebautes Automobil, ein ganzer Stapel leerer, halb verrotteter Holzkisten, in einer Ecke das zertrümmerte Mofa mit dem Hakenkreuzsymbol auf dem Tank...

Dabei würde mir ein einfacher, schwarzer Damenschuh schon reichen, dachte er spöttisch, beugte sich über das Ölfaß, hinter dem er vor wenigen Stunden gehockt hatte, und suchte aufmerksam den Boden ringsum mit Blicken ab.

Etwas sirrte, und Ronald fuhr entsetzt und mit einem leisen Schrekkensschrei herum, als sich ein handlanges, rostiges Dreieck aus Eisen nur wenige Zentimeter neben seinem Gesicht in das Ölfaß bohrte.

Es waren seine Reflexe, die ihn retteten. Ronald ließ sich einfach zur Seite fallen, riß instinktiv die Arme über den Kopf, um sein Gesicht und seinen Hals zu schützen, und rollte über die linke Schulter ab. Gleichzeitig zog er die Knie an den Körper und stieß dann mit beiden Füßen zu. Das Ölfaß kippte mit einem gewaltigen Dröhnen und Scheppern um, rollte ein Stück weit davon – und kam zitternd zur Ruhe, von einem zweiten, dritten, vierten, fünften und sechsten eisernen Dreieck durchbohrt. Hinter ihm wuchs plötzlich ein gewaltiger, buckliger Umriß empor.

Er sprang auf, glitt auf dem feuchten Boden aus und wäre um ein Haar gleich wieder gefallen, fing den Sturz aber im letzten Moment mit ausgebreiteten Armen noch einmal ab und torkelte einen Schritt zurück. Das Ölfaß zitterte, ein Laut wie von zerreißender Seide erklang, und dann zerbrach es in zwei Teile. Ein stählernes Gebiß schnappte heraus und wühlte sich in den Boden – genau dort, wo er vor Sekunden noch gelegen hatte. Ein unheimliches Rasseln und Scheppern erklang, und ein stählernes Ungetüm bahnte sich mit brutaler Gewalt seinen Weg durch die zerbrechenden Überreste des Ölfasses.

Der Anblick war so bizarr, daß Ronald für einen Moment sogar die Gefahr vergaß, in der er sich befand.

Es war nichts anderes als das Monstrum von Rasenmäher, von dem Albert noch vor zwei Tagen behauptet hatte, er wäre völlig funktionsunfähig; aber nun bewegte er sich – und nicht nur das: Wo seine glatte, mit einem halben Dutzend Knöpfen und Schaltern bestückte Vorderfront gewesen war, da klaffte jetzt ein gezacktes Insektenmaul, dreieckig und mit zerfetzten Rändern, von denen Öl und Benzin wie stinkender Geifer troff, und mit zahlreichen unterschiedlich großen, aber ausnahmslos scharfen Metallzähnen. Die Räder, die nirgendwo mit einem Motor verbunden waren, wühlten in irrsinnigem Tempo über den Boden des Schuppens, und aus seinem Innern drang ein metallisches Schnaufen und Wimmern. Aus der rechten Flanke der Maschine ragte eine unterarmlange, gebogene Sichel, die in wahnsinnigem Tempo vor- und zurückzuckte.

Ronald machte einen zögernden Schritt und begriff mit schmerzhafter Deutlichkeit, daß das, was er sah, keineswegs *Einbildung* war, als das Rasenmähermonstrum ihm mit einem unerwartet schnellen Satz nachsprang und die wirbelnde Sichel sein Hosenbein samt der Haut darunter aufriß, so sauber und schnell, daß es fast eine Sekunde dauerte, bis er erst die Wärme seines eigenen Blutes und dann ein dünnes, aber entsetzlich quälendes Brennen verspürte.

Der Schmerz riß ihn endgültig in die Wirklichkeit. Er sprang zurück, sah die Bewegung der Maschine schon im Ansatz und drehte sich in die entgegengesetzte Richtung. Die reißenden Metallzähne griffen ins Leere, und die Sichel zerfetzte nicht sein Bein, sondern traf nur einen Stapel alter Zeitungen und verhakte sich in der zusammengeschimmelten Masse. Aus dem Kreischen und Surren, das aus der Maschine drang, wurde ein schrilles, fast wütendes Heulen, während sie ein kleines Stück zurückrollte und dabei die Sichel loszureißen versuchte; wie ein Skorpion, dessen Stachel sich im Leib seines Opfers verhakt hat. Es war nicht hell genug hier drinnen, als daß Ronald ganz sicher sein konnte – aber für einen Moment glaubte er grauen Rauch zu sehen, der aus dem hinteren Drittel des Maschinenkörpers drang.

Der Zeitungsstapel begann zu wanken, während sich die Räder des Rasenmähermonstrums immer schneller und schneller drehten und

Fontänen aus faulendem Stroh in die Luft schleuderten. Ronald machte zwei, drei Schritte in Richtung auf die Tür zu und zögerte noch einmal, gleichermaßen entsetzt wie fasziniert von dem unmöglichen Bild.

Um ein Haar hätte er sich mit diesem Zögern selbst umgebracht.

Der Zeitungsstapel rutschte zur Seite und richtete sich dann plötzlich wieder auf, wie in einer grotesken Verbeugung in Zeitlupe, und im gleichen Moment kam die Sichel in einem Wirbel aus Papierschlamm und -fetzen wieder frei; die Maschine entwickelte nun eine solche Schnelligkeit, daß ihre Bewegungen in der Dämmerung des Schuppens zu einem gleitenden Huschen wurden, dem Ronalds Augen kaum noch zu folgen vermochten. Sie hätte ihn zweifellos erwischt, hätte sie ihn direkt attackiert.

Aber das tat sie nicht. Und vielleicht war es gerade das, was Ronald am meisten schockierte.

Das *Ding* machte einen gewaltigen Satz, aber es sprang nicht direkt auf ihn zu, sondern durchsprang mit einer einzigen rasselnden Bewegung fast die Hälfte des Schuppens und war damit zwischen ihm und der Tür, wo es rasselnd und scheppernd und quietschend wieder zum Stillstand kam.

Großer Gott, das Ding war gigantisch! Ronald hatte sich nie die Mühe gemacht, den Rasenmäher genauer in Augenschein zu nehmen, aber er sah jetzt, daß er mindestens anderthalb Meter lang war, hüfthoch und so massig, daß er eine Tonne wiegen mußte, wenn sein Außenpanzer auch nur zur Hälfte mit mechanischem Innenleben gefüllt war!

Und er ist alles andere als eine stupide Maschine, dachte Ronald hysterisch.

Die Bewegung zur Tür hin war kein Zufall. Es hatte ihm damit den einzigen Fluchtweg abgeschnitten. Das Ding mußte entweder ferngelenkt sein – und zudem mit einer Videoanlage ausgerüstet –, oder es *dachte.* Und das eine war so unmöglich wie das andere.

Ronald wich zurück, prallte gegen ein Hindernis und tastete verzweifelt nach etwas, das er als Waffe benutzen konnte. Seine Finger verhakten sich in rostigem Drahtgeflecht. Blindlings packte er den Korb und schleuderte ihn auf den bizarren Angreifer, ohne damit auch nur den allermindesten Schaden anzurichten. Aber immerhin verlangsamte das Ding seinen Vormarsch ein wenig. Es rollte noch immer auf ihn zu, nur noch drei, allerhöchstens vier Meter entfernt, aber es schien es jetzt nicht mehr sehr eilig zu haben, als wüßte es genau, daß es sein Opfer in die Enge getrieben hatte und ihm keine Chance mehr blieb.

Hör auf! dachte Ronald wütend. *Das ist eine Maschine, mehr nicht!*

Es half. Aus der lähmenden Panik, die sich in ihm breitgemacht hatte, wurde erträgliche Angst. Und damit wurde er fertig. Er verschob die Lösung des Rätsels, *was* ihn da überhaupt angriff, auf später und konzentrierte sich auf ein näherliegendes Problem: zu überleben.

Maschine oder Dämon, das Ding da vor ihm hatte einen Körper, und es bewegte sich, und das hieß, daß er es zerstören und seinen Bewegungen zuvorkommen konnte, wenn er nur schnell genug war.

Er täuschte eine Bewegung nach links an, drehte sich im allerletzten Moment in die andere Richtung und führte auch diesen Schritt nicht zu Ende, sondern sprang mit einem gewaltigen Satz direkt auf das Maschinenmonster zu und über seinen buckligen Rücken hinweg. Die Sichel fuhr mit einem widerwärtigen Zischen durch die Luft, auf der anderen Seite der Maschine öffnete sich plötzlich eine Klappe, und ein Dutzend fingerlanger, rostiger Metalldorne schnappten heraus, um Hackfleisch aus seinen Waden zu machen.

Aber selbst dieses doppelte Täuschungsmanöver klappte nur mit viel Glück, denn so plump das Ding aussah – es reagierte mit phantastischer Schnelligkeit: Sein Rückenpanzer teilte sich entlang einer Naht, die eine Sekunde zuvor noch nicht dagewesen war, und eine dünne, zuckende Metallpeitsche schlug wie ein Tentakel nach seinen Füßen, wickelte sich um seinen Knöchel und ließ wieder los; jedoch nicht, ohne einen fünf Zentimeter breiten Hautstreifen und ein Stück seiner Hose mitzunehmen.

Ronald strauchelte, fiel ungeschickt auf Hände und Knie herab und sah aus den Augenwinkeln, wie der Rasenmäher abermals auf der Stelle herumwirbelte. Die Sichel schnappte nach seinem Schädel und verfehlte ihn nur um Haaresbreite. Instinktiv warf er sich auf den Rücken, trat mit aller Kraft zu und biß vor Schmerz die Zähne zusammen, als seine Füße an dem harten Metall abprallten. Das *Ding* zitterte nicht einmal.

Unsicher kam er wieder auf die Füße, wich erneut zwei, drei Schritte vor dem Monstrum zurück und sah sich hastig um. Sein verzweifelter Sprung hatte nicht viel gebracht – er befand sich jetzt einfach auf der anderen Seite der Maschine. Aber das *Ding* beging auch jetzt nicht den Fehler, sich sofort auf ihn zu stürzen und ihm damit vielleicht – vielleicht! – die Sekunde zu schenken, die er brauchte, um die Tür zu erreichen, sondern rollte blitzartig an ihm vorbei und verstellte ihm abermals den Weg, ehe es auf der Stelle wendete und mit klappernden Eisenzähnen wieder näher kam.

Ronald fluchte lautlos in sich hinein. Verdammt, er hatte gelernt, mit jeder Art von lebendem Gegner fertigzuwerden, und wenn es sein mußte, sogar mit einem Panzer – aber niemand hatte ihm beigebracht, mit einer *lebenden Maschine* zu kämpfen!

Hastig wich er bis zur gegenüberliegenden Wand zurück und griff hinter sich, ohne das Monstrum auch nur einen Sekundenbruchteil aus den Augen zu lassen. Er fühlte verquollenes, feuchtes Holz und rostige Nägel, aber er gab den Gedanken, einfach durch die Wand des Schuppens zu brechen, schnell wieder auf. Wahrscheinlich war es sogar zu schaffen – aber er würde zwei, drei Sekunden dazu benötigen, die ihm der Angreifer garantiert nicht ließ. Dann fiel sein Blick auf das Autowrack, das nur wenige Meter neben ihm stand.

Mit einem einzigen Satz sprang er darauf los und flankte über die Kühlerhaube. Der Rasenmäher reagierte prompt und so schnell, wie er befürchtet hatte: Seine Reifen drehten sich mit irrsinniger Geschwindigkeit und katapultierten den rostigen Metallkörper regelrecht nach vorne. Die Metallpeitsche schlug nach Ronald, verfehlte ihn und riß ein Stück Blech aus dem Kotflügel; und dann erbebte das Autowrack wie unter dem Einschlag einer Kanonenkugel. Eine der geborstenen Scheiben fiel nach außen und überschüttete den Angreifer mit einem Hagel von Splittern, und beide Vorderräder brachen ab, so daß der ganze Wagen mit einem dumpfen Krachen nach vorne kippte – und eine unüberwindliche Barriere zwischen Ronald und dem Rasenmäher bildete.

Es dauerte ein paar Sekunden, bis Ronald überhaupt begriff, was geschehen war. Der Rasenmäher rollte mit einem ärgerlichen Surren ein Stück zurück, drehte sich zur Seite und versuchte das Hindernis zu umfahren, aber der Wagen war fast einen halben Meter nach vorne gerutscht, und der Spalt zwischen der Stoßstange und der Wand reichte nicht mehr aus, um das Monstrum durchzulassen.

Vorsichtig richtete sich Ronald hinter seiner Deckung auf und starrte die Killermaschine an.

Und sie ihn.

Es war verrückt – das *Ding* hatte weder Augen noch Scheinwerfer oder sonst irgend etwas, womit es sehen konnte, aber er spürte einfach, daß er angestarrt wurde, und dieses Gefühl des Angestarrtwerdens wurde von einem so starken Empfinden von Haß und Bosheit begleitet, daß er aufstöhnte.

Das war keine Maschine, dachte er. Aber es war auch nichts Lebendes, sondern eine dritte Form der Existenz, etwas, das nicht sein durfte, aber doch war, und dessen Dasein gegen jedes Gesetz der Natur verstieß. Es war nicht Werner, der dieses *Ding* geschickt hatte, auch das begriff er in dieser Sekunde. Wer immer diese Kreatur erschaffen hatte, war *mächtig*.

Dann brach der Bann. Die Maschine rollte zurück, und Ronald fuhr entsetzt zusammen, als sie mit durchdrehenden Rädern wieder vorschoß und mit fürchterlicher Gewalt gegen den Wagen krachte. Ihre eisernen Reißzähne zerfetzten die Tür und einen Teil des Kotflügels wie Papier. Metallsplitter, Dreck und Rostklumpen regneten auf Ronald herab und machten ihm mit schmerzhafter Deutlichkeit klar, daß er keineswegs in Sicherheit war.

Einen Moment lang sah er dem wütenden Reißen und Wühlen des stählernen Gebisses beinahe fasziniert zu, ehe ihm bewußt wurde, mit welch entsetzlicher Schnelligkeit sich das Ungeheuer durch das Autowrack fraß. Ein paar Sekunden, mehr hatte er nicht.

Er fuhr herum, blickte die Wand vor sich prüfend an und trat dann mit aller Kraft zu. Das morsche Brett zersplitterte schon unter dem ersten Tritt und flog davon. Gehetzt blickte er sich um, sah, wie nahe der Angreifer bereits war, und trat noch einmal zu, und noch einmal und noch einmal, bis die Öffnung groß genug war. Hastig duckte er sich, kroch durch das ausgezackte Loch in der Bretterwand ins Freie und richtete sich wieder auf. Hinter ihm erscholl ein kreischender, eindeutig *wütender* Laut – und fast in der gleichen Sekunde traf ein fürchterlicher Schlag die Wand.

Der ganze Schuppen bebte. Ein Teil des Daches stürzte nach innen, und einen Augenblick später neigte sich die gesamte Wand und brach polternd und krachend zusammen.

Ronald humpelte ein paar Schritte rückwärts, ehe er sich umdrehte. Sein Bein tat weh, er war vollkommen erschöpft, und er wußte, daß die herabstürzenden Balken und Dachschindeln dem Monster kaum ernsthaften Schaden zugefügt haben konnten – aber gleichzeitig wußte er auch mit unerschütterlicher Sicherheit, daß er hier draußen nicht mehr in Gefahr war. Es regnete, der Himmel war bedeckt, aber es war *Tag,* und dieses *Ding* da drinnen war ein Geschöpf der Dunkelheit, das hier draußen keine Macht mehr hatte. So blieb er einfach stehen und sah zu, was weiter geschah.

Daß der Schuppen überhaupt noch stand, glich einem Wunder. Sein Dach war zum größten Teil eingestürzt, aber aus irgendeinem Grund weigerte er sich noch, völlig zusammenzubrechen. Und unter all den Brettern und Trümmern bewegte sich etwas.

Eines der Bretter flog, wie von einem Faustschlag getroffen, davon, und etwas Dünnes, Glänzendes, Verbogenes blitzte aus der Öffnung heraus: der zersplitterte Stumpf der Sichel.

Ronald wich einen weiteren Schritt zurück.

Ein zweites Brett flog davon, dann kam der ganze Schuppen ins Rutschen, als sich etwas Großes, Rostiges, Verbeultes seinen Weg ins Freie bahnte. Metallzähne klapperten, schnappten wie die Fänge eines sterbenden Rieseninsekts und zermalmten Holz und Metall, als sich das Ungetüm mühsam aus dem Trümmerhaufen herausarbeitete, unter dem es sich selbst begraben hatte.

Zum erstenmal sah Ronald das *Ding* im hellen Tageslicht, und was er erblickte, ließ ihn aufstöhnen.

Das, was im Halbdunkel des Schuppens eine bedrohliche Maschine gewesen war, entpuppte sich jetzt als gedrungenes, beinahe *insektenhaftes* Geschöpf, das kaum noch Ähnlichkeit mit einem Rasenmäher hatte. Es war keine Einbildung, dachte Ronald entsetzt – das Ding *hatte* sich verändert. Und es veränderte sich noch immer. Der zerfetzte Schlund an seiner Vorderseite war jetzt eindeutig ein Maul, und darüber waren zwei faustgroße Buckel entstanden, wie eiserne Facettenaugen. Es hatte noch immer Räder, aber aus der peitschenden Metallschnur war ein glitzernder, gebogener Schwanz geworden, an dem ein fürchterlicher Stachel saß.

Plötzlich begriff er, daß er dem Todeskampf der Kreatur zusah, als ob sich die finstere Macht, die es beseelte, noch einmal aufbäumte, um die unheimliche Veränderung doch zu vollenden.

Aber seine Bewegungen wurden bereits schwächer. Das Peitschen des glitzernden Skorpionschwanzes wurde langsamer, zielloser. Eines der vier Räder blockierte, so daß das Ding nicht mehr in der Lage war, geradeaus zu rollen, sondern einen mühsamen Zickzackkurs einschlug. Das wütende Heulen, das aus seinem Innern drang, verwandelte sich in ein immer schriller werdendes Kreischen, und dann quoll Rauch aus seinem stählernen Insektenmaul.

Die Dunkelheit hatte das *Ding* erschaffen. Das Licht tötete es. *Es starb.*

Schaudernd riß Ronald sich vom Anblick des völlig zerstörten Monstrums los und sah an sich herab. Sein Hosenbein hing in Fetzen, und der Schnitt in seiner Wade war tiefer, als er angenommen hatte.

»Sie sollten das verbinden. Die Wunde sieht übel aus.«

Ronald fuhr ein wenig zu hastig herum, als daß dem Mann hinter ihm sein Erschrecken verborgen bleiben konnte; und außerdem jagte die heftige Bewegung einen glühenden Schmerzpfeil durch sein Bein, so daß er die Zähne zusammenbiß und einen ungeschickten, humpelnden Schritt zur Seite machte.

»Wie ist das passiert?«

Der Mann, der so jäh hinter ihm aufgetaucht war, deutete auf Ronalds Bein und gleich danach auf den zusammengestürzten Schuppen, so daß nicht genau auszumachen war, was er mit dieser Frage überhaupt meinte. Ronald antwortete nicht darauf, sondern musterte den Fremden mit unverhohlener Neugier: Er hatte ungefähr seine Größe, mußte die Fünfzig aber schon vor geraumer Zeit hinter sich gelassen haben. Sein Gesicht war so durchschnittlich, daß es schon fast wieder auffiel – eines jener Gesichter, die man ansah und sofort wieder vergaß; nur die Augen paßten nicht zu dem unscheinbaren Eindruck. Es waren Augen, die sich nicht einmal durch besondere Intelligenz auszeichneten, die aber unentwegt in Bewegung waren; kleine, überaus wache Augen, denen nicht die geringste Regung entging. Außerdem, dachte Ronald, mußte er sich so lautlos wie eine Katze bewegt haben.

»Ein Unfall«, antwortete er mit einiger Verspätung. Er versuchte zu lächeln. Es gelang ihm nicht, aber der andere hatte das Blut an seinem Bein gesehen und würde den verkniffenen Ausdruck auf seinen Zügen auf die Verletzung schieben.

Der Blick der aufmerksamen Augen huschte über die zertrümmerte Scheune und blieb für Ronalds Empfinden eine Sekunde zu lang am Wrack des Rasenmähermonstrums hängen. Wieviel hatte er gesehen?

»Ein Unfall, so. Na ja – diese alten Bruchbuden sind eben manchmal lebensgefährlich. Kommen Sie, ich helfe Ihnen.«

Ronald ignorierte die Hand, die sich hilfreich in seine Richtung ausstreckte. Er rührte sich auch nicht von der Stelle. »Wer sind Sie?« fragte er.

»Apson«, antwortete der andere. »Mein Name ist Herbert Apson. Sie sind Ronald Bender, nehme ich an.«

Ronald nickte verblüfft. »Woher –«

»Wir kennen uns nicht«, fiel Apson ihm mit einem leichten Lächeln ins Wort. »Aber man hat mir gesagt, daß ich Sie wahrscheinlich hier finden würde. Ich hätte ein paar Fragen an Sie, Herr Bender. Falls Sie sich in der Lage fühlen, sie zu beantworten, heißt das«, fügte er mit einem Blick auf Ronalds blutende Wade hinzu.

»Fragen? Was für Fragen?«

Apson seufzte und griff mit einem Gesichtsausdruck in die Manteltasche, der Ronald erraten ließ, was er herausziehen würde, noch ehe er es tat.

»Entschuldigen Sie, daß ich mich nicht korrekt vorgestellt habe«, sagte er, während er die ovale Messingmarke zückte und so weit in Ronalds Richtung hob, wie die dünne Kette es zuließ, an der sie befestigt war. »Inspektor Apson, Kriminalpolizei Stuttgart.«

Er deutete auf den Schuppen und lächelte noch etwas breiter. »Wollen wir uns hier unterhalten, oder gehen wir ins Haus?«

7

Zombecks Gesicht war noch blasser geworden, und der Ausdruck dumpfen Schreckens in seinen Augen hatte sich vertieft. Sein Atem ging so schwer, daß er sich in der Stille des Zimmers wie das Geräusch einer defekten Maschine anhörte. Er hatte nicht einmal aufgesehen, als die Steller das Zimmer betreten hatte.

Verwirrt sah sie ihm einen Moment lang ins Gesicht, ehe sie begriff, daß Zombeck gar nicht sie anstarrte, sondern die Tür, durch die sie gekommen war. Er schien sie nicht einmal zur Kenntnis zu nehmen.

»War das . . . Albert, den ich da gerade gesehen habe?« fragte sie, nur um irgend etwas zu sagen: Der Lehrer hatte sie nämlich über den Haufen gerannt, so eilig hatte er es gehabt, Zombecks Büro zu verlassen.

Zombeck nickte schwerfällig. Die Worte schienen den Bann gebrochen zu haben, denn in seinem Blick glomm ein schwaches Erkennen auf. Aber das Entsetzen blieb. *Was, um alles in der Welt, ist zwischen Albert und ihm vorgefallen?* dachte sie.

»Er . . . geht«, sagte Zombeck schleppend.

»Das habe ich gemerkt«, entgegnete die Steller. »Und er hatte es ziemlich eilig.«

»Du verstehst mich nicht, Marianne. Er hat gekündigt.« Zombecks Stimme zitterte.

»*Gekündigt? Albert?*« Zombeck hatte keinen Grund, sie zu belügen, und trotzdem glaubte sie ihm im ersten Moment einfach nicht. Warum, zum Teufel, sollte Albert kündigen? Noch dazu jetzt, nur ein paar Tage bevor das Schuljahr sowieso zu Ende ging?

»Fristlos«, ergänzte Zombeck.

»Aber warum denn?« fragte die Steller fassungslos und setzte sich.

Zombeck lachte bitter. »Ohne Angabe von Gründen«, antwortete er. »Und ich bin sogar sicher, daß er es nicht einmal selbst weiß. Aber du und ich, wir wissen, warum, Marianne. Es beginnt. Und er spürt es. Alle spüren es.«

»Unsinn«, widersprach die Steller. Aber ihre Stimme hatte nicht einmal mehr genug Festigkeit, um sie selbst zu überzeugen. Trotzdem fügte sie hinzu: »Wir haben noch Zeit. Es –«

»Nein, das haben wir nicht!« Zombeck schlug mit der Faust auf den Tisch und sprang halb aus seinem Stuhl auf, und die Steller starrte ihn eine Sekunde lang erschrocken an, ehe sie sich rasch im Stuhl herumdrehte und zur Tür sah. Zombeck hatte laut genug geschrien, um auch draußen deutlich verstanden werden zu können.

»Bitte!« zischte sie beschwörend. »Nicht so laut! Es muß doch nicht gleich jeder hören, daß –«

»Was?« Zombeck setzte sich wieder, und das lodernde Feuer in seinen Augen erlosch. Aber seine Stimme war scharf, und seine Hände zitterten vor Erregung. »Was?« fragte er noch einmal. »Marianne – es ist soweit. Sie... sie sind wieder da! Und alle spüren es! Es beginnt! Es... es hat längst angefangen!«

Frau Steller zwang sich, eine Weile zu schweigen und Zombeck so ruhig anzusehen, wie es ihr nur möglich war. Ein falsches Wort, ein falscher Blick, eine winzige Geste, und Zombeck würde einfach zusammenbrechen, das spürte sie. Es war zuviel für ihn. Sie hatte immer gewußt, daß es eines Tages soweit kommen würde, und trotzdem erschrak sie zutiefst, als sie begriff, daß der Zusammenbruch jetzt unausweichlich war. Vielleicht noch nicht sofort, nicht in dieser Stunde, vielleicht nicht einmal heute – aber *dieses Mal.*

»Vielleicht hast du sogar recht«, meinte sie, betont ruhig. »Aber selbst wenn, gibt es nichts, was wir tun könnten. Außer, einen klaren Kopf zu bewahren.«

Zombeck ächzte. »Du verstehst nicht«, stammelte er. »Es... es ist anders, diesmal! Irgend etwas ist anders. Sie... sie werden sich nicht damit zufriedengeben, ein paar Scheiben einzuschlagen oder ein leerstehendes Haus niederzubrennen. Etwas Furchtbares wird passieren. *Ich weiß es.*«

»Unsinn«, widersprach die Steller noch einmal – und jetzt wirklich überzeugt. »Was soll anders sein als sonst?«

Aber etwas *war* anders. Sie spürte es ebenso wie Zombeck. Sie wollte es nur noch nicht wahrhaben. Aber tief drinnen fühlte sie, daß er recht hatte.

»Vanderbilt zum Beispiel«, antwortete Zombeck.

Die Steller schnaubte. »Vanderbilt! Dieser Polizist hat selbst gesagt, daß es ein Selbstmord war.«

»Ja – und du weißt so gut wie ich, wer ihn dazu getrieben hat.«

»Niemand!« entgegnete die Steller heftig. »Verdammt, hör auf, dir die Schuld an allen Verbrechen der Welt zu geben! Er war ein alter Mann. Vielleicht hat er einfach den Verstand verloren.«

»Und Bender?«

»Was soll mit ihm sein?«

»Er weiß eine Menge. Er hat... zuviel gesehen. Er kann uns alle vernichten, Marianne. Und er wird es tun. Ich... ich spüre, daß dieser Mann uns den Untergang bringt.«

»Er wird *gar nichts* mehr tun«, erwiderte die Steller überzeugt. »Du hast doch selbst mit ihm gesprochen! Er verläßt die Stadt. Heute noch.«

»Und wenn nicht?«

Die Steller schwieg. Und plötzlich hatte auch sie Angst.

8

Krailsfelden glich einer Geisterstadt. Es hatte hier nie so etwas wie eine Rush-hour gegeben, ja nicht einmal etwas, das man mit Fug und Recht als *Verkehr* bezeichnen konnte – aber jetzt schien die Stadt ausgestorben zu sein. Von den ohnehin wenigen Wagen, die normalerweise am Straßenrand geparkt standen, waren die meisten verschwunden, und Ronald fiel noch etwas auf: Zahlreiche Häuser waren verschlossen. Heruntergelassene Jalousien, vorgelegte Läden und offenstehende Garagentore verrieten, daß die Bewohner nicht nur einfach kurz weggefahren, sondern *gegangen* waren, und zwar für längere Zeit.

»Was haben Sie?« fragte Apson. Er war sehr langsam gefahren, aber jetzt hielt er fast an, um Ronald anzusehen. Die irritierten, erschrockenen Blicke, die Ronald auf die verlassenen Häuser und die leergefegte Straße geworfen hatte, waren ihm nicht entgangen.

»Nichts«, antwortete Ronald ausweichend.

»Nichts?« Apson tippte mit der Fußspitze auf die Bremse und brachte den Wagen damit völlig zum Stehen. Ronald wünschte, er hätte es nicht getan. Sie waren nur noch eine Straße vom Pfarrhaus entfernt, und er wollte zu Gloria, so schnell wie möglich. Wovon Apson wiederum nicht sonderlich begeistert gewesen war. Trotzdem hatte er sich bereit erklärt, Ronald in seinem Wagen mitzunehmen – wenn auch erst, nachdem Ronald ihm unmißverständlich klargemacht hatte, daß dies die einzige Möglichkeit für ihn war, überhaupt eine Antwort auf seine Fragen zu bekommen.

»Dafür, daß Sie *nichts* haben«, meinte er, »sehen Sie reichlich erschrocken aus.«

»Es ist zu still«, erwiderte Ronald unwillig. »Wo sind die ganzen Leute?«

Der Polizeibeamte krauste die Stirn, sagte aber nichts mehr, sondern nahm den Fuß von der Bremse. Der Wagen rollte langsam weiter, wenn auch nur noch im Schrittempo. Apsons Blick glitt über die leblosen Häuserfronten, die offenstehenden Garagen und die leeren Parkbuchten.

»Ist es hier nicht immer so?«

»Still schon«, sagte Ronald. »Aber nicht *so* still. Machen Sie doch die Augen auf – die Hälfte der Leute ist weg!«

Apson zuckte mit den Achseln. »Es ist bald Weihnachten«, meinte er ohne sonderliche Überzeugung.

»In drei Wochen!«

Apson hob abermals die Schultern. Aber er sagte nichts mehr, sondern gab ein wenig Gas, so daß der Wagen schneller wurde und nach wenigen Sekunden in die Zufahrt zum Pfarrhaus rollte. Ronalds Herz schlug schneller. Er fühlte, wie seine Handflächen feucht wurden. Nachdem Apson ihm erzählt hatte, was passiert war, hatte er nichts dringender gewollt, als zu Gloria zu kommen. Jetzt hatte er plötzlich Angst, ihr gegenüberzutreten. Irgendwie fühlte er sich schuldig am Tod ihres Onkels.

Als er aus dem Wagen stieg und neben Apson zur Tür humpelte, fiel sein Blick auf einen zusammengeschmolzenen gelben Gegenstand auf der gegenüberliegenden Straßenseite. Er blieb stehen. »Was ist denn das?«

Apson reagierte so, wie er auf fast alle Fragen Ronalds reagiert hatte: mit einem Schulterzucken. »Jemand hat den Briefkasten angezündet«, sagte er. »Wahrscheinlich ein Dummejungenstreich.«

Die Tür des Pfarrhauses war abgeschlossen, und Ronald mußte dreimal klingeln, ehe drinnen überhaupt ein Lebenszeichen laut wurde: mühsame, schlurfende Schritte, die sich der Tür näherten und dann wieder abbrachen. »Wer ist da?«

Es war nicht die Frage, sondern der entsetzte, panikerfüllte Ton, in dem sie gestellt wurde, der Ronald erstarren und dann einen überraschten Blick mit Apson tauschen ließ. Apson zuckte abermals mit den Schultern und bemühte sich, einen hilflosen Ausdruck auf sein Gesicht zu zaubern. Aber das Glitzern in seinen Augen wurde intensiver. Mehr und mehr gelangte Ronald zu der Überzeugung, daß der leicht lethargische Eindruck, den der Kriminalbeamte auf seine Umwelt machte, nichts als sorgsam gepflegte Tarnung war. Diesem Mann entging absolut nichts.

»Ich bin es – Ronald. Bitte mach auf!«

Sie konnten hören, wie sich der Schlüssel im Schloß drehte, dann klirrte eine Kette. In der Zeit, die Gloria brauchte, um die Klinke herunterzudrücken und die Tür zu öffnen, ließ Ronald seinen Blick noch einmal rasch, aber sehr aufmerksam über die Front des kleinen Hauses gleiten. Alle Fenster waren verschlossen, die Riegel von innen vorgelegt und die Jalousien heruntergelassen. Gloria hatte das Haus in eine Festung verwandelt. Vielleicht hatte er sich getäuscht, dachte er. Vielleicht waren auch die anderen Häuser nicht leer, sondern von ihren Bewohnern nur unzugänglich gemacht worden.

Und dann standen sie sich gegenüber. Er wollte die Hand ausstrecken oder einfach auf sie zu treten und sie in die Arme schließen, aber er tat nichts von all dem, als er in Glorias Gesicht sah. Für eine Sekunde trafen sich ihre Blicke, und es war ein Moment, den keiner von ihnen je wieder vergessen sollte: Er hatte gewußt, daß es schlimm sein würde, aber der Ausdruck in Glorias Augen war ... völlig anders, als er erwartet hatte. All der Schmerz und das Entsetzen, mit dem er gerechnet hatte, waren da; aber da war noch mehr: ein Grauen, das nur in Augen geschrieben stehen konnte, die im wahrsten Sinne des Wortes in die Hölle geblickt hatten. Und ein Zorn und eine Entschlossenheit, die ihn erschauern ließen. Etwas Furchtbares war mit Gloria geschehen, seit sie sich zuletzt gesehen hatten. Und es war mehr als Henk Vanderbilts Tod.

»Hallo«, sagte Gloria. Ihre Stimme klang flach. Sie sprach wie jemand, der sich in einer tiefen Trance befand. Noch ehe er etwas sagen konnte, trat sie wieder einen Schritt ins Haus zurück und machte eine einladende Geste mit der linken Hand.

Zögernd trat Ronald an ihr vorbei und zugleich einen Schritt zur Seite, um Apson Platz zu machen, der ihm folgte, ohne auf eine Einladung Glorias zu warten.

Es wurde dunkel, als Gloria die Haustür schloß. Sämtliche Türen zum Flur standen offen, aber aus den Zimmern drang kaum Licht. Sie mußte nicht nur die Jalousien, sondern auch noch die Gardinen zugezogen haben. Und in dieser Dunkelheit schien noch etwas zu sein. Er wußte nicht was, aber es war da, und es war fast greifbar.

Weil es der einzige Weg war, den er in diesem Haus schon einmal gegangen war, wandte er sich automatisch nach links, zum Wohnzimmer hin, aber Gloria winkte ab und deutete zur Küche. Die Tür stand offen, doch auch hier herrschte nur graues Zwielicht. Als er den Raum betrat, sah er, daß sie nicht nur die Vorhänge geschlossen, sondern zusätzlich eine Decke vor das Fenster gehängt hatte. Wovor, um alles in der Welt, hatte sie solche Angst?

»Setz dich«, sagte Gloria. Zu Apson gewandt, fügte sie hinzu: »Und Sie auch, Herr Kommissar. Wenn Sie wollen.«

»Fühlen Sie sich wohl, Fräulein Vanderbilt?« fragte Apson. Er schien ebenso wie Ronald zu spüren, daß in Gloria etwas Seltsames vorging, was bedrohlich war.

»Nicht besonders«, gestand Gloria. Rasch ging sie an Ronald vorbei, trat an die Anrichte und begann mit Tassen und Untertellern zu klappern.

»Trinken Sie einen Kaffee?«

»Gern.« Apson tauschte einen verwirrten Blick mit Ronald. Er sah plötzlich alarmiert aus. Und er hatte wahrscheinlich allen Grund dazu.

Gloria trug die Tassen und eine gefüllte Kaffeekanne zum Tisch und beschäftigte sich fast eine Minute lang damit, ihnen einzuschenken. Ihre Bewegungen waren ruhig und sehr sicher, wie Ronald bemerkte, aber sie war einfach *zu* konzentriert. Als ihre Hand, die die Kanne hielt, sich der seinen näherte, versuchte er, ihre Finger zu berühren. Gloria zog den Arm so rasch zurück, als hätte sie sich verbrüht. Sie sah ihn nicht an.

»Was ist los mit dir?« fragte er geradeheraus.

Ihr Blick wich dem seinen noch immer aus, aber er sah, wie sich ihre Lippen zu einem dünnen Strich zusammenpreßten. Plötzlich war er sicher, daß es einzig die Gegenwart des Kriminalbeamten war, die Gloria noch die Beherrschung bewahren ließ. Und es war auch Apson, den sie schließlich ansah, als sie antwortete; nicht er.

»Es geht mir gut«, sagte sie. »Wirklich. Ich fühle mich... ein bißchen benommen, das ist alles.«

»Das ist verständlich«, entgegnete Apson. »Es tut mir leid, wenn ich Sie jetzt noch einmal belästigen muß. Aber es dauert nicht lange.«

»Das macht nichts.« Gloria setzte sich ebenfalls, griff nach ihrer Kaffeetasse und trank einen winzigen Schluck. Ronald fiel auf, daß sie weder Zucker noch Milch nahm. Kürzlich hatte sie ihm erzählt, daß sie schwarzen Kaffee haßte.

»Sie haben mit Ronald gesprochen?«

Apson nickte. »Er hat Ihre Angaben bestätigt. Aber daran habe ich eigentlich auch nicht gezweifelt.«

»Und Zombeck?«

Apson zögerte einen ganz kurzen Moment, ehe er den Kopf schüttelte. »Es gab keinen Grund«, meinte er. »Bitte verstehen Sie mich richtig, Fräulein Vanderbilt. Ich glaube Ihnen jedes Wort. Es ist nur –«

»Ich verstehe«, unterbrach ihn Gloria. Seltsamerweise klang ihre Stimme weder zornig noch verbittert. Im Gegenteil: Ihr Lächeln war verkrampft, aber es wirkte eindeutig *erleichtert*. »Vielleicht ist es sogar ganz gut so. Ich glaube, ich habe einen ziemlichen Blödsinn geredet. Ich bin froh, daß Sie nicht zu Direktor Zombeck gegangen sind.«

Ronald blickte sie verwirrt an, und auch Apson schien eine andere Antwort erwartet zu haben, denn diesmal gelang es ihm nicht mehr ganz, seine Überraschung zu verbergen.

»Ich meine es ernst«, fuhr Gloria fort. »Ich war verwirrt, heute morgen. Es tut mir leid.«

»Das bin ich gewohnt«, erwiderte Apson. Und fügte hinzu: »Aber wenn ich ehrlich sein soll: Sie haben keinen besonders verwirrten Eindruck auf mich gemacht.«

»Dann nennen Sie es meinetwegen hysterisch oder übergeschnappt«, sagte Gloria unerwartet scharf. »Sie sagten ja selbst, Sie sind das gewohnt. Ich habe nichts von dem wirklich gemeint, was ich heute morgen gesagt habe.«

»Was soll das?« fragte Ronald verstört. »Du hast –«

»Ich habe Unsinn geredet!« unterbrach ihn Gloria, so scharf, daß sie schon fast schrie. »Und ich sagte schon: Es tut mir leid!«

Apson gab ihm einen Wink mit den Augen, aber Ronald ignorierte ihn. »Was soll das?« fragte er noch einmal. »Du hast die Teufelsbeschwörung so deutlich gesehen wie ich!«

»Teufelsbeschwörung!« Gloria lachte böse. »Ich habe ein paar Kinder gesehen, die sich einen geschmacklosen Zeitvertreib haben einfallen lassen.«

»Gestern abend warst du anderer Meinung.«

»Ich war hysterisch«, erwiderte Gloria. »Und betrunken.«

»Von einem Whisky?«

»Es waren drei«, widersprach Gloria, was gelogen war. »Und ich vertrage nicht viel.« Sie machte eine so zornige Handbewegung, daß sie fast ihre Kaffeetasse umgestoßen hätte, und wandte sich wieder an Apson.

»Es tut mir sehr leid, wenn Sie sich meinetwegen Arbeit gemacht haben, Herr Kommissar. Ich nehme alles zurück, was ich heute morgen behauptet habe. Niemand aus dem Sänger-Internat hat irgend etwas mit dem Tod meines Onkels zu tun. Es war Selbstmord.«

»Das wird die Untersuchung ergeben«, wich Apson aus.

»Selbstmord?« Ronald keuchte vor Unglauben. »Dein Onkel und *Selbstmord*? Und was ist mit dem, was er mir gestern abend erzählt hat? Und was du selbst über das Internat –«

»Onkel Henk war ein alter Mann«, fiel Gloria ihm ins Wort. »Er wurde in den letzten Monaten etwas sonderbar. Das kommt vor, wenn man älter wird.«

Ronald sagte nichts mehr. Es war sinnlos.

»Vielleicht reden wir zu einem späteren Zeitpunkt noch einmal darüber«, meinte Apson und stand auf. »Ich habe ohnehin nicht besonders viel Zeit.«

»Da gibt es nichts mehr zu bereden«, entgegnete Gloria.

»Ich fürchte doch. Es tut mir leid, aber ich muß Sie wahrscheinlich noch ein paarmal belästigen. Und Sie wohl auch, Herr Bender. Wie ist es, soll ich Sie mit zurück ins Internat nehmen? Es ist ein langer Fußmarsch, und es regnet.«

Ronald begegnete Glorias Blick und nickte. Er hätte seine rechte Hand dafür gegeben, hierbleiben und mit Gloria reden zu können, aber sie wollte nicht, daß er blieb. Von all dem, was gestern nacht zwischen ihnen geschehen war, war nichts mehr übrig. Aber warum? Was war nur geschehen?

»Ich rufe dich später an«, sagte er.

Gloria sah ihn nicht einmal an, als sie antwortete: »Das ist nicht nötig. Mir geht es gut, wirklich. Außerdem ist das Telefon nicht in Ordnung.«

»Können wir?« Apsons Stimme klang fast beschwörend. »Ich habe leider nicht besonders viel Zeit.«

Ronald warf ihm einen zornigen Blick zu, schluckte die ärgerliche Bemerkung aber hinunter, die ihm auf der Zunge lag. Ohne ein weiteres Wort stand er auf und stürmte aus dem Haus. Seine Gedanken drehten sich wild im Kreis. Er verstand nichts mehr. Es war nicht nur so, daß Gloria plötzlich alles abstritt, was sie ihm – und offensichtlich auch dem Polizeibeamten – gegenüber behauptet und gesagt hatte. Noch schlimmer war die unerklärliche Feindseligkeit, die er gespürt hatte, ein Gefühl, das an Haß grenzte. Er war verletzt, und er fühlte sich plötzlich zornig; und es war ein Zorn, der doppelt schlimm, weil ziellos war.

Unsicher sah er zum Haus zurück. Er hatte die Tür offengelassen, so daß er hören konnte, wie sich Apson und Gloria noch drinnen im Flur unterhielten, ohne daß er die Worte verstand.

Gloria hatte sich *verbarrikadiert,* sie hatte eine noch undurchdringlichere Mauer um ihre Seele errichtet, und irgendwie spürte er, daß diese Barriere zum allergrößten Teil ihm galt. Und dieses Wissen tat weh.

Es dauerte nur noch ein paar Augenblicke, bis Apson das Haus ebenfalls verließ. Gloria schloß die Tür hinter ihm, und Ronald konnte hören, wie sie die Kette wieder vorlegte. Wovor nur hatte sie Angst?

Apson schloß wortlos den Wagen auf, rutschte hinter das Steuer und beugte sich über den Sitz, um die Beifahrertür zu öffnen. »Steigen Sie ein.«

»Sie müssen mich nicht zurückfahren«, sagte Ronald.

»Ich weiß. Aber ich muß mit Ihnen reden.«

Ronald stieg ein. Apson wartete, bis er die Tür geschlossen und sich angeschnallt hatte, dann startete er den Motor und fuhr los.

Sie kamen nicht einmal hundert Meter weit, als er den Wagen an den Straßenrand lenkte und den Motor wieder abstellte. Sie hatten sich gerade weit genug vom Pfarrhaus entfernt, um von dort aus nicht mehr gesehen werden zu können.

»Sie wollen nicht mit mir reden, nicht wahr?« vermutete Ronald. »Sie wollten nur verhindern, daß ich mit Gloria rede.«

»Auch das«, gestand Apson. »Aber ich muß tatsächlich mit Ihnen sprechen.«

»Wozu?« Ronald starrte wütend aus dem Fenster. »Sie haben doch gehört, was sie gesagt hat! Es war alles nur Einbildung. Ein Schülerstreich.«

»Bitte, Herr Bender. Jetzt spielen Sie nicht auch noch den Beleidigten.«

»Das tue ich doch gar nicht«, entgegnete Ronald in eindeutig beleidigtem Tonfall. »Ich möchte nur nicht, daß Sie sich unnötig blamieren. In diesem Internat ist alles in bester Ordnung. Gloria hat ja selbst –«

»Fräulein Vanderbilt steht unter Schock, falls Sie das nicht bemerkt haben sollten«, fiel Apson ihm ärgerlich ins Wort. »Sie gehört in ein Krankenhaus oder zumindest in ärztliche Obhut. Aber ich kann sie nicht dazu zwingen. Geben Sie ihr ein bißchen Zeit. Und passen Sie vor allem auf sie auf.«

Ronald drehte sich überrascht um. »Gerade haben Sie mich fast aus dem Haus gezerrt, und jetzt raten Sie mir, auf sie aufzupassen?«

Apson seufzte tief. »Sie wird wieder mit Ihnen reden«, sagte er. »Bestimmt. Glauben Sie mir, ich kenne das. In ein paar Stunden oder Tagen wird ihr sehr leid tun, was sie gerade gesagt hat. Ich habe eine gewisse Erfahrung in solchen Dingen.«

Wem sagst du das? dachte Ronald bitter. Auch er hatte seinen Teil abbekommen, und es war noch nicht einmal sehr lange her. Er wußte, wie man sich fühlte, wenn der Schmerz kam und der Zorn – auf das Schicksal, auf Gott, auf die ganze Welt. Aber als Anna gestorben war, da hätte er den Rest seines Lebens dafür gegeben, jemanden zu haben, zu dem er gehen konnte. Oh, er verstand Glorias Schmerz. Er verstand ihren Zorn, denn auch er hatte ihn verspürt, und er wußte, wie weh er tat; ein Schmerz, der nicht nachließ, sondern immer schlimmer wurde. Aber warum mußte sie dafür ihm weh tun?

»Weil es manchmal hilft«, sagte Apson, und Ronald begriff mit einem leisen Erschrecken, daß er den letzten Gedanken laut ausgesprochen hatte.

»Ich weiß, es klingt grausam«, fuhr der Kriminalbeamte fort. »Und das ist es auch. Manchmal erleichtert es eben einfach, anderen weh zu tun, wenn man selbst verletzt worden ist. Und meistens trifft es dann die, die einem am nächsten stehen. Lieben Sie das Mädchen?«

Ronald starrte Apson einen Moment lang verblüfft an. Er hatte alles erwartet, nur nicht diese Frage, und er war der Meinung, daß das Apson einen feuchten Dreck anging. Aber statt es laut zu sagen, nickte er nur.

»Dann sollten Sie gut auf sie aufpassen«, fuhr Apson fort. »Und auf sich auch. Frau Steller hat mir erzählt, daß Sie gekündigt haben?«

So konnte man es auch ausdrücken, dachte Ronald. Er nickte. »Ja.«

»Dann wäre es vielleicht das beste, Sie würden von hier weggehen. Und Fräulein Vanderbilt mitnehmen, falls Sie sie dazu überreden können.«

»Warum?«

»Ich weiß es nicht«, gestand Apson mit überraschender Offenheit. »Es ist... nur so ein Gefühl. Ich glaube, es ist besser, wenn sie in den nächsten Tagen nicht in der Nähe des Internats ist.«

»Also glauben Sie ihr doch?«

Apson beugte sich vor und schaltete die Heizung des Wagens ein, ehe er antwortete. Ein lauwarmer Luftstrom fuhr aus den Lüftungsschlitzen im Armaturenbrett und versuchte vergeblich, die klamme Kälte zu vertreiben, die in den Wagen gekrochen war. »Jedes Wort.«

»Aber sicher. Ein paar Sätze genügen, und Sie glauben an die Macht des Teufels.«

»Das tue ich«, entgegnete Apson ernst. »Und nicht erst seit heute morgen.«

Er schwieg wieder einen Moment, während er an den Reglern des Heizgebläses herumhantierte. Aber Ronald spürte genau, daß er es nur tat, um seine Hände zu beschäftigen. »Wissen Sie, Bender, wenn Sie einen Beruf wie den meinen haben und wenn Sie ihn ein Leben lang ernst nehmen, dann haben Sie am Ende nur zwei Möglichkeiten: Entweder Sie resignieren und kommen irgendwann zu dem Schluß, daß das alles hier keinen Sinn hat. Oder Sie begreifen, daß es das Böse wirklich gibt.«

Er lehnte sich im Sitz zurück und sah Ronald ernst an. »Ich meine das wörtlich, verstehen Sie? Ich bin der festen Überzeugung, daß es einen Teufel gibt, ebenso wie einen Gott. Glauben Sie an Gott?«

»Manchmal«, sagte Ronald. »Im Moment eher weniger.«

»Es gibt ihn«, behauptete Apson überzeugt. »Glauben Sie mir, es gibt ihn. So, wie es auch die Gegenseite gibt. Ich erlebe ihr Wirken jeden Tag. Ich habe schon mehr Verbrechen und menschlichen Abschaum gesehen, als Sie sich auch nur vorstellen können. Es gibt eine Macht dahinter, die für all das verantwortlich ist.«

»Sie haben den Beruf verfehlt, Apson«, sagte Ronald böse. »Sie hätten Exorzist werden sollen.«

»In gewissem Sinne bin ich das«, erwiderte Apson ungerührt. »Ich bekämpfe das Böse in der Welt auf meine Art. Nicht so erfolgreich, wie ich es gerne hätte, aber erfolgreich genug.«

»Worauf wollen Sie hinaus?« fragte Ronald unsicher. Apson verwirrte ihn mit jedem Augenblick mehr.

»Ich habe Angst um das Mädchen«, antwortete Apson. »Ich fürchte, sie wird eine Dummheit machen. Sie steht ganz kurz davor, völlig durchzudrehen. Ich glaube, daß sie ihren Onkel sehr geliebt hat. Da war etwas in ihren Augen, das mich erschreckt. Haben Sie es nicht bemerkt?«

»Doch«, gab Ronald zu. »Aber ich weiß nicht, was es ist.«

»Ich schon«, entgegnete Apson. »Es ist nicht das erste Mal, daß ich diesen Ausdruck im Gesicht eines Menschen sehe. Meistens hat er nichts zu bedeuten. Er vergeht so schnell wie der Schmerz, der ihn verursacht. Aber Gloria ist sehr stark.«

»Ich verstehe«, murmelte Ronald. »Sie glauben, sie könnte hinaufgehen und das tun –«

»– von dem sie annimmt, daß *ich* es nicht kann, ja«, führte Apson den Satz zu Ende. »Verstehen Sie – das Mädchen ist felsenfest davon überzeugt, daß irgend jemand in diesem Internat für den Tod ihres Onkels verantwortlich ist.«

»Sie nicht?«

»Nicht so«, antwortete Apson. »Ich habe eine Theorie. Nur einen Verdacht, der noch zu vage ist, um ihn beweisen zu können. Ich bin nicht mehr sicher, daß es wirklich Selbstmord war.«

»Da sind wir ausnahmsweise einmal einer Meinung«, knurrte Ronald.

»Aber Sie glauben auch nicht, daß es sich um Zauberei oder Schwarze Magie handelt, oder?« fragte Apson spöttisch.

Ronald schwieg einen Moment. »Ich weiß überhaupt nicht, was ich noch glauben soll«, sagte er dann. Für einen Moment war er versucht,

Apson von seinem Erlebnis im Schuppen zu erzählen. Und die Verlokkung war groß – zumal er mittlerweile davon überzeugt war, daß der Kriminalbeamte mehr gesehen hatte als ein paar umstürzende Bretter und ein zusammenbrechendes Dach. Aber dann entschied er sich doch dagegen.

»Sehen Sie«, fuhr Apson fort. »Und das ist der Unterschied zwischen Gloria und Ihnen. *Sie* glaubt felsenfest, daß ihr Onkel...«, er suchte einen Moment nach Worten und fuhr mit einem flüchtigen Grinsen fort, »... verhext worden ist. Was würden Sie tun, Herr Bender, wenn Sie hundertprozentig wüßten, daß Sie es mit Schwarzer Magie und Hexerei zu tun haben? Zur Polizei gehen?«

Ich bin hundertprozentig überzeugt, dachte Ronald. Laut sagte er: »Ich weiß es nicht. Wahrscheinlich nicht.«

Apson nickte besorgt. »Ich auch nicht. Aber ich würde auch nicht aufgeben.«

»Sie glauben doch nicht im Ernst, daß Gloria eine Kanne mit Weihwasser nimmt und versucht, Zombeck damit zu erschlagen, oder?«

»Ihre Scherze sind absolut nicht angebracht«, antwortete Apson ärgerlich. »Ich will Ihnen sagen, was ich glaube. Ich glaube, daß sie *irgend etwas* tun wird. Und ich habe Angst, daß sie sich selbst damit in Gefahr bringt. Oder vielleicht andere.«

»Dann tun Sie doch etwas dagegen«, schlug Ronald vor. »Fassen Sie zum Beispiel den, der Vanderbilt wirklich umgebracht hat.«

»Das werde ich«, erwiderte Apson ernst. »Wenn es Mord war, dann werde ich es beweisen und den Mörder überführen. Sie können mir dabei helfen, Bender.«

»Und wie?«

Apson deutete mit einer Kopfbewegung zum Internat hinauf. »Erzählen Sie mir alles, was Sie wissen.«

9

Es war sehr kalt hier unten. Der Raum mit den großen, bullernden Heizkesseln und seinen zischenden Dampfleitungen lag gleich nebenan, nur durch eine dünne Felswand und eine Schicht abbröckelnden Putz getrennt, und wenn man sich konzentrierte, konnte man das Rauschen der Flammen hören; eigentlich hätte die Wärme auch den Fels längst durchdringen und die klamme Feuchtigkeit verjagen müssen. Und im Grunde tat sie das auch – oder versuchte es wenigstens:

Die Wand rechts von der Tür war warm, und hätte Werner den Arm ausgestreckt, dann hätte er gefühlt, daß sie im Takt der altmodischen Dampfpumpe auf der anderen Seite vibrierte. Aber etwas hinderte sie daran, ihre Wärme an die Luft hier in der Kammer abzugeben. Es war so kalt hier drinnen, daß seine Finger prickelten und sein rascher Atem vor seinem Gesicht kondensierte.

Werner hatte Angst. Angst, wie niemals zuvor in seinem Leben. Dabei war er voller Triumph und Stolz hier heruntergekommen, in dem sicheren Bewußtsein, das Richtige getan zu haben. Und er begriff immer noch nicht so richtig, was er *falsch* gemacht hatte.

Nach einer Weile wagte er es, den Blick zu heben. Nicht ganz; nicht einmal weit genug, um die Gestalt auf der anderen Seite der Kammer wirklich ansehen zu können – das hatte er einmal versucht, und obwohl er nicht einmal wirklich etwas *gesehen* hatte, hatte der Anblick doch gereicht, ihn bis in seine Träume hinein zu verfolgen.

Sein Blick glitt über den matten schwarzen Stein des Altars und blieb einen Moment an einer Anzahl winziger, brauner Flecken hängen, die auf dem porösen Basalt zurückgeblieben waren. Blut. Angelas Blut, von ihm selbst vergossen. Zum Teufel, *er* war es gewesen, der den letzten, entscheidenden Schritt getan hatte! *Er* hatte das Ritual vollzogen, und *er allein* hatte das ganze Risiko getragen. Es war einfach nicht fair, daß er jetzt auf dieser Seite des Steins hockte und die Prügel einsteckte, statt auf der anderen zu stehen und sie zu verteilen!

»Wo ist er jetzt?«

Die Stimme war so unheimlich wie der Schatten, dem sie gehörte: ein verzerrtes, mühsames Krächzen, als hätte das, was da zu sprechen versuchte, gar nicht die dazu notwendigen Organe.

Woher soll ich das wissen, Arschloch? dachte Werner. Laut sagte er: »Ich weiß es nicht. In die Stadt gefahren – glaube ich. Zusammen mit diesem Polizisten.«

»Und der hat alles mitangesehen?«

War da eine Drohung in den Worten?

»Er hat überhaupt nichts gesehen«, widersprach Werner. Die Worte klangen nicht halb so überzeugt, wie er es gerne gehabt hätte. Trotzdem fügte er fast trotzig hinzu: »Und selbst, wenn. Keiner würde ihm glauben.«

Es dauerte eine Weile, bis das Krächzen aus dem Schatten antwortete. In der Stille, die in diesen Sekunden herrschte, lag etwas Bedrohliches. Werners Handflächen wurden feucht vor Angst.

»Ich will hoffen, daß du recht hast. Um deinetwillen, Werner.«

In seine Angst mischte sich Zorn. Der Schatten auf der anderen Seite des Altars wußte nicht einmal, was das Wort Gerechtigkeit bedeutete (und er selbst im Grunde auch nicht), aber Werner war es einfach nicht gewohnt, ungerecht behandelt zu werden. Solange er sich zurückerinnern konnte, war er stets derjenige gewesen, der zuschlug. Nicht der, der geschlagen wurde. Bis auf ein einziges Mal.

Die Erinnerung daran schürte seinen Zorn noch mehr. Für einen Moment gewann sein Trotz die Oberhand über seine Angst. »Verdammt, was habe ich denn getan?« fragte er herausfordernd. »Du tust ja gerade so, als wäre es *meine* Schuld. Der Kerl hat mich angemacht, vom ersten Moment an, nicht ich ihn!«

»Du wirst ihn in Ruhe lassen, hast du das verstanden?« Jetzt war die Drohung, die in den Worten mitschwang, unüberhörbar. »Ich will nicht, daß ihm etwas geschieht. Es ist schon viel zuviel Staub aufgewirbelt worden. Wir müssen vorsichtig sein.«

»Und wo bleibe ich?« rief Werner zornig. »Der Kerl hat mir den Arm gebrochen! Und er hat meine Maschine zertrümmert!«

»Du bekommst eine neue. Aber du wirst nichts mehr tun, hast du das verstanden? Du läßt Ronald Bender in Frieden!«

»Und warum?« fragte Werner trotzig.

»Das geht dich nichts an. Und du würdest es auch nicht verstehen. Und jetzt geh. Ich rufe dich, sobald die Zeit reif ist.«

Werner stand gehorsam auf und wandte sich zur Tür, aber dann blieb er noch einmal stehen. Seine unverletzte Hand glitt in die Tasche des weitgeschnittenen Parkas und schloß sich um das, was er darin trug, um es herauszuziehen. Aber dann führte er die Bewegung doch nicht zu Ende, sondern ging rasch weiter und trat gebückt durch die niedrige Tür, ehe die Gestalt im Schatten ihn noch einmal zurückrufen und womöglich erraten konnte, was in diesem Moment hinter seiner Stirn vorging. Ein dünnes, durch und durch böses Lächeln verzog seine Lippen, als seine Finger ein zweites Mal in die Tasche faßten und sich um den schlammverkrusteten, schwarzen Damenschuh schlossen, den er draußen gefunden hatte.

Gut, dachte er hämisch. *Laß Ronald Bender in Ruhe.* Und natürlich würde er gehorchen. Er war ja nicht lebensmüde. Er *würde* ihn in Ruhe lassen. Wenigstens im Moment. Aber nur ihn.

10

Glorias Finger schmerzten. Fast alle Nägel der rechten Hand waren abgebrochen, und sie hatte sich einen langen blutigen Kratzer auf dem Handgelenk zugezogen, als das Brecheisen abgerutscht war.

Der Schreibtisch ihres Onkels glich einem Trümmerhaufen. Die Platte war zerkratzt und mit zahllosen tiefen Schrammen übersät; und an einer Ecke war ein Stück abgebrochen, wo sie versucht hatte, das Brecheisen zwischen die Platte und den Unterbau zu zwängen. Die Tür mit den kostbaren Einlegearbeiten war roh aus den Angeln gerissen und lag in zwei Teile zerbrochen vor dem Kamin, direkt neben dem abgebrochenen Griff des schweren Schraubenziehers, mit dem sie versucht hatte, das Schloß einfach herauszubrechen. Auf der anderen Seite des Tisches lag eine Axt. Gloria hatte fünf- oder sechsmal damit zugeschlagen, mit beiden Händen und mit aller Kraft, bis die Schneide stumpf geworden war. Die Schublade hatte sie nicht aufbekommen.

Und das würde sie auch nicht. Sie hatte längst begriffen, daß irgend etwas nicht wollte, daß sie diese Schublade öffnete. Und daß es vielleicht nicht einmal geschah, um etwas vor ihr zu verbergen, sondern um sie zu beschützen.

Trotzdem konnte sie nicht aufhören. Sie mußte wissen, was Onkel Henk herausgefunden hatte; und vielleicht nicht einmal deshalb, um zu erfahren, *wer* ihren Onkel getötet hatte, sondern *warum*. Welches furchtbare Geheimnis umgab das Internat, daß ihr Onkel hatte sterben müssen, um es zu bewahren?

Sie versuchte abermals, das Ende der Brechstange in den Spalt zwischen Schublade und Rahmen zu zwängen, erreichte aber auch jetzt nichts damit. Die Eisenstange entglitt ihren Fingern und fiel klirrend zu Boden. Die Schublade hatte nicht einmal einen Kratzer.

Gloria stand mit einem Fluch auf, betrachtete abwechselnd und mit wachsendem Zorn ihre blutigen Finger und den Schreibtisch und zwang sich, zehn Sekunden lang einfach still dazustehen und gar nichts zu tun. Es nutzte nichts. Ihr Herz raste. Ihre Finger zitterten, und sie war am ganzen Körper in Schweiß gebadet, obwohl es eiskalt im Zimmer war. Sie befand sich in einem Zustand der Hyperaktivität, gegen den sie hilflos war. Jede einzelne Faser ihres Nervensystems schien in Flammen zu stehen. Da war zwar noch ein winziger Rest klaren Denkens, irgendwo in dem Chaos, das hinter ihrer Stirn herrschte, aber er war machtlos.

Dabei war Gloria alles andere als hysterisch oder gar verrückt vor Schmerz und Angst – eher das genaue Gegenteil: Sie fühlte sich so stark und entschlossen wie niemals zuvor, aber sie war einfach unfähig, ruhig dazusitzen und einfach abzuwarten. Wenn sie *das* tat, das wußte sie, dann würde sie wirklich durchdrehen. Was vorhin geschehen war, ehe Ronald und dieser Polizist kamen, war ihr Warnung genug gewesen. Das Blut und die fürchterliche Stimme aus dem Telefon...

Natürlich war nichts von dem *wirklich* passiert. Das Zimmer bot einen chaotischen Anblick, aber es war ganz allein sie selbst gewesen, die all diese Verwüstung angerichtet hatte: Da war kein Blut, und das zertrümmerte Telefon auf dem Teppich neben dem Tisch war nichts weiter als ein Haufen zerschlagener Kunststoffteile und wirrer Drähte. All das Entsetzen hatte sich nur in ihrem Kopf abgespielt. Und es würde wiederkommen, wenn sie es zuließ. Die meisten anderen an Glorias Stelle hätten dieses Zimmer vermutlich nie wieder betreten, und wenn doch, so sicher erst nach langer Zeit und ganz bestimmt nicht allein. Aber Gloria war nicht wie die meisten anderen. Sie begriff sehr wohl, daß das, was sie vorhin erlebt hatte, eine Warnung gewesen war; und sie nahm diese Warnung sehr ernst. Aber sie betrachtete sie auch gleichzeitig als Herausforderung, und der Schmerz über den Tod ihres Onkels – und der Zorn, den er mit sich gebracht hatte – gaben ihr die Kraft, sich dieser Herausforderung zu stellen.

Außerdem hatte sie vermutlich gar keine andere Wahl. Sie konnte aufgeben und gehen – nämlich Krailsfelden verlassen und nie zurückkehren – oder sich den Mächten, die ihren Onkel getötet hatten, stellen und versuchen, sie zu vernichten. Was sie nicht konnte: in diesem Haus bleiben und so tun, als wäre nichts geschehen. Wenn sie das versuchte, dann würde sie wirklich verrückt werden.

Sie verscheuchte diese Gedanken und trat ein paar Schritte zurück, um den Schreibtisch aus einem anderen Blickwinkel zu mustern, als die Türglocke anschlug. Im ersten Moment wollte sie den Laut einfach ignorieren, aber dann sah sie ein, daß es sinnlos wäre – wenn es Apson war, der zurückkam, um noch einmal mit ihr zu reden, würde sie sein Mißtrauen nur noch weiter schüren. Und Ronald... Nun, früher oder später würde sie sowieso mit ihm reden müssen. Das war sie ihm schuldig.

Sie verließ das Arbeitszimmer, schloß sorgsam die Tür hinter sich und warf einen kurzen, besorgten Blick auf das erbrochene Siegel. Wenn es Apson war, der zurückkam, dann mußte es ihr auch diesmal gelingen, ihn in ein anderes Zimmer zu dirigieren, ehe er den zerrissenen Wachspapierstreifen bemerkte.

Es war nicht Apson. Es war auch nicht Ronald. Der Mann, der im strömenden Regen draußen stand und sie mit einer Mischung aus

Neugier und Mitgefühl anblickte, als sie die Tür öffnete, war ihr fremd. Ihre Gesichter befanden sich auf gleicher Höhe, obwohl er auf der unteren der beiden Stufen stand, die zur Tür hinaufführten; und er hatte nicht nur die Größe, sondern auch die Statur eines Preisboxers. Seine Hände steckten in schwarzen, eleganten Lederhandschuhen, und auf seinem Kopf saß ein ebenso eleganter, schwarzer Hut, dessen Krempe im Moment allerdings traurig herabhing, denn sie war völlig durchnäßt. Auch der Rest seiner Kleidung war schwarz: schwarzer Mantel, schwarze polierte Schuhe, auf denen jetzt häßliche Schlammspritzer waren, und gleichfarbige Hosen. Sein Mantelkragen war zum Schutz vor dem Regen hochgeschlagen, aber Gloria wußte, daß er drunter ein schwarzes Hemd mit einem dünnen weißen Kragen trug. Sie hatte in ihrem Leben bei Onkel Henk genügend Geistliche getroffen, um den Mann selbst dann als solchen zu erkennen, wenn er in Pyjama und Morgenrock vor ihr gestanden hätte. Sie war überrascht.

Der Fremde räusperte sich übertrieben, und das Geräusch machte Gloria klar, daß sie ihn seit fast einer Minute angestarrt hatte – was selbst ohne den beharrlich strömenden Regen nicht besonders höflich gewesen wäre. Sie lächelte entschuldigend, trat hastig einen Schritt zurück, machte eine einladende Handbewegung und sagte erst dann: »Ja, bitte?«

»Fräulein Vanderbilt, nehme ich an? Mein Name ist Rudolf. Vikar Rudolf. Darf ich hereinkommen?« Er trat ein, ohne ihre Antwort abzuwarten, und für einen ganz kurzen Moment wurde seine Gestalt zu einem drohenden schwarzen Schatten.

Dann machte er einen weiteren Schritt und trat neben ihr durch die Tür, und die furchtbare Vision verging so schnell, wie sie gekommen war. Glorias Hände zitterten.

»Fühlen Sie sich nicht wohl?«

Rudolfs sanfte braune Augen blickten ernst aus der Höhe seiner fast zwei Meter auf sie herab. Die Sorge in seinem Blick war echt, und Gloria spürte selbst, daß sie kreidebleich geworden war. Dabei hatte sie gar keinen Grund zu erschrecken. Es war nur ein Lichteffekt gewesen, ihre eigene Schuld, da sie dieses Haus in eine Gruft verwandelt hatte.

Hastig schüttelte sie den Kopf und schaltete das Licht ein, ehe sie die Tür schloß. Sie sagte nichts.

»Das war eine dumme Frage«, fuhr Rudolf fort. Natürlich wertete er ihr Schweigen falsch. »Entschuldigen Sie.«

»Das macht nichts.« Sie erschrak, als sie hörte, wie ihre Stimme klang: zitternd und dünn, wie die einer Greisin. Aus keinem anderen

Grund als dem, Zeit zu gewinnen, wandte sie sich noch einmal zur Tür und drehte den Schlüssel herum. Sie spürte Rudolfs Blick wie die Berührung einer Hand zwischen den Schulterblättern. Und sie zögerte noch einmal eine Sekunde länger, als nötig gewesen wäre, ehe sie sich wieder zu ihm herumdrehte und die Hand ausstreckte.

»Ja?«

»Ihr Mantel«, sagte sie. »Sie sollten ihn ausziehen. Es sei denn, Sie sind scharf auf eine Erkältung.«

Der Geistliche sah sie irritiert an, legte aber trotzdem Hut und Mantel ab und hängte beides an die Garderobenhaken gleich neben der Tür. Erst jetzt fiel ihr auf, wie linkisch seine Bewegungen wirkten.

»Ich nehme an, Sie kommen aus Stuttgart«, sagte sie.

Er nickte. »Ja. Bitte entschuldigen Sie, daß ich Sie so überfalle. Ich habe versucht, Sie anzurufen, aber die Verbindung war unterbrochen.«

»Das Telefon ist kaputt«, erklärte Gloria. »Ich... bin noch nicht dazu gekommen, es reparieren zu lassen.«

Sie lächelte flüchtig, trat rasch zwei Schritte zur Seite, damit er das erbrochene Siegel auf der Tür zum Arbeitszimmer nicht sehen konnte, und deutete auf die Küche. »Aber kommen Sie doch herein. Wir müssen nicht hier im Flur herumstehen und reden, oder?«

Der Vikar antwortete nicht. Aber er machte auch keine Anstalten, ihrer Einladung zu folgen. Sein Blick glitt durch die dunkle Diele, und er sah sich nicht einfach nur um, wie man es vielleicht tat, wenn man zum erstenmal in einem fremden Haus war. Er suchte etwas.

»Es ist nicht hier passiert«, sagte Gloria. »Drüben, in der Kirche.«

»Ich weiß.« Rudolf machte eine verlegene Handbewegung. »Ich...« Er brach ab, schüttelte den Kopf und sagte noch einmal: »Entschuldigung. Die Situation ist nicht einfach für mich, wissen Sie?«

»Für mich auch nicht.« Sie wandte sich um, bevor er noch etwas sagen konnte, und ging in die Küche. So schnell sie konnte, ging sie zum Fenster und zog die Jalousie hoch. Aber es wurde nicht einmal jetzt richtig hell. Der feine Nieselregen des frühen Morgens hatte sich zu einem ausgewachsenen Wolkenbruch entwickelt, während sie versucht hatte, den Schreibtisch aufzubrechen. Sie hatte es nicht einmal bemerkt.

»Bitte setzen Sie sich doch«, sagte sie. Rudolf gehorchte. Er sagte noch immer nichts, sondern sah ihr schweigend und mit einem sehr sonderbaren Gesichtsausdruck zu, während sie Ronalds und Apsons Kaffeetassen wegräumte, die noch auf dem Tisch standen.

»Sie kommen wegen...« Sie brachte es nicht fertig, die Worte auszusprechen. Sie hatte geglaubt, stark zu sein, aber das stimmte gar nicht, das wurde ihr erst jetzt richtig klar. Plötzlich mußte sie gegen die Tränen ankämpfen.

»Wir müssen nicht darüber reden«, sagte er. Seine Stimme war mit einem Mal sehr weich, und sie hatte jenen ganz seltenen, warmen Klang, der absolute Ehrlichkeit verriet. Er sagte das alles nicht nur, weil er Rücksicht auf ihren Zustand nehmen wollte. Er *meinte* es so. »Wenn es Ihnen lieber ist, komme ich später noch einmal wieder. Aber wir können auch reden, wenn Sie das möchten.«

»Sie haben den weiten Weg von Stuttgart her doch nicht gemacht, um gleich wieder zu gehen, oder?«

»Natürlich nicht. Aber ich... bin nicht nur Ihretwegen hier. Man hat mir gesagt, daß ich diesen Kriminalbeamten bei Ihnen finde.« Er griff in die Brusttasche seines schwarzen Hemdes und kramte einen zerknitterten Zettel hervor, den er mit der Handkante auf dem Tisch glattstrich. Wie sein Mantel und das Hemd, so war auch der Zettel naß geworden, die Tinte war verlaufen und kaum noch leserlich.

»Apson«, half ihm Gloria.

»Apson, richtig. Ich nehme an, er hat schon mit Ihnen gesprochen.«

»Er war hier«, bestätigte Gloria. »Aber das ist eine Stunde her – oder auch länger. Ich weiß es nicht genau. Ich... bin ein bißchen durcheinander.«

»Das ist verständlich«, sagte Rudolf. Er steckte seinen Zettel wieder ein und sah sie mitfühlend an.

»Sie sind also Gloria«, meinte er. »Ich darf Sie doch Gloria nennen, oder?«

»Natürlich.« Gloria lächelte flüchtig und fragte sich vergebens, warum sie nicht die Gelegenheit ergriffen und ihn hinauskomplimentiert hatte. Er wäre gegangen, das wußte sie. Aber Rudolf war nicht hergekommen, nur um mit ihr oder diesem Polizisten zu reden. Er war hier, um zu bleiben. Was, um alles in der Welt, sollte sie tun, wenn er darum bat, sich im Haus umsehen zu dürfen, und den Schreibtisch sah?

»Ich bin Gloria Vanderbilt, ja«, antwortete sie mit einiger Verspätung. »Henk Vanderbilts –«

»Ich weiß, wer Sie sind«, unterbrach sie Rudolf.

Gloria blickte fragend. Und wohl auch sehr erschrocken, denn Rudolf hob hastig die Hand und machte eine besänftigende Geste.

»Sie brauchen sich keine Sorgen zu machen. Wir wissen schon lange von Ihnen.«

»Onkel Henk hat Ihnen davon erzählt?«

»Kein Wort«, sagte Rudolf. Er lächelte. »Aber ich denke, er hat gewußt, daß wir es wissen. Es war wohl so eine Art Spiel – wir haben so getan, als wüßten wir von nichts, und er hat so getan, als glaubte er das wirklich.«

»Und niemand hatte etwas dagegen?«

»Wogegen? Daß ein gutherziger alter Mann das Kind seines verstorbenen Bruders bei sich aufnimmt und ihm ein Leben in Heimen erspart? Warum sollten wir?«

»Ich ... ich dachte immer, es gäbe da gewisse Vorschriften«, stotterte Gloria hilflos.

»Die gibt es.« Rudolfs Lächeln wurde breiter. »Aber Vorschriften sind dazu da, um übertreten zu werden, oder?«

»Wenn Sie das sagen ...« Gloria blickte an ihm vorbei zum Fenster. Der Tag dort draußen war kein Tag, sondern ein Zwitter zwischen Dämmerung und Nacht. Der Regen klatschte gegen die Scheiben und malte bizarre Muster auf das Glas, Linien und Striche, die zu etwas Neuem wurden, wenn sie sie nur lange genug anblickte.

Hör auf! dachte sie verzweifelt. *Höraufhöraufhörauf!*

Ihre Hände begannen zu zittern. Sie versuchte, es zu unterdrücken, aber sie machte es damit eher noch schlimmer. Der bittere Geschmack von Tränen war plötzlich in ihrer Kehle, und ihre Augen brannten.

Rudolf streckte den Arm über den Tisch und umfaßte ihre beiden Hände mit nur einer seiner gewaltigen Pranken. Aber die Berührung war so sanft, wie diese Hand groß und stark war. Gegen ihren Willen ergriff auch Gloria nun seine Finger und hielt sie fest.

»Wenn es Sie erleichtert, dann weinen Sie ruhig«, sagte er. »Glauben Sie mir, das ist oft das beste Heilmittel.«

Seltsamerweise bewirkten seine Worte das Gegenteil. Das flüchtige Band menschlicher Wärme, das zwischen ihnen gewesen war, zerriß, und von einer Sekunde auf die andere war er nur noch ein Fremder. Sie zog ihre Hände zurück, und Rudolf wirkte ein bißchen enttäuscht, als werte er diese Bewegung als Versagen seinerseits.

»Sie sind ... Onkel Henks Nachfolger, nehme ich an«, sagte sie.

»Nicht direkt«, entgegnete Rudolf. »Sagen wir – ich werde versuchen, hier die Stellung zu halten, bis ein anderer gefunden wird. Aber für eine Weile werden Sie mit mir vorliebnehmen müssen.«

»Sie haben schnell reagiert«, meinte Gloria.

Rudolf fuhr zusammen und antwortete erst nach sekundenlangem Zögern. »Das tun wir immer«, sagte er. »In einem solchen Fall.« Er beobachtete sie scharf bei diesen Worten.

»In einem solchen Fall?«

»Die Gemeinde ist ohne Seelsorger«, erklärte Rudolf – was ganz und gar nicht die Antwort auf ihre Frage war. »Und Ihr Onkel ist unter.. außergewöhnlichen Umständen ums Leben gekommen.«

»Die Polizei hält es für Selbstmord«, korrigierte Gloria.

Rudolf nickte. »Ich weiß.«

»Aber Sie nicht«, fügte Gloria hinzu. Wieder antwortete Rudolf nicht.

»Sie können offen mit mir reden«, fuhr Gloria fort. »Ich... werde bestimmt nicht zusammenbrechen oder irgend etwas Dummes tun.«

»Sie... kennen die Umstände, unter denen Ihr Onkel gefunden wurde?«

»Natürlich«, antwortete Gloria. »Ich war praktisch dabei. Sie glauben nicht an Selbstmord, oder?«

»Ich glaube gar nichts«, entgegnete Rudolf nach einem neuerlichen langen Zögern. »Ich habe mit diesem Polizisten telefoniert, und mit einigen anderen Leuten. Aber ich kenne... kannte auch Ihren Onkel. Es fällt mir schwer zu glauben, daß er sich selbst getötet haben soll. Noch dazu auf eine solche Weise.«

»Und Sie sind hier, um herauszufinden, was wirklich passiert ist.«

»Ich werde es zumindest versuchen«, bestätigte Rudolf. »Wollen Sie mir dabei helfen?«

»Was sind Sie?« fragte Gloria, ohne auf seine Frage zu antworten. »So eine Art Spezialeinheit des Vatikans?«

Es sollte ein Scherz sein, aber der Ton in ihrer Stimme verdarb ihr den Effekt. Und Rudolf blieb sehr ernst.

»Ich bin ein ganz normaler kleiner Vikar«, antwortete er. »Man hat mich geschickt, weil ich Ihren Onkel kannte, das ist alles.«

»Dann schickt die Kirche immer jemanden, der auf eigene Faust Nachforschungen anstellt, wenn ein Priester ums Leben kommt?« fragte Gloria zweifelnd.

»Manchmal«, gab Rudolf zu. »Es kommt ganz auf die Umstände an.«

»Und die waren nicht in Ordnung, nicht wahr?«

»Nein«, antwortete Rudolf. »Das waren sie nicht. Aber ich finde, wir sollten später darüber reden. Nicht jetzt.«

»Warum nicht?« meinte Gloria bitter. »Sie brauchen keine Rücksicht auf mich zu nehmen. Ich glaube nicht, daß es noch etwas gibt, was mir weh tun könnte.«

Rudolf sagte nichts darauf, und Gloria spürte deutlich den inneren Kampf, der sich in diesen Sekunden in ihm abspielte. Aber vielleicht war es die Entschlossenheit in ihrer Stimme, die ihm klarmachte, daß sie wirklich so stark war, wie sie behauptete.

»Ich sagte bereits: Ich kannte Ihren Onkel. Hat er nie von mir erzählt?«

»Nein.«

Rudolf lächelte, um seine Enttäuschung zu verbergen. »Nun, wir waren vielleicht nicht das, was man gute Freunde nennt, aber wir kannten uns. Jedenfalls gut genug, daß es mir schwerfällt zu glauben, was ich heute morgen gehört habe. Dazu kommt, daß ein Geistlicher, der Selbstmord begeht, nun wirklich nicht das ist, was man erwartet. Hat... Ihr Onkel sich irgendwie verändert in letzter Zeit? Ich meine, hat er sich vielleicht seltsam benommen, oder –«

»Sie meinen, ob er vielleicht verrückt war?« unterbrach Gloria ihn grob. Rudolf fuhr wie unter einem Schlag zusammen und sah weg. Gloria war nicht sicher, daß es sich wirklich um einen Zufall handelte, als sein Blick aus dem Fenster fiel und an dem niedergebrannten Briefkasten auf der anderen Straßenseite hängenblieb.

»Was ist denn da passiert?« fragte er.

»Jemand hat den Briefkasten angezündet. Ich weiß nicht, wer, aber –«

Schlagartig fielen ihr die Briefe ein. Onkel Henks Briefe, mit denen alles angefangen hatte. Großer Gott, sie hatte bisher angenommen, daß er keinen davon abgeschickt hatte – aber was, wenn er es doch getan hatte? Und wenn zumindest einer davon angekommen war?

»Aber was?« fragte Rudolf. Bildete sie es sich ein, oder klang seine Stimme plötzlich lauernd?

»Nichts«, murmelte sie hastig. »Es hat sicher nichts damit zu tun. Entschuldigen Sie. Ich bin ein bißchen durcheinander. Aber um Ihre Frage zu beantworten: Nein, mein Onkel war ganz bestimmt nicht verrückt. Er war alt, aber er war einer der normalsten Menschen, die ich kenne.«

Sie legte den Kopf schräg und sah ihn fast feindselig an. »Sie sehen aus, als seien Sie enttäuscht. Wäre es Ihnen lieber, wenn ich etwas anderes erzählt hätte?«

»Ich weiß es nicht«, gestand Rudolf mit verblüffender Offenheit. »Sie wissen, was Ihr Onkel getan hat, bevor er... sich selbst richtete?«

»Ja.«

»Er hat auf das Kruzifix geschossen«, fuhr Rudolf fort, als hätte er ihre Antwort gar nicht gehört. »Und auf den Altar. Können Sie sich vorstellen, warum er das getan haben sollte?«

»Nein, das kann ich nicht. Aber er war nicht verrückt. Vielleicht wurde er angegriffen. Vielleicht hat er gar nicht auf das Kreuz geschossen, sondern auf jemanden, der davor gestanden hat.«

»Ja, vielleicht«, meinte Rudolf seufzend. »Aber ich könnte nicht unbedingt sagen, daß mir diese Erklärung besser gefällt.« Er seufzte abermals, griff in die Hemdtasche und zog eine halb aufgeweichte Zigarettenpackung heraus. »Darf ich?«

Gloria nickte. Rudolf nahm sich eine Zigarette, hielt auch ihr die Packung hin und suchte nach seinem Feuerzeug, nachdem sie sich bedient hatte. Irgend etwas an seiner Hand fiel ihr auf, als er ihr Feuer gab, aber sie wußte nicht, was es war.

Rudolf nahm einen tiefen Zug und behielt den Rauch lange in den Lungen, ehe er ihn ausstieß und in nachdenklichem Tonfall fortfuhr: »Bitte glauben Sie mir, daß ich diese Fragen nicht gern stelle. Ich weiß, wie Sie sich fühlen müssen. Und ich weiß, wie weh sie Ihnen vermutlich tun. Aber es ist wichtig, daß wir herausfinden, was wirklich passiert ist. Ich kenne Ihren Onkel einfach zu gut, um zu glauben, daß er... einfach den Verstand verloren haben soll.«

»Das hat er nicht!« widersprach Gloria heftig.

»Aber es ist die einzige Erklärung, die ich akzeptieren kann«, antwortete Rudolf ernst.

»So? Warum?«

»Weil es nur eine andere Alternative gibt«, sagte Rudolf. »Und das ist noch schwerer vorstellbar.«

»Und die wäre?«

Rudolf sah sie durchdringend an, und abermals glaubte sie für einen Moment etwas Lauerndes in seinem Blick zu bemerken, aber wieder verschwand es zu schnell, als daß sie sicher sein konnte.

»Ich will ehrlich zu Ihnen sein, Gloria«, sagte er. »Der Kirche liegt sehr viel daran, eine... nennen wir es so: eine Erklärung zu finden, die die Öffentlichkeit akzeptiert. Auch im Interesse Ihres Onkels. Oder zumindest seines Andenkens.«

»Was soll das heißen?«

Rudolf zog an seiner Zigarette, ehe er antwortete, und wieder fiel Gloria etwas an seiner Hand auf. Was war nur damit?

»Ein Priester, der seinen Glauben verliert, ist schlimm genug zu verkraften«, erklärte Rudolf. »Aber was Ihr Onkel getan hat – *falls* er bei klarem Verstand war, als er es tat –, das war mehr. Er hat auf das Kreuz geschossen, Gloria. Manche Leute würden das Gotteslästerung nennen.«

»Und Sie?« fragte Gloria.

Rudolf hob die Schultern. »Ich weiß es nicht. Aber ich bin hier, um es herauszufinden. Bitte, denken Sie nach. Hat Ihr Onkel... irgend etwas getan, in der letzten Zeit? War er... verändert? Hatte er vielleicht Angst? Oder hat er irgendwelche Aufzeichnungen hinterlassen? Irgend etwas, das uns weiterhilft?«

Aufzeichnungen ...

Plötzlich war sie sicher, daß Onkel Henk doch einen der Briefe abgeschickt hatte, ohne es ihr zu sagen. Natürlich. Das war die einzige Erklärung. Sie hatten einen Brief bekommen und ihn natürlich nicht ernst genommen; wie konnten sie auch? Aber jetzt war Henk tot, und er war unter Umständen gestorben, die zu mysteriös waren, als daß sie weiterhin die Augen vor der Wahrheit verschließen konnten. *Das* war der wahre Grund, warum Rudolf hier war. Sie dachte an die Schublade, in der Onkel Henks Aufzeichnungen verborgen lagen, und sie war plötzlich sicher, daß Rudolf sie aufbekommen würde. Ganz einfach, weil sie für ihn bestimmt waren.

Eine tiefe, unendlich tiefe Erleichterung machte sich in ihr breit, und genau im gleichen Moment hob er wieder die Hand, um einen Zug aus seiner Zigarette zu nehmen, und Gloria begriff endlich, was sie daran so sehr gestört hatte.

Rudolfs Hände waren wirklich sehr kräftig. Es waren nicht die Hände eines Priesters. Sie waren stark, aber sie waren auch schwielig, und ihre Knöchel waren verknorpelt, als wären sie immer und immer wieder gebrochen worden. Außerdem waren sie sonnengebräunt. Bis auf einen schmalen Streifen am Ringfinger seiner rechten Hand.

Etwas in Rudolfs Blick erlosch, als er sah, wie sie den blassen Schatten anstarrte, den der Ehering auf seiner Haut hinterlassen hatte.

»Oh«, meinte er nur. Fast gemächlich drückte er seine Zigarette aus, hob die Hand vor das Gesicht und ballte sie zur Faust, um seinen Ringfinger zu betrachten. »Sie haben es bemerkt.«

»Was ... was ist das?« murmelte Gloria entsetzt.

Rudolf zuckte mit den Achseln. »Ein Fehler«, sagte er. »Dumm von mir, nicht daran gedacht zu haben. Und dumm von Ihnen, so klug zu sein, Kleines.«

Gloria fuhr entsetzt auf, aber ihre Reaktion kam zu spät. Rudolf lächelte weiter, und das Bedauern in seinen Augen war nicht einmal gespielt, als er ihr die Hand, die noch immer zur Faust geballt war, mit aller Kraft gegen die Schläfe schmetterte.

11

Auf dem Hof des Internats stand ein schwarzer sechstüriger Mercedes-Pullman mit Stuttgarter Kennzeichen. Die Scheiben waren abgedunkelt, so daß man aus dem Wagen heraus-, kaum aber hineinsehen konnte, und die beiden hinteren Türen waren verbreitert worden, wie um Platz für einen Passagier zu schaffen, der weitaus größer als ein normaler Mensch war.

»Haben Sie eine Ahnung, wem der gehört?« fragte Apson, während er seinen silbergrauen Ford in respektvollem Bogen um die Luxuslimousine herumsteuerte und zugleich nach einem Parkplatz suchte, von dem aus sie nicht allzuweit durch den strömenden Regen würden laufen müssen. Der Mercedes war so abgestellt, daß sie auf jeden Fall um ihn herumgehen mußten, der Wagenbesitzer jedoch die Tür trokkenen Fußes erreichen konnte.

»Vermutlich dem Vater irgendeines reichen Sprößlings«, meinte Ronald und zuckte mit den Achseln, um den beiläufigen Klang seiner Antwort zu unterstreichen. Apson antwortete nicht, aber er sah den riesigen Mercedes weiter mit Verwirrung und unverhohlener Bewunderung an. Ihm selbst gefiel der Anblick der schwarzen Nobelkarosse ganz und gar nicht. Er wußte, wie wenig gern Zombeck und die Steller es sahen, wenn ihre Schützlinge während des Schuljahres Besuch erhielten. Und dann auch noch ausgerechnet dieser Wagen...

Apson parkte den Wagen etwa zehn Meter hinter dem Pullman und zog den Zündschlüssel ab. Er machte sich nicht die Mühe, die Tür abzuschließen, sondern lief mit hochgeschlagenem Mantelkragen und gesenkten Schultern durch den strömenden Regen zur Treppe, blieb dann aber einen Meter vor der Tür stehen und wandte sich um, als er bemerkte, daß Ronald ihm mit seinem verletzten Bein nicht so schnell folgen konnte.

»Warum sind Sie nicht schon reingegangen?« fragte Ronald, als er endlich bei Apson angelangt war. »Es reicht doch, wenn *ich* naß werde, oder?«

Der dumpfe Knall, mit dem die Tür hinter ihnen ins Schloß fiel, verschluckte Apsons geknurrte Antwort, und Ronald wiederholte seine Frage auch nicht. Irgendwie war es richtig, daß sie zusammenblieben, dachte er, nach dem, was er Apson im Lauf der vergangenen halben Stunde erzählt hatte.

Es war fast die ganze Geschichte gewesen. Ronald hatte ein oder zwei Details weggelassen (schon damit Apson ihn nicht schlichtweg für übergeschnappt hielt), aber genügend Andeutungen gemacht, daß er sich den Rest zusammenreimen konnte. Und Apsons karge Antworten wiederum hatten ihn zumindest ahnen lassen, daß der Kriminalbeamte den Namen des Sänger-Internats nicht zum erstenmal hörte.

Sie durchquerten die Halle, und Apson blieb unwillkürlich kurz stehen, als sein Blick auf das überlebensgroße Bild des Internatsgründers an der Wand fiel. Er sagte kein Wort, aber Ronald ahnte, daß ihn in diesem Moment das gleiche Unbehagen überfiel, das wohl jeder verspürte, der dieses Gemälde erstmals sah.

Da Apson am Vormittag schon einmal hiergewesen war, konnte Ronald sich die Mühe sparen, ihm den Weg zu Zombecks Büro zu erklären. Rasch gingen sie die Treppe hinauf und den langen, düsteren Korridor zum Direktorat entlang, und Ronald fiel auf, wie still es war: Hinter keiner der zahlreichen Türen, an denen sie vorüberkamen, war auch nur der mindeste Laut zu hören. Es war, als hielte das ganze Internat den Atem an.

Zombecks Vorzimmer war verlassen. Der Schreibtisch seiner Sekretärin war aufgeräumt, was Ronald verriet, daß sie heute entweder gar nicht zum Dienst erschienen oder gleich wieder weggeschickt worden war, aber die Tür zu Zombecks Büro war nur angelehnt, und durch den Spalt konnte man die Stimmen mehrerer Personen hören, die sich leise, aber offensichtlich sehr erregt miteinander unterhielten.

Ronald blieb stehen, und auch Apson zögerte einen Moment und sah ihn prüfend an. Er sagte nichts, aber sein Blick sprach Bände: Das, was Ronald ihm erzählt hatte, war kein Scherz mehr. Er riskierte eine Menge, wenn er mit diesen Vorwürfen zu Zombeck ging und Ronald im letzten Moment einen Rückzieher machte.

Die Gespräche in Zombecks Büro verstummten abrupt, als sie durch die Tür traten. Die Blicke aller Anwesenden wandten sich Ronald und seinem Begleiter zu. Es war das gleiche unheimliche Gefühl, das er am allerersten Abend hier gehabt hatte, dem Abend seiner Ankunft: Zombecks Blick war kalt, aber hinter dieser Kälte verbarg sich etwas, das Ronald instinktiv eine defensive Haltung einnehmen ließ. Frau Steller lächelte, aber ihr Lächeln war nicht echt, sondern so kalt wie Zombecks Blick, und um hundert Prozent entschlossener. Irgend etwas war vorgefallen, während er mit Apson in der Stadt gewesen war. Er wußte nur nicht, was.

Dann fiel sein Blick auf das Gesicht des dritten der vier Anwesenden im Raum: Es war Werner. Das Gesicht der vierten Person konnte er nicht erkennen, denn sie saß im Schatten neben dem Fenster. Aber etwas war an dieser Gestalt nicht richtig.

»Hallo«, sagte er unsicher.

Zombeck schwieg. Frau Stellers Gesicht verzog sich zu einem flüchtigen Lächeln, während Werner niederträchtig grinste. Sie war wieder da, diese kaum beherrschbare Wut, die Ronald immer bei Werners bloßem Anblick verspürte. Und sie war schlimmer geworden.

»Setzen Sie sich, Ronald«, sagte die Steller mit einer auffordernden Handbewegung. Zu Apson gewandt, fuhr sie fort: »Guten Tag, Herr Kommissar. Es ist fein, daß Sie gleich mitgekommen sind.«

Apson blickte fragend, aber die Steller sprach nicht weiter, sondern deutete mit einer zweiten Geste auf Werner, der hinter Zombecks Stuhl stand. Sein Arm war eingegipst und hing in einer Schlinge, und sein Gesicht war übel angeschwollen. Ronald begriff voller Unbehagen, daß schon Werners Anblick reichte, um ihn auf die Verliererseite zu drängen. Plötzlich war er sehr froh, Apson alles erzählt zu haben. Er war nur nicht mehr sicher, ob es auch etwas nützte, als er sah, auf welche Weise der Polizeibeamte Werners Gesicht betrachtete.

»Das ist Werner«, erklärte die Steller – allerdings erst, nachdem sie Apson ausreichend Zeit und Gelegenheit gegeben hatte, Werners zerschlagenes Gesicht in allen Details zu betrachten. »Ich nehme an, Herr Bender hat Ihnen erzählt, was passiert ist?«

»Das hat er. Ich weiß allerdings nicht, was –«

»Das ist gut«, fuhr Frau Steller unbeeindruckt fort. »Das erspart uns eine Menge Erklärungen.« Sie wandte sich an Ronald. »Wo sind Sie gewesen, Herr Bender? Ich habe Sie gesucht.«

Ronald wollte antworten, aber Apson kam ihm zuvor. »Ich hatte ein paar Fragen an ihn«, meinte er rasch. »Es tut mir leid, wenn ich Ihnen damit Unannehmlichkeiten bereitet habe. Ich wollte Herrn Bender nicht von seiner Arbeit abhalten.«

»Das haben Sie nicht«, erwiderte die Steller kalt. »Herr Bender arbeitet nicht mehr für uns.«

Apson sah auf. Ronald hatte ihm von Frau Stellers Vorschlag erzählt, so daß ihn die Worte eigentlich nicht hätten überraschen dürfen – doch es war der Tonfall, in dem die Steller sprach, der ihn stutzig machte.

Ronalds Blick wanderte wieder zu der Gestalt im Schatten. Seine Augen gewöhnten sich allmählich an das graue Dämmerlicht hier drinnen, aber er konnte sie trotzdem nicht deutlich erkennen. Immerhin sah er, daß es ein Mann war, der in einem sonderbar geformten, silberfarbenen Stuhl saß. Er erinnerte sich an etwas: die überbreiten Türen des Pullman! Die Gestalt saß im Rollstuhl.

»Ich weiß«, sagte Apson mit einiger Verspätung. »Aber deswegen bin ich nicht hier.«

»Sie wissen überhaupt nichts.«

Die Stimme war so unangenehm, daß selbst Apson eine Sekunde lang verwirrt war und nun ebenfalls versuchte, den schwarzen Schatten neben dem Fenster mit Blicken zu durchdringen. Offensichtlich gelang es ihm ebensowenig wie Ronald.

»Darf ich fragen, wer Sie sind?«

»Das dürfen Sie.« Die Gestalt im Rollstuhl hob einen Arm und deutete auf Werner. »Ich bin Werners Großvater. Und um Ihnen die Mühe abzunehmen, eine weitere überflüssige Frage zu stellen: Ich bin hier, um das zu tun, wozu diese unfähigen Personen offensichtlich nicht in der Lage sind, nämlich meinen Enkel vor den Nachstellungen dieses... Verbrechers zu schützen. Was eigentlich Ihre Aufgabe wäre.«

Zu Ronalds Erstaunen blieb Apson vollkommen ruhig. Er sagte nur: »So?«

»Dieser Verbrecher hat meinen Enkel schwer verletzt!« fuhr die Gestalt im Rollstuhl aufgebracht fort. Es schien ein alter Mann zu sein, dachte Ronald, aber trotzdem war etwas in dieser Stimme, das ihm sagte, daß er die Drohung in diesen Worten besser ernst nahm. Er versuchte einen Blick von Apson zu erhaschen, aber es gelang ihm nicht; der Kriminalbeamte schaute konzentriert die Gestalt neben dem Fenster an.

»Das ist aktenkundig!« fuhr Werners Großvater fort, als die erhoffte Reaktion ausblieb. »Der Junge war im Krankenhaus. Sein Arm ist gebrochen. Ganz zu schweigen von den anderen Verletzungen. Sehen Sie sich nur sein Gesicht an!«

»Ich weiß«, erwiderte Apson ruhig – und ohne auch nur einen Blick in Werners Richtung zu werfen. »Herr Bender hat mir die ganze Geschichte erzählt.«

»Ja«, knurrte Werner. »Das kann ich mir vorstellen. Ich kann mir sogar ziemlich lebhaft vorstellen, was er Ihnen erzählt hat!«

»Halt den Mund, Werner«, zischte die Steller grob. Apson sah sie überrascht an, aber die Steller gab ihm keine Gelegenheit, etwas zu sagen, sondern fuhr fort:

»Bitte, meine Herren. Es hat wenig Sinn, wenn wir uns jetzt streiten. Wir sollten lieber versuchen, eine Lösung zu finden, die im allseitigen Interesse liegt.«

»Ich kann mir denken, wie die aussieht!« rief Werner zornig. »Der Kerl da kommt ungeschoren davon, und ich bin der Dumme, wie?«

Frau Steller ignorierte ihn.

»Wenn Sie bereits mit Herrn Bender gesprochen haben, dann wissen Sie ja, daß er uns verläßt«, fuhr sie ungerührt fort. »Und zwar noch heute. Von unserer Seite aus ist der Fall damit erledigt. Wir haben kein Interesse daran, irgendwelche weiteren Schritte gegen Herrn Bender zu ergreifen.«

Werner schnappte nach Luft wie ein Fisch auf dem Trockenen. Die Gestalt im Rollstuhl bewegte sich unruhig, und Ronald sagte: »Das ist wirklich großzügig! Und Sie glauben, ich würde einfach so gehen – nach allem, was hier passiert ist?«

»In der Tat, Herr Bender, das glaube ich«, antwortete die Steller ruhig. »Ihnen ist doch klar, in welcher Situation Sie sich befinden?«

»Bis vor einer Minute dachte ich das wenigstens«, entgegnete Ronald gereizt. »Aber vielleicht täusche ich mich ja. Erklären Sie es mir.«

»Wie Sie wollen.« Die Steller lächelte kalt, und Ronald wurde klar, daß es ihm nicht gelingen würde, sie aus der Fassung zu bringen. Ganz egal, was er sagte oder tat. »Ich wollte Ihnen und uns dieses peinliche Gespräch ersparen, aber wenn Sie darauf bestehen: Ganz gleich, was vorher geschehen ist, Herr Bender, Tatsache ist, daß Sie als Angestellter dieses Internats einen unserer Schüler geschlagen haben, und zwar mehrfach und so, daß er sich in ärztliche Behandlung begeben mußte. Sie haben grundlos Werners Eigentum zerstört, und Sie haben durch Ihr Verhalten nicht nur sich selbst, sondern uns alle in Gefahr gebracht. Vor allem unsere Schüler.«

»Wie bitte?« fragte Ronald verstört. »Was soll denn das jetzt wieder heißen?«

»Die Polizei hat Fred Tholberg immer noch nicht verhaftet«, antwortete die Steller.

»Und was habe *ich* damit zu tun?« bohrte Ronald nach.

Die Steller seufzte. »Sind Sie wirklich so naiv, oder stellen Sie sich nur dumm, Ronald? Was glauben Sie, warum er aus dem Gefängnis ausgebrochen ist? Er hat einen Menschen auf dem Gewissen! Dieser Junge hat nichts mehr zu verlieren – und er will Rache dafür, daß Sie ihn gedemütigt haben. Vor Ihnen hatte das noch keiner gewagt!« Sie hob die Hand, als Ronald sie unterbrechen wollte, und fuhr mit erhobener Stimme fort: »Es spielt gar keine Rolle, ob Sie das für verrückt halten oder nicht. Wir können die Gefahr nicht ausschließen, daß er hierherkommt, um sich an Ihnen zu rächen. Sie sind eine Gefahr für alle hier, Ronald. Ich kann nicht dulden, daß Sie auch nur eine Minute länger in diesem Haus bleiben.«

»Aber das ... das ist doch ... das ist doch ungeheuerlich!« stammelte Ronald.

»An unserer Entscheidung gibt es nichts mehr zu rütteln, Ronald«, erwiderte die Steller ruhig. »Wir halten uns an Fakten. Und die sind nun einmal so, wie sie sind. Es tut mir leid. Es tut mir *wirklich* leid – ich bin nämlich immer noch der Meinung, daß wir die Differenzen zwischen Ihnen und Werner irgendwie hätten beilegen können. Und auch die zwischen uns. Aber ich kann nicht riskieren, daß Sie länger hierbleiben.«

»Das ist ungeheuerlich!« rief Ronald noch einmal. »Ich denke nicht daran –«

»Bitte, Herr Bender.« Apson hob besänftigend die Hand und versuchte gleichzeitig, ihm einen beschwörenden Blick zuzuwerfen, ohne daß die Steller und Zombeck es bemerkten. Ronald sprach auch tatsächlich nicht weiter – aber nicht, weil Apson es von ihm verlangt hatte. Er war einfach so fassungslos, daß ihm die Worte fehlten.

»Es ist leider nicht ganz so einfach, Frau Steller«, fuhr Apson fort. »Herr Bender hat mir ein, zwei Dinge erzählt, die ich nicht einfach vergessen kann. Ich fürchte, ich muß Ihnen noch ein paar Fragen stellen. Und dir auch, Werner.«

Werner starrte ihn an. Sein Gesicht blieb ausdruckslos, aber dann blickte er Ronald an, und in seinen Augen flammte wieder dieser mörderische Haß auf, der so ganz und gar nichts Kindliches hatte. »So?« schnappte er.

»Was für Dinge?« erkundigte sich die Steller ruhig.

»Über das, was Ihre Schützlinge nachts so treiben, zum Beispiel!« sagte Ronald an Apsons Stelle.

»Bitte, Herr Bender!« Apsons Stimme klang scharf. »Sie können auch draußen warten, während ich mit Frau Steller rede!«

Ronald schwieg. Er brodelte innerlich vor Wut, aber er begriff auch, daß Apson recht hatte. Er war drauf und dran, den winzigen Vorteil zu verspielen, den er vielleicht hatte.

Plötzlich lächelte die Steller. »Ach, das«, meinte sie. »Ja, ich dachte mir, daß es ihn erregt. Aber ich dachte nicht, daß er es so schlimm findet.«

»Sie nicht?« fragte Apson.

»Natürlich«, gab sie zu. »Es ist eine schlimme Geschichte. Ich habe sie überprüft, und auch ich war schockiert, glauben Sie mir. Ich werde dafür sorgen, daß das aufhört, das verspreche ich Ihnen. Und ich werde mit den Verantwortlichen persönlich reden und sie zur Rechenschaft ziehen, darauf gebe ich Ihnen mein Wort.« Bei diesen Worten drehte sie sich halb im Stuhl um und warf Werner einen drohenden Blick zu – der von Apson nicht übersehen werden sollte.

»Trotzdem«, fuhr sie fort. »Das ist nichts, worum sich die Kriminalpolizei kümmern müßte. Es war ein Scherz. Ein Zeitvertreib, wenn Sie so wollen. Ein dummer und geschmackloser Scherz, zugegeben, der Konsequenzen haben wird, aber mehr auch nicht.«

»Ich weiß«, sagte Apson. »Aber das ist leider nicht alles. Ich wäre nicht hier, wenn es so wäre, glauben Sie mir.«

»Und weshalb *sind* Sie hier?« fragte Zombeck. Es waren die ersten Worte, die er sprach, seit sie das Büro betreten hatten, und Apson sah ihn einen Moment lang fast irritiert an, ehe er sich wieder fing und mit einem hörbaren Seufzen fortfuhr:

»Sehen Sie, ich bin hier, um einen Todesfall aufzuklären, und –«

»Der nichts mit dem Internat zu tun hat«, fiel ihm die Steller ins Wort.

Apson nickte und brachte das Kunststück fertig, es wie ein Kopfschütteln aussehen zu lassen.

»Sicher nicht«, sagte er. »Aber da sind noch ein, zwei Dinge, die mir nicht aus dem Kopf wollen.« Er deutete auf Ronald. »Das eine ist etwas, was mir nicht nur Herr Bender, sondern auch Fräulein Vanderbilt erzählt hat. Und zwar beide unabhängig voneinander und ohne daß sie Gelegenheit gehabt hätten, sich in irgendeiner Form abzusprechen. Pfarrer Vanderbilt fühlte sich ganz offensichtlich bedroht – und zwar schon Wochen vor seinem Tod.«

»Von uns?« fragte die Steller spöttisch.

»Natürlich nicht«, antwortete Apson. »Aber er erwähnte mehrmals das Internat. Ich habe mit verschiedenen Leuten aus der Stadt gesprochen, und alle haben das bestätigt. Sicher, er war ein alter Mann, vielleicht schon etwas sonderbar ... aber ich habe gehört, daß er ein paarmal hiergewesen sein soll?«

»Einmal«, erwiderte Zombeck.

»Und was hat er gewollt?«

»Nichts«, sagte Zombeck. »Jedenfalls habe ich selbst nicht richtig verstanden, was es war. Er faselte irgend etwas von Gott und dem Teufel ... Was weiß ich. Sie haben es selbst gesagt – vielleicht war er schon etwas seltsam.«

»Ist es möglich, daß er etwas von den ... Aktivitäten Ihrer Schüler mitbekommen hatte?« fragte Apson.

Die Steller musterte Werner mit einem nachdenklichen Blick, ehe sie antwortete: »Unwahrscheinlich. Aber möglich wäre es. Ja, das könnte die Erklärung sein. Ist es möglich, daß er euch gesehen hat?«

Der letzte Satz galt Werner, der abermals einen haßerfüllten Blick auf Ronald warf, ehe er antwortete: »Nein. Wir waren vorsichtig.«

»Herr Bender hat euch auch gesehen, oder?«

»Das war etwas anderes«, fauchte Werner. »Dieser Schnüffler –«

»Gut«, unterbrach ihn die Steller. »Das reicht. Wir reden später darüber.« Sie drehte sich wieder zu Apson um. »Sie haben es gehört. Trotzdem wäre es natürlich denkbar, daß einer der anderen Schüler etwas gesehen oder gehört und darüber gesprochen hat. Ich denke, das ist die plausibelste Erklärung. Vielleicht sollten wir uns damit zufriedengeben.«

»Ja, vielleicht«, gestand Apson zu. »Aber leider ist da noch etwas.«

»Und was?«

»Die Geschichte mit dem Tholberg-Jungen.«

»Was, zum Teufel, hab ich denn mit *dem* zu tun?« fuhr Werner auf.

»Ich fürchte, mehr, als Frau Steller und Herr Zombeck ahnen. Und wahrscheinlich auch dein Großvater«, antwortete Apson ruhig. »Siehst du, mein lieber Junge – die Polizei ist nicht ganz so dumm, wie man im allgemeinen annimmt. Ich habe das Vernehmungsprotokoll gelesen, nachdem Tholberg aus dem Gefängnis geflohen ist. Er hat zugegeben, daß du ihm Geld dafür geboten hast, wenn es ihm gelingen würde, Herrn Bender einmal zusammenzuschlagen.«

Die Gestalt im Rollstuhl fuhr sichtlich zusammen, und auch Zombeck erschrak. Nur die Steller blieb völlig ruhig.

»Das ist nicht wahr!« fuhr Werner auf. »Der Kerl lügt doch einfach etwas zusammen.«

»Das glaube ich nicht«, erwiderte Apson. »Er hätte absolut nichts davon, dich irgendwie in die Sache hineinzuziehen. Außerdem – das, was er den Beamten erzählt hat, paßt einfach zu gut.«

»Ach?« sagte Werner patzig. »Und was hat er erzählt?«

»Er hatte Streit mit Herrn Bender«, antwortete Apson. »Es ging wohl um ein Mädchen, glaube ich. Fräulein Vanderbilt war auch dabei.«

»Und?« fragte Werner. Er klang nun ein bißchen unsicher.

»Tholberg behauptet, du wärst knapp zwei Wochen später zu ihm gekommen und hättest ihm dreihundert Mark geboten, wenn er Bender gelegentlich eine Abreibung verpaßt. Und du hättest ihn noch gewarnt, daß Bender gefährlich ist.«

»Das ist nicht wahr!« rief Werner störrisch. »Verdammt, wem glauben Sie eigentlich mehr: einem polizeilich gesuchten Mörder, oder mir?«

»Das weiß ich nicht«, antwortete Apson ungerührt. »Aber wenn

Tholberg die Wahrheit sagt, dann steckst du ganz schön in der Tinte, mein Junge.«

»Wieso?« fragte die Steller alarmiert.

Apson atmete hörbar ein. »Fred Tholberg wußte, daß Herr Bender und Fräulein Vanderbilt sich kannten, nicht wahr?«

»Ja, und?«

»Wenn der Tod des Priesters kein Selbstmord, sondern Mord war«, fuhr Apson fort, »dann besteht immerhin die Möglichkeit, daß Tholberg damit zu tun hat.«

»Das verstehe ich nicht«, gestand die Steller. »Was hat das eine mit dem anderen zu tun?«

»Ich hoffe, nichts«, meinte Apson. »Andererseits wäre es immerhin denkbar, daß Tholberg gestern nacht im Pfarrhaus aufgetaucht ist, um mit Herrn Bender abzurechnen – und dabei auf den Pfarrer traf, statt auf ihn.«

»Und?« fragte Werner kalt.

»Dann träfe dich zumindest eine Mitschuld«, sagte Apson. »Wenn schon nicht juristisch, dann zumindest moralisch. Die juristischen Konsequenzen müßte man prüfen.«

»Das werden meine Rechtsanwälte dann tun, sollte es nötig sein«, mischte sich Werners Großvater ein. Apson wollte antworten, aber die Stimme aus dem Schatten wurde schärfer und schriller: »Jetzt reicht es mir. Ich habe bisher geschwiegen, weil Frau Steller mich gebeten hat, nach Möglichkeit einen Skandal zu vermeiden. Aber ich habe mir diese Posse jetzt lange genug angehört. Was haben Sie eigentlich vor?« Die Metallkonstruktion des Rollstuhls knarrte, als sich die Gestalt vorbeugte und anklagend mit einem dürren Arm auf Ronald wies. »Wollen Sie jetzt meinen Enkel beschuldigen, um den Verdacht von diesem... Verbrecher da abzulenken?«

»Ich gehe Spuren nach«, erwiderte Apson gelassen. »Das ist mein Beruf. Und solange ein Verdächtiger nicht überführt ist, ist er für mich kein Verbrecher. Herr Bender ebensowenig wie Ihr Enkelsohn.«

»Papperlapapp!« keifte der Alte. »Ich bin vielleicht ein alter Krüppel, aber ich bin weder senil noch blind. Ich sehe doch, was hier gespielt wird! Sie suchen einen Sündenbock.«

»Ihr Enkel –«

»*Mein Enkel*«, der Alte schrie jetzt wirklich, »ist völlig unschuldig. Und ganz nebenbei, selbst wenn es anders wäre: Er ist noch nicht einmal strafmündig. Ich sehe also nicht ein, was Sie überhaupt mit der ganzen Angelegenheit zu tun haben. Außer, den wahren Schuldigen zu fassen – wozu Sie offensichtlich entweder nicht in der Lage oder nicht willens sind.«

Ronald fragte sich, woher Apson die Kraft nahm, noch immer ruhig zu bleiben. Aber der Kriminalbeamte fuhr auch jetzt noch nicht auf, sondern seufzte nur sehr tief und spielte seinen letzten Trumpf aus; einen, auf den Ronald schon die ganze Zeit gewartet hatte.

»Und was ist mit dem verschwundenen Jungen?« fragte er.

Frau Steller schüttelte den Kopf. »Mit ihm ist gar nichts, Herr Kommissar«, antwortete sie. »Herr Bender neigt dazu, übereilte Schlüsse zu ziehen. Sie sollten nicht den Fehler begehen, sich davon anstecken zu lassen.«

»Übereilte Schlüsse?«

Apson verdrehte warnend die Augen, aber Ronalds Selbstbeherrschung war endgültig dahin. »Er war dabei, Frau Steller! Ich habe ihn ganz deutlich erkannt!«

»Das bestreitet ja auch niemand.«

»Und seither ist er verschwunden! Sein Zimmer ist völlig verwüstet, und Ricky ist –«

»Schon längst wieder hier«, fiel ihm die Steller ins Wort.

Ronald riß ungläubig die Augen auf. »Wie bitte?«

»Ich sagte es Ihnen doch schon heute nacht: Er hat wahrscheinlich einfach die Nerven verloren und ist davongelaufen. Und genauso war es. Wären Sie vorhin nicht wie ein Verrückter einfach davongerannt, hätten Sie es gleich erfahren. Richard ist wieder aufgetaucht.«

»So?« sagte Ronald böse. »Wo denn? Bei seinen Eltern, vermute ich. Oder in einer Bahnhofsmission am anderen Ende des Landes?« Er sprach laut weiter, und er gab sich alle Mühe, seiner Stimme einen zynischen Klang zu verleihen. »Ich nehme nicht an, daß er im Moment in der Lage ist, persönlich mit uns zu reden und uns zu erklären, was überhaupt vorgefallen ist?«

Etwas stimmte nicht. Werners Grinsen wurde noch breiter, und der Ausdruck auf Frau Stellers Gesicht war jetzt nicht mehr resigniert, sondern eher mitleidig. Sie sagte kein Wort, sondern drehte sich nur zu Werner um und gab ihm einen Wink mit den Augen. Irgend etwas ... lief falsch, das spürte Ronald. So falsch, wie es nur laufen konnte.

Werner verließ das Büro. Sie hörten, wie er das leere Vorzimmer mit raschen Schritten durchquerte und die Tür zum Korridor öffnete. Als er zurückkam, war er nicht mehr allein.

Neben ihm stand Ricky.

Er war blaß. Seine Hände zitterten, und unter seinen Augen lagen dunkle Ringe, die sein Gesicht in das eines uralten, müden Mannes verwandelten, und sein Haar war naß geworden und in wirren, verklebten Strähnen wieder getrocknet. Seine Kleidung und seine Schuhe starrten vor Schmutz. Aber es war eindeutig Ricky.

»Guten Tag, Richard«, sagte die Steller betont.

Ricky lächelte nervös. »Guten Tag«, erwiderte er stockend. Sein Blick irrte unstet über das Gesicht Apsons, die Gestalt im Schatten neben dem Fenster und dann etwas länger über Ronalds Gesicht. Seine Lippen bewegten sich, als wolle er etwas sagen, aber dann senkte er nur den Kopf und starrte den Boden vor seinen Schuhspitzen an.

»Ricky!« rief Ronald ungläubig. »Wo bist du gewesen?«

Ricky antwortete nicht, sondern starrte weiterhin beharrlich zu Boden, bis die Steller sagte: »Du kannst es ihm ruhig erzählen. Hab keine Angst.«

Angst? dachte Ronald verblüfft. Wieso, um alles in der Welt, sollte ausgerechnet Ricky Angst vor ihm haben?

»Sprich ruhig«, sagte Apson. »Niemand wird dir etwas vorwerfen. Nur keine Angst.«

Ricky sah ihn verunsichert an. »Wer... sind Sie?« fragte er.

»Ich bin Polizist«, antwortete Apson mit einer Kopfbewegung zu Ronald. »Herr Bender hat mir erzählt, daß du verschwunden warst. Stimmt das?«

Ricky nickte. Verlegen trat er von einem Fuß auf den anderen. »Ich habe... hatte Angst«, sagte er schließlich. »Ich weiß, daß es dumm war, aber ich...«

»Aber wovor denn Angst?« mischte sich Ronald ein. »Wer hat dir etwas getan? Werner?« Er deutete anklagend auf den Jungen, der wieder hinter Frau Stellers Stuhl Aufstellung genommen hatte und die Szene mit unverhohlener Schadenfreude betrachtete, und fügte hinzu: »Du kannst ganz offen sprechen. Ich habe Herrn Apson alles erzählt. Wir sind hier, um dir zu helfen, mein Junge. Niemand wird dir etwas tun – weder Werner noch sonst jemand.«

Bei den letzten Worten blickte er betont zu der Gestalt im Rollstuhl hinüber – aber Rickys Reaktion fiel völlig anders aus, als er erwartet hatte.«

»Ich... ich habe einfach Angst bekommen«, sagte er stockend. »Wegen gestern nacht.« Wieder brach er ab und blickte unsicher auf Apson. Die Steller sagte:

»Du kannst ganz offen reden. Er kennt die Geschichte. Dir wird nichts passieren.«

»Sie haben uns gesehen«, meinte Ricky, an Ronald gewandt.

»Nicht wahr? Sie... haben alles beobachtet, aus dem Schuppen heraus. Das Mädchen und Sie.«

Das Mädchen? Ronald war verblüfft, und auch die Steller runzelte die Stirn und sah ihn abermals fragend an.

»Woher weißt du das?« fragte Ronald überrascht. Er war hundertprozentig sicher, daß Ricky ihn *nicht* gesehen hatte. Und nicht einmal Frau Steller hatte von Glorias Anwesenheit gewußt, wie ihre Reaktion bewies.

Ricky überging die Frage. »Ich... ich kam mir so dumm vor«, murmelte er. Seine Stimme begann zu beben, als kämpfe er nur noch mit letzter Kraft gegen die Tränen. »Und ich hatte Angst, daß Sie zu Frau Steller oder Direktor Zombeck gehen und ihnen alles erzählen würden. Sie hätten es meinen Eltern gesagt, und ich... hätte das Internat vielleicht verlassen müssen. Ich hab einfach die Nerven verloren und bin weggelaufen.«

»Wohin?« fragte Apson.

Ricky sah ihn hilflos an und zuckte mit den Achseln.

»Nicht sehr weit«, antwortete die Steller an Rickys Statt. »Ein Autofahrer hat ihn gegen sechs Uhr früh aufgegriffen, völlig durchnäßt und verzweifelt.«

»Ich vermute, er hat ihn zur nächsten Polizeiwache gebracht«, sagte Apson.

Frau Steller lächelte. »Nein. Es war ein Mann hier aus dem Ort. Faller. Sie finden ihn unten an der Hauptstraße, wenn Sie selbst mit ihm sprechen wollen. Er ist der Inhaber des Taxiunternehmens im Dorf. Er hat Richard erkannt. Und nachdem er ihn mit zu sich nach Hause genommen und trockengerieben hat, hat er ihn sofort wieder hierher zurückgebracht. Ich sagte ja – er ist nicht weit gekommen.«

»Aber das ist doch Unsinn!« protestierte Ronald. »Du hattest Angst, das Internat verlassen zu müssen? Mach dich nicht lächerlich, Ricky! Vor ein paar Tagen hättest du noch deinen rechten Arm dafür gegeben, von hier weg zu dürfen. Und jetzt –«

»Ich glaube, das reicht jetzt wirklich«, unterbrach ihn die Steller scharf. Sie blickte Ronald böse an und wandte sich dann an Apson. »Sie sehen, daß wir keinerlei Geheimnisse haben, Herr Kommissar. Bitte sorgen Sie jetzt dafür, daß Herr Bender das Internatsgelände verläßt. Und zwar unverzüglich.«

Ronald sprang wütend auf. »Machen Sie sich nur keine Mühe!« rief er aufgebracht. »Ich gehe nur rasch hinauf und hole meine Sachen, und –«

»Das ist nicht nötig«, unterbrach ihn die Steller. »Ihr Privateigentum ist bereits gepackt. Die Koffer stehen unten in der Halle.« Sie blickte ihn eine Sekunde lang kalt an, dann öffnete sie eine Schreibtischschublade und zog einen braunen Briefumschlag heraus. »Ihre Papiere und das restliche Gehalt bis zum Ablauf Ihrer offiziellen Kündigungsfrist, nebst einem Zeugnis. Ich habe es so neutral wie möglich abgefaßt. Schließlich möchten wir Ihnen keine Steine in den Weg legen.«

Sie reichte ihm den Umschlag, ließ ihn aber nicht los, als er sich über den Tisch beugte und danach griff. »Nehmen Sie noch einen guten Rat von mir an, Ronald«, sagte sie. »Bemühen Sie sich nicht wieder um eine Stelle, bei der Sie mit Kindern zusammenarbeiten müssen. Vielleicht ist nicht jeder so nachsichtig wie wir.«

»Nachsichtig?« Ronald schnaubte zornig. »Sie meinen, darum bemüht, einen Skandal zu vermeiden, nicht wahr?«

Zornig riß er den Umschlag an sich und stopfte ihn in die Tasche. »Aber damit kommen Sie nicht durch!« versprach er aufgebracht. »Irgendwas stimmt in diesem sauberen Internat nicht, und ich werde herausfinden, was es ist, das schwöre ich!«

»Sie halten jetzt besser den Mund, Herr Bender«, unterbrach Apson ihn ruhig. »Sie haben sich schon mehr Ärger eingehandelt, als gut ist.«

»*Ärger?*« Ronald ächzte. Dann fuhr er plötzlich herum und riß Ricky so grob am Arm zu sich heran, daß der Junge vor Schmerz und Überraschung aufschrie. Die Steller spannte sich, und Apson fuhr halb aus seinem Stuhl hoch.

»Sehen Sie sich den Jungen doch an!« brüllte Ronald. »Sind Sie blind? Irgendwas stimmt nicht mit ihm! Sie haben ihn eingeschüchtert – oder unter Drogen gesetzt oder was-weiß-ich mit ihm getan. Er zittert ja vor Angst!«

»Ja«, sagte die Steller scharf. »Und zwar vor Ihnen. Lassen Sie ihn los, Ronald, oder Sie bekommen doch noch eine Anzeige an den Hals.«

Ronald ließ Rickys Arm tatsächlich los, aber er brodelte innerlich noch immer vor Zorn. »Damit kommen Sie nicht durch!« sagte er noch einmal – wobei er sich immer hilfloser und verlorener vorkam. Er *hatte* verloren, und zwar auf ganzer Linie. Vielleicht endgültig. Und allein dieser Gedanke machte ihn fast verrückt.

»Da sehen Sie es selbst!« rief Werners Großvater. Der Rollstuhl knarrte, als er in die Speichen griff und ihn ein Stück nach vorne rollen ließ; allerdings nicht *so* weit, daß sein Gesicht aus dem Schatten geriet und sie es erkennen konnten. »Dieser Mann ist eine Gefahr für die Öffentlichkeit! Er ist gewalttätig!«

Apson schwieg, was den Alten noch wütender zu machen schien.

»Was für Beweise brauchen Sie denn noch?« keifte er. »Muß er erst jemanden umbringen, ehe Sie etwas unternehmen?«

»Wollen Sie Anzeige gegen Herrn Bender erstatten?« fragte Apson kalt.

»Nein!« antwortete der Mann im Rollstuhl. »Das würde bedeuten, daß ich dieses... dieses Individuum noch länger sehen muß! Ich verzichte auf eine Anzeige. Aber ich verlange, daß er die Stadt verläßt – und zwar noch heute!«

»Ich fürchte, daß ich Ihnen da nicht helfen kann«, entgegnete Apson. »Natürlich steht es Herrn Bender frei, die Stadt zu verlassen – aber ich kann ihn nicht dazu zwingen. Wir sind hier nicht im Wilden Westen, wissen Sie?«

»Wozu sind Sie dann überhaupt da?« fragte der Alte wütend.

»Um Verbrechen aufzuklären«, antwortete Apson. Er drehte sich zu Ronald um und machte eine Handbewegung. »Kommen Sie, Herr Bender«, sagte er. »Ich glaube, es ist wirklich besser, wenn Sie jetzt gehen.«

12

Es war immer kälter geworden. Fred hatte gehofft, daß wenigstens der Regen aufhören würde, aber das Gegenteil war der Fall: Aus dem eisigen Nieseln war ein nicht minder kaltes, aber beständiges Prasseln geworden, und in der Luft lag ein Geruch, der ihm verriet, daß der Regen bald in Schnee übergehen würde.

Er zitterte. Sein Körper war so ausgekühlt, daß er die Kälte schon beinahe nicht mehr spürte, sondern das Gefühl hatte, am ganzen Leib mit Millionen winziger Nadeln gespickt zu sein, die sich langsam, aber beharrlich tiefer in sein Fleisch fraßen. Er hatte Fieber, und in seiner Erinnerung an die Zeit zwischen dem Sonnenaufgang und jetzt klafften mehrere Lücken; Minuten oder vielleicht auch Stunden, in denen er von Schüttelfrost gequält dagelegen und auf den Tod gewartet hatte. Obwohl bis auf die Haut durchnäßt und mit dem Gesicht nach unten in einer schlammigen Pfütze liegend, hatte Fred das Gefühl, vor Durst umkommen zu müssen. Er erfror, aber er verbrannte zugleich auch innerlich. Und er wartete.

Als der Regen heftiger geworden war, war er aus seinem Versteck neben der Straße herausgekrochen, um sich eine bessere Deckung zu suchen: eine flache, mit trockenem Laub und Moos bedeckte Grube unter der Krone einer der mächtigen Eichen, die den Waldrand flankierten. Für eine Stunde oder länger hatte dieser Schutz auch vorgehalten, aber dann war der Regen selbst durch das Blattwerk dieses riesigen Baumes gedrungen, und Freds Grube hatte sich rasch mit Schlamm und eisiger, lähmender Kälte gefüllt. Er hatte nicht einmal die Kraft gehabt, sich ein neues Versteck zu suchen.

Das war auch nicht nötig. Er wußte, daß er sterben würde, er wußte es mit unerschütterlicher Sicherheit, aber er wußte auch ebenso zweifelsfrei, daß das nicht jetzt geschehen würde. Nicht, bevor er getan hatte, wozu er hier war.

Was das war, wußte Fred nicht. Er hatte es einmal gewußt, noch am Morgen, aber er hatte es vergessen. Die gleiche Macht, die ihn zwang, Dinge zu tun, die er gar nicht tun wollte, die gleiche Macht, die ihn hierhergetrieben hatte, wo er erfrieren oder am Fieber zugrunde gehen würde, die ihn aber gleichzeitig auch am Leben erhielt, diese unheimliche Macht hatte auch dafür gesorgt, daß er vergaß.

Er wartete.

Auf den Abend. Auf die Nacht.

Auf *die* Nacht.

13

Ronalds persönliche Habe hatte wirklich in der Halle auf ihn gewartet, und die Steller hatte sogar noch mehr getan, als seine Sachen nur sauber einzupacken: Die beiden zerschlissenen, hier und da schon mit Klebestreifen geflickten Koffer waren durch zwei einfache, aber nagelneue Reisetaschen ersetzt worden, und sie hatte sogar seine Arbeitskleidung aufbügeln und sauber gefaltet in eine Plastiktasche legen lassen. Wäre er nicht so wütend gewesen, hätte er vielleicht begriffen, daß die Steller alles tat, um ihm zu signalisieren, daß das, was sie in den vergangenen zehn Minuten gesagt hatte, und das, was sie wirklich meinte, vielleicht nicht ein und dasselbe waren. Aber er *war* wütend. Er war frustiert, und er hatte das Gefühl, mehr verloren zu haben als eine Schlacht. Wenn er überhaupt jemals eine Chance gehabt hatte, dem Geheimnis dieses Internats auf den Grund zu gehen, dann hatte er sie wahrscheinlich dort oben in Zombecks Büro endgültig verspielt.

Apson half ihm, sein Gepäck im Kofferraum des Ford zu verstauen. Er war sehr schweigsam, und er sagte auch kein Wort, als Ronald die Kofferraumhaube so heftig zuwarf, daß der ganze Wagen zitterte.

Aber es half nicht. Ronalds Zorn war nicht von der Art, die man so einfach abreagieren konnte. Er kochte innerlich. Er spürte nicht einmal den eiskalten Regen, der ihn abermals bis auf die Haut durchnäßte, sondern stand einfach da und starrte den schwarzen Pullman an, der vor der Tür des Hauptgebäudes geparkt war.

»Wenn Sie das dringende Bedürfnis verspüren sollten, eine Beule in den Kotflügel zu treten, dann sagen Sie mir bitte vorher Bescheid«, sagte Apson. »Damit ich wegsehen kann.«

Eine Sekunde lang dachte Ronald ganz ernsthaft über diesen Vorschlag nach. Dann schüttelte er nur wortlos den Kopf, drehte sich mit einem Ruck um und stieg in den Ford. Apson schloß die Tür, bevor Ronald danach greifen und sie hinter sich zuschmettern konnte, lächelte flüchtig und lief durch den strömenden Regen um den Wagen herum, um sich hinter das Steuer zu setzen. Mit klammen Fingern schob er den Schlüssel ins Schloß und schaltete Zündung, Scheibenwischer und Heizung ein, startete den Motor aber noch nicht, sondern griff in die Manteltasche und zog eine Zigarettenpackung hervor, aus der Ronald und er sich wortlos bedienten.

»Sind Sie zufrieden?« fragte er, nachdem sie eine Weile schweigend dagesessen und geraucht hatten.

»Womit?« fragte Ronald. »Damit, auf ganzer Linie verloren zu haben?«

»Hatten Sie den Eindruck?«

»Sie nicht?« Ronald stampfte seine kaum angerauchte Zigarette mit solcher Wut in den Aschenbecher, daß ein Funkenschauer über seine Hose flog. Apson lächelte und streckte wortlos das Bein vor, um ein kleines Glutnest auszutreten, das auf den Wagenboden gefallen war. Dann schüttelte er den Kopf.

»Nicht unbedingt«, sagte er. »Sie haben sich ziemlich ungeschickt angestellt, wenn ich ehrlich sein soll.« Er startete den Motor, stellte die Scheibenwischer auf kürzere Intervalle ein und fuhr los.

»Ungeschickt? Gut – so kann man es auch nennen.« Ronald ballte hilflos die Fäuste im Schoß. »Ich bin gefeuert, ich habe Hausverbot, und am liebsten würde mich Werners Großpapa unter Polizeischutz bis zur Stadtgrenze bringen lassen; und Ricky ist wieder da und nimmt dieses Monsterkind auch noch in Schutz. Ja, ich habe mich wirklich ungeschickt angestellt. Ich hätte härter zuschlagen sollen, gestern abend, nicht wahr?«

Apson lächelte dünn. »Ich kann mich des Eindrucks nicht erwehren, daß Sie diesen Werner nicht besonders mögen«, sagte er.

Ronald starrte ihn an und machte sich nicht einmal die Mühe zu antworten, und Apson wurde plötzlich sehr ernst. »Es war keine Niederlage auf der ganzen Linie.«

»So?«

»Irgend etwas stimmt hier nicht«, fuhr Apson fort. »Wissen Sie, Bender, als ich heute morgen mit Fräulein Vanderbilt sprach, war ich fest davon überzeugt, daß ihr Großvater wirklich Selbstmord begangen hat. Selbst, als ich hierherkam, um mit Ihnen zu reden...«

»Und jetzt sind Sie das nicht mehr?« fragte Ronald, als Apson nicht weitersprach.

Der Polizeibeamte hob zögernd die Schultern. »Ich glaube weder daran, daß es hier spukt, noch daß dieser Werner und die anderen wirklich den Teufel beschworen haben, wenn Sie das meinen«, antwortete er unsicher. »Aber in einem stimme ich Ihnen völlig zu: Hier stimmt etwas nicht. Diese Steller und die anderen wissen mehr, als sie zugeben.«

»Und woher kommt dieser plötzliche Sinneswandel?« bohrte Ronald mißtrauisch.

Apson zuckte abermals mit den Schultern. »Nennen Sie es ein Gefühl«, antwortete er. »Oder vielleicht Instinkt. Ich bin lange genug in diesem Job, um zu spüren, wenn mich jemand belügt. Und Frau Steller lügt.«

»Wenn Sie das wirklich glauben«, sagte Ronald gereizt, »dann frage ich mich, warum Sie mich vorhin dort oben so haben auflaufen lassen!«

»Was sollte ich tun, Ihrer Meinung nach?« Sie hatten das Tor erreicht und rollten langsam hindurch. Für eine Sekunde hörte der Regen auf, auf das Wagendach zu trommeln, und gleichzeitig wurde es fast stockfinster. Ein kurzes, unheimliches Schweigen breitete sich zwischen ihnen aus, denn Apson sprach erst weiter, als sie das Gewölbe durchquert hatten und wieder im Freien waren. Der Wagen begann den schlammigen Weg den Hügel hinabzurollen, ohne daß Apson Gas gab. »Sie hatten alle Trümpfe auf Ihrer Seite. Alles, was ich habe, sind ein paar wilde Vermutungen, die ich von Rechts wegen nicht einmal laut aussprechen dürfte.«

»Sie glauben wirklich, daß Fred Tholberg Pfarrer Vanderbilt umgebracht hat?« fragte Ronald. Es fiel ihm schwer, die Worte überhaupt auszusprechen. Bisher hatte er den Gedanken sorgsam vermieden, aber eines hatte er schon im gleichen Moment begriffen, in dem Apson diese Theorie zum erstenmal aussprach: Wenn es wirklich so war, dann trug er eine Mitschuld am Tod des alten Mannes. Eine entsetzliche Vorstellung. Und so war er auch sehr erleichtert, als Apson nach kurzem Zögern den Kopf schüttelte und antwortete:

»Eigentlich nicht. Aber irgendwie hat dieser Junge damit zu tun, das spüre ich einfach. Und nicht nur er.« Er hielt kurz an, als sie die Hauptstraße erreichten, und lenkte den Wagen nach rechts, zur Stadtmitte hin. »Für meinen Geschmack hatten es alle Beteiligten ein bißchen zu eilig, Sie möglichst schnell gehen zu sehen.«

»Vor allem Werners Großvater«, sagte Ronald.

»Vor allem er«, bestätigte Apson. »Ist Ihnen aufgefallen, daß ich nicht einmal nach seinem Namen gefragt habe?«

Ronald schüttelte verblüfft den Kopf.

»Aber mir«, fuhr Apson fort. »Wissen Sie, ich habe es mir schon vor langer Zeit zur Angewohnheit gemacht, nicht nur die Leute genau zu beobachten, die ich verhöre, sondern auch mich selbst. Manchmal kommt man zu den erstaunlichsten Ergebnissen, wenn man das, was man selbst tut und sagt, vom Standpunkt eines Außenstehenden her betrachtet.«

»Und zu welchem Ergebnis sind Sie gekommen?«

Apson seufzte. »Zu dem, daß ich mich wie ein blutiger Anfänger benommen habe«, antwortete er. »Ich ... ich bin nicht einmal auf die Idee gekommen, nach seinem Namen zu fragen. Und das ist eigentlich untragbar.«

»Weil Sie ein Bulle sind?«

»Nein. Weil ich ein verdammt *guter* Bulle bin.« So, wie Apson es sagte, klangen die Worte kein bißchen nach Angabe. Er stellte einfach etwas fest, und Ronald glaubte ihm. »Ich vergesse so etwas nicht. Niemals. Und ...« Er zögerte. »Da ist noch etwas.«

»Und was?« Zum erstenmal, seit Ronald den Kriminalbeamten kennengelernt hatte, glaubte er so etwas wie Unsicherheit in dessen Stimme zu hören.

»Heute morgen«, antwortete Apson. »Als ich Sie gesucht habe ... was ist in diesem Schuppen wirklich passiert?«

Er hatte etwas gesehen, Ronald war jetzt überzeugt davon. Aber er begriff sehr wohl, warum Apson sich einfach noch weigerte, es als Realität anzuerkennen. Und so beantwortete er Apsons Frage auch nicht wirklich, sondern sagte nur: »Ich glaube, das wollen Sie gar nicht wissen.«

Apson lächelte nervös. »Vielleicht haben Sie recht«, meinte er dann.

Schweigend fuhren sie weiter und näherten sich der Kirche. Ronald wußte, wohin Apson fuhr. Trotzdem fragte er: »Wohin bringen Sie mich?«

»Wohin wollen Sie?« fragte Apson zurück. »Ich meine, ich muß ohnehin zurück nach Stuttgart. Ich nehme Sie gerne mit, wenn Sie die

Stadt wirklich verlassen wollen. Aber ich möchte vorher noch einmal bei Fräulein Vanderbilt vorbeischauen. Sie können im Wagen warten, wenn Sie wollen«, fügte er hinzu.

Ronald schüttelte den Kopf. Er hatte Angst davor, Gloria wiederzusehen, jetzt mehr denn je. Und gleichzeitig mußte er es tun. Er mußte ihr sagen, daß das alles nicht seine Schuld war, und er mußte in ihren Augen lesen, daß sie es glaubte. Und auch wenn Apson es noch nicht einmal sich selbst eingestanden hatte – sie hatten einen Verbündeten gefunden. Vielleicht war doch noch nicht alles verloren.

Apson deutete sein Schweigen als Zustimmung und legte die letzten hundertfünfzig Meter in schärferem Tempo zurück. Der Regen hatte noch zugenommen, so daß er den Wagen den Kiesweg hinauf und so dicht vor die Tür des Pfarrhauses fuhr, wie es gerade noch ging. Ronald und er stiegen schweigend aus. Apson hob die Hand, um zu klingeln.

»Nein«, sagte Ronald.

Apson erstarrte mitten in der Bewegung und sah Ronald verwirrt an. »Wie bitte?« Seine Finger schwebten ein paar Zentimeter über dem Klingelknopf.

»Tun Sie es nicht«, bat Ronald. *Sie hatten an der Tür geklingelt, und Armin war gestorben, weil sie es getan hatten. Er hatte nicht aufgemacht, sondern nur einen Blick durch das schmale Fenster neben der Tür geworfen und die schwarzen SS-Uniformen erkannt. Vielleicht wäre alles anders gekommen, wäre er nicht in Panik geraten und geflüchtet, so daß sie ihn erschießen mußten. Vielleicht hätten sie ihm geglaubt.*

»Warum nicht?« fragte Apson verwirrt.

»Ich . . . weiß es nicht«, gestand Ronald. Er blinzelte, hob die Hände an die Schläfen, als wäre ihm schwindlig, und sah Apson abermals hilflos an.

»Ich weiß es nicht«, sagte er noch einmal. »Aber ich –«

Wieder brach er mitten im Satz ab, trat einen Schritt vor der Tür zurück in den strömenden Regen hinaus und sah nach rechts und links. Das Haus hatte sich nicht verändert. Fenster und Jalousien waren noch immer geschlossen, und nicht der mindeste Laut war zu hören. Alles war genau so wie am Morgen. Und doch . . .

Apsons fragende Blicke ignorierend, wandte er sich nach rechts und ging los, dicht an der Hauswand entlang, so daß Glorias sorgsam gehegte Blumenrabatten unter seinen Stiefelsohlen in den Morast getreten wurden, ohne daß er es auch nur bemerkte. Alle seine Sinne waren zum Zerreißen gespannt, und gleichzeitig fühlte er sich auf eine sonderbare und vertraute Art ruhig und gelassen. Ronald wußte, was mit ihm geschah: Seine Intuition hatte die hundertprozentige Kontrolle über seinen Körper übernommen, jenen Zustand von Beinahe-Trance herbeigeführt, in dem er fähig war, jeden Kampf zu bestehen und kaum noch Schmerzen oder Erschöpfung zu fühlen.

Aber er hatte das nicht gewollt! Es war, als hätte etwas von außen in seinen Geist gegriffen und den Schalter umgelegt, der die schon vergessen geglaubte Programmierung wieder anlaufen ließ.

Apson überwand endlich seine Überraschung und folgte ihm hastig, ohne auf die Klingel gedrückt zu haben. »Was, zum Teufel –«

Ronald hob die Hand, um ihn zum Schweigen zu bringen, und Apson gehorchte tatsächlich. Aber der Ausdruck auf seinem Gesicht verriet Ronald, *warum* er es tat. Die Veränderung war nicht nur auf Ronalds Bewußtsein beschränkt.

An der Ecke blieb er stehen, lauschte. Er hörte nichts, aber in dieser Stille war trotzdem etwas, und dann wußte er auch, was es war.

Gloria war in Gefahr.

Das Wissen war einfach da, so sicher, daß er sich nicht einmal fragte, woher es kam. Sie war dort drinnen im Haus, und irgend etwas oder jemand war bei ihr.

Er signalisierte Apson mit Gesten, ein paar Schritte zurückzubleiben, ging weiter und duckte sich unter dem Fenster zu Vanderbilts Arbeitszimmer hinweg, um von drinnen nicht gesehen zu werden. Erst als er auf der anderen Seite angekommen war, richtete er sich vorsichtig wieder auf, preßte die Schultern gegen die Wand und spähte behutsam durch das beschlagene Glas.

Im ersten Moment sah er gar nichts. Die Jalousien waren nicht völlig geschlossen, so daß er in das Zimmer hineinsehen konnte, aber durch die schmalen Ritzen drang nur sehr wenig Licht. Es war fast vollkommen dunkel im Haus. Er erkannte nur Schatten.

Dann bewegte sich einer der dunklen Umrisse und wurde zu einem Menschen. Zu groß für Gloria. Ronald konnte nicht genau erkennen, was er tat, aber er beugte sich über irgend etwas, und dann drangen dumpfe, knirschende Laute an sein Ohr, als versuche der Mann, etwas zu zerreißen oder aufzubrechen.

Apson hatte das Fenster ebenfalls erreicht und spähte auf der anderen Seite hindurch. Fragend sah er Ronald an. Offensichtlich konnte er in der Dunkelheit dort drinnen ebensowenig erkennen wie Ronald. »Was ist los?« flüsterte er.

Ronald zuckte mit den Schultern und wagte sich ein winziges Stückchen weiter hinter seiner Deckung hervor. Das Knirschen und Krachen hinter der Scheibe hielt an, und seine Augen gewöhnten sich allmählich an das trübe Zwielicht, das Vanderbilts Arbeitszimmer erfüllt hatte. Der Schatten war tatsächlich der Umriß eines Mannes. Eines sehr großen Mannes, der ganz in Schwarz gekleidet war; und das, woran er sich zu schaffen machte, war Vanderbilts Schreibtisch. Der dunkle Gegenstand in seiner Hand mußte ein Brecheisen sein.

Ronalds Blick wanderte weiter. Soweit er es erkennen konnte, war das Zimmer vollkommen verwüstet – einige Möbelstücke schienen umgestürzt zu sein, und überall lagen Papiere herum. Und vor dem erloschenen Kamin, mit auf dem Rücken gefesselten Händen, zusammengebundenen Füßen und einem Heftpflasterstreifen über dem Mund, lag Gloria.

Apson entdeckte sie im gleichen Moment wie er, denn er fuhr zusammen, griff unter den Mantel und zog eine Pistole.

Ronald winkte hastig ab. Irgend etwas sagte ihm, daß ihnen die Waffe nichts nützen würde. Das Zimmer war einfach zu klein. Der Kerl konnte Gloria erreichen und als lebenden Schutzschild benutzen, noch ehe Apson die Scheibe eingeschlagen und auf ihn angelegt hatte.

Ronald bedeutete ihm noch einmal, still zu sein, trat einen halben Schritt zurück und musterte das Fenster. Es war nicht besonders groß, dafür aber auch nicht besonders massiv: ein schmaler Holzrahmen, Einfachglas.

»Gehen Sie zurück«, flüsterte er. »Sie müssen ihn irgendwie ablenken. Ich brauche zwei oder drei Minuten, um reinzukommen.«

»Sie halten sich da raus!« antwortete Apson, lauter, als Ronald recht war. »Ich schnappe mir den Kerl.«

»Das schaffen Sie nicht«, flüsterte Ronald überzeugt. »Er bringt Gloria um, ehe Sie auch nur ›Polizei‹ gerufen haben.«

In Apsons Gesicht arbeitete es. Aber er zögerte nur noch ein paar Sekunden, dann schien er einzusehen, daß Ronald recht hatte, denn er nickte, warf noch einmal einen Blick durch die Scheibe ins Fenster und steckte dann seine Waffe wieder ein. »Zwei Minuten«, flüsterte er.

»Das reicht.« Ronald hoffte, daß es reichte. Es mußte einfach reichen.

Mit klopfendem Herzen wartete er, bis Apson die Ecke erreicht hatte und aus seinem Blickfeld verschwunden war. Wie lange würde er bis zur Tür brauchen, und zur Klingel? Zwei Sekunden? Fünf? Ronald spannte sich. Gleichzeitig versuchte er, sich das Innere des Pfarrhauses ins Gedächtnis zurückzurufen. Von Vanderbilts Arbeitszimmer aus waren es nur drei, vier Schritte bis zur Tür. Zwei Sekunden. Eine weitere, um die Tür aufzureißen und zu begreifen, was überhaupt geschah. Er hoffte nur, daß Apson richtig reagierte.

Die Zeit schien stehenzubleiben. Ronald war sicher, daß allerhöchstens vier, vielleicht fünf Sekunden vergingen, bis Apson das Haus halb umrundet hatte und das gedämpfte Schrillen der Klingel von drinnen an sein Ohr drang – aber ihm kam es vor, als wären es Ewigkeiten. Ewigkeiten, in denen Gloria *litt*, und –

So absurd es ihm selbst vorkam, in dieser Situation – aber ganz plötzlich begriff er, daß er Gloria liebte.

Die Gestalt am Schreibtisch fuhr zusammen, und auch Ronald machte eine hastige Bewegung vom Fenster weg, denn der Mann reagierte genau so, wie Ronald erwartet hatte: Blitzartig richtete er sich auf und warf einen Blick in die Runde, und Ronald war sicher, daß er insbesondere das Fenster sehr mißtrauisch musterte. Erst dann trat er vom Schreibtisch zurück, überzeugte sich mit einem raschen Blick davon, daß Gloria sicher gefesselt und geknebelt an ihrem Platz lag, und verließ das Zimmer. Ronald hörte deutlich das leise Klicken, als die Tür einschnappte.

Ronald wartete. Er schloß die Augen und versuchte sich vorzustellen, was der Mann tat: Jetzt hatte er die Tür hinter sich zugezogen, machte einen Schritt, blieb vielleicht noch einmal stehen, um die Gestalt vor der Haustür durch das Glas hindurch zu mustern ... Seine Reaktion hatte Ronald eine Menge über ihn verraten; und er konnte nicht sagen, daß er glücklich über das war, was er erfahren hatte. Der Mann war gefährlich. Viel gefährlicher, als Apson ahnen mochte. Ronald glaubte nicht mehr, daß es dem Polizeibeamten gelingen würde, ihn zwei Minuten aufzuhalten. Nicht einmal eine.

Es war keine bewußte Entscheidung, die Ronald seinen Plan ändern ließ: Er hörte, wie die Haustür geöffnet wurde und Apson etwas sagte, trat einen Schritt vom Fenster zurück –

– und sprang.

Auf dem schlammigen Boden fand er keinen rechten Halt, und er hatte praktisch keinen Anlauf, um Schwung zu holen. Aber das Fenster war alles andere als massiv. Mit vor das Gesicht gerissenen Unterarmen prallte Ronald gegen die Scheibe, durchschlug sie und landete in einem Regen von Glas- und Holzsplittern in Vanderbilts Arbeitszimmer. Etwas stach tief und sehr schmerzhaft in seine Hand, und das Klirren des zerberstenden Glases mußte noch auf der anderen Seite der Stadt zu hören sein.

Ronald kam sofort wieder auf die Füße. In den Scherben des Fensters wäre er fast wieder ausgeglitten, aber er reagierte ganz instinktiv und machte einen taumelnden Schritt aus dem beginnenden Sturz, und er beging nicht etwa den Fehler, sich um Gloria kümmern zu wollen, die hochgefahren war und ihn aus entsetzten geweiteten Augen ansah. Er war mit einem Satz bei der Tür, riß sie auf und sah sich plötzlich einer riesigen, ganz in Schwarz gekleideten Gestalt gegenüber.

Der Mann *war* so gefährlich, wie er vermutet hatte. Und noch schneller.

Ronald konnte kaum mehr als vier Sekunden gebraucht haben, durch das Fenster zu springen, wieder auf die Füße zu kommen und das Zimmer zu durchqueren; und doch hatte diese winzige Zeitspanne dem anderen gereicht, zweierlei Dinge zu tun: Kommissar Apson niederzuschlagen und schon wieder die halbe Strecke zur Tür zurückzulegen. Und er griff sofort an, ohne auch nur einen Sekundenbruchteil zu zögern.

Ronald wich einem Fausthieb aus, drehte sich blitzschnell zur Seite und versuchte nach dem Gesicht des Riesen zu schlagen. Sein Hieb ging ins Leere. Dafür traf ihn selbst ein Handkantenschlag mit solcher Wucht, daß er gegen die Wand taumelte und eine Weile benommen war.

Und das reichte.

Seine antrainierten Reflexe ließen ihn fast ohne bewußtes Zutun reagieren, aber sie sagten ihm auch, daß er nicht schnell genug sein würde. Der andere war gut, verdammt gut. Er war besser als er, er war stärker als er, und er war kein bißchen überrascht. Ronald riß instinktiv die Arme in die Höhe, um den erwarteten Schlag abzublocken, aber die Faust des Hünen durchbrach seine Deckung fast spielerisch. Ein greller Schmerz explodierte in seinem Körper, schnitt ihm den Atem ab und lähmte ihn auf der Stelle. Ronald taumelte ein zweites Mal gegen die Wand, suchte mit hilflos tastenden Händen nach Halt und brach ganz langsam in die Knie. Die Gestalt vor seinen Augen begann sich zu verzerren, zu einem auseinanderfließenden Schatten zu werden, der ihn töten würde. Er wußte es. Er konnte noch immer nicht wieder richtig sehen, aber er erkannte die typische Körperhaltung des anderen: die linke Schulter leicht vorgeschoben, die rechte Hand zurückgezogen zu einer Faust geballt, die mit aller Kraft nach seinem Gesicht stoßen würde, um sein Nasenbein zu brechen und die Splitter in sein Gehirn zu treiben, alles im Bruchteil einer Sekunde. Er bereitete sich auf den Schmerz vor, und neben der Angst, die jetzt doch kam, verspürte er ein kurzes, aber heftiges Bedauern, daß Gloria und ihm nicht mehr Zeit geblieben war.

Der Schatten beugte sich über ihn, und ein Schuß krachte.

Aus dem gleitenden, tödlichen Zustoßen des Riesen wurde ein ungeschicktes Stolpern. Die Hand, die sein Gesicht hatte zerschmettern wollen, prallte fast einen halben Meter über ihm gegen die Wand. Dann stürzte er.

Ronald wälzte sich blitzschnell zur Seite, sprang auf die Füße und machte zwei, drei Schritte zurück und gleichzeitig nach links, um Apson freies Schußfeld zu gewähren. Alles drehte sich um ihn. Sein Gesicht pochte vor Schmerz, und er konnte sich nicht halb so schnell bewegen, wie er wollte. Sein Blick klärte sich nur sehr langsam wieder, und in seinem Mund war der bittere Geschmack von Blut.

»Wenn Sie auch nur blinzeln, erschieße ich Sie«, sagte Apson hinter ihm.

Für den Bruchteil einer Sekunde war Ronald einfach nur verwirrt. Dann begriff er, daß die Worte gar nicht ihm galten, und sah zur Tür.

Der Kriminalbeamte hatte sich auf die Knie hochgestemmt. Seine Hände hielten die Waffe, aus der er geschossen hatte. Apsons Gesicht war vor Schmerz verzerrt, und sein linkes Augenlid zuckte ununterbrochen. Doch die Waffe, die auf den Fremden zielte, zitterte nicht. Ronald versuchte, einen Blick Apsons aufzufangen, aber dessen Aufmerksamkeit konzentrierte sich völlig auf den Angreifer. Wahrscheinlich war ihm nicht einmal bewußt, dachte Ronald, daß er ihm soeben das Leben gerettet hatte.

Der Riese war an der Wand neben der Tür zusammengesunken. Seine rechte Hand umklammerte den linken, durchschossenen Bizeps. Zwischen seinen Fingern quoll Blut hervor. Wenn dieser Schuß Absicht und nicht nur ein Zufallstreffer gewesen war, dachte Ronald, dann mußte Apson ein wahrer Meisterschütze sein.

»Passen Sie auf«, sagte Ronald. »Der Kerl ist gefährlich.«

»Ach?« Apson lachte, aber es klang eher wie ein verunglücktes Keuchen. Umständlich – aber ohne daß die Waffe in seiner Hand auch nur den Bruchteil eines Millimeters von ihrem Ziel abwich – stemmte er sich in die Höhe und trat neben Ronald.

»Aufstehen!« befahl er. »Aber ganz langsam!«

Während der andere gehorchte, bekam Ronald zum ersten Mal Gelegenheit, ihn richtig anzusehen.

Er war ein Riese – Ronald schätzte ihn auf gute zwei Meter, und er besaß auch die zu seiner Größe passende Figur: Er mußte mindestens zweihundert Pfund wiegen. Und Ronald hätte seine rechte Hand darauf verwettet, daß darunter kein Gramm überflüssiges Fett war. Unter dem schwarzen Hemd mit dem dünnen Priesterkragen spannten sich gewaltige Muskeln, und trotz seiner Verletzung hatten seine Bewegungen kaum etwas von ihrer katzenhaften Geschmeidigkeit und Kraft eingebüßt. Sein Gesicht war noch immer verzerrt, aber Ronald war nicht sicher, ob es nur der Schmerz war. Seine Augen funkelten. Ihr Blick irrte unstet zwischen Ronald, Apson und der Waffe in dessen Hand hin und her, aber er hatte augenscheinlich keine Angst. Er schätzte seine Chancen ein, sich auf die beiden zu werfen und sie zu überwältigen, ehe Apson abdrücken konnte.

»Wer, zum Teufel, sind Sie?« fragte Apson.

Der andere lächelte böse. »Wer, zum Teufel, sind *Sie*?« sagte er, an Stelle einer Antwort.

Apson griff mit der freien Hand unter seinen Mantel und zog seine Messingmarke hervor. »Kriminalpolizei«, sagte er. »Hätten Sie jetzt vielleicht die Freundlichkeit, mir zu antworten?«

»Leck mich«, meinte der andere ruhig. Er nahm die Hand von seinem Oberarm und ballte prüfend beide Fäuste. Sein Hemd war voller Blut, und auf dem Boden unter seinem linken Arm bildete sich allmählich eine dunkelrote Pfütze. Trotzdem machte er den Eindruck, als ob er die Verletzung nicht einmal fühlte.

»Vielleicht später«, erwiderte Apson trocken. »Auf der Polizeiwache. Wenn mir danach ist. Jetzt heben Sie erst einmal die Hände und drehen sich herum.« Er lächelte. »Sie kennen das ja sicher aus dem Fernsehen – beide Hände gegen die Wand und die Beine spreizen.«

»Und wenn nicht?« fragte der andere. »Werden Sie mich erschießen?« Er machte einen Schritt auf Apson zu und blieb wieder stehen, als sich die Pistole drohend bewegte. Wäre die Situation nicht so ernst gewesen, Ronald hätte laut aufgelacht. Er begann sich allmählich zu fragen, *wer* hier die Waffe in der Hand hielt.

Apson warf Ronald einen hastigen Blick zu. »Alles in Ordnung mit Ihnen?«

Ronald nickte, und Apson deutete mit der freien Hand auf die Tür zu Vanderbilts Arbeitszimmer. »Dann kümmern Sie sich um das Mädchen. Mit dem Kerl werde ich schon fertig.«

Ronald bezweifelte das. Und er machte auch kein Hehl daraus. Er sagte zwar nichts, rührte sich aber auch nicht von der Stelle, und seine Gedanken mußten ziemlich deutlich auf seinem Gesicht zu lesen sein, denn Apson blickte ihn eine Sekunde lang an, dann zuckte er mit den Schultern, griff erneut unter seinen Mantel und zog ein Paar Handschellen hervor. »Kennen Sie sich damit aus?«

Ronald griff wortlos nach den Handschellen, ging in weitem Bogen hinter Apson vorbei, um nicht zwischen die Pistole und den Riesen zu geraten, und näherte sich dem Mann. Dessen Blick folgte jeder seiner Bewegungen aufmerksam, und das haßerfüllte Funkeln darin wurde immer stärker. Aber er schien einzusehen, daß seine Situation zumindest im Augenblick nicht danach war, daß er irgendeinen Trick versuchen konnte. Wortlos ließ er zu, daß Ronald seine Handgelenke ergriff und ihm grob die Arme auf den Rücken bog. Er hatte Mühe, die stählerne Acht überhaupt um seine Arme schnappen zu lassen: Die Handgelenke waren so dick, daß die Handschellen kaum paßten. Und aus irgendeinem Grund fühlte er sich selbst jetzt keineswegs sicher.

Er ließ Apson nicht mit dem Fremden allein, sondern packte den Mann grob und stieß ihn vor sich her durch die Tür. Apson runzelte mißbilligend die Stirn, enthielt sich aber jedes Kommentars und betrat hinter ihnen das Zimmer.

Mit zwei Schritten war Ronald beim Kamin und kniete neben Gloria nieder. Sie hatte versucht, sich aufzurichten, aber ihre Fesseln waren so eng, daß sie wieder zurück und halb mit dem Kopf in die kalte Kaminasche gesunken war. Ihr Gesicht war voller Ruß, und im ersten Moment dachte Ronald, sie wäre verletzt. Dann sah er, daß es nur Schmutz war, und atmete erleichtert auf. Hastig ergriff er ihre Schultern, richtete sie in eine sitzende Position auf und lehnte sie gegen den Kamin. Erst dann löste er mit zitternden Fingern den Knoten des zusammengerollten Taschentuchs, das der Fremde als Knebel verwendet hatte.

Gloria ließ das Kinn auf die Brust sinken und rang sekundenlang hörbar und sehr schnell nach Luft. Und erst jetzt fiel Ronald ihre ungesunde, leichenblasse Gesichtsfarbe auf, und der schwache bläuliche Ton, der sich in die Farbe ihrer Lippen gemischt hatte. Offenbar war der Knebel eng genug gewesen, sie fast zu ersticken. Dann sah er die Schwellung unter dem Schmutz auf ihrer linken Gesichtshälfte. Ein Gefühl rasender Wut machte sich in ihm breit. Bebend vor Zorn fuhr er herum und sah zu dem Einbrecher hoch. »Mistkerl«, zischte er gepreßt.

Der Riese erwiderte seinen Blick kalt. Er war gegen den Schreibtisch getaumelt, und Apson stand zwei Schritte hinter ihm und hielt ihn mit seiner Waffe in Schach.

»Alles in Ordnung mit ihr?« fragte Apson.

»Das weiß ich noch nicht«, antwortete Ronald zornig. »Aber wenn nicht, breche ich dem Kerl den Hals, das schwöre ich.« Er beugte sich wieder über Gloria, hob vorsichtig ihr Kinn an und sah ihr ins Gesicht. Sie hustete qualvoll, und ihr Atem ging noch immer rasselnd und schwer. Ihre Brust hob und senkte sich in schnellen Bewegungen.

»Alles in Ordnung?« fragte Ronald leise.

Gloria versuchte zu nicken. Es blieb bei der Andeutung einer Bewegung, aber zumindest hatte sie seine Worte verstanden und reagierte darauf.

Ronald lächelte ihr aufmunternd zu, beugte sich weiter herab und löste die Stricke, die ihre Fußgelenke aneinanderbanden. Wie der Knebel waren sie viel zu fest angezogen, so daß die Blutzirkulation unterbrochen gewesen war, und dasselbe traf auch auf ihre Handfesseln zu, die er als nächstes löste: Glorias Hände und Füße waren schneeweiß, und als sie versuchte, sich zu erheben, konnte sie es nicht. Ronalds Wut steigerte sich zu blindem Haß. Er mußte sich mit aller Macht beherrschen, um nicht auf der Stelle herumzufahren und mit den Fäusten auf den gefesselten Mann einzuschlagen.

Während er damit beschäftigt war, Gloria zu befreien, hatte Apson nach dem Telefon gesucht, wohl um Verstärkung herbeizurufen. Aber alles, was er fand, war ein Haufen zertrümmerten Plastiks, der kaum noch als Telefon zu identifizieren war.

»Gründliche Arbeit«, sagte er spöttisch. »Hatten Sie Angst, daß jemand anruft und Sie stört?«

»Das war ich nicht«, entgegnete der Riese.

»Natürlich nicht!« Ronald sprang auf und deutete mit einer wütenden Handbewegung auf das Chaos im Zimmer. »So wenig wie das hier, nicht? Das war alles schon so, als du gekommen bist.«

»Ganz genau«, höhnte der andere. »Frag doch die Kleine.«

Ronald machte einen Schritt auf ihn zu. »Du –«

»Das reicht!« Apson machte eine herrische Handbewegung. »Ich schlage vor, wir klären das später. Gehen Sie raus zum Wagen, Bender. Sie müssen nur das Mikro abheben und den roten Knopf am Funkgerät drücken. Sie sollen einen Streifenwagen schicken.«

Ronald sah das verräterische Blitzen in den Augen des Riesen und blieb wieder stehen. »Ich glaube, es ist besser, wenn ich Sie nicht mit dem Kerl allein lasse«, sagte er.

Zu seinem eigenen Erstaunen widersprach Apson nicht. Vielleicht spürte er, ebenso wie Ronald, *wie* gefährlich dieser Mann war. Vielleicht hatte er auch einfach keine Lust, sich auf eine lange Diskussion einzulassen. Wie auch immer – nach einer Sekunde wandte er sich mit einem fragenden Blick an Gloria. »Können Sie gehen?«

Gloria nickte mühsam. Sie war aufgestanden und hatte mit einer Hand Halt am Kaminsims gesucht. »Ich denke schon«, stöhnte sie. »Was soll ich sagen?«

»Drücken Sie einfach den Knopf und fordern Sie einen Streifenwagen an, das ist alles. In meinem Namen.« Er wartete, bis Gloria mit kleinen, ruckartigen Schritten das Zimmer verlassen hatte, dann wandte er sich wieder an den Fremden.

»Ich schätze, ich kann mir dir Frage sparen, was Sie hier wollten«, sagte er. Der andere grinste, und Apson deutete auf den halb zertrümmerten Schreibtisch und das Einbruchswerkzeug. »Sie haben etwas gesucht. Was?«

»Freikarten für die nächste Messe.«

Apson lächelte. »Gut, daß Sie Humor haben, Freundchen«, meinte er. »Den werden Sie bitter nötig haben, wenn ich mit Ihnen fertig bin. Davon abgesehen – ich brauche Fräulein Vanderbilt nur zu bitten, den Schreibtisch zu öffnen, dann weiß ich sowieso, wonach Sie gesucht haben. Warum sammeln Sie nicht ein paar Pluspunkte und erzählen mir vorher, warum Sie hier sind? Und wer Sie geschickt hat?«

»Lassen Sie mich zwei Minuten mit ihm allein«, knirschte Ronald, »und Sie bekommen alle Antworten, die Sie haben wollen.«

»Danke!« entgegnete Apson zornig. »Ihr kleines Husarenstückchen von gerade eben hat mir gereicht! Wofür halten Sie sich – für James Bond?« Er wandte für eine Sekunde den Blick, um Ronald ärgerlich anzufunkeln.

Und es war genau eine Sekunde zuviel.

Ronald sah die Bewegung schon im Ansatz, aber sein Warnschrei kam zu spät.

Der Riese ließ sich einfach nach hinten fallen, rollte mit einer unglaublich flüssigen Bewegung über den Schreibtisch ab, zog die Knie an den Körper und streckte die Beine dann mit einem Ruck wieder aus. Natürlich stand Apson viel zu weit von ihm entfernt, als daß er ihn hätte treffen können, aber der Tritt galt auch gar nicht ihm, sondern dem Stuhl, der zwischen dem Schreibtisch und dem Kriminalbeamten stand.

Apson schrie überrascht auf, als der Stuhl wie ein Geschoß auf ihn zuflog, gegen seine Beine prallte und zerbrach. Er taumelte. Ein Schuß löste sich, aber die Kugel fuhr nur in die Decke.

Mit einem Fluch auf den Lippen war Ronald beim Schreibtisch, sprang über die Platte – und begriff einen Moment zu spät, daß er seinen Gegner schon wieder unterschätzt hatte.

Der andere mußte die Bewegung irgendwie vorausgeahnt haben. Er war über den Tisch gerollt und auf der anderen Seite zu Boden gestürzt, aber er versuchte erst gar nicht, auf die Füße zu kommen oder sich beiseite zu wälzen, sondern zog abermals die Knie an den Körper und empfing Ronald mit einem fürchterlichen Fußtritt, der ihn zurück- und mit solcher Wucht gegen die Schreibtischkante prallen ließ, daß er für einen Moment vor Schmerz wie gelähmt war und sich verzweifelt irgendwo festzuhalten versuchte, um nicht abermals zusammenzubrechen. Für Sekunden wurde ihm schwarz vor Augen.

Der Augenblick hätte wahrscheinlich ausgereicht, den Kampf zu entscheiden, hätte der Riese seinen Vorteil genutzt und ihn endgültig zu Boden geschlagen. Aber er verzichtete darauf, seinen Vorteil auszunutzen. Statt dessen tat er etwas, was Ronald selbst dann noch nicht glaubte, als er es sah:

Der Riese sprang auf die Füße, wich rasch zwei, drei Schritte von Ronald und Apson zurück, und blieb breitbeinig und mit vorgebeugten Schultern stehen. Seine Muskeln spannten sich. Etwas knirschte, und ein Zittern lief durch die hünenhafte Gestalt. Die Wunde in seinem Bizeps begann wieder heftiger zu bluten. Sein Gesicht färbte sich dunkelrot vor Anstrengung, und die Muskeln und Sehnen an seinem mächtigen Hals traten wie dicke, knotige Stricke durch die Haut. Er wankte, gab plötzlich ein helles, pfeifendes Keuchen von sich – und dann waren seine Arme frei, *denn er hatte die Kette zwischen den beiden Handschellen gesprengt!*

Ronald riß ungläubig die Augen auf. Es war unmöglich, aber es war so: Die Arme des Riesen pendelten frei neben seinem Körper. An seinen Handgelenken waren schreckliche zerfetzte Wunden, aus denen Blut in breiten Strömen quoll, aber die Kette aus gehärtetem Stahl war zerrissen. Er taumelte vor Schwäche, und der Ausdruck auf seinem Gesicht verriet Ronald, daß er für einen Moment benommen war. Der Schmerz in seinen Armen mußte unerträglich sein.

Ronald sprang ihn an. Er überwand die Entfernung zwischen sich und dem anderen mit einem einzigen Satz und trat ihm noch aus der Bewegung heraus mit aller Macht gegen das Knie. Ein dumpfer Schmerzlaut kam über die Lippen des Riesen. Er stolperte, fiel ungeschickt auf das rechte Knie und versuchte gleichzeitig, nach ihm zu schlagen. Ronald wich ihm mit einer blitzschnellen Drehung des Oberkörpers aus, packte seinen Arm und riß ihn herunter und nach vorne. In der nächsten Sekunde landete sein Ellbogen zwischen den Schulterblättern des Riesen, mit aller Kraft und genau auf seinem Rückgrat.

Einen untrainierten Mann hätte dieser Hieb getötet.

Ihn nicht.

Der Riese grunzte vor Schmerz, fiel mit haltlos rudernden Armen nach vorne und krümmte sich.

Aber nur für ein paar Sekunden.

Dann glitten seine Hände scharrend über den Boden, die Finger spreizten sich und suchten nach Halt, und er begann sich langsam, aber unerbittlich, in die Höhe zu stemmen!

Ronald schmetterte ihm die gefalteten Fäuste in den Nacken. Der

Riese fiel mit einem Schrei zum zweitenmal nach vorne – und wälzte sich so blitzschnell herum, daß Ronald der Bewegung kaum noch folgen konnte. Sein Handrücken streifte Ronalds Gesicht und traf mit solcher Wucht seine Schulter, daß er zurücktaumelte und abermals gegen den Schreibtisch prallte. Diesmal fing er den Sturz ab, aber selbst die winzige Zeitspanne, die er brauchte, um sein Gleichgewicht wiederzufinden, reichte dem anderen, auf die Füße zu kommen und zum Angriff überzugehen.

Es war ein ungleicher Kampf, und der einzige Grund, warum Ronald auch nur den ersten ungestümen Angriff überlebte, lag darin, daß sein Gegner gleich mehrfach verletzt und einfach blind vor Zorn war. Seine Arme hämmerten wie Dreschflegel auf Ronald ein, und obwohl er jeden einzelnen Schlag abfing und nicht einmal an Kopf oder Leib getroffen wurde, spürte er trotzdem jeden einzelnen Hieb wie einen Hammerschlag durch den ganzen Körper fahren. Der Bursche hatte nicht nur den Körper eines Riesen, er kämpfte mit der Kraft eines Berserkers, und der Zorn verlieh ihm noch zusätzliche Stärke.

Aber er machte ihn auch leichtsinnig. Ronald fing drei, vier der wütenden Hiebe mit den Unterarmen ab, schlug zurück und traf, ohne damit auch nur die mindeste Wirkung zu erzielen, und drehte blitzschnell die Hüfte zur Seite, als der andere einen Kniestoß gegen seinen Unterleib abschoß. Dann bekam er den Arm des Riesen zu fassen, verdrehte ihn mit aller Kraft und war plötzlich hinter ihm. Er krallte die Hand in sein Haar, riß seinen Kopf zurück – und stieß ihn fast im gleichen Sekundenbruchteil und mit aller Kraft wieder nach vorne. Die Stirn des Hünen prallte mit solcher Wucht auf den Schreibtisch, daß Ronald glaubte, seine Knochen knirschen zu hören.

Der Riese brach in die Knie, verkrampfte beide Hände um den Kopf und rang würgend nach Atem. Sein Blick begann sich zu verschleiern. Ein Zittern lief durch seinen Körper. Hilflos fiel er nach vorne und fing den Sturz im letzten Moment mit den Händen ab.

Ronald sprang vor, schmetterte ihm die Faust gegen die Schläfe und wich blitzschnell wieder einen Schritt zurück.

»Bender! Hören Sie auf!«

Ronald wußte, daß es ein Fehler war, den er vermutlich bedauern würde – aber er senkte trotzdem die Fäuste und trat einen weiteren Schritt zurück.

»Wollen Sie ihn umbringen, Sie Idiot?« stöhnte Apson. Ronald hörte, wie er auf die Beine zu kommen versuchte und mit einem Schmerzlaut wieder zu Boden sank, und warf einen raschen Blick zu ihm hinüber, ehe er sich wieder auf den gestürzten Riesen konzentrierte. Apson hockte mit schmerzverzerrtem Gesicht vor dem Kamin und umklammerte seine Beine. Wo ihn der Stuhl getroffen hatte, färbte sich der Stoff seiner Hose dunkel. Ronald hoffte, daß seine Beine nicht gebrochen waren. Sicher war das nicht, angesichts der Wucht, mit der ihn der Stuhl getroffen hatte.

»Sind Sie okay?« fragte er.

Apson lachte schrill. »Soll das ein Witz sein?« Er versuchte wieder, auf die Füße zu kommen, und diesmal gelang es ihm. Mit schmerzverzerrtem Gesicht und mit einer Hand am Kaminsims Halt suchend, stemmte er sich in die Höhe und fuchtelte wild mit seiner Pistole herum. »Gehen Sie mir aus dem Schußfeld, Sie Trottel!«

Ronald gehorchte. Aber er stellte sich wohlweislich so hinter den Angreifer, daß er blitzschnell hinspringen und ihn packen konnte.

Apson beobachtete ihn aufmerksam. Er war bleich. Seine Augen waren weit vor Schrecken, und sie weiteten sich noch mehr, als er sah, wie sich die Gestalt vor Ronald schon wieder stöhnend zu bewegen begann.

Der Mann lag in einer rasch größer werdenden dunkelroten Lache. Seine zerschundenen Handgelenke bluteten heftig, und sein Gesicht war geschwollen, die Unterlippe und die linke Wange aufgeplatzt. Er zitterte am ganzen Leib. Aber sein Blick begann sich bereits wieder zu klären.

»Wenn Sie auch nur mit der Wimper zucken, erschieße ich Sie!« rief Apson. Es klang, als meinte er es ernst. Zu Ronald gewandt, aber ohne den anderen auch nur eine Sekunde aus den Augen zu lassen, fügte er hinzu: »Suchen Sie irgend etwas, um ihn zu fesseln.«

»Ein Drahtseil vielleicht?« schlug Ronald spöttisch vor. »Oder eine Kette?« Er rührte sich nicht von der Stelle. Er war ziemlich sicher, daß es in diesem Haus nichts gab, womit sie den Kerl zuverlässig fesseln konnten – und selbst wenn: Er würde den Teufel tun, dem Mann noch einmal zu nahe zu kommen.

Apson schien zu demselben Schluß zu kommen wie er, denn er wiederholte seine Aufforderung nicht, sondern humpelte mit zusammengebissenen Zähnen ein Stück näher heran und ließ sich auf einen Stuhl sinken. Die Gestalt am Boden regte sich stöhnend, und Apson packte hastig seine Waffe mit beiden Händen, um sicherer zielen zu können. Sein Blick irrte zur Tür.

»Wo bleibt Ihre Freundin?«

Auch Ronald blickte hastig zur Tür. Aber er wußte eigentlich, daß Gloria noch gar nicht zurück sein konnte. Und Ronald hoffte auch fast, daß sie nicht zurückkam.

»Okay«, sagte Apson, nun wieder an den anderen gewandt. »Du kannst aufhören, den Bewußtlosen zu spielen, Freundchen. Das zieht bei mir nicht.«

Tatsächlich hob der andere langsam den Kopf. Eine Sekunde lang starrte er Apson an, dann Ronald; dann versuchte er sich in die Höhe zu stemmen.

»Liegenbleiben!« befahl Apson. Und es war etwas in seiner Stimme, das den anderen tatsächlich in der Bewegung innehalten ließ.

»Ich nehme an, es hat keinen Zweck, dir irgendwelche Fragen zu stellen, wie?« fuhr Apson fort. Natürlich bekam er keine Antwort. Und er schien auch nicht ernsthaft damit gerechnet zu haben. Er schüttelte den Kopf, warf Ronald einen langen, sehr nachdenklichen Blick zu und starrte dann wieder die verkrümmte Gestalt auf dem Boden an. »Aber wenn du schon nicht antworten willst, dann hör mir wenigstens zu: Ich brauche zwei Stunden, um herauszubekommen, wer du bist. Allerhöchstens. Und eine weitere, um zu wissen, wer dich hergeschickt hat und warum. Und dann liegt es einzig und allein an mir, wie ich das Protokoll abfasse. Ich kann es als einfachen Einbruch und leichte Körperverletzung hinstellen. Oder als schweren Raubüberfall und versuchten Mord in zwei Fällen. Darüber solltest du nachdenken, Freundchen.«

»Sparen Sie sich die Mühe«, sagte Ronald grimmig. »Der redet nicht. Weder jetzt noch später. Ich kenne diese Sorte.«

»Gehören Sie dazu?«

Die Frage kam so schnell und scharf, daß Ronald den Kriminalbeamten nur verwirrt anstarrte. Dann schüttelte er den Kopf. »Nein. Jedenfalls... jetzt nicht mehr.«

Die Haustür fiel ins Schloß. Gloria näherte sich rasch der Tür und erstarrte, als sie sah, was geschehen war.

»Komm nicht rein«, rief Ronald rasch. »Hast du jemanden erreicht?«

»Sie... kommen gleich«, antwortete Gloria stockend. »Ein... ein Streifenwagen ist unterwegs. Zehn Minuten.«

Ronald hoffte, daß Apson so lange durchhielt. Sein Gesicht verlor immer mehr an Farbe, und auf seiner Stirn perlte kalter Schweiß. Der dunkle Fleck auf seinem Schienbein war größer geworden.

»Was macht das Bein?« fragte Ronald besorgt. »Ist es gebrochen?«

»Ich glaube nicht«, antwortete Apson. »Aber es tut verdammt weh.« Er atmete tief ein, versuchte auf dem Stuhl in eine etwas bequemere Stellung zu rutschen und verzog das Gesicht zu einem schiefen Lächeln.

»Ich glaube, ich muß mich bei Ihnen entschuldigen, Fräulein Vanderbilt«, sagte er. »Es sieht ganz so aus, als wäre der Tod Ihres Onkels doch kein normaler Selbstmord gewesen.«

Gloria antwortete nicht, aber Ronald spürte, wie sie zusammenfuhr, obwohl er sich nicht einmal zu ihr herumdrehte.

»Was hat er gewollt?« fragte Apson.

»Ich ... weiß es nicht«, sagte Gloria. Es war eine Lüge. Ronald spürte es, und er sah, daß auch Apson es merkte.

»Nicht genau, jedenfalls«, fuhr Gloria unsicher fort. »Er hat sich ... als Vikar ausgegeben. Er sagte, er käme aus Stuttgart, um Onkel Henks Nachfolge anzutreten. Und er hat nach ... nach irgendwelchen Aufzeichnungen gefragt.«

»Was für Aufzeichnungen?«

»Das weiß ich nicht. Er glaubte wohl, Onkel Henk hätte ... irgend etwas hinterlassen.«

»Ja«, fügte Apson hinzu. »Und es ist nicht sehr schwer zu erraten, wo er danach gesucht hat.« Er deutete mit einer Hand auf den Schreibtisch. »Haben Sie einen Schlüssel für das Ding?«

Gloria schüttelte den Kopf. »Nein. Onkel Henk trug seinen Schlüsselbund immer bei sich.«

»Dann ist er bei seinen persönlichen Sachen«, sagte Apson. »Und die befinden sich jetzt bereits in meinem Büro – hoffentlich. Ich lasse ihn herbringen, sobald wir unseren Freund hier sicher verstaut haben.«

Allmählich wagte es Ronald, sich zu entspannen. Der Riese war wieder bei vollem Bewußtsein, aber Ronald glaubte, daß er jetzt keine Gefahr mehr darstellte. Ganz egal, wie zäh er war – er hatte eine Unmenge Blut verloren. Und er mußte spüren, daß Apson wirklich entschlossen war, seine Waffe zu benutzen.

Vorsichtig wich er zurück, wandte sich schließlich um und schloß Gloria in die Arme. Sie ließ es geschehen, ohne sich zu wehren, aber sie erwiderte seine Umarmung auch nicht, sondern stand einfach da und starrte an ihm vorbei.

Sie starrte den Schreibtisch an.

Und der Ausdruck in ihren Augen war nur noch mit Grauen zu beschreiben.

14

Der Wind hatte sich gedreht, so daß der Regen jetzt direkt gegen die unterteilten Scheiben des Bürofensters prasselte. Und obwohl die Heizung lief, strahlte das Glas eine eisige Kälte aus, die ihre Haut wie mit unsichtbaren eisigen Fingern zu berühren schien.

Aber Frau Steller war nicht sicher, ob es wirklich diese äußere Kälte war, die sie fühlte. Vielleicht war es schlicht und einfach Angst. Obwohl sie sich alle nur erdenkliche Mühe gegeben hatte, den genau gegenteiligen Eindruck zu erwecken, war sie innerlich fast krank vor Furcht. Zombeck hatte recht. Ein Teil von ihr bestritt es noch immer, aber ein anderer sagte ihr deutlich, daß er recht hatte: Irgend etwas würde geschehen. Etwas war anders, diesmal.

Sie wandte sich vom Fenster ab, trat wieder hinter den Schreibtisch und verschränkte die Arme vor der Brust, um ihre Unsicherheit zu verbergen. Ihr Blick irrte zwischen Zombeck und der Gestalt im Rollstuhl hin und her, ohne länger als eine Sekunde verweilen zu können. Sie wollte etwas sagen, aber sie konnte es nicht. Alles, was sie tat, alles, was sie *dachte*, war wie feiner Sand, in den sie hineingriff, und der ihr durch die Finger rann, ehe sie ihn festhalten konnte.

»Er wird nicht gehen«, seufzte sie schließlich.

Zombeck sah auf, aber seine Augen waren noch leerer als zuvor, und der Anblick gab Frau Steller einen tiefen Stich. Sie sorgte sich längst nicht mehr darum, ob Zombeck noch die Kontrolle über sich hatte oder nicht. Mittlerweile hatte sie ernsthafte Angst bekommen, daß er den Verstand verlieren würde.

»Wir müssen ... etwas tun«, sagte er schließlich.

»Ich weiß. Wir –«

»Die Kinder. Wir müssen ... die Kinder fortschaffen.« Plötzlich – und nur für einen Moment – war seine Stimme ganz klar. »Wir müssen sie wegbringen, Marianne. Heute noch.«

»Unsinn!«

Die Stimme kam aus dem Schatten neben dem Fenster und war so scharf, daß die Steller unwillkürlich zusammenzuckte und aufsah. Auch sie konnte das Gesicht des Mannes im Rollstuhl nicht erkennen – und bei Gott, sie wollte es auch nicht! –, aber sie sah seine ärgerliche Handbewegung, und aus den Augenwinkeln bemerkte sie, wie ein rasches, fast triumphierendes Lächeln über Werners Züge huschte.

»Es ist noch Zeit.«

»Das ist es nicht!« widersprach Zombeck. Seine Hände zitterten. »Etwas ist anders. Ich spüre es. Dieser Bender –«

»– ist nichts als ein aufgeblasener Wichtigtuer«, schnitt ihm Werner das Wort ab. »Er wird verschwinden.«

»Da wäre ich nicht so sicher.« Frau Steller gab sich Mühe, ruhig zu klingen, und es schien ihr zu gelingen, denn der Mann im Rollstuhl widersprach nicht, und auch Werner sah nur ärgerlich auf, schwieg aber.

»Er wird nicht aufgeben«, fuhr die Steller fort. »Und dieser Polizist macht mir Sorgen. Sie hätten nicht versuchen sollen, ihn unter Druck zu setzen.«

»Er weiß gar nichts«, sagte die Stimme aus dem Schatten.

»Aber er könnte etwas herausfinden. Der Mann ist kein Dummkopf.«

Die Antwort, auf die sie wartete, kam nicht. Und nach einer Weile wandte sich die Steller wieder um und fuhr fort, stumm aus dem Fenster zu blicken.

Es war fast zwei.

Noch zehn Stunden bis Mitternacht.

15

Alles in allem vergingen dann doch fast anderthalb Stunden, bis sie wieder allein waren. Der Streifenwagen, den Gloria über Funk angefordert hatte, war zwar nach knapp zehn Minuten tatsächlich erschienen, aber Apson war keineswegs sofort mitgefahren, sondern war zu seinem Wagen gehumpelt und hatte einen Krankenwagen angefordert. Und Ronald hatte sich fast gewaltsam dagegen wehren müssen, von dem anwesenden Notarzt auf der Stelle ins nächste Krankenhaus verfrachtet zu werden.

Aber schließlich waren sie wieder allein. Zu seiner Erleichterung hatte Gloria keine Einwände erhoben, als Apson vorschlug, daß Ronald bei ihr bleiben sollte, bis er zurück war; und jetzt waren sie allein. Allerdings nur im Haus. Auf der Zufahrt zum Kirchengelände stand ein Streifenwagen, in dem zwei uniformierte Polizeibeamte um die Wette froren, und Ronald sah, daß auch auf der anderen Seite des Grundstücks ein Posten stand. Apson hatte mehrere lange Gespräche über Funk geführt. Er war sehr schweigsam gewesen, als er wieder ins Haus zurückgehumpelt war, aber es war Ronald nicht besonders schwer gefallen, seine Gedanken zu erraten.

Er sah auf die Uhr. Es war fast drei. Erst ein paar Stunden seit dem

Morgen, und doch war in dieser Zeit so unendlich viel geschehen. Und irgend etwas sagte ihm, daß noch mehr geschehen würde, ehe dieser Tag zu Ende ging.

Aus dem oberen Stockwerk drang ein leises, metallisches Schleifen, als Gloria den Duschvorhang zurückschob; dann verstummte das Rauschen des Wassers, das während der letzten zehn Minuten fast der einzige Laut gewesen war, der das Haus beherrscht hatte. Ronald lauschte einen Moment auf ihre Schritte, aber sie kamen nicht. Er war auch nicht sicher, ob sie überhaupt kommen würden. Gloria hatte nicht protestiert, als Apson und er wie selbstverständlich entschieden hatten, daß Ronald im Haus bleiben würde, und allein dieser Umstand hatte ihn mit einem Gefühl vorsichtiger Freude erfüllt. Jetzt war er nicht mehr sicher, ob er sich nicht zuviel eingebildet hatte. Gloria hatte kein Wort mit ihm gesprochen, seit sie allein waren. Sie war sogar seinem Blick ausgewichen.

Er verließ die Küche und blieb einen Moment unschlüssig stehen. Sein Blick irrte über die Treppe, und einen Moment lang war er wild entschlossen, einfach hinaufzugehen und die Sache zu klären, hier und jetzt.

Natürlich hielt dieser Entschluß nicht lange vor. Es gab nichts zu klären. Gloria und er waren Fremde, die sich im Grunde erst seit ein paar Tagen kannten. Was gestern abend zwischen ihnen geschehen war, das war irgendwie... nicht richtig gewesen. Und Ronald war jetzt mehr denn je überzeugt, daß es nicht einmal aus freiem Willen geschehen war. Irgend etwas hatte sie gezwungen, miteinander zu schlafen. Und nicht, um ihnen einen Gefallen zu tun, sondern im Gegenteil, um alles zu verderben und in den Schmutz zu ziehen. Er wünschte sich, daß sie eine zweite Chance bekämen.

Er lächelte über diese kindlichen Wunschvorstellungen, wandte sich statt zur Treppe in die entgegengesetzte Richtung und betrat *Armins* altes Arbeitszimmer.

Es bot einen fürchterlichen Anblick. Was der Einbrecher nicht zerstört oder umgeworfen hatte, war bei dem Kampf zu Bruch gegangen: Es gab buchstäblich nicht ein Möbelstück im Raum, das nicht zerstört oder wenigstens umgeworfen worden war. Und es war bitter kalt. Durch das zerborstene Fenster drangen eisige Dezemberluft und Regen herein, der die Papierfetzen auf dem Boden durchweichte.

Ronald schlang fröstelnd die Arme um den Oberkörper, trat an den Kamin und streckte die Hand nach dem Holzstapel daneben aus. Aber er führte die Bewegung nicht zu Ende. Es war ziemlich sinnlos, Feuer zu machen, bevor nicht das Fenster repariert war.

Da er im Moment ohnehin nichts anderes zu tun hatte, beschloß er, diese Aufgabe als erstes in Angriff zu nehmen; und sei es nur, um seine Hände zu beschäftigen. Apson hatte ihm zwar eingeschärft, nichts in diesem Zimmer zu verändern, aber er konnte wohl kaum erwarten, daß sie sich eine Lungenentzündung holten.

Werkzeug war ja, weiß Gott, genügend hier – auf dem Schreibtisch lagen noch das Brecheisen und ein ganzes Sammelsurium von Schraubenziehern und Zangen. Und er wußte, daß im Keller immer eine Anzahl Bretter standen, schon passend zugesägt, sollte der Krieg Krailsfelden doch noch einholen und etwa bei einem Bombenangriff eine Scheibe zu Bruch gehen.

Er verließ das Arbeitszimmer, ging an der Treppe vorbei und tastete automatisch nach dem Lichtschalter, nachdem er die schmale Tür geöffnet hatte.

Und blieb auf der zweitobersten Stufe wie versteinert stehen.

Was, zum Teufel –?

Im ersten Moment war er so verwirrt, daß er nicht einmal Schrecken empfand. Er war niemals im Leben hiergewesen! Er hatte dieses Haus gestern zum erstenmal betreten und das Wohnzimmer und das Bad kennengelernt, und heute zusätzlich die Küche und Vanderbilts ehemaliges Arbeitszimmer. Von der Existenz dieser Treppe hatte er nicht einmal eine Ahnung, geschweige denn von irgendwelchen zurechtgesägten Brettern!

Unsicher sah er sich um. Anders als die Zimmer oben, verriet die Kellertreppe das wahre Alter dieses Hauses: Die Stufen waren zwar aus Zement gegossen, aber so alt, daß sie deutliche Vertiefungen aufwiesen, und unter der weißen Farbe auf der Wand lugte überall das Grau des verwitterten Steins hervor, aus dem das Kellergewölbe erbaut war. Offenbar war es viel älter als das Haus selbst; wahrscheinlich das Fundament eines alten Gebäudes, auf dessen Ruinen das Pfarrhaus erst nachträglich errichtet worden war. Dann fiel sein Blick auf den Lichtschalter, und er spürte Angst.

Er war genau dort, wo seine tastenden Finger danach gesucht hatten. Aber das Unheimliche war, daß er nicht da war, wo er hingehörte, sondern einen guten halben Meter tiefer. Als man in diesen Keller nachträglich elektrischen Strom gelegt hatte, da hatte das Kabel nicht gereicht. Es war keine Vermutung. Er *wußte*, daß es so war.

Äußerst verwirrt ging er weiter und blieb am Fuß der Treppe wieder stehen. Der Raum hatte sich verändert. Alles war neu und sauber, an den Wänden standen grau gestrichene Metallregale, die mit Konservendosen, Einmachgläsern, Kisten, Kartons und anderem Kram vollgestopft waren, und an der Wand neben der Tür stand eine Werkbank mit einem kleinen Schraubstock. Darüber hatte jemand eine gelochte Hartfaserplatte angedübelt, an der in kleinen Häkchen eine große Auswahl der verschiedensten Werkzeuge hing. Alles wirkte neu und unbenutzt.

Ronald drehte sich einmal im Kreis und sah sich dabei aufmerksam um. Die Bretter waren nicht da – sie konnten gar nicht dasein, schließlich war der letzte Bombenangriff mehr als vierzig Jahre her! –, und auch sonst hatte sich alles vollkommen verändert. Aber es wirkte trotzdem auf unheimliche Art vertraut. Sein Blick glitt über die Wand neben der Treppe. Sie mußte vor zwei oder drei Jahren frisch gestrichen worden sein, aber hier und da blätterte die Farbe bereits wieder ab, so daß der rohe Stein darunter zum Vorschein kam; große, nicht besonders sorgfältig bearbeitete Natursteinblöcke, aus denen das Fundament des Hauses zusammengefügt worden war; vor drei, vielleicht auch vier oder noch mehr Jahrhunderten.

Aber nicht überall war der graue Fels zu sehen. An einigen Stellen schimmerte es bräunlich durch die rissige Schicht aus ausgetrockneter Dispersionsfarbe. Ein Teil der Wand mußte einmal beschädigt und neu aufgebaut worden sein. Oder man hatte etwas zugemauert. *Die Tür.*

Hinter einem der Regale war eine Tür. Der Eingang zu einem Stollen, der noch älter war als dieses Haus und der zum –

Der Gedanke entschlüpfte ihm wie ein Fisch, den er bereits in der Hand gehalten hatte und der ihm im letzten Augenblick doch noch durch die Finger glitt. Er wußte, wohin dieser Stollen führte. Für einen Moment hatte er sogar geglaubt zu wissen, wie es hinter dieser zugemauerten Tür aussah; keine vage Vorstellung eines niedrigen, dunklen Gangs mit feuchten Wänden, in dem seit hundert Jahren die Zeit stillstand, sondern eine sehr konkrete Vorstellung, die *Erinnerung* an etwas, das er noch nie zuvor gesehen hatte.

Er schauderte. Plötzlich fiel ihm auf, wie kalt es hier unten war, und wie dunkel, trotz der modernen Neonlampe unter der Decke. Der kalte Schein reichte bis in den hintersten Winkel des Kellergewölbes; es war eine sehr starke Lampe, als hätte der, der sie angebracht hatte, Angst vor der Dunkelheit gehabt. Und trotzdem schien da etwas zu sein, das sich zwischen dem Licht hindurchmogelte und näher kam; langsam, aber auch unaufhaltsam.

Zutiefst verwirrt verließ Ronald den Keller und schloß die Tür hinter sich. Er tat es sehr sorgfältig. Seine Hände zitterten heftig dabei.

Als er sich herumdrehte, stand er Gloria gegenüber. Sie trug einen weißen, knöchellangen Bademantel aus flauschigem Stoff, und ihr

Haar war von einem kunstvoll gesteckten Handtuch-Turban vor dem Naßwerden geschützt worden. Ihr irritierter Blick verriet ihm, daß sie ihn schon eine ganze Weile beobachtet haben mußte.

»Was tust du da?« fragte sie.

»Ich ... habe nach Werkzeug gesucht«, antwortete Ronald ausweichend.

»Wozu?«

»Das Fenster.« Er machte eine linkische Handbewegung zu Vanderbilts Arbeitszimmer. »Es wird verdammt kalt im Haus werden, wenn wir es nicht irgendwie reparieren.«

»Apson sagte, wir sollten nichts anrühren«, erinnerte ihn Gloria.

»Stimmt. Aber er hat nicht gesagt, daß wir erfrieren sollen, oder?« Er spürte selbst, wie wenig überzeugend diese Worte klangen, und ging rasch an Gloria vorbei, zurück in das verwüstete Arbeitszimmer, ehe sie Gelegenheit hatte zu antworten.

Es war tatsächlich spürbar kälter geworden. Der Wind hatte sich gedreht und blies den Regen jetzt direkt durch das zertrümmerte Fenster herein. Ein klammer Hauch lag in der Luft.

»Draußen im Schuppen sind noch ein paar alte Fensterläden«, sagte Gloria, die ihm gefolgt war. »Onkel Henk hat sie ausgehängt, als wir die Jalousien bekamen. Aber sie sind noch da. Vielleicht kannst du sie notdürftig von außen anbringen.«

»Sind die Haken noch in der Wand?«

Gloria zuckte mit den Schultern. »Meinetwegen kannst du sie auch annageln«, sagte sie. »Ich bleibe sowieso nicht hier.«

Ronald sah sie überrascht an. »Was meinst du damit?«

Gloria lächelte traurig. »Ich gehe fort. Ich habe gründlich darüber nachgedacht. Ich bleibe nur noch, bis das alles hier vorbei ist – die Polizei und all das. Ich kann hier nicht mehr leben.«

Ronald verspürte ein kurzes, aber heftiges Aufwallen von Enttäuschung. Aber er verstand sie nur zu gut. Auch er hatte nicht mehr bleiben können, nach Annas Tod. Er hatte nicht nur die Stadt und das Land, sondern sogar den Kontinent verlassen. Wäre es gegangen, hätte er sich einen anderen Planeten gesucht, um dort zu leben. Aber gerade, weil er sie verstand, und gerade, weil er selbst diese Situation vor nicht allzulanger Zeit durchlebt hatte, wußte er auch, wie wenig ihr das Davonlaufen nützen würde. Und da war noch etwas. Ein Gedanke, der wie ein Stachel in seinem Herzen saß: Er war nicht ganz sicher, daß sie nicht auch vor ihm davonlief.

»Gehst du und holst die Läden?« Gloria schlang fröstelnd die Arme um den Oberkörper. »Es wird wirklich kalt hier drinnen.«

VI.

Inferno

1

Er war zu schnell. Der aufbrüllende Motor und die Fontäne aus Schlamm und Kies, die unter den Hinterrädern hervorspritzte, mochten seinen Abgang ja ganz eindrucksvoll in Szene setzen; als aber der Wagen auf halber Höhe des Weges ins Schlingern kam und aus der Bahn getragen zu werden drohte, kamen Albert doch Bedenken: Er hatte seinen Weggang aus diesem Internat zwar absichtlich mit einem Paukenschlag krönen wollen, aber der mußte nicht unbedingt so beschaffen sein, daß Zombeck und die Steller von ihrem Fenster aus beobachten konnten, wie er auf dem nassen Gras des Hügels die Kontrolle über den Wagen verlor und sich überschlug...

Er schaltete zurück, trat behutsam auf die Bremse und registrierte erleichtert, daß der Wagen den Bewegungen des Lenkrads jetzt wieder gehorchte. Noch immer zu schnell, aber nicht mehr halsbrecherisch, erreichte er die Hauptstraße, bog nach links ab und gab Gas. Sein Blick suchte ein letztes Mal den schwarzen Schatten des Internatsgebäudes im Rückspiegel. Seltsam – er war jetzt seit Jahren hier, aber ihm war nie aufgefallen, wie düster und bedrohlich der Komplex aus diesem Blickwinkel wirkte.

Der Anblick erweckte ein völlig neues Gefühl von Angst in ihm. Seine Hände zitterten leicht, als sie sich fester um das Lenkrad schlossen und er gleichzeitig rücksichtslos Gas gab. Mit vorschriftswidrigen fünfundneunzig Stundenkilometern schoß er über die einzige Kreuzung des Ortes, prallte mit dem rechten Hinterrad gegen eine Bordsteinkante und fluchte, als der Wagen abermals ins Schlingern geriet und mit kreischenden Reifen wieder in die Spur kam.

Alberts Hände zitterten plötzlich so stark, daß er das Lenkrad kaum noch halten konnte. Er bremste, schaltete zurück und lenkte den Wagen vorsichtig an den rechten Straßenrand. Sein Herz jagte. Obwohl er die Heizung nicht eingeschaltet hatte und es sehr kalt im Wagen war, war er plötzlich in Schweiß gebadet. Er wollte in den Rückspiegel sehen, aber er wagte es nicht. Plötzlich hatte er die absurde Angst, daß ihn irgend etwas aus diesem Spiegelbild heraus anspringen würde. Verrückt. Kompletter Wahnsinn, aber eine Vision von solcher Stärke, daß es ihm unmöglich war, sie abzuschütteln.

Albert schloß die Augen, zählte in Gedanken bis zehn und zwang sich zur Ruhe. Er war nervös. Sein Nervenkostüm vibrierte, und verdammt – es hatte allen Grund dazu! Die letzte halbe Stunde war einfach zuviel gewesen.

Er dachte an das Gespräch mit der Steller und Zombeck, und die

Erinnerung daran schürte seinen Zorn. Aber die Wut half ihm auch, mit dieser Angst fertig zu werden.

Er hatte sich benommen wie ein Idiot; angefangen von der kleinen Szene, die er Werner im Krankenhaus gemacht hatte, bis hin zu seinem Kavaliersstart von soeben. Und alles, was dazwischen passiert war, war auch nicht viel besser gewesen.

Dabei war es nichts besonders Dramatisches, sondern ein ganz alltäglicher Vorfall gewesen: Er hatte gekündigt. Dummerweise hatte er der Versuchung nicht widerstehen können, seine Kündigung (die er schon vor geraumer Zeit beschlossen hatte) auf ganz besondere Weise in Szene zu setzen – und das war die eigentliche Katastrophe gewesen.

Verdammt, und dabei hatte es so gut angefangen! Er hatte es genossen, die Wut auf Werners Zügen zu sehen, und vielleicht zum erstenmal, seit er diese widerwärtige kleine Ratte kennengelernt hatte, einen Ausdruck vollkommener Hilflosigkeit. Hätte er es dabei bewenden lassen und wäre sofort abgefahren, wie er Werner gegenüber behauptet hatte, dann...

Hätte, wenn und wäre! dachte Albert wütend. Er hatte aber nicht, basta. Statt dessen war er zurück ins Internat gefahren, hatte seine Koffer in den Wagen getragen und war noch einmal zu Zombeck gegangen, um ihm endlich einmal ins Gesicht zu sagen, was er von ihm hielt. Verdammter Idiot, der er war!

Wütend zündete Albert sich eine Zigarette an, nahm einen tiefen, gierigen Zug, hustete und kurbelte hastig das Seitenfenster des Wagens herunter. Er blinzelte, als der Regen mit feinen, eiskalten Nadeln in sein Gesicht stach, aber er ließ das Fenster trotzdem offen. Vielleicht half ihm die Kälte, wieder einen halbwegs klaren Kopf zu bekommen.

Und den brauchte er. Weiß Gott, er brauchte nichts nötiger als das. Er mußte überlegen, was er als nächstes zu tun hatte, wollte er nicht noch mehr Fehler begehen und seine Zukunft gleich auf die Müllkippe werfen.

Zombeck war nicht allein gewesen. Damit hatte es angefangen. Vielleicht hätte er noch eine winzige Chance gehabt, hätte er auf die Stimme seines Verstandes gehört, die ihm klarzumachen versuchte, daß er gegen die Steller nicht ankommen würde. Aber das hatte er nicht, und als er sah, daß nicht nur die Steller, sondern auch Werner und eine weitere Person im Raum waren, da war es zu spät gewesen.

Die Steller hatte ihm mit wenigen, aber sehr deutlichen Worten klargemacht, daß er in absehbarer Zeit nicht mehr damit zu rechnen brauchte, eine Anstellung als Lehrer zu bekommen; nicht in diesem Bundesland, nicht einmal mehr in diesem Staat. Und irgendwie hatte

Albert gespürt, daß sie recht hatte. Er hatte Mist gebaut. Bis Gras über die Sache gewachsen war – und das konnte Jahre dauern, bei dem Einfluß, den Werners Großvater hatte! –, konnte er froh sein, wenn er noch eine Anstellung als Hausmeister in einer Schule fand.

Bei dem Wort Hausmeister mußte er an Bender denken. Es tat ihm ein wenig leid, daß er sich nicht einmal von ihm verabschiedet hatte. Gleichzeitig verspürte er einen zwar irrationalen und völlig unbegründeten, aber trotzdem verständlichen Zorn auf ihn. Irgendwie hatte alles mit ihm angefangen. Wäre er nicht gekommen, dann wäre all das nicht passiert...

Seltsam – trotz allem war Albert fast froh. Er stand praktisch auf der Straße. Seine Ersparnisse reichten für drei Monate – wenn er sehr sparsam war –, er hatte keine Arbeit, keine Wohnung, nicht einmal jemanden, zu dem er gehen konnte, und sei es nur für ein paar Tage. Und doch war das stärkste Gefühl, das er im Moment empfand, das der Erleichterung. Entkommen zu sein.

Er drehte sich im Sitz herum, blickte noch einmal zum Berg hinauf und betrachtete das Internatsgebäude. Ein ganz kleines bißchen überraschte es ihn selbst, daß er nicht einmal eine Spur von Bedauern empfand. Ganz gleich, wie sie gewesen waren, man ließ nicht einfach Jahre seines Lebens zurück, ohne irgend etwas zu empfinden. Aber während er so dasaß und zu dem schwarzen Monstrum auf dem Hügel hinaufsah, hatte er immer weniger das Gefühl, dort gewesen zu sein. Es war absurd, aber das war nicht das Haus, in dem er die letzten vier Jahre gelebt und gearbeitet hatte. Es schien sich... verändert zu haben. Verrückt.

Er schnippte die kaum angerauchte Zigarette auf die Straße, kurbelte das Fenster wieder hoch und fuhr weiter; sehr viel vorsichtiger jetzt. Mit kaum vierzig Stundenkilometern rollte der Opel in westlicher Richtung durch die Stadt. Albert fiel auf, wie ruhig es war. Nirgends regte sich etwas. Krailsfelden war niemals eine Stadt gewesen, in der etwas los war, und die Kälte und der Regen hatten das Ihre getan, die Straßen noch mehr leerzufegen. Aber es war, als gäbe es auch in den Häusern kein Leben mehr. Nichts rührte sich. Aus den meisten Kaminen stieg kein Rauch. Albert sah kaum ein Auto. Einige Garagentore standen offen, wie gähnende, leere Münder. Die Tankstelle am Ortseingang war geschlossen. Es war ein unheimliches Gefühl: als führe er durch eine Geisterstadt.

Er verscheuchte den Gedanken und fuhr schneller, als er die verwaiste Tankstelle und damit das letzte Gebäude vor dem Ortsausgang passiert hatte. Die Straße führte in engen Kehren und Schleifen aus dem Tal hinaus, und sie stammte, wie der Großteil der Ortschaft, noch aus der Zeit vor dem letzten Weltkrieg. Sie war schon bei normaler Witterung nicht ungefährlich. Regennaß und noch dazu bei schlechter Sicht verlangte sie einem Autofahrer ein Höchstmaß an Konzentration und Umsicht ab.

Als er kurz vor der ersten Kehre war, drang ein dumpfes Brummen an sein Ohr, und im Rückspiegel tauchte ein einzelnes grelles Licht auf, das ihm folgte. Ein Motorrad. Bei einer Witterung wie dieser ein unerwarteter Anblick.

Außerdem fuhr der Kerl zu schnell.

Albert hatte einen Heidenrespekt vor Motorrädern und hätte sich niemals freiwillig auf so eine Höllenmaschine gesetzt. Aber als Lehrer einer Klasse von Siebzehn- bis Neunzehnjährigen blieb es gar nicht aus, daß er das eine oder andere über Motorräder aufgeschnappt hatte. Außerdem sagte ihm schon sein gesunder Menschenverstand, daß Motorradfahren bei Regen besonders gefährlich sein mußte. Und schnelles Motorradfahren der reine Selbstmord war.

Wenn das stimmte, dann war der Bursche hinter ihm lebensmüde. Die Maschine näherte sich ihm mit mindestens hundert Stundenkilometern, wahrscheinlich sogar mehr, denn Albert selbst fuhr fünfzig, und das Rad holte so schnell auf, daß es ihn noch vor der nächsten Kurve erreicht haben mußte.

Albert trat sacht auf die Bremse, lenkte den Wagen vorsichtig durch die enge Kurve und fuhr weiter nach rechts, damit das Motorrad überholen konnte, wenn es herangeschossen kam. Er hatte weder Lust, einen Toten auf der Straße zu bergen, noch darauf, selbst im Graben zu landen.

Während er noch langsamer als bisher weiterfuhr, sah er immer wieder in den Rückspiegel. Das Motorrad tauchte genau in der Sekunde auf, in der er es erwartete: ein greller Lichtkreis, der auf der regennassen Heckscheibe des Wagens in tausende winzige Sterne zerplatzte. Er konnte die Gestalt im Sattel nicht erkennen, aber er reduzierte sein Tempo noch weiter, als er die Maschine aufbrüllen hörte und begriff, daß dieser Wahnsinnige zum Überholen ansetzte; keine dreißig Meter vor einer Kurve, die nicht einsehbar war.

Im letzten Moment brach der Fahrer das Überholmanöver ab und trat so heftig auf die Bremse, daß sich der Scheinwerfer senkte, und Albert gab seinerseits ein wenig mehr Gas, damit dieser Wahnsinnige ihm nicht ins Heck krachte.

Als er in die Kurve hineinfuhr, sah er, warum ihn das Motorrad nicht überholt hatte: Dicht hintereinander näherten sich drei riesige

Reisebusse der Kurve. Offensichtlich hatte der Fahrer das Motorengeräusch gehört und beschlossen, seinen Suizid noch bis zur nächsten Kurve aufzuschieben.

Albert sah den Bussen stirnrunzelnd nach. Sie waren leer, aber die Aufschrift verriet, daß sie einer Firma gehörten, mit der das Sänger-Institut schon seit Jahren zusammenarbeitete. Über ihr Ziel gab es im Grunde keinen Zweifel. Aber was, zum Teufel, wollte Zombeck mit drei Bussen, die Platz genug boten, alle dreihundert Schüler auf einmal wegzubringen? Bis zum Beginn der Schulferien waren noch drei Tage Zeit, und die meisten Internatszöglinge wurden ohnehin von ihren Eltern abgeholt.

Das Aufbrüllen des Motorrads drang erneut in Alberts Gedanken, als der dritte Bus seinen Wagen passiert hatte. Er sah den Scheinwerfer aus dem Heckfenster wegkippen, blickte automatisch in den Seitenspiegel und fuhr zusammen, als die Maschine kaum einen halben Meter neben dem Wagen vorbeischoß. Eine Fontäne aus schmutzigem Wasser klatschte eine Sekunde später gegen die Frontscheibe des Opel und behinderte Alberts Sicht völlig. Er fluchte, schaltete die Scheibenwischer auf die nächstschnellere Stufe und drückte wütend auf die Hupe. Der Motorradfahrer hörte es wahrscheinlich nicht einmal. Ungeachtet des strömenden Regens, beschleunigte er weiter, warf die Maschine in totaler Schräglage in die nächste Kurve und war verschwunden. Albert wartete ganz instinktiv auf das Krachen von Metall auf Asphalt, aber es kam nicht.

»Idiot«, murmelte er kopfschüttelnd.

Eine Sekunde später schrie er auf, während er gleichzeitig verzweifelt am Lenkrad riß und mit beiden Füßen auf Bremse und Kupplung trat, so fest er konnte.

Das Motorrad stand fünf Meter hinter der Kurve, mit laufendem Motor und eingeschaltetem Scheinwerfer quer zur Fahrtrichtung auf den Seitenständer gekippt. Der Fahrer lehnte dagegen, die Arme vor der Brust verschränkt und eine brennende Zigarette im Mundwinkel.

Die Reifen des Opel kreischten auf dem nassen Asphalt. Der Wagen schlingerte, brach aus, geriet mit einem Rad auf das nasse Gras neben der Straße und machte eine Drehung in die entgegengesetzte Richtung, als Albert verzweifelt am Lenkrad kurbelte. Das Motorrad schien auf ihn zuzuspringen. Die Scheinwerferstrahlen rissen Fetzen aus feuchtem schwarzem Leder und poliertem Metall und Chrom aus dem Regen, und die glühende Zigarette blinzelte ihm zu wie ein spöttisches Auge. Albert schrie auf, stemmte sich mit aller Kraft gegen das Lenkrad und wartete auf den vernichtenden Aufprall.

Er blieb aus.

Der Wagen kam zum Stehen; eine Sekunde, bevor die Stoßstange die Schienbeine des Verrückten zermalmen und ihn selbst samt seiner Maschine von der Straße fegen konnte. Der Irrsinnige rührte sich nicht einmal.

Albert auch nicht. Fast zehn Sekunden lang saß er einfach da, atmete tief ein und aus und starrte die verschwommene schwarze Gestalt zwei Millimeter vor seiner Kühlerhaube an.

Und dann packte ihn die Wut.

Das lähmende Entsetzen schlug plötzlich in mörderischen Zorn um; Zorn auf diesen Wahnsinnigen, der sein eigenes und Alberts Leben aufs Spiel setzte.

»*Du Vollidiot!*« brüllte er, so laut, daß seine Kehle schmerzte. »*Du verdammter Trottel!*« Wütend sprang er aus dem Wagen, knallte die Tür hinter sich zu und näherte sich mit kampflustig vorgestreckten Schultern dem Motorrad. »*Du Wahnsinniger!* schrie er. »*Weißt du eigentlich, was du –*«

Albert verstummte mitten im Wort, als er das Gesicht unter dem zerschrammten Helm erkannte.

Es war kein Motorradhelm. Es war ein verbeulter, grüner Wehrmachtshelm aus dem Zweiten Weltkrieg, auf den ein Hakenkreuz aufgemalt war. Und das Gesicht darunter gehörte Werner.

»Hei, Albert«, sagte Werner. Er grinste breit, zog an seiner Zigarette und schnippte sie achtlos weg, als er bemerkte, daß der Regen die Glut längst gelöscht hatte. Das nasse schwarze Leder, in das er gekleidet war, knarrte bei jeder Bewegung. »Schön, daß wir uns doch noch treffen. Ich hatte schon Angst, daß ich nicht mehr dazu komme, dir auf Wiedersehen zu sagen. Wäre doch schade gewesen, oder?«

Fassungslos starrte Albert ihn an. Er brodelte noch immer vor Wut, aber gleichzeitig hatte er das Gefühl, einen Schlag ins Gesicht bekommen zu haben. Der Bursche da vor ihm war eindeutig Werner, und gleichzeitig war er es nicht. Irgend etwas an ihm war anders, nicht verändert, sondern neu, als hätte eine Facette seines widerwärtigen Charakters plötzlich Gestalt angenommen. Etwas umgab ihn, das den Zorn in Albert ganz plötzlich wieder zu Angst werden ließ.

»Du ... du mußt vollkommen den Verstand verloren haben!« rief er unsicher. »Ist dir eigentlich klar, daß ich dich um ein Haar –«

Zum zweitenmal innerhalb weniger Augenblicke sprach Albert seinen angefangenen Satz nicht zu Ende, als sein Blick auf Werners schwarze, über und über mit Nieten besetzte Handschuhe fiel. Es waren keine normalen Nieten: Sie hatten kleine, rasiermesserscharfe

Spitzen, die Werners Fäuste zu tödlichen Waffen machen mußten. Da kam Albert der Gedanke, daß er in Gefahr sein könnte. Daß Werner diesen Auftritt nicht nur inszeniert hatte, um ihm einen Schrecken einzujagen. Gegen seinen Willen, aber ohne daß er es verhindern konnte, machte er einen Schritt zurück und riß erst dann seinen Blick von den Lederhandschuhen los.

»Was willst du?«

»Kannst du dir das nicht denken?« Werner kam einen Schritt näher und blieb wieder stehen. Seine Arme (*der Gipsverband war verschwunden, und er bewegte sich so geschmeidig, als wäre der Arm nie gebrochen und nicht erst vor ein paar Stunden vor Alberts Augen geschient worden*) pendelten locker neben seinem Gürtel, die Hände waren noch immer zu Fäusten geschlossen. »Ich sage doch – ich will mich nur von dir verabschieden. O ja – und dir Grüße von meinem Großvater ausrichten.«

»Tu nichts, was du später bereuen würdest«, warnte Albert unsicher. Er machte einen weiteren Schritt zurück. Er hatte Angst. Er war kein Schwächling, und er war auch kein Feigling. Aber er war plötzlich nicht mehr sicher, daß er wirklich mit Werner fertigwerden konnte. Nicht mit *diesem* Werner.

»Bereuen?« Werner lachte leise und kam wieder näher, aber diesmal widerstand Albert der Versuchung, vor ihm zurückzuweichen. »Ganz im Gegenteil. Ich hätte es mir nie verziehen, wenn ich dir nicht Adieu gesagt hätte.«

Albert sah den Schlag kommen, aber es gelang ihm, ihn abzuwehren. Er duckte sich blitzschnell, blockte Werners ungeschickten Schwinger mit dem linken Unterarm ab und versetzte ihm mit der anderen Hand eine schallende Ohrfeige.

Er hatte ganz instinktiv mit aller Kraft zugeschlagen, und der Hieb ließ Werner zurücktaumeln und gegen die Motorhaube des Wagens prallen.

Aber er schleuderte ihn nicht zu Boden. Eine Sekunde lang stand Werner einfach da und starrte ihn an, und ganz kurz war er wieder der, den Albert kannte: ein großes, böses Kind, das nie gelernt hatte einzustecken. Beinahe verblüfft blickte er Albert an, dann verzerrte sich sein Gesicht zu einem lauernden, bösen Lächeln.

Langsam hob er die behandschuhte Linke zum Gesicht, fuhr sich damit über den Mund und betrachtete eine Sekunde lang den einzelnen Blutstropfen, der auf seinem Handrücken zurückblieb.

»Wenn das alles ist, was du drauf hast, sehe ich schwarz für dich, mein Freund«, drohte er.

»Sei vernünftig, Junge«, sagte Albert beschwörend. »Ich verstehe, daß du wütend auf mich bist. Vielleicht war ich im Unrecht, heute morgen. Es tut mir leid. Laß uns über alles reden, okay?«

Diesmal gelang es ihm nicht mehr, den Angriff vollständig abzuwehren. Werner sprang ihn unvermittelt an. Der Hieb war nicht einmal besonders kräftig. Aber die Nieten an Werners Handschuh rissen Alberts Gesicht vom Jochbein bis zur Kinnspitze auf. Er schrie vor Schmerz, taumelte zurück und preßte die Hand gegen die Wange. Blut mischte sich in das Regenwasser auf seinem Gesicht.

Instinktiv versuchte er, Werner mit sich von den Füßen zu reißen, aber seine Finger fanden an dem nassen Leder seiner Kleidung keinen Halt. Er stürzte schwer, sah eine schattenhafte Bewegung aus den Augenwinkeln und keuchte vor Schmerz, als sich Werners schwere Motorradstiefel knirschend in seine Rippen gruben. Er bekam keine Luft mehr. Bunte Ringe und Kreise tanzten vor seinen Augen, und ihm wurde übel.

Werner trat ein zweites Mal nach ihm.

Er spürte, wie eine seiner Rippen brach, und ganz plötzlich begriff er, daß er um sein Leben kämpfen mußte.

Als Werner zum drittenmal ausholte und diesmal mit dem Stiefel nach seinem Gesicht zielte, packte er seinen Fuß, hielt ihn eine Sekunde lang fest und zerrte dann mit aller Kraft daran. Werner keuchte vor Überraschung, hüpfte einen Moment vergeblich auf einem Fuß, wobei er wild mit den Armen ruderte, um sein Gleichgewicht zu halten, und stürzte schließlich dicht neben ihm zu Boden.

Beinahe gleichzeitig kamen sie wieder auf die Füße. Albert taumelte vor Erschöpfung. Seine gebrochene Rippe schmerzte höllisch, und irgend etwas in ihm weigerte sich noch immer, die Situation als real anzuerkennen. Er stand im strömenden Regen auf der Straße und kämpfte mit einem Kind um sein Leben!

»Hör ... auf!« stöhnte er. »Bitte, Werner! Ich ... ich will dich nicht verletzen!«

Er mußte weg hier. Weg von dieser Straße, weg aus diesem verfluchten Tal. In ein Krankenhaus, und danach zur Polizei. Er –

Die Gestalt stand wie aus dem Boden gewachsen hinter ihm, nicht sehr viel größer als Werner, aber kräftiger, und ungleich schneller. Albert blieb nicht einmal genug Zeit zu erschrecken, geschweige denn zu begreifen, was passiert war, als die Faust des Mannes schon mit fürchterlicher Wucht in seinem Gesicht landete. Er torkelte zurück, prallte gegen Werners Motorrad und verlor das Gleichgewicht. Die Gestalt setzte ihm nach. Noch während er fiel, traf ihn ein zweiter fürchterlicher Fausthieb am Mund. Er spürte, wie zwei seiner Zähne abbrachen, dann stürzte er rücklings in die gleiche Pfütze, in die Werner vorhin hineingerollt war. Sein Mund füllte sich mit Blut und schmutzigem Wasser, und für ein paar Augenblicke war er blind.

Alles begann zu verschwimmen. Eiskaltes Wasser durchnäßte ihn bis auf die Haut. Er hustete, würgte Blut und Wasser und Schlamm hervor und wälzte sich mühsam auf den Bauch, um sich in die Höhe zu stemmen.

Ein Fußtritt traf seine Nieren und verwandelte die Welt in ein Feuerwerk aus Schmerz und Agonie.

»Na, Arschloch?« höhnte Werner. »Lust auf eine weitere Runde?«

Albert hob stöhnend den Kopf. Im ersten Moment hatte er Schwierigkeiten, Werner überhaupt zu erkennen. Ihm war entsetzlich übel, und sein Mund füllte sich immer schneller mit Blut.

Neben Werner stand die hochgewachsene, massige Gestalt Freddy Tholbergs. Und obwohl Albert noch immer mit aller Macht gegen die Bewußtlosigkeit ankämpfen mußte, die an seinen Gedanken zerrte, erkannte er doch, wie furchtbar er sich verändert hatte. Sein Gesicht war leer. In den Augen war kein Leben mehr. Und seine Hände ... *Großer Gott*, dachte Albert. *Seine Hände!*

»Du warst richtig gut, weißt du das?« sagte Werner grinsend. »Ich hätte gewettet, dich alleine zu schaffen. Na ja, macht auch nichts. Außer dir und mir erfährt's ja keiner, nicht wahr?« Er kicherte, ließ sich neben Albert in die Hocke sinken und grub die Hand in sein Haar, um seinen Kopf zurückzureißen. »Du wirst es doch keinem erzählen, oder?«

Albert stöhnte. Seine Arme begannen zu zittern. Er hatte kaum noch die Kraft, sich bei Bewußtsein zu halten. Er spürte, wie seine Finger sich tiefer und tiefer in den schlammigen Grund der Pfütze gruben, als versänke er in einem bodenlosen Morast.

»Hör ... auf«, stöhnte er.

»Ich hab noch keine Antwort«, sagte Werner. Er lächelte weiter, aber es war etwas in diesem Lächeln, das Albert bis auf den Grund seiner Seele erschaudern ließ. »Wirst du es jemandem erzählen?«

»Nein«, keuchte Albert. »Ich ... werde nichts sagen. Zu niemandem. Bitte ... laß mich los. Ich schwöre es dir.«

Werner seufzte. Dann schüttelte er den Kopf, ließ Alberts Haare los und stand mit einer federnden Bewegung auf. »Weißt du was, Albert?« meinte er. »Ich glaube dir nicht.« Er trat ein Stück zurück und gab Fred einen Wink mit den Augen. »Bring ihn um.«

Fred tat es.

2

Ronald brauchte eine gute halbe Stunde, um die Läden aus dem Schuppen zu holen und wenigstens notdürftig anzubringen. Als er mit der Arbeit halb fertig war, hörte er Motorengeräusche und sah auf. Wie große, rechteckige Tiere bewegten sich drei Reisebusse durch den Regen und passierten das Haus und die Kirche in geringer Entfernung. Ronald fiel auf, daß sie leer waren. Einen Moment lang blickte er ihnen stirnrunzelnd nach, dann konzentrierte er sich wieder auf seine Arbeit.

Als er wieder hineinging, hatte sich eine klamme, modrige Feuchtigkeit im ganzen Haus ausgebreitet. Gloria hatte sich angezogen und ein gewaltiges Feuer im Kamin entfacht, und trotz allem, was Apson ihr eingeschärft hatte, hatte sie natürlich doch angefangen, das Arbeitszimmer ihres Onkels aufzuräumen. Ronald registrierte es kommentarlos. Er wußte, daß Apson vor Zorn schäumen würde, wenn er zurückkam und alle seine schönen Tatspuren säuberlich entfernt waren. Aber Apson war ihm im Moment herzlich egal.

Während er Gloria schweigend dabei zusah, wie sie versuchte, wenigstens wieder den Anschein von Ordnung in das verwüstete Zimmer zu bekommen, hatte er mehr und mehr den Eindruck, gar nicht einer Frau zuzusehen, die aufräumte. Glorias Bewegungen waren rasch und fahrig und fast ziellos, und trotzdem hatten sie etwas Ehrfürchtiges. Dieses Zimmer war alles, was ihr von ihrem Onkel geblieben war, und wenn sie es säuberte, dann nicht aus einem Ordnungsbedürfnis heraus. Der Einbrecher hatte nicht einfach den Raum verwüstet; für Gloria war es Leichenschändung. Er hatte das Andenken ihres Onkels besudelt. Kein Polizeibeamter der Welt würde sie daran hindern, es wieder zu reinigen.

Trotzdem sagte er nach einer Weile: »Apson wird nicht begeistert von dem sein, was du da tust.«

»Ich weiß.« Ronald war ein wenig überrascht, daß sie überhaupt antwortete. Aber sie sah ihn dabei nicht an, und sie hörte auch nicht auf, im Zimmer auf und ab zu gehen und umgefallene Möbelstücke aufzurichten oder Papierfetzen vom Boden aufzuheben. Der angebliche Vikar hatte den Großteil des Schreibtischinhalts einfach auf den Boden geworfen, nachdem er nicht gefunden hatte, wonach er suchte. Wahrscheinlich waren wichtige Unterlagen dabei, dachte Ronald. Trotzdem machte Gloria sich kaum die Mühe, einen Blick auf die aufgeweichten Blätter zu werfen, sondern knüllte sie einfach zusammen und warf sie ins Feuer, wo sie eine Weile zischten und qualmten, ehe sie in Flammen aufgingen. Trotz der Kälte, die sich im Zimmer eingenistet hatte, strahlte das Kaminfeuer mittlerweile eine schon fast unangenehme Hitze aus. Außerdem war die Luft so schlecht geworden, daß Ronald kaum noch atmen konnte.

Wortlos trat er an Gloria vorbei an den Kamin, beugte sich vor und betätigte den an der Seite verborgenen Schieber, der den Abzug völlig öffnete. Das Feuer prasselte auf, als es mehr Sauerstoff bekam.

Gloria hielt in ihrem hektischen Hin und Her inne und sah ihn verwirrt an. Es dauerte eine Sekunde, bis Ronald begriff, was die Überraschung in ihrem Blick bewirkt hatte. Der Schieber war hinter einem schmalen steinernen Sims angebracht und daher auf den ersten Blick nicht sichtbar. Er hatte gar nicht wissen können, wo er war.

Vielleicht hatte er ihn gesehen, als er zusammen mit Vanderbilt hier drin gewesen war. Wenigstens versuchte er, sich das einzureden. Gloria ging auch nicht weiter darauf ein, sondern fuhr fort, Dinge vom Boden aufzuheben und aufzustellen oder ins Feuer zu werfen.

Und dann, ganz plötzlich, begann sie zu zittern. Ihre Hand hatte ein Blatt Papier ergriffen und ballte es zu einer Kugel zusammen, aus der schmutziges Wasser auf den Teppich tropfte, und ihre Augen füllten sich mit Tränen. Hoch aufgerichtet und stocksteif stand sie da und weinte, lautlos und ohne eine Miene zu verziehen, aber sehr heftig.

Ronald zögerte. Auf sie zuzugehen und sie in die Arme zu schließen, wäre die natürlichste Sache der Welt gewesen in dieser Situation, aber da war noch immer etwas zwischen ihnen, eine unsichtbare Mauer, die sie trennte, obwohl keiner von ihnen das wollte. Ganz langsam streckte er die Arme aus, berührte sie an den Schultern und zögerte eine Sekunde, um auf ihre Reaktion zu warten. Als keine kam, zog er sie sanft zu sich heran und hielt sie einfach fest.

Sie standen lange so da, nah und trotzdem noch immer voneinander getrennt, und er spürte, wie die Mauer zwischen ihnen zu bröckeln begann. Aber nicht schnell genug. Sie würde nie wieder ganz verschwinden.

»Es tut mir so leid«, flüsterte er. Er kam sich sehr unbeholfen vor. Er wollte ihr helfen, aber es gab nichts, was er für sie tun konnte. Er wußte nicht einmal, was er sagen sollte. Worte konnten so viel zerstören.

»Ich bin schuld, Ronald«, sagte sie leise. Sie weinte noch immer, aber ihre Stimme war vollkommen ausdruckslos.

»Unsinn.«

»Es ist meine Schuld», wiederholte sie. »Ich ... ich war nicht da, als es passiert ist, Ronald. Ich hätte hiersein müssen, aber ich ... ich war nicht da. Ich habe ihn im Stich gelassen.«

»Jetzt hör endlich mit diesem Unsinn auf!« rief Ronald, heftiger, als er beabsichtigt hatte. Warum machten ihn ihre Worte so zornig? War es, weil er spürte, daß sie ... *recht hatte*? »Es hätte genausogut passieren können, als wir auf dem Weg ins Internat waren«, fuhr er fort.

»Aber das ist es nicht.« Gloria löste sich aus seinem Griff, trat aber nur weit genug zurück, um den Kopf zu heben und ihm ins Gesicht zu sehen. »Ich... ich habe gefühlt, wie es passierte, Ronald. Er... er hatte Schmerzen. Er hatte entsetzliche Angst, und... und er hat nach mir gerufen. Aber ich war nicht da.«

»Sei froh, daß du es nicht warst«, erwiderte Ronald ernst. »Vielleicht wärst du sonst auch tot.« Es war ein schwacher Trost. Er wußte es. Aber es war der einzige, den er ihr im Augenblick geben konnte.

Der Moment verging, und wieder senkte sich die Kälte wie eine Mauer aus unsichtbarem Eis zwischen sie. Behutsam ließ er sie los, sah sie einen Moment lang fast verzweifelt an und deutete dann auf den Schreibtisch. »Und du weißt wirklich nicht, was er gesucht haben könnte?«

Natürlich wußte sie es nicht, und er hatte die Frage auch nur aus dem Grund gestellt, irgendwie das Schweigen zu brechen. Trotzdem drehte er sich nach einer Weile weg, ging um den Tisch herum und ließ sich nachdenklich in die Hocke sinken. Der angebliche Geistliche hatte nicht viel von dem einst so prachtvollen Möbelstück übriggelassen: ein leeres Gerippe aus Holz, in dem nur eine einzige Schublade heil geblieben war. Auch sie war mit Schrammen und tiefen Kratzern übersät, aber sie hatte allen Versuchen, sie zu öffnen, tapfer widerstanden.

»Ich möchte wissen, was da drinnen ist«, sagte er nachdenklich.

»Sie geht nicht auf«, entgegnete Gloria. »Er hat alles versucht. Und ich vorher auch.«

Ronalds Finger glitten über das zerschrammte Holz. »So, wie es aussieht, hat dein Onkel einen Tresor darin einbauen lassen. Ich frage mich nur, warum.«

»Wenn Apson mit dem Schlüssel kommt, wissen wir es.«

»Gibt es keinen Nachschlüssel?«

»Bestimmt«, antwortete Gloria. »Aber ich weiß nicht, wo. Und ich will sein Zimmer nicht durchwühlen.«

Ronald verstand das. Er stand auf, wobei seine Finger versehentlich über das kleine Messingschloß glitten.

Etwas machte hörbar *klick*, und die Schublade glitt wie von Geisterhand bewegt aus dem Schreibtisch heraus.

Gloria hob erschrocken die Hand, um sie vor den Mund zu schlagen, aber sie führte die Bewegung nicht zu Ende.

»Was ist denn das?« flüsterte sie erschrocken. Sie wollte auf den Schreibtisch zugehen, aber Ronald hob rasch und warnend die Hand und schüttelte den Kopf. Behutsam, so vorsichtig, als näherte er sich einem Terrarium voller giftiger Spinnen und Skorpione, ging er näher und streckte die Hand nach der Schublade aus. Seine Finger zitterten, als er das Holz berührte und sie hastig wieder zurückzog. Natürlich geschah gar nichts – das Holz war einfach Holz, weiter nichts, und er sah jetzt auch, daß er mit seiner Vermutung unrecht gehabt hatte: Unter dem polierten Mahagoni verbarg sich kein Stahl. Dieser Schreibtisch war kein getarnter Tresor. Aber wieso war es dann weder Gloria noch dem Einbrecher gelungen, ihn aufzubrechen?

Gloria sah ihn verstört an. Ronald zuckte mit den Schultern, beugte sich vor und musterte neugierig den Inhalt der Schublade. Sie enthielt zwei schmale, säuberlich beschriftete Leitz-Ordner, einen blauen Plastikschnellhefter mit durchsichtigem Deckblatt, in dem Fotokopien und Zeitungsausschnitte abgelegt waren, und eine kleine, goldgeschnittene Bibel mit abgegriffenem Ledereinband.

»Das . . . das sind Onkel Henks Aufzeichnungen«, sagte Gloria. Ihre Stimme sank zu einem Flüstern herab. »Ich habe dir doch davon erzählt?« Ronald nickte, obwohl sie das ganz und gar nicht getan hatte, und Gloria fuhr erregt fort: »Er hat . . . irgendwelche Dinge gesammelt. Sie schienen sehr wichtig für ihn zu sein, doch er hat sie mir nie gezeigt. Aber ich habe die Mappen einmal gesehen.«

»Ja«, murmelte Ronald. »Und ich glaube, ich weiß jetzt auch, wonach dieser Kerl gesucht hat.« Er streckte die Hand nach dem Plastikhefter aus und zog sie wieder zurück. Der Gedanke, ihn zu berühren, war ihm unangenehm. Gleichzeitig spürte er, daß all diese Dinge auf ihn gewartet hatten. Sie waren für ihn bestimmt gewesen.

Er nahm den Plastikhefter heraus und blätterte ihn flüchtig durch, hielt ab und zu inne, um einen Blick auf die Seiten zu werfen, ohne allerdings wirklich zu lesen. Vergilbte Zeitungsausschnitte, säuberlich ausgeschnitten und auf weißes Papier aufgeklebt. Fotokopien von Artikeln; die meisten kurz, einige nur wenige Zeilen lang, manchmal auch nur ein einzelner Absatz, aus einem längeren Artikel ausgeschnitten, hier und da auch nur ein Wort, das unterstrichen oder sorgfältig mit rotem Filzstift eingekreist war. Nichts davon ergab auf den ersten Blick irgendeinen Sinn oder Zusammenhang.

»Was ist das?« fragte er noch einmal.

Gloria zuckte erneut mit den Schultern. »Ich weiß es nicht«, antwortete sie. Ihre Stimme bebte. »Wir sollten es liegenlassen. Vielleicht kann Apson etwas damit anfangen.«

Ronald sah überrascht zu ihr auf. »Was für ein Unsinn«, meinte er. »Woher soll *er* wissen, was das bedeutet, wenn *du* es nicht weißt?«

Gloria fuhr sich nervös mit der Zungenspitze über die Lippen. Ihr Blick glitt über die Mappe in seinen Händen und den Inhalt der Schublade. Ihre Finger zitterten ganz leicht. Ronald fiel auf, daß sie einen Schritt von ihm und dem Schreibtisch zurückgewichen war.

»Wovor hast du Angst?« fragte er.

»Ich habe keine Angst«, antwortete Gloria grob. »Es ist nur ...« Sie suchte einen Moment nach Worten, und die Ausrede, die sie schließlich fand, war nicht besonders originell. »Ich glaube nur, daß es besser ist, wenn sich die Polizei um diese Dinge kümmert. Die verstehen mehr davon.«

»Heute morgen warst du anderer Meinung.« Er legte den Hefter auf den Tisch, nahm vorsichtig auch die beiden Ordner heraus und stellte ohne sonderliche Überraschung fest, daß auch ihr Inhalt wenig Sinn ergab, zumindest auf den ersten Blick. Bevor er nach der kleinen Bibel griff, zögerte er einen Moment. Er hatte das sichere Gefühl, daß es Gloria gebührte, dieses Buch als erste zu berühren. Seltsam – dabei war er nie ein sonderlich pietätvoller Mensch gewesen.

Das Buch war sehr alt. Es lag schwer wie ein Stein in seiner Hand, und es fühlte sich auch so an: Es war noch in echtes Leder gebunden, und der Einband war im Laufe langer Jahre hart wie Stein geworden. Behutsam schlug er es auf und sah, daß sich auf dem Titelblatt eine handgeschriebene Widmung befand. Die Tinte mußte fast so alt wie das Buch sein, denn die Schrift war zu einem blaßvioletten Schatten verblichen. Außerdem war sie in einer Sprache abgefaßt, die er nicht beherrschte.

»Was bedeutet das?«

Gloria beugte sich fast widerstrebend vor und warf einen flüchtigen Blick auf die verblaßten Worte. »Das ist Holländisch«, sagte sie.

»Kannst du das lesen?«

»Ein bißchen.« Sie sah noch einmal hin, kaum lange genug, um die Worte wirklich entziffern zu können. Trotzdem sagte sie dann: »Das ist Onkel Henks Bibel. Ein Geschenk seines Vaters zu seinem Abitur.«

»Das steht da?« Ronald sah sie ungläubig an. Er selbst verstand kein Holländisch, aber diese Sprache unterschied sich nicht so sehr vom Deutschen, als daß er nicht ziemlich sicher war, daß genau das nicht auf dem zerknitterten Blatt stand.

»Ich kenne diese Bibel«, antwortete Gloria ausweichend. »Onkel Henk hat sie mir ein paarmal gezeigt. Sie hat ihm sehr viel bedeutet.«

Eine Weile sah Ronald sie einfach an und wartete darauf, daß sie weitersprach. Gloria wußte mehr über dieses Buch, und sie wußte auch mehr über den Inhalt der Schublade. Er begriff nicht, warum sie ihm nicht vertraute. Was, zum Teufel, mußte er noch tun, um ihr zu beweisen, daß er auf ihrer Seite stand? Aber er bekam keine Antwort, und schließlich stapelte er die beiden Ordner und den Hefter aufeinander und legte die Bibel behutsam obenauf.

Gloria fuhr leicht zusammen, als er sich den Stapel auf die Arme lud und zur Tür ging. »Was ... hast du vor?«

»Den ganzen Kram lesen«, antwortete Ronald. »Was denn sonst? Aber nicht hier drinnen. In der Küche ist es heller. Und außerdem wärmer.«

»Laß das die Polizei tun«, rief Gloria hastig, mit Panik in der Stimme.

»Sicher«, erwiderte er. »Ich werde es Apson geben, sobald er wiederkommt. Aber ich glaube nicht, daß er mich verhaften lassen wird, nur weil ich ein bißchen darin herumgeblättert habe.« Er ging zur Tür und blieb wieder stehen, als ihm klarwurde, daß sie ihm nicht folgte, sondern stocksteif stehenblieb und ihm nur aus angstvoll geweiteten Augen nachblickte. »Was ist los mit dir?« fragte er. »Ich dachte, du wolltest wissen, wer deinen Onkel umgebracht hat. Und vor allem, warum.«

Ihre Reaktion war ganz anders, als er erwartet hatte: Sie schien seine Worte gar nicht gehört zu haben, sondern starrte nur den Packen auf seinen Armen an, und wieder glaubte er den gleichen Ausdruck von Grauen in ihrem Blick wahrzunehmen wie vorhin, als sie den Schreibtisch angesehen hatte. Sie hatte Angst. Wenn er jemals in seinem Leben einen Menschen gesehen hatte, der Angst hatte, dann Gloria in diesem Moment.

»Was ist los?« fragte er noch einmal. »Bitte, Gloria – sag es mir jetzt. Ich will dir doch nur helfen.«

Gloria gab sich einen Ruck und zwang sich zu einem Lächeln. »Nichts«, sagte sie kopfschüttelnd. »Wirklich, es ist nichts. Ich bin nur nervös.« Sie trat an ihm vorbei und öffnete die Tür. »Komm. Sehen wir nach, was wir gefunden haben.«

Ronald war plötzlich froh, die Arme nicht frei zu haben, denn sonst hätte er sie vermutlich an den Schultern gepackt und so lange geschüttelt, bis sie ihm endlich die Wahrheit sagte. So beschränkte er sich auf einen ärgerlichen Blick und folgte ihr.

In der Küche war es tatsächlich heller – und spürbar wärmer als im Arbeitszimmer. Ronald lud seine Last auf den kleinen Tisch neben dem Fenster, zog sich einen Stuhl heran und begann zu lesen.

3

»Hören Sie, es tut mir leid«, sagte Zombeck. »Ich... ich weiß auch nicht, wie das passieren konnte. Meine Sekretärin muß einen Fehler gemacht haben. Wahrscheinlich hat sie die falsche Seite im Terminkalender aufgeschlagen.« Seine Stimme klang nervös, und sogar in seinen eigenen Ohren klangen die Worte falsch: eine Ausrede, und nicht einmal eine besonders originelle. Und nicht sehr gut überlegt, wie er sich selbst eingestehen mußte. Schließlich hatte er selbst mit Faller telefoniert, dem Besitzer des Busunternehmens.

»Der Chef hat gesagt, es wäre eilig«, entgegnete der Fahrer. Er gab sich keine Mühe, seinen Ärger zu überspielen, als er nacheinander auf die beiden anderen Fahrer, die drei Busse und dann sich selbst deutete. »Wir sind gefahren wie die Verrückten. Das war alles andere als ein Spaß, bei diesem Mistwetter, wissen Sie.«

»Das kann ich mir vorstellen«, gestand Zombeck. Nervös sah er sich um. Es war unglaublich kalt geworden in der letzten halben Stunde. Der Regen, der in immer dichteren Schwaden über den Hof fegte, war mit Eis durchsetzt. Die drei riesigen Reisebusse dampften in der Kälte wie bizarre Raumschiffe, die aus einer anderen Welt hierhergekommen waren.

»Die Schule wird die Fahrt natürlich bezahlen«, sagte er endlich. »Und ebenso selbstverständlich Ihren Verdienstausfall, falls Sie einen anderen Auftrag dafür absagen mußten.« Er griff in die Jacke, zog seine Brieftasche hervor und nahm drei säuberlich gefaltete Hundertmarkscheine heraus, die er einem der Fahrer reichte. »Und das hier ist für Sie und Ihre Kollegen. Als kleines Dankeschön für die Mühe, die Sie sich umsonst gemacht haben.«

Der Mann steckte das Geld ein, ohne mit der Wimper zu zucken. Er war immer noch zornig, beherrschte sich jetzt aber, durch die unerwartete Höhe des Trinkgeldes überrascht. Zombeck fragte sich, ob er nicht übertrieben hatte. Die Männer mochten auf die Idee kommen, daß er etwas zu verbergen hatte. »Sie regeln das dann mit dem Chef?« vergewisserte der Mann sich.

Zombeck nickte hastig. »Natürlich. Machen Sie sich keine Sorgen. Ich rufe ihn gleich an. Und mit meiner Sekretärin werde ich auch ein Wörtchen sprechen. So etwas kommt nicht noch einmal vor.«

Der Busfahrer zuckte mit den Achseln und drehte sich um, um zu seinem Bus zurückzugehen. Nach zwei Schritten blieb er noch einmal stehen und sah zu Zombeck zurück. »Ach, noch etwas, Herr Direktor«, sagte er.

»Ja?«

»Haben Sie einen Schüler, der ein Motorrad fährt? So eine verrückte Kiste mit hochgezogenem Lenker?«

»Nicht, daß ich wüßte«, antwortete Zombeck verwirrt. »Aber ich kann mich erkundigen. Warum?«

»Tun Sie das«, riet der Busfahrer. »Und wenn ja, fragen Sie ihn, ob er lebensmüde ist. Um ein Haar hätte ich ihn vorhin erwischt. Kam mit mindestens hundert Sachen durch die Kurve geschossen. Und das bei diesem Wetter.« Er tippte grüßend mit dem Zeigefinger an den Rand seiner Mütze, zog den Kopf zwischen die Schultern und stiefelte durch den strömenden Regen zu seinem Bus zurück.

Zombeck wartete, bis die Busse abgefahren waren, ehe er ins Haus zurückging. Es dauerte fast fünf Minuten, denn die drei riesenhaften Fahrzeuge hatten auf dem Hof kaum genug Platz, um zu wenden. Erst als der letzte Wagen im Schrittempo durch die Ausfahrt rollte, drehte auch er sich herum und öffnete die Tür. Eine Gestalt in schwarzem Leder trat ihm entgegen, als er sie hinter sich schloß.

»Hübscher Versuch«, sagte Werner grinsend. »Fast hätte er geklappt. Wäre ich eine halbe Stunde später gekommen ...«

Zombeck starrte ihn an. Zum erstenmal im Leben begriff er, was Menschen dazu brachte, andere Menschen umzubringen.

»Warst du das mit dem Motorrad?« fragte er gepreßt.

»Was für ein Motorrad?« feixte Werner.

Zombecks Blick verfinsterte sich. »Stell dich nicht dumm!« sagte er wütend. »Du hast jedes Wort gehört!«

»Aber ich darf doch noch gar kein Motorrad fahren«, erwiderte Werner mit gespielter Verwirrung. »Ich bin doch erst vierzehn Jahre alt, Herr Direktor, das wissen Sie doch! Und mein Mofa hat Ihr Lieblingshausmeister zertrümmert.« Das falsche Lächeln verschwand wie weggeblasen von seinem Gesicht. »Wo wir schon mal dabei sind – der Kerl ist immer noch in der Stadt.«

»Und? Ich habe ihn aus dem Internat gewiesen, wie dein Großvater es verlangt hat. Mehr kann ich nicht tun.«

»Tz, tz«, machte Werner. »Das wird mein Großvater aber gar nicht gerne hören, fürchte ich. Und er wird auch nicht begeistert sein, wenn ich ihm erzähle, was Sie gerade versucht haben.«

»Sag ihm doch, was du willst!« entgegnete Zombeck. Er wollte an Werner vorbei, aber der Junge streckte rasch die Hand aus und hielt ihn zurück.

»Soll ich das wirklich?«

Zombeck funkelte ihn an, riß seinen Arm los und machte einen

Schritt zur Seite. »Geh mir aus dem Weg!« verlangte er. »Und faß mich nie wieder an!«

In Werners Blick flackerte es unsicher. Aber er versuchte nicht noch einmal Zombeck zu berühren. »Sie dürfen das gar nicht, Direktorchen«, sagte er. Aber der Hohn in seinen Worten klang nicht mehr völlig überzeugend. Seine Stimme zitterte. »All diese Leute bezahlen eine Menge Geld für jeden Tag, an dem Sie sich um ihre lieben Kinderchen kümmern.«

Zombeck ließ ihn einfach stehen. Er wußte, daß er Werner umbringen würde, wenn er auch nur noch eine einzige Minute in seiner Nähe blieb. Seine Hände zitterten so heftig, daß er die linke mit der rechten ergriff und sie festhielt, und selbst dann gelang es ihm nicht ganz, sie ruhig zu halten. Zombeck war kein gewalttätiger Mensch, im Gegenteil: Er hatte Gewalt immer verabscheut. Aber plötzlich wollte er nichts dringender, als irgend etwas zu packen und zu zertrümmern.

Als er die Treppe hinaufging, begegnete ihm die Steller.

Es war kein Zufall. Sie kam ihm nicht entgegen, sie stand auf der obersten Stufe, die rechte Hand auf das Geländer gelegt, und sie stand so da, daß Sängers Augen von dem Bild hinter ihr an der Wand über ihre Schulter zu sehen schienen. Und der Blick, mit dem sie Zombeck maß, machte ihm klar, daß sie jedes Wort gehört hatte.

»Das hättest du nicht tun sollen«, sagte sie traurig.

Zombeck blieb stehen. »Was?« fragte er.

»Du weißt ganz genau, was ich meine«, antwortete die Steller. »Er wird es erfahren. Und ich glaube nicht, daß es ihm gefallen wird.«

»Soll ich dir was sagen, Marianne?« schnappte Zombeck. »Das ist mir völlig egal! Es ist mir egal, was er denkt. Und es ist mir egal, was er tut. Von mir aus soll er mich umbringen, wenn es ihm Spaß macht! Aber ich werde ihn aufhalten. Ich werde nicht zulassen, daß es noch einmal geschieht!«

Die Steller machte sich nicht einmal die Mühe, darauf zu antworten. Sie wußte so gut wie er, daß seine Worte nur Ausdruck von hilflosem Zorn waren, ein sinnloses, vielleicht letztes Aufbegehren. »Du hast schon versucht, den Priester zu warnen«, sagte sie. »Er weiß es. Ich habe mit ihm gesprochen. Er war ziemlich aufgebracht, aber ich konnte ihn beruhigen. Ich weiß allerdings nicht, was er tun wird, wenn er hört, was du jetzt versucht hast.«

»Laß mich in Ruhe«, murmelte Zombeck.

Tatsächlich sagte die Steller nichts mehr, sondern blickte ihn nur stumm und traurig an, und nach ein paar Sekunden lief Zombeck niedergeschlagen weiter und ging in sein Büro zurück.

4

Zwei Stunden später hatte Ronald Kopfschmerzen, seine Augen flimmerten, und er bekam Sodbrennen, weil er Glorias Kaffee gleich literweise in sich hineingeschüttet hatte. Schlauer war er nicht geworden. Was immer Pfarrer Vanderbilt in den beiden Ordnern und der Plastikmappe – äußerst pedantisch und nicht nur über Jahre, sondern über Jahrzehnte hinweg – zusammengetragen hatte, ergab einfach keinen Sinn. Es war ein wirres Durcheinander aus Zeitungsartikeln, Fotokopien von Rechnungen, Tankbelegen, hingekritzelten Notizen und Zetteln, auf denen manchmal nur ein einziges Wort stand, manchmal auch nur eine Zahlenkolonne, die ein Datum ergab. Auszüge aus dem Geburts- und Sterberegister der Stadt; Rechnungen von Handwerkern; Abschriften von Fernseh- und Rundfunksendungen, sorgfältig mit Datum und Uhrzeit versehen; ganze Blätter voller Zahlen und Buchstabenreihen, in die man alles mögliche hineininterpretieren konnte; eine zerknitterte und sorgsam wieder glattgestrichene Fotokopie eines Stadtplans, auf dem eine Anzahl kleiner Kreuze und Kringel war; Telefonrechnungen, nicht nur die Vanderbilts, sondern auch die anderer Einwohner Krailsfeldens; ein komplettes, sich über einen Zeitraum von drei Wochen erstreckendes Bewegungsprofil Fallers, des einzigen Taxiunternehmers am Ort; und tausend andere Dinge, die noch weniger Sinn ergaben. Wenn Ronald in all dem Durcheinander überhaupt einen Sinn zu erkennen glaubte, dann allerhöchstens den, daß Pfarrer Vanderbilt den allergrößten Teil der letzten dreißig Jahre damit verbracht zu haben schien, die Einwohner der Stadt – vielleicht die Stadt selbst – sehr sorgsam zu beobachten. Aber warum?

Ronald klappte den Ordner zu, fuhr sich erschöpft mit beiden Händen über das Gesicht und massierte seine brennenden Augen. Die Luft in der Küche war dicht geworden. Sie hatten beide geraucht, viel zuviel, wie er mit einem Blick auf den überquellenden Aschenbecher registrierte, und das viele Nikotin hatte sich zusammen mit dem Kaffee in seinem Mund zu einem pelzigen Belag verbunden.

»Ich verstehe das nicht«, murmelte er, während er wider besseres Wissen nach seiner Kaffeetasse griff und sich fast gleichzeitig eine neue Zigarette aus der Packung nahm. »Das ergibt alles keinen Sinn. Er scheint... irgend etwas gesucht zu haben. Aber was?«

Gloria gab ihm Feuer. Möglicherweise hatte sie recht gehabt, als sie vorschlug, der Polizei die Aufzeichnungen zu überlassen. Sollte sich doch Apson den Kopf zerbrechen, wenn er versuchte, Sinn in dieses Durcheinander zu bringen.

»Was immer es war«, antwortete sie, »es hat ihn fast um den Verstand gebracht vor Angst.«

Vielleicht nicht nur fast, dachte Ronald. Hätten diese Aufzeichnungen irgend jemand anderem gehört als Glorias Onkel, hätte er jeden Eid geschworen, die Sammlung eines Verrückten vor sich zu haben. Aber natürlich sprach er das nicht aus.

Trotzdem war es genau das, was Apson sagen würde, wenn sie mit diesen Beweisen zu ihm kamen. Beweise wofür? Daß Pfarrer Vanderbilt nicht nur in den letzten Monaten, sondern ganz unbemerkt auch schon in den letzten Jahrzehnten langsam, aber sicher den Verstand verloren hatte?

»Er hat irgend etwas gesucht«, sagte Gloria. »Ich bin sicher, daß es irgendein Muster geben muß. Irgendeinen gemeinsamen Nenner...«

»Möglich.« Ronald zuckte mit den Achseln, sah, wie Gloria betroffen zusammenzuckte, und fügte fast hastig hinzu: »Bestimmt sogar. Aber das hier ist einfach zuviel. Und leider war dein Onkel nicht nett genug, auch eine Gebrauchsanweisung beizufügen.« Er ließ die flache Hand auf den Stapel zwischen ihnen fallen und seufzte tief. »Gib mir einen Computer und vier Wochen Zeit, und ich finde dir einen gemeinsamen Nenner.«

»Verstehst du etwas davon?«

»Von Computern?« Ronald verneinte. »Aber ich nehme an, du hast auch keinen.«

Gloria blieb ernst. »Es muß irgend etwas mit dem Internat zu tun haben«, sagte sie. Sie ballte die Fäuste auf dem Tisch. »Verdammt, wenn ich doch nur diese dämlichen Briefe aufmerksamer gelesen hätte! Ich bin sicher, daß darin alles stand, was wir wissen müßten.«

»Briefe?« Ronald wurde hellhörig. Es war nicht das erste Mal, daß Gloria die Briefe erwähnte. Aber aus irgendeinem Grund hatte er ihre Bemerkungen bisher gar nicht richtig registriert.

»Weißt du noch, an wen sie adressiert waren?«

Gloria nickte. »An das Erzbischöfliche Ordinariat in Stuttgart«, antwortete sie. »Warum?«

»Vielleicht hat er ja doch einen davon abgeschickt«, sagte Ronald. »Oder wenigstens –« Er verstummte mitten im Wort und beugte sich zur Seite, um an Gloria vorbei aus dem Fenster sehen zu können. Seine Augen weiteten sich. »Was ist das?«

Eine Sekunde lang blickte ihn Gloria irritiert an, dann drehte auch sie sich herum und sah in dieselbe Richtung wie er. »Der Briefkasten?«

Ronald schüttelte den Kopf. Plötzlich war er aufgeregt. »Eben nicht«, rief er. »Dort *stand* ein Briefkasten – oder?«

»Er ist verbrannt«, bestätigte Gloria. »Letzte Nacht. Wahrscheinlich haben ihn irgendwelche Halbstarken ange –«

Auch sie sprach nicht weiter. Für eine Weile starrten sie sich nur gegenseitig und mit wachsender Verblüffung an.

»Aber das ist doch nicht möglich«, flüsterte Gloria schließlich. »Ich ... ich meine: Wieso hat keiner von uns daran gedacht? Ich habe diesem Polizisten von den Briefen erzählt, und ... Wenigstens mir hätte es auffallen müssen.«

»Wahrscheinlich ist es mit allem anderen genauso«, erwiderte Ronald grimmig. »Weißt du, Gloria, ich beginne allmählich zu glauben, daß irgend etwas hier ist, das uns am Denken hindert.« Er deutete auf Vanderbilts Aufzeichnungen. »Vielleicht ist es damit genauso. Vielleicht ist die Antwort so offensichtlich, daß wir sie gerade deshalb nicht sehen.« Er stand auf. »Ich will mir das da drüben einmal anschauen. Bleib hier. Und mach niemandem auf, ganz gleich, wer kommt. Ich nehme den Schlüssel mit.«

Er verließ die Küche, schlüpfte in seine Jacke und trat in den Regen hinaus, nachdem er die Tür sorgsam hinter sich zugezogen und den Schlüssel zweimal im Schloß herumgedreht hatte. Der Regen strömte noch immer unablässig, und es war so kalt geworden, daß die Luft im ersten Moment in seiner Kehle schmerzte. Mit gesenktem Kopf und weit ausgreifenden Schritten überquerte er die Straße und blickte noch einmal zum Haus zurück. Gloria stand als verzerrter Schatten hinter dem Fenster und beobachtete ihn. Er winkte ihr flüchtig zu, blinzelte, als die Regentropfen wie winzige Nadeln in seine Augen stachen, und näherte sich dem verbrannten Briefkasten.

Hätte er nicht gewußt, was es einmal gewesen war, er hätte es nicht erkannt. Der Briefkasten war nicht einfach verbrannt. Seine vordere, der Straße zugewandte Seite stand noch, und selbst der gelbe Lack war zum Teil noch erhalten, wenn auch rissig geworden und mit zahllosen Blasen und schmierigen braunen Flecken übersät. Aber das war auch alles. Die drei anderen Seiten sowie sein komplettes Innenleben waren verschwunden. Ein schwarzer, rechteckiger Umriß auf dem Bürgersteig und kleine silbrige Tropfen aus geschmolzenem und wieder erstarrtem Metall waren zu sehen, die sich in den Beton gefressen hatten. Kein Fetzchen Papier, keine Asche, nichts.

Ronald streckte zögernd die Hand aus und berührte den noch vorhandenen Teil des Briefkastens. Das Metall war porös geworden und fühlte sich an wie Sandstein, und hier und da war das Eisen geschmolzen und in langgezogenen Tropfen erstarrt. Das war kein normales Feuer gewesen, dachte er verwirrt. Aber auch keine Explosion, denn die hätte den Briefkasten zerrissen, statt ihn regelrecht schmelzen zu lassen. Verdammt, Gloria hatte recht! Wieso hatte sich niemand gefragt, was hier eigentlich passiert war?

Pfarrer Vanderbilt hatte seinen Brief zu Ende geschrieben. Und er hatte ihn sogar abgeschickt. Oder es wenigstens versucht.

Plötzlich hatte Ronald das Gefühl, beobachtet zu werden. Er stand auf, drehte sich einmal im Kreis und sah niemanden, aber das Empfinden blieb. Es wurde sogar noch stärker. Es war, als würde er angestarrt, aus Augen, die nicht menschlich waren, und erfüllt von einem Haß, den er fast körperlich spüren konnte.

Dabei war die Straße so leer, wie sie nur sein konnte. Die Stadt lag wie ausgestorben. Die einzige Bewegung war der Regen, der einzige Laut sein Prasseln und Rauschen. Und wenn er sich nicht täuschte, dann war, mit Ausnahme der drei Busse, die er flüchtig gesehen hatte, den ganzen Tag über nicht ein einziges Auto über diese Straße gefahren.

Ganz automatisch suchte sein Blick den Polizeiwagen, den Apson auf der Rückseite des Hauses postiert hatte. Wenigstens er war noch da. Einen Moment lang spielte Ronald mit dem Gedanken, hinüberzugehen und die beiden Beamten darin zu bitten, ihm eine Funksprechverbindung zu Apson zu schalten, um ihm von ihrem Fund zu berichten. Dann verwarf er den Gedanken wieder. Dies hier war nichts, bei dem sie Hilfe erwarten konnten. Was immer Krailsfelden in seiner Macht hatte, würde dafür sorgen, daß sich kein Außenstehender einmischte.

Als er zum Haus zurückgehen wollte, bemerkte er die Bewegung. Es war ein Schatten in seinem Augenwinkel, der ihm nur auffiel, weil es auf der Straße so unnatürlich ruhig war.

Es war Zombeck. Ronald erkannte ihn erst, als er fast bei ihm angekommen war, und dann erschrak er: Der Mann, der vor ihm stand, hatte nur noch wenig Ähnlichkeit mit dem Direktor des Sänger-Instituts. Er sah sich einem menschlichen Wrack gegenüber. Zombecks Gesicht war grau. Seine Wangen waren eingefallen, und die Augen glänzten fiebrig. Er zitterte am ganzen Leib, und es war ihm nicht möglich, still zu stehen oder Ronalds Augen länger als eine Sekunde standzuhalten. Unstet glitten seine Blicke hierhin und dorthin, suchten die Straße hinter ihm ab, selbst den Himmel. Es war der Blick eines gehetzten Tieres, dachte Ronald, eines Tieres, das genau wußte, daß es in die Enge getrieben war und keine Chance mehr hatte.

»Zombeck!« sagte er überrascht. »Was tun Sie hier?«

Zombeck machte eine erschrockene Handbewegung und trat rasch zwei Schritte weiter in die Gasse zurück, so daß er von der Straße aus nicht mehr zu sehen war. Ronald folgte ihm.

»Hören Sie mir zu, Bender!« sagte Zombeck aufgeregt. »Sie müssen verschwinden, verstehen Sie? Verlassen Sie die Stadt. Jetzt. Auf der Stelle.«

»Was soll das?« fragte Ronald lahm. Der Ton in Zombecks Stimme verstörte ihn zutiefst. Er brachte es nicht einmal mehr fertig, Ärger zu empfinden. Zombeck hatte nicht einfach Angst – er war in Panik.

»Jetzt ist keine Zeit für Erklärungen«, sprudelte Zombeck hervor. Sein Blick ging an Ronald vorbei und tastete unstet über die Straße. »Ich flehe Sie an, Bender – fliehen Sie. Nehmen Sie das Mädchen, und verlassen Sie die Stadt, ehe es Nacht wird!« Er griff in die Manteltasche und zog ein kleines Ledermäppchen heraus, das er Ronald zitternd hinhielt. »Hier. Die Schlüssel für meinen Wagen. Er steht an der Tankstelle. Ich wollte nicht vor dem Haus parken, damit er es nicht merkt, und –«

»*Er?*« Ronald griff automatisch nach dem Schlüsselmäppchen und hielt gleichzeitig Zombecks Hand fest. Aber Zombeck riß sich mit erstaunlicher Kraft los und brachte einen weiteren Schritt zwischen sich und ihn.

»Von wem sprechen Sie?« fragte Ronald. »Von Werner?«

Zombeck nickte. Er wurde immer nervöser. Hätte er es gekonnt, wäre er wahrscheinlich einfach davongelaufen. Aber die Gasse hatte keinen zweiten Ausgang. »Er und sein Großvater«, antwortete er hastig. »Ja.«

»Dann erklären Sie mir doch, was –«

»Das kann ich nicht«, unterbrach ihn Zombeck. »Bitte, Bender! Ich verstehe, daß Sie mir nicht mehr trauen, aber das müssen Sie! Es ist alles ganz anders, als Sie denken. Und viel schlimmer. Sie werden Sie töten, wenn Sie bleiben. Sie und das Mädchen.«

»So wie den Pfarrer?« fragte Ronald.

Zombeck starrte ihn an. Er schluckte trocken, fuhr sich mit einer fahrigen Geste über das Gesicht und nickte schließlich. »Ich habe versucht, ihn zu warnen. Aber er hat nicht auf mich gehört. Ich flehe Sie an, tun Sie es! Retten Sie sich und das Mädchen. Ich erkläre Ihnen alles später. Ich... ich rufe Sie an oder schreibe Ihnen. Aber jetzt *müssen Sie weg!*« Seine Stimme wurde schrill.

Ronald streckte wieder die Hand nach ihm aus, um ihn festzuhalten, damit er sich beruhigte.

Die Berührung bewirkte das genaue Gegenteil: Zombeck prallte erschrocken vor ihm zurück, starrte ihn aus Augen an, die die Furcht tiefschwarz gefärbt hatte – und war mit einem blitzartigen Satz an ihm vorbei. Er hätte ihn einholen können, denn Zombeck rannte zwar schnell, aber er war mehr als doppelt so alt wie Ronald. Doch er verzichtete darauf, ihn zu verfolgen. Es gab zwei Dinge, die ihn davon abhielten: Er war viel zu verwirrt, um wirklich an eine Verfolgung zu denken. Und Zombecks Worte. Er hatte panische Angst davor gehabt, gesehen zu werden. Eine Verfolgungsjagd im strömenden Regen wäre vielleicht nicht unbedingt das, was Zombeck sich unter »unauffällig« vorstellte. Außerdem ahnte er, daß er im Moment ohnehin nicht mehr von ihm erfahren würde als das, was er ihm bereits gesagt hatte.

Nach einer Weile ging er zum Haus zurück. Gloria schloß die Tür von innen auf und öffnete ihm, obwohl er es ihr verboten hatte, aber er verlor kein Wort darüber. Wahrscheinlich hatte sie ihn die ganze Zeit über beobachtet.

»War das Zombeck?« fragte sie verwirrt, als er hastig an ihr vorbeitrat und sich aus seiner durchnäßten Jacke zu schälen begann. Seine Finger waren steif. Erst jetzt, als er wieder im Haus war, spürte er, wie kalt es draußen wirklich geworden war. Die Temperaturen mußten um den Gefrierpunkt liegen.

Er nickte.

»Was wollte er?«

Ronald sah sie einen Moment lang nachdenklich an, dann griff er noch einmal in seine Jacke und zog das Ledereetui heraus. »Er hat mir seine Wagenschlüssel gegeben«, antwortete er.

»Seine *Schlüssel?*«

»Er sagte, wir sollten verschwinden, es klang ernst, Gloria. Er sagte, wir wären in Gefahr. Alle beide. Du und ich.« Er zögerte einen Moment und sah Gloria durchdringend an. »Er sagte auch, daß er versucht hat, deinen Onkel zu warnen. Weißt du irgend etwas davon?«

»Nein!« Glorias Gesicht verdüsterte sich. »Ich glaube ihm kein Wort. Im Gegenteil. Er will doch nur, daß wir hier –«

»Der Mann hatte Angst, Gloria«, unterbrach sie Ronald, sanft, aber mit großem Nachdruck. »Das war kein Theater. Ich habe das Gefühl, daß er ... eine Menge riskiert hat, um uns zu warnen und uns das hier zu geben.«

»Unsinn!« Die Heftigkeit, mit der Gloria widersprach, überraschte ihn. »Ich habe einen eigenen Wagen, oder? Das weiß er.«

Vielleicht wollte er nicht, daß wir damit fahren, dachte Ronald. Aber er sprach nicht weiter. Daß Gloria allergisch auf den Namen Zombeck reagierte, verstand er nur zu gut. Wortlos steckte er den Schlüsselbund wieder ein und ging in die Küche zurück.

Die Kaffeemaschine lief und gab leise, gluckernde Geräusche von sich. Die Mappen lagen anders da, als er sie zurückgelassen hatte, und Ronald sah, daß sie in Vanderbilts Bibel geblättert haben mußte, denn das rote Lesezeichen war herausgerutscht.

»Meinetwegen brauchst du keinen Kaffee zu machen«, sagte er – im Grund nur, um überhaupt etwas zu sagen. Die Kälte und Feindseligkeit war wieder da, wie etwas Unsichtbares, das mit ihm ins Haus gekrochen war.

»Der ist nicht für uns.« Gloria machte eine Kopfbewegung in die Richtung, wo der Polizeiwagen hinter dem Haus stand. »Die beiden armen Kerle müssen halb erfroren sein.«

»Du solltest sie hereinbitten«, sagte Ronald. »Sie können genausogut hier drinnen auf uns aufpassen wie draußen.«

»Ich werde sie fragen«, meinte Gloria. Sie ging zur Anrichte, öffnete eine Tür und nahm eine silberfarbene Thermoskanne heraus, die sie sorgfältig mehrmals ausspülte, ehe sie den Kaffee aus der Glaskanne hineingoß.

Ronald hatte sich wieder gesetzt und sah ihr zu. Er fühlte sich hilflos, und zugleich war er zornig: auf sich, auf Gloria, und vor allem auf dieses verdammte Höllenhaus da oben, das wie ein Pestgeschwür über der Stadt thronte und die Gedanken ihrer Einwohner vergiftete. Gloria und er hatten niemals wirklich eine Chance gehabt.

Gloria schraubte den Deckel auf die Thermoskanne und stellte sie auf die Anrichte zurück. Sie ging in die Diele, und Ronald hörte, wie sie ihre Jacke vom Haken nahm und anzog. Eine Minute später hatte sie das Haus verlassen, ohne noch ein weiteres Wort mit ihm zu wechseln.

Niedergeschlagen streckte Ronald die Hand nach Vanderbilts Aufzeichnungen aus, fuhr mit den Fingerspitzen über das durchsichtige Deckblatt des Kunststoffhefters und griff schließlich nach der Bibel; dem einzigen Gegenstand, den er bisher nicht gründlich durchsucht hatte. Außerdem – was gab es in einer Bibel schon zu finden?

Das Buch klappte in seiner Hand auf, und er sah, daß Vanderbilt eine Zeile auf der Seite mit rotem Leuchtstift markiert hatte. Es war ein Satz aus dem Alten Testament.

Mein ist die Rache, spricht der Herr.

Ronald runzelte die Stirn. Wieso hatte Vanderbilt ausgerechnet diese Stelle angestrichen? Er war ein durchaus moderner Mann gewesen, trotz seines Alters ein Geistlicher des zwanzigsten Jahrhunderts.

Neugierig geworden, ob Vanderbilt vielleicht noch mehr Anmerkungen gemacht hatte, ließ er die Seiten durch die Finger gleiten. Das trockene Papier raschelte, und dann klappte das Buch an einer anderen

Stelle auf; diesmal ein Zitat aus dem Neuen Testament: *Was du dem Geringsten meiner Brüder antust...*

Mehr verwirrt als zufrieden, klappte Ronald die Bibel wieder zu, nahm sie nach sekundenlangem Zögern abermals in die Hand und öffnete sie wieder.

Mein ist die Rache...

Er schloß das Buch, klappte es blind wieder auf und las erneut: *Mein ist die Rache...*

Das war unheimlich. Ronald wiederholte den Versuch sieben- oder achtmal, und am Schluß ließ er das Buch einfach so auf die Tischplatte fallen, daß es aufgeschlagen zum Liegen kam. Er war nicht einmal mehr überrascht, als er es herumdrehte und las: *Mein ist die Rache...*

Und dann wußte er es.

Die Erkenntnis war schlagartig da, kein plötzlicher Einfall, sondern eine gleißende Explosion von *Wissen* in seinem Bewußtsein.

Ronald starrte die Bibel an. Plötzlich war er aufgeregt. Zitternd schob er das kleine Buch zur Seite, klappte den oberen der beiden Ordner auf und begann immer schneller und schneller darin zu blättern. Sein Atem beschleunigte sich. Seine Hände wurden feucht vor Aufregung, während sein Blick immer rascher über die Seiten glitt. Plötzlich verstand er alles. Alles, was bisher geschehen war, und mehr; viel, viel mehr. Es war alles da, eine komplette Biographie des Grauens, über drei Jahrzehnte hinweg pedantisch aufgelistet von einem alten Mann, dem keiner geglaubt hatte.

Die Haustür fiel ins Schloß, und Glorias Schritte näherten sich der Tür.

»Gloria!« rief er aufgeregt. »Ich habe es! Ich weiß, was dein Onkel gesucht hat! Großer Gott, er hatte recht! Es ist alles noch viel schlimmer, als –«

Ronald verstummte mitten im Wort, als er aufsah und zur Tür blickte.

Es war nicht Gloria.

In der Tür stand eine junge, sehr schlanke Frau mit schwarzem Haar und dunklen Augen. Sie war schön, aber auf ihrem Gesicht lag der Ausdruck einer unbestimmten Trauer, und ihre Kleidung war geschmackvoll, aber völlig verdreckt und zerrissen. Es war Anna.

Ronald starrte sie an. Er war gelähmt; paralysiert von einem Schock, der ausgereicht hätte, einen weniger starken Mann einfach umzubringen. Es gab Bilder, die töten konnten. Und dieses gehörte dazu.

Es war unmöglich! Anna war tot. Sie war in seinen Armen gestorben. Er selbst hatte sie aufgehoben und in den Krankenwagen getragen, obwohl gleich drei Polizisten versucht hatten, ihn daran zu hindern; er selbst hatte ihre Augen geschlossen und die Kälte ihrer Lippen gespürt, als er sie ein letztes Mal geküßt hatte; er selbst hatte den Sarg geschlossen; und er hatte eine halbe Stunde an ihrem Grab gestanden und gesehen, wie sie es zuschaufelten, ehe er abgeführt wurde. Sie war tot. TOT. Sie konnte nicht hier sein!

Sie stand einfach da, blickte ihn an und sagte kein Wort; und vielleicht war das schlimmer, als hätte sie gesprochen, denn der Ausdruck von Trauer in ihrem Blick wandelte sich in diesen Sekunden allmählich zum Vorwurf, zu einem bitteren, hilflosen Schmerz, der ihm wortlos sagte, daß er sie getötet hatte, er allein, und daß sie es vorher gewußt hatte und bewußt ihr Leben riskiert hatte, um *ihm* zu helfen. Dann lächelte sie plötzlich, und es war dieses Lächeln, das wie eine Messerklinge in sein Herz schnitt und ihn zu einem erstickten, würgenden Schluchzen zwang.

Sie hob die Hand, wie um ihn zu berühren, senkte den Arm aber dann wieder und drehte sich herum. Als sie einen Schritt machte, schien ihre Gestalt zu flimmern, als bewegte sie sich in einen unsichtbaren Nebel hinein, der ihre Umrisse verschwimmen ließ. Aber dann blieb sie wieder stehen und drehte den Kopf, um ihn anzublicken. Sie lächelte noch immer, aber es war jetzt ein melancholisches Lächeln, ein Abschied. Sie ging. Und wenn sie diesmal verschwand, würde er sie nie mehr wiedersehen, das wußte er.

Ronald stolperte hinter ihr her. Obwohl er beinahe rannte, gelang es ihm nicht, sie einzuholen, denn die Küche schien sich plötzlich auf ihre zehnfache Größe auszudehnen, und Annas Gestalt verschwamm immer mehr, wurde unscharf, fast transparent, wie eine Vision aus dunstigem Nebel.

Eine Sekunde, bevor sie völlig verschwinden konnte, erreichte er die Tür und warf sich durch den Nebelvorhang.

Auch die Diele hatte sich verändert. Alles war noch da, aber verzerrt, hundertmal größer, als es sein durfte. Es war dunkel geworden. Ein eisiger Wind heulte durch die offene Haustür und bewarf ihn mit Pulverschnee. Die zuckenden Rotlichter der beiden Highway-Patrol-Wagen zauberten Schatten und rote Bewegung in die Nacht, und von irgendwoher drang die verzerrte Stimme aus einem eingeschalteten Funkgerät an sein Ohr. Weit, unendlich weit – *zu weit* – entfernt war das Heulen eines Ambulanzwagens zu hören.

Ronald blieb stehen. Seine Haut prickelte vor Kälte, und in seiner gebrochenen Schulter begann sich ein dumpfes Gefühl der Lähmung breitzumachen. Der Geschmack von Erbrochenem war in seinem Mund, und als er sich umwandte und auf den Wagen zugehen wollte, wäre er um ein Haar gestürzt, denn der Asphalt war spiegelglatt gefroren. Im letzten Moment hielt er sich an der Kommode fest. Einer der Polizeibeamten kam auf ihn zu und stellte eine Frage. Ronald hörte sie nicht einmal, sondern starrte ungläubig den Wagen an. Er hatte es gespürt, als er die Kontrolle verlor, eine Zehntelsekunde, bevor es tatsächlich geschah. Er hatte alles versucht, wozu er in der Lage gewesen war – aber das war nicht sehr viel. Gott, er war so betrunken gewesen, daß er nicht einmal die Bremse gefunden, sondern, im Gegenteil, noch einmal Gas gegeben hatte, genug, um den Wagen von der Straße abkommen zu lassen und sich drei-, vier-, fünfmal hintereinander zu überschlagen, ehe er zum Stehen kam.

Wieder sprach ihn der Polizist an, und diesmal packte er ihn unsanft bei der Schulter, um seinen Worten Nachdruck zu verleihen. »Was ist los mit Ihnen?« fragte er. »Alles in Ordnung, oder –« Er stockte. Das Mitgefühl in seinem Gesicht machte etwas anderem Platz, als sein Blick auf Ronalds Gesicht fiel. »Sind Sie betrunken?« fragte er barsch.

Ronald streifte seine Hand ab und ging langsam auf den zertrümmerten Wagen zu. Der Trans-Am hatte sich wie ein Geschoß in das Holz der Treppe gebohrt, die hinauf zu Vanderbilts Schlafzimmer führte. Glas und zerfetztes Metall waren in der ganzen Diele verstreut und hatten sich in die Wände gebohrt. Als er näher kam, sah er, daß ein Teil des Geländers wie ein Speer die Windschutzscheibe und den Fahrersitz durchbohrt hatte. Wäre er angeschnallt gewesen und nicht aus dem Wagen geschleudert worden, dann wäre er jetzt tot.

So tot wie Anna.

Sie saß auf dem Beifahrersitz, den Kopf ein wenig schräg gegen die Nackenstütze gelehnt, fast als würde sie schlafen. Sie war nicht einmal besonders schwer verletzt – auf ihrer Stirn war eine Platzwunde, wo sie gegen das Armaturenbrett geschleudert worden war, und ihr Gesicht war voller Blut, aber auf ihren Zügen lag kein Ausdruck von Schmerz oder Angst. Sie sah nur überrascht aus, und vielleicht ein wenig traurig; so wie sie immer ausgesehen hatte; selbst in den wenigen Momenten, in denen sie wirklich glücklich gewesen waren. Aber sie war tot. Ihre Augen standen offen und waren ohne Leben, und ihre Brust bewegte sich nicht mehr. Sie war tot. Er hatte sie umgebracht.

Das Heulen der Ambulanz kam näher, und vor der provisorischen Straßensperre, die die beiden Polizeipatrouillen mit ihren zuckenden Rotlichtern bildeten, hielten ein paar andere Wagen an. Neugierige, die ausstiegen und fragten, ob sie helfen konnten, oder einfach nur gafften. Die Polizeibeamten scheuchten sie weg, während der, der Ronald angesprochen hatte, wortlos neben ihm stand und abwechselnd ihn und Anna ansah. Der Ausdruck auf seinem Gesicht hatte sich wieder verändert. Aus Zorn waren Betroffenheit und Verachtung geworden.

Ronald wollte die Tür öffnen, aber der Beamte hielt ihn zurück. »Lassen Sie das«, sagte er. »Der Krankenwagen kommt gleich.«

»Lassen Sie mich«, lallte Ronald. Er hatte Mühe, überhaupt zu sprechen. Gleichzeitig arbeitete sein Verstand mit fast übernatürlicher Klarheit. Er spürte alle körperlichen Anzeichen des Betrunkenseins: mangelnde Koordinationsfähigkeit, ein trügerisches Gefühl von Wärme, obwohl er vor Kälte zitterte, eine leichte Übelkreit, die dünne klebrige Fäden aus seinem Magen in den ganzen Körper spann, ein getrübtes Sehvermögen. Aber sein Verstand arbeitete präzise und schnell wie ein Computer und erklärte ihm mit unerbittlicher Brutalität, daß das alles kein Traum war. Er hatte den Wagen mit fast hundert Meilen von der Straße gerissen und Anna umgebracht.

Abermals versuchte der Polizeibeamte, ihn vom Wagen fortzuzerren. »Hören Sie, das bringt doch nichts«, sagte er. »Sie können ihr nicht mehr helfen!«

Ronald schlug seine Hand weg, fuhr herum und versetzte ihm einen Stoß, der ihn gegen die Wand taumeln und zu Boden fallen ließ. Aus den Augenwinkeln sah er, wie einer der anderen Polizisten zusammenfuhr und automatisch nach seiner Waffe griff. Der gestürzte Beamte hob rasch die Hand und schüttelte den Kopf. Ronald wandte sich wieder zum Wagen um, während er sich mühsam hocharbeitete und sich Schnee und Schmutz aus den Kleidern zu klopfen begann.

Die Tür war verzogen, so daß er all seine Kraft brauchte, um sie zu öffnen, und als er es geschafft hatte, stürzte Anna fast aus dem Wagen, denn die Tür hatte ihren schlaffen Körper gehalten. Im letzten Moment gelang es Ronald, sie aufzufangen.

Er war überrascht, wie leicht sie war, als er sie hochhob und ein Stück weit forttrug. Sie war eine sehr zierliche Frau, kaum sechzig Kilo schwer, trotz ihrer fast ein Meter siebzig, und er hatte sie oft getragen. Aber jetzt schien sie überhaupt nichts mehr zu wiegen, ein welkes Blatt in seinen Armen, das davonfliegen mußte, wenn es der Wind traf, und das er eher festhielt, als es zu tragen. Es war das Gewicht des Lebens, das aus ihrem Körper gewichen war.

Seine Augen füllten sich mit Tränen, während er sie von dem zertrümmerten Wagen forttrug und dicht neben der Tür zu Vanderbilts Arbeitszimmer in das feuchte Gras legte. Das Heulen des Krankenwagens kam immer näher. Er sah auf und erkannte, daß er bereits von der Straße abgebogen war und sich dem Haus näherte. Die Scheinwerfer hüpften wild auf und ab, als er die beiden Treppenstufen hinaufrumpelte.

Ronalds Fingerspitzen glitten über Annas Gesicht. Ihre Haut fühlte sich kalt an, wie Eis. Vorsichtig, unendlich behutsam, als hätte er Angst, ihr weh zu tun, schloß er ihre Augen. Er fühlte sich leer.

»Es tut mir leid«, murmelte der Polizeibeamte, der ihm gefolgt war. Ronald sah auf. Die Tränen in seinen Augen ließen die Gestalt in der schwarzen Lederjacke verschwimmen. Hinter dem Polizisten kam der Ambulanzwagen mit quietschenden Reifen zum Stehen, und beide Türen flogen auf. Gestalten in weißen Hosen und weißen Jacken hasteten auf ihn zu, als gäbe es noch irgend etwas, wofür sie sich beeilen mußten.

Mit sanfter Gewalt wurde er von Anna weggezogen, während der Notarzt und seine beiden Helfer sich um sie bemühten. Sie mußten so deutlich wie er erkannt haben, daß hier jede Hilfe zu spät kam, aber sie versuchten es trotzdem. Ihre Bemühungen kamen Ronald fast lächerlich vor. Sie spulten das ganze Programm ab: Herzmassage, Elektroschocks, Mund-zu-Mund-Beatmung. Sie kämpften einen aussichtslosen Kampf.

Der Polizist zog ihn ein weiteres Stück mit sich fort und sah Ronald so lange an, bis er seine Aufmerksamkeit erregt hatte. »Können Sie reden?« fragte er.

Ronald antwortete nicht. Das Gesicht des Polizeibeamten war starr, aber der Ausdruck von Verachtung in seinen Augen war geblieben.

»Wo sind Ihre Papiere?«

»Im Wagen«, sagte Ronald mit schwerer Zunge. »Im Handschuhfach. Ich hole sie.«

Der Mann hielt ihn zurück. »Das ist nicht nötig. Wir kümmern uns darum. Wie geht es Ihnen? Sind Sie verletzt?«

Ronald hatte gespürt, wie seine Schulter brach, als er auf dem gefrorenen Boden aufschlug, aber er schüttelte trotzdem den Kopf. »Nein. Nur betrunken.«

Das letzte bißchen Mitgefühl schwand aus dem Blick des Beamten. »Die Einsicht kommt ein wenig spät, Freundchen«, sagte er hart. Er deutete auf Anna. »Wer ist das?«

»Meine Frau«, antwortete Ronald.

Der Polizist schwieg einen Moment. Als er weitersprach, war der Zorn noch immer da, aber gemildert. »Ihr Name?«

»Bender«, antwortete Ronald. »Ronald Bender.«

Der Polizist legte den Kopf schräg, als er den Akzent hörte, mit dem er seinen Namen aussprach. »Sind Sie Ausländer?«

»Deutscher«, antwortete Ronald.

»Ich muß Sie fragen, ob Sie mit einer Blutprobe einverstanden sind, Mister Bender«, sagte der Polizist. »Sie können sich weigern, aber dann wird Ihr Führerschein eingezogen, und ich bin berechtigt, Sie vorläufig festzunehmen.«

»Machen Sie doch, was Sie wollen«, antwortete Ronald und wollte sich umwenden.

Er führte die Bewegung nicht zu Ende, denn der Polizist riß ihn abermals an der Schulter herum. Seine Augen funkelten kalt. »Sie bleiben hier!« befahl er.

»Ich muß ... zu meiner Frau«, stammelte Ronald. »Ich muß ihr helfen.«

»Dazu ist es zu spät!« erwiderte der Polizist. »Sie hätten ihr helfen können, wenn Sie ein bißchen weniger getrunken hätten!«

Plötzlich konnte Ronald sich nicht mehr beherrschen. Aus den Tränen, die bisher lautlos über sein Gesicht gelaufen waren, wurde ein krampfhaftes Schluchzen. »Ich wollte das nicht«, stammelte er. »Bitte, glauben Sie mir! Ich ... ich habe das nicht gewollt. Ich würde alles tun, um ihr zu helfen! Ich würde mein eigenes Leben geben, um sie wieder lebendig zu machen.«

Der Blick des Polizeibeamten blieb hart. »Ich weiß«, sagte er verächtlich. Seine Stimme zitterte, und plötzlich war Ronald klar, daß er von diesem Mann kein Verständnis erwarten konnte. Daß dieser junge Polizist zu viele Unfälle gesehen hatte, zu viele Tote, zu oft das ungläubige Entsetzen in den Gesichtern derer, die überlebt hatten. »Das sagt ihr alle. Was glauben Sie, wie viele Typen wie Sie ich schon gesehen habe? O ja – sie jammern alle, wenn es zu spät ist. Aber sie können daran nichts mehr ändern!«

»Ich muß ihr helfen!« wimmerte Ronald. »Bitte, ich ... ich muß!«

»Sie ist tot!« sagte der Mann, hart und mit einer Betonung, die nicht in diese Erinnerung gehörte. Etwas änderte sich. Der Alptraum begann zu mutieren. Jemand hatte das Drehbuch umgeschrieben. »Damit werden Sie leben müssen, Bender. Und ich kann nicht unbedingt sagen, daß ich Sie bedauere!« Er wollte noch mehr sagen, aber plötzlich weiteten sich seine Augen entsetzt, als sein Blick auf einen Punkt hinter Ronald fiel. Ronald hörte Geräusche: ein Keuchen, etwas wie einen unterdrückten Schrei, die Laute mehrerer Personen, die sich hastig bewegten. Etwas fiel zu Boden und zerbrach klirrend.

Ronald fuhr herum.

Der Arzt und die beiden jungen Pfleger waren aufgesprungen und entsetzt ein paar Schritte von Annas Leichnam zurückgewichen.

Annas Leichnam, der kein Leichnam mehr war, sondern sich zu bewegen begann.

Langsam, aber mit fast traumwandlerischer Sicherheit hob Anna die Arme, hielt die Hände vor das Gesicht und betrachtete sie einen Augenblick. Dann setzte sie sich auf, wobei sie die Arme nicht bewegte, so daß sie wie eine Puppe aussah.

Ronald wollte auf sie zugehen, aber er konnte es nicht. Sie lebte, und gleichzeitig wußte er, daß das nicht sein konnte. Er wünschte nichts mehr, als daß der Blick ihrer erloschenen Augen ihn genarrt hatte, daß die Worte des Polizeibeamten und das stumme Kopfschütteln des jungen Notarztes nicht stimmten. Er hätte sein Leben gegeben, um das ihre zu retten, hätte auf der Stelle mit ihr getauscht, wäre das möglich gewesen, aber es war nicht möglich. Sie war tot, und sie konnte nicht aufstehen, weil sie nicht aufgestanden war, damals, denn all dies *war schon einmal geschehen.*

Ein leiser, wimmernder Schrei kam über seine Lippen, als Anna den Kopf hob und ihn ansah. Das Weiß ihrer Augen war geronnen, und ihre Haut, ihre samtweiche Haut, die er so geliebt hatte, begann zu trockenem Pergament zu werden.

Es ging schnell, völlig lautlos und fast undramatisch. Es dauerte nicht einmal so lange, wie Anna brauchte, um aufzustehen, mit diesen unheimlichen, puppenhaften Bewegungen, die vielleicht das einzige waren, was ihn in diesem Moment noch davor bewahrte, wirklich den Verstand zu verlieren, denn sie verrieten ihm auch, daß in Wahrheit nicht *sie* es war. Sie bewegte sich nicht, sie *wurde* bewegt. Jemand hatte ihren Körper genommen und benutzte ihn wie eine Marionette. Die Fäden waren unsichtbar, und er war ein sehr geschickter Spieler, aber es gab Dinge, die ließen sich nun einmal nicht perfekt imitieren.

Trotz dieses Wissens bewegte sich sein Verstand für endlose Sekunden auf einem messerscharfen Grat, hinter dem der schwarze Abgrund des Wahnsinns lauerte, bodenlos und erfüllt von einem wütenden Sog, der einen Sturz zu einem Weg ohne Wiederkehr machen würde, während er der entsetzlichen Veränderung zusah, die mit Anna vorging.

Sie zerfiel.

Es war so lange her, und was in dieser Zeit in der Dunkelheit und Stille ihres Sarges mit ihrem Körper geschehen war, das vollzog sich nun innerhalb von Sekunden vor seinen Augen: Ihre Wangen fielen ein. Ihre Haut wurde grau, riß und begann sich zu schälen. Die Augen krochen in die Höhlen zurück, schrumpften zusammen und verwandelten sich in faltige kleine Bälle, die schließlich ganz verschwanden.

Ihre Hände wurden zu Raubvogelklauen, die nur noch von dünnen Bändern und mürbe gewordenen Sehnen vor dem Auseinanderfallen bewahrt wurden.

Ronald krächzte entsetzt, riß schützend die Hände vor das Gesicht und stolperte ein paar Schritte zurück, bis er gegen ein Hindernis stieß, das unter seinem Anprall wankte, Anna kam näher. Ihre leeren Augenhöhlen starrten ihn an. Lippen und Zahnfleisch krochen zurück und gewährten ihm einen Blick auf zwei Reihen kleiner, gleichmäßiger Zähne, die noch strahlend weiß waren, ehe sie zu zerbröckeln begannen. Der kleine Finger ihrer linken Hand löste sich, als sie einen Schritt machte, pendelte einen Moment lang noch an einem Hautfetzen und fiel dann zu Boden.

Ronald keuchte. Mit einem einzigen Schlag begriff er, daß das alles nicht wirklich war. Eine Vision. Eine gräßliche Erinnerung an etwas, das er wirklich erlebt hatte. Er stolperte einen weiteren Schritt zurück, prallte abermals gegen ein Hindernis und fuhr herum, als er den Griff harter Finger an seinem Ellbogen spürte.

Hinter ihm stand der Polizist, aber es war nicht mehr der Mann der Highway-Patrouille, sondern Werner. Sein Gesicht grinste ihn unter der schwarzen Schirmmütze hervor an.

»Na, Arschloch?« fragte er. »Wie sieht's jetzt mit deinen großen Sprüchen aus?«

Ronald schrie. Er zuckte zurück, hob wieder die Hände und starrte Werner an; Werner in der schwarzen Lederjacke eines amerikanischen Polizisten, der trotzdem Werner war, fünfzehn Jahre älter und ungleich böser, aber immer noch Werner. Werner, der jetzt die Hand hob und auf die modernde Gestalt deutete. »Du kannst jetzt deine Schulden bezahlen«, sagte er. »Ich gebe dir die einmalige Chance, den großen Fehler deines Lebens wiedergutzumachen, du versoffenes Schwein.«

Er kicherte. Hinter Ronald war ein Laut, ein schrecklicher, rasselnder Laut, wie von trockener Schlangenhaut auf Stein, der gleiche Laut, den die Seiten der Bibel verursacht hatten, als sie durch seine Finger glitten, und er glaubte Vanderbilts Stimme zu hören, die die unterstrichene Zeile zitierte: *Mein ist die Rache, spricht der Herr!* Aber es war nicht Vanderbilt, den er hörte, sondern nur Werners wahnsinniges Kichern, und es waren keine Schlangen, sondern das Rascheln von Annas trokkener Haut auf dem Asphalt. Sie war ihm nahe. Sie war ihm ganz nahe. Er spürte es, ohne daß er sich umdrehen mußte. Und er sah ihre Gestalt als verzerrte Reflexion in Werners Augen, einen verkrüppelten Schatten, der immer näher und näher kam und bereits die Arme hob, um ihn zu berühren.

»Wie war das?« fragte Werner kichernd. Er hob die Stimme, um Ronalds Worte hämisch verzerrt zu zitieren: »*O Officer, ich würde alles tun, um sie zu retten. Ich würde mein eigenes Leben geben!*« Er versetzte Ronald einen derben Stoß vor die Brust. »He, Arschloch! Ich gebe dir die einmalige Chance, es wahrzumachen! Dein Leben gegen ihres!«

»Du ... du lügst«, stammelte Ronald.

Werner lachte. »Als ob ich das nötig hätte! Da – schau hin. Frag sie selbst, wenn du mir nicht glaubst! Du hast sie umgebracht, aber du kannst es rückgängig machen.«

Obwohl ihn allein die Vorstellung, sich herumzudrehen und das entsetzliche Ding anzublicken, in das sich Anna verwandelt hatte, schon wieder an den Rand des Wahnsinns treiben wollte, tat er es doch.

Sie stand zwei Schritte hinter ihm. Ihr Gesicht war zu einem eingefallenen Totenschädel geworden, über dem sich mumifizierte Haut- und Fleischfetzen spannten. Sie hatte die Hände gehoben und in einer flehenden Geste nach ihm ausgestreckt.

»Sie wartet«, kicherte Werner. »Sie wartet darauf, daß du sie umarmst, Arschloch. Sie will das Leben wiederhaben, das du ihr gestohlen hast.«

Die Schreckensgestalt hinter ihm rührte sich nicht. Ihre Augenhöhlen blieben leer, aber er hatte das Gefühl, daß sich etwas dahinter bewegte, als wäre im Inneren ihres Schädels mehr als ein totes Gehirn.

»He«, sagte Werner. »Ich lüge nicht. Ich mach dir nichts vor. Du wirst sterben, wenn du sie berührst, also komm mir nicht mit dem Scheiß, daß ich dich belüge oder so was. Du wirst krepieren, Arschloch. Aber sie wird wieder leben. Ist das ein Geschäft?«

Ronald stöhnte. Seine Gedanken überschlugen sich. Er wußte nicht mehr, was er glauben sollte. Das alles war Wahnsinn. Sein Blick löste sich von Annas zerfallener Figur und tastetete über das Wrack des Trans-Am, das sich fast bis zur Windschutzscheibe in die Treppe hineingebohrt hatte; den Krankenwagen, der dort stand, wo die Tür zu Vanderbilts Arbeitszimmer sein sollte; die Kommode am Straßenrand, neben der die Küchentür lockte; vielleicht der Weg in die Freiheit, die Rettung.

»Versuch es ruhig«, grinste Werner spöttisch. Ronalds Blick war ihm nicht entgangen. »Ich werde nicht versuchen, dich aufzuhalten. Ist allein deine Entscheidung. Du kannst sie noch einmal umbringen, wenn du willst.«

»Hör auf«, wimmerte Ronald. »Bitte ... hör ... auf.«

»Aber ich mach doch gar nichts«, erwiderte Werner. »Das bist allein du. Ich bin überhaupt nicht da, weißt du? Passiert alles nur hier oben, bei dir.« Er tippte sich mit dem Zeigefinger gegen die Schläfe und lachte leise. »Aber ich fürchte, das macht keinen Unterschied. Wenigstens nicht für dich.«

Ronald ballte die Fäuste und preßte die Lider so fest zusammen, daß farbige Kreise und Lichter in seinen Augen tanzten. Aber die Kreise hatten Annas Gesicht, und die Lichter die Farbe ihrer Lippen.

Als er die Augen wieder öffnete, hielt Werner eine Whiskyflasche in der rechten Hand, und in der anderen ein Glas, das zur Hälfte mit Eiswürfeln gefüllt war. Mit umständlichen Bewegungen füllte er es. »Hier. Trink was. Es redet sich besser bei einem guten Schluck.«

Ronalds Blick saugte sich an dem Glas fest. Plötzlich hatte er Durst, entsetzlichen Durst, und er wußte auch, daß der Whisky helfen würde, die Schreckensgestalt hinter ihm zu vergessen. Oder ihren Anblick wenigstens ein bißchen besser zu ertragen. Trotzdem zögerte er, nach dem Glas zu greifen.

»Stell dich nicht so an«, sagte Werner ungeduldig. »Du brauchst dich nicht vor mir zu verstellen. *Ich habe eine Alkoholallergie, wissen Sie? Ein Schluck, und ich drehe am nächsten Tag durch vor Kopfschmerzen.*« Er lachte böse und spuckte Ronald vor die Füße. »Den Scheiß kannst du vielleicht Zombie auftischen, aber nicht mir.« Er machte eine auffordernde Bewegung mit der Hand, die das Glas hielt. »Nun mach schon. Du hast jede Menge von dem Zeug in dich hineingekippt, um die Kleine da umzubringen. Vielleicht hilft dir einer, sie wieder aufzuwekken.«

Zitternd streckte Ronald die Hand aus und berührte das Glas. Es lag kalt und schwer in seiner Hand. Die Verlockung war furchtbar. Ein Schluck. Ein einziger Schluck nur. Er konnte den Geschmack auf der Zunge spüren. Nur einen winzigen Schluck...

»Nun mach schon«, drängte Werner.

Ronald hob das Glas.

Als seine Lippen den Whisky berührten, verwandelte er sich in Blut. Aus den Eiswürfeln wurden Annas Augen, die ihn voller Trauer anblickten.

Ronald schrie auf, schleuderte das Glas in hohem Bogen von sich und taumelte zurück. Er würgte, fiel auf die Knie und erbrach sich immer und immer wieder, bis sein Magen leer war und er nur noch bittere Galle spuckte. Und die ganze Zeit über gellte Werners hämisches Lachen in seinen Ohren.

»Was hast du denn?« kicherte Werner. »Angst? Aber das war doch nur ein kleiner Vorgeschmack. Das Beste kommt doch erst noch.«

Ronald richtete sich stöhnend auf und fuhr sich mit dem Handrükken über den Mund. Werner kam langsam herangeschlendert. »Weißt du, du hast recht«, sagte er. »Das alles passiert nicht wirklich. Es ist nur ein Traum. Aber du wirst ihn nie wieder loswerden, glaub mir. Du hast sie umgebracht, und du wirst es wieder tun. Heute nacht. Morgen nacht. Übermorgen. Nächste Woche. Nächstes Jahr. Jede Nacht, solange du lebst.«

Die Schreckensgestalt hinter ihm bewegte sich, kam mit zuckenden, puppengleichen Schritten auf Ronald zu und hob wieder die Arme, flehte ihn um das Leben an, das er ihr gestohlen hatte.

Ronald schrie auf, stieß den wandelnden Leichnam mit einer verzweifelten Bewegung von sich und wirbelte herum, um zur Küchentür zu gelangen, dem einzigen Ausweg aus diesem Wahnsinn. Aber plötzlich machte Werner einen Schritt und stand zwischen ihm und der Tür. Er stand einfach nur da, nicht einmal in einer drohenden Haltung, aber Ronald wußte, daß er nicht an ihm vorbeikommen würde. Nicht in dieser Welt.

»Tz, tz«, machte Werner. »Du willst wirklich einfach abhauen? Du enttäuschst mich, Ronnilein. Ich wußte, daß du ein Blödmann bist, aber für feige hab ich dich eigentlich nicht gehalten.« Er schüttelte den Kopf. »Außerdem würde es nichts nützen. Du kannst nicht vor ihr davonlaufen.«

Ronald schrie abermals auf, als die Schreckensgestalt wieder näher kam. Verzweifelt sah er sich um. Es gab keinen Ausweg. Das hintere Drittel der Diele wurde von dem zertrümmerten Trans-Am blockiert, und vor der Haustür stand der Ambulanzwagen wie ein riesiges, rotweiß lackiertes Insekt mit gelb leuchtenden Augen. Von dem Arzt, den Krankenpflegern und den Passanten war nichts mehr zu sehen. Sie waren verschwunden, genauso wie die anderen Polizisten.

Trotzdem waren sie nicht allein. Hinter der Windschutzscheibe des Krankenwagens bewegte sich ein verzerrter Umriß. Ein Schatten mit Rickys Gesicht.

»Ja, ja«, sagte Werner betrübt. »Die Kleine ist nicht die einzige, der du Pech gebracht hast.«

Ronald stolperte rückwärts. Er glitt im feuchten Schnee aus, fing sich im letzten Moment wieder und machte einen weiteren Schritt. Sein Rücken stieß gegen etwas Hartes: das eingedrückte Dach des Trans-Am. Er blieb stehen, und wieder kam Anna näher. Er sah jetzt, daß er sich nicht getäuscht hatte: In ihrem Kopf *bewegte sich etwas*. Ein wimmelndes, weißliches Knäuel feuchter Würmer, das sie von innen heraus auffraß.

Seine Hände glitten verzweifelt über das zerborstene Blech des

Trans-Am. Glassplitter und scharfkantiges Metall zerschnitten seine Finger, aber er spürte es nicht einmal, sondern starrte Annas Gesicht an, den mumifizierten grauen Totenschädel, aus dessen Augen und Mund jetzt etwas herauszukriechen begann.

Dann stieß sein Fuß plötzlich gegen Holz: die zersplitterte unterste Stufe der Treppe, in die sich der Wagen gebohrt hatte. Aber es war nicht einmal das, was ihn begreifen ließ, daß er vielleicht doch noch eine Chance hatte, sondern der plötzliche Schrecken in Werners Augen. Ronald fuhr herum, sprang mit einem verzweifelten Satz über die Kühlerhaube des Wagens und begann die zertrümmerte Treppe hinaufzuklettern.

»Bleib stehen!« kreischte Werner. »Das hat doch keinen Zweck!«

Doch, es hatte Zweck. Er hatte eine Chance. Dieser Alptraum gehorchte vielleicht den Gesetzen des Irrsinns, aber Ronald wußte plötzlich, daß er ihm entkommen konnte, wenn er hier herauskam. In irgendeines der Zimmer dort oben, ganz egal, welches; nur durch *eine Tür.*

Schließlich erreichte er die oberste Stufe, richtete sich keuchend auf und sah zurück.

Anna folgte ihm. Aber ihre Bewegungen waren unsicher und schlecht koordiniert. Kleine Haut- und Fleischfetzen blieben an den Bruchkanten der Stufen hängen und bildeten eine schreckliche Spur. Sie fiel immer wieder, und die Bewegungen, mit denen sie sich aufrichtete, waren fast grotesk. Aber sein Vorsprung war gewachsen. Taumelnd richtete er sich auf und drehte sich ein wenig, um zu Werner herabzusehen.

»Du glaubst, du hast gewonnen, wie?« fragte Werner. »Du entkommst mir nicht.« Er kicherte und deutete auf Anna, die hinter Ronald die Treppe hinaufkroch. »Du entkommst *ihr* nicht.«

Ronald fuhr herum – und erstarrte abermals.

Hinter ihm stand Ricky.

Er war ebenso tot wie Anna. Er mußte es sein, denn jemand hatte ihm die Kehle durchgeschnitten, von einem Ohr zum anderen und so tief, daß sein Kopf bei jeder Bewegung nach hinten und dann wieder nach vorne kippte, wobei sich die Wunde in seinem Hals wie ein schrecklicher roter Mund öffnete und schloß; mit einem schmatzenden, widerlich feuchten Geräusch. Ronald kreischte, riß entsetzt die Arme vor das Gesicht und stolperte rückwärts gegen das Treppengeländer.

Es zerbrach unter seinem Anprall. Eine Sekunde lang hing er mit wild rudernden Armen und schreiend fast in der Luft, dann stürzte er, schlug zwei Meter tiefer mit furchtbarer Wucht auf dem Wagendach auf und rollte über das flache Heck nach hinten.

Für ein paar Augenblicke mußte er das Bewußtsein verloren haben, denn das nächste, was er wieder wahrnahm, waren Werners Springerstiefel, die dicht vor seinem Gesicht aufragten. Stöhnend hob er den Kopf.

Es waren Werners Stiefel. Es waren seine Hosen und die schwarze Lederjacke, und es war Werners Polizistenmütze, aber das Gesicht darunter war das Annas, ein pergamenthäutiger Totenschädel, aus dessen Augen, Mund und Nase kleine, weiße Würmer krochen, die schleimige Spuren auf ihrer Haut hinterließen.

Werner/Anna streckte die Hände nach ihm aus. Die rechte war die Werners: stark, breit, mit kurzen, kräftigen Fingern und ungepflegten Nägeln. Die linke war eine dürre Skelettklaue, die nur noch vier Finger hatte.

»Komm, Liebling«, flüsterte die Gestalt. »Küß mich.«

Ronald krümmte sich, vergrub das Gesicht zwischen den Armen und begann zu wimmern.

So fand ihn Apson, als er eine halbe Stunde später die Tür aufbrach und mit gezückter Pistole ins Haus stürmte.

5

Obwohl Ronald sie gewarnt hatte, war Gloria überrascht, wie eisig es geworden war. Einen Moment lang überlegte sie, den Weg abzukürzen und durch den Garten zu gehen – das wären nur wenige Schritte, denn der Wagen, den Apson zurückgelassen hatte, war so auf der Rückseite des Grundstücks geparkt, daß die Männer darin das Haus und den größten Teil der Straße davor im Auge behalten konnten. Aber der Pfarrgarten war nicht besonders gut gepflegt: Onkel Henk war einfach zu alt und zu beschäftigt gewesen, um sich damit abzugeben, und Gloria war alles andere als ein Hobbygärtner. Die rückwärtigen zehn oder zwölf Meter waren schon bei normalem Wetter ein Abenteuer. Der tagelange Regen mußte sie in einen Morast verwandelt haben, in dem sie einfach versinken würde.

Außerdem war der Umweg über die Straße nicht besonders weit. *Kein* Weg in Krailsfelden war besonders weit; einer der wenigen Vorteile, die ein Kaff wie dieses bot.

Sie verließ das Grundstück und wandte sich nach rechts. Wie Ronald zuvor, fiel auch ihr die Stille auf, und wie ihm war sie ihr unheimlich, denn auch sie spürte, daß nicht allein der Regen und der jähe Temperatursturz dafür verantwortlich waren. Irgend etwas hatte die Leute in ihre Häuser gejagt – oder aus ihren Häusern.

Gloria blieb nicht stehen, aber sie betrachtete die Gebäude rechts und links des kurzen Straßenstücks sehr aufmerksam. Nirgendwo rührte sich etwas. Nirgendwo brannte Licht. Es war noch eine Stunde bis Sonnenuntergang, aber die Regenwolken waren fast bis auf die Dächer der Stadt heruntergewachsen und hatten ihre eigene Dämmerung mitgebracht. Hätte sie es nicht besser gewußt, dann hätte sie geschworen, daß Ronald und sie die letzten lebenden Menschen in Krailsfelden waren.

Was natürlich Unsinn war. Aber allein der Gedanke veranlaßte sie, ihre Schritte noch mehr zu beschleunigen. Sie bog abermals nach rechts ab, drehte das Gesicht aus dem Regen, dem sie nun direkt entgegenging, und preßte fröstelnd die Thermoskanne an sich. Der Kaffee war nicht der einzige Grund, warum sie die Sicherheit und Wärme des Hauses verlassen hatte. Sie brauchte einfach ein paar Augenblicke für sich, ein paar Momente, in denen sie Ronald nicht nahe war. Vielleicht sogar die Kälte und den Regen, um wieder einen klaren Kopf zu bekommen.

Sie mußte... nachdenken. Sonderbar, wie schwer es ihr fiel, ein paar einfache Dinge logisch abzuwägen – was natürlich zu einem nicht geringen Teil daran lag, daß die Dinge eben nicht einfach waren. Und schon gar nicht logisch.

Ein kurzes, aber sehr intensives Schuldgefühl überkam sie, als sie an den Ausdruck in Ronalds Augen dachte. Er hatte nichts gesagt, kein einziges Wort, aber sie wußte, wie weh sie ihm getan hatte. Sie wußte auch, daß es ungerecht war. Er konnte nichts dafür; er am allerwenigsten.

Sie war es gewesen, die sich an ihn herangemacht hatte. *Sie* war mit ihm auf sein Zimmer gegangen; und man konnte es drehen oder wenden, wie man wollte – letztendlich hatte *sie* ihn verführt, nicht umgekehrt. Nicht, daß das allein besonders schlimm gewesen wäre: Ronald gefiel ihr, und es spielte schon längst keine Rolle mehr, daß sie seine Bekanntschaft nur aus dem Grund gesucht hatte, mehr über das Internat zu erfahren: Er war ihre Eintrittskarte in Zombecks Horrorkabinett gewesen. Aber das hatte sich schon am ersten Abend geändert. Schon nach dem bösen Zwischenfall in Babs' Schnellimbiß hatte sie ihn gemocht, und spätestens nach ihrem gemeinsamen Abend mit Onkel Henk hatte sie eine tiefe Sympathie für ihn empfunden. Vielleicht nicht wirkliche Liebe, aber sicher etwas, das dazu hätte werden können.

Was sie nicht wußte, war, ob sie *sich selbst* jemals verzeihen konnte. Onkel Henk war gestorben, während sie mit Ronald im Bett lag. Sie warf es nicht ihm vor, sondern sich selbst. Und sie wußte, daß sein Anblick sie auf immer und ewig an diese Schuld erinnern würde.

Vielleicht verlangte sie auch einfach zuviel von sich. Es war noch keine zwölf Stunden her, seit Onkel Henk gestorben *(ermordet worden)* war. Sie konnte nicht einfach zur Tagesordnung übergehen.

Aber es war wichtig, daß sie klar dachte. Ronald hatte recht – die Lösung lag so offen vor ihnen, daß sie sich nur zu bücken brauchten, um sie aufzuheben. Und sie hatten so entsetzlich wenig Zeit.

Fast ohne daß sie es merkte, hatte sie den Wagen mit Apsons Männern erreicht. Es war ein schwerer, dunkelgrau gespritzter Ford, ein Kombi mit breiten Winterreifen und einer kurzen, aber auffälligen Funkantenne auf dem Dach. Die Scheiben waren von innen beschlagen, so daß die beiden Gestalten in seinem Innern nur als verschwommene Schemen zu erkennen waren. Der Regen begann auf dem Lack zu einem schimmernden Panzer zu gefrieren, der den Wagen glitzern ließ, als wäre er mit Diamantstaub überzogen.

Ganz flüchtig registrierte Gloria, daß hinter dem Ford ein Motorrad auf dem Gehweg stand, aber sie näherte sich dem Wagen von der anderen Seite, so daß sie es nicht genau erkennen konnte. Außerdem hatte sie sich nie für Motorräder interessiert. Es fiel ihr nur auf, weil es nicht nach Krailsfelden gehörte – und außerdem ganz und gar nicht zu der Witterung paßte, die nun schon seit Tagen herrschte.

Sie trat an die Beifahrertür, klopfte gegen die Scheibe und wartete, daß der Mann die Tür öffnete oder das Fenster herunterkurbelte.

Die Gestalt hinter der beschlagenen Scheibe rührte sich nicht. Sie drehte nicht einmal den Kopf, obwohl Gloria sehr heftig gegen das Glas geklopft hatte.

Sie wartete noch ein paar Sekunden, runzelte verwirrt die Stirn und ging um den Wagen herum. Sie rechnete damit, daß der Mann hinter dem Steuer ihr aufmachen würde, denn *er* bewegte sich: Gloria sah genau, wie er den Kopf drehte und ihren Schritten folgte. Aber die Tür blieb zu.

Glorias Verwirrung machte einem leisen Ärger Platz. Verdammt, sie war nicht bei diesem Mistwetter hinausgegangen, um sich dann die Beine in den Bauch zu stehen, sondern –

Die Fahrertür des Ford wurde mit einem Ruck geöffnet. Ein Schwall warmer, stickiger Luft und der Geruch von kaltem Zigarettenrauch schlugen ihr entgegen. Und Glorias Wut schlug in jähes Entsetzen um.

Die beiden Polizeibeamten konnten ihr nicht mehr antworten. Sie lagen mit durchschnittenen Kehlen auf der Ladefläche des Kombi, und die Gestalt auf dem Beifahrersitz war so tot wie sie, nur daß man Zombeck nicht die Kehle durchgeschnitten hatte: Aus der linken Brusttasche seines Mantels ragte der Griff eines alten Wehrmachtsmessers, eingerahmt von einem dunklen Fleck, dessen rote Farbe auf dem Stoff kaum zu erkennen war. Hinter dem Steuer, die rechte Hand, die eine qualmende Zigarette hielt, lässig auf das Lenkrad gelegt, die andere noch auf dem Türgriff, lümmelte Werner und grinste sie an.

»Hallo, Süße«, sagte er. »Nett, daß du mir Kaffee bringst. Aber du hättest dich ein bißchen beeilen können. Ich frier mir hier den Arsch ab.«

Gloria erwachte erst aus ihrer Erstarrung, als er die Hand vom Lenkrad nahm und die Füße fast gemächlich aus dem Wagen schwang. Dann schrie sie auf, prallte mit einer entsetzten Bewegung zurück und ließ die Thermoskanne fallen. Sie schepperte klirrend auf dem Boden, und Werner zog eine Grimasse.

»Jetzt sieh dir nur an, was du gemacht hast«, zischte er tadelnd. »Beinahe wäre sie gebrochen.«

Gloria schlug die Hand vor den Mund, um einen Schrei zu unterdrücken. Eine Stimme hinter ihrer Stirn flüsterte ihr zu, daß sie die Beine in die Hand nehmen und rennen sollte, wenn sie Wert darauf legte, die nächsten Minuten zu überleben, aber sie konnte es nicht. Gelähmt und hilflos stand sie da und starrte die Leichen der drei Männer an. Süßlicher Blutgeruch drang in ihre Nase.

»Was ... was hast du getan?« stammelte sie. »Sie sind tot. Du hast sie ... du hast sie umgebracht.«

Werner griff mit der linken Hand nach dem Türholm, zog sich daran in die Höhe und nickte. »Stimmt«, erklärte er gelassen. Er grinste sie an, schnippte seine Zigarette in den Rinnstein und beugte sich in den Wagen hinein.

Gloria wartete darauf, daß ihre Lähmung wich, daß sie laufen, irgend etwas tun konnte, aber es geschah nicht. Ihr Blick glitt über die beiden toten Polizisten.

»Stimmt«, sagte Werner noch einmal. »Ich hab sie umgebracht.« Er richtete sich auf und drehte sich wieder zu ihr herum. In seiner Hand lag das blutige Wehrmachtsmesser, das er aus Zombecks Brust gezogen hatte. »Und ich fürchte, das werd ich auch mit dir tun müssen, Kleines. Ihr hättet auf den alten Zausel da hören und die Stadt verlassen sollen. Jetzt ist es zu spät. Aber du bist so stur wie der Alte, wie? Der wollte auch keine Vernunft annehmen.«

Etwas in Gloria zerbrach. Sie konnte es fühlen; wie eine überbeanspruchte Stahlfeder, die sich dehnte und dehnte – und riß. Für einen Moment hatte sie keine Angst mehr. Sie starrte Werner an und begriff nur ganz langsam, was er gesagt hatte.

»Du hast... ihn umgebracht?« flüsterte sie. »Du hast Onkel Henk... getötet?«

»Nicht direkt«, gestand Werner betrübt. »Aber sagen wir – ich hatte meine Finger im Spiel.« Er lachte. »Ich hätte es gern selbst getan, aber es gab da jemanden, der ältere Rechte hatte, weißt du? Schade.«

Er lachte wieder, machte einen Schritt auf Gloria zu und streckte die freie Hand aus, um sie zu packen, doch Gloria hob schnell die Kanne auf und ließ sie mit aller Kraft, die sie noch aufbringen konnte, auf Werners Schädel hinuntersausen. Es gab ein sonderbares, knirschendes Geräusch, das weniger aus der Kanne, als vielmehr aus Werners Schädel zu dringen schien, und aus seinem Schrei wurde ein hustendes Würgen. Er fiel zum zweitenmal, knallte hart mit dem Gesicht auf das Straßenpflaster und blieb einen Moment lang benommen liegen.

Gloria zögerte. Für eine Sekunde, eine endlose, furchtbare Sekunde, wollte sie ihn töten. Sie wollte nichts mehr, als die Kanne nehmen und damit so lange auf ihn einschlagen, bis in seinem wahnsinnigen Hirn kein Funke von Leben mehr war. Er hatte Onkel Henk umgebracht. Er hatte es vielleicht nicht selbst getan, aber er war schuld daran, und er würde auch Ronald und sie umbringen, wenn sie es zuließ. Aber das war es nicht. Sie wollte sich nicht verteidigen. Sie wollte keine Gerechtigkeit. Sie wollte nur Rache.

Und als sie dies begriff, ließ sie die Kanne fallen, fuhr herum und begann wie von Furien gehetzt zu rennen.

Als sie die Ecke erreichte, hörte sie hinter sich einen Motor aufbrüllen. Im Laufen drehte sie den Kopf und erkannte, daß Werner sich wieder hochgerappelt und sein Motorrad aufgerichteet hatte. Im Sattel der gigantischen Maschine sah er lächerlich aus; ein Zwerg, der einen Elefanten zu reiten versuchte.

Aber es war ein unglaublich schneller Elefant. Das Motorrad schoß mit durchdrehenden Reifen los, und ihr Vorsprung schmolz sofort von dreißig auf zehn Meter, und noch vor Ablauf der nächsten Sekunde hätte Werner sie schlichtweg über den Haufen gefahren, hätte sie nicht im gleichen Augenblick die Ecke erreicht und sich herumgeworfen, so daß er kaum eine Handbreit an ihr vorbeischoß.

Ein furchtbarer Schlag traf ihre Seite. Gloria schrie auf, machte einen verzweifelten, stolpernden Schritt und fiel der Länge nach hin. Sie schürfte sich Hände und Knie blutig, aber sie hatte trotz allem mehr Glück als Werner: Auf der anderen Seite des spiegelglatten Asphalts wartete eine massive Mauer auf ihn. Werner begriff die Gefahr im letzten Moment, trat mit aller Gewalt auf die Bremse und versuchte das Rad gleichzeitig herumzureißen. Es gelang ihm tatsächlich, aber er verlor auch die Kontrolle über sein Fahrzeug: Die Maschine kippte, stellte sich quer und rutschte funkensprühend und kaum langsamer weiter. Werner brüllte vor Schmerz, als sein Bein zwischen das Motorrad und den Straßenbelag geriet. Gloria war sicher, seine Knochen brechen zu hören.

Gloria stemmte sich in die Höhe, preßte stöhnend ihre blutenden Handflächen gegen den Körper und stieß einen Schrei aus, als sie aufstand und ein stechender Schmerz durch ihr linkes Bein schoß. Es war nicht gebrochen, aber es tat so weh, daß sie kaum noch laufen konnte. Sie machte einen wankenden Schritt, unterdrückte abermals einen Schmerzlaut und sah zu Werner zurück.

Was sie sah, das ließ sie ihren Schmerz vergessen.

Werner konnte nicht mehr leben. Er mußte tot sein, oder zumindest lebensgefährlich verletzt. Er war mit unvorstellbarer Wucht gegen die Wand geschleudert und danach von seinem eigenen Motorrad getroffen worden, das mindestens fünfhundert Pfund wog und mit der Geschwindigkeit eines D-Zuges gegen ihn geknallt war. Kein Wesen aus Fleisch und Blut konnte das überstehen.

Aber das hinderte ihn nicht daran, sich mit wütenden Bewegungen unter der Maschine hervorzuarbeiten. Voller ungläubigem Entsetzen beobachtete Gloria, wie er das Motorrad einfach hochhob und schwankend aufstand. Seine gesamte linke Seite, auf die er gefallen war, war eine einzige Wunde, die heftig blutete, und der Anblick seines Gesichts bereitete Gloria Übelkeit, obwohl sie viel zu weit entfernt war, um es überhaupt richtig zu erkennen.

Aber er lebte. Und wenn er verletzt war, dann nicht schwer genug, um die weitere Verfolgung aufzugeben.

Gloria rannte los. Fast in der gleichen Sekunde hörte sie hinter sich das Wimmern eines Anlassers, und dann brüllte der Motor auf. Es war nicht einfach das Geräusch einer Maschine. Es war ein dröhnender Schrei, das Kampfgebrüll eines Raubtiers aus Stahl und Eisen, in das sich das Kreischen von Gummi auf Asphalt mischte.

Sie wußte, daß sie es nicht mehr schaffen würde.

Sie hatte keine Chance, wenn sie versuchte, ins Haus zu kommen.

Was sie nicht tat.

Eine Sekunde, bevor Werner den Gang einlegte und die Füße vom Boden nahm, machte sie eine blitzartige Bewegung nach links und spurtete quer über den aufgeweichten Rasen auf die Kirche zu. Aus dem hämischen Ausdruck auf Werners Gesicht wurde Überraschung. Dann brüllte der Motor abermals auf.

Gloria erreichte die Kirche, als er die Maschine von der Straße riß. Mit aller Kraft warf sie sich gegen die riesige Tür, prallte mit einem Schmerzlaut zurück und versuchte es noch einmal. Die Tür ging auf, aber sie bewegte sich mit entsetzlicher Langsamkeit, während Werner rasend schnell näher kam. Verzweifelt stemmte sie sich gegen die scheinbar tonnenschwere Tür, schlüpfte hindurch und versuchte, sie hinter sich wieder zu schließen.

Der Schlag, mit dem Werners Motorrad gegen das Portal prallte, schleuderte Gloria in die Kirche hinein. Sie fiel, schlitterte hilflos über die glatten Steinfliesen und sah, wie Werner in die Kirche hereingeschossen kam. Er verlor abermals die Kontrolle über sein Fahrzeug, krachte in die hinterste Bank und durchbrach zwei, drei, schließlich vier der massiven Sitzreihen, ehe er im hohen Bogen aus dem Sattel geschleudert wurde.

Diesmal wartete Gloria nicht ab, ob er sich wieder erhob oder nicht. Mit der Kraft der Verzweiflung stand sie auf, rannte los und bog vor dem Altar nach links ab, um die kleine Seitentür zur Krypta zu erreichen.

Es gelang ihr nicht.

Als sie noch zwei Schritte von ihr entfernt war, griff eine unsichtbare Hand nach der Tür und schmetterte sie ins Schloß. Dann verschwand sie. Wo vor einer Sekunde noch eine Tür gewesen war, war plötzlich nur noch uraltes, brüchiges Mauerwerk.

Gloria erstarrte. Sie war nicht einmal mehr fähig, Überraschung zu empfinden, ja nicht einmal mehr Angst. Diesmal ergriff die Lähmung von ihrem Denken Besitz, nicht von ihrem Körper. Sekundenlang starrte sie die Stelle an, an der die Tür gewesen war, dann drehte sie sich mit mühsamen Bewegungen herum. Ihr Blick suchte Werner. Aber es war das Kruzifix über dem Altar, an dem er schließlich hängenblieb.

Die geschnitzte Christusfigur hatte eine neue Wunde bekommen: ein häßliches, schwarzes Loch mit zersplitterten Rändern dicht unter dem linken Auge, wo sie Henks Pistolenkugel getroffen hatte. Sie blutete.

Aber das war es nicht einmal, was Glorias Verstand endgültig zusammenbrechen ließ.

Es war der Ausdruck auf dem Gesicht Christi.

Da war keine Liebe mehr. Kein Verzeihen. Keine Gnade.

Und endlich, endlich begriff sie alles.

Sie versuchte nicht einmal mehr zu fliehen, als sich Werner umständlich aus den Trümmern der Bank befreite, in die er hineingeschleudert worden war. Sie bewegte sich nicht, als er näher kam.

Sein Gesicht war blutüberströmt. Die Wunde an seinem rechten Bein war so tief, daß der weiße Knochen sichtbar wurde. Er war gebrochen. Splitter ragten wie winzige scharfkantige Dolche aus dem zerfetzten Fleisch, und eine breite rote Spur markierte den Weg, den Werner ging. Trotzdem humpelte er nicht einmal. Und der Ausdruck auf seinem Gesicht war kein Schmerz, sondern hämischer Triumph.

»Ein netter Versuch, Süße«, sagte er. »Glückwunsch. Du warst gut. Aber nicht gut genug.«

Gloria antwortete nicht. Sie rührte sich nicht, sondern sah ihn nur an.

Werner griff unter seine Jacke und zog sein Messer. Gloria sah, daß er sich bei einem der Stürze die Klinge selbst in den Bauch gerammt haben mußte, denn dicht über seinem Magen klaffte ein gut fünf Zentimeter breiter, sehr tiefer Schnitt.

»Fast hättest du es geschafft, weißt du das?« fragte Werner hämisch. »Aber du hast einen Fehler gemacht. Du hättest zum Haus laufen sollen, Süße. Da hätte ich dir nichts tun können, weißt du das? Du und dieser idiotische Hausmeister, ihr wärt dort drinnen sicher gewesen. Hier«, er wandte den Kopf und blickte das Kruzifix an, »nicht. Hast du wirklich gedacht, du würdest *hier* Hilfe finden?«

Er lachte wieder und hob das Messer, drehte es in der Hand herum und hielt es jetzt an der Klinge. »Er steht auf unserer Seite, du blöde Kuh! *Er hat mich geschickt!*«

»Ich weiß«, flüsterte Gloria.

Sie versuchte nicht einmal mehr auszuweichen, als Werner sein Messer schleuderte. Alles, was sie noch spürte, war eine leise Überraschung, daß der Schmerz ausblieb.

6

Apson trat so hart auf die Bremse, daß der Wagen auf der regennassen Fahrbahn ins Schleudern kam und ausbrach. Die Reifen kreischten, unter den Rädern stoben Fontänen aus schmutzigem Wasser empor, und für einen Moment drohte der Wagen völlig von der Straße abzukommen; Apson spürte, daß sein verzweifeltes Drehen am Lenkrad plötzlich keinerlei Wirkung mehr zeigte, als der Ford sich wie ein Luftkissenboot auf einem dünnen Wasserfilm immer schneller und schneller zu drehen begann. Dann traf irgend etwas mit furchtbarer Wucht die Unterseite des Wagens, und im gleichen Moment bekam er die Gewalt über das Steuer zurück. Er trat gleichzeitig auf Bremse und Kupplung, riß mit verzweifelter Kraft am Lenkrad, nahm den Fuß von der Bremse und trat das Gaspedal einmal und mit äußerster Kraft bis zum Wagenboden durch. Der Ford machte einen Satz, schrammte mit dem Kotflügel funkensprühend über irgend etwas Hartes, Großes, das durch den Lichtkegel des Scheinwerferpaares schoß, und drehte sich einmal um seine Achse, ehe er endgültig stehenblieb.

Sekundenlang saß Apson einfach da, blickte aus weit aufgerissenen, starren Augen in die silbern glänzende Dunkelheit jenseits der Windschutzscheibe hinaus und wunderte sich, daß er noch lebte. Erst dann schlug die Angst zu.

Seine Hände begannen zu zittern. *Was, zum Teufel, war das gewesen?* Er hatte nur etwas Großes gesehen, etwas Großes und Dunkles, das wie ein Ungeheuer aus einem Alptraum plötzlich auf der Straße aufgetaucht war, so schnell, als hätte es auf ihn gewartet, sich versteckt, um ihn aus dem Regen heraus anzuspringen.

Was natürlich kompletter Unsinn war. Er war zu schnell gefahren. Zu schnell für diese Straße, und erst recht für dieses Wetter. Aber er hatte, verdammt noch mal, allen Grund, sich zu beeilen. Zeit war plötzlich zu dem Kostbarsten geworden, was es gab.

Trotzdem gewährte er sich selbst noch eine weitere Minute, um mit den körperlichen Nachwirkungen des Schreckens fertigzuwerden. Er zitterte noch immer am ganzen Leib. Erst dann löste er den Sicherheitsgurt, beugte sich vor und nahm das Mikrofon des Funkgeräts aus der Halterung. Eine kleine grüne Lampe glomm auf und bestätigte die Sendebereitschaft.

»Caspar vier an Caspar siebenundzwanzig. Kommen.«

Nichts. Aus dem Lautsprecher drangen wildes Rauschen und ein leises Knacken, die gleiche Reaktion, die er bereits die letzten zwanzig- oder fünfundzwanzigmal bekommen hatte, als er versuchte, den Wagen in Krailsfelden über Funk zu erreichen. Warum sollte es auch jetzt anders sein? Dieses verdammte Loch! Berger, der Bereitschaftsleiter in der Funkzentrale, hatte es ihm erklärt, als er von der Wache aus versucht hatte, Kontakt mit Zbirsky und Horn aufzunehmen. Es war so simpel wie ärgerlich: Krailsfelden lag in einem Tal. Die Berge ringsum verdienten diesen Namen eigentlich nicht einmal, es waren nur Hügel. Aber sie waren hoch genug, eine direkte Funkverbindung zu stören. Er hatte nur gehofft, jetzt nahe genug zu sein.

Apson hängte mit einer ärgerlichen Bewegung das Mikrofon zurück und versuchte, durch die regennassen Scheiben etwas zu erkennen, doch er mußte sich eingestehen, daß er es nicht konnte. Es war zu dunkel. Nur noch einer der beiden Scheinwerfer brannte, und der Wagen hatte sich gedreht, so daß der Lichtstrahl das Hindernis nur streifte. Alles, was er erkennen konnte, war ein riesiger, irgendwie unförmiger Umriß, vielleicht zwölf, fünfzehn Meter entfernt. Entschieden zu groß für einen Baum, der auf die Straße gefallen war. Vielleicht ein umgestürzter LKW, dessen Fahrer diese Straße, genauso wie Apson, unterschätzt hatte.

Er schaltete Licht und Scheibenwischer aus, schlug den Mantelkragen hoch und stieg fluchend aus dem Wagen, nachdem er die Taschenlampe aus dem Handschuhfach genommen hatte. Der Wind war heftiger, als er erwartet hatte, und riß ihm fast die Tür aus der Hand. Er machte einen ungeschickten Schritt, spürte, wie glatt der Asphalt unter seinen Füßen war, und hielt sich am Kotflügel fest, als er weiterging. Der Regen klatschte waagerecht und eisig in sein Gesicht und machte ihn fast blind, und die Kälte war so grausam, daß er nach Sekunden bereits begann, mit den Zähnen zu klappern. Sein Gesicht und seine Finger wurden taub.

Fluchend schaltete er die Taschenlampe ein, schirmte die Augen mit der anderen Hand gegen die Regentropfen ab und ließ den Strahl über die Straße gleiten. Es nutzte nicht viel. Es war eine sehr starke Lampe, aber der Regen fiel so dicht, daß Apson nur die nächsten zwei, drei Meter vor sich erkennen konnte.

Apson dachte flüchtig daran, zum Wagen zurückzugehen und die Warnlampe aus dem Kofferraum zu holen oder wenigstens die Warnblinker einzuschalten, damit nicht noch ein zweiter Wagen herangeschossen kam. Doch das Wetter hatte sich in der letzten halben Stunde so rapide verschlechtert, daß er wahrscheinlich der einzige Verrückte war, der sich überhaupt aus dem Haus gewagt hatte.

Ein hohles Wimmern ließ ihn aufblicken. Das Geräusch war... unheimlich. Und es gelang ihm nicht, die genaue Richtung zu orten, aus der es kam. Der Strahl seiner Taschenlampe fiel auf Metall, als er weiterging, aber aus irgendeinem Grund konnte er nicht erkennen, worum es sich dabei handelte. Er blieb stehen, versuchte der irrationalen Angst Herr zu werden, die sich plötzlich in ihm breitmachte, und ging schließlich weiter.

Noch mehr Metall. Das eingedrückte Rund eines Reifens, der ihm fast bis zur Hüfte ging, dann, als er die Lampe hochschwenkte, Fenster: groß und rechteckig und in einer langen Reihe angeordnet. Es war kein LKW.

Erstaunt erkannte Apson, daß das, was vor ihm quer auf der Straße stand und sie blockierte, nichts anderes als ein riesiger Reisebus war, einer von den ganz großen, die Platz für fast hundert Fahrgäste boten. Schon bei Tageslicht und normaler Witterung mußte es schwierig sein, einen solchen Koloß über diese Straße zu balancieren. Angesichts der herrschenden Witterung und der Dunkelheit wunderte es ihn nicht mehr, daß der Fahrer die Gewalt über diesen stählernen Riesen verloren hatte.

Was ihn jedoch wunderte, war eher die Tatsache, daß er das Ding überhaupt hier heraufgebracht hatte.

Der Bus war ein Wrack. Selbst als Apson direkt davor stand, konnte er ihn nicht in seiner ganzen Länge überblicken, aber was er sah, überzeugte ihn davon, daß das Ding auf einen Schrottplatz gehörte, nicht aber auf die Straße. Die Fenster hatten kein Glas mehr, so daß Regen und Wind ungehindert ins Wageninnere fauchen konnten; das war das unheimliche Heulen gewesen, das er gehört hatte. Die ursprüngliche Farbe des Busses war nicht mehr zu erkennen; seine Flanken waren zerbeult und voller Rost, und der Reifen, vor dem er stand, war so mürbe geworden, daß sich Apson vergeblich fragte, wie, um alles in der Welt, der Wagen damit hatte fahren können.

Und wo, zum Teufel, war der Fahrer?

Er trat einen Schritt zur Seite und ließ den Strahl seiner Lampe über den leeren Rahmen streichen, der einstmals die Windschutzscheibe beherbergt hatte. Nichts. Soweit er erkennen konnte, bot das Innere des Wagens auch keinen besseren Anblick als sein Äußeres.

Abermals machte sich diese grundlose Furcht in ihm breit. Aber er war jetzt nicht mehr ganz sicher, daß sie wirklich grundlos war. Irgend etwas stimmte hier nicht. Er hatte keine Ahnung, was passiert war, aber er wußte mit absoluter Sicherheit, was *nicht* geschehen war: nämlich daß irgend jemand diesen *gefahren* hatte. Das war schlicht und einfach unmöglich. Er war ein Wrack, das mindestens zehn Jahre auf einem Autofriedhof zugebracht hatte, um in diesen Zustand zu gelangen.

Der Polizist in ihm sagte, daß wohl spätestens jetzt der Zeitpunkt gekommen war, zum Wagen zurückzugehen und über Funk die Zentrale zu benachrichtigen, damit sie einen Kranwagen schickten, um diese Todesfalle von der Straße zu schaffen. Statt dessen ging er um den Bus herum, suchte nach der Tür und stieg hinein.

Vom Lenkrad und dem Fahrersitz waren nur noch die Stahlgerippe vorhanden. Die Kunststoffummantelung war zerbröckelt und abgefallen, nur hier und da hatte sich noch ein kleiner Rest gehalten; ein Anblick, der Apson an Fleischreste auf einem abgenagten Skelett denken ließ. Ein fürchterlicher Gestank nach Moder und Fäulnis hing in der Luft, den weder der Regen noch der Wind ganz hatten beseitigen können. Das Armaturenbrett war herausgerissen, eine gezackte Wunde mit Drähten und blinden Glasteilen, und der Boden war fast völlig durchgerostet; an manchen Stellen gähnten große Löcher, durch die er in den Frachtraum hinuntersehen konnte.

Langsam ließ Apson den Lichtstrahl weiterwandern. Der Bus war vollkommen zerstört. Von manchen Sitzen waren nicht einmal mehr die Stahlgerippe vorhanden, von anderen hingen noch Fetzen des Bezuges, wie faulende Hautlappen an verwesenden Kadavern.

Auf der hinteren Sitzbank lag ein Toter.

Apson hatte schon eine Menge Leichen gesehen, das brachte sein Beruf zwangsläufig mit sich. Er hatte sich niemals an den Anblick gewöhnen können, aber natürlich hatte er eine gewisse Härte entwikkelt. Man sah nicht zwanzig Jahre lang jede Woche eine neue Leiche, ohne irgendwann abzustumpfen. Und trotzdem ließ ihn der Anblick *dieses* Toten aufstöhnen.

Dabei war er nicht einmal besonders übel zugerichtet, ja nicht einmal sehr schwer verletzt; zumindest nicht äußerlich. Sein Gesicht war geschwollen, als hätte man ihn geschlagen, und in seinem Mundwinkel klebte geronnenes Blut. Das war alles. Das und die drei Metalldorne, die durch seine Hände und Füße getrieben worden waren.

Jemand hatte ihn mit dem Kopf nach unten gekreuzigt.

Apson blieb eine Weile stehen und versuchte, sich aus der Entfernung an den entsetzlichen Anblick zu gewöhnen, ehe er unsicher weiterging. Seine Hände zitterten heftig.

Er zwang sich, einen Meter vor dem Leichnam stehenzubleiben und ihn genauer zu betrachten, diesmal mit den Blicken eines Polizisten. Er kannte den Mann. Das Gesicht hatte sich im Tode gewandelt, aber Apson hatte Routine darin, die manchmal erstaunlichen Veränderungen zu erkennen, die der Tod in den Zügen eines Menschen hinterließ. Er erinnerte sich nicht an seinen Namen, aber er hatte ihn erst heute morgen gesehen – in Krailsfelden. Er war ihm im Internat begegnet, es war einer der Lehrer. Und Apson erkannte auch beinahe sofort, daß er nicht hier umgebracht worden war. Die Wunden in seinen Handflächen hatten nicht geblutet. Er war schon tot gewesen, als man ihn hierhergebracht hatte. Er unterdrückte seinen Widerwillen und besah sich die Hände des Toten genauer. Die Eisenstücke, mit denen er an die Rückwand des Busses genagelt worden war, waren gebogene, fingerdicke Drähte, offensichtlich herausgeschnittene Stücke aus den Stahlfedern der Sitze.

Apson hatte genug gesehen. Eigentlich sehr viel mehr, als er wollte. So schnell er konnte, fuhr er herum, stürmte durch den Bus und lief zu seinem Wagen zurück.

Mit klammen Fingern griff er nach dem Funkgerät und rief die Zentrale. »Caspar vier an Caspar eins. Bitte kommen.«

Das Funkgerät antwortete mit Knistern und Rauschen. Apson drückte erneut auf die Ruftaste und wiederholte seinen Spruch: »Caspar vier an Caspar eins. Kommen. *Meldet euch, verdammt noch mal!*«

Nichts.

Apson rief noch drei- oder viermal nach der Zentrale, und seine Stimme wurde mit jedem Mal lauter und schriller; zum Schluß schrie er fast, und der Unterton in seiner Stimme zeugte von Panik. *Verdammter Berg! Verdammter, verhexter Berg!* Er mußte genau in dem toten Winkel des Sendebereichs sein, in dem er die Zentrale nicht mehr und die beiden Männer in Krailsfelden noch nicht erreichen konnte.

Mit aller Kraft zwang er sich zur Ruhe, schloß die Augen, zählte in Gedanken bis zehn und drückte dann wieder auf die Sendetaste. »Caspar vier an Caspar eins«, sagte er. »Ich weiß nicht, ob ihr mich hören könnt. Es kann sein, daß ich nur eure Antwort nicht bekomme. Also hört zu. Ich bin hier auf der Landstraße nach Krailsfelden, etwa drei Kilometer vom Stadtrand entfernt. Quer auf der Straße steht ein beschädigter Reisebus mit einem Toten, also kommt her und kümmert euch darum. Und bringt einen Kranwagen mit. Außerdem brauche ich Verstärkung in Krailsfelden. Die ganze Gruppe – auch die, die dienstfrei haben. Ich fahre jetzt weiter in die Stadt und werde versuchen, von dort aus zu telefonieren. Caspar vier Ende.«

Er hängte das Mikrofon wieder ein und betete, daß es so war, wie er hoffte, und jemand seine Worte hörte. Dann startete er den Motor, schaltete den Scheibenwischer wieder ein und setzte vorsichtig zurück, bis der Wagen wieder in Fahrtrichtung stand.

Es war schwierig, an dem Bus vorbeizukommen. Er hatte sich nicht völlig quergestellt, aber er war lang genug, die Straße bis auf einen meterbreiten Streifen zu blockieren, und die Bankette hatten sich in einen knöcheltiefen Morast verwandelt, auf dem die Räder des Ford nicht nur durchdrehten wie auf Schmierseife, sondern auch beinahe augenblicklich einzusinken begannen. Apson durchlebte einige angsterfüllte Sekunden, in denen er ernsthaft damit rechnete, einfach im Schlamm zu versinken und steckenzubleiben; dann brachte er den Wagen wieder auf die Straße zurück und atmete auf.

Die letzten Kilometer ins Tal hinunter wurden zu einem Alptraum. Der Regen strömte immer heftiger, und er hatte nur noch einen Scheinwerfer, so daß er die Straße eher ahnte, als daß er sie sah. Er wagte es nicht, schneller als vierzig Stundenkilometer zu fahren, und die Kurven nahm er nur im Schrittempo. Zwei- oder dreimal hielt er an und kurbelte das Seitenfenster hinunter, um die Straße vor sich aus zusammengepreßten Augen abzusuchen, ehe er weiterfuhr.

Endlich tauchten die ersten Lichter der Stadt vor ihm auf.

Es waren sehr wenige Lichter. Die beleuchteten Preisschilder der Tankstelle am Ortseingang bildeten eine Insel aus trübem Gelb in der schwarzen Masse, in die sich Krailsfelden verwandelt hatte. Nur hier und da war ein Zeichen von Leben zu sehen: die Leuchtreklame des *Grillcenters* in der Ortsmitte flackerte, in ein paar Fenstern glomm trübgelbe Helligkeit, und auf der anderen Seite der Stadt konnte er den Schatten des Internats ausmachen. Dort oben brannte nicht ein einziges Licht. Erneut mußte er daran denken, welch sonderbar ausgestorbenen Eindruck Krailsfelden heute mittag gemacht hatte. Jetzt war es noch schlimmer – es *war* ausgestorben. Apson wußte mit unerschütterlicher Sicherheit, daß in dem Ort von dreitausend Einwohnern im Moment nicht einmal mehr dreihundert Menschen zu finden sein würden. *Was passierte hier?*

Während er ein wenig schneller fuhr, nahm er wieder das Funkgerät zur Hand und rief Horn und Zbirsky. Er war nicht mehr in der Verfassung, Funkdisziplin zu wahren, sondern brüllte in das Mikrofon, sobald die grüne Lampe aufleuchtete. *»Horn! Zbirsky! Meldet euch, verdammt noch mal! Wo, zum Teufel, steckt ihr?«*

Keine Antwort. Das Rauschen war gleichgeblieben, aber das Knakken und Knistern im Äther war lauter geworden, und es erinnerte ihn an ... *Stimmen?* Unsinn.

Apson knallte den Hörer so heftig auf die Gabel zurück, daß der Kunststoff protestierend knirschte, und fuhr noch schneller. Er zwang sich dazu, sich völlig auf die Straße zu konzentrieren. Es nutzte niemandem, wenn er sich auf den letzten fünfhundert Metern bei einem lächerlichen Verkehrsunfall den Hals brach.

Er kam aus der falschen Richtung, so daß er an der Kirche und dem Pfarrhaus vorbeifahren mußte, um zu Zbirskys Wagen zu kommen. Zwei Dinge fielen ihm auf: Das Kirchenportal stand trotz des strömenden Regens offen, und Vanderbilts Haus war erleuchtet. Es war das einzige Gebäude in diesem Teil der Stadt, in dem Licht brannte. Apson fuhr ein wenig langsamer, überlegte, ob er anhalten und erst dort drinnen nach dem Rechten sehen sollte – immerhin war es möglich, daß Zbirsky und Horn vor der Kälte kapituliert hatten und ins Haus geflüchtet waren. Dann fuhr er jedoch weiter.

Als er an der Ecke abbremste, um den Wagen vorsichtig auf der spiegelglatten Straße um die Kurve zu lenken, fiel sein Blick in den Rückspiegel. Ein einziges, grelles Licht war darin aufgetaucht. Es kam näher, und Augenblicke später hörte Apson ein dumpfes Grollen. Überrascht zog er die Augenbrauen zusammen. *Ein Motorrad? Bei diesem Wetter?*

Der rechte Vorderreifen des Ford kollidierte unsanft mit der Bordsteinkante, und Apson konzentrierte sich lieber wieder darauf, nicht die Kontrolle über den Wagen zu verlieren. Zbirskys Granada tauchte im Licht seines Scheinwerfers auf. Apson versuchte, einen Schatten hinter der Windschutzscheibe auszumachen, aber es gelang ihm nicht. Die Sicht wurde immer schlechter. Es regnete jetzt nicht mehr – das Wasser fiel einfach vom Himmel, als kippte jemand einen Eimer über Krailsfelden aus.

Behutsam bremste er ab, brachte das Auto drei Meter hinter Zbirskys Wagen zum Stehen und öffnete die Tür.

Regen, Eis und Sturm trafen ihn wie ein Fausthieb. Er senkte den Kopf, hob schützend den linken Arm vor das Gesicht und schlitterte auf den Ford zu. Aus den Augenwinkeln glaubte er eine Bewegung wahrzunehmen, machte sich aber nicht einmal die Mühe, genau hinzusehen. Halb blind stolperte er auf den Wagen zu, prallte mit der Hüfte gegen den Kotflügel und verbiß sich einen Schmerzlaut. Er griff zweimal daneben, ehe es ihm gelang, die Tür zu öffnen.

Die Innenbeleuchtung des Wagens flammte auf. Der Platz hinter dem Steuer war leer, aber auf dem Beifahrersitz saß eine Gestalt in einem schwarzen Mantel, und etwas Dunkles lag auf der Ladefläche.

Apson erstarrte.

Der Mann auf dem Beifahrersitz war nicht Horn. Es war Zombeck, der Direktor des Sänger-Instituts, und er war tot. Horn lag neben Zbirsky im hinteren Teil des Wagens, und sie waren beide genauso tot wie Zombeck, nicht auf die gleiche Art, aber mit derselben Waffe umgebracht: mit einem sehr scharfen Messer, mit dem man Zombeck das Herz durchbohrt und ihnen die Kehlen durchschnitten hatte.

Ein Teil von Apsons Bewußtsein registrierte jede noch so winzige Einzelheit des schrecklichen Anblicks mit der Präzision eines Computers, während der andere, im Moment weitaus größere Teil einfach abschaltete; er wußte nur, daß er sich in Gefahr befand, einer furchtbaren, unvorstellbaren Gefahr, aber er empfand nicht einmal Schrecken.

Er reagierte einfach.

Blitzartig fuhr er herum und knallte die Tür hinter sich zu.

Die Bewegung rettete ihm das Leben.

Ein faustgroßer Stein kam aus dem Regen geflogen und zerschmetterte das Seitenfenster des Wagens.

Apson rannte los. Ein zweiter Stein kam herangeflogen, verfehlte ihn um mehr als einen Meter und schlug eine Beule in die Wagentür, und plötzlich war vor und hinter und neben ihm schattenhafte, huschende Bewegung. Schritte und Schreie, die im wütenden Heulen des Sturms fast untergingen. Es war keine Täuschung gewesen. Sie waren da. Dieselben, die Horn und Zbirsky umgebracht hatten, den Mann draußen im Bus und Zombeck und vermutlich auch Vanderbilt. Sie waren da; und sie waren gekommen, um auch ihn zu töten.

Apson rannte noch schneller, glitt auf dem Eis aus und fiel. Er schlug mit dem Gesicht gegen den Kofferraum seines eigenen Wagens, keuchte vor Schmerz und blieb einen Moment lang benommen liegen. Kaum länger als ein paar Sekunden, aber vielleicht eine Sekunde zu lange, denn die Schatten kamen näher, und als es ihm endlich gelungen war, sich in die Höhe zu stemmen, stürzte eine Gestalt aus dem Regen auf ihn zu. Metall blitzte in ihrer Hand.

Er wich der Messerklinge aus, so gut er konnte. Ein reißender Schmerz fuhr durch seinen linken Unterarm, gefolgt von einem Schwall warmen Blutes, aber im gleichen Augenblick ballte er die Faust und schlug zurück. Er traf, und der Angreifer verschwand mit einem keuchenden Schmerzlaut in dem Vorhang aus Regen, aus dem er aufgetaucht war.

Apson zerrte seine Pistole unter dem Mantel hervor und stolperte weiter. Wieder tauchte ein Schatten vor ihm auf, ein zweiter, dritter... Er hob die Waffe.

Aber er schoß nicht.

Zu den drei Schatten gesellten sich drei weitere, so daß Apson plötzlich sechs Angreifern gegenüberstand, von denen jeder einzelne bewaffnet war, mit Messern, Knüppeln oder auch einfach nur mit Steinen. Aber er konnte nicht schießen.

Es waren Kinder.

Keiner der sechs Burschen war älter als zwölf oder dreizehn Jahre. Sie alle waren ziemlich kräftig, und der Ausdruck auf ihren Gesichtern ließ keinen Zweifel an ihren Absichten – aber es waren *Kinder!*

Apsons Gedanken überschlugen sich. Er war kaum einen Meter von der Wagentür entfernt, aber sie war geschlossen, und auch wenn er nur Sekunden brauchte, sie aufzureißen und in den Wagen zu springen, es würde *Zeit* in Anspruch nehmen. Zeit, die er nicht hatte.

Er machte einen Schritt, hob die Pistole und streckte die andere Hand nach dem Türgriff aus. Die sechs Burschen rückten näher. Aber sie schienen auch Respekt vor seiner Waffe zu haben, denn sie stürzten sich nicht sofort auf ihn, sondern begannen, einen Halbkreis zu bilden.

»Bleibt stehen!« rief Apson drohend. »Ich meine es ernst. Noch einen Schritt, und ich schieße!«

Es war ein Bluff, aber er wirkte. Apson sah die Unsicherheit in den Blicken eines Jungen, und er wußte, daß er vielleicht noch eine winzige Chance hatte. Er hob die Pistole höher, zielte sorgfältig und wartete, bis der Bursche einen weiteren Schritt machte.

Der Schuß ging fast im Heulen des Sturms unter, aber die Kugel traf die Klinge des langen Küchenmessers unmittelbar über dem Griff und zerschmetterte sie. Der Junge kreischte vor Schmerz und Schrecken, stolperte zurück und umklammerte seine geprellte Hand. Die Köpfe der anderen ruckten erschrocken herum. Für kurze Zeit waren sie abgelenkt.

Apson riß die Tür auf, warf sich mit einer verzweifelten Bewegung in den Wagen und schmetterte sie hinter sich wieder zu. Ein vielstimmiger zorniger Aufschrei erscholl. Etwas prallte mit einem dumpfen Knall gegen die Karosserie, dann traf ein Stein die Windschutzscheibe und verwandelte sie in ein Spinnennetz aus Sprüngen und blinden Stellen. Apson rammte den Zündschlüssel ins Schloß, startete den Motor und fuhr zusammen, als eine Gestalt mit weit ausgebreiteten Armen auf der Kühlerhaube landete und sich festklammerte. Er blickte in ein verzerrtes Gesicht, eine Grimasse aus Haß und Wahnsinn. Apson rammte den Rückwärtsgang hinein. Der Wagen machte einen Satz, prallte gegen Zbirskys Ford und drehte sich halb um seine Achse, und die Gestalt verschwand von der Kühlerhaube. Wieder kam ein Stein angeflogen, traf diesmal eines der Seitenfenster und zerschmetterte es.

Mit fliegenden Fingern legte Apson den zweiten Gang ein und beherrschte sich im letzten Moment, Vollgas zu geben. Statt dessen trat er das Pedal ganz langsam durch, während sich sein Blick an den schattenhaften Gestalten festsaugte, die rasend schnell näher kamen. Er konnte sie nicht überfahren. Es waren Kinder, die nicht wußten, was sie taten. Sie würden ihn umbringen, ohne eine Sekunde zu zögern, aber er konnte sie nicht töten. Wenn einer von ihnen auf die Idee kam, sich einfach vor den Wagen zu werfen, dann würde er anhalten, auch wenn das seinen sicheren Tod bedeutete.

Eine Sekunde bevor die sechs Jungen den Wagen erreichten, hielten sie an und sprangen nach rechts und links aus dem Weg. Apson atmete erleichtert auf und gab mehr Gas. Die Reifen drehten mit einem singenden Geräusch durch. Apson gab noch mehr Gas, begriff, daß der Wagen dadurch keinen Deut schneller wurde, sondern nur schwerer in der Spur zu halten war, und ließ ihn bis zur Ecke einfach rollen.

Er brauchte die gesamte Straßenbreite, um die Kurve zu nehmen, und selbst so prallten die Reifen noch gegen den gegenüberliegenden Bordstein. Schwerfällig wie ein Schiff mit gebrochenem Ruder kam er wieder in die Spur zurück und rollte weiter. Fünfzig Meter bis zum Pfarrhaus. Selbst mit dieser Geschwindigkeit nahe genug, um es zu schaffen.

Als er die Hälfte der Strecke hinter sich hatte, begriff er, daß er etwas vergessen hatte.

Ein gleißendes Lichtauge tauchte im Rückspiegel auf, und in das infernalische Heulen des Sturms mischte sich ein tiefes, stählernes Brüllen. Ein motorisiertes Ungeheuer sprang aus der Regenmauer heraus und jagte hinter ihm her.

Fassungslos starrte Apson das Motorrad an. Es bewegte sich rasend schnell! Innerhalb von Sekunden holte es ihn ein und raste an ihm vorbei.

Apson schrie vor Schrecken, als die Gestalt auf dem Motorrad neben ihm blitzartige Armbewegungen machte und seine Windschutzscheibe völlig zersplitterte. Der Wind war so stark, daß die Scherben nicht einmal zu Boden fielen, sondern fast waagerecht an ihm vorbeifauchten und gegen die Heckscheibe prasselten wie Maschinengewehrfeuer. Einige trafen sein Gesicht und hinterließen winzige blutende Schnitte in seiner Haut. Er hatte trotz allem Glück: Die Kette traf nicht ihn, sondern schlug nur eine Beule in den Fensterholm, und keiner der Glassplitter verletzte seine Augen.

Trotzdem war er fast blind. Er sah das Pfarrhaus nur noch als verschwommenen Lichtfleck in einer Welt, die sich in ein Chaos verwandelt hatte und die voller Schatten und jagenden Motorrädern war. Irgendwo vor ihm flammte ein winziges grelles Auge auf, als der Motorradfahrer seine Maschine herumriß und zu einem zweiten Angriff ausholte, doch plötzlich war auch der Bereich vor dem Pfarrhaus voller Schatten; weitere Gestalten, die auf ihn zustürmten.

Apson gab Vollgas und klammerte sich mit beiden Händen und aller Kraft am Lenkrad fest. Der Wagen schlingerte über die Straße, prallte mit einem knirschenden Laut gegen den Bordstein und schien sich aufzubäumen. Er konnte spüren, wie die Achse brach, aber der Wagen raste trotzdem weiter, pflügte eine breite, tiefe Spur in den Morast, in den sich der Vorgarten des Hauses verwandelt hatte, und begann sich gleichzeitig zu drehen. Die Schatten spritzten auseinander, aber er hatte nur Sekunden gewonnen.

Er wartete nicht einmal, bis der Wagen völlig zur Ruhe gekommen war. Er zog wieder seine Waffe, sprengte die Tür mit der Schulter auf und ließ sich hinausfallen, während der Ford noch auf das Pfarrhaus zuschlitterte.

Der Schlamm dämpfte die ärgste Wucht des Aufpralls. Apson überschlug sich zwei-, drei-, viermal hintereinander, kam mit dem Gesicht nach unten im Matsch zum Liegen und stemmte sich keuchend hoch. Er sah nur noch Umrisse. Wasser und Schlamm waren in seinem Mund und in seiner Nase und drohten, ihn zu ersticken. Er sah Schatten auf sich zurennen, hörte das Brüllen des Motorrads und sah, wie der Scheinwerfer nach oben kippte, als die Maschine über den Bordstein sprang. Blindlings taumelte er los.

Es war pures Glück, daß er das Haus erreichte. Das Motorrad raste heran, gefolgt von einer Meute grölender, hüpfender Schatten; die Fahrradkette blitzte, diesmal geschwungen, um seinen Schädel zu zerschmettern; und dann stolperte er über eine Stufe, fiel mit einem Schrei nach vorn, stürzte gegen Holz, das unter seinem Aufprall zersplitterte, so daß er das Gleichgewicht verlor und fast kopfüber ins Haus hineingestürzt wäre. Im allerletzten Moment fand er an der Wand Halt, drehte sich herum und hob seine Pistole. Er war noch immer nicht in Sicherheit. Das Motorrad war hinter ihm, allerhöchstens noch zehn Meter entfernt, und es näherte sich rasend schnell, wobei die Reifen den aufgeweichten Rasen fast knöcheltief umpflügten.

Apson zielte auf den Schatten über dem Lenker und krümmte den Zeigefinger um den Abzug.

Er konnte nicht abdrücken. Er würde sterben, wenn er es nicht tat, aber er konnte es einfach nicht. Es waren *Kinder*, hämmerten seine Gedanken. Killer. Wahnsinnige. Monster. Und trotzdem *Kinder*. Er konnte sie nicht töten. Ehe sein Finger am Abzug den Druckpunkt erreichte, senkte er die Waffe um eine Winzigkeit. Statt auf den Fahrer, feuerte er auf das grelle Licht des Scheinwerfers.

Er traf. Er sah ein Aufblitzen und konnte hören, wie die Kugel als Querschläger davonflog. Aus irgendeinem Grund zerschmetterte sie die Lampe nicht, aber die reine Wucht des Aufpralls war groß genug, dem Fahrer den Lenker des Motorrads aus der Hand zu reißen und ihn um ein Haar stürzen zu lassen. Die Maschine schlingerte wild, stellte sich quer und überschüttete das Haus und die Tür und Apson mit einer Fontäne aus Schlamm und Schnee und schmutzigem Wasser, ehe sie kaum einen halben Meter vor der Haustür zum Stehen kam.

Apsons Blick bohrte sich in den des Motorradfahrers. Es war ein Kind; nicht älter als die anderen. Er kannte das Gesicht des Jungen – es war Werner.

Aber das war nicht der Grund, warum er ein paar Sekunden lang einfach dastand und das Gesicht unter dem zerbeulten Wehrmachtshelm anstarrte.

Etwas an diesem Jungen war...

Apson war nicht fähig, das Gefühl in Worte zu fassen. Werners Gesicht war eine Grimasse, höhnisch, voller Haß und Zorn und Mordlust, aber es blieb das Gesicht eines Kindes, eines gemeinen, heimtückischen, bösartigen Kindes – aber da war noch mehr: An diesem Jungen war etwas... *Unmenschliches.*

Anders als die Jungen, die ihn vor seinem Wagen angegriffen hatten; anders als die Gestalten, die versucht hatten, ihm den Weg ins Pfarrhaus zu verstellen; anders als die anderen Amokläufer, denen Apson im Laufe seines Lebens begegnet war – und es waren nicht wenige gewesen –, hatte Werner sich nicht in eine reißende Bestie verwandelt. Er hatte nichts von seinem Intellekt oder seiner gehässigen Schläue eingebüßt. Er hatte etwas *hinzugewonnen.* Seine Seele hatte eine neue, dunkle Facette, als hätte er sich weiterentwickelt, eine weitere, furchtbare Stufe der Evolution erklommen, auf der er sich in etwas durch und durch *Böses* verwandelt hatte.

Apsons Hände begannen immer heftiger zu zittern. Die Waffe in seiner Hand schien plötzlich eine Tonne zu wiegen, als er versuchte, sie zu heben und auf das Gesicht unter dem zerschrammten Helm zu richten. Werner starrte ihn an. Er lächelte, auf eine Art und Weise, wie Apson noch nie zuvor einen Menschen hatte lächeln sehen. Er wußte plötzlich, daß die Waffe in seiner Hand Werner nicht den geringsten Schaden zufügen konnte; keine von Menschen geschaffene Waffe konnte diesem Wesen gefährlich werden. Und der Ausdruck in Werners Augen verriet ihm, daß dieser das ebensogut wußte wie er.

Trotzdem griff er ihn nicht an. Ein paar Sekunden lang starrte er ihn nur an, dann lachte er schrill, ließ den Motor aufbrüllen und raste mit durchdrehenden Reifen davon. Hinter ihm zogen sich die Schatten der anderen wieder in die Nacht zurück.

Apson atmete hörbar auf, aber er blieb noch einige weitere Sekunden reglos stehen und sah aufmerksam nach draußen, ehe er begriff, daß es vorbei war; wenigstens für den Moment.

Mit einem erleichterten Seufzen senkte er die Waffe, trat ganz ins Haus zurück und schloß die Tür. Als er die Hand nach dem Lichtschalter ausstreckte, hörte er das Wimmern.

7

»Bitte tu das nicht, Werner.« Frau Stellers Stimme war fest, was sie selbst vielleicht am meisten überraschte. Sie hatte Angst. Sie war fast verrückt vor Angst. Aber zugleich spürte sie ein tiefes, lähmendes Entsetzen, das dem Gefühl entsprang, daß alles, was jetzt geschah, irgendwie ihre Schuld war. Sie hätte ihn aufhalten können. Sie hätte sie alle aufhalten können, vor einer Woche, einem Monat, einem Jahr – vielleicht noch gestern.

Jetzt war es zu spät. Zu spät für sie, zu spät für Werner, zu spät für Zombeck – sie wußte, daß er tot war, obwohl Werner dies mit keiner Silbe erwähnt hatte – und zu spät für das Mädchen, das schlaff und blutüberströmt zwischen Toni und Martin stand, nur noch halb bei Bewußtsein und von den beiden Jungen gestützt. Ihre Augen waren offen, aber Frau Steller bezweifelte, daß sie sie wahrnahm.

Sie hatte versucht, Gloria zu helfen, aber er hatte es nicht zugelassen. Ihre Wange brannte noch immer, wo er sie geschlagen hatte.

»Bitte tu es nicht«, flehte sie noch einmal. »Ihr dürft ihr nichts tun. Sie... sie ist unschuldig.«

»Stimmt«, sagte Werner. »Und?« Er lachte, aber die Steller war nicht sicher, ob es sich bei dem Laut auch wirklich um ein Lachen handelte: Es war ein metallischer, röchelnder Laut, als versuche er etwas hervorzubringen, wozu seine Stimmbänder einfach nicht in der Lage waren.

»Sie ist so unschuldig wie du oder ich«, sagte er. »Das muß sie sein. Es macht keinen Sinn, das Blut *Schuldiger* zu vergießen.«

»Bitte laß sie gehen«, sagte – flehte – die Steller. Und dann hörte sie sich Worte sagen, die sie selbst am meisten überraschten und die sie doch vollkommen ernst meinte: »Nehmt mich. Bringt mich um, wenn ihr jemanden töten müßt. Aber laßt... laßt sie gehen.«

Auch Werner war überrascht. Einen Moment lang sah er sie abschätzend und mit schräggehaltenem Kopf an, aber dann machte er eine herrische Bewegung, mit der er gleichzeitig ihre Worte vom Tisch fegte und sie selbst wieder ein paar Schritte zurückscheuchte.

»Vielleicht komme ich auf dein Angebot zurück«, sagte er spöttisch. »Aber nicht jetzt. So leicht mache ich es dir nicht. Aber du kommst noch dran. Nur keine Sorge.«

»Du bist ja wahnsinnig!« rief die Steller. »Was habt ihr vor? Wollt ihr die ganze Stadt umbringen?«

»Warum nicht? Weißt du vielleicht jemanden, der uns daran hindern sollte?« Werner kicherte, aber nur kurz. Plötzlich veränderte sich sein Gesicht. Irgend etwas ... geschah darin. Frau Steller wußte nicht, was es war, aber die Veränderung erfüllte sie mit Grauen.

»Was ist los mit dir?« fragte er plötzlich wieder mit dieser schrecklichen Eisenstimme. »Hast du Angst? Beginnst du zu begreifen, was du getan hast? Tut es dir leid? Warum? Du hast uns doch geholfen, all die Jahre. Ohne Zombeck und dich hätten wir es nie geschafft. Ihr habt uns beschützt.« Er kicherte wieder. »Ihr wart wie Eltern zu uns. Aber jetzt sind wir erwachsen.«

»Es ... es war nie *so*«, stammelte die Steller. Werners Worte fraßen sich wie Säure in ihr Bewußtsein. Sie taten weh. Entsetzlich weh. Weil sie wahr waren. Das alles hier war *ihr* Werk. Nicht einmal Zombecks und ihr gemeinsames, sondern allein ihres. Sie hatte Zombeck aufgehalten. Sie hatte dafür gesorgt, daß sie ungestört blieben. Aber sie hatte es doch nicht gewußt! *Großer Gott, welche Ungeheuer hatte sie erweckt?*

»Ihr ... ihr habt niemals –«

»Ernst gemacht?« fragte Werner fast freundlich, als sie nicht weitersprach. »Das stimmt. Wer weiß – vielleicht haben wir bisher ja nur geübt. Vielleicht ist ja heute *die* Nacht.«

»Bitte, Werner!« Obwohl die Steller wußte, daß es sinnlos war, versuchte sie an Werners Vernunft zu appellieren. »Du weißt nicht, was du da redest. Du weißt nicht, was geschieht! *Verdammt, sieh dich doch an!*«

Die letzten Worte hatte sie geschrien. Vielleicht war es einfach die Heftigkeit ihres unerwarteten Widerspruchs, die Werner abermals innehalten und an sich herabsehen ließ.

Tatsächlich bot er einen fürchterlichen Anblick. Die schwarze Ledermontur mit den aufgenähten SS- und Hakenkreuzsymbolen hing in Fetzen, und darunter war blutiges, zerrissenes Fleisch zum Vorschein gekommen. Sein linkes Bein war zerschmettert. Frau Steller konnte allein drei Knochenbrüche sehen. Auch der linke Arm war furchtbar zugerichtet. Werner hätte eigentlich nicht einmal mehr am Leben sein dürfen; geschweige denn, daß er grinsend vor ihr stand und sich an ihrer Hilflosigkeit weidete.

»Wach auf, Junge!« sagte die Steller beschwörend. »Sie helfen dir nicht! Sie bringen dich um, begreif das doch!«

Aber die Sekunde ging vorbei, und als Werner wieder aufsah, da erkannte sie in seinen Augen wieder das Fremde, Unmenschliche. Es war der gleiche Ausdruck einer gnadenlosen, kalten Insekten-Intelligenz, der Apson eine halbe Stunde zuvor gelähmt und Gloria an den Rand des Wahnsinns getrieben hatte.

»Das stimmt«, meinte er ungerührt. »Aber es spielt keine Rolle mehr. Was geschehen muß, wird geschehen. Nichts kann es mehr aufhalten. Du am allerwenigsten.«

»Was muß geschehen?« fragte die Steller. »Daß ihr Menschen tötet?« Sie lachte. Sie versuchte, dieses Lachen hart und abfällig klingen zu lassen, genau den überheblichen, durch und durch verächtlichen Ton in ihre Stimme zu zwingen, der einer der Hauptpfeiler der Machtposition war, die sie sich im Lauf der letzten Jahre in diesem Haus aufgebaut hatte, aber es mißlang. Es klang nur hilflos.

»Ja«, antwortete Werner. »Es ist *sein* Befehl.«

»Ich glaube nicht, daß dein Großvater das gewollt hat«, sagte die Steller matt.

Werners Augen wurden rund. »Mein Großvater?« wiederholte er mit übertrieben gespielter Überraschung. »Oh, oh. Ich sehe schon, du weißt gar nichts. Noch viel weniger, als ich dachte. Mein Großvater hat damit nichts zu tun. Willst du wissen, wer unser Herr ist? Ja? Willst du das wirklich wissen?« Er wartete Frau Stellers Antwort nicht ab, sondern drehte den Kopf und gab Martin und Toni mit dem unverletzten rechten Arm einen Wink. »Bringt sie weg. Aber tut ihr nichts. Wir brauchen sie noch. In –« Er hob die andere Hand vor das Gesicht, um auf die Armbanduhr zu sehen, die an seinem linken Handgelenk baumelte. »In genau dreieinhalb Stunden.«

Das war um Mitternacht. Nun – damit hatte die Steller gerechnet. Es erreichte seinen Höhepunkt immer um Mitternacht. Was sie innerlich aufstöhnen ließ, war die Vorstellung, daß das, was sie bisher erlebt hatten, noch nicht einmal das Schlimmste gewesen war. *Großer Gott, was, um alles in der Welt, wird um zwölf passieren? Armageddon?*

»Vielleicht«, antwortete Werner, und Frau Steller begriff erschrokken, daß sie die letzten Worte laut ausgesprochen hatte. »Aber hab doch Geduld. Bis dahin lassen wir dich bestimmt am Leben. Wir wollen doch nicht, daß du das Beste versäumst, oder?«

»Du Ungeheuer«, flüsterte die Steller.

Werner lächelte. »Zuviel der Ehre«, sagte er. »Außerdem stimmt es nicht. Ein Ungeheuer«, er legte eine winzige, ganz genau bemessene Pause ein und hob abermals seinen verstümmelten Arm, um mit der Hand auf einen Fleck hinter der Steller zu deuten, »ist der da. Du wolltest doch wissen, wer uns geschickt hat, oder?«

Frau Steller drehte sich langsam um, als sie das Geräusch hörte. Es war das Knarren einer Tür. Nur daß hinter ihr keine Tür mehr war. Nur Zombecks Schreibtisch und der wuchtige Einbauschrank, in dem er einen Teil seiner Akten aufbewahrte.

Es war die Tür dieses Schranks, die jetzt ganz langsam aufschwang.

Frau Steller begann zu schreien, als sie sah, was aus dem Schrank kam.

8

Es hatte eine Viertelstunde gedauert, bis Apson Ronald so weit hatte, daß er überhaupt sprechen konnte, und dann noch einmal so lange, bis aus seinen gestammelten Wortfetzen ein stockender, immer noch wirrer, aber zumindest halbwegs verständlicher Bericht geworden war. Erstaunlicherweise hatte er ihn kaum unterbrochen; außer bei den zwei, drei Gelegenheiten, als Ronalds Worte zu verschwimmen begannen und er nur noch stammelte.

»Möchten Sie darüber reden?« fragte Apson nach einer Weile. »Ich meine über das, was damals *wirklich* passiert ist?«

»Über Anna?« Apson nickte, und Ronald schüttelte müde den Kopf. »Nein. Ich... wollte sie vergessen. Ich wollte alles vergessen, aber es... es geht nicht.«

»Das geht nie«, sagte Apson. »Man kann nicht vor sich selbst davonlaufen.«

Seine Worte machten Ronald zornig. »Quatsch!« rief er wütend. »Nichts als dumme Sprüche – und davon habe ich genügend gehört. O ja, man muß sich der Wahrheit stellen, ich weiß! Aber was ist, wenn die Wahrheit einen verrückt macht? Sie haben gut reden! Sie haben nicht die Frau umgebracht, die Sie lieben, oder?«

»Nein«, antwortete Apson gelassen. »Aber nach meinen Informationen war es ein Unfall.«

»Ich habe sie umgebracht«, beharrte Ronald. Apson runzelte die Stirn. Er benahm sich idiotisch, das wußte Ronald, aber er konnte nicht anders. »Ich war sinnlos betrunken. Und es war nicht das erste Mal. Ich war jeden Tag betrunken, jahrelang, verstehen Sie? Sie ... Sie hat versucht, mich davon abzubringen. Sie hat alles getan! Sie hat gebettelt, gefleht; sie hat gedroht, mich zu verlassen, wenn ich nicht aufhöre, aber ich konnte es nicht. Wir hatten uns gestritten, sogar an diesem Abend. Hätte sie es doch getan! Wäre sie doch nicht in den verdammten Wagen gestiegen, sondern hätte ihre Koffer gepackt und mich verlassen, wie sie angedroht hatte!«

»Und was hätte das genutzt?« fragte Apson.

»Dann wäre sie noch am Leben!«

»Das bezweifle ich«, entgegnete Apson.

»Ach?« sagte Ronald hämisch. »Und wieso?«

»Weil ich glaube, daß die Dinge einfach so kommen, wie sie kommen müssen«, antwortete der Polizeibeamte ernst.

»Schicksal, wie?« fragte Ronald bitter.

Apson schüttelte den Kopf. »Nein. Wahrscheinlich haben Sie recht – Ihre Frau wäre nicht gestorben, wenn sie nicht bei Ihnen gewesen wäre an jenem Abend. Wahrscheinlich wäre der Unfall gar nicht passiert. Aber dann wäre etwas anderes geschehen. Manche Dinge entwickeln ihre eigene Dynamik, wissen Sie? Irgend etwas Schlimmes *mußte* passieren, damit Sie aufhören zu trinken. Vielleicht hätten Sie jemand anderen getötet. Vielleicht wären Sie selbst gestorben.«

Ronald schwieg. Ein dumpfer Schmerz breitete sich in seiner Brust aus. Verdammt, glaubte Apson tatsächlich, daß er noch nicht selbst auf diesen Gedanken gekommen war? Begriff er nicht, daß das die schlimmste aller Vorstellungen war: daß er dafür, vom Alkohol loszukommen, bezahlt hatte – und zwar mit nichts anderem als *Annas Leben*?

»Haben Sie mit Gloria darüber geredet?« fragte Apson.

Ronald schüttelte den Kopf. »Nein. Ich wollte es, aber ich ... hatte keine Gelegenheit.«

»Dann holen Sie es nach«, riet Apson.

»Glauben Sie, daß das jetzt der richtige Moment dazu ist?« Ronald wollte auffahren, aber Apson machte eine besänftigende Geste, und Ronald fügte leise hinzu: »Sie haben Gloria.«

»Ich weiß«, erwiderte Apson ungerührt und sah auf die Armbanduhr. »Aber im Moment können wir gar nichts tun. Ihr Freund Werner ist noch immer dort draußen, schon vergessen? Ich bin sicher, er wartet nur darauf, daß sich einer von uns blicken läßt.«

»Wollen Sie warten, bis es ihm zu langweilig wird und er von selbst geht?«

»Nein«, antwortete Apson. »Vielleicht werden wir etwas tun müssen. Aber jetzt noch nicht. Ich habe über Funk Verstärkung angefordert, ehe ich in die Stadt gefahren bin. Ich weiß nicht, ob der Funkspruch überhaupt angekommen ist. Aber wenn, dann müßte es in einer knappen Viertelstunde hier von Polizeibeamten nur so wimmeln. Ich schlage vor, wir warten so lange ab.«

Ronald starrte ihn fast haßerfüllt an. Dabei wußte er natürlich, daß Apson völlig recht hatte. Sein Vorschlag war nur vernünftig – vielleicht das einzig Vernünftige, was sie überhaupt tun konnten. Dabei wußte er gleichzeitig, daß keine Hilfe kommen würde. Dies hier war nichts, was mit Vernunft geregelt werden konnte. Keine Geschichte, in der sie auf Hilfe von außen zählen durften. Schon Apsons Hiersein war eigentlich nicht richtig – und ganz sicher nicht geplant gewesen. Ein winziger Regiefehler, der sich nicht wiederholen würde. Und irgendwie spürte er, daß auch der Kriminalbeamte dies wußte. Aber keiner von ihnen hatte den Mut, es auszusprechen.

»Und was tun wir, während wir warten?« fragte er ärgerlich. »Eine Partie Schach spielen?«

»Warum nicht?« antwortete Apson. Er lächelte flüchtig, stand auf und ging zur Anrichte, um sich Kaffee zu machen. Auf dem Weg dorthin blieb er vor dem Fenster stehen und sah fast eine halbe Minute lang hinaus. Ronald war sicher, daß er nichts erkennen konnte. Der Regen war noch heftiger geworden. Es sah aus, als schütte jemand mit Eimern Wasser von außen gegen die Scheibe. Schließlich kam er zurück, setzte sich wieder und knüpfte an das unterbrochene Gespräch an: »Wir können die Zeit natürlich auch mit etwas Vernünftigerem verbringen. Zum Beispiel damit, daß Sie mir erzählen, was Sie herausgefunden haben.«

Er deutete mit der Hand auf die Ordner mit Vanderbilts Aufzeichnungen, die zwischen ihnen auf dem Tisch lagen. Er hatte darin geblättert, während er Ronalds Bericht lauschte, aber natürlich hatte das ganze für ihn ebensowenig Sinn ergeben wie zuvor für Ronald und Gloria.

»Und Sie?« fragte Ronald an Stelle einer Antwort. »Warum sind Sie zurückgekommen? Sie haben etwas herausgefunden, nicht wahr?«

»Stimmt«, antwortete Apson und nippte an seinem Kaffee. Er lächelte. »Erzählen Sie mir Ihre Geschichte, und ich erzähle Ihnen meine – einverstanden?«

Ronald zögerte noch immer, aber nur noch eine Sekunde. Warum eigentlich nicht? Apson würde ihn so oder so für verrückt halten. Außerdem war das völlig egal. Ronald wußte, daß sie diese Nacht nicht überleben würden. Es war *die* Nacht. Nicht die erste, aber die schlimmste.

»Der alte Mann hat eine Menge herausgefunden. Wissen Sie, was das hier ist? Die Geschichte dieser Stadt. Eine komplette Biographie der letzten dreißig Jahre Krailsfeldens.«

»Mir kam es vor wie ein ziemliches Durcheinander«, meinte Apson.

»Es ist das Internat«, sagte Ronald leise. »Es ist diese Höllenbrut dort oben, Apson. Dieser verdammte Bau und das, was sie darin heranzüchten.«

Zu seiner Überraschung blieb Apson ganz ruhig. Noch vor ein paar Stunden hätte er verärgert geantwortet, oder ihm zumindest mit einem Stirnrunzeln zu verstehen gegeben, was er von der Wahl seiner Worte hielt. Jetzt sah er ihn nur fragend – und eindeutig beunruhigt – an. Ronald fragte sich, was Apson auf dem Weg hierher erlebt hatte.

»Gloria und ich haben Ihnen erzählt, daß sie Schwarze Messen feiern«, fuhr er fort. Apson nickte. Er sagte immer noch nichts. Sein Schweigen beunruhigte Ronald mehr, als er sich eingestehen wollte. »Vanderbilt hat das herausgefunden. Werner und die anderen sind nicht die ersten, die das tun, verstehen Sie? Ganz egal, was die Steller heute morgen behauptet hat, sie wußte davon, und Zombeck auch – wahrscheinlich alle Lehrer. Wahrscheinlich machen sie sogar mit.«

»Wie kommen Sie darauf?«

»Weil das schon seit Jahrzehnten so geht«, antwortete Ronald. »Ich... habe nicht alles verstanden, aber ich glaube, Vanderbilt war der Meinung, einer Art Sekte auf die Spur gekommen zu sein. Sie... vollziehen Riten.«

»Riten?«

»Es sind wirklich Schwarze Messen, begreifen Sie nicht?« Ronald schrie es fast. Er atmete ein paarmal tief ein und aus, um sich zu beruhigen, ehe er weitersprach: »Ich weiß nicht, was dort oben tatsächlich vor sich geht. Aber Vanderbilt war wohl der Meinung, daß sie nicht nur so tun, als könnten sie Dämonen beschwören.«

»Sie meinen, es ist echt? Sie beschwören wirklich den Teufel herauf, bei diesen... Messen?«

Ronald zuckte hilflos mit den Schultern. »Ich weiß es nicht«, gestand er. »Ich...«

Er brach ab, als er Apsons Blick bemerkte, und verbesserte sich: »Zum Teufel, ja, ich glaube es. Ich glaube es, weil ich es gesehen habe, verstehen Sie? Ich war dabei, und ich habe gespürt, daß da noch etwas ist. Halten Sie mich meinetwegen für wahnsinnig, aber das ist die Wahrheit!«

»Ich halte Sie nicht für verrückt«, erwiderte Apson ruhig. »Ebensowenig wie Pfarrer Vanderbilt. Erzählen Sie weiter.«

Für einen Moment war Ronald irritiert. Dann sagte er sich, daß es sowieso egal war, was Apson dachte. »Es spielt auch keine Rolle«, fuhr er fort. »Sehen Sie, es ist... völlig egal, ob der Teufel dahintersteckt oder ob sie einfach verrückt sind. Tatsache ist, daß dieses Internat seit über dreißig Jahren bestimmt, was in dieser Stadt geschieht.«

»Was ist daran so Besonderes?« Apson nippte an seinem Kaffee. »Krailsfelden ist ein Kaff. Es gibt keine Industrie hier. So gut wie keine Geschäftsleute. Niemand, der Geld in die Stadt bringt. Nur das Internat. Es hätte mich gewundert, wenn es anders wäre.«

»Das meine ich nicht«, entgegnete Ronald. »Sie terrorisieren die Stadt, verstehen Sie? Sie tun, was sie wollen.«

»Sie?«

»Die Kinder. Nicht alle. Immer nur einige wenige. Werner ist nicht der erste. Es hat immer einen Werner gegeben, begreifen Sie? Niemand hat je etwas dagegen unternommen. Es hat Tote gegeben, und, weiß Gott, nicht nur einen oder zwei! Aber niemand hat je versucht, sich zu wehren. Und das ist noch nicht alles.«

Wieder mußte er einen Moment innehalten, um nicht schon wieder loszuschreien. Apson sagte kein Wort. Er sah ihn nur an. Er wirkte erschrocken und überrascht – aber kein bißchen ungläubig.

»Sie haben die leeren Fabrikhallen im Norden der Stadt gesehen.«

Apson nickte. »Vor ein paar Jahren hat eine Investmentgruppe aus dem Ruhrgebiet dort Land gekauft und versucht, Firmen anzusiedeln. Die Stadt war dafür. Ganz Krailsfelden war dafür – aber das Internat nicht. Sie haben es verhindert.«

»Und wie?«

»Das weiß ich nicht«, gestand Ronald. »Es gibt ein paar Fotokopien, ein paar Zeitungsartikel und ein Einlieferungsformular aus dem Krankenhaus. Ich mußte mir das meiste zusammenreimen – aber es sieht so aus, als wäre es zu einer Reihe unerklärlicher Unfälle gekommen.«

»Ist Ihnen eigentlich klar, was Sie da behaupten?« fragte Apson. Aber in seiner Stimme war kein Vorwurf. Nicht einmal ein Zweifel.

Ronald nickte. »Ja. Und ich bin sicher, Sie würden die Beweise dafür finden, wenn Sie zurückfahren und Ihr Polizeiarchiv durchsehen. In den letzten dreißig Jahren sind ein paar sonderbare Dinge zuviel in Krailsfelden passiert, als daß es noch Zufall sein könnte. Es ist diese Höllenbrut dort auf dem Berg!«

»Was haben Sie damit gemeint?« fuhr Apson ungerührt fort. *»Das ist nicht alles?«*

Ronald lachte bitter. »Sehen Sie aus dem Fenster! Das habe ich gemeint. Es ist nicht das erste Mal, daß so etwas passiert!«

»Daß *was* passiert?«

Ronald war fast an der Grenze seiner Beherrschung angelangt. Er spürrte, daß Apson im Grunde ganz genau wußte, was er sagen wollte. »Diese Nacht!« rief er. »Sie wiederholt sich, verstehen Sie? Nicht jedes Jahr, aber oft. Und immer jetzt, im Dezember, eine oder zwei Wochen vor Weihnachten. Sie ... sie drehen völlig durch. Sie ziehen durch die Stadt und zerschlagen Scheiben. Sie ... zünden Häuser an, und Autos. Und ...«

»... töten Menschen?« fügte Apson hinzu, als er nicht weitersprach.

Ronald preßte die Lippen zu einem schmalen Strich zusammen und nickte. »Ich glaube, ja. Ich glaube, daß sie Menschen bei ihren Messen opfern.«

»Das wäre ungeheuerlich«, sagte Apson schockiert.

»Das ist es«, bestätigte Ronald. »Und ich glaube, daß Pfarrer Vanderbilt sterben mußte, weil er genau das herausgefunden hat. Er war am Tag vor seinem Tod oben im Internat. Er hat mit Zombeck gesprochen.«

»Zombeck ist tot«, sagte Apson.

Ronald starrte ihn an. »Zombeck ist ...«

»Er ist tot«, wiederholte Apson. »Und ich bin ziemlich sicher, daß Werner ihn umgebracht hat.«

»Aber das ergibt keinen Sinn«, meinte Ronald.

»Nichts hier ergibt Sinn«, sagte Apson lakonisch. »Wenigstens noch nicht. Andererseits ...« Er seufzte und ließ seinen Blick lange auf den Aktenordnern mit Vanderbilts Aufzeichnungen ruhen. »Ich habe Ihnen von dem Toten erzählt. Dem jungen Mann, den Fred Tholberg umgebracht hat, als er aus der Klinik floh.«

»Ja. Und?«

»Habe ich Ihnen auch erzählt, wer er war? Er stammt aus Krailsfelden. Hier aus der Stadt.«

»Auf dieser Stadt liegt ein Fluch«, behauptete Ronald ernsthaft. »Irgend etwas ist hier passiert, und ich ... ich habe das Gefühl, ich müßte wissen, was. Aber ich weiß es nicht.« Eine Sekunde lang erwog er, Apson von seinen Träumen zu erzählen, entschied sich aber dann dagegen. Es kam ihm ohnehin wie ein Wunder vor, daß Apson ihm bisher geglaubt hatte – oder wenigstens zugehört.

»Jetzt übertreiben Sie«, sagte Apson.

Ronald lachte böse. Er deutete auf das Fenster. »Sehen Sie hinaus, und dann sagen Sie das noch einmal! Es passiert immer wieder. Ich weiß nicht, ob es immer so schlimm ist, aber es ist nicht das erste Mal. Und die Beweise sind hier drin!« Er ließ die Hand auf die Ordner klatschen und beugte sich erregt vor. »Begreifen Sie doch endlich! Die Leute wehren sich nicht einmal. Sie verlassen die Stadt. Die meisten laufen weg, wenn sie spüren, daß es beginnt; aber niemand hat je auch nur *versucht*, etwas dagegen zu tun!«

Apson schwieg einen Moment. Plötzlich wirkte er doch ein wenig verunsichert. Aber nicht lange. Dann schüttelte er den Kopf und sah Ronald fest an. »Es gibt mit Sicherheit eine andere Erklärung.«

»Gibt es die nicht immer?« fragte Ronald bitter.

»Es gibt immer nur eine Wahrheit«, betonte Apson. »Und man muß keine Geister und Dämonen bemühen, um sie herauszufinden.«

»Und Sie haben eine?«

»Vielleicht«, antwortete Apson.

»Und wie klingt die?«

»Möglicherweise so, daß ich mittlerweile weiß, wer der Mann war, der hier eingebrochen ist und Ihre Freundin überfallen hat.«

»Wer war der Kerl?«

»Der Name tut nichts zur Sache«, erwiderte Apson. »Aber ich weiß, wer er war. Der Chauffeur von Werners Großvater.« Er lächelte dünn. »Interessant, nicht?«

»Und?« fragte Ronald trotzig. »Was beweist das schon?«

Apson wurde zornig. »Hören Sie auf, Bender! Es beweist auf jeden Fall nicht, daß hier Geister oder Dämonen im Spiel sind! Verdammt, zählen Sie doch einfach zwei und zwei zusammen. Sie haben gesehen, wie sich der Alte aufgeführt hat. Er vergöttert seinen Enkel geradezu! Er würde alles tun, um ihn zu beschützen. Wenn Vanderbilt mit dem, was er herausgefunden hat, wirklich bei Zombeck war und wenn der Alte davon erfahren hat, dann hatte er gar keine andere Wahl, als diese Unterlagen an sich zu reißen!«

»Dann glauben Sie also auch, daß Werner mit Vanderbilts Tod zu tun hat?«

»Ich werde nicht fürs Glauben bezahlt«, antwortete Apson mürrisch. »Aber ich bin ziemlich sicher, daß er mehr auf dem Kerbholz hat als ein paar eingeworfene Scheiben. Und mit dem da«, er deutete auf den Ordner, »kann ich es vielleicht sogar beweisen.«

»Und alles andere?« Ronald spürte, daß sie kurz davor standen zu streiten. Aber er konnte jetzt nicht aufhören. Apson wußte im Grunde sehr wohl, daß Ronald recht hatte. Er wollte es einfach nur nicht zugeben, was Ronald sogar verstand. Aber er würde nicht zulassen, daß Apson sich wieder in seine Festung aus Logik und kriminalistischer Kleinarbeit zurückzog. »Was ist mit... mit diesen Unterlagen hier? Wieso hat sich der Schreibtisch nicht für Sie geöffnet, oder für Gloria, sondern nur für mich?«

»Weil Sie zufällig an den richtigen Knopf gekommen sind«, knurrte Apson. »Ein Geheimfach mit einem Schloß, das auf Druck gegen die richtige Stelle reagiert. So etwas habe ich schon tausendmal gesehen. Ist nicht einmal besonders originell.«

»Und alles andere?« brüllte Ronald. »Verdammt, was muß eigentlich noch passieren, damit Sie die Wahrheit erkennen? Was war heute morgen im Schuppen? Was ist mit... mit diesen Monsterkindern dort draußen?«

Apson schlug mit der Hand auf den Tisch. »Jetzt reicht's aber«, sagte er heftig. »Ich stimme Ihnen völlig zu, wenn Sie behaupten, daß hier irgend etwas nicht stimmt, Bender! Aber wenn Sie mir jetzt einreden wollen, daß es hier spukt, dann...« Er sprach nicht weiter, sondern blickte Ronald nur finster an. In seinem Gesicht arbeitete es.

»Sie wissen doch längst, daß ich recht habe«, meinte Ronald leise. »Sie wollen es nur nicht zugeben, nicht wahr?«

Apson preßte die Lippen zusammen und schwieg weiter. Dann stand er auf, wandte sich mit einem Ruck um und trat ans Fenster. Eine Weile stand er einfach nur reglos da und starrte hinaus, dann stützte er sich mit der rechten Hand am Fensterrahmen ab und schloß die Augen. »Verdammt, ich weiß einfach nicht mehr, was ich glauben soll und was nicht«, murmelte er leise und in einem Tonfall, als redete er mit sich selbst.

»Doch«, widersprach Ronald. »Sie wissen es. Sie wollen es nur nicht zugeben. Sie haben es ebenso gesehen wie ich.«

»Ich habe gar nichts gesehen«, beharrte Apson.

»Heute morgen«, fuhr Ronald fort. »Als ich aus dem Schuppen kam. Sie haben das Ding auch gesehen.«

Im ersten Moment glaubte er, Apson würde ihm gar nicht antworten. Aber dann drehte der Polizeibeamte sich doch herum, lehnte sich gegen die Wand neben dem Fenster und verschränkte die Arme vor der Brust. »Ich *habe* etwas gesehen«, sagte er, eher widerwilig. »Ich weiß nicht, was es war. Aber ich weiß eine ganze Menge Dinge nicht, ohne darum gleich an Geister zu glauben. Die einzigen Gespenster, die es wirklich gibt, sitzen hier.« Er hob die Hand und tippte sich gegen die Stirn.

»Ronald, glauben Sie mir – *damit* habe ich Erfahrung. Die sind schlimm genug.«

»Und das hier?« Ronald deutete ärgerlich auf den Berg von Fotokopien und bekritzelten Blättern vor sich. »Gloria hat versucht, den Schreibtisch aufzubrechen. Dieses verdammte Schwein hat es versucht. *Sie* haben es versucht. Und ich habe den Tisch praktisch nur angesehen, und die Schublade sprang auf!«

»Ein Zufall«, beharrte Apson. »Das habe ich Ihnen doch schon erklärt.«

»Zufall? Blödsinn!« Ronald sprang erregt auf. »Und wieso kenne ich mich in diesem Haus dann so gut aus? Wieso weiß ich über jeden Quadratzentimeter so gut Bescheid, als wäre ich hier aufgewachsen?«

»Tun Sie das?«

Ronald nannte sich in Gedanken einen Trottel, Apson nicht schon vorher davon erzählt zu haben. Jetzt mußte es wie eine nicht besonders originelle Geschichte klingen, die er sich in diesem Moment zusammenbastelte, um seiner Behauptung mehr Glaubwürdigkeit zu verleihen. Trotzdem nickte er. »Ich kann Ihnen dieses Haus in allen Einzelheiten beschreiben«, sagte er. »Jeden Raum. Jeden Quadratzentimeter. Stellen Sie mich auf die Probe.«

Apson winkte ab. »Sie waren lange genug allein hier«, sagte er. »Das ist kein Beweis.«

»Glauben Sie, ich hätte es nötig, Sie zu belügen?« fragte Ronald aufgebracht.

»Nein«, antwortete Apson. »Sie verstehen mich immer noch nicht, Ronald. Aber Sie verlangen von mir, daß ich alles über Bord werfe, woran ich je geglaubt habe. Und der einzige Beweis, den Sie haben, ist ein Haufen Zeitungsausschnitte, den ein verrückter alter Mann gesammelt hat.«

»Das ist vielleicht immer noch mehr, als Sie haben!« erwiderte Ronald. »Was wollen Sie tun? Hier sitzen bleiben, bis alles vorbei ist?«

Apson lächelte. »Nein«, entgegnete er nach einem weiteren Blick auf die Uhr. »Ich werde warten, bis meine Leute hier sind.«

»Sie werden nicht kommen«, prophezeite Ronald. »Und das wissen Sie auch. Sie wären längst hier, wenn sie Ihre Nachricht empfangen hätten!«

Apson zuckte mit den Schultern. »Das Wetter ist miserabel. Sie werden auf dieser Straße nicht sehr schnell vorankommen.« Er nahm die Arme herunter und beugte sich vor, um seine Tasse aufzufüllen, und im gleichen Moment hörte der Sturm auf.

Sein Heulen ließ nicht etwa nach. Es wurde nicht leiser, wie das Rauschen des Regens gegen die Scheibe oder sein Prasseln auf dem Dach.

Es hörte einfach auf. Von einer Sekunde auf die andere, als hätte jemand einen Schalter umgelegt und Regen und Sturm einfach abgestellt.

Ronald tauschte einen verblüfften Blick mit Apson, und beide wandten sich zum Fenster; im gleichen Moment flog ein Stein durch die Scheibe.

Apson fuhr mit einem Fluch herum, und auch Ronald zuckte instinktiv zurück. Dabei war der Stein keinem von ihnen auch nur nahegekommen, sondern harmlos einen Meter neben Apson durch die Fensterscheibe gebrochen. Trotzdem zog Apson mit einer raschen, routiniert wirkenden Bewegung seine Pistole und hob die andere Hand, um Ronald zurückzuscheuchen, als der neben ihn ans Fenster treten wollte. Ronald ignorierte die Bewegung, aber er war vorsichtig. Ganz instinktiv verhielt er sich so, daß er von draußen nicht gesehen werden konnte.

Auf der Straße war alles ruhig. Es war sehr dunkel, aber die Sterne und die wenigen Lichter spendeten doch genug Helligkeit, um wenigstens die ersten Meter vor dem Haus überblicken zu können. Der Rasen glänzte feucht, und die Erde konnte das Wasser gar nicht so schnell aufsaugen, wie es vom Himmel gestürzt war. Überall schimmerten Pfützen wie unregelmäßig geformte Spiegelscherben. Einige von ihnen waren mit dünnem Eis bedeckt. Es war sehr kalt, aber nach dem Sturm herrschte völlige Windstille. Von dem, der den Stein geworfen hatte, war keine Spur zu sehen.

»Wer war das?« flüsterte Ronald.

Apson zuckte mit den Schultern und legte den Zeigefinger über die Lippen. Sein Blick suchte den Rasen draußen und die Mauer aus Dunkelheit dahinter ab. Nichts rührte sich. Es war fast unheimlich still.

Und dann hörten sie, beide gleichzeitig, doch ein Geräusch: ein dumpfes, an- und abschwellendes Grollen, das rasch näher kam, und eine Sekunde später tauchte ein grelles Lichtauge am Ende der Straße auf, wuchs rasend schnell an und blendete sie für Sekunden. Werner auf seinem Motorrad. Die Maschine raste heran, verschwand ebenso schnell wieder aus ihrem Sichtfeld, und dann hörten sie das Kreischen von Reifen auf nassem Asphalt, als der Fahrer rücksichtslos auf die Bremse trat. Wieder näherte sich das dumpfe Dröhnen dem Haus, aber diesmal von der entgegengesetzten Seite. Dann brach es endgültig ab, und eine Sekunde später hämmerte jemand gegen die Tür.

Ronald fuhr herum, aber Apson riß ihn grob am Arm zurück. »Sie bleiben hier!« befahl er scharf.

Ronald riß sich los. »Das ist Werner!« sagte er. »Lassen Sie mich!«

Apson funkelte ihn an. »Selbst wenn er es ist«, zischte er, »ist er bestimmt nicht allein.«

»Und?« schnappte Ronald.

»Ich werde nicht tatenlos zusehen, wie er Sie oder Sie ihn umbringen! Sie bleiben hier!«

Eine Sekunde lang standen sie da und lieferten sich ein stummes Blickeduell, aber schließlich schien Apson einzusehen, daß er Ronald wahrscheinlich nicht einmal mit Gewalt würde zurückhalten können. »Also gut«, sagte er seufzend. »Gehen Sie. Aber ich warne Sie, Ronald – ich werde nicht zulassen, daß Sie etwas Unüberlegtes tun!«

Ronald antwortete nicht einmal darauf, sondern stürmte an Apson vorbei aus der Küche und wandte sich zur Haustür. Grelles weißes Licht drang durch die Ritzen in die Diele, und das Grollen des Motorrades war noch immer zu hören. Gedämpft. Einen Moment lang mußte Ronald gegen die Vorstellung ankämpfen, daß Werner dort draußen auf seinem Motorrad hockte, die Hände an Gas- und Kupplungsgriff und nur darauf wartend, daß er die Tür aufmachte, um ihn einfach über den Haufen zu fahren.

Er verscheuchte das Bild. Mit einem Ruck riß er die Tür auf und blinzelte in das grelle Licht, als er direkt in den Scheinwerfer des Motorrades sah.

Werner sprang mit einem Satz aus dem Sattel und kam auf Ronald zu. Er bewegte sich falsch. Sein linkes Bein war steif, so daß er es hinter sich herzog wie ein störendes Anhängsel. Ronald sah genauer hin, und dann erkannte er, warum Werner so seltsam ging. Der Anblick bereitete ihm Übelkeit.

Werner schnippte seine brennende Zigarette in den Morast und fragte: »Gefällt dir meine Maschine? Du bist doch auch Motorradfan, nicht? Ich hab mich noch gar nicht bei dir bedankt. Aber das hole ich hiermit nach. Im Ernst – hättest du meine alte Karre nicht zu Brei geschlagen, hätte ich die da nie bekommen.«

»Was ... was willst du?« stammelte Ronald. Es fiel ihm noch immer schwer, den Blick von Werners fürchterlich zerfleischtem Bein loszureißen.

»Mich bei dir bedanken, Arschloch«, kicherte Werner. »Sagte ich doch schon. Und dir Grüße ausrichten. Von jemandem, der dich sehr gern hat.«

Ronald stöhnte. Alles drehte sich um ihn. Er konnte sich kaum noch beherrschen, nicht einfach die Arme auszustrecken und Werner zu erwürgen, um das teuflische Grinsen ein für allemal von seinem Gesicht zu löschen. Aber dazu hätte er das Haus verlassen müssen, und das durfte er nicht. Er wußte instinktiv, daß sie hier drinnen geschützt waren. Vielleicht war dieses Haus der einzige Ort auf der ganzen Welt, an dem sie noch sicher waren.

Hinter ihm erklang ein Geräusch, und dann zog Apson die Haustür ganz auf und trat neben ihn, und im gleichen Augenblick erschienen auch hinter Werner Schatten aus der Dunkelheit – drei, vier, fünf... schließlich mehr als ein halbes Dutzend.

Werner lachte leise. »Du hast dir Verstärkung besorgt, wie?« höhnte er. »Gar nicht dumm von dir. Aber ich fürchte, das wird der Kleinen auch nichts mehr nützen.«

»Halt den Mund!« rief Apson zornig. Er wollte an Ronald vorbeigehen, aber Ronald legte ihm rasch die Hand auf den Unterarm.

»Nicht«, sagte er. »Gehen Sie... nicht raus.«

»Warum nicht?« Apson schüttelte seine Hand ab, aber er blieb tatsächlich stehen. Er wirkte verwirrt.

»Weil er denkt, daß wir euch da drin nichts tun können«, antwortete Werner an Ronalds Stelle. »Damit hat er sogar recht, Bulle! Aber das wird ihm nichts nützen. Er wird nämlich freiwillig zu uns kommen, stimmt's? Schon wegen der Kleinen. Hab ich dir schon erzählt, daß wir sie haben, Arschloch? Sie ist sogar fast unbeschädigt.«

Ronald stöhnte. Seine Hände ballten sich hilflos zu Fäusten. »Wenn ihr Gloria etwas getan habt...«

»Ja?« Werner grinste und zündete sich eine neue Zigarette an. »Was dann?« fragte er. »Kommst du dann raus und wirst uns alle verhauen? Warum versuchst du's nicht? Komm doch her. Du wirst doch wohl keine Angst vor mir haben, oder?« Er breitete die Arme aus und kam noch einen Schritt näher.

Und für einen Moment war Ronald tatsächlich in Versuchung, es zu tun. Werner war kaum noch einen Meter von ihm entfernt. Eine blitzschnelle Bewegung, und er würde ihn packen und zu Apson und sich ins Haus zerren können; sicherlich schneller, als die Gestalten dort hinten im Schatten heranspringen konnten.

Aber er tat es nicht. Er stand einfach da, starrte Werner an und versuchte, ihn mit seinem Haß zu töten.

»Na, du wirst schon noch kommen«, meinte Werner zuversichtlich. »Weißt du was, ich mache dir einen Vorschlag. Wir geben dir noch ein bißchen Zeit zu überlegen. Ist ja schließlich eine schwere Entscheidung. Immerhin werde ich dich umbringen, wenn du da rauskommst, und das weißt du. Aber du mußt es nicht. Du kannst einfach da bleiben und die Kleine über die Klinge springen lassen, um deinen Arsch zu retten. Darin hast du ja Übung, nicht wahr?«

»Ihr werdet Gloria ... nicht ... anrühren«, sagte Ronald stockend.

»Vielleicht«, entgegnete Werner. »Bis jetzt ist sie noch ganz gut drauf. Hat ein paar Schrammen abgekriegt, aber so richtig schwer beschädigt ist sie noch nicht.« Er zögerte einen Moment, sah an sich herab und zog betrübt die Nase hoch. »Wenn man es genau nimmt, dann hat sie weitaus weniger abgekriegt als ich«, sagte er in vorwurfsvollem Ton. Er zog noch einmal an seiner Zigarette, dann steckte er den glühenden Stummel ganz in den Mund, kaute ein paarmal drauf herum und spuckte ihn Ronald vor die Füße – zusammen mit einem Stück seiner Zunge.

Apson rang keuchend nach Atem, und Ronald stierte entsetzt auf das rote blutige Fleischstück, das sich vor ihm im Gras bewegte. Werner kicherte. Aus seinem Mund lief Blut. »Du siehst, mit mir ist nicht mehr viel los«, sagte er. »Also brauchst du auch keine allzu große Angst vor mir zu haben. Für die Kleine reicht's allerdings noch immer. Wer weiß – vielleicht besorg ich's ihr vorher noch mal richtig.« Seine verstümmelte linke Hand klatschte in einer obszönen Geste zwischen seine Beine und hinterließ einen schmierigen Blutfleck auf dem schwarzen Leder der Motorradhose.

Ronald heulte auf und sprang auf.

Aber seine Hände stießen ins Leere. Werner wich mit einer blitzschnellen Bewegung aus, stellte ihm ein Bein und versetzte ihm einen wuchtigen Fausthieb in die Nieren, als er an ihm vorübertaumelte. Ronald keuchte vor Schmerz, aber er blieb auf den Beinen und wirbelte herum.

Werner wich erneut vor ihm zurück, aber plötzlich war da eine andere Gestalt, größer und schlanker als er, und Ronald sah den Schlag nicht einmal kommen, der seinen Solarplexus traf und ihn nun doch auf die Knie fallen ließ. Er bekam keine Luft mehr. Schmerz tobte durch seinen Körper.

»Du verdammter ... Feigling«, keuchte er. »Bleib ... stehen!«

Werner lachte schrill. »Hab ich gesagt, daß ich mich mit dir prügeln will, Arschloch? Ich hab nie behauptet, fair zu sein, oder? Mach ihn fertig, Freddy!«

Es gelang Ronald, den Arm hochzureißen und den nächsten Hieb abzublocken, aber Freds nachfolgender Fußtritt traf ihn mit fürchterlicher Wucht an der Schulter und ließ ihn nach hinten kippen. Er schlug schwer mit dem Hinterkopf auf eine der beiden steinernen Stufen vor der Tür auf und war für Sekunden blind. Ein Fußtritt traf seine Seite. Er spürte den Schmerz kaum. Er sah auch die Gestalt nur noch als Schatten, die sich über ihn beugte, aber er griff instinktiv zu und krallte die Hände in ihre Jacke, obwohl ihn im gleichen Moment drei, vier harte Faustschläge im Gesicht trafen.

Blindlings schlug er zurück. Der Angreifer keuchte vor Schmerz, aber auch er ließ nicht los, sondern drosch weiter auf Ronald ein.

Ein Schuß krachte. Ronald hörte einen Schrei, und die zappelnde Gestalt in seinen Armen erstarrte für einen Moment. Dann fiel ein zweiter Schuß, und seine Sinne klärten sich wenigstens soweit, daß er seine Umgebung wieder halbwegs klar wahrnehmen konnte.

Fred Tholberg hockte auf seiner Brust und preßte die Hand gegen seine blutende Schulter. Überall waren Menschen – sieben, acht, ein Dutzend halbwüchsiger Jungen und Mädchen, keines älter als dreizehn oder vierzehn Jahre, und alle mit den gleichen Zombie-Gesichtern wie Werner. Apsons Schuß hatte sie zurückgetrieben, aber nicht weit. Zwei, drei Schritte, dann blieben sie unschlüssig wieder stehen und warteten, was sie tun sollten.

Ronald wußte, daß die Erstarrung nur Sekunden vorhalten würde. Aber er hatte eine Chance.

Mit der Kraft der Verzweiflung boxte er Fred von sich hinunter, wälzte sich herum und stieß sich ab, um aufzustehen.

Er schaffte es beinahe.

Apson griff blitzschnell zu und packte sein Handgelenk, um ihn ins Haus zu ziehen; aber im gleichen Moment warf Fred sich vor und umklammerte seine Beine.

Ronald begann wild um sich zu treten. Er traf, aber Fred schien unempfindlich gegen Schmerz zu sein. Er griff noch fester zu, und auch zwei, drei der anderen überwanden endlich ihre Erstarrung und stürmten heran, nachdem sie begriffen hatten, daß Apson nicht schießen würde.

Apson fluchte, schleuderte seine Pistole hinter sich und griff mit beiden Händen zu. Ronald stemmte sich mit aller Kraft ab und versuchte ins Haus zu kriechen, und es gelang ihm, zumindest den Oberkörper über die Schwelle zu ziehen. Dann waren die anderen da und begannen nun ihrerseits, Fred festzuhalten.

Es dauerte nur ein paar Sekunden, aber Ronald hatte in dieser Zeit das Gefühl, in Stücke gerissen zu werden. Doch entweder war Apson sehr viel stärker, als er geglaubt hatte, oder Ronald hatte einfach Glück: Mit einem Ruck kam er frei und flog regelrecht ins Haus, wobei er Apson mit sich von den Füßen riß.

Aber Fred folgte ihm.

Ein vielstimmiger Aufschrei drang von draußen herein, und Fred versuchte sofort wieder, sich erneut auf ihn zu stürzen. Ronald versetzte ihm einen Fausthieb in den Magen, packte ihn bei den Jackenaufschlägen, als er sich krümmte, und zog ihn wieder in die Höhe. Aus der gleichen Bewegung heraus riß er das Knie hoch und knallte es Fred mit aller Kraft unter das Kinn. Es war ihm plötzlich völlig gleichgültig, ob er ihn umbrachte oder nicht. Er kämpfte um mehr als sein Leben. Um viel mehr.

Aber er brauchte sich keine Sorgen um Freds Leben zu machen. Tholberg taumelte zwar – aber er stürzte nicht einmal.

Mit einer wütenden Bewegung schleuderte er Ronald von sich, holte zu einem fürchterlichen Schwinger aus und stolperte, als Ronald zur Seite wich und sein Schlag ins Leere ging. Eine Sekunde lang stand er einfach da und schien unschlüssig, was er als nächstes tun sollte. Er wirkte fast hilflos.

Ronald stöhnte vor Entsetzen, als er Freds Hände sah.

Es waren eigentlich keine Hände mehr, sondern nur noch aufgedunsene, schwarze Klumpen, pulsierende, entzündete Bälle aus faulendem Fleisch, aus denen weiße Knochensplitter ragten. Eine übelriechende, schleimige Flüssigkeit lief an seinen Unterarmen herab und tropfte auf den Boden.

»Pack ihn, Freddy!« brüllte Werner von draußen. »Schaff ihn da raus!«

Fred reagierte mit phantastischer Schnelligkeit. Er war nicht mehr als ein Roboter, das begriff Ronald jetzt, aber ein verdammt gefährlicher Roboter. Werners Schrei war noch nicht einmal ganz verklungen, als Fred auch schon herumfuhr und sich mit weit ausgebreiteten Armen auf Ronald stürzte.

Ronald empfing ihn mit einer Schlagkombination, die jeden normalen Menschen von den Füßen gefegt hätte. Aber Fred schien immun gegen Schmerz oder Verletzungen zu sein. Er stöhnte, aber er stürzte sich trotzdem auf Ronald, und seine Arme schlossen sich in einer unmenschlich festen Umarmung um seinen Oberkörper und drückten zu. Ronald bekam keine Luft mehr. Er fühlte sich in die Höhe gerissen und herumgewirbelt.

Es war Apson, der ihn rettete. Der Polizeibeamte warf sich mit seinem ganzen Körpergewicht gegen Fred, und es gelang ihm, ihn aus dem Gleichgewicht zu bringen.

Fred stolperte. Sein Griff lockerte sich für eine Sekunde, und Ronald riß sich los und brachte hastig zwei, drei Schritte zwischen sich und ihn.

»Pack ihn!« brüllte Werner von draußen. »Schmeiß ihn raus! Bring ihn uns, Fred! Bring ihn her!«

Tholberg reagierte wie ein Roboter. Nicht einmal besonders schnell – aber mit der Zielstrebigkeit einer Maschine. Apson versuchte abermals, ihn anzuspringen, aber diesmal war Fred vorbereitet. Er drehte sich nicht einmal zu ihm um, sondern schlug blitzschnell mit dem Ellbogen zu, und Apson wankte, ehe er auf die Knie fiel und die Hände vor das Gesicht schlug. Fred kreischte triumphierend und spannte sich, und Ronald hob die Fäuste, um ihn abzuwehren.

Ein weiterer Schuß fiel, und Fred erstarrte mitten in der Bewegung. Eine rote Fontäne schoß aus seinem Rücken und besudelte Apson. Auf seinem Gesicht erschien ein ungläubiger Ausdruck, und auf seiner Brust wuchs ein gewaltiger roter Fleck.

Ungläubig blickte Ronald auf Apson hinunter, dann wieder auf die gewaltige Wunde in Freds Brust. Apsons Hände waren leer – und das Krachen war auch nicht der peitschende Knall eines Pistolenschusses gewesen, sondern die dumpfe Entladung einer Jagdflinte. Völlig verwirrt wandte er den Blick und registrierte erst jetzt, daß neben Werner eine zweite Gestalt unter der Tür erschienen war: ein grauhaariger Mann Ende Fünfzig. Er trug einfache Kleidung, hatte ein ausgemergeltes Gesicht, und seine Augen waren voller Tränen. Und in seinen Händen lag ein doppelläufiges Gewehr.

»Tholberg?« murmelte Ronald ungläubig. Das war...

Auch Fred drehte sich herum, mühsam wankend wie eine Marionette, deren Fäden durchgeschnitten wurden. Und zum erstenmal erschien ein menschlicher Ausdruck auf seinen zerstörten Zügen: Entsetzen. »Vater...!« stöhnte er. »Du –«

Klaus Tholberg feuerte noch einen zweiten Schuß ab, und Freddy wurde aus allernächster Nähe getroffen und quer durch die Diele geschleudert. Er war tot, noch bevor sein Körper gegen die Treppe prallte und zusammensank.

Ronald war wie gelähmt. Verstört starrte er abwechselnd die Gestalt unter der Tür und Freds Leichnam an, der in einer gewaltigen, immer stärker anwachsenden roten Lache lag – und dann ging alles so schnell, daß weder Apson noch ihm eine Chance blieb zu reagieren.

Werner kreischte, als hätten die beiden Kugeln *ihn* getroffen, fuhr herum und stürzte sich mit ausgestreckten Armen auf den alten Tholberg. Seine Hände wurden zu Krallen, die mit fürchterlicher Wut nach seinem Gesicht hackten. Fast gleichzeitig erwachten auch die anderen Schatten vor der Tür wieder zum Leben.

»Um Gottes willen!« brüllte Apson. »Kommen Sie her! *Laufen Sie!*«

Ronald war sicher, daß Tholberg die Worte gehört haben mußte – zumal er sogar den Kopf drehte und den Kriminalbeamten mit einem sonderbaren, feinen Lächeln ansah. Und er war ebenso sicher, daß es ihm gelungen wäre, Werner abzuschütteln und sich ins Haus zu retten.

Aber er versuchte es nicht einmal. Er stand einfach da und sah Werner an, der mit einem tierischen Kreischen auf ihn einschlug. Und dann waren auch die anderen da, und Tholberg verschwand unter einem Knäuel von Leibern.

Apson und Ronald sprangen fast im gleichen Moment los und rasten zur Tür.

Sie schafften es nicht.

Die Tür begann sich, wie von Geisterhand bewegt, zu schließen. Ihr Schloß rastete mit einem dumpfen Geräusch ein, eine Sekunde bevor sie sie erreichten. Und nicht einmal ihre vereinten Kräfte reichten aus, um sie wieder zu öffnen.

9

Gloria hatte begriffen, daß die Wunde in ihrer Seite sie nicht töten würde. Sie war schlimm, sie tat entsetzlich weh, und sie hatte so heftig geblutet, daß ihre Bluse nun wie ein nasser roter Lappen an ihrem Körper klebte. Sie blutete auch jetzt noch heftig. Aber Gloria würde nicht daran sterben. Sie war mittlerweile sogar fast sicher, daß Werner das Messer gezielt so geworfen hatte, um sie auf genau diese Weise zu verwunden: um ihr Schmerzen zuzufügen und eine Verletzung zu verursachen, die sie hilflos machte und sie an der Flucht hinderte. Aber sie nicht tötete. Was immer sie mit ihr vorhatten: Sie sollte es spüren.

Müde hob sie den Kopf und versuchte, die roten und grauen Schleier wegzublinzeln, die vor ihren Augen wallten. Die beiden Gestalten, die sie festhielten, waren nicht mehr dieselben, die sie die Treppe hinauf- und in Zombecks Büro gezerrt hatten. Die beiden kräftigen Jungen waren zusammen mit Werner weggegangen. Aber sie kannte auch diese beiden. Sie hatte ihre Gesichter schon ein paarmal unten in Krailsfelden gesehen – und das letzte Mal vor kaum vierundzwanzig Stunden, halb verborgen unter braunen Kapuzen, über die zuckender roter Lichtschein fiel. Es waren ein Mädchen von allerhöchstens zwölf Jahren und ein blonder Junge, der noch gute drei, wenn nicht vier Jahre jünger sein mußte. Nicht einmal Halbwüchsige, dachte sie bitter, sondern *Kinder.* Bei ihnen befand sich ein vielleicht fünfzehnjähriger Junge mit asiatischen Zügen. Von Statur und Größe her war er der einzige, der ihr vielleicht hätte gefährlich werden können, wäre da nicht diese fürchterliche Schwäche in ihr gewesen. Und es war eine Schwäche, die sich nicht nur auf ihren Körper beschränkte. Sie war müde. Sie war halb verrückt vor Angst, da sie wußte, daß sie sie umbringen würden, und sie wußte auch gleichzeitig, daß sie sich nur loszureißen und zu laufen brauchte. Keiner hier war in der Lage, sie aufzuhalten; und das riesige Gebäude war so gut wie leer. Gleichzeitig war es ihr aber völlig egal. Die Angst blieb, wurde sogar mit jedem Meter stärker, den man sie durch die finsteren Gänge des ehemaligen Klosters schleifte, aber da war auch eine Macht, die ihren Willen einfach ausschaltete. Sie hatte kaum die Kraft zu stehen, als sie vor einer verschlossenen Tür stehenblieben und der Junge mit dem Chinesengesicht einen Schlüssel aus der Tasche zog.

Es dauerte eine Weile, bis er ihn ins Schloß gesteckt und herumgedreht hatte. Seine Hände zitterten, und sein Gesicht war bleich und glänzte vor Schweiß. Als er die Tür öffnete, tat er es sehr, sehr langsam, als hätte er Furcht, daß sich aus der Dunkelheit dahinter irgend etwas auf ihn stürzen und ihn verschlingen könnte.

»Ich . . . ich habe Angst«, flüsterte das Mädchen, das Glorias linken Arm hielt. »Ich will da nicht hinein.«

Der Chinesenjunge blieb stehen und drehte sich in der Tür herum, so schnell, als hätte er nur auf einen Vorwand gewartet, nicht weitergehen zu müssen. Gloria bewegte sich stöhnend. Sie spürte, daß das Mädchen Mühe hatte, mit ihrem Gewicht fertigzuwerden. Warum riß sie sich nicht einfach los und rannte davon? Sie glaubte sich jetzt zu erinnern, wo sie war. Sie waren an dieser Tür vorbeigekommen, als Ronald versucht hatte, sie durch den Hinterausgang aus dem Internat zu schaffen. Es war nicht mehr weit. Zwanzig, dreißig Schritte. Aber sie hatte nicht einmal den Willen, zwei davon zu tun.

»Sei still, Stefanie«, zischte der Chinese. »Er hört jedes Wort!«

»Ich will da nicht hinein!« beharrte das Mädchen.

Das Gesicht des dunkelhaarigen Jungen wurde hart. Mit einer herrischen Geste deutete er auf Gloria. »Dann laß sie doch los«, sagte er. »Aber dann wirst du an ihrer Stelle dort unten liegen! Er verlangt sein Opfer.«

Glorias Sinne begannen sich zu verwirren, so daß sie der Unterhaltung nicht mehr folgen konnte. Es war auch gleich. Sie wußte, wie sie enden würde. Alles war vorherbestimmt. Und es gab nichts, keine Macht des Universums, die sich gegen *seinen* Willen durchsetzen konnte. Für endlos lange Sekunden kämpfte sie mit dem letzten bißchen Kraft, das sie noch hatte, gegen die Bewußtlosigkeit.

Als sie ihre Umgebung wieder wahrnehmen konnte, hatten sie das

Zimmer bereits betreten und näherten sich etwas, das Gloria im ersten Moment für eine riesige Tür hielt, bis sie begriff, daß es ein Schrank war.

Er hatte keine Rückwand. Als der asiatische Junge die Tür öffnete, sah Gloria, daß dahinter eine ausgetretene Treppe begann, die nach wenigen Stufen in vollkommener Dunkelheit verschwand. Und darin...

Ganz schwach begann sie sich zu wehren, als ihr klarwurde, was in der Dunkelheit lauerte.

Aber natürlich reichten ihre Kräfte nicht.

10

»Das ist vollkommener Wahnsinn«, sagte Apson. Er betrachtete stirnrunzelnd das blutbefleckte Papiertaschentuch, mit dem er Ronalds Schläfen abgetupft hatte, faltete es neu, um eine noch einigermaßen saubere Stelle zu finden, und fuhr damit über Ronalds Stirn. Die Berührung tat weh. Ronald schob Apsons Arm zur Seite.

»Sie müssen verrückt sein, wenn Sie glauben, daß ich das zulasse«, fuhr Apson fort.

»Und Sie erst, wenn Sie glauben, daß Sie mich daran hindern können.« Ronald stand auf und deutete auf die Pistole, die neben Apson auf dem Boden lag. »Sie müssen mich schon erschießen, um mich aufzuhalten.«

Apson seufzte. »Vielleicht sollte ich das sogar«, sagte er ernst. »Wissen Sie, ich habe das sichere Gefühl, daß noch etwas viel Schlimmeres passieren wird, wenn ich zulasse, daß Sie in dieses Internat gehen.«

»Dann tun Sie es«, knurrte Ronald grimmig. »Aber tun Sie es gleich.« Er hielt Apsons Blick noch eine Sekunde lang stand, dann drehte er sich mit einem Ruck um und trat an die Garderobe, um seine Jacke vom Haken zu nehmen.

»Die warten doch dort draußen nur auf Sie!« versuchte Apson ihn zurückzuhalten. »Das ist eine Falle, Mann! Jedes Kind würde das erkennen.«

Plötzlich brüllte Ronald: *»Und was erwarten Sie von mir? Sie haben Gloria! Sie haben gehört, was dieses Monster gesagt hat! Sie werden sie umbringen, wenn ich nicht komme!«*

»Das werden sie auch tun, wenn Sie hingehen!« brüllte Apson

zurück. »Das einzige, was Sie erreichen werden, ist, daß Sie beide umgebracht werden, kapieren Sie das nicht?«

»Doch«, antwortete Ronald, plötzlich wieder ruhig. Sein Jähzorn war so schnell verflogen, wie er ihn übermannt hatte.

»Ich weiß«, sagte er noch einmal. »Aber ich habe keine Wahl.« Er zog seine Jacke an. »Vielleicht lassen sie sie laufen, wenn sie mich haben. Werner will nichts von Gloria. Er will mich. Nur mich.«

Apson schnaubte. »Sie reden Unsinn, Mann. Dieser Werner ist komplett verrückt. Der handelt nicht mehr logisch. Diese ganze Stadt ist verrückt geworden.« Sein Blick streifte Freds Leichnam, und sein Gesicht wurde noch eine Spur blasser. Unsicher zog er die Unterlippe zwischen die Zähne und begann darauf herumzukauen.

»Dann lassen Sie mich wenigstens mitkommen«, fuhr er nach einer Pause fort. »Zu zweit haben wir eine größere Chance.«

»Sie werden Sie umbringen«, sagte Ronald ernst.

Apson lachte bitter. »Scheiße! Was glauben Sie, was sie tun werden, wenn ich hierbleibe? Dieses Haus ist nur sicher, solange *Sie* hier sind.«

Plötzlich lächelte Ronald. »Ach? Ich dachte, das wäre alles Einbildung?« Er machte eine schroffe Handbewegung, als Apson antworten wollte. »Vielleicht haben Sie recht. Aber wenn, dann tun Sie, was *ich* sage, ist das klar?«

»Solange es keine Toten gibt«, erwiderte Apson. »Besessen oder nicht, es sind Kinder, Ronald. Ich lasse nicht zu, daß Sie eines davon umbringen.«

»Und Werner?«

Apson schwieg einen Moment. In seinem Gesicht arbeitete es. »Der ist doch schon tot«, flüsterte er schließlich. Er gab sich einen Ruck. »Wir können nicht einfach loslaufen«, sagte er, in verändertem, bewußt sachlichem Ton. »Sie kriegen uns, bevor wir zwanzig Meter weit gekommen sind.«

»Was ist mit Ihrem Wagen?«

»Keine Chance«, antwortete Apson überzeugt. »Die Vorderachse ist gebrochen – abgesehen von allem anderen.«

»Dann nehmen wir Glorias Wagen.« Ronald nahm die Schlüssel von der Kommode und schloß die Faust darum. »Sie können hierbleiben. Vielleicht lassen sie Sie in Ruhe.«

Apson antwortete nicht einmal darauf. Entschlossen trat er an Ronald vorbei und öffnete vorsichtig die Haustür. Diesmal setzte sie ihm keinen spürbaren Widerstand entgegen.

Es war sehr still draußen. Regen und Sturm waren nicht zurückgekehrt, und aus irgendeinem Grund schien es sogar ein wenig heller geworden zu sein. Es dauerte ein paar Sekunden, bis Ronald begriff, warum: Der Himmel hinter den gegenüberliegenden Häusern glühte in einem zarten Rosa. Irgendwo brannte es. Von Werner und seinen Gefolgsleuten war nichts mehr zu sehen.

Ronald deutete auf den flachen Schatten des Uno, der am Straßenrand stand, keine zehn Meter entfernt. Apson nickte. Aber keiner von ihnen rührte sich. Es war zu still. Viel zu still.

»Wo sind sie?« flüsterte Apson. Aus eng zusammengepreßten Augen sah er sich um, versuchte die Schatten mit Blicken zu durchbohren.

»Vielleicht warten sie auf mich«, antwortete Ronald. Unwillkürlich hatte auch er die Stimme zu einem Flüstern gesenkt.

»Das glauben Sie doch selbst nicht«, erwiderte Apson. Er griff in die Tasche und zog seine Pistole. Sorgfältig überprüfte er das Magazin, machte ein bedauerndes Gesicht und steckte die Waffe wieder ein; allerdings nicht in den Schulterholster unter der Achsel, sondern in die Manteltasche.

»Jetzt!« befahl Ronald. Sie stürmten los.

Die Schatten erwachten zum Leben, noch bevor sie die ersten drei Schritte getan hatten. Aber das dumpfe Brüllen des Motorrads blieb aus. Werner war nicht bei ihnen.

Es waren sechs oder sieben Gestalten, die im Schutz der Büsche auf sie gewartet hatten. Und sie waren verdammt schnell.

Vielleicht hätten Ronald und Apson es trotzdem geschafft, wäre der Wagen nicht abgeschlossen gewesen. Offensichtlich rechneten die Angreifer damit, daß sie sich gleich nach links wenden würden, dem Berg und dem Internat zu. Daß sie in die entgegengesetzte Richtung rannten, schien sie zu verwirren, denn für einen Augenblick wuchs der Vorsprung sogar noch. Aber die beiden Männer verloren kostbare Sekunden, als sie den Uno erreichten und Ronald feststellte, daß die Tür abgeschlossen war – ganz gegen Glorias Gewohnheit.

In fliegender Hast steckte er den Schlüssel ins Schloß, drehte ihn herum und riß die Tür auf. Er warf sich in den Wagen, entriegelte die Beifahrertür und versuchte sich am Lenkrad in die Höhe zu ziehen und gleichzeitig den Zündschlüssel ins Schloß zu bekommen. Es gelang ihm sogar, aber als er sich aufsetzen wollte, griff eine Hand nach seinen Füßen, die sich noch außerhalb des Wagens befanden, und begann daran zu zerren.

Ronald trat wütend um sich, spürte, daß er traf und die Gestalt davongeschleudert wurde, und drehte den Zündschlüssel so heftig herum, daß er für einen Moment Angst hatte, er würde einfach abbrechen.

Er tat es nicht. Statt dessen erwachte der Motor des Fiat brüllend zum Leben, und neben ihm zog sich Apson schnaufend auf den Beifahrersitz und knallte die Tür hinter sich zu. Ronald sah Schatten neben sich. Er zwang sich, sie zu ignorieren, trat mit beiden Füßen auf Kupplung und Gas und rammte knirschend den Gang hinein. Der Motor heulte auf, und der Uno machte einen Satz. Im gleichen Sekundenbruchteil traf etwas das Fenster auf Apsons Seite und zerschmetterte es, und durch die noch immer offenstehende Fahrertür zielte eine Hand, die ein Messer hielt, nach Ronalds Gesicht.

Ronald wich dem Stich im letzten Moment aus. Die Klinge verfehlte sein Gesicht um Haaresbreite und fuhr bis zum Heft in den Stoff der Nackenstütze. Gleichzeitig machte der Wagen einen Satz nach vorne. Die Tür fiel mit einem schmetternden Schlag zu und klemmte den Arm ein, der auf ihn gezielt hatte. Ronald hörte einen Schrei, trat instinktiv auf die Bremse und gab gleich darauf wieder Vollgas. Die Hand und der Arm verschwanden aus dem Wagen. Das Messer blieb zurück.

Ronald schaltete fluchend die Scheinwerfer ein, jagte den Wagen mit schrill aufheulendem Motor bis zur Ecke und trat so hart auf die Bremse, daß sie sich um ihre Achse drehten, ehe der Bordstein den Veitstanz unsanft abbremste. Apson keuchte vor Schmerz, als er nach vorne gegen das Armaturenbrett geschleudert wurde.

Aber für ein paar Sekunden waren sie sicher. Der Wagen hatte sich um hundertachtzig Grad gedreht, so daß die Gestalten jetzt im grellen Scheinwerferlicht zu sehen waren. Eine davon war zu Boden gestürzt und krümmte sich, wobei sie ihren Arm umklammerte, die anderen standen einfach da und blickten sie an, unschlüssig, was sie tun sollten. Ronald sah, wie *unmenschlich* sie wirkten – verkrümmt, mit pendelnden Armen, mehr affen- als menschenartig. Etwas... veränderte sie.

»Großer Gott«, flüsterte Apson. »Was ist das?«

»Gog«, antwortete Ronald. Apson sah ihn verwirrt an.

»Gog und Magog«, murmelte Ronald. Seine Stimme zitterte. »Die Krieger der Apokalypse. Er hat sie erweckt.«

Eine der Gestalten lief los, und die anderen folgten ihr. Ronald stieß den Rückwärtsgang hinein, gab Gas und trat ruckartig auf die Bremse, und wieder vollführte der Wagen eine kreischende Drehung, die Apson diesmal in die Polster zurückschleuderte. Ronald beschleunigte abermals, und als er in den Rückspiegel sah, waren die Verfolger weiter zurückgefallen. Er bremste ab, griff nach der Tür und zog sie richtig zu, ehe er den Knopf herunterdrückte. Nicht, daß das etwas nützen würde: Die Tür auf Apsons Seite hatte keine Scheibe mehr.

»Worauf warten Sie?« fragte Apson. »Daß sie uns einholen?«

Ronald deutete mit einer Kopfbewegung nach vorne. »Wir müssen wenden«, sagte er. »Das Internat liegt in der anderen Richtung.«

Apson biß sich auf die Unterlippe. *Wenden* bedeutete wahrscheinlich nichts anderes, als eines oder auch ein paar der Kinder dort hinten zu überfahren. Er wußte so gut wie Ronald, daß sie nicht aus dem Weg springen würden.

»Fahren Sie um den Block!« befahl er.

Ronald zögerte. Er sah in den Rückspiegel. Die Verfolger hatten bereits wieder aufgeholt. Noch ein paar Sekunden, und sie hatten den Wagen erreicht.

»Das gefällt mir nicht«, knurrte er. »Das war alles zu leicht.«

Apson starrte ihn mit offenem Mund an. *»Zu leicht?«* kreischte er. »Die hätten uns um ein Haar erwischt!«

Ronald antwortete nicht, sondern fuhr weiter; schnell genug, die heranhumpelnden und -hüpfenden Gestalten wieder zurückfallen zu lassen, aber nicht mehr so schnell, daß der Wagen ins Rutschen kam. Die Straßen waren spiegelglatt.

An der Ecke bremste er ab, betätigte aus reiner Gewohnheit den Blinker und ließ den Wagen in die Seitenstraße schlittern, in der der Ford mit Apsons Männern stand. Ein schwarzer Umriß huschte vorbei: Zombecks Wagen, den er hier abgestellt hatte. Dann tauchte der Ford im Scheinwerferlicht auf. Er war nur noch ein Wrack. Alle Reifen waren platt, und sämtliche Scheiben eingeschlagen. Jemand hatte versucht, ihn anzuzünden, aber der Regen mußte das Feuer wieder gelöscht haben. Ein häßlicher, schwarzbraun verschmierter Fleck verunzierte die Motorhaube.

Der Wagen huschte vorüber, und Ronald bog abermals nach rechts ab – und trat im letzten Moment auf die Bremse, als die Gestalt im Scheinwerferlicht auftauchte. Die kurze Schnauze des Uno senkte sich, die Reifen kreischten hilflos auf Eis und Asphalt, aber das Wunder geschah: Der Wagen kam kaum eine Handbreit vor der Gestalt zum Stehen, die hoch aufgerichtet und mit ausgebreiteten Armen auf der Straße stand und ihnen aus leeren, blutigen Augenhöhlen entgegenblickte.

Tholberg. Er war tot. Ronald schloß stöhnend die Augen, als er sah, was sie mit seinem Gesicht und seinen Händen getan hatten.

Mühsam kämpfte er Ekel und Entsetzen nieder und fuhr weiter. Die Straße war glatt wie Schmierseife. Obwohl er versuchte, um den

Toten herumzufahren, streifte der Kotflügel des Fiat eines der Bretter, an die man ihn gebunden hatte, um ihn aufrecht auf der Straße zu halten. Das Brett zerbrach, und Tholbergs rechter Arm sank herab. Es sah aus, als winkte er ihnen zu.

Ein rotes Leuchten tauchte vor ihnen aus der Dunkelheit auf, und als sie um die nächste Ecke bogen, sahen sie den Flammenschein: Die Tankstelle brannte. Das Feuer hatte das kleine Kassenhaus fast verzehrt und leckte bereits nach den Tanksäulen. Wenn es sie erreichte und auf die darunterliegenden Tanks übergriff, dachte Ronald, dann würde die halbe Stadt in die Luft fliegen. Vielleicht genau in dem Moment, in dem sie daran vorbeifuhren. Er verscheuchte den Gedanken und gab Gas. Die Hinterräder des Uno drehten auf dem Eis durch, aber der Wagen setzte sich trotzdem in Bewegung, wenn auch ruckelnd und schlingernd.

Ein Schatten sprang vom Straßenrand aus auf sie zu. Ronald fluchte, drehte wie wild am Lenkrad und wich der Gestalt um Haaresbreite aus. Dann kam ein Stein herangeflogen und traf die Windschutzscheibe. Er zertrümmerte sie nicht, aber er hinterließ eine faustgroße blinde Stelle und ein Netz von Sprüngen und Rissen.

Ein weiterer Schatten. Verzerrte Gesichter, die wie Dämonenfratzen aus der Dunkelheit auftauchten. Steine und Fäuste trafen den Wagen. Apson riß seine Waffe heraus und feuerte aus dem Fenster, aber diesmal blieb die erhoffte Wirkung aus. Immer mehr und mehr Gestalten tauchten aus der Nacht auf und versuchten, ihnen den Weg zu verstellen; und dann sah Ronald etwas, das ihn vor Entsetzen fast erstarren ließ: Inmitten der brennenden Tankstelle stand eine Gestalt. Sie brannte lichterloh. Ihr Haar, ihre Kleidung, ihre Haut standen in Flammen, aber sie bewegte sich, winkte ihnen zu und ging dann ohne Hast zu einer der Tanksäulen. Ihre brennende Hand ergriff den Schlauch und löste ihn aus der Halterung. Wie die Mündung eines Flammenwerfers richtete sie den Schlauch auf den Fiat, und plötzlich schoß ein greller Strahl lodernden Benzins aus ihm hervor und leckte nach dem Wagen.

Es gelang Ronald nicht ganz, dem Strahl auszuweichen. Einige Spritzer trafen den Hinterreifen und setzten ihn in Brand. Die Tankstelle huschte vorüber, aber der Feuerschein folgte ihnen. Ronald sah im Rückspiegel loderndes rotes Licht: Der Reifen brannte noch immer.

Er ignorierte ihn. Er zwang sich, nicht an Apson und den Reifen zu denken, sondern konzentrierte sich auf die Straße und das bockende Lenkrad in seinen Händen. Immer mehr und mehr Schatten erschienen auf der Straße; verzerrte, kreischende Wesen, die mit jeder Sekunde mehr von ihrer Menschlichkeit verloren. Aber irgendwie gelang es ihm, ihnen immer wieder im letzten Moment auszuweichen. Der Fiat wurde schneller. Der Hinterreifen brannte weiter. Ronald fragte sich, wie lange es noch dauern würde, bis er platzte, oder die Hitze den Tank explodieren ließ, der sich fast unmittelbar daneben befand.

Der Tank des Fiat explodierte nicht. Aber Ronald hatte plötzlich das Gefühl, die Erde würde sich um einen Meter heben, und dann ertönte ein ungeheuerliches Donnern und Krachen. Grell orangeroter Feuerschein machte die Nacht zum Tage, als die Benzincontainer der Tankstelle in die Luft flogen. Ein Pilz aus Feuer wuchs hinter ihnen empor, und für eine Sekunde verwandelte sich die Silhouette Krailsfeldens in eine harte Schwarzweißaufnahme aus einem Alptraum. Ronald sah menschliche Gestalten wie Blätter durch die Luft fliegen, dann waberte der Feuerpilz auseinander und verlor etwas von seiner unheimlichen Leuchtkraft. Brennendes Benzin regnete auf die Stadt herab.

Der Wagen schoß weiter. Der Berg tauchte vor ihnen auf, davor die Abzweigung zu dem gewundenen Weg mit der Bushaltestelle. Ronald bekam den Wagen nicht richtig um die Kurve: Der Fiat rutschte von der Straße, rasierte das Bushaltestellenschild um und rumpelte über gefrorenes Gras und Morast, ehe er mit einem Schlag wieder auf den Weg zurückkam. Dann platzte der Hinterreifen.

Ronald klammerte sich mit aller Kraft an das Lenkrad und trat das Gaspedal bis zum Boden durch. Apson schrie etwas, aber die Worte gingen im Heulen des überdrehten Motors unter. Der Wagen schoß in irrsinnigem Zickzack hin und her und kam immer wieder von der Straße ab, aber irgendwie gelang es Ronald, weiter auf das Internat zuzusteuern. Das ganze Heck des Fiat brannte jetzt. Die Hitze wurde unerträglich, und Ronald glaubte, das Zischen kochenden Benzins zu hören.

Irgendwie schaffte er es. Während der Feuerschein aus Krailsfelden heller und heller wurde, näherte sich der Wagen dem Internat, raste in die Toreinfahrt und prallte krachend zwei-, dreimal hintereinander mit der Seite gegen die Wand. Aber er schoß weiter, und Ronald nahm auch jetzt nicht den Fuß vom Gaspedal. Wie ein brennender Feuervogel flog der Fiat über den Hof, rumpelte die Treppe hinauf und zertrümmerte das zweiflügelige Tor des Hauptgebäudes. Irgend etwas brach vom Heck ab und flog brennend durch die Halle, dann sprang die Treppe auf sie zu. Ronald sah das Zucken von Rotlichtern und hörte das Schrillen einer Sirene, und als er sich zu Apson herumdrehte, saß nicht mehr der Kriminalbeamte, sondern Anna neben ihm, tot, mit bleichem, ausgeblutetem Gesicht, und –

Der Wagen prallte gegen das Treppengeländer und zertrümmerte es, bevor er mit einem Schlag zum Stehen kam. Was von der Windschutzscheibe übrig war, regnete auf Ronald und Apson herab, und Ronalds Stirn knallte so heftig gegen das Lenkrad, daß er für Sekunden gegen eine Bewußtlosigkeit ankämpfen mußte.

Sein Blick klärte sich erst wieder, als Apson ihn an den Schultern aus dem Wagen zerrte. Instinktiv versuchte er, diese Hände abzustreifen, kam unsicher auf die Füße und taumelte in die Richtung, in die Apson ihn zerrte. Feuerschein erfüllte die Halle. Der Wagen explodierte noch immer nicht, aber die Flammen griffen rasch auf die Trümmer des Treppengeländers über, und auch weiter vorne am Eingang brannte es. Die Luft war angefüllt mit dem Gestank von schmorendem Lack und Gummi.

»Wohin?« keuchte Apson.

Ronald deutete blind nach links, in dieselbe Richtung, die er am vergangenen Abend eingeschlagen hatte, zusammen mit Gloria.

Sein Blick irrte durch die Halle, während er hinter dem Kriminalbeamten herstolperte. Die Treppe brannte, und die Flammen breiteten sich mit fast übernatürlicher Geschwindigkeit aus. Ronald wußte plötzlich, daß keine Macht der Welt das Internat noch retten konnte. Es würde ebenso niederbrennen wie die Stadt, in der Werners Gog und Magog tobten.

Dann streifte sein Blick das Bild Sängers, und für eine Sekunde schien sein Herz auszusetzen.

Das Gemälde war verschwunden.

Nein – nicht verschwunden. Der Rahmen hing noch dort, wo er die letzten dreißig Jahre gehangen hatte, und auch die Leinwand war noch da, das dunkle Purpur und Blau waren unbeschädigt. *Aber das Gesicht Sängers war nicht mehr darauf!*

Ronald erstarrte mitten im Schritt. Sein Blick saugte sich an der Leinwand fest, die so unberührt und sauber war, als hätte der Maler niemals das Porträt Sängers darauf gemalt, sondern seine Arbeit eingestellt, nachdem er den Hintergrund vorbereitet hatte.

»Was ist los mit Ihnen?« schrie Apson. »Was –« Auch er brach mitten im Wort ab, als er sah, was Ronald anstarrte. Seine Augen wurden groß. Aber er sagte kein Wort, sondern drehte sich nach einer Sekunde wieder um und lief weiter, und schließlich folgte ihm auch Ronald.

Sie rasten denselben Gang hinab, den Straub und Margarete genommen hatten, wandten sich nach rechts und näherten sich der Tür zu Zimmer sieben. Als sie bis auf zwanzig Schritte herangekommen waren, flammte ein grelles Licht am Ende des Korridors auf. Apson blieb stehen und hob fluchend seine Waffe, aber das Licht war einfach zu hell, als daß er zielen konnte, und auch Ronald hob schützend die Hand über die Augen und blinzelte.

Er wußte, was da auf sie zuraste, noch bevor er das dumpfe, eiserne Grollen hörte. Ein Scheinwerfer blendete ihn. Rasiermesserscharfer Stahl blitzte auf, und plötzlich war das Reißen von Stoff und Apsons Stimme zu hören, die einen keuchenden Schmerzensschrei ausstieß, während er gegen die Wand geschleudert wurde.

Ronald warf sich mit einer verzweifelten Bewegung herum. Das Motorrad raste an ihm vorüber, und auch die mörderischen Nieten an Werners Handschuh verfehlten ihn. Er spürte, wie seine Hose aufgeschlitzt wurde, aber er selbst blieb unverletzt. Werner stieß ein enttäuschtes Heulen aus und trat mit aller Kraft auf die Bremse. Die Reifen kreischten auf den Dielen, und die Maschine kam ins Schlingern.

»Laufen Sie!« brüllte Ronald.

Gleichzeitig spurtete er selbst los. Sie hatten eine Chance. Der Gang war einfach zu schmal, als daß Werner seine Maschine darin wenden konnte – er mußte zurück bis in die Halle fahren und dort umdrehen.

Ronald erreichte Apson, sah, daß sein rechtes Bein blutüberströmt war, und zerrte ihn einfach mit sich. Hinter ihnen heulte der Motor schrill auf, wurde für einen Moment leiser, und dann erstrahlte der Gang wieder im unheimlichen, grell weißen Licht des aufgeblendeten Scheinwerfers. Ronald raffte all seine Kraft zusammen, rannte schneller und warf sich mit einem verzweifelten Satz durch die Tür, wobei er Apson mit sich zog.

Fast in der gleichen Sekunde war Werner da. Die Maschine schrammte funkensprühend an der Wand entlang, hinterließ tiefe Schrammen im Putz und zerfetzte den Türrahmen.

Sie waren beide gestürzt. Ronald kam als erster wieder auf die Füße, warf die Tür zu und wandte sich dann erst um, um auch dem Polizeibeamten auf die Füße zu helfen. Apson stöhnte. Sein rechtes Hosenbein war bis über das Knie hinauf aufgeschlitzt, und die Haut darunter blutete heftig. Aber Ronald sah auch, daß die Wunde vielleicht schmerzhaft, aber nicht besonders gefährlich war.

»Können Sie gehen?« fragte er.

»Ja.« Apson nickte, versuchte aufzustehen und sank mit einem Wimmern wieder zurück. »Nein«, verbesserte er sich. »Jedenfalls nicht schnell genug. Hauen Sie ab, Bender! Er wird zurückkommen.«

Ronald blickte zur Tür. Das Heulen des Motorrads kam schon wieder näher. Und es gab hier drinnen nichts, wo sie sich verstecken konnten. Der einzige Ausgang lag auf der gegenüberliegenden Seite des großen Zimmers; keine Tür, sondern ein Schrank. Der Schrank, in dem seine Alpträume wohnten. Aber sie würden es nicht schaffen. Werner war nur noch Sekunden entfernt.

Mit einer entschlossenen Bewegung griff er unter Apsons Achseln und zerrte ihn von der Tür fort, wobei er dessen heftige Proteste einfach ignorierte. Das Dröhnen der Maschine wurde lauter, schwoll mehr und mehr an ...

Ronald richtete sich auf, machte zwei, drei Schritte zurück und rannte los, im gleichen Moment, in dem die Tür wie unter einem Hammerschlag explodierte und Werners Höllenmaschine in einem Regen von Holzsplittern und wirbelndem Staub hereinbrach. Er sprang, drehte sich in der Luft, bis er fast in der Waagrechten lag, und stieß die Beine mit aller Gewalt nach vorn.

Es war kein sehr guter Sprung. Er war seit Jahren nicht im Training, er war verletzt, und er war viel zu nervös. Aber er traf Werner direkt in die Seite. Werner kreischte vor Schreck, als er einfach aus dem Sattel gerissen wurde und einen Salto in der Luft schlug, ehe er mit unglaublicher Gewalt gegen die Wand krachte.

Auch Ronald stürzte. Der Aufprall war so heftig, daß er benommen liegenblieb. Jeder einzelne Muskel in seinem Körper tat weh. Er hatte kaum die Kraft, sich in die Höhe zu stemmen und den Kopf zu heben, um nach Werner zu sehen.

Auch Werner rappelte sich bereits wieder hoch. Es war völlig unmöglich nach diesem Sturz, aber er schaffte es, indem er sich mit den Händen an der Wand abstützte und dabei eine schmierige Spur auf der verblichenen Tapete hinterließ. Sein Gesicht war eine Fratze: zerschlagen, blutüberströmt, aber noch immer voller Haß und unstillbarer Mordlust.

Auf der anderen Seite des Zimmers brüllte der Motor auf. Ronald wandte entsetzt den Blick und sah, wie sich das Motorrad aus eigener Kraft aufrichtete; ohne Fahrer, zertrümmert, aber so unerbittlich wie sein Besitzer und von der gleichen, höllischen Macht erfüllt.

Apson erschoß es.

Er hatte die Waffe wieder gezogen und hielt sie mit beiden Händen, während er Schuß auf Schuß in die Maschine jagte. Die erste Kugel traf den Scheinwerfer und prallte klirrend davon ab, aber die zweite, dritte, vierte und fünfte trafen den vibrierenden Tank und rissen ihn in Stücke. Der Motor heulte auf, und plötzlich klang das Geräusch wie das Schreien eines tödlich getroffenen Raubtiers. Das Motorrad schob sich noch zwei, drei Meter weiter, blieb dann lang zitternd stehen und kippte schließlich zur Seite. Dunkles, dampfendes Blut lief aus dem durchlöcherten Tank und erfüllte den Raum mit widerwärtig-süßlichem Geruch.

Werners Augen weiteten sich vor Entsetzen. Fassungslos starrte er auf das zerstörte Motorrad, blickte Apson, dann Ronald an – und warf sich mit einem irrsinnigen Heulen nach vorn.

Ronald wich seinem wütenden Fausthieb aus, packte den Arm und schleuderte Werner quer durch das Zimmer. Blitzschnell setzte er ihm nach, zerrte ihn mit der Linken vom Boden hoch und riß den rechten Arm zurück.

Aber er schlug nicht zu.

Er konnte es nicht. Nicht mehr.

Ganz plötzlich begriff er, was er da tat, und ebenso plötzlich verstand er auch, wie recht Apson gehabt hatte, als er sagte, Werner wäre bereits tot. Es war, als sähe er die entsetzliche, verstümmelte Gestalt in seinen Händen zum erstenmal. Werner bewegte sich. Sein Herz schlug, und in seinen Augen war Leben, aber im Grunde war er nur noch eine Karikatur. Sein Körper mochte noch am Leben sein, aber was immer Besitz von seinem Geist ergriffen hatte, das hatte ihn zerstört, restlos und gründlicher, als es seinen Körper jemals vernichten konnte.

Angewidert ließ er den Jungen los und senkte die Arme. Er würdigte ihn nicht einmal mehr eines Blickes, als er sich zu Apson hinüberschleppte und ihm auf die Beine half.

11

Gloria lag nackt auf dem Altar. Sie hatten darauf verzichtet, sie zu fesseln, als wüßten sie genau, wie hilflos sie war. Der Stein in ihrem Rücken fühlte sich auf unangenehme Weise warm und *lebendig* an, und der Raum war voller Schatten und zuckendem Feuerschein und Gestalten, die sich im unheimlichen Takt einer Melodie wiegten, die aus dem Nichts zu kommen schien; ein Lied, das nicht in diese Welt gehörte und auch noch das letzte bißchen Blut in Gloria zum Frieren zu bringen schien.

Sie weinte, völlig lautlos und ohne eine Träne; und sie weinte nicht aus Angst oder Scham, sondern vor Entsetzen, jetzt, als sie begriffen hatte, wie alles *wirklich* war.

Sie hatte keine Angst um ihr Leben. Damit hatte sie längst abgeschlossen. Sie würde sterben, und nach allem, was in den letzten

Stunden geschehen war, erschien ihr der Tod wie eine Erlösung. Sie weinte um ihren Onkel, denn sie hatte begriffen, daß auch er in seinen letzten Minuten die Wahrheit erkannt haben mußte. Sie hatte sich getäuscht: Er *hatte* sich selbst getötet, und jetzt wußte sie auch, warum. Er hatte gar keine andere Wahl gehabt.

Etwas im wiegenden Takt der Körper, die den Altar umgaben, veränderte sich. Es waren jetzt sechs – zu den drei Kindern, die sie heruntergebracht hatten, waren drei weitere gestoßen. Sie trugen dieselben dunklen Kutten wie am vergangenen Abend, und es waren auch dieselben Gesichter, obwohl sie nicht alle richtig gesehen hatte. Ihre summenden Stimmen formten Worte, die Gloria erst nach einer Weile wiedererkannte.

»Gog! Magog! Wir rufen euch! Was tot war, lebt. Was gefangen war, ist frei! Gog, Magog – erhört uns!«

Gloria wollte die Augen schließen, aber sie konnte es nicht. Sie war so vollständig gelähmt, als wäre sie bereits tot; und ihr Geist hatte nur vergessen, den Körper zu verlassen. Hilflos sah sie zu, wie sich die Gestalten in den schwarzen Kutten enger um den Altar scharten.

Und ebenso hilflos sah sie zu, wie eine von ihnen unter ihre Kutte griff und einen schmalen, messerscharfen Dolch zog.

12

Die Treppe, die dort begann, wo eigentlich die Rückwand des Schranks sein sollte, führte steil in die Tiefe. Und sie *veränderte* sich mit jeder Stufe, die sie gingen. Aus dem blassen, grauen Schimmer, der die oberen Stufen erhellt hatte, war ein pulsierendes, rötliches Licht geworden, und der Stein schien *zu leben.* Ronald wagte es nicht, ihn zu berühren, aber er ahnte, daß er Wärme fühlen würde, wenn er die Hand ausstreckte. Die Stufen, über die sie gingen, schienen unter ihrem Gewicht zusammenzuzucken, und manchmal glaubte er einen feuchten, seufzenden Laut zu hören. Es war kein Berg. Sie bewegten sich im Inneren eines gigantischen, finsteren Lebewesens, das unerkannt in den Tiefen der Erde herangewachsen war; ein Monster, das von Haß und Gewalt lebte.

Und es war keine Einbildung. Apsons Gesicht war grau vor Furcht, und die Blicke, die er immer wieder nach rechts und links warf, wurden immer nervöser. Ronald wunderte sich, daß er überhaupt noch die Kraft hatte, ihn zu begleiten.

Aber vielleicht hatte das gar nichts mit Kraft zu tun. Vielleicht spürte Apson ebenso deutlich wie er, daß diese Treppe nur in eine Richtung führte. Sie hätten gar nicht umkehren können, selbst wenn sie es gewollt hätten.

Sie liefen so schnell weiter, wie sie es auf den schlüpfrigen Stufen wagten. Dann und wann drang ein dumpfes Grollen von oben die Treppe herab, und Ronald ahnte, daß das Geräusch nichts mit der finsteren Magie dieses Ortes zu tun hatte: Über ihren Köpfen begann das Internat zu brennen, und der Bau war alt und mürbe genug, um binnen Minuten wie ein gigantischer Scheiterhaufen aufzuflammen. Er fragte sich, wie um alles in der Welt sie hier wieder herauskommen sollten. Dann erschien ihm sein eigener Gedanke lächerlich. Sie hatten wahrhaft im Moment andere Sorgen als das Hinauskommen.

»Was ist so lustig?« erkundigte sich Apson. Ronald sah ihn einen Moment lang irritiert an, ehe ihm klarwurde, daß er über seinen eigenen Gedanken gelächelt hatte.

»Nichts«, sagte er.

Apson atmete heftig. Er stand kurz davor, die Beherrschung zu verlieren, dachte Ronald alarmiert. Er ging schneller, um aus diesem höllischen Schlund herauszukommen.

Die Treppe führte noch ein gutes Stück weit in die Tiefe, ehe sie in einen Gang mündete. Sie blieben einen Moment stehen, um sich zu orientieren.

Auch hier unten war das Licht rot, aber es war nur der Schein von Fackeln, kein Dämonenlicht mehr. Ein Dutzend davon brannte in uralten, kunstvoll geschmiedeten Haltern auf der ganzen Länge des Ganges, und weit vor ihnen glaubte er eine Abzweigung zu erkennen.

»Hören Sie!« Apson hob alarmiert die Hand und legte gleichzeitig den Kopf schräg, um zu lauschen.

Fast im selben Moment hörte es auch Ronald: ein düsterer, an- und abschwellender Gesang, der monotone Klang von einigen Stimmen, *Kinderstimmen,* die versuchten, tief und beschwörend wie die von Erwachsenen zu klingen. Das Ergebnis war eher lächerlich, aber die Worte, die Ronald erkannte, ließen ihn erstarren:

»Gog! Magog! Wir rufen euch! Was gestorben war, lebt! Was gebunden war, ist frei!«

Apson deutete auf ein düsteres Rechteck, das in der Seitenwand gähnte. Es war eine Tür.

Mit klopfenden Herzen schlichen sie weiter, wobei Ronald ganz automatisch die Führung übernahm. Seine Hände zitterten. *»Gog!«* dröhnten die Stimmen. *»Magog! Hört uns an! Nehmt unser Opfer!«*

Die Tür war so niedrig, daß Ronald in die Hocke gehen mußte, um überhaupt hindurchzusehen, und im ersten Moment erkannte er gar nichts, denn der Raum war zwar von Fackeln erhellt, aber die Flammen zitterten so heftig, daß er nur zuckende Bewegungen erkannte. Ein halbes Dutzend von Kutten verhüllte Gestalten drängte sich um einen Punkt vor der hinteren Wand der kleinen kuppelförmigen Höhle.

Dann erkannte er, was es war; und er erkannte, wen er vor sich hatte.

Gloria.

Sie lag nackt, mit weit ausgebreiteten Armen und leicht gespreizten Beinen, auf einem monolithischen schwarzen Block *(dem Altar)* und blutete aus einer fingerlangen, tiefen Wunde in ihrer Seite. Ihr Gesicht war leer. Trotz der grausamen Kälte hier unten war ihr Körper schweißgebadet. Ihre Augen standen weit offen, aber sie schien gar nicht zu begreifen, was mit ihr geschah.

Der Altar. Es war der gleiche Altar, auf dem Straub –

Ronald drängte die Bilder, die aus seinem Unterbewußtsein aufstiegen, energisch zurück, trat ganz in die Kammer hinein und richtete sich wieder auf.

»Gog! Magog! Nehmt unser Opfer!«

Und erst in diesem Moment sah Ronald den Dolch, den die Gestalt am Kopfende des Altars in beiden Händen hielt, hoch erhoben und zum Zustoßen bereit.

»Neiiiin!«

Ronald schrie gellend auf, packte die erste der sechs Figuren bei den Schultern. Wütend schleuderte er sie davon, hörte einen hellen, spitzen Aufschrei und schlug instinktiv zu, als einer der anderen Jungen herumfuhr und nach ihm zu treten versuchte. Hinter sich hörte er Apson etwas schreien, aber er achtete nicht darauf, sondern stürmte weiter, schleuderte zwei weitere Kinder aus dem Weg und warf sich auf den Jungen mit dem Dolch. Dieser registrierte seinen Angriff im letzten Moment und versuchte, die Waffe in der Hand zu drehen, um ihre Spitze auf Ronald zu richten, aber er kam nicht einmal dazu, die Bewegung zu Ende zu führen. Ronald stürzte auf ihn und riß ihn von den Füßen. Das Messer flog davon, prallte klirrend gegen den Altar und hinterließ einen langen schimmernden Kratzer in seiner Oberfläche.

Der Junge unter ihm begann sich zu wehren, trat nach ihm. Ronald stemmte sich in die Höhe, schüttelte ihn ab und versetzte ihm eine Ohrfeige, die ihn wimmernd zurückfallen ließ. Dann richtete er sich ganz auf und hob die Fäuste.

Nur eine einzige der schwarzvermummten Gestalten stellte sich ihm noch einmal entgegen. Die anderen waren wieder zu dem geworden, was sie vorher gewesen waren: zu Kindern. Verängstigte Kinder, die zitternd in eine Ecke der Kammer zurückgewichen waren und ihn aus geweiteten Augen anstarrten. Apson stand vor ihnen, unbewaffnet und verletzt, aber jetzt bedrohlich genug, um sie in Schach zu halten.

Ronald wollte sich zu Gloria umwenden, als ihn der Junge ansprang. Toni riß das Bein in die Höhe, knickte in der Hüfte ab und versetzte ihm einen Fußtritt gegen die rechte Seite seines Halses, der ihn zu Boden schleuderte. Mit einem gellenden Schrei setzte er nach, fiel neben Ronald auf die Knie und stieß mit der Faust nach seiner Kehle.

Ronald fing seine Hand ab und verdrehte ihm mit einem Ruck den Arm. Fast mühelos riß er den Jungen herum, wich einem ungeschickten Hieb seiner freien Hand aus und versetzte ihm gleichzeitig einen Handkantenschlag gegen die Kehle. Im letzten Moment nahm er dem Hieb die ärgste Wucht, so daß er den Jungen nicht tötete. Aber er würde für Stunden außer Gefecht gesetzt sein.

Er fing Toni auf, als er zusammenbrach, ließ ihn beinahe sanft zu Boden gleiten und beugte sich über Gloria.

Seine Hände zitterten, als er sie vorsichtig nach ihr ausstreckte und ihren Kopf anhob. Glorias Blick blieb leer, aber sie reagierte auf die Berührung. Ein Zittern lief durch ihren Körper, und Ronald hörte ein leises, qualvolles Stöhnen. Ihre Lider flatterten. Dann, ganz langsam, kehrte das Leben in ihre Augen zurück.

Und mit ihm die Angst.

Ronald hatte niemals im Leben ein so abgrundtiefes Grauen im Blick eines Menschen gesehen. Zitternd hob sie die Arme, streckte die Hände nach ihm aus, berührte ihn aber nicht, sondern schreckte im letzten Augenblick davor zurück. Ronald sah sie einen Moment lang hilflos an, dann schlüpfte er aus seiner durchnäßten Jacke, half ihr, sich auf dem steinernen Block aufzusetzen, und hängte ihr das Kleidungsstück über die Schultern. Sein Blick streifte die blutende Wunde an ihrer Seite.

»Es... ist nicht so schlimm«, flüsterte Gloria mit einer Stimme, die ihre Worte Lügen strafte.

»Kannst du gehen?«

Gloria nickte, versuchte aufzustehen, sank mit einem Schmerzenslaut wieder zurück und schüttelte den Kopf. »Müde«, flüsterte sie. »Ich bin so... so müde.«

Der Junge neben ihm regte sich. Ein bleiches, schweißüberströmtes Gesicht blickte Ronald unter der Kapuze hervor an, Augen, in denen eine Mischung aus Furcht und Trotz und abgrundtiefem Haß geschrieben stand. Er versuchte nicht, sich auf Ronald zu stürzen, sondern setzte sich nur stöhnend auf und preßte die Hände gegen den Leib, aber Ronald war nicht sicher, wie lange dieser Zustand anhalten würde. Ohne noch eine Sekunde zu zögern, hob er Gloria hoch und trat um den Altar herum.

»Nicht«, stöhnte Gloria. »Laß mich. Wir können ... nicht entkommen.«

»Ich weiß«, antwortete Ronald und ging weiter. »Aber wir können es wenigstens versuchen.«

»Wenn ihr damit fertig seid, euch zu unterhalten, könnten wir vielleicht von hier verschwinden«, sagte Apson ärgerlich.

Ronald trat neben ihn. Es war wie damals, als er Anna aus dem Wagen gehoben hatte: Gloria wog fast nichts. Und ihr Körper war fast ebenso reglos und schlaff. Das Leben in ihren Augen täuschte. Sie hatte aufgegeben.

»Was ist mit ihr?« fragte Apson unwillig. »Sie –« Er fuhr zusammen, als er die blutende Wunde unter ihren Rippen bemerkte, dann runzelte er die Stirn. »Das ist nur ein Kratzer«, sagte er. »Es wäre besser, wenn sie läuft.«

»Halten Sie doch den Mund«, schnappte Ronald. »Sie verstehen überhaupt nichts!« Er warf Apson einen zornigen Blick zu – aber dann setzte er Gloria doch behutsam zu Boden, hielt sie aber an den Oberarmen fest, falls sie stürzen sollte.

»Laßt ... mich hier«, flüsterte Gloria.

»Unsinn!« bekannte Ronald. »Du wirst jetzt mit uns kommen, hörst du?«

»Lauft ... weg. Sie werden euch nicht ... verfolgen. Er verlangt ... nur ein Opfer.« Gloria begann sich schwach zu wehren, versuchte sogar, sich herumzudrehen, um zu dem Altar zurückzukommen. Natürlich ließ Ronald es nicht zu.

»Du darfst nicht aufgeben!« rief er beschwörend. »Wach auf, Gloria! Ich lasse nicht zu, daß du stirbst!«

»Rührend. Echt rührend, ihr beiden.«

Die Stimme war keine Stimme, sondern ein Krächzen, ein feuchter, widerwärtiger Laut. Keine Worte, wie sie eine menschliche Kehle hervorbringen konnte. Und das *Wesen,* das unter der Tür erschienen war, hatte auch nur noch sehr wenig Ähnlichkeit mit einem Menschen.

Werners zerschmettertes Skelett machte es ihm unmöglich, aufrecht zu stehen. Aber er brachte es dennoch fertig, in der linken Hand einen Benzinkanister und in der rechten eine Maschinenpistole zu halten, mit der er auf Ronald und Gloria zielte. Es war eine uralte Waffe: ein schweres Modell mit poliertem Holzschaft und einer runden Trommel, das noch aus dem Zweiten Weltkrieg stammen mußte. Aber Ronald war sehr sicher, daß es noch völlig funktionstüchtig war.

»Ehrlich«, krächzte Werner. »Wenn ich es noch könnte, würd ich glatt ein paar Tränen um euch weinen. Ihr beide seid richtig süß. *Tu das lieber nicht, Arschloch!*«

Die letzten Worte galten Apson, der sich bewegt hatte. Der Lauf der Maschinenpistole bewegte sich ruckhaft in seine Richtung und erstarrte dann wieder. Eine Sekunde lang wog Ronald ganz kalt seine Chancen ab. Wenn er jetzt sprang, würde Werner vielleicht abdrücken, möglicherweise auch Apson oder eines der Kinder erschießen, während er die Waffe herumschwenkte. Aber er hatte eine Chance.

Trotzdem tat er es nicht. Werner hätte Gloria treffen können.

»Was hast du jetzt vor?« fragte Apson ruhig. Seine Stimme klang ein bißchen gepreßt, und er hatte die Arme erhoben, aber eigentlich war ihm nicht die Spur von Nervosität anzumerken. Ronald fragte sich, ob der Kriminalbeamte wirklich so kaltblütig war, oder ob er nur bluffte. »Willst du uns alle drei erschießen?«

»Warum nicht?« Werner kicherte. »Keine schlechte Idee.«

»Das schaffst du nicht«, entgegnete Apson. Er deutete mit der Hand auf Ronald und zwang ein kaltes, durch und durch überhebliches Lächeln auf seine Lippen, das Lächeln eines Erwachsenen, der einem Kind mit einer Wasserpistole in der Hand gegenübersteht. »Du kannst uns nicht beide erwischen, Junge. Du kannst mich erschießen, aber dann bringt er dich um. Oder du kannst ihn erschießen, und dann töte ich dich.«

»Ach, wirklich?« Werner versuchte eine Grimasse zu schneiden. »Ich denke, ich werde deinen Freund erschießen, Inspektorchen«, grinste er. »Du wirst mir nämlich nichts tun. Ich bin doch ein Kind. Du würdest niemals ein Kind umbringen. Nicht einmal ein verrücktes.«

Apson zuckte mit den Schultern. »Stimmt«, gab er gleichmütig zu. »Nicht in Wirklichkeit. Aber das alles hier passiert sowieso nicht wirklich.«

Werners rechtes Auge wurde schmal. Über das linke hatte er keine Kontrolle mehr. »Wie meinst du das?« fragte er.

Apson lachte. »Ich bin nicht wirklich hier«, antwortete er. »Ich bin sicher, daß ich in Wirklichkeit zu Hause in meinem Bett liege und mir das alles nur zusammenphantasiere. Oder ich bin mit dem Wagen doch in diesen verdammten Bus hineingerast und liege im Koma und habe Halluzinationen. So oder so – es spielt keine Rolle. Ich kann dich getrost umbringen. Du bist nicht real. Das alles hier ist nur ein Alptraum.«

»Interessante Theorie«, sagte Werner und drückte ab.

Die MP stieß eine fast meterlange Feuerzunge aus. Die Kugel durchschlug Apsons linken Arm dicht über dem Ellbogengelenk und fuhr dann in die Wand.

Apson starrte das Loch in seinem Arm an, dann machte er einen einzigen taumelnden Schritt, fiel auf die Knie herab und preßte die Hand auf die Wunde, alles ohne einen Laut.

»Aber leider nur eine Theorie«, fuhr Werner ungerührt fort, während er die Mündung der Waffe fast gemächlich herumschwenkte, um sie wieder auf Ronald und Gloria zu richten. »Was ist mit dir?« fragte er. »Brauchst du auch einen Beweis, daß ich echt bin, Arschloch?«

Ronald antwortete nicht einmal, sondern ging rasch zu Apson hinüber und beugte sich zu ihm herab. Apson zitterte am ganzen Körper. Zwischen seinen Fingern quoll hellrotes Blut hervor.

»Alles in Ordnung?« fragte Ronald.

Apson starrte ihn an. In seinen Augen war kaum Schmerz, sondern nur eine grenzenlose Überraschung. *Er hat es wirklich geglaubt,* dachte Ronald verblüfft.

Ronald ging wieder zu Gloria zurück, griff in seine Jacke und zog ein Taschentuch hervor, mit dem er Apsons Oberarm abband. Er hatte keine Ahnung, ob der Verband ausreichte. Der Blutstrom wurde dünner, versiegte aber nicht völlig. Aber das war alles, was er im Moment für ihn tun konnte.

»An dir ist ein Samariter verlorengegangen, weißt du das?« kommentierte Werner seine hilflosen Versuche, die Blutung zu stoppen. »Es geht einem so richtig ans Herz, dir zuzusehen.«

»Halt endlich den Mund«, sagte Ronald müde. Er hatte nicht einmal mehr die Kraft, zornig zu sein. »Wenn du uns erschießen willst, dann tu es.«

»Erschießen?« Werner schüttelte den Kopf. Es knallte, als er den Benzinkanister abstellte, und dann noch einmal und lauter, als er ihn mit dem Fuß umstieß. Gluckernd ergoß sich ein breiter Strom blau eingefärbten Benzins auf den Boden und bildete eine schnell größer werdende Pfütze. »Ich habe eine viel bessere Idee.«

Ronald fuhr herum, duckte sich zum Sprung – und erstarrte. So verkrüppelt und hilflos Werner auch aussah – er war es nicht. Seine Hand hatte eine blitzschnelle Bewegung gemacht und eine der Fakkeln von der Wand gerissen. Ronalds Herz tat einen entsetzten

Sprung bis in seinen Hals hinauf, als er sah, wie sich ein Funke von ihrem brennenden Ende löste und erlosch, fünf Zentimeter über dem Boden.

Werner lachte. »Hast du Angst?« kicherte er. »Gut. Du hast auch allen Grund dazu. Ich werd dich nämlich grillen, weißt du? Dich und die Kleine da.«

Ganz langsam senkte er die Fackel und hörte auf, als die knisternden Flammen schon fast das Benzin berührten. »Aber noch nicht sofort«, sagte er höhnisch. »Erst muß ich dir noch was sagen.«

Ronalds Gedanken rasten.

»Ich mache dir einen Vorschlag, Werner«, sagte er schließlich. Er sprach langsam, übertrieben betont und sehr sorgfältig.

Werner legte den Kopf schräg. »Ja?«

»Ich gebe dir mein Wort, daß ich mich nicht wehren werde«, versprach Ronald. Ganz vorsichtig stand er auf und hob die Arme. Dann deutete er mit dem Kopf auf den schwarzen Altar. »Ich werde mich freiwillig dort hinlegen. Ihr könnt mit mir machen, was ihr wollt. Ich werde weder versuchen wegzulaufen noch mich zu wehren. Aber laß Gloria und die anderen gehen.«

»Warum sollte ich das wohl tun?« erkundigte sich Werner. Ronald verlagerte ganz vorsichtig sein Körpergewicht auf ein Bein. Ebenso heimlich sah er zu Gloria hinüber. Die Benzinlache hatte ihre nackten Füße fast erreicht. Sie wuchs jetzt nicht mehr ganz so schnell wie am Anfang. Der Kanister war nicht ganz voll gewesen. Ronald fuhr sich mit der Zungenspitze über die Lippen, um Zeit zu gewinnen.

»Ihr braucht nur ein Opfer«, sagte er. »Das ist doch richtig, oder?«

Werner nickte. »Und?«

»Es spielt keine Rolle, wer es ist«, fuhr Ronald fort. Vorsichtig, unendlich vorsichtig, spannte er die Muskeln in seinem Oberschenkel. »Du gewinnst nichts, wenn du uns alle umbringst.«

»Ich gewinne auch nichts, wenn ich es nicht tue«, erwiderte Werner.

»Aber *ich* bin es, den du haßt«, erklärte Ronald. »Du hast nichts gegen Gloria. Sie hat dir nichts getan. Und du hast auch nichts gegen Apson. Du kennst ihn nicht einmal. Du kannst uns alle umbringen, aber das würde ziemlich schnell gehen. Wenn ich mich dir ausliefere, dann kannst du mit mir machen, was immer du willst.«

Hinter Werner tauchte ein Schatten auf. Er bemerkte ihn nicht. Einen Moment lang schien er ganz ernsthaft über Ronalds Vorschlag nachzudenken, dann schüttelte er den Kopf und senkte wieder die Fackel, berührte die schillernd blaue Lache, in der seine Füße standen, aber noch immer nicht. »Eine hübsche Idee«, sagte er. »Leider habe ich keine Zeit mehr dazu. Und außerdem traue ich dir nicht. Du bist gefährlich, Mann. Ich sollte dir keine Chance lassen.«

Der Schatten hinter ihm kam näher, wurde zu einer Gestalt. Ronald versuchte angestrengt, ihn nicht anzusehen.

Vielleicht war genau das sein Fehler. Vielleicht hatte Werner ein Geräusch gehört oder einfach gespürt, daß jemand hinter ihm stand – auf jeden Fall fuhr er plötzlich herum, stieß einen überraschten Laut aus –

– und ließ die Fackel einfach fallen.

Gloria stieß einen gellenden Schrei aus und schlug die Hände vors Gesicht. Apson schloß in Erwartung der kommenden Explosion die Augen, und Ronald sprang mit ausgestreckten Armen zu Werner hin.

Frau Steller ließ sich einfach zu Boden fallen und rollte gleichzeitig herum. Die Fackel traf ihren Kopf, setzte ihr Haar in Brand und rollte zischend über ihre Brust. Blitzartig griff sie danach, packte sie mit der linken Hand und hielt sie in die Höhe, während sie mit der anderen die Flammen erstickte, die knisternd aus ihrem Haar schlugen.

Werner schrie vor Wut auf und versuchte, nach ihr zu treten, aber in diesem Moment war Ronald bei ihm und riß ihn von den Füßen. Aneinandergeklammert rollten sie über den Boden und durch die Benzinpfütze, bis sie gegen die Wand neben der Tür prallten. Etwas knirschte, und Ronald spürte, wie irgendwo tief in Werners Körper etwas zerbrach. Aus dem wütenden Zappeln des Körpers in seinen Armen wurde ein spasmisches Zucken, und plötzlich stieß Werner einen schrillen, fast insektenhaften Laut aus und erschlaffte.

Trotzdem hielt Ronald ihn noch fast eine halbe Minute lang mit aller Kraft fest, ehe er es wagte, seinen Griff zu lockern und sich aufzurichten.

Werner rührte sich nicht mehr. Sein heiles Auge und die leere Höhle starrten ihn an, aber mit dem Leben war auch das satanische Feuer daraus gewichen. Was Ronald jetzt noch in den Händen hielt, war nur mehr totes Fleisch.

Angewidert ließ er Werner los und drehte sich taumelnd herum. Gloria und Apson standen noch immer in der gleichen Haltung wie vor dreißig Sekunden da, beide erstarrt, und sie hatten offensichtlich noch gar nicht begriffen, daß *es* nicht geschehen würde. Die Gestalten in ihren schwarzen Kutten hatten sich angstvoll in den hintersten Winkel des Raumes zurückgezogen, keine Dämonen mehr, sondern nur noch zitternde Kinder, die sich wie eine Herde verängstigter Tiere zusammendrängten, und die Steller war aufgestanden und hielt die Fackel so weit von sich fort, wie sie konnte. Ihr Haar schwelte. Auf ihrem

Gesicht und ihren Händen waren große Brandblasen, und ihr Kleid war mit Benzin getränkt.

Ronald wollte zu ihr eilen, aber sie schüttelte hastig den Kopf und wich einen Schritt zurück. »Kümmern Sie sich um Ihre Freunde!« rief sie. »Rasch!« Sie sah ihn nicht einmal an bei diesen Worten. Ihr Blick war wie gebannt auf Werners Leichnam gerichtet, als wartete sie jeden Augenblick darauf, daß er sich wieder bewegte.

Einen respektvollen Bogen um die riesige Benzinlache schlagend, eilte er zu Gloria hinüber und schloß sie in die Arme. Sie zitterte. Ein krampfhaftes, abgehacktes Schluchzen drang aus ihrer Brust. Aber ihre Augen waren wieder klar.

Anders Apson. Er hockte nach vorne gebeugt und verkrümmt auf den Knien und stöhnte leise. Ronald sprach ihn an, aber er reagierte nicht. Die schreckliche Wunde in seinem Arm blutete noch immer.

»Hilf mir!«

Selbst zusammen mit Gloria gelang es ihm kaum, Apson in die Höhe zu ziehen. Er stand aus eigener Kraft, nachdem sie es einmal geschafft hatten, ihn aufzurichten, aber er machte keine Anstalten, sich zu bewegen. Gloria mußte ihn regelrecht zur Tür schieben. Der Benzingestank wurde immer schlimmer. Sie konnten kaum noch atmen.

Trotzdem blieb er unter der Tür noch einmal stehen und drehte sich zu dem halben Dutzend Gog-Anbetern um. »Worauf wartet ihr?« fragte er. »Haut endlich ab, ehe hier alles in die Luft fliegt!«

Nur der große Junge, der ihn angegriffen hatte, zögerte noch. Die anderen rannten auf der Stelle los und drängten sich an Apson und Gloria vorbei, und nach einer Weile folgte ihnen schließlich auch der Junge.

»Lauft nicht durch die Halle!« rief ihnen die Steller nach. »Nehmt den Hinterausgang! Und seid vorsichtig! Dort oben steht alles in Flammen!« Sie selbst rührte sich nicht.

»Und Sie?« fragte Ronald.

Frau Steller schüttelte den Kopf, ohne ihn anzusehen. »Ich bleibe«, antwortete sie mit einer Handbewegung in Werners Richtung. »Ich habe noch eine Rechnung mit ihm offen.«

»Seien Sie nicht verrückt!« sagte Ronald. »Er ist tot!«

»Nein«, erwiderte die Steller grimmig. »Noch lange nicht.«

»Stimmt«, krächzte Werner.

Das dämonische Feuer kehrte in sein Auge zurück. Er grinste, richtete sich an der Wand in eine halb sitzende Position auf und begann zu kichern. Sein Kopf pendelte wild hin und her. Da schleuderte Frau Steller die Fackel.

Ein helles, fürchterliches Zischen erklang hinter ihnen. Die Steller schrie.

Ronald riß Gloria und Apson mit sich aus der Kammer heraus. Als sie auf dem Gang draußen anlangten, schien im Innern der Altarhöhle eine gleißend helle Sonne aufzugehen.

Eine unerträgliche Hitzewelle fauchte über sie hinweg, versengte seinen Rücken und Glorias Haar und ihre nackten Beine und schwärzte die gegenüberliegende Wand, und dann rollte der Donner der Explosion über sie hinweg; ein Dröhnen, das seine Trommelfelle zum Klingen brachte und seinen Kopf mit klirrendem Schmerz füllte. Hitze, unerträgliche Hitze hüllte ihn ein. Er konnte nicht atmen. Seine Augen schienen zu kochen. Der Stein unter ihm wurde warm, dann heiß wie eine Herdplatte; und er spürte, wie seine Kleider zu schwelen begannen.

Blind vor Schmerz und verzweifelter Furcht stemmte er sich auf Hände und Knie hoch, kroch zu Gloria hinüber und zerrte sie mit sich; drei, vier, fünf Meter weit fort von dem flammenden Höllenpfuhl, in den sich der Eingang der Kammer verwandelt hatte. Dann kroch er zurück, tastete über den glühenden Boden und versuchte, durch den wabernden Lichtschleier Apsons Gestalt auszumachen.

Es war ein purer Zufall, daß er ihn fand. Ronald war blind. Er konnte weder atmen noch sehen oder hören, und er wußte, daß er es nur noch Sekunden durchhalten würde, als seine Finger endlich groben Stoff ertasteten. Er krallte die Hände in Apsons Mantel und zerrte ihn mit sich.

Ronald brauchte mehrere Minuten, bis er wenigstens wieder halbwegs normal atmen konnte. Jeder Atemzug tat weh. Aber es war vorbei. *Vorbei.* Sie hatten das Unmögliche geschafft und überlebt, alle drei.

Vorbei.

Eine Hand berührte ihn an der Wange, und als er aufsah, blickte er in Glorias Gesicht, bleich und rußgeschwärzt und so mit Brandblasen und Schrammen übersät wie sein eigenes; aber nicht mehr das Gesicht einer Marionette, sondern das eines Menschen. Der lähmende Bann war von ihr gewichen, in dem Moment, in dem Werner endgültig starb.

»Es ist vorbei«, flüsterte Ronald. Er wollte ihre Hand ergreifen, um sie einfach nur zu halten, aber selbst dazu war er zu müde.

»Wir müssen hier raus«, keuchte Gloria. Ihre Stimme war über dem Prasseln und Fauchen der Flammen kaum zu verstehen.

Schützend hob er die Hand über die Augen und blinzelte zur Kammer zurück. Er dachte an Frau Stellers Worte: *Dort oben steht alles in Flammen.* Aber sie mußten gar nicht dort entlanggehen. Es gab einen anderen Weg.

Er stand auf, half auch Gloria auf die Füße und griff dann unter Apsons Achseln, um ihn in die Höhe zu ziehen. Der Kriminalbeamte stöhnte, als er versehentlich seinen Arm berührte, aber der Schmerz schien ihn auch zu wecken. Ganz instinktiv versuchte er, sich aus Ronalds Griff zu befreien, und wäre um ein Haar wieder gestürzt, als Ronald ihn tatsächlich losließ. Er hatte einfach nicht mehr die Kraft, ihn zu halten. Einen Moment lang blieb Apson einfach stehen und starrte ins Leere, ehe er sich mühsam wieder aufrichtete.

»Ich... kann nicht weiter«, stöhnte er. »Verschwindet. Geht. Laßt mich hier. Ich schaffe das schon... irgendwie.«

Ronald unterbrach ihn barsch. »Blödsinn! Sie wollen doch jetzt nicht aufgeben, oder?«

»Aber... aber wohin wollen Sie denn?« Apsons Stimme zitterte vor Panik, als er sich umdrehte und die Flammenwand anstarrte, die den Weg hinter ihnen versperrte. Ronalds Augen folgten seinem Blick, und plötzlich machte sein Herz einen erschrockenen Sprung, als er sah, *daß der Stein zu brennen begann.* Unwillkürlich suchte sein Blick die Tür zum Altarraum. Ihre Ränder waren geschmolzen. Der Stein tropfte wie Wachs zu Boden und vermengte sich mit etwas Schimmerndem, Goldglänzendem, das in einem trägen Strom in den Gang herausgequollen kam. Die gleißende Helligkeit trieb ihm die Tränen in die Augen. Doch dann erkannte er, was da strömte. Hastig drehte er sich um.

»Dort entlang.« Ronald deutete in die entgegengesetzte Richtung. Er sah nur die ersten drei, vier Meter des Weges, die vor ihnen lagen. Doch er wußte, daß die Abzweigung dort war. Er hatte sie vorhin gesehen, als er mit Apson hier heruntergekommen war, aber er hätte sie auch so gefunden. Er *wußte* einfach, daß der Gang da war.

Der Boden unter ihren Füßen begann zu zittern, und sie liefen los. Die Hitze ließ ein wenig nach, als sie sich von der brennenden Höhle entfernten, aber es wurde immer stickiger. Als Ronald sich einmal im Laufen umdrehte, sah er, daß das Feuer zur Verfolgung angesetzt hatte: Obwohl es hier unten scheinbar nichts gab, worin es hätte Nahrung finden können, fraßen die Flammen sich langsam, aber unerbittlich den in den Fels gehauenen Gang herunter.

Sie erreichten die Abzweigung, und Ronald deutete nach rechts. »Dort entlang!«

Apson stolperte gehorsam los, aber Gloria zögerte. »Bist du sicher?«

fragte sie. Sie klang ängstlich. »Mein Onkel hat mir von diesen Katakomben erzählt. Das ist ein Labyrinth. Wir finden nie wieder heraus, wenn wir uns verirren.«

»Das ist der richtige Weg«, sagte Ronald matt. »Er führt direkt zum Pfarrhaus.«

Gloria blickte ihn zweifelnd an. »Woher... weißt du das?« fragte sie.

»Ich weiß es eben«, antwortete Ronald. »Komm!«

Er zog sie einfach mit sich, bevor sie Zeit fand, erneut zu widersprechen. Das Feuer hatte weiter aufgeholt. Ihr Vorsprung war nicht sehr groß. Und er würde noch kleiner werden, denn im Gegensatz zu der wabernden Flammenwand, die den Berg von innen heraus verzehrte, waren sie sehr wohl Erschöpfung und Müdigkeit unterworfen.

Der Gang zweigte sich erneut, und noch einmal, und noch einmal, aber Ronald fand jedesmal die richtige Abzweigung, von einem unheimlichen Wissen geführt. Ein-, zweimal tasteten sie sich minutenlang durch absolute Finsternis, wenn der Stollen einen Knick machte und der Feuerschein hinter ihnen zurückfiel. Aber ihr lodernder Verfolger holte immer wieder auf. Und der Abstand wurde jedesmal kleiner.

Dann begann sich der Stollen zu verändern. Aus dem verwitterten grauen Fels wurde uraltes Mauerwerk, in dessen Fugen Schimmelpilze nisteten. Ein wahrhaft atemberaubender Gestank schlug ihnen entgegen, und in das Prasseln der Flammen und ihre keuchenden Atemzüge mischte sich das träge Gluckern von Wasser.

Die Kanalisation. Sie hatten es geschafft. Sie waren wenigstens vor dem Feuer in Sicherheit.

So schnell sie konnten, liefen sie einige schmierige Betonstufen hinunter und fanden sich plötzlich bis über die Knie in einer zähen, übelriechenden Brühe wieder. Der Feuerschein schuf auch hier ein rötliches, flackerndes Zwielicht, und obwohl das Wasser eisig war, blieb die Luft warm. Der Gestank der Abwässer machte das Atmen, das bisher schon eine Qual gewesen war, jetzt beinahe unmöglich.

Keiner von ihnen konnte hinterher sagen, wie lange sie durch das stinkende Kanalisationsnetz Krailsfeldens geirrt waren. Die Entfernung zwischen dem Pfarrhaus und dem Berg betrug weniger als drei Kilometer, aber Ronald war sicher, daß sie gut das Doppelte dieser Strecke zurückgelegt haben mußten, bis sich der Gang vor ihnen wieder verzweigte: diesmal gleich in vier Richtungen. Der schlammige Boden unter ihren Füßen zitterte noch immer, und durch die gewölbte Decke drang ein unablässiges, unheimliches Grollen und Dröhnen, als tobte eine Herde unbeschreiblich großer Tiere über ihnen durch die Stadt.

Ronald sah sich einen Moment lang unschlüssig um und deutete dann auf den rechten Gang. Er unterschied sich in nichts von den drei anderen. Aber es war der richtige. Es mußte einfach der richtige sein – sie hatten nur diese eine Chance.

Und vielleicht nicht einmal die.

Der Feuerschein blieb endgültig hinter ihnen zurück, als sie sich weiter vom Hauptstollen entfernten, aber es wurde trotzdem nicht völlig dunkel: Moder und Schimmel an den Wänden gaben einen unheimlichen, fluoreszierenden grünen Schein ab, der kaum ausreichte, die Hand vor Augen zu sehen, der aber doch hell genug war, die massive Ziegelsteinmauer erkennen zu lassen, die den Gang nach kaum dreißig Schritten abschloß.

Gloria blieb mit einem enttäuschten Laut stehen und sah Ronald mit unverhohlenem Entsetzen an, während er selbst nur einen Moment zögerte, ehe er Apsons Arm losließ und ganz an die Mauer herantrat. Seine Finger zitterten, als sie über den grünlich verkrusteten Stein glitten. Irgendwo hinter ihnen tobten die Flammen heran. Nicht mehr sehr schnell, aber zu schnell, um umzukehren und den Weg durch einen der anderen Stollen zu versuchen.

Die Mauer war sehr alt. Über dreißig Jahre. Und sie war selbst damals nicht besonders sorgfältig aufgestellt worden: in großer Hast und von einem Mann, der nicht viel von dieser Art der Arbeit verstand und sich noch dazu kaum bewegen konnte; mit unzureichendem Material, Ziegeln aus Abbruchhäusern und Mörtel, in dem zuviel Sand und zu wenig Zement war, denn all diese Materialien waren kostbar gewesen, damals. Er hatte –

Ronald verscheuchte die Bilder, die aus seinem Unterbewußtsein aufsteigen wollten, und konzentrierte sich ganz auf die Wand.

»Was tust du da?« fragte Gloria.

Ronald antwortete nicht, sondern fuhr weiter suchend mit den Handflächen über die Mauer – und schlug mit aller Kraft zu, schnell und gezielt.

Die Wand brach. Ein grausamer Schmerz zuckte durch Ronalds Arm bis in sein Schultergelenk hinauf und ließ ihn aufschreien, aber die gesamte Mauer erzitterte unter dem Hieb. Plötzlich knirschte etwas, und zwischen den Ritzen des brüchigen Mauerwerks drang weißes, schattenloses Neonlicht hervor.

Gloria zog überrascht die Luft ein, aber sie verschwendete keine weitere Sekunde mehr, sondern lehnte Apson behutsam gegen die Wand und trat dann neben ihn, um ihm zu helfen.

Ronald sah sich gehetzt um. Das Ende des Stollens lag dreißig, vielleicht vierzig Meter hinter ihnen, und das Feuer würde sie in Kürze eingeholt haben. Die Hölle gab nicht auf.

Sie arbeiteten, so schnell sie konnten. Ronalds rechter Arm war fast taub und völlig kraftlos, aber nachdem er einmal ein Loch in die Mauer hineingebrochen hatte, mußten Gloria und er die Ziegel im Grunde nur noch anheben, um sie aus dem Mörtelbett zu lösen. Binnen weniger Minuten hatten sie eine Öffnung geschaffen, die groß genug war, um sich hindurchzuzwängen. Dahinter kam das massive Gestänge eines eisernen Kellerregals zum Vorschein.

Glorias Augen wurden groß, als sie sah, was vor ihnen lag. Es war der Keller des Pfarrhauses. »Woher... wußtest du das?« fragte sie fassungslos. »Ich lebe seit zwanzig Jahren in diesem Haus, aber ich... ich hatte keine Ahnung –«

»Ich war schon einmal hier«, sagte er. »Vor langer Zeit.« Er versetzte Gloria einen Stoß, der weniger sanft ausfiel als geplant, denn sie stolperte mehr durch das Loch in den Keller hinein, als daß sie ging, aber sie half ihm, auch Apson durch die Maueröffnung zu bugsieren.

Ronald drehte sich noch einmal zum Hauptkanal um, ehe er den beiden folgte. Aus dem Purpur war ein dunkles Rot geworden, die Farbe glühenden Eisens, und in den Fäkaliengestank mischte sich der Geruch von brennendem Stein. Und da waren Geräusche: das Zischen und Prasseln der Flammen, aber auch noch etwas anderes, ein unrhythmisches, mühsames Platschen und Klatschen, als schleppte sich etwas Unförmiges und Großes durch das Wasser heran. Voller Unbehagen erinnerte er sich an einen Schatten, den er inmitten der tanzenden Flammen zu sehen geglaubt hatte.

Er verscheuchte jedoch die Erinnerung und beeilte sich, Gloria und Apson zu folgen, die bereits die Kellertreppe erreicht hatten.

Er sprengte die Tür am oberen Ende der Treppe kurzerhand mit der Schulter auf und taumelte als erster in die Diele hinaus.

Hitze und Rauch und roter Feuerschein schlugen ihm entgegen. Auch das Pfarrhaus brannte. Sie hatten es noch nicht geschafft.

Wie um seine schlimmsten Befürchtungen zu bestätigen, ertönte in diesem Moment vom Dach her ein dumpfes Poltern und Krachen, gefolgt von einem lang anhaltenden, vibrierenden Mahlen, das das ganze Haus erzittern ließ. Gloria blickte erschrocken zur Decke, und auch Apson hob den Kopf, aber Ronald bezweifelte, daß er wirklich mitbekam, was rings um ihn geschah.

In verzweifelter Hast stolperten sie durch die Diele. Grauer, schwerer Rauch erfüllte die Luft, und am oberen Ende der Treppe loderte ein grelles Glutauge. Die Haustür war nur angelehnt, und durch den Spalt zeigte sich nicht das Schwarz der Nacht, sondern ein hellrotes, flakkerndes Licht.

Als sie nebeneinander aus dem Haus stürmten, sah er, woher es kam.

Krailsfelden wurde vom Feuer ausgelöscht in dieser Nacht. Und mit ihm alles, was noch darin lebte.

Er hatte sich getäuscht. Es war noch nicht vorbei. Sie hatten Werner besiegt, sie hatten vielleicht sogar den höllischen Zauber des Internats gebrochen – aber sie hatten nicht das Feuer besiegt. Sie hatten eine Atempause bekommen, das war alles. Von hier aus betrachtet sah es so aus, als gäbe es in der ganzen Stadt nur noch ein Gebäude, das nicht in Flammen stand: die Kirche.

Apson stöhnte. Hilflos drehte er den Kopf nach rechts und links und versuchte, sich aus Ronalds Griff zu befreien, was dieser allerdings nicht zuließ. »Aber das ist doch ... warum ... warum tut denn niemand etwas?«

»Falls Sie auf die Feuerwehr hoffen, verschwenden Sie Ihre Zeit«, sagte Gloria trocken. Sie biß die Zähne zusammen und packte seinen unverletzten Arm fester, den sie sich um die Schulter gelegt hatte. Der Sturm schlug wie mit unsichtbaren Fäusten auf sie ein. Auf dem völlig aufgeweichten Rasen war das Gehen fast unmöglich.

Dann begann das Zittern.

Der Boden hatte in all der Zeit nicht aufgehört, mehr oder weniger heftig zu vibrieren, aber jetzt begann er zu beben. Ein grollender Laut drang aus der Erde, so tief, daß sie ihn kaum hörten, aber mit fast schmerzhafter Intensität fühlten. Ronald spürte, wie tief unter ihren Füßen etwas zusammenbrach, sich aufbäumte und –

Eine Feuersäule brach aus der Straße, vielleicht zweihundert Meter entfernt; kaum eine Sekunde später eine zweite, ebenso mächtig, aber nur noch hundert Schritte weit entfernt; dann eine dritte, in kaum zwanzig Metern Entfernung.

Benommen sahen sie sich an. »Das ... das schaffen wir nicht«, stammelte Apson. Seine Augen weiteten sich, während er auf die lichterloh brennenden Häuser an der Straße starrte. Während er die Wesen ansah, die sich als verzerrte Schatten davor abhoben. Die Gog und Magog tobten noch immer durch Krailsfelden, zerstörten und starben, töteten und wurden getötet. Aber es gab keine dämonischen Mächte mehr, die sie beseelten. Sie waren einfach zu einem wütenden Mob geworden, der sich dem Rausch der Zerstörung hingab und einfach nicht mehr aufhören konnte. Wenigstens hoffte Ronald, daß es so war.

Er eilte an Glorias Seite. »Komm! Mit ein bißchen Glück finden wir einen Wagen. Zombecks Mercedes steht irgendwo dort unten. Vielleicht fährt er noch.« Er deutete auf die Jacke, die er Gloria umgehängt hatte. »Die Schlüssel sind in der Tasche!«

Er wollte Apson hochziehen, aber der Polizeibeamte riß sich los und hob schützend die Hand vor das Gesicht. »Das... das ist doch Wahnsinn!« stammelte er. »Das schaffen wir nicht! Keiner schafft das! Wir werden verbrennen.«

Er begann zu wimmern wie ein Kind, doch dann leuchteten seine Augen auf. Seine gesunde Hand deutete heftig auf die Kirche. »Warum bleiben wir nicht hier? Dort drüben sind wir sicher, bis die Feuerwehr kommt! Sie... sie müssen doch schon unterwegs sein!«

Ronald ohrfeigte ihn. Nicht sehr heftig, aber fest genug, die Panik noch einmal aus Apsons Augen zu vertreiben. »Niemand wird kommen, Sie Idiot!« sagte er grob. »Niemand wird uns helfen, und wir sind nirgendwo sicher. Dort schon gar nicht!«

»Sie behaupten, daß –«

»Sehen Sie sich doch um!« brüllte Ronald. *»Das ist das Ende! Sagen Sie mir, was Sie sehen, und dann schlagen Sie noch einmal vor, daß wir in die Kirche fliehen! Die Prophezeiungen, Apson! Sehen Sie sich um! Feuer fällt vom Himmel! Sturm und Regen und Hagelschauer! Die Erde tut sich auf, und Menschen töten Menschen! Es ist die Apokalypse, Sie Narr!«*

Apson wimmerte. Speichel lief über sein Kinn. »Das ist nicht wahr«, heulte er. »Sie lügen.«

»Nein«, widersprach Gloria. »Er hat recht. Haben Sie immer noch nicht begriffen, was hier wirklich geschieht?« Sie hatte ganz leise gesprochen, fast geflüstert, und trotzdem schienen ihre Worte sogar den Todesgesang der sterbenden Stadt zu übertönen. Apson starrte sie an, und auch Ronald schloß für einen Moment die Augen, überwältigt von einem Gefühl, das sich nicht mit Worten beschreiben ließ. Entsetzen, Furcht, Hoffnungslosigkeit – aber noch viel mehr. Ein Empfinden von solcher Tiefe, wie er es niemals zuvor im Leben verspürt hatte.

Apson begann schrill und hysterisch zu kichern. »Ihr seid... ihr seid ja beide wahnsinnig!« stammelte er. »Wollt ihr mir erzählen, daß das der Weltuntergang ist? *Daß es Gott ist, der das alles hier passieren läßt?«*

»Mein Onkel hat es erkannt«, fuhr Gloria fort. »Er ist deshalb gestorben. Er wurde nicht ermordet, Apson. Vielleicht haben sie ihn getötet, aber er hätte so oder so nicht weiterleben können. Nicht mit diesem Wissen.«

»Ihr seid ja verrückt«, stöhnte Apson. »Das ... das ist Blasphemie!«

»Ist es das?« fragte Ronald. Er lächelte bitter. »Vielleicht waren die letzten fünfhundert Jahre Blasphemie, Apson. Die Menschen haben anderthalb Jahrtausende lang an einen zornigen Gott geglaubt – vielleicht hatten sie recht, und *wir* sind es, die sich irren. Vielleicht ist der rächende Gott des Alten Testaments der wahre Gott, und nicht der, den wir erschaffen haben.«

»Aber ... aber dann ist alles vorbei«, stotterte Apson. »Dann gibt es keinen Ort mehr, wohin wir ... fliehen können.«

»Ich glaube, den hat es nie gegeben«, murmelte Ronald.

Müde hob er den Kopf und drehte sich herum, bis er das Internat sehen konnte. Es brannte wie ein Scheiterhaufen.

Sie wurden nicht mehr aufgehalten, als sie weitergingen und in Zombecks Mercedes stiegen, der inmitten des flammenden Infernos völlig unbeschädigt auf sie wartete. Die Tür war nicht einmal abgeschlossen, und als Ronald den Zündschlüssel herumdrehte, sprang der Motor auf der Stelle an.

Er wartete ungeduldig, bis Gloria neben ihn auf den Beifahrersitz geklettert war, schaltete Heizung, Scheibenwischer und Licht ein und deutete auf den Verschluß des Sicherheitsgurtes neben ihrem Sitz. »Schnall dich an.«

Gloria versuchte es, aber es ging nicht, denn der Gurt drückte direkt auf die Wunde in ihrer Seite. Für eine Sekunde verwandelte sich ihr Gesicht in eine Grimasse, und dieser Anblick löste ein heftiges Schuldgefühl in Ronald aus. Sie war so tapfer gewesen, so unvorstellbar tapfer und stark; er vergaß immer wieder, daß sie fast ebenso schwer verletzt war wie Apson, der auf dem Rücksitz zusammengebrochen war. Er fragte sich, woher dieses zarte Mädchen diese Kraft nahm.

Sein Blick streifte die leuchtenden Ziffern der Uhr im Armaturenbrett. Sie zeigte acht Minuten vor zwölf, als er den Gang einlegte.

Acht Minuten bis Armageddon.

13

»Okay«, knurrte Ronald. »Haltet euch fest!«

Der Mercedes schoß mit einem Satz nach vorne, als Ronald das Gaspedal bis zum Boden durchtrat und gleichzeitig die Kupplung kommen ließ. Er beschleunigte weiter, bis der Motor schrill aufheulte, schaltete blitzschnell und hörte, wie die Reifen auf dem Asphalt durchdrehten; dann machte der Wagen einen zweiten Satz und raste weiter. Mit fast hundert Stundenkilometern jagten sie an der Kirche vorüber und wurden immer noch schneller. Die Tachonadel berührte die Hundertdreißig, als sie die Ortsmitte passierten. Ronald konnte kaum noch etwas sehen. Rechts und links der Straße war nur Feuer, ein gleißender Tunnel aus Licht, durch den der Wagen heulte. Selbst der Asphalt brannte. Er war aufgeweicht, wie Ronald befürchtet hatte, aber sie waren einfach zu schnell, um steckenzubleiben.

Er sah den Schatten und gleichzeitig die Bewegung, und er hörte Glorias entsetzten Aufschrei, aber er nahm nicht einmal den Fuß vom Gas. Es ging auch viel zu schnell, als daß er noch hätte reagieren können.

Die Kreatur sprang direkt aus den Flammen heraus, stellte sich dem Wagen mit weit ausgebreiteten Armen in den Weg und wurde einfach davongeschleudert, lautlos und fast ohne eine spürbare Erschütterung. Aber für den Bruchteil einer Sekunde konnten Gloria und Ronald sie in aller Deutlichkeit erkennen.

Kein Kind aus dem Internat.

Kein Mensch.

Nicht einmal etwas Menschliches, sondern eine Spottgeburt, eine grausame Verhöhnung allen Lebens, das jemals auf dieser Welt existiert hatte. Die Zeit des Versteckens und Täuschens war endgültig vorüber.

Vielleicht waren sie die ersten Menschen überhaupt, die einen Magog von Angesicht zu Angesicht sahen: ein verkrüppeltes, kicherndes *Ding*, das nur aus Muskeln und drahtigem Haar und Klauen und Haß bestand; eine Kreatur, die nur zu einem einzigen Zweck erschaffen worden war – vernichten.

Gloria schrie noch immer, als die Gestalt schon längst davongewirbelt und in den Flammen verschwunden war, aber Ronald versuchte nicht einmal, sie zu beruhigen. Das haßerfüllte Wesen, das er im Scheinwerferlicht hatte davonfliegen sehen, hatte ihn bis ins Innerste getroffen.

Doch er packte das Lenkrad nur noch fester und gab wieder mehr Gas. Die Tachonadel berührte die Hundertsechzig und kletterte nicht mehr weiter, denn der Wagen hatte seine Spitzengeschwindigkeit erreicht, und die brennenden Häuser huschten jetzt wie Schatten aus einem Alptraum an ihnen vorüber.

Die phosphoreszierenden Zeiger der Uhr im Armaturenbrett vereinigten sich auf der Zwölf und erloschen. Der Motor ging aus, die Scheibenwischer blieben stehen, und plötzlich stand etwas Schwarzes,

Glänzendes vor ihnen, ein massives Hindernis, auf das sie mit irrsinniger Geschwindigkeit zuschossen; zu schnell, um den Wagen auch nur abzubremsen, geschweige denn anzuhalten.

Ronald trat dennoch verzweifelt das Bremspedal durch. Gleichzeitig klammerte er sich mit aller Kraft ans Lenkrad, um den Mercedes in der Spur zu halten. Gloria schrie. Die Reifen kreischten, und Ronald spürte, wie sie platzten. Die Kühlerhaube des Wagens senkte sich so weit, daß die Stoßstange die Straße berührte und große Klumpen aus aufgeweichtem Teer davonschleuderte. Die letzten Häuser der brennenden Stadt jagten an ihnen vorüber, und das Hindernis kam näher, wuchs rasend schnell heran und verwandelte sich von einem glitzernden Klumpen in der Finsternis zu einem gigantischen, sechstürigen schwarzen Wagen, in dessen Flanke sie sich mit mehr als hundert Stundenkilometern hineinbohren mußten.

Aber es geschah nicht. Der Pullman sprang regelrecht auf den schleudernden Mercedes zu, aber plötzlich griff... *irgend etwas* nach dem Wagen, berührte ihn wie eine sanfte, aber ungeheuer starke Hand und bremste ihn ab. Ronald spürte nichts. Es gab keinen Ruck – der Wagen wurde einfach langsamer und blieb stehen, einen Meter von dem querstehenden Pullman entfernt.

Und der Gestalt im Rollstuhl neben der offenen Fahrertür.

Die Zeit blieb stehen.

Es war kein subjektives Gefühl, keine Täuschung: Der Wind erlosch, und die lodernden Flammen im Rückspiegel erstarrten zu leuchtenden Statuen. Plötzlich war es still. Es gab nur noch diesen schwarzen Wagen, das kleine Stück Straße, auf dem er stand, und den Mann im Rollstuhl. Für den Rest des Universums besaßen die Gesetze der Natur keine Gültigkeit mehr. Sie hatten die Grenze zur Ewigkeit überschritten.

Ronald löste behutsam die Hände vom Steuer. Seine Fingernägel bluteten, so fest hatte er es umklammert, aber er spürte nicht den mindesten Schmerz. Eigentlich spürte er gar nichts – nicht einmal mehr seinen Körper. Er konnte sich bewegen, er konnte atmen und denken, und trotzdem waren er und die beiden anderen gleichzeitig körperlos, Gefangene in einer winzigen Blase der Zeit, in der nichts mehr Gültigkeit hatte.

Als er die Hand nach der Tür ausstreckte, um sie zu öffnen, erwachten auch Gloria und Apson aus der Erstarrung, in die sie, wie er, verfallen waren. Apson richtete sich mit einem Ruck auf der Rückbank auf und starrte die zusammengesunkene Gestalt im Rollstuhl an. Gloria packte Ronald an der Schulter und versuchte, ihn zurückzuhalten. »Geh nicht!« flehte sie. »Bleib hier! *Bitte!*«

Er lächelte. Plötzlich war er ganz ruhig. Er hatte keine Angst mehr. Er fragte sich, wovor er jemals Angst gehabt hatte. Sanft löste er ihre Hand von seiner Schulter und hielt sie einen Moment, einen winzigen, kostbaren, letzten Augenblick. Dann beugte er sich zu Gloria hinüber und küßte sie. Ohne ein weiteres Wort stieg er aus dem Wagen und ging auf den Rollstuhl zu.

Obwohl die Dunkelheit fast vollkommen war, obwohl mehr als drei Jahrzehnte vergangen waren und obwohl es das Gesicht eines Menschen war, der nicht nur in die Hölle geschaut, sondern sie *gelebt* hatte, erkannte es Ronald.

Er war alt. Uralt. Sein Gesicht war eine Kraterlandschaft aus Furchen und fleischgewordenem Schmerz, aber Ronald suchte vergebens nach einer Spur von Haß, nach all der Bosheit und Heimtücke, die er erwartet hatte. Da waren nur Schmerz und Verbitterung und ein tiefes, unbeschreiblich tiefes Bedauern. Schuld, für die er auf die furchtbarste Art gebüßt, aber keine Vergebung gefunden hatte.

Der alte Mann in dem Rollstuhl, Werners Großvater, Herr über das Internat und Krailsfelden, war *Sänger, der sie auf die gleiche angsteinflößende Art wie am Tag zuvor anblickte; aus Augen, in denen sich Schmerz und Trauer mit noch etwas anderem mischten, von dem Margarete nicht wußte, was es war und das sie noch mehr mit Entsetzen erfüllte. Und auch in ihr war das fremde Gefühl wieder da, aber sie wußte jetzt, was es war.*

»Es tut mir so leid, Margarete«, flüsterte Sänger. Seine Stimme war... unheimlich. Bis auf die Augen war sein Gesicht wie Stein, aber seine Stimme weinte, flehte sie mit unausgesprochenen Worten um Vergebung an. »Ich hatte keine Wahl. Ich... ich mußte es tun. Sie haben mich gezwungen. Und ich... ich wußte nicht, was ich tat. Ich wollte doch nur Maria rächen. Ich wollte doch nur, daß irgend jemand für ihren Tod bezahlt. Aber nicht du. Nicht Armin und du.«

Margarete begann zu zittern. Wie von weit, weit her hörte sie, daß Straub hinter ihr seine Maschinenpistole durchlud und Gaibler scharf die Luft einzog. Alles drehte sich um sie. Sie versuchte zu denken, aber sie konnte es nicht. Ihre Gedanken wirbelten wild im Kreis und kehrten immer wieder zu Sänger zurück. Zu Sänger und Armin – und dem Gold.

Es stand in der Mitte des Raums, aufgeschichtet zu einem massiven Quader, der fast die Form eines Altarsteins hatte, und ganz genau das sollte es auch werden. Jemand hatte damit begonnen, die Fugen zwischen den Ziegeln aus Gold zu verschmieren, und auch der letzte Akt dieses mörderischen Spiels war bereits vorbereitet: In einer Ecke der Kammer stand ein Kanister mit schwarzer Farbe. Es war ihr nicht möglich, den Blick von dem goldenen Altar zu wenden. Für sie war es ein Opferstein. Die Schlachtbank, zu der sie und ihr ungeborenes Kind geführt werden würden.

Das Ziehen in ihrem Körper wurde stärker. Es tat jetzt wieder sehr weh, aber gleichzeitig erschien ihr der Schmerz vollkommen irreal, er berührte sie nicht mehr, weil er nichts mehr ändern würde.

»Wie lange habt ihr das schon geplant?« fragte sie. Es gelang ihr nicht einmal, ihre Stimme vorwurfsvoll klingen zu lassen. Tief in ihr war ein Zorn, eine Verbitterung und ein Haß von unbeschreiblicher Stärke, aber nichts davon drang an die Oberfläche. Äußerlich völlig ruhig drehte sie sich zu Sänger um und sah ihm offen in die Augen.

»Von Anfang an? War das der Grund, warum ihr uns versteckt habt? Um ein Opfer auf Vorrat zu haben, wenn ihr es braucht?«

»Das reicht jetzt«, sagte Straub hinter ihr. »Verdammt, ich bin schon viel zu lange hier!«

Sänger ignorierte ihn. Seine Augen hielten denen Margaretes stand, aber gleichzeitig schien etwas darin zu zerbrechen.

»Es war nicht geplant, Margarete«, flüsterte er. »Ich wollte das alles nicht. Nicht so. Wenn ich es könnte, würde ich an deiner Stelle sterben. Aber das würde nichts mehr nützen.«

»Sicher nicht«, erwiderte Margarete bitter. »Ihr müßtet das Gold wieder hergeben, wie?«

»Es war nicht unsere Idee!« Das war Gaibler. Er hatte bisher geschwiegen, und wie Berkholt war auch er ihrem Blick ausgewichen. Margarete hatte ihn nie gemocht, und sie hatte instinktiv gespürt, daß Gaibler sie und Armin verachtete, vielleicht sogar haßte. Um so mehr überraschte es sie, daß ausgerechnet er es war, der sich verteidigte.

»Wenn du es genau wissen willst, das war ganz allein die Idee deines Mannes.«

»Du lügst«, sagte Margarete.

Gaibler lachte böse. »Ach? Du weißt von nichts, wie?«

»Nein«, antwortete Sänger an Margaretes Stelle. »Sie weiß wirklich von nichts.« Er sah Margarete an. »Das stimmt doch, oder?«

Margarete schwieg, und Sänger fuhr fort: »Aber es ist so. Armin hat das alles geplant. Er und die ... die Soldaten. Sie müssen sich gekannt haben, schon lange. Ich glaube sogar, daß sie ... den Transport an die Engländer verraten haben, damit er angegriffen wird und sie dabei Gelegenheit finden, das Gold zu stehlen.«

»Das ist nicht wahr«, sagte Margarete. Ihre Stimme begann zu zittern. Tränen füllten ihre Augen, aber sie wußte nicht einmal genau, warum sie weinte.

»Es ist wahr«, widersprach Sänger. »Wir haben das alles hier schon so vorgefunden. Die Farbe, diesen Raum, den Gang, der von eurem Keller aus hierherführt ... Es war alles seine Idee.«

»Aber er hat es nicht getan!« schrie Margarete.

»Weil wir ihm zuvorgekommen sind, ja«, sagte Gaibler hart.

Margarete wollte antworten, aber in diesem Moment schoß der Schmerz wie eine glühende Klinge durch ihren Bauch. Sie krümmte sich, stieß einen keuchenden Schrei aus und schlug die Hände gegen den Körper.

Und plötzlich hatte sie doch Angst. Sie wollte nicht sterben. Nicht so. Nicht für diese Männer. Sie fiel auf die Knie, krümmte sich unter einer erneuten Schmerzattacke und keuchte. Ihr Atem ging schnell und unregelmäßig. Die Wehen kamen jetzt fast pausenlos. Großer Gott, was würde geschehen, wenn ihr Kind an diesem Ort geboren wurde, einem Ort, der mehr als tausend Jahre lang eine Stätte des Friedens und der Vergebung gewesen war und jetzt auf so schreckliche Weise entweiht wurde?

Sie hörte, wie Straub etwas sagte, aber sie verstand nur Sängers Antwort: »Sie sehen doch, daß das Kind geboren wird! Warten Sie wenigstens so lange! Lassen Sie doch wenigstens das Kind am Leben!«

Margaretes Kräfte versagten endgültig. Sie kippte zur Seite, versuchte den Sturz mit den Händen abzufangen und stöhnte vor Pein, als es ihr nicht gelang. Straubs Gestalt ragte plötzlich riesig und finster vor ihr auf, verschwommen, wie in einen Nebel gehüllt. Ein Todesengel mit einer Maschinenpistole. Plötzlich war alles ganz klar, als arbeitete ihr Geist mit hundertfacher Schärfe, um zu tun, wozu ihr Körper nicht mehr fähig war. Sie mußten sie töten. Der Goldbarren allein, den sie in ihrem Haus hinterlassen hatten, reichte nicht. Aber sie würden den toten Soldaten finden, und später, wenn sie mit all dem hier fertig waren, ihre Leiche. Straub konnte sie gar nicht am Leben lassen. Weder sie noch das Kind.

»Bitte, Straub!« bat Sänger. »Ich . . . ich sorge für das Kind. Ich verstecke es. Niemand wird etwas erfahren, das schwöre ich! Ich verzichte auf meinen Anteil!«

»Nein«, sagte Straub, und Sänger erschoß ihn.

Margarete sah alles ganz genau, denn die Zeit schien plötzlich anderen Gesetzen zu gehorchen – alle Bewegungen waren grotesk langsam, alle Geräusche tief und verzerrt, wie in einem Film, der viel zu langsam abgespult wird: Sänger griff in die Tasche seiner zerschlissenen schwarzen Jacke, und als er die Hand wieder hervorzog, hielt sie eine Pistole, deren Lauf sich langsam hob und auf Straubs Gesicht zielte. Der junge SS-Offizier fuhr zusammen und versuchte seine MP zu heben, aber seine Hände verhedderten sich im Schulterriemen. Er riß die Waffe hoch, aber die Bewegung war nicht schnell genug. Sänger drückte ab. Eine orangerote Feuerzunge leckte nach Straubs Gesicht. Zwischen den Augen des SS-Mannes erschien plötzlich ein winziges, kreisrundes Loch. Den Bruchteil einer Sekunde später explodierte sein Hinterkopf.

Straub kippte nach hinten, und sein Zeigefinger krümmte sich um den Abzug der Maschinenpistole.

Ein ungeheures Dröhnen schien den winzigen Raum zu zerreißen. Straub taumelte rückwärts, schon tot, aber vom Rückschlag der Waffe weitergeschleudert, bis er gegen den goldenen Opferstein prallte und nach hinten fiel. Sein Finger hielt den Abzug der Waffe noch immer fest. Die Kugeln schlugen Funken aus dem Boden, aus der Decke und den Wänden, rissen lange Scharten in das aufgeschichtete Gold und durchlöcherten den Farbeimer, sirrten als Querschläger davon und prallten drei-, vier-, fünfmal gegen die Wände. Zwei oder drei Geschosse trafen Gaibler in die Brust und töteten ihn auf der Stelle. Eine weitere Kugel fauchte Zentimeter an Berkholts Gesicht vorbei, aber die nächste durchschlug seinen Körper dicht unter dem Bauchnabel. Und das letzte Geschoß aus dem MP-Magazin traf Margarete in die Brust.

Es tat nicht einmal sehr weh. Sie spürte nur einen Schlag, einen sehr heftigen Schlag zwar, aber keinerlei Schmerz, und dann eine Woge fast angenehmer Taubheit, die sich von ihrem Herzen aus rasch in ihrem Körper ausbreitete.

Sie starb.

Es ging schnell, aber doch langsam genug, daß sie es fühlen konnte: Alles wurde leicht und warm. Plötzlich fühlte sie sich sehr wohl. Sie hörte Sänger wie unter furchtbaren Schmerzen aufschreien, aber sie wußte, daß er nicht verletzt worden war. Dann begann das Licht rings um sie herum zu verblassen. Sie sah einen Wirbel dunkler Farben, Farben, wie sie sie noch nie zuvor im Leben erblickt hatte und die sich schneller und schneller drehten, ein Strudel, in den sie hineingezogen wurde. Und in ihrer letzten Sekunde glaubte sie eine Gestalt zu erkennen, jemand, der inmitten dieses Lichts stand und auf sie wartete, ein schimmerndes Gesicht, in dem sich Güte, Macht und Gnadenlosigkeit zusammenfanden. Und der eine einzige Frage stellte: Hast du ihm verziehen?

Margarete beantwortete diese Frage und starb. »Und das Kind wurde im gleichen Moment geboren«, sagte Sänger leise. Er schluchzte lautlos, sein Gesicht war feucht von Tränen. Seine schmalen Hände hatten sich um die gepolsterten Armstützen des Rollstuhls geschlossen. »Ich habe es weggebracht. Ich weiß nicht, woher ich die Kraft nahm, aber ich habe genau das getan, was ich Straub angeboten hatte: Ich habe es weggebracht und versteckt, und irgendwie habe ich es am Leben erhalten. Später, als sich die Aufregung gelegt hatte, habe ich dann jemanden gefunden, der es aufnahm.« Er brach ab. Aus seinem lautlosen Schluchzen wurde ein jämmerliches Weinen. Ein Krampf schüttelte seinen Körper. Er hustete qualvoll.

»Ich bin dieses Kind, nicht wahr?« fragte Ronald.

Sänger nickte. »Ja. Ich ... ich habe dich sofort erkannt. Aber ich wollte es nicht wahrhaben. Ich habe dich erwartet. All die Jahre über. Ich wußte, daß du eines Tages kommen würdest. Ich habe ... habe gefleht, daß du kommst. Aber du hast so lange gewartet. So lange.« Er barg das Gesicht in den Händen.

Ronald blickte den alten Mann an, und er suchte vergeblich nach Zorn in sich, nach Rachedurst oder gar Haß. Alles, was er empfinden konnte, war Mitleid. Fast behutsam streckte er die Hand aus und berührte Sängers Schulter. Der alte Mann nahm die Hände herunter und sah ihn an. Aus seinen Augen liefen noch immer Tränen, aber sein Gesicht war gefaßt – beinahe glücklich.

»Warum hast du so lange gewartet?« flüsterte er.

Ronald antwortete nicht. Er konnte es nicht, denn er kannte die Antwort selbst nicht.

»Ich werde dich nicht töten«, sagte er leise.

Sängers Lippen begannen zu zittern, und plötzlich wußte Ronald, was der Ausdruck in seinen Augen bedeutet hatte: Hoffnung.

»Habe ich nicht genug gelitten?« flüsterte er. *»Gott, was muß ich denn noch tun, um zu bezahlen?«*

Ronald antwortete auch diesmal nicht. Langsam drehte er sich um und sah zu den erstarrten Flammen der Stadt zurück. »Warum sie?«

»Sie haben es gewußt«, antwortete Sänger. »Nicht alle, aber die meisten. Ich war verletzt. Ich brauchte Hilfe.«

»Tholberg«, vermutete Ronald. »Und der Vater des Jungen, den Fred umgebracht hat.«

»Und Zombecks Vater, und viele andere«, bestätigte Sänger. »Wir haben das Gold versteckt. Die Nazis haben nichts gemerkt, ganz wie wir geplant hatten. Sie haben Straub und die beiden anderen gefunden und genau das angenommen, was sie annehmen sollten.« Er lachte, leise und sehr bitter. »Straubs Plan ist aufgegangen. Sie haben geglaubt, daß Gaibler und Berkholt deiner Mutter bei der Flucht helfen wollten und Straub sie überrascht hat.«

»Und sie haben das Gold nie gefunden?«

»Nie«, bestätigte Sänger. »Sie haben es irgendwann aufgegeben, und der Krieg war ja dann auch bald zu Ende. Aber viele in Krailsfelden wußten es.«

Er sprach nicht weiter, wozu auch? Plötzlich war alles so klar, daß Ronald sich für einen Moment verblüfft fragte, wieso er es die ganze Zeit übersehen hatte. Sie hatten bezahlt. Sie hatten alle bezahlt. Sie, ihre Kinder und ihre Kindeskinder. Margaretes Fluch hatte jeden einzelnen getroffen. Jeden, bis auf Sänger selbst.

»Es war niemals so schlimm wie jetzt«, flüsterte Sänger. »Es ist die letzte Nacht, nicht wahr? Außer mir ist keiner mehr übrig.« Ronalds Schweigen war Antwort genug, und so fuhr Sänger fort, bittend, beinahe flehend: »Du bist gekommen, um mich zu holen.«

Ronald schüttelte traurig den Kopf. Er war nicht der Rächer. Seine Rolle war eine ganz andere.

Die Stille war mit einem Mal nicht mehr absolut. Ein fernes Geräusch drang an sein Ohr, ein rasselnder, klirrender Laut, der ganz allmählich näher kam. Sänger fuhr fort zu zittern, und im Wald hinter dem Wagen begann ein drohend rotes Licht aufzuglühen. Fast gleichzeitig gerann ein Schatten neben der Straße zu einem schlanken Umriß, der sich bewegte, aber noch nicht nahe genug war, um ihn erkennen zu können.

»Hilf mir«, bat Sänger.

Ronald trat hinter den Rollstuhl und schob ihn langsam um den Wagen herum, nicht sehr weit, aber so, daß Sängers Gesicht dem Wald zugewandt war, als der Panzerwagen zwischen den Bäumen auftauchte. Die Gestalt in den Schatten folgte ihnen.

Ganz langsam kam der Schützenpanzer näher. Das Rasseln der Ketten wurde lauter, während sich das stählerne Ungeheuer weiter und weiter aus dem Wald herausschob. Seine Scheinwerfer waren nicht eingeschaltet, aber durch die schmalen Luken drang gelbes Licht. Sänger hatte Angst. Er war halb verrückt vor Angst. Und gleichzeitig wirkte er unendlich erleichtert.

Der Panzerwagen näherte sich ihnen bis auf wenige Meter und hielt an. Der Motor erstarb mit einem letzten Grollen, und die schmale Tür an der Seite schwang auf. Gelbes Licht fiel aus dem Fahrzeug und zeigte Ronald die zerschrammten Kennummern und Wehrmachtssymbole, die auf seiner Flanke aufgemalt waren.

Und endlich trat auch die Gestalt aus dem Schatten am Straßenrand hervor und kam zu ihnen. Ronald lächelte, als er ihn erkannte. Er hatte recht gehabt – das war der letzte fehlende Teil des Puzzle. Auch er war nicht zufällig hier. Es gab so etwas wie Zufall nicht mehr. Auch er war geschickt worden. Aber nicht, um Rache zu nehmen, wie Sänger geglaubt hatte, sondern aus einem völlig anderen Grund. Ronald glaubte plötzlich zu verstehen, warum es ihm unmöglich war, den Mann zu hassen, der schuld am Tod seiner Eltern war: In gewisser Weise waren sie sich ähnlich. Auch er war hier, um für etwas zu bezahlen. Und ein Versprechen einzulösen.

»Bist du bereit?« fragte Ricky. Sein Blick streifte flüchtig Ronalds Gesicht und heftete sich dann auf das des alten Mannes.

Sänger nickte.

»Warte«, sagte Ronald. Ricky zögerte. Es war nicht wirklich Ricky, wie auch Werner schon lange nicht mehr Werner gewesen war. Er hatte sich nicht auf so entsetzliche Weise verändert wie Sängers Enkelsohn, er war nicht zum Monster geworden, aber etwas umgab ihn: eine körperlose finstere Aura entsetzlicher Macht und Gnadenlosigkeit. Das Geschöpf bediente sich Rickys Körper, aber es war auch nur ein Werkzeug, wie sie alle Werkzeuge gewesen waren. Alle, die in den letzten dreieinhalb Jahrzehnten geschickt worden waren, immer und immer wieder, bis sich der Fluch einer sterbenden Frau endlich erfüllt hatte.

»Laß den Jungen gehen«, bat Ronald.

Ricky sah ihn fragend an.

»Laß ihn gehen«, sagte Ronald noch einmal. »Er hat nichts damit zu tun.«

»Das hast du auch nicht.«

»Doch«, widersprach Ronald. »Das habe ich. Ich habe versprochen, auf ihn aufzupassen.«

Das Geschöpf zögerte. Sein Blick taxierte Ronald, und für einen Moment schimmerte etwas von seiner wahren Gestalt durch das weiche Kindergesicht hindurch; ein Schatten in einem Schatten, der nicht deutlicher werden konnte, denn sein Anblick war tödlich. Ronald dachte an etwas, das Vanderbilt einmal gesagt hatte: *Wie kann man an Gott glauben, ohne auch die Existenz des Teufels zu akzeptieren?*

»Wenn das so ist, dann hast du versagt«, meinte das Wesen in Rickys Körper nach einer Weile. Seine Stimme klang nicht feindselig. Nur kalt. Kalt wie die Hölle. Etwas in Ronald krümmte sich vor Entsetzen, als er weitersprach. Aber er tat es trotzdem. Er hatte einmal ein Versprechen gebrochen und dafür mit dem Leben des einzigen Menschen bezahlt, den er wirklich geliebt hatte.

»Das habe ich nicht«, sagte er schließlich. »Du brauchst ihn nicht. Er ist unschuldig.«

»Jemand muß ihn begleiten«, erwiderte Ricky. »Es gibt Wege, die nicht allein beschritten werden können. Es gibt Regeln. Selbst für mich. Er hat Unschuldige getötet, und ein Unschuldiger muß für seinen Tod bezahlen.«

Ronald versuchte nicht, dieses Gesetz zu verstehen. Er stand keinem Wesen gegenüber, mit dem man diskutieren konnte. Er nickte.

»Dann nimm mich«, bat er.

Ricky sah ihn sehr ernst und sehr lange an, ehe er fragte: »Du weißt, was du da sagst? Du meinst es so?«

Ronald nickte. Aber er antwortete nicht mehr, sondern streckte die Hand aus und wartete, bis Sänger sich aus seinem Rollstuhl erhoben hatte. Dann gingen sie nebeneinander auf den wartenden Panzerwagen zu.

14

Gloria hielt noch einmal an, als sie die letzte Straßenbiegung erreichten, von der aus sie Krailsfelden sehen konnten. Die Sonne war noch nicht ganz aufgegangen, es regnete noch immer, und über den Ruinen der Stadt lag grauer Rauch, der nur widerwillig auseinandertrieb. Nachdem das Inferno wieder zu einem ganz normalen Feuer geworden war, hatte der Regen die tobenden Brände rasch gelöscht. Aber überall zwischen den verkohlten Trümmern glühte es noch. Die Stadt war vernichtet. Nicht einfach zerstört, nicht bloß niedergebrannt, sondern im biblischen Sinne des Wortes vom Antlitz der Erde getilgt.

Ihre Augen füllten sich mit Tränen, als sie an die Bilder unvorstellbarer Verheerung zurückdachte, die sie gesehen hatten, als sie durch die Stadt fuhren. Die Gog und Magog waren verschwunden, die Krieger der Apokalypse hatten sich in ihr finsteres höllisches Reich zurückgezogen, waren aber vielleicht auch nur zu einem anderen Ort gegangen, um dort zu tun, wozu sie erschaffen worden waren. Aber sie hatten ihre Spuren zurückgelassen. Bilder, die sie nie vergessen würde.

Dann tauchte ein anderes, noch schlimmeres Bild vor ihrem inneren Auge auf und verscheuchte den Anblick der verbrannten Stadt: Sie sah ein letztes Mal den Panzerwagen, wie er mit rasselnden Ketten auf der Stelle kehrtmachte und im Wald verschwand. Seltsam – sie konnte nicht einmal richtig weinen. Sie hatte Ronald geliebt, oder *hätte* ihn geliebt, hätten sie nur ein bißchen mehr Zeit gehabt. Es war so . . . so ungerecht. Sie hatten niemals eine Chance gehabt. Aber vielleicht mußte sie anfangen, den Gedanken zu akzeptieren, daß menschliche Vorstellungen von Gerechtigkeit nicht allgemein gültig waren. Vielleicht nicht einmal richtig.

Sie spürte Apsons Blick auf sich ruhen, wischte sich mit dem Handrücken die Tränen aus dem Gesicht und wandte sich erst zu der schlafenden Gestalt des Jungen auf der breiten Rückbank des Pullman um, ehe sie Apson ansah. Sie hatten den Rest der Nacht in Sängers Wagen auf der anderen Seite der Stadt verbracht, ehe das Feuer soweit zurückgegangen war, daß sie es wagten, Krailsfelden noch einmal zu durchqueren. Apson hatte während all dieser Stunden kaum ein Wort gesprochen. Etwas in ihm war zerbrochen in dieser Nacht.

Er sagte auch jetzt nichts, sondern sah sie nur an, und nach ein paar Sekunden blickte Gloria wieder weg, atmete tief und hörbar und fuhr an. Der riesige Mercedes setzte sich fast lautlos in Bewegung. An der Stille war zum erstenmal seit Tagen wieder etwas Vertrautes. Sie war kein Feind mehr.

Auf dem Rücksitz regte sich Ricky, setzte sich gähnend auf und rieb sich verschlafen die Augen. Er wirkte ein bißchen verwirrt, als wunderte er sich, wo er war und wie er hierhergekommen war. Gloria lächelte, als sie seinem Blick im Rückspiegel begegnete. Und dann mußte sie an etwas denken, was ihr Onkel vor Jahren einmal zu ihr gesagt hatte und was sie erst jetzt verstand: *Vielleicht bekommt jedes Volk den Gott, den es verdient.*

Wenn das so war, dachte sie, dann hätten sie es schlechter treffen können.

Wolfgang Hohlbein im Goldmann Verlag

ENWOR-Saga

1 – Der wandernde Wald – 23827
2 – Die brennende Stadt – 23838
3 – Das tote Land – 23839
4 – Der steinerne Wolf – 23840
5 – Das schwarze Schiff – 23850
6 – Die Rückkehr der Götter – 23908
7 – Das schweigende Netz – 23909
8 – Der flüsternde Turm – 23910
9 – Das vergessene Heer – 23911
10 – Die verbotenen Inseln – 23912

In Zusammenarbeit mit Karl-Ulrich Burgdorf:
Die Insel der Sternenbestie. Das große ENWOR-Rollenspielbuch – 24522

DAS HERZ DES WALDES

Das Herz des Waldes. Gwenderon/Cavin/Megidda. Drei Romane in einem Band – 24592

GARTH UND TORIAN

Die Saga von Garth und Torian, Band I. Drei Romane in einem Band – 23682
Die Saga von Garth und Torian, Band II. Drei Romane in einem Band – 24702

INDIANA JONES

Indiana Jones und das Erbe von Avalon – 41144
Indiana Jones und das Schwert des Dschingis Khan – 09726
Indiana Jones und das Gold von El Dorado – 09725
Indiana Jones und das Labyrinth des Horus – 41145
Indiana Jones und das Geheimnis der Osterinseln – 41052
Indiana Jones und das Schiff der Götter – 09723
Indiana Jones und das verschwundene Volk – 41028

Indiana Jones und das Schwert des Dschingis Khan/Das Geheimnis der Osterinseln. Zwei Romane in einem Band – 11608